KB146059

세상에서 가장 위험한 출근길

세상에서
가장 위험한
출근길

DAHYANG ROMANCE STORY

ㅣ영
편 소설

ngerous way
work

contents

Prologue

매일 밤 죽은 언니가 찾아온다.

빼앗긴 삶을 되찾으려는 사람처럼.

내가 아직 스물두 살이었을 때, 그러니까 5년 전의 어느 날이었다. 그날은 비가 유독 거세 걷기조차 어려운 날이었다. 바닥에 떨어지는 빗줄기가 후드득 후드득 둔탁한 소리를 냈다.

"왜 하필 너야?"

언니는 화를 내고 있었고,

"하……."

나는 지쳐 있었다.

"왜 하필 너냐니까? 정유주!"

계속 같은 소리만 하는 언니가 지겨워 나는 조금 귀찮은 얼굴을 했다. 무시는 어려운 것이 아니었다. 빗소리가 거센 탓에 언니의 목소리는 선명하지 않았다.

"너 지금 나 무시하는 거야?"

"아악!"

머리채를 잡혔다. 언니는 얼굴만 곱지 잔인한 구석이 있는 사람이었다. 자매간의 싸움이라 하기엔 조금 살벌했다.

"이거 안 놔?"

"내가 거길 얼마나 가고 싶어 했는지 알면서! 그걸 알면서 네가 어떻게 그래!"

언니는 거의 울면서 화를 냈고 잡은 머리채를 있는 힘껏 휘둘렀다. 나는 속수무책으로 넘어질 수밖에 없었다. 작고 마른 몸에서 어떻게 그런 힘이 나오는지. 바닥에 쓸린 무릎이 아팠다.

"내가 뭘! 내가 뭘 어쨌는데!"

몇 번을 그냥 휩쓸리다 참을 수가 없어 내지르자 언니는 당황한 낯빛을 했다. 언니의 그런 얼굴이 나는, 통쾌했던 것 같다.

"그렇게 궁금하면 교수님한테 물어봐!"

"너……!"

언니는 하얗게 질린 얼굴로 나를 노려보았지만 떨리는 손끝까지 숨기지는 못했다.

언니와 나의 사이가 개판인 데에는 이유가 있었다.

같은 날, 같은 배에서 나고 자란 우리는 얼굴과 체형, 목소리까지 같은 일란성 쌍둥이였다. 덕분에 언니와 나는 좋아하는 것과 잘하는 것, 싫어하는 것과 끔찍해하는 것들이 비슷했다. 소위 취향이라 불리는 것들.

중학생이 되었을 즈음, 나는 미술 학원에 다니기 시작했다. 피아노 학원에 재미를 붙이지 못한 언니도 함께였다. 다행히 둘 다 재능이 있었다.

문제는 시간이 조금 흐르면서 생겨났다. 그저 취미 생활 정도로 그칠 줄 알았던 미술에 대한 애정이 삶의 대부분을 차지할 만큼 커져 버린 것이다.

하지만 모든 것이 그렇듯 애정과 재능이 함께 자라지는 않았다. 특히나 언니의 재능이 그랬다.

경제적인 어려움이 없던 부모님은 그것을 큰 문제라 생각하지 않았다. 지원을 아끼지 않았고 미래에 대한 부담도 주지 않았다.

언니는 첫 입시에 실패하고 재수 생활을 했다. 아마 그때 언니는 큰 정신적 타격을 받은 듯했다. 매일 눈이 벌게진 채로 그림을 그렸다. 곱게 자란 탓에 언제 어디서나 공주님 역할을 맡아 하는 언니에게 재수 생활은 그렇게나 지옥인 듯했다.

그래서인지 틈만 나면 내게 화를 냈다. 말은 안 했지만 먼저 대학에 붙은 나를 시기해서 그런 것임을 알고 있었다.

부모님은 더욱 극성이 되었다. 안 그래도 어릴 적부터 몸이 약해 금쪽같은 내 새끼였던 언니가 안쓰러웠던 것인지 어디서든 어화둥둥 내 새끼를 실천했다. 덕분에 나는 조금 외로웠지만 그것이 억울하지는 않았다. 언니에게 밀려서 사는 것쯤이야 태어나면서부터 줄곧 겪은 일인지라 특별한 것도 아니었다.

그렇게 1년이 지나 언니는 나와 같은 대학에 붙었다. 얼마나 노력했는지 알기에 조금 소름이 끼쳤다.

그리고 아마 그때부터이지 않았을까. 언니가 나를 연적 대하듯 미워하기 시작한 것이.

"너…… 무슨 말이 하고 싶은 거야?"

언니는 조금 전과 달리 한참이나 낮아진 목소리로 물었다.

"언니도 알잖아!"

나는 악을 지르듯 대답했다.

언니와 내가 다니는 대학에는 학생 지원 프로그램이 꽤 많았다. 그중 가장 인기가 있는 것은 매년 여름, 학교의 지원으로 미국과 유럽 미술관의 전시를 관람하고 각종 아트 페스티벌에 참가하는 프로그램이었다. 추천은 전적으로 교수의 권한이었다. 보통 성적이 좋고 학과 생활에 열심인 사람들이 뽑혔다. 매년 다섯 명의 학생이 선택되었는데 그중 한 명은 나였고, 언니의 이름은 없었다.

"내가 언니보다 더……!"

말을 마치기도 전에 날아온 언니 손이 빨랐다. 돌아간 고개가 아프고, 붉어졌을 뺨이 아렸다.

때리기는 자기가 때렸으면서 나보다 더 상처받은 얼굴을 한 언니가 이해되지 않았다. 그래서 그랬다.

"언니가 나보다 못하니까."

그런 말을 한 이유는.

“언니 실력이 형편없으니까.”

안 그래도 하얀 얼굴이 더 하얗게 질려 가는 걸 보면서도 멈추지 않았다.

“언니 그림보다 내 그림이 더 나으니까!”

퍼붓고 나니 조금 개운했다

한참 전에 놓친 우산 탓에 빗물이 눈을 가려 언니 얼굴이 보이지 않았다.

거리는 조용했다. 사람은 없었고 자동차 소리만 간간이 들렸다.

언니는 내가 몸을 일으키는 동안 아무 말도 하지 않았다. 딱히 소리를 지르지도, 한 대 더 때리려는 모습을 취하지도 않았다. 그저 멍하니 자리를 지켰다.

그러다 조용히—

“맞아.”

속삭였을 뿐이다. 그리고 순식간이었다.

“…….”

언니는 차도를 향해 힘껏 뛰어들었다.

쾅.

무거운 것이 결코 가볍지 않은 생명을 들이받았다. 아니다. 가볍지 않은 생명이 무거운 것을 향해 뛰어들었다. 언니는 너무 쉽게 밀려났고 차들은 너무 쉽게 달렸으며 언니는 너무 쉽게 쓰러졌다.

“언니……?”

정신을 차렸을 때는 온통 붉어진 뒤였다.

그날부터였다. 딱 그날부터 언니는 매일 밤 나의 꿈속을 거닐었다. 5년이 지난 지금도 그날의 기억이 생생한 것은 다 언니 덕분이었다.

땀으로 흥건한 목을 닦아 내며 시계를 보니 새벽 5시 반. 침대 옆 협탁에 놓인 신경 안정제를 삼켰다.

9월의 시작이었다.

1

비상구

지독한 악몽을 꾸고 나면 욕실로 달려가 욕조에 따뜻한 물을 가득 담았다. 이른 새벽녘의 반신욕이 긴장으로 굳은 근육을 조금이나마 풀어 주기 때문이었다. 느릿한 발자국을 따라 물이 떨어지는 걸 아랑곳하지 않은 유주가 출근 준비를 했다. 수많은 흰색 블라우스 중 하나를 꺼내고 마찬가지로 수많은 검은색 치마 중 하나를 골라내는 것이 익숙한 듯 능숙했다.

그때 울리는 전화벨. 이른 시간에 전화할 사람이 한정적이라 유주는 무심하게 펴져 있던 미간을 찌푸렸다.

"응, 엄마."

— 어디 안 좋니?

유주의 엄마는 눈치가 빠른 편이었다.

"응?"

— 목소리가 안 좋네.

걱정이 깃든 목소리는 제법 상냥하다.

"아니야. 아침이라 목이 가라앉아서 그래."

— 일이 많이 힘드니?

"힘들기는. 괜찮아."

— 요즘 너희 미술관 바쁘다며. 뉴스에도 나오더라.

유주는 최근 '리연' 이라는 이름의 미술관에 취직해 일하는 중이었다. 배꽃이 흐른다는 뜻의 리연 미술관은 대한민국에서 가장 크고 오래된 사립 미술관이었다.

아버지에서 아들로, 그 아들에서 다시 아들로 이어지는 세습 경영 방식이 문제라고 떠드는 사람들도 있었지만 대표를 맡았던 이들 모두가 훌륭한 수장이었음을 부정하는 이는 없었다.

리연은 '미술관' 이라는 공익적 특성을 전면에 내세우는 동시에 예술재단을 함께 운영하면서 '갤러리' 의 역할 또한 갖고 있었다. 신진 작가를 발굴하고 투자하는 것은 물론 그림을 사고파는 것까지. 리연의 수장을 '관장' 이 아닌 '대표' 라 부르는 것도 그 때문이었다.

그런 리연 미술관이 최근 자국보다 해외에서 더욱 많은 관심을 받았다. 근래 기획한 프로그램들이 줄줄이 대박을 터트린 데다 얼마 전 취임한 대표의 스타성이 어마어마했기 때문이었다.

리연의 이전 수장이자 현 대표의 아버지였던 남자는 온건한 성품과 안정적인 경영 능력을 지녔던 이였다. 하지만 그는 몸이 약해 툭하면 병마에 시달리기 일쑤였고 5년 전, 끝내 자리에서 물러났다.

그를 대신해 취임한 그의 아들은 유능하다는 점만 제외하고 모든 것이 그와 달랐다. 아직 설익은 것은 아닐까 싶게 젊었고 너무 칼날 같은 것은 아닌가 싶게 공격적이었으며 들판 위의 짐승처럼 본능적이었다. 본격적인 대표직을 맡은 지는 이제 겨우 5년인데 눈길 한 번에 천재를 찾아내고, 손짓 한 번에 돈방석을 가리킨다나—

그런 그가 하나부터 열까지 직접 기획했다는 전시가 조만간 열릴 예정이었다. 소문은 또 얼마나 자극적인지. 그 전시가 대한민국은 물론 전 미술계를 뒤흔들 거란 이야기가 파다했다. 그 커다란 미술관이 북새통을 이루는 것도 당연한 일이었다.

"나는 괜찮아."

물론 유주와는 상관없는 일이었다.

— 그래?

의심이 깃든 질문에 으레 그렇듯 정해진 대사를 내뱉었다.

"내가 화가도 아니고 바쁠 게 뭐 있어."

유주는 자신의 엄마가 무얼 걱정하는지 잘 알고 있었다. 엄마는 제가 그림 그리는 사람으로 살기를 원하지 않았다. 화가가 아닌 기획자로의 삶을 사는 것도 다 엄마 때문이었다. 엄마에게 그림은 언니의 못다 이룬 꿈이었으니.

"신입이라 하는 일도 없어. 기획팀은 사람도 많아서 나 같은 신입은 가만히 있는 게 일하는 거야."

그렇게 엄마를 다독였다. 5년 동안 해 온 일이라 어려운 일도 아니었다. 언니가 죽고 엄마도 지옥을 헤맨 걸 모르지 않았다.

넉넉한 집안에서 고생 한번 하지 않고 자란 엄마는 딸을 잃은 상실감으로 반쯤 미쳐 지냈다. 하루는 종일 웃다가 또 하루는 자지러지듯 울다가 또 하루는 집 안에 있는 것들을 죄 부술 듯 화를 냈다. 그녀를 사랑하던 남편도 결국 지칠 만큼의 광기였다.

어린 나이에 죽은 언니, 미쳐 버린 엄마, 떠난 아빠. 유주는 죄책감과 억울함 그 사이를 아슬아슬하게 걸으며 나이를 먹었다. 그 과정에서 그림도 포기했다. 이젤 앞에 앉기만 하면 불같이 화를 내는 엄마 때문에 배움을 지속할 수가 없었다.

죽은 언니의 소망이었던 그림을 살아남은 동생이 계속 영위하는 꼴을 보고 싶지 않았던 모양이라고 어렴풋이 이해할 뿐이었다.

— 기획이 얼마나 중요한 일인데.

엄마의 목소리가 조금 누그러진 것이 느껴졌다. 그림을 그만두겠다고 했을 때도 지금과 비슷한 태도였다. 그런 엄마의 시선 아래서 유주는 전공을 서양화에서 미학으로 변경했고 작가의 삶 대신 기획자의 삶을 선택했다. 차마 그림 곁을 떠나는 것은 자신이 없던 터라 그것이 최선이었다.

"별로."

— 얘는.

책망하는 듯 감췄으나 엄마의 목소리는 만족스러움을 띠었다.

— 오늘 집으로 퇴근할 거지?

"응? 왜?"

3년 전 독립을 한 뒤로 웬만하면 본가를 찾지 않는 유주였다.

— 왜라니. 내일 유하 기일이잖아.

아, 하는 탄식과 함께 달력을 쳐다보았다. 무슨 일이 있어도 가야 하는 날. 빨간색 동그라미가 그려진 9월의 어느 날이었다.

"오늘 회식이라 늦을 거야. 아침 일찍 갈게."

— 다른 날도 아니고 네 언니 기일인데……. 늦더라도 여기로 퇴근해.

"아침 일찍 간다니까……."

곤란한 듯 말을 늘이자,

— 언니가 서운해해.

단호한 음성이 흘러나왔다. 유주가 입술을 씹었다. 그래, 언니는 저에게 서운할 것이 많았다.

— 알겠지?

엄마가 재촉했다.

"알았어. 늦게라도 갈 테니까 기다리지 말고 먼저 자."

— 그래. 언니가 너 보고 싶어 할 거야.

그래? 이미 오늘 새벽에도 봤는걸. 속으로 생각하며 새벽에도 삼킨 안정제 두 알을 또 한 번 씹었다.

— 아 참, 수국 사 오는 거 잊지 마.

수국. 매년 언니의 기일에는 수국이 필요했다. 작은 꽃망울 여러 개가 한곳에 모여 핀 크고 화려한 꽃을 언니는 좋아했다. 그중에서도 하얀색이 제일이라 했다. 화려할수록 얌전해야 예쁘다고 했던가. 언니만의 미학이 있었다. 화려하고 수려하나 튀지 않고 정갈한 것.

"걱정 마. 점심시간에 미리 사 둘게."

— 그래. 우리 딸. 오늘 하루도 파이팅.

힘이 하나도 나지 않는 파이팅이었다. 종료 버튼을 누르려는데,

— 아 참, 유하야.

엄마가 불렀다. 제가 아닌 유하를. 제가 아닌 언니를.

— 감기 조심하렴.

엄마는 언니가 죽은 지 5년이 되도록 미쳐 있었다.

□ ◆ □

유주는 실수를 반복했다. 입사한 지 겨우 한 달인 신입이기는 했지만 타고난 성격이 꼼꼼해 딱히 혼날 일은 없었는데 오늘은 유독 심했다.

회의 시간에 번번이 딴생각을 하고, 상사가 묻는 말에 답도 하지 않기 일쑤였다. 재무팀에 보낼 보고서에 숫자 하나를 빼놓는 일까지 터지자 기획팀의 홍 팀장은 목소리를 높였다.

"정유주 씨, 오늘 왜 그래?"

유주의 사수이기도 한 그녀는 기획팀의 엄마라 불릴 정도로 다정하고 좋은 사람이었지만 일에 있어서만큼은 단호했다. 그런 그녀의 눈에 오늘 유주의 모습이 마음에 들지 않는 것은 당연했다.

"어디 아파? 평소에 안 하던 실수를 하네."

정말이지 궁금하다는 듯 묻는 그녀를 앞에 두고 유주는 고개만 푹 숙일 뿐 별다른 변명은 하지 않았다.

"죄송합니다."

죽은 언니가 자꾸 꿈에 나온다고, 엄마가 자꾸 내 이름을 까먹는다고 말할 수는 없는 노릇이니까.

5년이란 세월이 흘렀음에도 사고가 일어난 9월이면 어김없이 죄책감에 사로잡혔다. 매일 밤 꿈에 나타나는 언니 덕분에 그날의 기억은 잊으려 해도 잊히

지 않았다. 언니는 상처받은 얼굴을 하고 있었고, 저는 잔인했다. 끝끝내 언니를 위로하지 못했고 언니의 죽음을 막지 못했다.

이미 돌이킬 수 없는 일이기는 하지만 만약 그날로 돌아갈 수만 있다면 어떤 방식으로든 언니의 죽음을 막았을 텐데.

언니가 매일 밤 꿈에 나타나 원망하는 얼굴을 할 걸 알았다면, 엄마가 언니의 빈자리를 견디지 못하고 미쳐 버릴 줄 알았다면, 거울을 볼 때마다 언니의 얼굴이 보일 줄 알았다면 어떤 방식으로든 언니의 죽음을 막았을 것이다.

□ ◆ □

"찾으시는 꽃 있으세요?"

오전 내내 엉망과도 같은 시간을 보낸 유주는 점심시간이 되자 입맛이 없다는 핑계를 대고 꽃집으로 향했다.

"수국이요. 하얀색으로요."

"수국은 한여름에 피는 꽃이라 지금 날씨엔 최상급은 없는데, 괜찮으세요?"

유주는 괜찮다는 듯 고개를 끄덕였다.

"포장은 어떻게 해 드릴까요?"

"리본 하나면 충분해요."

기다리는 동안 조용한 눈으로 가게 안을 둘러보았다. 색색의 꽃들이 하나, 둘— 그중 아주 새빨간 무엇이 눈길을 끌었다.

"예쁘죠?"

눈치 빠른 점원이 웃으며 말했다.

"작약이에요. 꽃잎이 크고 화려해서 관상용으로, 특히 부케로 많이 쓰여요."

"아—"

예쁘다. 속으로 감탄을 했다. 언니라면 싫어했을 꽃이다. 눈이 아프도록 빨간 색도, 나풀나풀 가벼운 꽃잎도 유하의 취향으로는 다 아웃이었다.

그러나 유주의 눈에는 그것이 그것대로 예뻐서, 수국처럼 얌전하지 않은 것이 유독 예뻐서 눈이 갔다.

"키우기도 쉬워요. 햇빛을 많이 받을 필요가 없거든요."

"그래요?"

"햇빛을 싫어하는 건 아닌데 그늘진 곳에서도 잘 자라요. 그래서 그런가, 꽃말이 재미있어요."

"뭔데요?"

점원이 방긋 웃는 얼굴로 수국을 건넸다.

"부끄러움이요."

그 순간, 유주는 하얗기만 한 수국이 괴물처럼 느껴졌다. 심장이 둥, 둥, 귓가에 들릴 정도로 뛰기 시작했다. 약을 먹으면 뭐 하나. 새벽에 두 알, 아침에 두 알, 총 네 알을 먹었는데도 심장은 널뛰었고 머리는 부서질 듯 지끈거렸다.

벌을 받는 기분이었다. 아무것도 모른다는 얼굴을 한 점원이 제게 천벌을 내리는 것 같았다. 부끄러워하라고. 너는 계속 부끄러워해야 한다고.

그저 꽃말일 뿐이라는 걸 알면서도, 그저 그늘에서 잘 자라는 것뿐이라는 걸 알면서도 괜한 생각에 마음이 괴로웠다.

그늘에서 피는 꽃. 그늘에서 피는 화려한 꽃.

여름 햇살 밑에서 자라는 수국과 그늘진 곳에서 자라 부끄러움이라는 꽃말을 가진 작약을 무엇과 무엇에 대입했는지는 굳이 말할 필요도 없다.

"하……."

유주는 깨질 듯한 두통에 앓는 소리를 냈다. 꿈에서 보았던 언니의 어여쁜 얼굴이, 붉게 물든 눈동자가 자꾸만 떠올랐다.

심장이 무겁고 빠르게 뛰었다. 떨리는 손으로 안정제를 찾았다. 오늘은 세 번을 먹어도, 아니 그 이상을 먹어도 괜찮을 것 같았다.

"아—"

그런데 주머니 속이 비어 있었다. 아침에 엄마와 전화를 하며 손에 쥐었던 것이 떠오르고 뒤이어 식탁 위에 올려놓은 것이 생각났다. 젠장. 수국 다발을 빼앗듯 낚아채고 관자놀이를 짚었다. 사무실에 비상용으로 둔 안정제가 남았던가.

머리가 둥둥, 울리고 심장은 쿵쿵, 뛰었다. 공황이 올 신호였다. 하이힐을 신은 발이 아프든 말든 걸음을 재촉했다. 울컥, 겹겹이 쌓인 응어리가 차오르려고 할 때마다 눈을 감았다.

"하아……. 하……."

미술관 로비에 도착한 뒤에도 숨은 거칠어지기만 할 뿐 얌전해지지 못했다.

아무도 없는 조용한 곳을 찾아야 했다. 텅 빈 휴게실이나 탕비실, 아니면 화장실이라도. 어디든 좋으니 바들대는 몸을 구겨 놓고 아무렇지 않은 척 진정할 공간이 필요했다.

"아—"

유주의 눈이 도드라지게 굳어졌다. 멀리서부터 걸어오는 기획팀 사람들 때문이었다. 아직 점심시간이 한참이나 남았는데 왜.

의문을 다 끝내기도 전에 다리를 움직였다. 이대로 그들을 마주하고 아무렇지 않은 척할 자신이 없었다. 눈물을 참느라 핏발이 섰을 눈이나 안정제를 먹지 못해 떨고 있는 손과 같은 것들을.

"도망, 도망가야 해……."

판단과 행동은 빨랐다. 유주는 숨이 턱턱 막힐 정도로 빠르게 비상계단을 올랐다.

1층부터 3층까지는 전시 공간이니 안 돼. 4층부터 5층은 사무 공간이니 더더욱 안 돼.

그렇게 쫓기듯 오른 곳이 6층과 7층 사이의 계단이었다. 아무도 오르지 않는, 리연에서 가장 높은 곳.

"하아, 하……."

무너지듯 주저앉고 나서야 숨을 몰아쉬었다. 비상용 안정제를 찾을 새도 없이 도망친 터라 떨리는 손은 어찌할 도리가 없었다.

바닥이 흔들리는 것처럼 보였다. 지진이라도 난 것처럼 곧 무너질 것 같았다. 무릎을 끌어안고 고개를 박은 채 눈을 감았다. 지금 보이는 건 진짜가 아니야, 전부 가짜야, 중얼거리며.

물 밖으로 나온 물고기가 된 기분이었다. 비참하게나마 살겠다고 입을 뻐끔거리는데 답답한 공기는 도무지 폐를 채우지 못했다. 코가 따끔거리고 목이 조였다. 헉, 헉, 거친 숨이 쏟아졌다.

와중에 수국이 다칠까 무서워 멀리 내려놓았다. 그러다 그것이 또 서러워 울음이 터졌다. 저는 망가지고 그을리는데 홀로 핀 수국은 아름답기만 해서, 그것이 못내 서러웠다.

"흐읍, 흑……."

입을 틀어막고 흐르는 소리를 막았더니 끅끅, 좋지 않은 소리가 샜다.

"나는……. 흐윽……."

부끄럽지 않아.

차마 나오지 못한 말이 억울했다.

"언니는 정말……."

미워. 정말 미워.

부들대는 손으로 머리칼을 헝클이며 괴로워했다. 그러다 또 제 머리칼을 쥐던 언니 손가락이 떠올라 다시 울컥—

"아니, 아니야. 안 미워. 미안해. 내가 정말…… 내가 미안해."

원망으로 시작했지만 미안하다는 말로 끝나는 고해는 익숙했다. 언니가 스스로 죽음을 향해 뛰어든 것이기는 하지만 그렇게 몰아간 것은 저니까. 그런 탓에 저는 언니를 미워할 수 없었다. 저는 언니 때문에 엄마와 아빠, 그림을 잃었지만 언니는 저 때문에 삶을 잃었으니.

"미안해……. 내가, 내가 미안해."

그때였다.

"뭐가 그렇게 미안해."

아무도 없어야 할 곳에서 목소리가 들려왔다. 화들짝. 몸이 발작했다.

아무도 없었는데. 분명 아무도 없었는데.

"누, 누구……."

고개를 돌리며 주위를 살피니 시야가 핑 돌았다. 바닥과 천장은 여전히 흔들리는 것처럼 정신이 없었다. 올려다본 난간에 검은 형체가 있었다.

"안녕—"

낮고 고요한 목소리. 검은색 슈트를 단정하게 차려입은 인영이 익숙한 듯 낯설게 서 있었다.

"아……."

"여기서 뭐 해."

낮은 목소리가 비상구 안을 울렸다. 목소리와 함께 하얀 담배 연기가 자욱하게 깔렸다.

"……대표님?"

석고상처럼 하얀 얼굴이 그림자 밖으로 벗어나 존재감을 드러냈다.

최도현. 리연 미술관의 젊은 주인이자 유주의 고용주. 그렇다고 익숙한 사람은 아니다. 한낱 신입 사원인 유주가 대표씩이나 되는 그와 가까이 일할 기회는 많지 않았으니까. 고작해야 면접 때 한 번, 기획 회의 때 몇 번 마주한 게 다였다.

그런데 조금 낯선 기분이 들었다. 그가 담배를 피웠던가. 아니, 그보다 안녕—이라니. 그가 저에게 반말을 한 적이 있던가. 누구에게나 존댓말을 쓰는 그는 기본적으로 어려운 사람이었다. 말 한마디 거는 것이 어렵고, 눈 한번 마주치기가 두려운.

"환각인가……."

심장은 터질 듯이 뛰고 머리는 깨질 듯이 아픈 와중에 낯선 분위기를 풍기는 그는 울렁이는 바닥처럼 환각 같았다. 무엇보다도 홀로 단단하게 선 모양이 특히나. 땅이 뒤틀리고 천장이 흔들리는 와중에 그는 조금의 미동도 없었다. 모든 것이 불안하게 뒤틀리는 이곳에서 그는 꿈처럼 홀로 단단하다.

와중에 웃는 그가 보였다. 여유로워 보이는 모양새에 절로 두려운 기분이 들었다. 문득, 그의 유명세의 반은 외모 때문이라던 이야기가 떠올랐다. 그의 특별한 외모야 면접 때부터도 감탄했던 것이지만 이런 곳에서, 이런 때에 마주하니 더욱.

회의하다 곁눈질로 훔쳐본 그는 조금 차가운 인상의 미인이었다. 임원 면접을 보기 전 그에 대한 사전 조사를 하기 위해 인터뷰가 실린 잡지를 본 적이 있었다. 잡지사 에디터는 그의 외모를 보고 '스트라차의 베일 쓴 조각을 떠올리게 한다' 고 극찬했다. 조금 과장된 것이겠거니 했지만 실제로 그를 마주하는 순간 수긍할 수밖에 없었다.

그는 베일 아래 웃고 있는 천사 같았다. 한평생 햇빛이라고는 마주한 적 없는 사람처럼 매끈하고 하얀 피부가 특히나. 그 위에 그려진 눈은 쌍꺼풀 없이 길게 뻗어 섬세하고 고운 자태였으나 날카롭게 보일 때도 종종 있었다. 그게 유독 서늘해질 때면 몸을 떠는 직원이 있을 정도로 스산했다.

그 긴 눈을 따라 시선을 옮기면 선명하게 자리한 눈물점이 또렷했고 그것을 감싸는 눈 주변은 매번 울기라도 한 것처럼 붉었다. 새카만 눈동자와 어우러지는 붉은 눈가를 보고 있다 보면 아무 생각이 없다가도 괜스레 위험하다는 본능이 머릿속을 채웠다. 그래 놓고 어쩌다 한 번씩 웃을 때면 가늘게 접히는 눈매가 완전히 다른 사람을 보는 듯 부드러워져 기묘한 인상을 남겼다.

한마디로 지독하게 아름답고 관능적이었다.

하지만 그런 그의 눈도 비상계단의 어두운 조명 아래에선 잘 보이지 않았다. 그저 안광을 밴 눈동자가 선연히 돋보일 뿐이었다. 까맣고 또 까만.

그는 난간에 기대 느린 몸짓으로 담배를 피웠다. 위에서 내려다보는 모양이 꼭 무언가를 감상하는 것 같았다.

"나 맞는데—"

낮은 목소리와 함께 하얀 담배 연기가 쏟아진다.

"놀라야 할 쪽도 나고."

도현이 고개를 기울이며 말했다.

"겁이 없는 편인가 봐."

"……."

"여기까지 올라와 우는 걸 보면."

"죄, 죄송해요……."

긴장으로 빳빳해진 목소리가 거의 속삭이듯 작아졌다.

"괜찮아."

도현 역시 작게 웃으며 대답했다. 낮은 목소리였다. 여전히 눈을 빛낸 채 시선을 맞춘 그는 긴 다리로 한 계단, 한 계단 내려오며 사이를 좁혔다.

"왜 이렇게 떨어."

물으며.

"눈물은 또 왜—"

가까워진 그가 비딱한 미소를 지었다.

맞닿는 시선이 까무러칠 것처럼 뜨겁다. 멀미가 날 듯 흔들리는 환각 속에서도 끊을 수 없는 시선은 난간 위에서부터 아래로 내려오는 동안 단 한 번도 어긋나는 법이 없었다.

그런 그가 망설임 없이 손을 뻗는다. 긴 손가락이 가벼운 손짓과 함께 젖은 뺨을 가볍게 스치고 지나간다.

"흐으……."

옅은 신음이 잇새로 흘렀다. 저주가 깃든 것 같은 가느다란 손가락이 쓸어낸 뺨 언저리가 꼭 불에 닿은 것처럼 뜨거워 고통스러웠다.

본능이 그 어느 때보다도 예민하게 사이렌을 울렸다. 도망치라고. 로비에서 그러했듯 이곳에서도 어서 도망치라고.

하지만 생각은 생각일 뿐이었다. 날카로운 눈꼬리가, 붉은 눈가가, 새카만 눈동자가 꼭 잡아먹을 것처럼 형형해서 감히 어떤 행동도 시도할 수 없었다. 시선을 피하는 것도, 이성적인 생각을 하는 것도, 그저 도망치는 것도.

"아……."

문득 궁금해졌다. 왜 그가 딛고 선 땅은 흔들리지 않을까. 공황이 만들어 낸 환상에 불과한 걸 알지만 이런 예외는 경험해 본 적이 없는데—

흔들릴 거면 다 흔들려야 하는데 왜. 땅이고 하늘이고 다 흔들리는데 왜 그는, 그가 딛고 선 땅은 어째서 저토록 평화로운 걸까.

허무맹랑한 물음이 차오르면 차오를수록 잔뜩 힘을 준 몸은 자꾸만 흐물흐물해졌다. 피가 다 마르기라도 하는 것처럼. 이대로 가다간 곧 주저앉을 수도 있다. 추한 꼴을 보이기 전에, 아직 정신이 조금이라도 남아 있을 때 도망가야 하지 않을까.

"죄송해요……. 제가 지금……."

겨우 입술을 열고 겨우 한 걸음을 물리며 말을 하려는데,

"가려고?"

그가 물었다. 물으며 한 걸음 다가오는 게 숨 쉬는 것처럼 가볍다. 겨우 물러난 것이었는데 그가 다가오니 의미가 없어진다.

느리게 한 걸음. 또 한 걸음. 힘들게 물러나면 그는 쉽게 다가왔다. 뭐 하자는 건지 알 수가 없어 고개를 들어 쳐다보았더니 그는 미소를 짓고 있었다.

"계속 갈 거야?"

놀리듯 가벼운 어투에 차마 대답은 못 하고 한 걸음 더 물러나려는데 그가 픽, 바람 소리를 내며 웃었다.

"뒤에 계단이야."

고개를 돌려 가파른 계단을 보았을 땐 어디가 평지고, 어디가 계단인지 알 수 없었다. 이미 몸의 중심을 잃은 뒤였다.

넘어지는구나 싶어 눈을 질끈 감았을 때 강한 힘이 손목을 붙들었다. 알 수 없는 눈을 한 도현이 제 손목을 움켜쥐고 있었다. 잡힌 손목이 아팠고 또 뜨거웠다. 그제야 흔들리던 계단이 또렷하게 보였다. 그를 중심으로 주변 것들이 점진적으로 선명해진다. 계단을 구르는 것보다는 훨씬 나은 상황이기는 했다. 하지만,

"아아……."

수국이 망가졌다. 두어 계단 아래로 미끄러진 저 때문에 내려온 그가 수국을 짓밟고 있었다. 하얗던 꽃은 엉망이 되어 본래의 형태를 잃은 것처럼 보였다. 절망적인 제 시선을 따라 수국을 바라보던 그가,

"미안—"

평온하게 속삭였다. 무어라 대답해야 할지 알 수 없었다. 동시에 오른 발목이 아파 왔다.

"흐으……."

앓는 소리가 절로 났다. 발목을 접질린 것 같은데.

"조심해야지."

도현이 손목을 쥔 손에 힘을 주어 손쉽게 끌어당겼다.

유주는 그런 도현을 보며 괜한 생각에 잠겼다.

제가 갖고 있는 불안이 얼마나 지독한 것인지 모르지 않았다. 한번 시작하면 안정제를 먹어도 진정되지 않기 일쑤였고, 한번 시작하면 곧 죽을 것처럼 숨쉬기가 어려웠다. 또 가끔은 오늘처럼 한 걸음도 내딛지 못할 만큼 시야가 뒤집히기도 했다.

그런데 그는, 그 뒤집힌 세상에서 도현은 홀로 단단하더니 저마저도 안정시켰다. 그가 손목을 움켜쥔 순간 모든 울렁거림도 함께 멈추었다. 머리는 여전히 조금 아팠고, 심장도 여전히 조금 급했지만 적어도 숨은 제대로 쉬었고 시야도 어지럽지 않았다.

괜한 생각이 들었다. 조금 두렵고, 조금 어려운 이 남자의 옆은 조금 안전한 건가.

"괜찮아?"

뒤늦게 도현이 물어 왔다. 가까워진 얼굴에서 무겁고 짙은 향이 풍겼다. 무겁고 짙은 것이 그와 닮았다는 생각이 들었다. 독하다는 생각이 들면서 동시에 안락하다는 기분이 드는 것도 전부.

"……아니요."

유주는 그가 두려웠다.

"아파요."

그가 두려운 만큼 감히 거짓말을 할 수 없었다.

"올라갈래?"

그의 질문도 마찬가지였다.

"얼굴, 엉망인데."

2

기다려

7층은 서늘하고 조용했다. 어두운 색의 나무로 짜인 바닥부터 샹들리에가 걸린 천장까지 긴 복도를 채운 모든 것이 도현의 한 부분처럼 보였다. 그 긴 복도에서 유주는 여전히 도현에게 몸을 의지한 채 걷고 있었다.

"아……."

자꾸만 앓는 소리가 나왔다. 그의 보폭은 조금 넓은 편이었고 다친 발목으로 따르기에는 조금 버거운 탓이었다.

유주가 아픈 발목을 내려다보며 미간을 찌푸렸다. 붉게 부어오른 발목이 괴상하다.

"많이 아파?"

그가 걸음을 멈추고 묻는다. 검은 눈은 다정하지도 부드럽지도 않다. 오히려 조금 차갑고 또 어딘가 엄격하다. 그런데도 유주가 그에게 몸을 맡긴 이유는 단순하다. 두려운 만큼 편안해서. 온갖 불안으로 점철된 상황에서 온몸을 긴장하게 하는 그의 등장은 기묘한 평화를 만들어 냈다. 몸을 떨어도 이상하지 않고, 말을 더듬어도 이상하지 않은 상황. 그래서 편안했다.

유주는 덕분에 조금 솔직할 수 있었다.

"조금이요. 아주 조금."

안정제의 부재가 만들어 낸 나약함, 도현이 만들어 낸 위압감. 그것들이 균형을 이뤘다.

도현은 그런 유주의 상태를 기민하게 살폈다. 상황이 꽤 재미있다고 생각하는 그였다.

방금 전까지 그의 기분은 좋은 편이 아니었다. 티 하나 없이 완벽해야 할 다음 전시 계획에 차질이 생긴 탓이었다. 타고난 성정이 어긋나는 걸 싫어하는 그는 잔뜩 예민해졌고 담배라도 피우면 좀 가라앉을까 싶어 비상계단을 찾았다.

그곳에서 발견한 것이 유주였다. 울고 있었다.

기억력이 좋은 그는 면접 당시의 유주를 떠올렸다. 괜찮은 대학 간판에 잘 다듬은 학점, 공들인 흔적이 역력한 자기소개서가 꽤 훌륭했다.

솔직히 어딘가 독특한 외모가 먼저 이목을 끌었다. 핏줄이 보일 만큼 얇고 투명한 피부와 선명한 이목구비, 언뜻 화려한 느낌이 들기도 하지만 동시에 과하게 유약한 분위기. 겁이 많아 보였다. 조금 마주한다 싶으면 곧장 피해 버리는 눈동자가 오히려 시선을 끈다는 걸 모르는지 가만두지 못하는 눈동자가 신경을 긁었다. 아예 당황한 얼굴이 보고 싶어 던진 어려운 질문에는 막힘없이 대답해 약이 오를 정도였다.

이상했다. 마음만 먹으면 어디서든 돋보일 사람이 필사적으로 숨어드는 것 같은 꼴. 쥐면 망가질 것 같았다. 똑똑한데 겁이 많은 사람. 도현이 기억하는 유주의 첫인상이었다.

"괜찮아—"

하이힐에 갇힌 작은 발을 내려다보며 말했다.

평소라면 거슬렸을 일이기는 했다. 제 것에 대한 집착 하나는 끔찍하게 타고난 터라 제 사람, 제 공간, 제 물건에 손을 대는 이들을 도현은 역겨워했다. 그러니 저 혼자 쓰는 것이 불문율이나 마찬가지인 7층 비상계단에서 별로 좋지도 않은 꼴로 자리한 유주가 반가운 것은 아니었다. 하지만 눈물에 약한 것도 타고난 성정이었다.

아, 약하지 않고 강하다고 말하는 게 맞나.

그렁그렁한 눈으로, 붉어진 눈초리로, 달아오른 뺨으로 우는 사람을 보면 꼭 더 울리고 싶어 나빠지는 사람이 그였다. 가학을 즐기는 사람. 그게 취향이라면 취향이었다.

다시 말해 유주는, 어두운 비상계단 한편에 주저앉아 울고 있는 유주는 그의 취향이었다. 마음껏 울지 못해 흐느끼고 손발을 덜덜 떠는 것이, 서 있는 것도 위태로워 잡아 줘야 할 것 같은 유주의 모든 것이 가련하게도 그의 취향이란 말이었다.

가는 발목에 색칠이라도 한 듯 빨갛게 일어난 부기를 쳐다보았다. 허리를 감은 팔에 힘이 들어갔다. 걸음은 처음보다 조금 느려진 채였다.

조도가 낮은 복도의 끝에는 두 개의 검은 문이 있었다. 오른쪽 문을 열자 도현의 넓고 개인적인 공간이 드러났다. 검은색에 가까운 회색 벽지와 마호가니 원목으로 만들어진 가구들이 어우러진 그곳은 어둡고, 우아했다. 한쪽 벽을 차지한 커다란 창문이 도시의 풍경을 담았다.

"기다려."

도현이 유주를 소파에 앉히며 말했다.

아직 유주를 어쩌고 싶다는 생각은 들지 않았다. 그저 우선은 조금 더 보고 있어도 되지 않을까 생각했다. 저를 무서워하는 것 같기도 한데 얌전히 곁에 있는 것이 재미있어서. 아프냐는 물음에 조금 아프다고 대답하는 게 조금 귀여워서.

허리를 감은 팔을 풀자 유주가 화들짝, 눈에 띄게 놀란 얼굴을 했다.

"왜, 왜요?"

말을 더듬어 가며 겨우 물은 유주의 손끝이 하얗게 질려 있었다. 기다리라는 말이, 한 걸음 물러난 도현으로 인해 생겨난 간격이 잠깐의 안정을 모두 휘발시켰다. 그를 향해 손이 나가려는 걸 조금 남은 이성으로 자제하는 것도 힘들 지경이었다. 그만큼 그의 곁에서 찾은 안정이 달았다.

다시금 땅이 흔들리는 것은 아닐까. 숨쉬기가 어려워지는 것은 아닐까. 머리가 깨질 것처럼 아파 오는 것은 아닐까. 온갖 두려움이 튀어나왔다. 공황 상태를 벗어난 직후라 더욱 그랬다.

한번 패닉이 오면 다음 시발점은 낮아지는 게 보통이었다. 언니의 기일이 있는 9월은 유독 증상이 심했으니 겁을 먹을 수밖에 없었다. 신경 안정제를 부적처럼 끼고 사는 이유도 그 때문이었다.

오늘은 악재가 겹쳐 안정제 없이 패닉을 맞아 비상구로 도망쳐야 했지만 도현을 만나 겨우 벗어날 수 있었는데— 물론 도현이 구원자란 소리도 아니지만— 그는 꽤 도움이 되었다. 그에게서 느껴지는 열기를 감당하느라 다른 건 신경도 쓸 수 없으니.

"싫어?"

도현이 낮게 물었다.

"어디……. 어디 가시게요?"

그가 가면 안 됐다. 겨우 숨을 쉬고 겨우 심장을 진정시키고 있는데 그가 떠나서는 안 된다.

"……."

도현은 그런 유주를 가만히 내려다보았다.

색색거리는 숨이 그냥 듣기에도 위태로웠다. 그것이 꽤나 예뻐 보이는 것은 부정할 수 없지만 조금은 자제할 필요가 있었다.

금방이라도 깨질 것처럼 아슬아슬한 것이 영락없는 제 취향이기는 했지만 제 직원이기도 했으니까. 손에 쥐면 부서질 듯 연약한 것이 가학심을 자극하기는 했지만 여전히, 제 직원이니까.

"6층에."

도현이 느리게 답했다.

"아이스 팩이 거기 있거든."

"아—"

괜찮아요. 유주가 재빨리 답했다. 말해 놓고 조금 후회하기는 했다. 이상하게 생각하지는 않을까. 아프다고 품에 안겨 온 주제에 아이스 팩은 괜찮다니. 엄살을 피운다고 생각할까, 아니면 되도 않는 끼를 부린다 생각할까.

"대표님, 저……."

"쉬이—"

그가 조용히 달랬다.

"괜찮아."

유주는 어린애가 된 것 같은 기분이 들었다. 생전 처음 들어온 공간에 홀로 남겨져야 한다는 게 말도 못 하게 두려워 두 눈이 질끈 감겼다. 덜덜 떨리는 손을 진정시키려 안 그래도 하얗게 질린 손가락을 펴 치맛단을 찢을 듯 구겨 잡았다.

패닉이 오면 늘 이렇게 모든 것이 두려워졌다. 스치는 바람도, 떨어지는 빗방울도. 그래서 무엇이든 쥐고 보는 게 버릇이었다. 생명 줄이라도 잡는 기분으로.

그러다 보인 그의 손가락. 치맛단 따위와는 비교도 되지 않을 만큼 단단하고 강인한 그의 손가락이 보였다.

"……."

손가락이 잡힌 그는 조용했다. 죄송해요. 유주는 본인도 들리지 않을 만큼 작은 소리로 중얼거렸다.

도현은 조용했지만 화가 난 것처럼 보이지는 않았다. 긴 눈살을 더 날카롭게 다듬기는 했지만 그뿐이었다.

"기다려."

그가 말했다.

"기다리고 있어."

눈을 맞추고 말하는 모습이 흡사 명령을 하는 듯했다. 그 단호하고 물러남 없는 태도에 무어라 더 저항할 것도 포기하고 결국 고개를 끄덕였다. 붕 떠 위태롭던 마음이 바닥으로 찰싹 달라붙는 기분이 들었다. 그가 저를 조종이라도 하는 건가, 유주는 생각했다.

□ ◆ □

그가 나가고 다시 돌아오기까지 걸린 시간은 짧았다. 하지만 그를 기다리는 내내 유주는 그의 검은 눈과 풍기던 짙은 향, 손목을 쥐던 힘 같은 것들을 최대한 선명하게 떠올리느라 애를 먹었다.

"힘들었어?"

돌아온 그가 물었다. 기다린 시간이 괴로웠을 거라는 걸 아는 사람 같았다.

"아니요. 괜찮아요."

유주가 약간 가빠진 숨을 뱉으며 대답했다. 도현이 그런 유주 앞에 한쪽 무릎을 꿇고 앉았다.

"정말 괜찮아?"

"……."

"거짓말할 필요 없는데."

한껏 다정한 목소리에 괜찮은 척 의연을 떨던 마음이 무너졌다. 다 안다는 듯 구는 검은 눈도 피할 수가 없었다. 결국 한숨을 뱉으며 고개를 저었다.

"숨쉬기가……. 숨쉬기가 힘들어요."

놀란 기색 없이 그가 조용히 고개를 끄덕였다.

"단추 풀어."

"네?"

"단추 말이야. 두어 개만 풀어. 그것만 해도 조금 편할 거야."

꿇어앉은 그가 고갯짓으로 블라우스 단추를 가리켰다.

"아……."

별 의미 없는 말인 것을 알면서도 민망해져 고개를 조금 숙였다. 그 상태로 단추를 쥐는데 갑작스레 닿는 뜨거운 열감에 손끝이 떨렸다. 불꽃을 머금기라도 한 듯 뜨거운 손가락이 발목 언저리를 훑었다. 피아노를 연주하듯 조심스럽고 부드러운 손길이었다.

"벗겨 줄까."

"네?"

말이 아했다.

"구두. 발 부어서 벗기 힘들 것 같은데."

도현이 눈을 맞추며 말했다. 고개를 끄덕이기도 전에 그가 조심스레 하이힐을 쥐었다.

"아아……."

퉁퉁 부은 발 때문인지 구두는 쉽게 벗겨지지 않았다.

"아파?"

"조금……. 아아, 아파요."

아프다는 말이 쉬웠다. 엄살은커녕 참는 데에 소질이 있다고 생각해 온 유주는 스스로가 이상하게 느껴졌다. 그가 자꾸만 자신을 이상하게 만들고 있다는 기분이 들었다.

"괜찮아."

도현이 가는 발목을 쥐며 말했다. 그의 말에는 이상한 힘이 있었다. 고작해야 기다려, 괜찮아 따위의 말인데도 이상할 만큼 충실히 따르게 되었다. 얌전히 기다리게 되었고, 정말이지 괜찮은 것 같은 기분이 들었다.

그가 구두를 벗겨 내고 6층에서 가져온 아이스 팩을 발목 위에 올렸다.

"며칠 걷기 힘들겠다."

그 말에 유주는 절로 한숨을 뱉었다.

"안 되는데……."

내일이 바로 언니의 기일이었다. 할 일이 많은 것은 아니었지만 납골당에 가면 적어도 꽤 오랜 시간 서고, 걷고, 꿇어야 하는 과정이 필요했다. 엄마는 아픈 저를 배려하지 않을 게 분명했다. 아픈 딸보다는 죽은 딸이 더 가여울 테니 어쩔 수 없지.

"뭐가 안 되는데?"

생각을 끊은 건 그였다.

"아뇨, 그냥……."

적당한 핑계가 떠오르지 않았다. 그렇다고 구구절절 좋지도 않은 가족사를 읊을 생각도 없었다.

"내일 가야 할 곳이 있어서요."

도현은 무심한 얼굴이었다.

"안 가면 되잖아."

"아……."

"아픈데 어딜 가."

발목을 조금 세게 쥐며 그는 대답을 종용했다. 아아— 앓는 소리가 나올 정도로 손에 실린 힘이 강했다. 아파 미간을 찡그리며 그의 어깨를 쥐자 그제야 발목을 놓아 주는 게 짓궂었다.

"아, 홍 팀장한테는 연락했어."

도현이 다른 이야기를 꺼냈다.

"팀장님이요? 무슨…… 무슨 얘기 하셨어요?"

"무슨 얘기 했을 것 같은데?"

"네?"

"응?"

말장난 같은 물음에 유주는 조용히 숨을 삼켰다. 그제야 날아간 이성이 돌아오는 기분이 들었다. 그는 저처럼 시선을 피하지 않았다.

"뭐가 그렇게 무서워. 못 할 짓 한 것도 아니면서."

"아, 아뇨. 저는 그냥……."

그가 재미있다는 듯 웃었다.

"사실대로만 얘기했어."

그와 나는 사실이 벌써 나열할 정도로 많았다. 울었고, 떨었고, 다쳤고, 안겼다. 뭐가 그리 무섭냐 물으면서 사실대로 얘기했다는 그는 정작 저를 겁주고 있었다.

"홍 팀장도 놀라더라고."

아아, 탄식이 나왔다.

도현은 그런 유주를 놓치지 않고 살폈다. 불안해 보였다. 불안에 떠는 걸 알면서도 모르는 척하는 재미가 있었다.

"괜찮아."

말꼬리를 길게 늘였다. 또 한 번 미세하게 찡그리는 미간이 보였다. 잇새로 입술을 씹는 것도 보이고.

아, 이제 그만 놀려야지.

"계단에서 굴렀다고 했어."

"아, 계단……."

조금 안심하는 듯 내려앉는 가슴이 보인다.

"그게 다예요?"

"뭐가 더 있어?"

"아, 아뇨……. 없어요."

"계단에서 다친 거 보고 조퇴시켰다고 했어."

과하게 조심스러운 눈빛이 저를 살피는 게 느껴졌다. 제가 유해한 사람인지, 무해한 사람인지 고민하는 얼굴을 보는 것만으로도 이렇게 즐거울 일인가.

"감사합니다."

그런 도현의 속도 모르고 유주는 눈을 내리깔며 답했다. 혼란스러웠다. 그가 안락한 동시에 두려웠다. 속을 알 수가 없었다. 모든 걸 아는 것 같으면서 또 아무것도 모르는 것 같았다. 말하지 않는 무언가를 이해하는 것 같은데 또 완전히 모르는 것 같기도 했다.

"쉬어."

도현은 그런 유주의 어깨를 토닥이며 자리에서 일어났다. 늦어진 오후 업무를 시작하려는 듯했다.

유주는 어쩌면 이것이 마지막 기회라고 생각했다. 도현이 만드는 기묘한 평화 속에서 조금 더 쉬고 싶다는 열망이 피어오르긴 했지만 어차피 조퇴 처리까지 했으니 집으로 가 안정제를 먹는 편이 장기적으로는 현명한 선택인 것 같았다.

쉬라느니. 가지 말라느니. 수국도 밟은 그가 앞으로 무엇을 할지 알 수 없었다. 일부러 저가 원하는 것만 내어 주는 것 같은 그가 좋아 곁에 있고 싶으면서도, 곁에 있고 싶은 기분이 두려워 멀어지고 싶었다.

"저는 그럼……."

몸을 일으키려는데 그가 뒤로 돌았다.

"일어나라고 한 적 없어."

단호했다. 낮은 목소리, 검은 눈. 절로 긴장이 되는 모양새였다.

"쉬라고 했지."

어르듯 다정했다. 말을 듣지 않는 아이를 대하는 듯했다. 그 기세에 눌려 도로 소파에 앉자 그가 다시 아무렇지 않은 얼굴을 했다.

아, 그를 이길 수가 없다. 아무리 상사여도 하고 싶은 말 하나 못 하는 멍청이는 아니었는데. 입이 떨어지지 않는다.

□ ◆ □

시간은 느리게 갔다. 그는 일에 대한 집중도가 높은 사람이었다. 책상에 앉은 이후로는 죽 같은 자세였다.

꽤 많은 전화가 오갔다. 상대는 전시 후원자나 작가들인 것 같았다. 가끔은 비서들의 콜을 받기도 했다. 짧은 보고들이었다. 새로 생긴 일정이나 취소된 일정 같은. 그럴 때마다 저는 허리를 세우고 자세를 바로 했다. 당장에라도 단정하게 머리를 묶은 비서들이 들어올 것 같은 기분에서였다.

"정유주."

그런 움직임이 몇 번 지속되자 거슬렸는지 그가 말했다.

"편하게 있어. 신경 쓰이잖아."

"아, 죄송해요."

"발목 때문에 그래?"

무심한 얼굴로 걱정을 한다.

"아, 아니요."

"그럼 뭐 때문인데."

"그냥……."

미적지근한 대답에 도현이 나지막한 한숨을 뱉는다.

"그냥 뭐."

"별거 아닌데……."

유주가 느릿느릿 입술을 열었다.

"비서팀분들 목소리가 자꾸 들리니까 걱정돼서요. 갑자기 막 들어오실 것 같고……."

"그게 왜."

"아직 업무 시간이니까……. 제가 여기서 이렇게 쉬고 있으면 오해하실 수도 있잖아요. 조퇴한다고 했는데……."

비서팀 사람들은 미술관의 눈과 귀, 그리고 입이었다. 직원들 중 유일하게 6층을 사용하는 사람들이기도 했으니 7층인 그의 사무실에 들어오기란 너무 쉬웠다.

"그런 걱정을 왜 해."

도현이 건조하게 말했다.

"허락 없이는 못 들어와."

"아……."

숨이 막히면서 또 안심이 되는 이상한 기분이 들었다.

……rr

……rrr

Rrrrr

잠에 빠진 이유도 그 이상한 평화 때문일 것이다.

매일 반복되는 악몽에 잠이 부족한 건 일상이었지만 그렇다고 수면욕이 있는 것도 아니어서 낯선 곳에서 잠드는 일은 여태껏 없었다. 오히려 그 어디에서도 잠을 잘 못 자는 편이었다. 잠을 자는 순간 언니를 볼 게 빤하니.

그런데 무슨 일일까. 낯선 공간, 낯선 사람, 낯선 분위기 속에서 긴장을 풀고 잠에 빠졌다. 심지어 악몽도 꾸지 않은 것 같은데. 5년이란 시간 내내 선명하게 나타나 저를 괴롭히던 악몽이 처음으로, 악몽이 시작된 이후 최초로 나타나지 않았다. 주머니에 있던 핸드폰이 울리지 않았다면 얼마나 더 잤을지 모를 일이었다.

유주가 핸드폰 화면을 바라보았다.

[엄마]

아침과 마찬가지로 표정이 굳었다. 시간이 얼마나 되었는지는 몰라도 커다란 창밖은 어두워져 있었다.

재촉 전화일 게 분명했다. 늦는다고 말했지만 절대 늦어서는 안 되는 날. 수국에 대해 물을 것이다. 하얀 수국은 잘 샀냐고 물을 것이다.

들뜬 엄마의 목소리를 떠올리니 가슴이 뭉근하게 무거워졌다. 너무 무거워 몸이 바닥으로 곤두박질칠 것 같았다. 심장을 뜯어 버리고 싶다는 충동이 들었다.

그 순간—

"안 받을 거면 꺼."

낮고 무심한 목소리가 천천히 박혀 들었다. 소리를 따라 시선을 돌리자 책상에 고개를 박은 그가 보였다. 잠들기 전 보았던 모습 그대로. 시간이 꽤 지난 것 같은데도 아직 남아 있는 일이 많은지 그는 조금 예민해 보였다.

"……."

저주다. 유주는 생각했다. 저주가 아니라면 말 한마디의 힘이 이토록 강할 리 없다. 그렇지 않고서야 이 저주에 영원히 사로잡혀도 괜찮을 것 같다는 멍청한 생각을 할 리가 없다. 정말이지 이 정도면 영혼을 팔 수도 있을 것 같은데. 조용한 목소리 하나에 온갖 시끄러운 생각이 전부 가라앉을 정도이니.

"정유주."

그가 다시 한번 입을 열었다.

"신경 쓰여. 꺼."

이번에는 시선을 맞춘 채였다. 전과 같이 명령이었다.

유주는 전에 없던 짓을 저지르기로 마음먹었다. 핸드폰의 전원을 끄고 엄마의 집착을 외면하는 일이었다.

도현이 그런 유주를 잠깐 동안 응시하다 다시 서류로 시선을 옮겼다.

3

재회

잠에서 깬 유주가 시간을 살폈다. 오전 11시가 조금 넘은 시간이었다.

"오래도 잤네."

잘 먹지 않던 수면제를 삼킨 탓이었다. 덕분에 잠은 오래 잤는데 그만큼 꿈도 오래 꾸었다.

늘 잠이 부족하면서도 수면제를 잘 먹지 않는 이유가 바로 이 때문이었다. 수면제를 먹으면 꿈에서 도망치려 해도 깰 수가 없었거든. 그걸 모르지 않으면서 수면제를 먹은 건 근 5년 만에 경험한 단잠 때문이었다.

짧지만 강렬했던 평화. 그 평화가 욕심에 불씨를 당겼다. 차라리 포기하고 살 때는 괜찮았는데, 영원히 악몽과 함께해야 한다고 생각할 때는 괜찮았는데, 그것들로부터 벗어날 수 있다는 희망이 생기자 욕심이 생겼다. 그래서 수면제를 삼켰다. 어쩌면 악몽으로부터 벗어나게 된 것이 아닐까 하는 생각 때문에. 뭐, 안타깝게도 착각이었지만.

"아얏—"

몸을 일으키려 움직이자 신음이 샜다. 발목의 통증이 어젯밤의 이야기를 되살렸다.

비상구, 수국, 계단, 그리고 최도현.

모든 기억이 몽롱한데 발목은 아파 현실감이 느껴졌다.

밤 9시가 넘은 시각이 되어서야 미술관을 나섰던 어젯밤. 그는 저를 데려다 주겠다고 했고 저는 그런 그에게 엄마 집이 아닌 혼자 사는 집 주소를 말했다. 단잠의 여파였을까. 이성보다 본능이 앞섰다. 그냥 쉬고 싶었다. 엄마고, 언니고 그냥 쉬고 싶었다.

운전하는 내내 조용하던 그는 집 앞에 도착하기까지 단 한마디의 말도 하지 않았다. 다만 행동은 다정해서 차 문을 열어 주고, 저를 일으키고, 또 현관문 앞까지 부축했다. 집 안으로 들어오지는 않았다.

'내일 어디 가지 말고 쉬어.'

당부 같은 명령을 하기는 했다. 그래서 그냥 '그럴게요.' 대답했다.

꺼 둔 핸드폰이 생각났다. 전원 버튼을 길게 누르고 기다리자 불이 들어왔다. 단발적인 진동이 화를 내듯 계속됐다.

"무슨 전화를 이렇게나……."

부재중 전화만 32통이 와 있었다. 엄마, 엄마, 엄마, 엄마, 그리고 엄마. 그중 31통이 모두 엄마에게서 온 전화였다. 집착의 무게가 상당했다. 그제야 흐린 정신이 맑아지고 현실이 두려워졌다.

왜 그랬을까. 왜 그런 미친 짓을 했을까. 핸드폰의 전원을 끄는 것도 모자라 집으로 퇴근하겠다는 약속을 왜 어겼을까. 제정신이 아니었다는 말 말고는 표현할 방법이 없었다. 온 신경이 그에게 쏠려 벌벌 떠는 바람에 다른 무엇은 생각도 않고 무시해 버렸으니.

엄마는 어젯밤 내내 잠을 자지 않았을 것이다. 그러다가 이내 화가 났을 것이다. 아니, 언니를 생각했다면 그저 슬퍼했을 것이다.

엄마는 혼자서라도 언니에게 다녀왔을까 궁금해졌다. 원래대로라면 납골당에 다녀오고도 남을 시간이었다.

그때, 쿵쿵쿵— 누군가 현관문을 두드렸다.

"누구세요?"

쿵쿵쿵—

문밖의 사람은 대답이 없었다.

"누구세요?"

다시 한번 묻자 '엄마야.' 라는 대답이 들려왔다. 순간 등골이 오싹해졌다. 엄마가 눈앞에 있는 것도 아닌데 절로 뒷걸음질이 쳐졌다.

"유주야, 문 열어."

목소리는 차분했다. 영영 피할 생각은 아니었지만 이렇게 빨리 마주하고 싶지는 않았다. 오후에 홀로 납골당에 다녀온 후 엄마에게 전화해야지 생각했는데. 미안하다고 말해야지 생각했는데.

"아, 엄마구나. 잠깐만."

침대 위 이불을 대강 정리한 후 그리 넓지도 않은 집 안을 대강 훑어보았다. 그러다 다시 쿵쿵쿵— 소리가 들려 무언가 해 보려던 것들을 포기하고 문을 열었다. 엄마가 보였다.

검은색 원피스에 진주 목걸이까지 한 것을 보니 이미 납골당에 다녀온 것 같았다. 눈이 벌겠다. 어떤 몸짓으로 울었을지, 어떤 표정으로 흐느꼈을지 보지 않아도 그릴 수 있었다.

"집에 있었니?"

엄마는 잔뜩 갈라진 목소리로 물었다.

"엄마, 내가 미안……!"

말을 다 마치기도 전에 고개가 돌아갔다. 엄마는 손이 맵다.

"엄마……."

덜컥 겁에 질린 목소리가 튀어나온다.

"너, 오늘이 무슨 날인지 몰랐니?"

엄마는 붉어진 눈으로 매섭게 노려보았다. 딸을 바라보는 눈빛이 아니란 건 분명했다.

"엄마, 내가……."

"너한테 유하는 아무것도 아니야?"

"엄마……."

"네 불쌍한 언니는 안중에도 없어?"

차분하던 목소리가 조금씩 높아지더니 이내 쩌렁쩌렁해졌다.

"아니, 그런 게 아니라……."

"너만 잘 먹고 잘 살면 되는 거야?"

"엄마……."

"너만, 너만 살면 되는 거냐고!"

증오가 가득한 목소리였다.

엄마는 사고 현장에 제가 함께 있었다는 사실 하나만으로도 사무쳐 했다. 사고라고 생각하면서도 그 사고를 막지 못한 저를 원망했다. 매 순간 사랑스럽고 명랑하던 언니가 스스로 목숨을 끊었을 거라고는 조금도 생각하지 않는 듯했다.

엄마가 저를 밀치고 집 안으로 들어왔다. 구두를 벗지도 않은 채 바닥을 밟으며 더럽히는 것이 아주 의도적이었다. 거실을 지나쳐 방 안으로 향한 엄마는 옷장을 열더니 잘 걸린 옷들을 바라보며 조소했다.

엄마는 장례식 날 하얗고 소박한 수의를 입은 언니를 늘 안타까워했다. 한평생 공주님처럼 자라 밝고 어여쁜 것만 입고 두르던 언니가 그리 얌전하게 떠난 것이 한인 듯했다. 그래서인지 엄마는 유독 화가 나는 날이면 저의 옷들을 헤집어 품에 안고는 엉엉 울었다.

"이기적인 것!"

오늘은 그 정도로는 화가 풀리지 않는지 옷들을 끌어내 바닥으로 내던졌다.

"이런 게 다 무슨 소용이야!"

예쁘고 고운 옷일수록 더 화가 나는 듯했다.

"엄마!"

"졸업하고 취업하니 눈에 뵈는 게 없지!"

"엄마, 무슨 말을 그렇게 해. 그런 거 아니야. 응?"

"저리 비켜, 이 나쁜 것!"

어디서 그런 힘이 나오는지 아무리 말리려고 애를 써도 엄마를 멈출 수는 없었다.

"너 같은 걸 동생이라고 둔 유하가 불쌍해. 알아?"

더 이상 헤집을 옷이 없어지자 엄마는 화장대 위에 놓인 물건들을 바닥으로 쓸었다.

"너는 언니한테 미안하지도 않니?"

"엄마……."

"혼자 살아 있는 게 미안하지도 않아?"

제가 마지막으로 언니에게 무슨 말을 했는지도 모르면서 엄마는 화를 냈다. 만약, 만약 내가 언니에게 퍼부은 말들을 엄마가 알게 된다면 엄마는 어떤 표정을 지을까. 자지러지겠지. 그런 후에는 아마 저를 죽이려고 하지 않을까.

결국 유주는 흐느끼는 소리 하나 내지 않고 빌었다.

"엄마, 미안해. 응?"

한때는 다정했던 엄마의 무릎에 매달려 빌었다. 엄마한테서 언니를 빼앗아 미안해. 내가 언니를 죽여서 미안해. 영원히 혼자만 알고 있을 사실을 목 끝에 매단 채.

"그만해. 내가 잘못했어. 이제 그만해. 응?"

"저리 비켜!"

"아얏!"

밀어 내는 힘에 균형을 잃은 순간, 어제 다친 발목이 욱신거렸다. 아아— 저도 모르게 비명을 질렀다. 줄곧 화를 내던 엄마가 벼락이라도 맞은 듯 조용해진다.

"아파?"

실수였다.

"엄마……."

"겨우 그 정도로 아파?"

아무리 아파도 앓는 소리를 내서는 안 됐는데.

"유하는 죽었는데 너는 겨우 그 정도로 아파? 아프다는 소리가 나와?"

엄마는 제가 '엄살' 부리는 것을 극도로 혐오했다. 그 어떤 통증도 죽음에 비하면 아무것도 아닌 탓이었다. 덕분에 5년간 아프단 소리 한번을 제대로 못 하고 살았다.

"네 언니가 너를 얼마나 아꼈는데."

그랬나. 정말 그랬었나. 죽음은 많은 것을 미화한다.

"네가 어떻게 이럴 수 있어."

"엄마……."

"죽어서 언니 얼굴을 어떻게 보려고 그래!"

엄마는 소리치며 통곡했다. 억울하다는 듯 가슴을 치다가, 하늘을 보며 울기를 반복하다 종국에는 언니 이름을 부르며 흐느꼈다.

"유하야……."

그러고는 구석에 웅크린 저에게 다가와 세상 따뜻한 손길로 얼굴을 어루만졌다. 증오로 가득했던 눈은 연민과 그리움이 대신 자리하고 있었다. 엄마는 저를 보며 언니를 보고 있었다.

"보고 싶어. 보고 싶어, 우리 딸."

이런 순간이 올 때마다 죽는 기분이 들었다. 언니가 엄마의 눈과 입을 통해 살아나는 만큼 저는 딱 그만큼 죽었다.

"네가 살았으면 좋았을걸……."

"흐으……."

살아 있는 것이 죄였다.

"네가……. 네가 살았으면……."

가끔 그런 생각을 했다. 언니가 아닌 제가 죽었어도 엄마는 지금처럼 미쳤을까. 제가 아닌 언니가 살았어도 이렇게 슬퍼할까. 언니에게도 네가 아닌 유주가 살았어야 했다고, 제가 살았어야 했다고 말했을까.

□ ◆ □

엄마의 광기는 천둥처럼 요란하고 짧았다. 늘 그렇듯 끝은 있었고 서로를 향한 미움과 미안함만이 바닥에 남았다.

"납골당 다녀와. 언니가 기다려."

마지막은 차분했다. 오늘이 가기 전에 언니에게 다녀오라는 말이 전부였다. 엄마는 조용히 떠났다.

엄마가 떠나고 한참을 움직이지 않았더니 창밖이 어느새 어두워졌다.

납골당엔 가지 않았다. 언니 사진을 바라볼 자신이 없기도 했고 움직이기엔 발목이 너무 아프기도 했다. 주말의 반이 지났다는 게 조금 슬플 뿐이었다.

핸드폰 진동 소리가 울렸다. 납골당에 다녀왔는지 묻는 엄마의 전화일 것이다. 받지 않으면 금방 끊길 거라 생각한 전화가 길어졌다.

"하, 진짜……."

어제보다 더 아픈 발목을 절뚝이며 핸드폰을 찾았다. 소리를 따라 뒤지는 것도 한참이었다. 이불 아래에 있는 핸드폰이 보였다.

"뭐야……."

화면을 보니 엄마가 아니었다. 저장되어 있지 않은 번호였다. 광고 전화일까 싶어 거절 버튼을 눌렀더니 같은 번호로 다시 전화가 왔다. 뭐지 싶었다.

"여보세요."

— …….

기껏 받았더니 상대는 조용했다.

"여보세요. 말씀하세요."

— …….

재촉해도 침묵은 계속되었다. 전화를 끊으려는데 그제야 크흠, 하고 목을 가다듬는 소리가 들렸다.

— 나야.

흘러나오는 소리에 몸이 굳었다.

— 정유주.

상대는 허스키한 목소리로 제 이름을 불렀다.

— 듣고 있어?

"최수현?"

이름을 부르면서도 꿈을 꾸는 것 같아 아픈 발목을 주물렀다. 아프게 욱신거리는 것을 보아 분명한 현실이었다.

— 오랜만이야.

그 말에 온갖 기억이 되살아난다.

수현은 유주의 오랜 친구였다. 정확히는 열일곱 살에 만나 고등학교 시절과 대학 시절을 함께한 10년 친구. 시험 기간이 되면 함께 공부하는 것이 당연했고, 고민이 있다고 말하면 그 시간이 밤이든 새벽이든 주저하지 않고 만나는 게 일상이었다. 딱 스물네 살 때까지는 그랬다.

스물네 살이 되는 해에 그는 유학길에 올랐다. 자신과 마찬가지로 그림을 그렸던 그는 천부적 재능을 가진 신예로 살다가 스물두 살 때부터 빛을 보기 시작해 차츰 거물이 되어 갔다.

덕분에 그가 따로 연락을 하지 않아도 소식은 자주 들을 수 있었다. 그의 그림을 찬양하는 평론이 온갖 곳에서 쏟아져 나왔으니 모를 수가 없었다.

미국의 어느 유명 평론가는 수현을 고흐의 시선과 클림트의 화려함을 가진 화가라고 평했다. 찬란한 슬픔을 그린다고 했던가.

그럴 수밖에.

— 나 한국으로 돌아가.

그는 유하의 연인이었으니.

연인의 죽음을 경험한 예술가는 아름다워지는 법이었다. 그런 그가 돌아온다고 말한다.

— 보고 싶어.

□ ◆ □

다음 날, 다친 발목을 절뚝이며 공항에 도착한 유주는 마음이 급했다. 약속한 시간보다 한참을 늦은 탓이었다.

마중 나오라는 그의 말에 밤잠을 설쳤다. 악몽도 평소보다 선명하게 꾸었다. 말도 없이 떠나 3년간 아무런 소식도 전하지 않은 주제에 한국에 도착하면 제일 먼저 보고 싶은 게 저라고 했다.

"수현아, 미안. 나 이제 도착했어."

새로 저장한 번호로 전화를 걸어 말했다.

— 너무한 거 아니야? 3년 만인데.

핸드폰 너머로 장난스러운 웃음소리가 들린다.

"미안, 정말 미안."

— 농담이야. 별로 오래 기다리지도 않았어.

"금방 갈게. 지금 어디야?"

— 게이트 C 앞.

"아, 근처네. 금방 갈게."

— 금방 간다는 말만 몇 번이야. 천천히 와도 돼.

다리만 멀쩡했어도 달렸을 텐데 그러지 못해 아쉬웠다. 게이트 D를 지나 C에 가까워지자 멀리서 그의 실루엣이 보인다.

큰 키에 하얀 피부가 멀리서도 또렷했다. 저쪽에서도 보이는지 긴 팔이 인사하듯 흔들렸다.

조금 빠르게 걸었다. 그가 조금씩 더 잘 보였고, 그와 조금씩 더 가까워졌다. 걱정했던 것과 달리 그는 웃고 있었다. 고작해야 3년이기는 했지만 그래도 무언가 변했을까 싶었는데 그는 조금도 변하지 않은 것 같았다.

큰 키에 유난히도 벌어진 어깨와 결 좋은 하얀 피부가 특히나. 조금 처진 긴 눈도 여전했다. 순한 강아지 한 마리가 떠오르는 제법 부드러운 생김새였다.

하지만 그의 얼굴에는 곡선만 있는 게 아닌지라 마냥 유한 인상이라고 할 수는 없었다. 단단하게 도드라진 눈썹 뼈와 높게 선 콧날 같은 것들. 사는 동안 단 한 번도 꺾이지 않은 자기 확신과 예민함, 고집과도 같은 집착이 그곳에 담겨 있었다.

그것들에 비해 턱선과 입술 끝은 가늘고 날렵한 편에 속했다. 간혹 나타나는 찬 기운은 대개 그곳에서 나왔다. 웃을 때면 단번에 말려 올라가는 입꼬리가 천진해 모든 걸 모른 척하게 하지만—

"최수현!"

이름을 부르니 고운 얼굴이 예쁘게 웃는다. 긴 눈이 휘어지며 그 밑으로 접히는 애교 살이 어찌나 어려 보이는지 나이는 저 혼자 먹은 것 같았다.

"오랜만이야."

응, 하고 대답하려는데 틈도 없이 다가온 그가 품 안 가득 안겨 왔다. 정확히는 덩치 큰 그가 저를 안은 것이지만 안기듯 몸을 숙인 그는 파고들 듯 깊숙이 안겨 왔다. 훅, 하고 퍼지는 향에 절로 눈이 감겼다. 익숙한 향이었다.

유주는 그에게서 나는 향을 겨울날의 물 냄새 같다고 종종 비유했다. 마른 나무 향이 조금 섞이고 찬 바람 냄새가 살짝 어우러진 깨끗하고 깊은, 많이 깊고 차가운 물 냄새.

"보고 싶었어."

그가 어깨에 얼굴을 묻고 속삭였다.

"수현아."

"그리웠어."

수현이 안은 팔에 힘을 주며 말했다. 그의 숨이 귓가에 닿을 것처럼 가까웠다.

"정말이야. 정말, 그리웠어."

진심이라는 걸 말하려는 걸까. 그는 어절 하나하나에 힘을 실어 말했다.

"그동안 전화 한 통 없었던 사람이 할 말은 아니지 않아?"

부러 예전처럼 핀잔을 주어도,

"미안."

그는 순하고 무겁게 대답했다.

"입국하기 하루 전에 전화한 건 네가 생각해도 조금 너무하지?"

"응, 미안."

순하고.

"그것도 마중 나오라는 말 한마디, 덜렁."

"정말 미안."

무겁게.

웃음 섞인 목소리를 한 주제에 풀 죽은 척 연기하는 커다란 몸을 이길 방법은 없었다. 유주는 밀어 내던 손에 힘을 빼고 웃었다.

"알았어, 멍청아."

그 말에 장난기 가득한 웃음소리가 어깨 위로 새어 나왔다.

"알았으니까 이제 좀 놔. 까치발 들고 있기 힘들어."

그제야 끌어안은 몸을 풀고 물러난 그가 웃었다. 밝은 갈색 눈 안에 제 모습이 차는 게 보였다. 머리를 헝클이는 버릇도 여전했다.

정말 돌아왔구나 싶어 웃음이 나려는데 그가 미간을 찌푸린 채 고개를 기울였다. 그 밝은 눈동자를 보고 있자니 반사적으로 몸이 굳었다. 투명한 눈으로 꿰뚫는 시선이 오랜만이었다.

"울었어?"

어제 엄마와 난리를 치르며 운 것이 여태 티가 나는 듯했다.

기다란 손가락을 뻗은 그가 눈가를 쓸었다. 포옹에 비하면 한없이 가벼운 스킨십인데도 괜히 들키는 게 싫어 걸음을 물렸더니 한껏 상처받은 얼굴을 한 수현이 손을 거뒀다.

"유주야."

"별거 아니야."

재빨리 변명했다.

"어제 잠을 잘 못 자서 그래. 그럴 만하잖아. 네가 3년 만에 전화했는데."

그럴싸한 핑계였지만 그는 여전히 눈살을 찌푸린 채였다. 믿지 않는 눈치였다.

"눈이 빨개."

목소리가 저 아래로 낮아진 게 느껴졌다. 이미 다 알고 있다는 듯, 그러니 솔직히 얘기하라는 듯 그는 조용히 침묵을 지켰다.

다른 변명을 떠올려 볼까 하다가 어차피 통하지 않을 거라는 생각이 들었다. 예전부터 그를 속이는 건 불가능에 가까웠다. 그러니 다시 익숙해져야 했다. 다정하고 따뜻하지만 거짓말은 허락하지 않는 시선에 다시.

"다리는 왜 그래?"

그가 질문을 바꿨다. 걱정스러운 시선이 눈에서 발목으로 내려갔다가 다시 올라왔다.

"응?"

"아까부터 절뚝이잖아. 제대로 서 있지도 못하고."

그건 또 언제 보았는지.

"어제 계단에서 넘어졌어."

아주 거짓말은 아니었다.

"정말이야."

결백하다는 듯 말하자 그는 길게 한숨을 뱉었다.

"알았어."

대답한 수현이 손목을 빼앗아 쥐었다.

"야……!"

말릴 새도 없이 소매를 걷어 올린 그는 이럴 줄 알았다는 듯 눈살을 찌푸렸다. 빨갛고 푸른 멍 자국이 선명했다.

"맞았어?"

멍 자국을 바라보다 시선을 맞춘 그의 눈이 매서웠다. 아무리 처진 눈꼬리라도 안광을 빛낼 때면 그 무엇보다도 서늘했다.

"수현아."

"맞았냐고."

차마 대답할 수가 없어 애꿎은 입술만 물었다. 화가 난 듯 조금 붉어진 얼굴로 노려보던 그는 다시금 고개를 숙여 푸르죽죽한 손목을 이리저리 살펴보았다.

"여전하시구나."

무어라 할 말이 없었다.

"너희 어머니."

그가 말없이 떠나기 전에도 엄마의 광기는 종종 흔적을 남겼다. 그때마다 그는 못 견디겠다는 듯 화를 냈고 왜 참고만 있는 거냐며 속상해했다.

"그래서."

억지로 화를 누른 것 같은 그가 다시 입을 열었다.

"울었어?"

이 시선에 익숙해져야 했다. 다시, 익숙해져야 했다.

"응?"

그가 재촉했다. 이것도 익숙해져야 했다. 그는 느린 답을 좋아하지 않는다.

"괜찮아."

"……."

"괜찮다니까. 정말이야."

"정유주."

몸이 조금 떨린다. 습관처럼.

"내가 묻는 말은 그게 아니잖아. 질문이 어려워?"

다정하고 부드러웠던 목소리가 차갑게 식어 있었다. 오랜만에 만난 자리에서 이런 대화를 나누고 싶지는 않았는데. 그냥 좀 웃고 싶었는데. 예전처럼. 예전의 행복했던 그때처럼.

"……그냥."

어쩔 수 없었다.

"조금 울었어."

대답과 함께 그가 품 안 가득 저를 끌어안았다. 그를 이길 수 없다. 아득하게 깊고 차가운 물에 빠져 천천히 질식하는 기분이 들었다. 겨울의 물 냄새가 짙어진다.

"내가 어머니 좀 만날까? 어머니 나 좋아하시잖아."

어리광을 피우듯 다정해진 목소리가 웅얼거렸다.

"됐어. 나중에 엄마랑 밥이나 먹자."

간신히 그에게서 몸을 떨어트린 유주가 말했다. 붓을 쥐는 것이 일상인 하얀 손가락이 또 한 번 눈가로 향했지만 이번만큼은 피하지 않았다. 그가 천천히, 아주 느리게 눈물로 짓무른 눈가를 쓸었다.

"가자."

수현이 손목을 쥐어 당기며 말했다. 잡힌 손목이 아파 잇새로 작은 신음을 흘렸다. 누구 때문인지 알 수 없었다. 폭력을 휘두른 엄마 때문인지, 그것을 알면서도 잡아 쥐는 수현 때문인지.

□ ◆ □

"어디 가고 싶어?"

택시 뒷좌석에 몸을 실은 유주가 수현에게 물었다.

"음……. 집?"

"집에 바로 가도 괜찮아? 한식 먹고 싶다며."

"괜찮아. 오늘만 날인가."

택시에 오르기 전까지만 해도 김치찌개부터 시작해 간장게장에 이르기까지 먹고 싶은 것만 수십 가지라며 종알거리던 그는 모든 의욕을 잃은 사람처럼 괜찮다고 대답했다.

"잠부터 자야 할 것 같아."

나른하게 감은 눈이 척 보기에도 피곤해 보이기는 했다.

"그래, 그럼. 한남동으로 가자."

함께 가서 짐 정리하는 걸 도울 요량이었다.

"한남동? 아, 넌 아직 모르지."

뭘 모른다는 것인지 설명하지 않은 수현이 웃었다.

"기사님, 삼성동으로 가 주세요."

"삼성동?"

"응."

"이사 갔어?"

기억하기로 그의 집은 한남동이었다. 그와 같은 고등학교를 다니고 화실도 같은 곳을 다녔으니 그가 사는 동네야 뻔했다.

"부모님은 여전히 거기 계셔."

"근데?"

의아하다는 듯 묻자 그가 어깨를 으쓱였다.

"내가 이 나이 되도록 부모님이랑 같이 살 줄 알았어?"

으스대는 꼴로 어른인 양 말하는 게 우스워 웃었더니 그도 함께 웃었다. 하긴, 그도 이제는 완연한 스물일곱 살의 청년이었다. 그냥 청년도 아닌, 전 세계가 숨죽여 기다리고 있다는 미술계의 천재.

"돈 좀 벌었나 봐?"

"돈은 원래도 많았어."

"뭐야, 재수 없어."

팔을 툭, 치며 눈을 흘겼더니 사실인 걸 어떡하느냐며 어깨를 으쓱였다. 뭐, 사실이기는 했다. 그의 부유함은 숨긴다고 숨겨지는 규모가 아니었으니까.

경제적으로 꽤 넉넉한 집안에서 자랐다고 해도 과언이 아닌 저조차 어릴 적에는 그에게 위화감을 느낄 때가 많았다.

비싼 물감이나 붓 같은 것들을 차고 넘치게 갖고 다니는 것도 그랬고, 그를 집까지 데려다주기 위해 기다리는 검은색 차도 그랬다. 그와 친해지고 나서는 저와 제 언니도 그 차를 종종 얻어 타고 다녔는데 늘 정장 차림을 하고 있는 기사님이 신기해 빤히 쳐다보고는 했다.

"너는 요즘 뭐 해?"

수현이 물었다.

"뭘 뭐 해. 졸업하고 취직해서 일하지. 월요일만 되면 어디로 도망가고 싶어 죽겠다."

"졸업했어?"

그가 놀란 듯 물었다.

"그럼 내가 이 나이 되도록 졸업도 못 했을까 봐?"

부러 그를 흉내 내며 답하자 그가 웃었다.

"어떤 회사야? 디자인?"

"디자인은 무슨. 나 이제 그림 안 그려."

최대한 아무렇지 않은 척 대답했다. 아픈 말이었지만 아프다는 티를 내고 싶지 않아서였다. 눈치는 조금 보였다. 저에게 그림이 어떤 의미였는지 그가 모를 리 없으니까. 역시나 그의 미간이 구겨졌다.

"그림을 안 그려?"

충격을 받은 듯했다.

"그림 그리면서 먹고사는 사람이 몇이나 된다고 그래. 너 같은 천재나 예술가로 사는 거지."

포기하는 과정이 쉬웠던 것은 아니지만 우울하게 들리지 않도록 밝은 목소리를 냈다.

"괜찮아?"

수현이 의중을 살피듯 눈을 맞췄다.

"응, 당연하지."

하지만 유주는 앞을 보며 말했다. 엄살 부리고 싶지 않았다.

"괜찮아. 온갖 그림 다 보면서 살고 있거든."

나 미술관에서 일해, 덧붙였더니 그가 놀란 눈을 했다.

"미술관? 어디 미술관?"

"리연. 너도 리연은 알지?"

10년 전에도 리연이 목표라 떠들어 댔으니 그도 기억할 것이다. 슬쩍 시선을 돌려 그의 반응을 살피니 얼굴이 조금 굳어 있었다.

"정말 리연에서 일해?"

"그럼 가짜로 일해?"

"무슨 일 하는데?"

"기획팀 소속이기는 한데 아직은 별일 안 해. 입사한 지 겨우 한 달째거든."

굳은 얼굴을 살살 풀어낸 그가 천천히 미소를 지었다.

"잘됐네."

4

삼자대면

유주는 또다시 7층이었다. 정확하게는 7층 복도. 출근한 지 한 시간도 채 되지 않은 시점이었다. 대놓고 사내 콜을 이용해 저를 호출한 도현의 저의를 알 수 없었다.

그가 저를 왜 찾을까. 아니, 그가 저를 왜 이제야 찾을까.

주말에 한 번은 그가 연락을 해 오지 않을까 생각했다. 이유는 특별하지 않았다. 그저 금요일에 보였던 제 모습이 정상적이지는 않았으니 직장 상사로서든, 그냥 평범한 인간으로서든 어떤 반응이란 걸 보일 거라 생각했다. 뒤늦게나마 왜 울고 있었는지를 궁금해한다든가, 이제는 괜찮은지를 묻는다든가, 뭐 그런 비슷한 것들.

무엇을 묻든 쉽게 대답할 것이 없어 미리 준비도 하고 걱정도 했었다. 하지만 그런 걱정이 무색하게 그는 아주 조용했다. 마치 아무 일도 없었던 것처럼.

배려일까, 생각도 했다. 상사에게, 그것도 무려 고용주인 대표에게 추태를 보인 신입을 위한 어떤 배려 같은 것 말이다.

그런데 왜, 왜 지금에서야 저를 찾을까. 답을 찾지 못한 채 벌써 문 앞이다.

"대표님, 정유주입니다."

"들어와요."

문 너머로 그의 목소리가 들렸다. 문손잡이를 쥐고 밀어 내자 금요일에도 가득하던 무거운 향이 아픈 발목을 타고 올라왔다.

"찾으셨어요, 대표님."

인사처럼 뱉은 말에 대답은 없었다. 시선은 땅에 박은 채여서 그가 무얼 하고 있는지 알 수 없었다.

"……."

그가 방 안에 없는 것은 아닌가 착각이 들 정도의 적막이 흘렀다.

한참을 버티다 결국 호기심이 앞서 고개를 들었더니 검은 눈과 시선이 마주쳤다. 하얀색 셔츠와 검은색 슈트를 차려입은 그가 턱을 괴고 저를 보고 있었다. 깎아 놓은 조각처럼 하얀 얼굴. 속을 알 수 없다.

"참을성이 좋네요."

정적을 깬 그가 말했다.

"언제 고개 드나 궁금했거든."

"……."

"발목은 괜찮아요?"

금요일과 달리 존대를 하는 그는 익히 알던 대표 최도현이었다. 대뜸 반말을 하고 장난스러운 미소를 짓던 모습은 보이지 않았다.

"덕분에요. 감사합니다."

사무적인 척 애쓴 것이 불필요하게 느껴졌다. 그렇게 이유 모를 안심을 하려는 순간—

"집에는 잘 있었어요?"

검은 눈과 낮은 목소리.

"갈 곳 있다고 했잖아요."

짙은 향과 조용한 미소.

"가지 말라고 했었고."

기시감과도 같은 기분이 삽시간에 생겨났다. 안 가면 되지 않느냐고 묻던 얼굴과 발목을 아프게 쥐던 손아귀의 힘이 자연스레 떠오른다.

대답을 고르느라 도현을 멍하니 쳐다보니 그는 조용히 시선을 깔며 발목을 응시했다. 발목의 통증이 더 심해지는 기분이 들었다.

"원래 그렇게 느려요?"

도현이 조금 웃으며 물었다.

"금요일에도, 오늘도 대답이 느리네."

"아, 죄송해요."

"일단 앉아요. 다리 아플 텐데."

긴 손가락으로 소파를 가리킨 그가 말했다. 감사합니다, 대답하며 앉기는 했는데 괜한 불안감이 들었다. 존대를 쓰고, 시간은 이른 오전이고, 또 그의 태도에서는 아무런 위협도 느껴지지 않는데 꼭 지난 금요일로 돌아간 기분이 들었다. 그는 책상에, 저는 소파에 앉아 있는 것이 꼭.

하나 다른 것이 있다면 이번에는 그가 맞은편 소파로 다가와 앉았다는 것 정도.

"그래서, 갔어요?"

자리에 앉아 다시 턱을 괸 그가 물었다. 집요했다. 대답하지 않으면 끝까지 물어볼 기세에 결국 고개를 저으며 답했다.

"안 갔어요. 그냥…… 집에서 쉬었어요."

그가 웃는다.

"착하네."

낮게 읊조리며 잘했어요, 하고 덧붙이는 게 퍽 다정했다. 그 다정이 몸을 긴장하게 했다.

"……감사합니다."

어설프게 미소를 띠며 말하자 그가 피식 소리를 내며 웃었다.

"뭐가 그렇게 감사해요?"

"네?"

"아까부터 계속 감사하다는 말만 하잖아."

"아, 죄송해요."

"뭘 또 죄송해."

"죄송……. 아, 아니에요."

입을 아예 다물어 버리자 그가 못 참겠다는 듯 고개를 숙여 웃었다.

"감사할 필요 없어요."

"그래도……."

"내가 좋아서 한 거니까."

나른한 저음에 손이 미세하게 떨렸다.

그 가는 손가락을 보며 도현은 뒷목이 뻐근해지는 것을 느꼈다. 비상계단에서 느꼈던 새빨간 자극과 비슷한 것이었다. 주말 내내 이 꼴이 보고 싶어 어울리지 않게 초조하기까지 했다. 벌벌 떠는 모양이나, 순하게 구는 모양이나, 전부.

"담배 피워도 돼요?"

괜히 목이 타는 것 같아 담배를 꺼내 물었다. 속이 다 비치는 표정으로 아무 말이 없기에 '싫어요?' 하고 물었더니 젓는 고개가 예뻐 또 웃음이 나왔다.

"말 놓을까요?"

아랫입술을 무는 게 보였다. 압력에 의해 하얗게 질렸다가 이내 붉게 돌아오는 입술을 보고 있자니 조금 고문이었다.

금요일 밤, 유주를 데려다주며 꽤 많은 고민을 했다. 당장에 손에 쥐고 제멋대로 굴고 싶은 걸 참는 게 조금 힘들었다. 손에 잡혔던 부드러운 손목이나 팔에 감겼던 가는 허리를 생각하면 더더욱. 뭐가 무서운 건지 시종일관 떠는 목소리나 제 눈 한번을 제대로 쳐다보지 못하는 것도 역시나.

하지만 그중에서도 제 마음을 가장 자극하는 것은 그리 겁 많은 꼴을 하고도 제 곁에서 꽤 편안하게 휴식을 취한다는 점이었다. 쉬라는 말 한마디에 잠들어 버릴 정도로 긴장을 풀기도 하고, 신경 쓰이니 끄라는 말 한마디에 핸드폰을 종료해 버리는 것 같은.

저를 두려워하는 사람은 많아도 저를 편안해하는 사람은 많지 않았다. 양립

할 수 없는 그 두 가지 형태에 모두 속한 유주는 그중에서도 희귀한 사람이었고 때문에 존재만으로도 자극적이었다.

자극하는 것이 호기심인지, 가학심인지 혹은 호감인지 그것은 중요하지 않았다.

"편하신 대로 하세요."

유주가 대답했다. 원래도 조심성이 없는 편인가.

"마음대로 하셔도 돼요."

편한 대로 하라는 것도 모자라 마음대로 하라니.

"내가 뭘 할 줄 알고."

작은 어깨가 바짝 굳는다. 거짓 없는 반응은 선명했다.

아, 사람한테 욕심을 내는 게 오랜만이었다. 속으로는 마음이 급해 난리가 났는데 그대로 드러냈다가는 놀라 도망갈 게 뻔해 진정하느라 애가 쓰였다. 차라리 그림이나 값비싼 물건 같은 거였다면 편했을 텐데.

제가 제 것에게 부리는 까탈이나 집착을 모르지 않았다. 꼭 제 것이 아니더라도 갖고 싶은 마음이 들면 마찬가지였다. 제 욕심이란 게 꼭 아름답기만 한 애정이 전부는 아니어서 일적으로 엮인 사람에게 부리기에 좋은 종류는 아니었다. 신중해야 했다. 제 작은 욕심으로 저의 어여쁜 직원 하나가 숨 막혀 죽으면 안 되니까.

하지만 고민은 짧았다. 결론이 나는 데까지 딱 이틀. 그러니까 주말이면 충분했다. 제가 언제부터 타인을 배려했던가. 갖고 싶으면 갖고, 울리고 싶으면 울리는 거지.

"감당할 수는 있어요?"

그런 의미에서 도현의 질문은 대답을 바라는 게 아니었다.

유주가 조용히 숨을 삼켰다. 노골적이고 적나라한 열기를 감당하기가 쉽지 않았다. 다쳤던 발목이 시큰거리고 그가 쥐었던 손목도 욱신거렸다.

그가 밟은 수국이 떠오르고 동시에 숨쉬기가 어려운 기분이 들었다. 웃고 있는 그가 제 목을 틀어쥔 것 같은 착각과 함께 밭은 숨이 올라왔다. 그는 사무실 안 공기 정도는 자유자재로 뒤집는 능력이 있는 듯했다.

그렇게 몇 분을 버티다 더 이상 견딜 수 없는 지경에 이르자 목깃으로 손이 갔다. 그 와중에도 얽힌 시선은 풀릴 기미가 보이지 않는다. 그가 보는 게 저인지, 저의 목인지, 그것도 아니면 저의 손인지는 알 수 없다.

그 순간 딸깍, 하고 문이 열렸다. 열린 문을 통해 들어차는 공기. 고개가 돌아가는 건 당연했다.

"요즘에는 신입이 대표랑 독대도 하고 그래?"

그곳에 수현이 있었다. 반쯤 열린 문 사이에 선 그의 표정은 험악했다. 쾅, 소리가 나도록 문을 닫은 그는 걸음에 거침이 없었다. 어리둥절해하는 사이 그가 지척으로 다가왔다.

"최도현이 너 구박해?"

"뭐?"

"구박하냐고. 지금 네 표정 되게 이상해."

하루 전 흘린 눈물도 알아차리는 그가 방금 전 일어난 압박의 흔적을 모를 리 없었다.

"아니, 그보다 너 왜 여기……."

"어디 아픈 거야?"

저의 당황이나 도현의 존재 따위는 의식하지 않는지 수현은 천연덕스럽게 행동했다. 양 볼을 감싸 쥐고 살피는 눈은 또 어찌나 진지한지. 커다란 손으로 전해진 차가운 체온이 열 오른 뺨을 빠르게 식혔다.

수현이 제멋대로 굴면 굴수록 유주는 자연스레 도현의 눈치가 보였다. 곁눈질로 살핀 검은 눈은 수현의 찌푸린 눈살만큼이나 불쾌함이 가득하게 담겨 있었다. 불편한 기색이 역력함에도 불구하고 침묵을 지키는 걸 보면 도현도 이 상황이 황당한 듯했다.

"아니, 수현아. 그만 좀 하고, 너 뭐야. 여기 무슨 일로 온 거야."

뺨을 감싸 쥔 손을 끌어 내리며 물으니 수현이 어깨를 으쓱였다.

"기껏 기획팀까지 가서 찾았는데 없더라고. 네 이름 얘기하니까 대표가 불러서 올라갔다고 하길래."

"우리 팀 사무실에도 갔었어?"

"응, 온 김에 얼굴 좀 보려고."

"온 김에?"

대수롭지 않은 표정으로 고개를 끄덕이는 수현과 달리 제 미간에는 절로 주름이 잡혔다.

"최수현."

그때 도현의 목소리가 공기를 갈랐다. 정신없던 사무실 안의 분위기가 조용히 가라앉는다.

"그만하고 제대로 앉아."

바짝 붙어 앉은 태를 나무라는 말이었다. 기 싸움이라도 하는 건지 꿈쩍도 하지 않는 수현 대신 제가 조금 떨어져 앉았다. 그 꼴을 보며 수현의 얼굴이 일그러지는 것까지 신경 쓸 수는 없었다.

"무슨 관계길래 그리 다정해."

제법 여유로운 얼굴로 묻는 도현이 너무 신경 쓰이는 탓이었다. 검은 눈을 느릿하게 움직이며 살피는 모양이 꼭 수현에게 묻는 것 같기도 하고, 저에게 묻는 것 같기도 하고.

"뭐 그런 것까지 얘기해야 돼?"

수현이 턱을 괴고 짜증스럽다는 얼굴을 했다. 도현에게 그런 태도를 보이는 사람은 이제껏 본 적이 없었는데— 괜스레 자신이 실수한 것 같은 기분에 안색이 창백해진 유주가 수현에게 눈짓으로 소리 없는 경고를 했다. 뭐가 마음에 안 드는지 모르겠지만 적당히 하라는 마음을 담아.

"친구예요. 10년 정도 됐어요."

유주가 수현 대신 답을 하자 도현이 조금 놀란 얼굴을 했다.

"10년?"

"네, 10년."

고개를 끄덕이자 도현의 눈이 가늘어졌다.

"우연이 좀 과하네."

부드러운 말투 속에 살벌한 기운이 넘실거린다.

"올 거면 미리 말을 하고 오든가."

그러다 훅, 기운을 꺾은 도현이 수현에게 시선을 던졌다.

"그 정도로 사이좋은 관계는 아니잖아. 우리가."

맞받아치는 수현을 보면 저의 경고는 조금도 통하지 않은 듯했다.

"유주 씨는 그만 나가 봐요."

도현이 그런 수현을 무시하며 으레 일을 할 때처럼 사무적인 얼굴로 말했다. 안 그래도 두 남자가 풍기는 분위기에 질식할 것 같은 차였다. 재빠르게 일어나려는데,

"가지 마."

"어?"

"여기 있어. 괜찮아."

수현의 말에 도현의 눈썹이 언짢은 듯 올라간다.

"형 때문에 그래?"

앉지도, 서지도 못한 채 망설이고만 있자 수현이 물었다. '형' 이라 지칭하는 사람이 도현인 것 같은데 아무래도 어색하다. 도현이 수현보다 다섯 살이 많으니 형이라 불리는 게 이상한 건 아니었지만 그래도. 제가 아는 최도현 대표는 그 누구의 형도 아니고, 그 누구도 동생으로 둘 것 같지 않은 사람인데.

"형은 평소에 직원을 어떻게 대하는 거야?"

"무슨 소리야."

"애가 형 눈치 보잖아."

"야, 최수현……."

수현의 옆구리를 쿡, 하고 찔렀다. 수현 때문에 없는 눈치도 볼 판이었다.

"정유주 씨를 불편하게 하는 건 내가 아니라 너야."

도현이 말했다.

"놀고 싶으면 일 얘기 다 끝내고 놀아."

그 말에 수현이 웃음기를 거뒀다.

"일 얘기 하려고 붙잡는 건데."

"네 일이 정유주 씨랑 무슨 상관이야."

"유주가 내 담당이 되면 상관이 생기지."

"뭐?"

"유주, 내 담당으로 빼 줘. 그 얘기 하러 온 거야. 그럼 이번 전시 생각해 볼게."

수현이 리연에서 발급한 게 분명한 계약서를 꺼내며 승자의 미소를 지었다. 최근 들어 리연의 대표가 비밀리에 기획하고 있다는 전시의 주인공이 아무래도 수현인 모양이었다. 직급이 높은 직원들은 알고 있었는지 모를 일이지만 적어도 유주는 그 '어마무시하다는 전시'에 관해 어떠한 이야기도 듣지 못한 채였다.

"아까부터 대체 무슨 소리를 하는 거야."

유주가 기어들어 가는 목소리로 말했다. 담당이라는 말이 무슨 뜻인지 너무 잘 알아 더욱 눈치가 보였다.

가령 단독 전시를 기획할 때면 작가에게 담당 비서진을 만들어 주는 경우가 있었다. 대개의 작가들은 직장인들처럼 꼬박꼬박 연락이 닿지도 않고, 줄곧 예민한 경우가 많아 집중적인 케어가 필요한 탓이었다. 그렇지만 그런 업무는 비서팀에서 담당하는 것이 보통이었다. 이곳은 엄연히 일터였고 마음대로 업무 형태를 변경하는 것은 무례한 일이었다.

"안 돼."

역시나 도현도 별다른 고민 없이 거절의 뜻을 밝혔다.

"내가 유주랑 일하는 걸 허락받아야 해?"

"당연하지. 내 직원인데. 네가 미술관 대표야?"

수현이 이해할 수 없다는 듯 고개를 비틀었다.

"나한테 담당 비서 붙여 준다며."

"그게 정유주라고 얘기한 적은 없어."

"가족끼리 그 정도도 못 해 줘?"

수현이 장난스레 입꼬리를 올렸다.

"형이 힘 좀 써 봐."

"아니, 잠깐만……."

유주가 끼어들었다. 두 사람의 기 싸움에 끼고 싶은 마음은 조금도 없었지만 가족이라는 말에 반응하지 않을 수 없어서.

그러니까 둘이 가족……. 눈동자를 굴리며 어지럽게 얽힌 생각을 하나, 둘 풀었다. 아, 잠시만. 둘은 이름도 비슷하다.

"두 분…… 사촌 관계인 거예요?"

혹시나 하고 던진 말에 도현은 한숨을 쉬었고 수현은 고개를 저었다.

"설마…… 친형제예요?"

두 사람 다 말이 없었다. 서로가 형제란 사실이 어지간히 싫은 모양이었다.

결론은 이랬다. 3년의 공백이 있기는 했지만 나름 10년 우정이라 모르는 것이 없다 생각했던 수현은 외동아들이 아니었고 저만큼이나 잘난 형이 있었다. 심지어 그 형이란 사람은 제 상사, 그러니까 도현이었다.

어떻게 그 오랜 세월 동안 단 한 번도 형에 대해 얘기하지 않았는지 궁금했지만 두 사람을 보고 있으면 어느 정도 이해가 되었다. 어찌나 사이가 안 좋은지 도현이 긁으면 수현이 맞받아치고, 수현이 긁으면 도현이 맞받아치며 끊임없이 서로를 향해 으르렁거렸다.

그런 두 사람이 함께 일해야 하니 얼마나 골치가 썩었을까. 수현이 저를 담당 비서로 지목한 것도 영 이해 못 할 일은 아니었다.

"어려운 일 아니야."

수현이 열심히 설득했다.

"그냥 메신저 같은 거야. 부담 가질 필요 없어."

"아니, 수현아……."

몇 번이고 계속된 거절에 한숨을 내쉰 수현이 어쩔 수 없다는 듯 몸을 일으켰다.

"그래, 그럼."

전시 안 하면 되지. 가볍게 말을 내뱉는 태도가 미련 한 자락 없는 사람처럼 보였다.

"야, 최수현. 네가 그러면 나는……."

당황스러운 와중에 우선은 그를 못 가게 막아야 한다는 생각이 들었다. 떠나려는 그의 소매를 붙잡자 무심한 얼굴이 저를 향한다. 웃음기는 없지만 그렇다고 화가 난 것 같지는 않은 얼굴. 이 싸움에서 유리한 자가 누구인지 분명하게 알고 있는 듯했다.

"어린애처럼 굴지 마."

도현이 그런 수현을 응시하며 말했다. 저와 수현의 싸움에서는 수현이 유리한 것이 확실했지만 도현과 수현의 싸움에서는 누가 유리할까. 유주는 문득 궁금해졌다.

"앉아. 둘 다."

바닥으로 가라앉은 도현의 목소리에 유주가 홀린 듯이 수현의 소매를 놓고 자리에 앉았다. 당장이라도 사무실을 뛰쳐나갈 것 같은 수현이 신경 쓰이기는 했지만 도현의 심기를 거스르고 싶지 않았다.

"너도 앉아."

"형 말 들을 생각 없어."

수현이 미간을 찌푸리며 대답했다.

"최수현."

"말했잖아, 안 한다고. 전시까지 앞으로 3개월이야. 그 3개월 동안 형 얼굴 보면서 일할 생각 없어. 아니, 못 해."

그 말에 유주는 낮은 한숨을 뱉으며 제 머리를 감쌌다. 수현의 결론은 도현과 직접 소통하는 게 싫다는 거였고, 그건 제가 담당 비서를 하겠다고 나서면 해결되는 일이었다. 절차가 중요하다고는 하지만 수현의 전시보다 중요한 건 아닌 것 같아 마음이 불편했다.

"리연 아니어도 미술관은 많아."

당장이라도 다른 미술관과 계약해도 이상할 것 같지 않은 수현의 기세에 조급함이 들었다. 이제라도 하겠다는 말을 해야 하나 싶을 때쯤 도현이 소리 내어 웃었다. 말이 웃음이지 사실은 비웃음에 가까워 줄곧 여유롭던 수현의 얼굴이 일그러졌다.

"사람들이 고흐다, 클림트다 하니 진짜 천재라도 된 모양이네."

"뭐?"

"다른 나라면 몰라도 한국에서 전시할 거면 리연보다 나은 선택 없어."

"리연 아니어도 미술관은 많다고 얘기했을 텐데."

"아, 그거—"

도현이 말을 길게 늘였다.

"듣긴 했는데 워낙 말 같지도 않은 소리라."

가는 손가락으로 귓바퀴를 만져 가며 하는 말에 수현의 낯빛이 붉어졌다.

"뭐?"

"미술이니 예술이니 그런 거에 관심 하나 없는 사람들도 리연은 알고 있는 게 여기 대한민국이야. 그런 리연에서 네가 전시를 못 하면 사람들이 뭐라고 생각하겠어."

"못 하는 게 아니라 안 한다고 생각하겠지."

"정말 그렇게 생각해?"

"……."

"뭐 몇몇은 그렇게 생각할 수도 있지. 근데 네 그림 사서 돈놀이하는 투자자, 평론가들은 어떡하려고. 그 인간들 실망까지 감당할 자신 있어?"

모든 예술계가 마찬가지겠지만 미술계는 돈의 흐름이 가장 명확하게 보이는 세상이었다. 오랜 역사를 자랑하는 거대 미술관에서부터 유명 갤러리, 보이지 않는 큰손들과 공식적인 스폰서, 그리고 평론가까지. 현대 미술의 흐름은 작가 개인이 아닌 그들 모두가 있어야만 존재가 가능했다. 제아무리 천재라 떠받들어지는 수현일지라도 그 사실을 부정할 수는 없을 것이다.

그런 의미에서 수현의 그림을 전시할 매체는 생각보다 아주 중요한 것이었다. 첫 전시를 열었던 미국과 두 번째 전시였던 프랑스에서 넘치는 호평을 받기는 했지만 아시아에서는 처음이었으니까. 아시아에서 처음 전시를 오픈하면서, 그것도 한국에서 오픈하면서 리연을 선택하지 않는다는 건 바보 같은 짓이었다. 수현이 현재 가장 주목받는 아티스트인 것처럼 리연은 아시아에서 가장 높은 영향력을 자랑하는 미술관이었으니.

"얼굴만 봐도 알 만한 정재계 인사들이 몰려올 거야."

도현이 온갖 사람들의 사진이 붙은 리스트를 펼치며 말했다.

"그림에 문외한이기는 해도 이슈라면 환장을 하는 인간들이니 네 단독 전시를 놓칠 리가 없지."

"야—"

수현이 낮게 말했다. 경멸, 조소, 분노 같은 부정적인 감정들이 그 짧은 한마디에 응축되어 있었다.

"내가 돈 벌고 싶어서 그림 그리는 것 같아?"

"아, 아니야?"

선 채로 내려다보는 수현과 앉은 채로 올려다보는 도현의 시선이 팽팽하게 부딪쳤다.

"그럼 종일 작업실에 처박혀 있는 이유가 뭔데. 자아실현?"

비아냥대는 게 분명한 도현의 말에 수현은 화를 누르듯 길게 눈을 감았다가 떴다. 안 그래도 밝은 갈색의 눈이 짐승처럼 번뜩여 거의 하얗게 보였다.

"적어도 너 같은 놈들 돈놀이하는 데 쓰라고 그린 그림 아니야. 볼 줄도 모르고, 가치도 모르는 인간들한테 내 그림 줄 생각 없어. 특히나 이번 전시에서 보일 그림은 더더욱."

말하면서도 짜증이 오르는지 수현의 목에는 핏대가 서 있었다.

"동생아—"

별개로 도현은 따분하다는 듯 소파에 깊게 기댔다.

"주는 거 아니고 파는 거야."

"뭐?"

"선의로 그냥 주는 거 아니잖아. 돈 받고 파는 거지."

"야, 최도현."

수현의 인내가 끝을 보이고 있음이 느껴졌다. 곧장 달려들어도 이상하지 않을 만큼의 기운이었다.

도현이 그런 수현을 아랑곳하지 않고 자리에서 일어났다.

"붓 끝에 영혼을 담든, 생명을 담든 그건 내 알 바 아니야. 근데 작품 생각도 해야지. 평생 네 옆에 끼고 너만 볼 거야? 비극적인 예술가 흉내라도 내고 싶어서 그래?"

싸늘한 눈동자가 한심하다는 듯 일렁였다. 세간에 알려진 대로라면 도현은 예술을 사랑하고 아끼는 사람이었지만 지금의 그는 그렇지 않은 듯 보였다. 수현을 바라보는 차가운 눈하며, 그의 고집을 일갈하는 염세적인 태도하며, 그림 자체에 대한 이야기보다 그림을 파는 일에 더 적극적인 어투 같은 것들이 전부 그가 예술을 사랑하지 않는다 말하고 있었다.

현대 미술은 예술이 아닌 사업이라 했던가. 지금의 도현을 가장 잘 설명하는 문장이 있다면 아마도 그것일 것이다.

"요즘 세상에는 비싼 게 작품이고, 유명한 게 예술이야."

"야!"

결국 참다못한 수현이 도현의 멱살을 틀어쥐었다. 수현이 이성을 놓으면 어찌 되는지 모를 리 없는 유주가 본능처럼 튀어나갔다. 이대로 육탄전이 일어나면 두 사람 모두 좋을 게 없었다.

"수현아, 그만……."

도현의 멱살을 쥔 수현의 손 위로 손가락을 겹쳐 잡고 말했다. 고운 손등 위로 굵은 힘줄이 도드라져 있었다.

기본적으로 수현이 폭력적인 성향의 사람이 아니라는 건 유주도 알고 있었다. 오히려 다른 사람들보다도 더 잘 웃고, 상냥하며 꽤 관대한 편이었다.

하지만 그것은 그를 화나게 할 만한 사람이 주변에 없어서 이루어진 결과일 뿐이었다. 실제로 그를 화나게 하기란 정말 어려운 일이었으니까. 언제 어디서

나 가장 높은 위치에 서는 사람을 누가 굳이 화나게 할까.

굳이 나서지 않아도, 굳이 서열을 정리하지 않아도 자연스레 가장 강한 사람의 자리를 차지하던 수현이었다. 부유한 집안과 유별난 재능이, 타고난 매력과 특출난 외모가 그를 강하게 했다.

물론 그를 화나게 하는 사람들이 아주 없지는 않았다. 1년에 한 번꼴로 그런 사람들이 등장했다. 예를 들면 그의 연인인 유하를 탐내던 사람들. 겁이 없고, 주제 파악을 못 하던 사람들. 그런 사람들을 대할 때의 수현은 저가 알고 지내던 모습과 많이 달랐다. 다혈질인가 싶을 정도로 몸이 먼저 움직였고, 감정이 없는 사람처럼 잔인해졌다.

수현이 그렇게 모습을 달리할 때면 상대가 누구든 무사하지 못했다. 몸이 다치거나, 정신이 다치거나 분명 어디 한 곳은 단단히 다쳤다.

하지만 지금 그를 화나게 하는 상대는 유하를 탐내는 사람도 아니고 주제 파악을 못 하는 사람도 아니라는 게 문제였다.

오히려 재능이 넘치고, 매력적이며 딱 그만큼의 위압감도 갖춘 사람. 그러니까 꼭 수현 같은 사람. 수현만큼 강한 도현이 그를 화나게 하고 있었다.

그래서 더 말려야 한다고 생각했는지 모른다. 둘이 싸우기 시작하면 그 결과가 끔찍해질 것 같아서.

"그만해. 응?"

핏발이 선 눈동자를 보니 마음이 급해졌다.

"수현아."

떨리는 목소리를 모른 척 감추며 수현의 뺨 위로 손을 덮었다. 도현을 노려보고 있는 시선을 제 쪽으로 당겨 마주 보자 갈색 눈동자가 하릴없이 흔들렸다.

좀처럼 화내는 일이 없는 그가 간혹 이성을 잃을 때면 제 언니인 유하는 늘 그의 뺨을 어루만지며 눈을 맞춰 달랬다. 지금 제가 하는 것과 같은 모습으로. 그러니 수현이 흔들리는 것도 당연했다. 저를 보며 제 죽은 연인을 떠올리고 있을 테니.

"그만해. 응?"

효과는 정확했다. 잔뜩 흔들리는 눈을 한 수현은 손에 힘을 풀고 도망치듯 사무실을 나섰다. 효과적이었지만 그도, 저도 상처받기 마련인 방법이었다.

"하……."

긴장이 풀린 유주는 그 자리에 주저앉아 숨을 골랐다. 잠깐 사이에 식은땀을 흘린 건지 몸이 물에 젖은 솜처럼 축축 늘어졌다.

도현이 그런 유주의 머리꼭지를 내려다보았다. 많아지는 생각에 골치가 아팠다.

"재능이 많네요."

칭찬이기도, 비난이기도 한 말이었다. 수현이 한 대 치기만을 기다리며 약을 올렸는데 유주가 끼어드는 바람에 일을 망쳤다.

하지만 아주 소득이 없는 것 같지는 않았다. 신기한 일이었다. 제 앞에서는 벌벌 떨기만 하는 정유주가 제 동생인 최수현을 다룰 줄 알았다.

수현이 얼마나 다루기 어려운 사람인지는 형인 제가 제일 잘 알았다. 특히 화가 나 이성을 잃고 날뛰는 중에는 아버지나 어머니가 와도 말릴 수 없는 게 최수현이었다.

그런 성질을 알기에 부러 자극한 것이었다. 전시를 앞두고 사사건건 까탈을 부리는 꼴이 귀찮아 마음껏 놀아 보라고. 그러면 주먹이라도 한번 휘두를 게 뻔해서. 한번 그렇게 져 주면 이성을 찾고 난 뒤 조금은 고분고분해지는 걸 알았으니까.

그런 최수현을 정유주는 고작 이름 몇 번 부르고, 뺨 한 번 어루만지는 걸로 얌전하게 만들었다.

"10년이나 됐어요?"

앞뒤 잘라먹고 묻는 말에 유주가 잠시 뜸을 들였다. 매번 느끼는 거지만 정말이지 빠릿빠릿한 편은 아니었다.

"응?"

엄한 표정을 지어 재촉하니 그제야 입을 열고 고개를 끄덕이는 게 보였다.

"고등학교랑 대학교를 같이 다녔어요. 학원도 같이 다니고……."

"학원?"

"미술 학원이요."

서양화 전공으로 대학에 입학해 미학 전공으로 졸업한 유주의 이력서가 떠올랐다.

"그게 다예요?"

"뭐가요?"

"보통 사이는 아닌 것 같아서."

도현의 애매한 말에 유주가 눈에 띄게 굳은 표정을 했다.

"내 동생이 정유주 씨 좋아해요?"

합리적인 의심이었다. 최수현이 이상했거든. 시종일관 부드럽고 다정한 척 가식을 떨어 대는 게.

"아니에요. 전혀."

유주가 사색이 된 채 대답했다.

"그래요?"

물으니 또 과하게 고개를 끄덕인다.

"그럼 정유주 씨는 어때요?"

"저요?"

"최수현 좋아해?"

유주의 얼굴이 순간 새빨갛게 달아올랐다. 마음을 들켰다는 의미에서 오는 부끄러움일까, 아님 오해를 받아 화가 난 걸까.

"뭐 때문에 그렇게 생각하시는지 잘 모르겠지만……. 아니에요."

유주는 억울하다는 듯 말했다. 수현과 함께 다니면 심심치 않게 받는 오해였다. 그럴 때마다 드는 마음은 불편함이나 죄책감 같은 것들이었다. 단 한 번도 이성적인 감정을 느껴 본 적 없는 수현과 저 사이를 그리 의심한다는 게 불편했고, 그런 질문을 받을 때면 자연스레 떠오르는 언니 때문에 죄책감이 들었다. 수현 역시 같은 생각을 할 게 뻔했다.

"전혀 안 좋아해요."

한 글자, 한 글자에 힘을 주어 말했다.

"전혀?"

도현이 그새 장난기 어린 얼굴을 했다.

"아니, 그런 뜻이 아니고. 그냥……."

"싫어해도 되는데."

"……."

"나는 최수현 싫어하거든."

도현이 흘러내린 머리카락을 귀 뒤로 넘겨 주며 말했다.

"그러니까 너도 싫어해도 돼. 일은 해야겠지만."

"일이요?"

"불편하겠지만 부탁할게요. 수현이 담당 비서."

"제가요?"

예상 밖의 말이었다. 수현의 앞에서는 안 된다는 태도를 고수했으면서 지금은 또 담당 비서를 하라고 하니, 도통 무슨 생각인지 알 수가 없었다.

"내가 못 하게 할 줄 알았어요?"

"아까는 안 된다고 하셨잖아요."

도현이 순하게 웃었다.

"원래는 안 된다고 할 생각이었어요. 난 수현이가 화날수록 유리한 사람이라—"

"그런데 왜……."

"보여 줬잖아요."

이런 거. 도현이 중얼거리며 손을 뻗어 유주의 뺨을 어루만졌다. 조금 전 유주가 수현을 달랠 때 취했던 행동과 같은 것이었다.

"비서팀의 그 누구도 유주 씨만큼 못 할 거야."

비난인지 조롱인지 모를 말에 유주가 몸을 뒤로 물렸다. 미소를 지은 도현이 미련 없이 손을 거뒀다.

"그래도……."

"홍 팀장한테는 내가 잘 얘기할게요. 애초에 작가랑 10년 친구라는데 이해 못 할 게 뭐야. 비서팀도 걱정할 것 없어요. 최수현 성격 더러운 거 알아서 오히려 좋아할 테니까."

틀린 말은 아니었지만 쉽사리 하겠다는 말이 나오지 않았다. 담당 비서를 하게 되면 수현과 미술관 사이를 연결하며 소통 창구 역할을 해야 할 텐데 오늘만 보아도 쉽지 않은 게 확실했다.

망설임이 길어지자 도현이 짧게 한숨을 뱉었다. 그의 인내심은 형편없는 편이었다.

"부탁은 취향이 아닌가 봐."

"……."

"명령이면 더 나아요?"

그제야 이리저리 방황하던 말간 동공이 움직임을 멈췄다.

"말 들어요. 달리 방법도 없잖아."

"……."

약간의 망설임 끝에 네, 하고 나오는 답. 다정한 목소리로 부탁할 때는 한참을 고민하더니 명령 앞에선 얌전히 순응하는 게 모순이라면 모순이었다.

어쨌든 그런 태도가 싫지는 않았다. 오히려 어여쁘다는 생각을 했지. 불쾌한 생각도 같이 떠올랐다는 게 문제였지만. 저한테 순응하는 것처럼 수현에게도 순응하나, 같은. 정유주의 본능이 나쁜 것에 순응하는 거라면 저나 수현이나 다를 게 없었다.

"정유주."

제 앞에서처럼 최수현의 앞에서도 흔들리는 눈을 했을 유주를 떠올리니 기분이 영 좋지 않았다. '네, 대표님—' 하고 대답해 오는 꼴을 보니 더욱 그랬다.

최수현. 저만큼이나 욕심 넘치는 인간이 10년이나 되는 시간 동안 이것들을 보고 들었을 것이라 생각하니 안 그래도 나쁜 속이 더 나빠지는 기분이 들었다.

"헷갈리지 않았으면 좋겠어."

"뭐를……."

"상사가 누군지."

유주가 작게 고개를 끄덕였다.

모두의 말을 듣는 사람은 필요 없다. 누구의 말도 듣지 않지만 제 말만 듣는 사람이 필요했다.

"둘 중 한 사람의 말만 들어야 하는 순간이 오면, 그땐 내 말을 들어야 해."

"……그럴게요."

대답은 곧잘 하면서 자신은 없는지 바닥으로 떨어지는 턱을 부드럽게 들어 올렸다. 그러고는 다시 한번 뺨을 어루만지며 말했다.

"이런 게 필요할 거라는 건 알아."

수현을 어르고 달래서라도 일을 하게 만들라는 의미로 비서직을 맡기는 것이니 어쩌면 당연했다. 하지만.

"그래도 적당히 해."

너무 많이 하는 건 싫었다.

5

상실의 흔적

늦은 밤이 되어서야 퇴근한 유주는 조금 멍한 얼굴로 아파트 계단을 올랐다. 아침 식사 이후로 아무것도 먹지 못해 속이 공허했지만 허기가 들지는 않았다. 오늘 하루 동안 일어난 일이 결코 적지 않아서 머리가 어지러웠다.

상사가 누구인지 잊지 말라는 도현은 너무 뜨거웠고, 흔들리는 눈으로 시선을 맞추던 수현은 너무 차가웠다. 그런 두 사람 사이를 오가며 일을 해야 할 걸 생각하면 벌써부터 아찔했다. 잘해 내는 건 둘째 치고 자신이 일을 망치면 어쩌지 하는 걱정이 밀려들었다.

아, 모르겠다. 정말 아무것도 모르겠다. 끊임없이 중얼거리며 아파트 복도를 걷는데 검은 형체 하나가 멀리 보였다. 복도식 아파트라 세대가 많았음에도 불구하고 검은 형체는 정확하게 제 집 앞에서 웅크린 자세로 앉아 있었다. 어딘가 익숙한 그것의 정체는—

"최수현?"

동작을 감지한 센서가 불을 밝히자 위태로운 얼굴을 한 수현이 보였다. 무슨 일이라도 있는 건가 싶어 달려가 얼굴을 살피니 텅 비어 있던 밝은 눈동자가 바다에 잠긴 듯 넘실거린다.

"정유주."

"너 왜……."

도대체 여기서 왜 이러고 있는지를 묻기도 전에 그는 제 얼굴을 붙들고 한참을 살폈다. 집요할 만큼 치밀하고 마음 한쪽이 아파 올 만큼 애틋한 시선. 잃어버린 무언가를 되찾은 사람 같았다.

"왜 전화 안 받아."

"어?"

"왜, 왜 전화 안 받아."

울분을 토하듯 뱉어 내는 목소리엔 억눌린 분노와 불안이 가득 담겨 있었다.

"전화?"

아— 그제야 가방 속에 처박아 둔 핸드폰이 생각났다. 거의 반나절 만이었다. 인수인계랍시고 도현의 곁에서 담당 비서로서 할 일들을 안내받느라 종일 바빴던 터였다. 쌓인 부재중 전화가 그의 불안만큼이나 상당했다. 상처받은 얼굴을 하고 뛰쳐나가더니 내내 기다린 걸까.

"일단 들어가자. 응?"

미안함은 둘째 치고 차갑게 식은 손이 신경 쓰여 서둘러 문을 열었다. 밖의 날씨가 그리 추운 것도 아닌데 수현은 겨울 한복판에 선 사람처럼 한기를 품고 있었다.

"잠깐만 있어 봐."

집 안에 발을 들이자마자 몸을 데울 담요라도 가져오려는데 수현이 손목을 부여잡고 무너지듯 안겨 왔다. 그의 차가운 체온에 덩달아 서늘해지는 기분이 든다.

"야……."

"무슨 일 생긴 줄 알았어."

"무슨 일이 생긴다고 그래."

"나쁜 일."

불안한 듯 어깨에 고개를 묻은 수현이 유주를 끌어안은 팔에 힘을 주었다.

"수현아—"

"걱정했어."

"미안해. 내가 오늘……. 야, 너 울어?"

어깨가 젖는 기분에 놀라 밀어 내니 위태로운 얼굴로 굵은 눈물을 뚝, 뚝 흘리는 그가 보였다. 열 번 나쁜 짓을 해도 한 번 착하게 굴면 착한 사람으로 보인다고 했던가. 수현은 열 번 강하고 딱 한 번 약해져 너덜거리는 마음까지 모두 내어 주게 만든다.

열일곱 살의 어린 날부터 지금까지 수현은 거의 대부분 단단하고 강한 사람이었다. 전 세계가 놀랄 만한 재능도, 그 재능을 두려워하지 않는 부모님의 재력도, 모두가 돌아볼 만큼의 외모도 모두 그의 것이었으니 강할 수밖에.

하지만 그는 이렇게 한 번씩 무너졌다.

"너도 없어지는 줄 알았어."

예를 들면.

"너도, 너도 유하처럼……."

언니가 죽었을 때.

그때 처음 보았다. 수현이 바닥을 뚫고 지하 깊은 곳으로 무너지는 것을.

"그만, 수현아."

전화를 받지 않는 짧은 시간, 누군가에게는 고작해야 몇 시간이었을 그 짧은 시간 동안 그가 시달렸을 공포가 무엇인지 유주는 알았다. 그에게는 끔찍한 상실의 기억이 있다. 그걸 누구보다도 잘 알기에 수현이 예민하게 구는 모든 순간을 유주는 기꺼이 포용할 수 있었다.

"그럴 일 없어."

차가운 몸을 끌어안으며 말했다. 미안해, 속삭이며. 그럴 일 없어, 다짐하며.

"나 배고파."

한참을 훌쩍인 수현이 안고 있던 팔을 풀고 말했다. 순한 강아지처럼 처진 눈이 눈물로 퉁퉁 부어 있는 꼴이란.

"너 지금 되게 웃긴 거 알아?"

말랑한 볼을 늘리며 놀렸더니 그가 손을 잡아 온다.

"누구 때문인데."

손바닥에 얼굴을 묻은 그가 조용히 숨을 쉬었다. 두 눈을 감고 호흡하는 모습이 꼭 길 잃은 강아지처럼 애절하고 구슬퍼 차마 손을 거두지는 못했다. 뒤늦게 찾은 주인의 냄새를 맡으며 안정을 취하는 모습이라 차마.

"유주야."

"응?"

"너한테 최도현 냄새 나."

감겨 있던 눈을 뜬 수현이 말했다. 낯선 이의 냄새를 귀신같이 알아차린 게 정말이지 개와 다를 게 없다. 아니, 늑대인가.

"같이……. 같이 있었으니까 그렇지."

잡힌 손을 억지로 빼내며 말했다.

"왜 같이 있었는데?"

"왜겠어. 너 때문이잖아."

"나?"

"네가 나 담당으로 쓰겠다며. 그것 때문에 오늘 조금 바빴어. 이것저것 설명 듣느라……. 그래서 핸드폰 확인할 시간도 없었던 거고."

미안. 짧은 사과와 함께 미소를 지어 보이자 수현이 못마땅한 얼굴을 했다.

"최도현이 허락했어?"

"응, 그러라고 하셨어."

자신이 왜 수현의 담당이 되었는지 아는 유주는 어서 빨리 대화 주제를 바꾸고 싶었다.

"뭐라도 먹을래? 나 저녁 아직 안 먹었는데."

수현을 지나쳐 냉장고로 향한 유주가 말했다.

"저녁도 못 먹고 일했어?"

"그렇지 뭐."

"최도현은 자기 직원 밥도 안 사 주고 뭐 했대."

"너는 형한테 자꾸 최도현이 뭐냐."

나무라는데도 불구하고 보란 듯이 눈살을 찌푸린 수현은 어깨를 으쓱였다. 가늘게 날이 선 눈이 다른 사람을 보는 듯 묘했다.

"그럼 너 내일부터 내 담당이란 거지?"

응, 뭐. 대답하며 부엌 찬장을 살폈다. 거창하게 요리하기는 귀찮고 간단하게 먹을 것이 뭐 없을까 이리저리 찾는데 딱히 보이는 게 없다.

"근데 나 이런 일 해 본 적 없어서 네가 불편할지도 몰라."

"상관없어. 그냥 내 작업실에만 자주 들르면 돼."

"작업실?"

"응, 나 그림 그리는 곳."

"아, 작업실이 따로 있어?"

"집에서는 일 안 해."

작은 1인용 소파에 앉아 집 안을 둘러보던 수현이 말했다. 그러다 문득 한다는 소리가—

"너희 둘, 진짜 닮았다."

"응?"

무슨 말인가 싶어 돌아보니 그가 작은 액자 속 사진을 빤히 쳐다보고 있었다.

"뭐, 새삼스럽게."

부러 퉁명스럽게 대답했다.

언니와 나란히 서서 찍은 사진이었다. 둘이 활짝 웃고 찍은 사진이 많지 않아 고르고 고른 것이었다. 매일 밤 화를 내는 모습으로만, 피를 흘리는 모습으로만 등장하니 그렇게라도 웃는 얼굴이 보고 싶어 세워 둔 것이었는데.

수현이 사진을 꽤 오랫동안 쳐다보았다. 수현이 올 줄 알았으면 치워 둘걸. 늦은 후회가 밀려왔다. 그러고 보니.

"너 우리 집 주소는 어떻게 알았어?"

"응?"

"내가 너한테 집 주소 가르쳐 준 적 없잖아."

"아—"

수현이 뒷목을 긁적이며 눈치를 살폈다. 곧은 시선으로 사진을 바라보던 그는 금세 비 맞은 강아지처럼 민망해했다. 뭔 얼굴에 저리 표정이 많은지.

"어머니한테 전화했었어."

"우리 엄마?"

"응. 너 집에 있는 줄 알고."

수현이 잔뜩 미안한 얼굴을 했다. 엄마와 저의 관계를 알고, 엄마가 언니에게 갖는 애착을 잘 아는 그였으니 미안할 법도 했다. 하지만 그게 수현의 잘못은 아니었다.

언니와 수현이 서로 좋아하는 마음을 확인하고 연애를 시작한 것은 그들이 처음 만난 열일곱 살 때였다. 그러니까 그들은 꽤 긴 연애를 했다.

그리고 그 긴 연애를 엄마도 알고 있었다. 어린애들의 어린 연애일 거라 생각한 것이 스물두 살 되는 날까지 이어지자 엄마도 수현을 딸의 친구 이상으로 아꼈다. 수현이 엄마에게 유독 잘하기도 했고. 그러니 3년 전 유학길에 올라 연락 한 통 없던 수현을 엄마는 반겼을 것이다.

"엄마가 좋아하지?"

아무렇지 않은 척 물으니 그가 작게 고개를 끄덕였다.

"미안."

수현이 말했다.

"뭐가 미안해."

"그냥. 미안."

"됐거든. 떡볶이 먹을래?"

찬장에 라면 사리 하나가 보였다. 냉동실에 묵혀 둔 떡이랑 만들어 먹으면 대강 요기는 할 수 있을 것 같았다. 한국에 들어오기 전 수현이 먹고 싶다던 요리 중 하나이기도 했으니 뭐.

대충 고추장과 다른 양념을 풀어 뚝딱뚝딱 만드니 금방이었다. 수현이나 저나 매운 음식을 잘 먹는 편이라 고추장이고 고춧가루고 팍팍 넣었더니 냄새만으로도 입에 침이 고였다. 신이 나 프라이팬째로 식탁에 올렸더니 수현이 미간을 구겼다.

"앞접시라도 좀 주든가."

"대충 먹어. 설거지하기 귀찮아."

"설거지도 귀찮아하는데 혼자 어떻게 사냐."

"완전 잘 살고 있거든."

당당하게 말하며 떡 하나를 집어 먹었더니 수현이 한심한 눈빛을 쏘았다. 수현이 자리에서 일어나 찬장으로 향한다.

"아, 접시 꺼내지 마."

"내가 설거지할게."

"그래, 그럼 내 접시도."

"어휴."

3년 만에 만난 사이여도 어색한 것은 없었다. 관계가 바뀐 것도 아니었다. 5년 전에도 우리는 늘 이런 분위기 속에서 함께였다. 서로를 신기해하고 놀라워하면서 또 한심해하기도 하고 우스워하기도 하는, 그런 동시에 애정으로 가득한.

3년 치 밀린 수다를 떨며 정신없이 먹다 보니 떡볶이는 순식간에 바닥을 드러냈다. 게으름을 피우는 성격이 못 되는 수현이 팔을 걷어붙였다.

"설거지하려고?"

"응."

야무진 대답과 함께 개수대로 향한 그는 고무장갑을 끼고 설거지를 시작했다. 저에게도 좁았던 부엌에 수현이 서 있으니 균형을 맞추지 못한 그림처럼 이상했다.

그 넓은 등을 보다 주머니 안에 있던 핸드폰을 꺼냈다. 수현에게 온 부재중 통화 목록과 문자 여러 개가 보였다.

"유주야."

뽀득뽀득 그릇 닦는 소리와 흐르는 물소리 사이.

"응?"

"출근하고 나서 외근도 할 수 있는 거지?"

설거지에 얼마나 열중인지 고개도 돌리지 않은 그가 물었다.

"음, 출근해 봐야 알겠지만 아마 괜찮을 거야. 저번에 다른 작가 담당하는 비서분들 보니까 거의 대부분 외근이시더라고."

"그럼 내일 나랑 어디 좀 가자."

"어디?"

"유하 있는 곳."

핸드폰 화면 위를 배회하던 손가락이 얼어붙은 듯 멈춘다. 수현은 여전히 설거지에 열중한 채 등을 보이고 있었다.

"내일?"

"응. 3년 동안 못 가 보기도 했고 이번 기일에도 못 가서. 내일 너랑 같이 가려고."

"왜?"

저도 모르게 되물었다. 왜, 저랑 같이 가냐고. 돌아보는 수현의 표정은 그저 평온하다.

"아니, 원래 혼자 가잖아. 이번에도 그냥……."

그와 함께 가고 싶지 않았다. 지금까지 단 한 번도 함께 간 적이 없었다. 앞으로도 그러고 싶었다.

둘의 시간이라는 걸 알았다. 방해하고 싶지 않았다. 더 솔직히 말하면 폭포처럼 쏟아질 죄책감을 감당할 자신이 없었다.

시간이 많이 흘렀지만 수현은 무너질 게 분명했다. 저는 그것을 바라볼 자신이 없었다. 제가 막을 수 있었던 비극이었지만 결과적으로 막지 못했고 막지 못한 비극으로 인해 무너지는 친구의 모습을 감히, 감히 어떻게 볼까.

"싫어?"

설거지를 마친 그가 수도꼭지를 잠그며 물었다. 흐르던 물소리가 멈추니 괜히 적막이라도 깔린 것처럼 조용해졌다.

"싫은 게 아니라……."

"그럼 같이 가."

물러서지 않을 것 같은 수현의 목소리에 유주는 입술을 꾹 물었다.

□ ◆ □

자정이 넘은 시간이 되어서야 유주의 집을 나선 수현은 얼굴에서 웃음기를 거두고 차에 몸을 실었다.

피곤했다. 연락이 닿지 않는 유주를 무작정 기다리며 필요 이상의 에너지를 쏟았다.

받지 않는 전화에 매달리는 와중에도 제가 과민하게 굴고 있음을 모르지 않았다. 하지만 절제하는 것이 불가능했다. 한번 잃어 본 탓에 두 번 잃는 것이 두려웠다.

저와 유하, 그리고 유주가 붙어 다니기 시작한 것은 열일곱 살 무렵이었다. 친해진 계기 같은 건 뚜렷하게 기억나지 않는다. 그냥 어느 순간부터 그렇게 되어 있었다.

반면에 처음 만난 순간은 기억이 난다. 꽤 튀는 자매였으니까. 예쁘장한 외모에 여자치고 조금 낮은 목소리를 가진 둘은 혼자였어도 주목받았겠지만 일란성 쌍둥이라는 점에서 더 많은 관심을 받았다.

그중 유하와 연인이 된 제게 사람들이 자주 하는 질문이 있었다. 얼굴도 똑같고, 목소리도 똑같고, 체형도 똑같은 두 사람 중 왜 하필 유하냐고.

글쎄. 유하와 유주가 착각할 만큼 닮은 것은 사실이었다. 저 역시도 옆모습이나 뒷모습을 볼 때면 다른 이름을 부르기도 했으니까. 그렇다고 아주 똑같은 것은 아니었다. 예를 들면 성격이나 성향이.

유하에게 제가 마음이 있구나 싶었던 것은 알고 지낸 지 얼마 되지 않은 때였다.

당시 같이 다니던 남자애들 무리와 급식을 먹던 중에 유하의 이름이 나왔다.

그들과 딱히 친했던 것은 아니다. 그중 진짜 친구라고 생각한 사람은 사실 단 한 명도 없었다.

애초에 제가 사람을 좋아하는 타입도 아니었고 그들도 저를 친구로 생각하지 않았다. 원래 그 나이 때 남자들은 유치하고 미련해서 마음을 나누는 친구 관계보다는 서열을 이루고 무리를 짓는 데에 열중하기 마련이니까. 저는 그냥 그 유치한 피라미드 꼭대기에 위치했을 뿐이고.

아무튼 그중 유독 말이 많고 허세가 넘쳤던 남자애가 유하를 들먹였다.

"야, 정유하 진짜 예쁘지 않냐."

"정유하? 걔 중학교 때부터 유명했어. 예쁘고 성격 더러운 걸로."

"저번 주말에도 어떤 3학년 형이 고백했다가 까였잖아. 그것도 완전히 대놓고. 하여튼 예쁜 것들은 얼굴값 한다니까."

한 명이 얘기를 꺼내자 대화의 주제가 되는 것은 순식간이었다. 그때까지만 해도 유하나 유주와 각별한 사이가 아니었다. 같은 화실을 다니다 보니 학교에서 마주치면 인사하는 정도. 근데도 기분이 썩 좋지는 않았다.

"내가 고백해도 까일까?"

"미친 새끼. 네까짓 게 정유하한테 고백하려고?"

"아니, 솔직히 그 선배랑 나는 다르잖아. 난 좀 잘생겼으니까."

"뭐라는 거야. 돌았냐?"

"저번에 복도에서 부딪쳤을 때 못 봤냐? 정유하가 실실 웃는 거?"

유하가 잘 웃는 상이기는 했다. 하루에 거의 대부분은 웃고 있었으니까. 그게 늘 예쁘다고 생각했었는데 그것 때문에 이런 똥파리들이 꼬인다고 생각하니 조금 짜증이 치밀었다.

"아, 진짜 딱 일주일만 사귀어 봤으면 소원이 없겠다. 진도 다 뺄 수 있는데. 너무 말라서 내 스타일 아니긴 한데 그래도 하얀 피부하며 낭창한 허리……. 으앗!"

피가 거꾸로 솟는 기분을 다 느낄 새도 없이 일은 순식간에 벌어졌다. 남자애의 비명이 들렸다. 주먹질을 하지는 않았다. 그림을 그려야 하니 손을 다쳐서는 안 됐다. 앞에 보이는 것이 식판뿐이 없어서 그것으로 남자애의 머리를 내리쳤다. 급식실 안에 있던 사람들의 시선이 쏠렸다.

"야아, 너 왜 그래."

맞장구나 치던 것들이 제 눈치를 봤다. 음식물을 뒤집어쓴 남자애는 오히려 바들거리기만 할 뿐 조용했다.

"그냥, 밥맛이 없어서."

길게 대답할 가치를 느끼지 못해 무심히 대답했다. 그들도 이유가 궁금했던 것은 아니었을 것이다. 역시나 '어어, 그럼 일어나야지.' 같은 멍청한 소리나 하며 따라 일어났다. 방금 전까지만 해도 둘도 없는 친구처럼 떠들어 놓고 음식물을 뒤집어쓴 남자애는 관심도 없다는 듯 굴었다. 모든 것이 한심했다.

교실로 돌아가려는데 교복에 튄 음식물 자국이 보였다. 그제야 차라리 주먹질을 할걸, 싶었다.

"야, 너희들 먼저 올라가."

화장실에 들러 대충이라도 닦아야 직성이 풀릴 것 같았다. 연신 제 눈치를 살피느라 어색하게 웃고 있는 애들이 귀찮기도 했고.

예술 고등학교는 아니었던 터라 미술실이나 음악실 같은 곳은 조금 후미진 곳에 있었다. 일부러 그 옆에 있는 화장실로 향했다.

속이 시끄러웠다. 괜한 소란을 피웠다는 후회나 남자애에 대한 미안함 때문은 아니었다. 당분간 시끄럽기는 하겠지만 조용히 정리될 거라는 걸 알았고 미안한 감정 따위는 털끝만큼도 없었다. 오히려 보는 눈이 많아 더한 걸 하지 못한 게 아쉬울 뿐이지.

그런 저의 속을 시끄럽게 하는 건 오로지 정유하였다. 정유하의 이름 뒤로 붙는 모욕이 꼭 저를 모욕하는 것처럼 짜증이 났다. 잘 알지도 못하는 여자애였다. 같은 학교를 다니고 같은 화실을 다니지만 아는 건 이름뿐인 여자애. 그런 여자애 때문에 이렇게까지 화가 나는 제가 이해되지 않았다.

그때였다.

"최수현."

머릿속을 어지럽히던 주인공이 제 이름을 부르며 들어왔다. 예의 그 예쁜 미소를 짓고 긴 머리카락을 늘어트린.

"여기 남자 화장실인데."

당황한 마음과 달리 목소리는 무심하게 나갔다. 유하는 아무렇지 않게 알아, 하고 대답했다. 그 태연한 태도에 심술이 났다. 저는 누구 때문에 기분이 엉망인데 당사자는 저리 태평하니.

"나한테 할 말 있어?"

미간을 찌푸린 채 물으니 유하는 응, 하고 대답하며 화장실 문을 굳게 닫았다. 누가 보면 안 되는 건지 닫힌 문을 한 번 더 확인하기까지 했다.

"아까 너희들이 하는 말 들었거든."

전부 다, 라고 덧붙이는 목소리가 조금 낮았다. 절로 인상이 구겨졌다. 예쁘다는 말과 성격이 더럽다는 말, 하얀 피부와 낭창한 허리 같은 말도 안 되는 소리까지 다 들은 모양이었다.

불쾌했다. 유하의 태도가 불쾌했다. 정확히 말하면 유하의 태도를 저리 만든 환경이 불쾌했다.

평온한 얼굴이었다. 뭘 얼마나 자주 그런 소리를 들으면 저렇게 평온할 수 있는지 불쾌해 미쳐 버릴 것 같았다.

그딴 쓰레기 같은 소리를 지껄인 새끼도, 거기에 동조해 맞장구를 치던 새끼들도, 그걸 듣고 있던 저한테도 불쾌한 기분이 들었다.

와중에 제 앞에 선 유하가 예쁘다는 생각이 드는 것도 불쾌했다. 아주 온갖 것이 다 불쾌했다. 다 듣고 있는 줄 알았으면 그딴 소리가 나올 때까지 기다리지 않았을 텐데.

"사과받으러 온 거야?"

"그렇다고 하면 하려고?"

"어."

괜히 하는 소리가 아니었다. 제가 한 말은 아니었지만 그 말이 나오도록 가만히 있었던 건 사실이니까.

"사과는 됐어."

하지만 유하는 됐다며 웃었다.

"박선호한테 식판 엎었잖아. 그걸로 사과받은 거라 생각할게."

저 때문에 엎은 식판이라고 전제하는 말이었다. 다 아는 듯이 말하는 게 치부를 들킨 기분이라 썩 즐겁지는 않았지만 굳이 또 아니라고 변명하는 것도 웃긴 것 같았다.

"그럼 뭔데. 할 말 있다며."

"아, 뭐 좀 부탁하려고."

"부탁?"

"그 새끼, 더 때려 줄 수 있어?"

안 그래도 낮은 목소리를 더 낮춘 유하가 말했다. 비밀 이야기라도 하는 것처럼 바짝 다가온 탓에 샴푸 냄새가 났다.

그 와중에 아무것도 모른다는 듯 커다란 눈을 깜빡이는 것이 말의 내용과 심히 이질적이었다. 그 말간 얼굴에 '그 새끼'는 좀 안 어울리지 않나. 그래도 싫지는 않았다. 오히려 남들은 모르는 얼굴을 저만 보고 있는 기분이라.

"박선호가 내 엉덩이도 만졌거든."

물론 그 말에 약간 좋아졌던 기분이 다시 곤두박질쳤지만.

"뭐?"

"복도에서 부딪혔을 때 말이야. 내가 실실 웃었다던 그때."

이런, 씹. 잇새로 욕이 나왔다. 하, 답답한 숨을 뱉었다.

"나한테 부탁하는 이유가 뭐야? 내가 그 새끼랑 똑같은 놈이면 어쩌려고."

유하의 저의가 궁금했다. 박선호와 제가 진정한 친구 사이는 아닐지언정 나름 학교에서는 붙어 다니고 있었다. 그런 박선호가 아무리 쓰레기여도 아는 것 하나 없는 정유하보다는 싸고돌 이유가 많았다.

그러니 궁금했다. 뭘 믿고 저에게 이런 부탁을 하는 건지.

"글쎄."

이어 유하가 당연하다는 듯 말했다.

"네가 박선호랑 똑같은 놈이면 식판으로 내려치지는 않았겠지. 게다가—"

"게다가?"

"박선호가 제일 무서워하는 게 너잖아."

"허—"

"할 수 있어?"

"해 주면 네 기분이 좀 나아져?"

무어라 대답하든 박선호는 가만두지 않을 생각이었다. 그런데.

"당연하지. 네가 최선을 다할수록 내 기분은 아주 많이 나아질 거야."

예쁜 얼굴에 더러운 성격이라더니. 홀리기에 딱 좋은 조건이었다.

6

위선

일이 많은 월요일의 미술관에서 흥미로운 이슈 하나를 두고 설왕설래가 벌어졌다. 주말 동안 해외에서 넘어온 많은 일을 처리하기에도 정신이 없는데 갑작스러운 인사이동까지 일어나니 소란이 일기 좋았다.

갑작스러운 인사이동이란 역시 기획팀의 신입이 무려 최수현 작가의 전담이 된다는 것을 뜻했다. 팀장급 이상의 직원들은 도현에게 직접 지시를 받은 상황이라 수현이 유주를 지목했다는 것과 그 둘이 절친한 사이라는 것까지 알고 있었다.

하지만 공과 사가 뚜렷한 일터에서 벌어진 일이라고 하기에는 다소 파격적인 감이 없지 않았다. 그러다 보니 난데없이 일 잘하고 있던 신입을 빼앗긴 기획팀 사람들이나 다른 팀 신입에게 고유 업무를 빼앗긴 비서팀 사람들이나 이 사실을 달가워하지는 않았다. 다만 언짢아하지도 않았다. 괜한 파장을 일으킬까 긴장하던 유주에게는 정말이지 다행인 일이었다.

"인수인계 시작할까요?"

인수인계는 비서팀이 상주하는 6층에서 이루어졌다. 전시 작가의 개인적인 업무가 주를 이루는 전담의 특성상 굳이 책상까지 옮길 필요는 없을 것 같다는 판단이 있었지만 인수인계만큼은 어쩔 수 없는 모양이었다.

그렇게 세 시간이 넘는 인수인계가 끝나자 두꺼운 파일 다섯 개가 손에 쥐어졌다. 디데이에 맞춰 체크해야 하는 목록과 각 상황별 대처 방안 그리고 홍보 프로모션 일정을 담은 것들이었다.

후원 파티나 전야제 같은 행사들은 홍보팀과 기획팀이 일을 나누는 방식이라 제가 할 일은 많지 않은 듯 보였지만 세밀하게 신경 쓸 것들이 많았다. 언론사와의 인터뷰처럼 껄끄럽고 공식 스폰서와의 공식적이지 않은 만남처럼 모호한 것들. 어차피 하루 만에 모든 걸 이해할 수는 없을 테니 모르는 것이 있으면 언제든 물어보라며 비서팀 사람들의 격려가 있었지만 앞으로의 일이 걱정스러웠다.

실수하지 말아야지. 아니, 작은 실수는 하더라도 큰 실수는 하지 말아야지. 아니, 아니. 적어도 전시를 망치지는 말아야지.

차마 완벽하게 해내겠다는 열의는 나오지 않았다. 목숨과도 같은 파일들을 꼭 끌어안으며 그저 무사히 시간이 지나가기를 바랄 뿐이었다. 어차피 3개월이면 끝날 일이다. 3개월. 그렇게 생각하며.

하지만 언제나 그렇듯 삶은 그렇게 호락호락하지 않았다. 고비가 생각보다 빨리 찾아왔거든. 얼마나 빨리 찾아왔냐면 비서팀 사무실을 나서자마자, 그러니까 비서팀 사무실을 나와 기획팀이 있는 4층으로 돌아가려 잡은 엘리베이터에서 고비를 만났다.

"안 타요?"

그 안에 도현이 있었다. 도현은 열림 버튼을 누르고 물었다. 그를 보고 놀라 굳어 있는 걸 아는지, 모르는지. 얼른 타라는 듯 고갯짓을 하는 모양이 재촉과 같았다. 입안 여린 살을 물고 엘리베이터에 오르자 하얀 손가락이 닫힘 버튼을 누른다.

"업무 교육 받았어요?"

한참 높은 신장의 그가 시선을 내리깔며 물었다.

"다는 못 하고…… 대략적인 설명만 들었어요."

"아—"

느릿하게 추임새를 뱉은 도현에 이어,

"으앗!"

유주가 짧은 비명을 질렀다. 엘리베이터가 덜컹이더니 이내 멈춰 버린 탓이었다. 균형을 잃으며 휘청이는 순간 도현은 재빠르게 손목을 잡아 왔다. 계단에서 미끄러지던 그때 잡아 주었던 것과 마찬가지로. 잡힌 손목을 빤히 쳐다보았다. 어지러이 놓쳐 버린 파일들은 안중에도 없었다.

"괜찮아요?"

무심한 얼굴로 물어 오는 걱정. 물어 오는 와중에도 놓지 않는 손목. 그는 갑작스러운 이 상황이 별로 놀랍지 않은 듯 태연해 보였다.

"요즘 출근이 재밌네요."

실없는 농담에 네? 하고 되묻자 그는,

"죽어도 싫다고 할 때는 언제고 결국 나랑 계약한 최수현이나 그런 최수현이랑 10년 친구라는 당신이나 내내 멀쩡하다 고장 난 엘리베이터나 전부, 웃기잖아."

웃기다고 대답했다. '안 그래요?' 덧붙이는 그의 얼굴에는 묘한 미소가 걸려 있었다. 애초에 대답을 바라고 물은 말이 아닌 것 같아 딱히 아무런 말도 하지 않았는데 그는 무언가를 기다리는 사람처럼 뚫어져라 저를 쳐다보았다. 그 붉은 눈가를 오롯이 견디는 게 어려워 저도 모르게 미간을 구겼다. 그게 마음에 들지 않은 것인지 아니면 그저 저를 따라 하는 것인지 똑같은 모양으로 미간을 구긴 그가 느릿하게 시선을 옮겨 비상벨을 눌렀다.

마주하던 눈길이 끊기자 놓쳐 버린 파일들이 보였다. 그것들을 주워야 한다는 생각에 잡힌 손목을 비트는 순간, 엘리베이터 안을 비추던 불이 꺼졌다.

"이젠 불도 꺼지네요."

도현이 비웃듯 바람 빠지는 소리를 내며 웃었다.

유주는 대답 대신 숨을 크게 들이쉬었다. 의식적으로 호흡이 빨라지지 않도록 신경 쓰며 눈을 강박적으로 깜빡였다. 아직 어둠에 적응하지 못한 눈은 코앞에 있는 것도 제대로 보지 못했다. 예기치 못한 사고와 제한된 감각이 집채만 한 불안을 끌고 오는 소리가 들렸다. 습관처럼 입술을 깨무는 중에 등 뒤로 낮은 목소리가 들려왔다.

"눈 감아요."

저의 등과 그의 가슴이 닿을 듯 가까이 선 채로 그는,

"괜찮을 거야."

속삭이며 커다란 손으로 눈가를 덮었다.

"대표님……."

"눈 깜빡이지 마. 간지러워."

이상하리만치 믿음직스러웠고 상냥했다. 한 손으로는 제 눈을 덮고 다른 한 손으로는 제 손목을 쥔 자세가 공교롭게도 구속에 가까웠지만 어쩐지 답답하다는 느낌은 들지 않았다. 솔직하게 말하자면 편안했다. 은은하게 풍겨 오는 무거운 향도, 어깨쯤에 닿은 그의 규칙적인 심장 소리도.

그렇게 길지 않은 몇 분이 지났을 즘. 삐— 시끄러운 소리와 함께 멈춰 있던 엘리베이터가 운행을 재개했다. 이내 꺼졌던 조명도 돌아왔는지 눈을 덮은 손이 자연스레 멀어졌다. 손목을 감싸고 있던 손도 뱀이 지나가듯 스르륵. 어쩐지 아쉬워지는 기분을 다 느끼기도 전에 엘리베이터의 문이 열렸다. 망설임 없이 걸어 나가는 도현의 등을 바라보다 그럴 줄 알았다는 듯 뒤를 돌아본 그와 눈이 마주쳤다.

"뭐 해요. 일해야지."

떨어진 파일들을 가리키는 눈짓과 미소엔 금요일의 그날처럼 다 알고 있다는 느낌이 가득 담겨 있었다.

□ ◆ □

엘리베이터에서 있었던 일을 곱씹느라 반쯤 넋이 나가 있던 유주는 시간을 확인하고 바로 외근 준비를 했다. 오후 4시가 넘어가고 있는 때였다. 이미 이른 오전부터 오늘의 일정을 담은 수현의 메일이 도착해 있었다. 주변의 보는 눈들을 걱정한 건지 나름 사무적인 일정으로 가득한 업무 메일이었지만 그게 모두 거짓이라는 걸 유주는 알고 있었다.

주차장에서 기다리고 있다는 문자를 보고 지하로 내려가니 수현의 차가 보였

다. 운전석에 앉아 손을 흔들흔들. 기분이 좋은지 예민한 눈이 곱게 접혀 있었다.

"들어와서 기다리지 왜 여기서 기다려."

"안에 사람들 많잖아. 피곤해."

"고작 이 정도로 피곤하면 어떡해. 앞으로 만날 사람만 한 트럭인데."

"나?"

"그럼 너지 누구야. 앞으로 각오 좀 해야 될걸?"

쓸데없이 겁주는 말이 아니라 진심으로 하는 말이었는데 그게 그냥 웃겼는지 수현은 재미있다는 듯 웃기만 했다.

"야, 웃지만 말고 진지하게 들어. 만나야 할 사람도 많고 참석해야 하는 일정도 많단 말이야. 인터뷰나 후원 행사 같은 것도 있고 전야제랑 오픈 파티도 있어. 난 너 때문에 그 모든 일정을 다 따라다녀야 하고. 알아들어?"

비서팀 직원에게 받은 업무 파일에 적힌 필수 일정만 해도 수십 가지였다. 수현이 으, 하며 과장되게 얼굴을 구겼다.

"듣기만 해도 싫다. 내가 꼭 가야 해? 너도 있고, 정 안 되면 최도현도 있잖아."

자신을 대신할 사람으로 도현을 언급할 정도면 얼마나 싫은지 대강 예상은 되었다. 하지만 안 되는 건 안 되는 거였다.

"미리 말하는데 난 네 편 아니야."

"내 담당이 내 편이 아니면 어떡해."

"담당 잘못 고른 네 탓이지 뭐. 아무튼 네 일정은 앞으로 내가 관리하니까 도망 다닐 생각 하지 마. 네 일정에 대한 너의 선택권은 단 하나도 없어."

단 하나도. 유주가 검지를 들어 두 번, 세 번 강조했다.

"가뜩이나 이번 직무 변경 때문에 너랑 나랑 친구인 거 사람들 다 아는데 내가 일 못해 봐. 사람들이 뭐라고 생각하겠어?"

"너 일 못한다고 생각하겠지."

수현이 얄미울 정도로 싱긋 웃었다.

"넌 내가 그런 평가를 받았으면 좋겠어?"

"뭐, 내 알 바야?"

상관없다는 듯 어깨를 으쓱이는 수현을 찰싹 소리가 나도록 때리자 으악, 하는 과장된 비명이 들려왔다.

"싫다는 나 억지로 담당 자리에 앉힌 건 너니까 알아서 잘해. 대표님한테도 잘하겠다고 약속했단 말이야."

"최도현?"

"왜. 뭐."

미간을 구긴 수현을 똑바로 쳐다보며 유주가 턱을 치켜들었다.

"뭐 얼마나 사이가 안 좋은지는 모르겠는데 적당히 해."

"내가 뭘 했다고 적당히 하래."

"내가 대표님 얘기만 꺼내도 표정 구기고 난리잖아. 솔직히 너 나한테 미안해야 하는 거 아니야?"

"내가?"

"응, 네가."

정확히 짚어 주는데도 영 모르겠다는 얼굴을 한 수현을 보며 유주는 한숨을 푹 내쉬었다.

"형 있단 소리를 어떻게 한 번도 안 할 수가 있어?"

아— 그제야 탄식을 뱉은 수현이 어깨를 으쓱였다.

"미안."

"어쭈?"

"진짜 미안. 나도 네가 리연에서 일하는지 몰랐잖아."

"와, 내가 리연에서 일 안 했으면 평생 비밀로 할 작정이었나 봐?"

"당연하지."

피붙이라는 게 원래 주는 거 없이 미운 법이라지만 좀 너무한 거 아닌가. 도대체 뭐 얼마나 사이가 안 좋은 건지. 저랑 언니가 최악의 관계를 유지할 때도 이 정도는 아니었던 것 같은데. 뭐, 아무튼. 궁금하긴 했지만 알아 봤자 좋을 게 없을 것 같았다. 구태여 물었다가 어떤 불똥이 튈지 모를 일이니까.

"근데 너 오늘 귀걸이 안 했네?"

화제를 돌리려고 한 물음에 수현이 제 귓불을 만지작거렸다.

수현은 꾸미는 걸 좋아하는 사람이었다. 옷은 무채색 위주의 편한 디자인을 고르는 편이었지만 소재나 디테일에 민감한 편이었고 심플한 옷에 화려한 액세서리를 매치하는 걸 좋아했다. 특히 귀걸이나 반지 같은 작고 반짝이는 것들에 관심이 많았다. 실제로 그런 것들이 그에게 꽤나 잘 어울렸다.

그런데 오늘은 귀걸이도 없고 반지도 보이지 않았다.

"유하한테 갈 때는 잘 안 해."

수현이 낯빛을 붉히며 말했다.

"유하가 싫어했잖아."

"아—"

생각해 보니 그랬다. 하얗고 수수한 것들이 취향인 언니에게 수현의 화려한 취향은 늘 잔소리 대상이었다. 그렇다고 물러날 수현도 아니었지만.

언니의 고집이 웬만한 황소보다 세다면 수현은 그런 언니보다 조금 더 셌다. 다른 부분에서는 알아서 물러나는 경우가 많았는데 액세서리만큼은 포기하기 싫었는지 사사건건 부딪혔다. 외려 꼭 놀리는 것처럼 귀걸이와 반지 같은 것들을 주렁주렁 매달고 나타나 언니의 짜증을 유발하기도 했다. 가끔은 그런 짜증을 즐기는 것 같다는 생각이 들 정도였다.

저는 그런 둘 옆에서 뭐 하고 있었더라. 매번 똑같은 걸로 싸우는 게 우스워 웃었던 것 같은데. 아니면 한심해하며 고개를 저었던가.

"밥 먹었어?"

수현이 뒷좌석을 가리키며 물었다.

"샌드위치 먹어. 납골당 도착하면 저녁때잖아. 딱히 뭐 먹을 시간은 없을 것 같아서 사 왔어."

고개를 돌리니 잘 포장된 샌드위치와 하얀색 수국이 나란히 놓여 있었다. 며칠 전 제가 샀던 것보다 더 새하얗고 화사한 수국이었다. 꽃집 직원이 포장을 하기 전 물이라도 뿌려 준 건지 물기를 머금은 자태가 생명력이 넘쳤다.

"괜찮아. 아직 배 안 고파."

공황에 빠져 무너지는 와중에도 지키려 애쓰던 수국이 떠올라 고개를 저었다. 그런 수국을 밟아 망가뜨렸던 도현의 생각도 조금. 그의 검은색 구두가 갑자기 떠오르는 이유가 뭘까.

생각이 깊어지는 걸 차단하려 눈을 감았다. 잊지 않고 챙겨 온 가방 속 신경안정제를 손으로 확인했다. 아직까지는 약을 부랴부랴 먹을 만큼의 전조 증상은 느껴지지 않았다.

문제는 도착한 뒤였다. 납골당에 도착해 차에서 내리는 순간부터, 수국을 든 수현과 나란히 걷는 순간부터 마음은 납을 매단 것처럼 무거워졌다. 1년에 겨우 한 번 오는 이곳이 언제나와 같이 낯설어 체벌을 미루는 아이처럼 걸음이 느려졌다.

□ ◆ □

고등학교에 입학하고 얼마 되지 않았을 때였다. 대한민국의 평범한 고등학생답게 유주와 유하도 야간 자율 학습이라는 걸 했는데 말만 자율이지 사실은 강제적인 교육 제도였다.

처음 며칠이야 그것조차 낭만이라 느끼며 좋아하던 유하였지만 금세 싫증을 느꼈다. 공부를 해도 학원보다는 과외를, 과외보다는 혼자 하는 걸 좋아하던 유하가 종일 학교에 처박혀 있는 걸 좋아할 리가 없었다.

그나마 유주는 사정이 좀 나았다. 애초에 시키는 거 잘하고 시키지 않으면 안 하는 타입이라 그렇게라도 강제성을 만들어 주는 게 싫지 않았다.

"오늘 야자 째고 놀러 갈까?"

시작은 유하였다.

"저녁 먹는 시간에 나가자."

"출석 체크는 어쩌고."

"출석 체크를 맨날 하는 것도 아니잖아."

"맨날 하는 건 아니지만 하필 오늘 하면 어떡해."

"넌 애가 왜 그렇게 부정적이야."

유하가 재미없다는 듯 고개를 저었다. 그렇게 나가고 싶으면 어울려 다니는 친구들을 꼬셔도 될 텐데 굳이 일탈의 욕심이 없는 동생을 붙잡고 조르는 이유가 뭔지.

"나가서 뭐 할 건데?"

시무룩한 얼굴을 한 유하를 보다 못한 유주가 결국 호기심을 보였다. 단번에 밝아지는 낯빛이 단순하다.

"삼청동 가자."

"삼청동까지 가자고?"

"거기 떡볶이가 맛있대. 즉석 떡볶이."

눈을 반짝반짝 빛내는 게 이미 마음은 그곳에 있는 듯 보였다.

고민하는 척 시간을 좀 죽이려고 했는데 기대하는 모습을 보니 하는 수 없었다. 펼치고 있던 문제집을 대충 덮고 가방 안에 집어넣자 그 행동이 뭘 의미하는지 아는 유하가 해사하게 웃었다.

"걸려도 난 몰라."

"걸리긴 누가 걸린다고 그래."

버스를 타고 삼청동에 도착했을 땐 이미 저녁 시간이 넘어가고 있었다. 하늘을 채운 빛깔이 푸른빛도 검은빛도 아닌 오묘한 보랏빛을 띠었다.

그렇게 맛있다던 즉석 떡볶이는 사실 별로 맛이 없었다. 언니도 같은 생각이었는지 몇 개 집어 먹다 말고 방명록처럼 꾸며진 한쪽 벽에 이름을 적으며 키득거렸다.

교복 차림으로 늦은 시간에 그것도 익숙하지 않은 동네를 거니는 건 꽤 낭만적으로 느껴졌다. 그때는 달빛 하나가 기울어져도 눈물이 날 것 같은 감성을 갖고 있던 터라 카페에 앉아 사람 구경을 하는 게 유달리 재미있었다. 특히나 진지한 표정으로 커피를 마시는 사람들이나 커다란 개를 끌고 산책하는 사람들은 어딘가 멋있어 보이기까지 했다.

"저 사람, 대학생일까?"

유주가 그중 한 사람을 가리키며 말했다. 어깨보다 조금 더 내려오는 머리를 질끈 묶은 여자가 체크무늬 셔츠를 입고 노트북을 펼친 채 바쁘게 타이핑을 하고 있었다.

"그런 것 같은데. 과제 하나?"

"나도 대학생이고 싶다."

아마 그때는 그게 꿈이었던 것 같다. 대한민국에서 살아가는 10대라면 모두가 공감할 꿈. 막상 대학생이 되었을 땐 그때의 로망이나 동경 같은 건 모조리 잊어버리고 말았지만 그때까지는 대학생이란 명함 하나가 모든 걸 아름답게 바꿔 줄 것 같은 무조건적인 믿음이 있었다.

"대학생 되면 맨날 이렇게 놀아도 될 거 아니야. 늦은 시간까지 운영하는 카페에 와서 과제도 하고 커피도 마시고."

"별로 안 남았어. 곧 스무 살 될 건데 뭐."

유하가 심드렁하게 말했다. 그때는 고3이 아니었던 터라 딱히 예민하지도 조급하지도 않아 그렇게 태평한 소리를 할 수 있었는지도 모른다.

하지만 이제 와서 생각해보면 언니는 매사 그런 식이었던 것 같다. 간절할수록 당연하다는 듯. 나름 나쁘지 않은 자기 최면 방식이었다.

어쨌든 그날은 꽤 즐거운 날이었다. 출석 체크를 하는 바람에 비밀로 지키고자 했던 일탈을 들켜 버렸다는 것만 빼면 말이다.

밤 11시가 넘었을 때 엄마에게 전화가 왔다. 야자는 밤 12시가 되어야 끝나니 보다 이른 시간에 전화가 온다는 건 아주 중요한 일이 생겼거나 들켰다는 걸 의미했다.

"아, 망했다."

엄마는 전화를 받자마자 집에 들어오기만 하라며 으름장을 놓았다. 그 말에 꿈속을 거닐던 언니와 저는 현실로 복귀했다. 조금 전까지만 해도 방방거리며 뛰어다니던 언니는 축축 늘어지는 걸음을 했다.

"아, 진짜 답답해 죽겠네."

짜증을 내니 언니가 한숨을 푹 쉬었다.

“무서워서 그러지. 엄마 완전 열받았을 거 아니야.”

“그게 그렇게 무서우면 야자를 빼먹지 말았어야지.”

“야자는 빼먹고 싶고 화난 엄마는 무서운데 어떡해. 그 둘은 완전 별개라고.”

유하가 울상을 했다. 평소에는 대개 유하가 유주보다 대담한 구석이 많았다. 하고 싶은 것도 많고 고집도 센 편이라 사고도 더 많이 치는 편이었다. 그런데 엄마한테 혼나는 건 어린애처럼 싫어해서 벌여 놓은 일을 책임질 때가 오면 소심한 면을 드러냈다.

결국 유주가 유하의 손을 잡았다.

“어차피 혼나도 같이 혼나는데 뭐가 그렇게 무서워.”

“너랑 같이 혼난다고 덜 혼나는 것도 아니잖아.”

“혼자 혼나는 것보단 낫지.”

말하며 어깨를 으쓱이자 저랑 똑같이 생긴 얼굴이 웃었다.

“그래서 너 데리고 나온 거야.”

“응?”

“혼나도 같이 혼나게. 혼자 혼나면 외롭잖아.”

그때, 웃는 언니가 참 얄미웠던 것 같은데.

□ ◆ □

결국, 언니가 잠들어 있는 곳과 몇 발자국 떨어진 거리에서 걸음을 멈췄다.

“수현아.”

느려진 걸음으로 인해 조금 앞서 걷던 수현이 뒤를 돌아보았다. 쳐다보는 얼굴이 조용했다. 딱히 재촉도, 걸음을 멈춘 이유를 묻지도 않는다.

“너 혼자 가.”

수현의 시선을 피하며 말했다.

“왜.”

“여기서 기다릴게. 혼자 다녀와.”

"무슨 소리야."

수현은 저를 탓하는 기색 없이 다정하게 말했다.

"같이 가."

"아니야."

"유하가 너 보고 싶어 할 거야."

"언니는……. 아무튼 아니야."

고개를 저으며 그를 쳐다보았다. 다정하던 얼굴이 조금 굳어 있었다.

"뭐가 아닌데."

"아니……."

"너 지금 너희 어머니랑 똑같은 생각 하는 거 아니지?"

물어 오는 목소리가 낮았다.

"수현아."

"유하가 죽은 게 네 탓이야?"

"최수현……."

"사고였잖아."

수현이 다가와 어깨를 부드럽게 쥐었다.

"쓸데없는 생각 하지 마."

"그런 게 아니야. 그냥 좀……."

"네가 이러면 난 어떡하라고."

하, 크게 한숨을 뱉은 그는 금방이라도 울 것처럼 젖은 눈을 하고 있었다. 단단한 척을 하고는 있지만 그 안에는 타는 고통이 있을 터.

"수현아."

"같이 가."

저에게는 언니의 죽음이고 그에게는 연인의 죽음인 이 죽음이 가벼워지는 날이 오기는 할까.

"제발, 제발 같이 가."

애원하듯 흐느끼는 목소리에 마음이 할퀴어졌다. 사랑하는 이의 죽음이 가벼워질 날은 오지 않을 게 분명하다.

"그래."

엄살 부리지 말자, 주문처럼 속으로 외웠다. 저는 엄살 부릴 자격이 없다. 그의 앞에서 감히 아프다 말하면 안 된다. 그의 앞에서 감히 힘들다 말하면 안 된다.

"그래, 갈게."

그런 비슷한 마음들이 모이자 큰 한숨과 함께 그러자는 대답이 나왔다. 결심의 결과였다.

□ ◆ □

언니의 위패 앞에는 한 사람 정도 앉을 수 있는 벤치가 있었다. 앉으면 위패에 쓰인 언니의 이름을 정면에서 바라볼 수 있었다. 수현이 그곳에 앉아 조용히 수국을 내려놓았다. 저는 그 옆을 지키는 사람처럼 서서 언니 사진을 보았다. 저와 똑같은 얼굴을 한 언니가 저를 바라보고 있었다.

죽은 언니와 생김새가 같다는 건 형벌이기도 하면서 동시에 위로이기도 했다. 간혹 언니가 그리워지면, 꿈에서 보는 그런 참혹한 모습 말고 예쁘고 환했던 언니가 그리워지면 사진을 보기도 했지만 대부분은 거울을 보았다. 저이면서 동시에 언니이기도 한 그 얼굴을 보면 괴로웠다.

그럼에도 거울 보는 것을 포기할 수는 없었다. 거울 앞에 몇 시간이고 앉아 미안하다는 말을 반복하다 보면 스스로의 행동이 모순적이라는 생각이 들면서도 또 위로가 되었다. 참으로 비겁하지 않을 수 없었다.

"유하야."

수현이 울음 섞인 소리로 언니를 불렀다. 연신 호흡을 정리하는 게 위태로워 보였다. 길고 하얀 손가락이 위패에 적힌 이름을 쓴다. 그러다 바닥으로 떨어지는 고개.

"흐읍……."

수현은 울음을 삼키지 않고 토해 냈다.

"정유하……."

대답 없는 이를 부르는 마음은 괴로웠다. 5년이란 시간이 지났어도 마음에 남은 유하의 기억은 자꾸만 거대해졌다. 사랑하는 이였다. 그런 이를 잃은 슬픔은 희석되지도, 익숙해지지도 않았다.

가끔은 이대로 영원히 살아가게 될까 봐 두려웠다. 조금도 나아지지 않고 이대로 영원히 고통스럽게 평생을 살까 두려웠다.

자신을 희롱한 남자애를 더 때려 줄 수 있냐며 찾아왔던 그날 이후로 유하는 자연스레 제 곁을 차지했다. 아니, 제가 유하를 곁에 두었다.

제 곁에서 웃는 유하를 보고 있으면 유치한 생각이 많아졌다. 유하가 평생 저만 찾아올 수 있도록 내내 강했으면 좋겠다는 생각, 유하가 웃는 걸 평생 저만 보았으면 좋겠다는 생각, 유하와 평생 함께였으면 좋겠다는 생각 같은 것들. 우정이었던 적이 없어서 헷갈리지도 않았다.

그렇게 연인이 되었다. 태어나 갖지 못한 것이 없던 저라 스스로의 의지로 무얼 가져 본 것은 그때가 처음이었다. 소중했다. 끌어안고 있어도 불안할 만큼 소중했다.

그런 유하가 어느 날 사라졌다. 스물두 살의 어느 날이었다.

"보고 싶어……."

흐르는 눈물을 주체 못 하고 흐느꼈다. 왜 꿈에서조차 나타나질 않는 거냐고 끊임없이 중얼거렸다. 왜, 대체 왜. 이제는 내 것이 아님을 알려 주려 꿈에도 나오지 않는 건지. 대답 없는 유하가 원망스러웠다.

"수현아."

유주가 괴로움에 말린 넓은 등 위로 손을 얹었다.

수현이 숨이 넘어갈 듯 운다. 그와 달리 저의 눈에서는 눈물이 흐르지 않았다. 죄책감이었다. 엄마와 수현에게서 유하를 뺏은, 아니 놓친, 아니 죽인 것에 대한 죄책감.

그때 그리 퍼붓지만 않았어도 언니는 지금쯤 살아 있을 것이다. 그리 모진 말을 쏟아 내지만 않았어도 언니는 엄마의 곁에서, 그리고 수현의 곁에서 환하게 웃고 있을 것이다. 그러니 그들에게 미안해서라도 저는 울 수 없다. 어렵지도 않았다. 습관이 된 것인지 노력하지 않아도 울음 정도는 쉬이 참을 수 있었다.

"수현아, 네가 이러면 언니가 슬퍼해."

수현이 젖은 얼굴을 들었다. 울긋불긋 빨개진 얼굴이 엉망이었다. 그중에서도 눈물에 짓무른 눈가가 유독 붉어 피눈물이라도 흘린 건가 싶은 착각이 들었다.

마주한 붉은 눈이 처참하게 흔들렸다. 이리저리 동공을 움직여 가며 제 얼굴을 샅샅이 살핀 그는 끝내 눈물을 쏟았다.

"안아 줘."

"수현아."

"너 정유주인 거 알아."

"……."

"너 유하 아닌 거 알아. 그래도…… 나 좀 안아 줘."

말이 아팠다. 제가 거울을 보며 그리워하듯, 그도 저를 보면 언니가 떠오를 것이다. 그도 저를 보는 게 형벌이자 위로일 것이다. 사랑하는 이와 같은 얼굴을 했으나 사랑하는 이가 아닌 저를 보는 게 끔찍할 것이다.

그럼에도 해 줄 수 있는 건 다 해 주고 싶어서 그를 안았다. 몸을 기울이자마자 강하게 끌어안는 팔이 다급했다.

□ ◆ □

그 시각 도현은 자신의 측근 비서를 호출했다. 통칭 윤 비서라고 불리는 그는 미술관 소속의 직원이기는 하지만 리연을 위해 일하는 사람은 아니었다. 오직 도현만을 위했다. 도현의 눈과 귀, 손과 발이라 설명해도 부족함이 없었다.

그러니까 도현이 그런 그를 호출했다는 건 꽤 사적인 이유가 있다는 뜻이었다.

"알아보라는 건?"

"말씀하신대로 대략적인 것만 파악해서 가져왔습니다."

그가 건네는 파일의 두께는 얇았다. 파일을 펼치자마자 보이는 두 명의 이름. 도현은 그것들을 가만히 훑어보다 아래에 적힌 내용을 읽었다.

"특이 사항은 많지 않은데…… 한 가지가 좀 큽니다."

파일에 시선을 고정한 도현이 계속하라는 듯 윤 비서를 향해 손짓했다.

"정유주 사원에게 정유하라는 쌍둥이 언니가 하나 있는데 그분이 최수현 작가님이랑 오랜 연인 사이였답니다. 열일곱 살 때부터 교제를 시작했다고 하니까요."

도현이 알 수 없는 표정을 지었다. 쌍둥이라는 게 조금 걸리긴 했지만 생각보다 건전해서 이상했다. 유주를 쳐다보던 제 동생의 눈은 그리 건전하지 못했는데 나열된 사실들은 건전하다 못해 건조하다.

둘 사이에 흐르는 감정이 미심쩍어 지시한 조사였다. 가깝고 친밀한 듯 보였지만 그게 전부인 것 같지는 않은 느낌이라. 결국 모든 게 착각인가.

"근데……."

윤 비서가 조금 뜸을 들였다.

"그 쌍둥이 언니가 5년 전에 죽었답니다."

"뭐?"

"교통사고였어요."

도현의 눈살이 구겨졌다. 저와 함께 있던 유주를 끓는 눈으로 바라보던 수현이 다시금 떠올랐다. 정유주는 그런 최수현을 어떻게 보았더라.

□ ◆ □

돌아오는 차 안은 조용했다. 수현이나 저나 너무 지쳐 있었다. 감정 소모가 상당했다.

"데려다줘서 고마워."

"고맙긴. 오늘 고생했잖아. 우리 담당 비서님 내가 잘 모셔야지."

"제발 그 마음 변치 말아 주라."

유주가 비는 시늉을 하며 말하자 배시시 웃은 수현이 네, 네, 하며 성의 없는 대답을 했다.

"조심히 가. 작업실 주소 보내는 거 잊지 말고."

"아, 잠깐만 유주야."

"응?"

가려는 사람 붙잡아 놓고 수현은 말이 없었다. 말하고자 하는 것에 거리낌이 없는 그가 웬일인가 싶었다.

"왜에."

"아니, 별건 아니고……."

뭔데? 하고 물으니 또 입을 다문다.

"얘기 안 할 거면 나 내린다?"

"……유하 말이야."

"언니?"

"무단 횡단 같은 거 안 하는 사람이잖아."

겁이 많아서. 조용히 덧붙이는 수현의 목소리가 낮았다. 마음이 바다 깊이 침전했다.

"그날은 왜 뛰어든 걸까."

"……."

"자살은, 아니겠지?"

자살을 말하는 그의 얼굴이 차분했다.

그날은 폭우가 심한 날이었다. 벼락같은 번개가 시종일관 바닥으로 꽂히고 온 세상을 부술 것 같은 천둥소리가 내내 지속될 정도로 날씨가 험했다.

언니와 함께 걷던 그 시각은 늦은 밤이었고 길에는 사람이 거의 없었다. 인도 옆으로 난 차도에만 차 몇 대가 지나다닐 뿐이었다. 그 와중에 전압 문제로 고장 난 CCTV는 언니의 마지막 순간을 기록하지 못했다.

목격자는 곁에 있던 제가 전부였다. 그런 저는 울다 쓰러지기를 반복했다. 간혹 정신을 차렸을 때는 '갑자기'라는 말만 반복했다.

언니를 친 트럭 운전사 역시 언니가 갑자기 튀어나왔다고 진술했다. 마침 사고 난 지점은 횡단보도와 멀지 않은 곳이었다.

그렇게 상황은 무단횡단으로 인한 사고로 정리되었다.

"무슨 소리가 하고 싶은 거야……."

나이가 어려 한 실수라고 변명하지는 않을 것이다. 사고 당시에는 진정 정신이 혼미해 말할 수 없었지만 시간이 지나도 저는 진실을 말하지 않았다. 정말이지 은폐하고 싶은 마음이었다. 말하고 싶지 않았다. 제가 언니에게 못된 말을 퍼붓는 바람에 언니가 그리되었다고 말할 수 없었다. 용서를 구할 대상도 없이, 돌이킬 여지도 없이 그리 말할 자신이 없었다.

게다가 가족들과 수현을 포함한 언니의 주변인들 모두가 사고일 것이라 확신했다. 하루의 대부분을 웃는 얼굴로 보내는 언니가 스스로 목숨을 끊었을 거라고는 꿈에도 생각지 못하는 듯했다. 그런 사람들의 태도에 위축이 된 것도 사실이었다. 자살이라고는 꿈도 꾸지 않았을 언니를 한순간에 죽음으로 몰아넣은 것이 저라는 게 너무 끔찍해서 감히 말할 수 없었다.

그런데 왜, 왜 이제 와서 그런 말을 해.

"나도 알아. 허무맹랑한 생각인 거."

수현이 부서질 듯 아슬아슬한 미소를 지으며 말했다.

"그냥 요즘 그런 생각이 들어. 내가 모르는 힘든 일이 있었던 건 아닐까. 유하한테 무슨 고민 같은 게 있었던 건 아닐까. 그걸 내가 놓친 건 아닐까."

"아니야."

아니라고 단언했다. 아니야? 하고 다시 물어 오는 수현에게 다시 한번 아니라고, 그럴 리 없다고 말했다. 새빨간 거짓말이었다. 그래도 그것이 수현을 위하는 일이라고 위선과 위선을 덧붙이며 아니라고, 절대 아니라고 대답했다.

수현이 그런 저를 한참이나 쳐다보았다.

"고마워."

그가 대답했다. 차분한 목소리였다.

7

도망쳐

도망치듯 차에서 내렸다. 또 도망치듯 아파트 계단을 올랐다. 다 오르기도 전에 주저앉아 귀를 틀어막았다. 당장에라도 네가 언니를 죽인 거냐며 소리치는 엄마와 수현의 목소리가 들릴 것만 같았다.

잃을 게 없는 사람은 두려울 것도 없다던데. 유주는 그것이 아주 틀린 말이라고 생각했다. 저는 여전히 두려운 것이 많았다. 이미 너무 많은 것을 잃어 더 잃을 것도 없는데 작은 손에 쥔 몇 가지를 또 잃을까 두려웠다.

언니가 죽고 가장 먼저 잃은 것은 가족이었다. 엄마는 슬픔에 정신을 놓았고 아빠는 그런 엄마와 저를 떠났다. 그럼에도 원망의 기색을 내보일 수 없었다. 그들에게서 소중한 것을 뺏은 것 또한 저여서 차마 나 또한 괴롭다고 말할 수 없었다.

비슷하게 그림도 잃었다. 이젤과 물감, 붓을 버렸고 전공도 바꾸었다. 무엇보다도 잃고 싶지 않았던 것이지만 무엇보다도 잃어야 했던 것이었다.

언니와 마지막으로 나눈 대화도 그림에 관한 것이었다. 그림을 사랑한다는 이유로 언니에게 상처를 주었고 언니는 그것을 견디지 못해 죽었는데 제가 무슨 낯으로 그림을 쥐고 살까.

그렇게 주변인들과도 멀어졌다. 취미와 관심사를 공유하던 사람들과 마주하는 게 어려워 자리를 피한 것이 어느새 스스로를 고립시켰다. 몇몇의 사람이 곁에 남기는 했지만 그들도 저의 눈치를 살피기 바빴을 뿐 예전과 같지는 않았다.

그쯤 되니 자연스레 일상도 잃었다. 저라고 돌이키고 싶지 않았을까. 저라고 그것들을 다시 원하지 않았을까. 매 순간 원했다. 엄마가 행복하기를, 언니가 돌아오기를. 그림을 그리고 싶다는 생각도 하루에 수십 번씩 했고 친했던 과거의 사람들도 자주 보고 싶었다.

평범한 일상이 그리웠다. 잘 자고 잘 먹고 잘 웃는.

그러나 그것은 아주 잠깐의 바람일 뿐 실행으로 나아가지는 못했다. 감옥에 갇힌 죄수가 탈옥을 꿈꾸는 건 어리석은 짓이었다. 저의 최선은 내려진 모든 형벌을 최대한 달게 받는 것이었다. 한날에 태어난 언니를 죽음으로 몰고 간 죄는 그토록 컸다.

수현의 의문은 그래서 최악이었다. 언니의 죽음 이후 작은 것에도 놀라는 심장을 갖게 된 저는 그 의문을 듣는 순간 심장이 부서지는 줄 알았다.

아무에게도 들키지 않으려 5년이란 시간을 무수한 불면과 쌓여 가는 신경안정제로 버텨 온 저였다. 그런 저에게 뒤늦은 의문은 고문이나 다름없었다.

하지만 비겁한 저는 끝내 솔직할 수 없었고 끝내 아니라고 대답했다. 수현은 제가 잃지 않은 몇 가지 중 하나였다. 그것을 지키겠다고 고해의 기회를 발로 차 버렸다. 그를 잃을까 두려웠다.

"하……."

젖은 얼굴을 벅벅 문질러 닦고 제가 사는 층에 다다랐을 때 그가 보였다.

"늦었네."

도현이었다.

"전화 안 받길래."

몸이 굳는다. 머릿속을 미친 듯이 괴롭히던 생각이 바람처럼 사라진다. 또 그였다.

왜 하필 그일까 생각했다. 왜 하필 지금일까. 의미 없는 질문이 머릿속을 채웠다. 무너질 때마다 그를 만나는 것인지, 그가 저를 무너뜨리는 것인지 알 수 없었다.

그에게서 나는 향이 코끝을 스쳤다. 아파트 복도 끝에 선 그와 제 사이의 거리가 꽤 먼데도 존재감은 명확했다. 고작해야 향일 뿐인데도 그 위력이 그의 서늘한 눈이 발휘하는 것과 다를 것이 없어 몸을 떨게 했다.

"아……."

흔들림 없이 선 그를 보며 생각했다.

왜 자꾸 들키는 거지. 왜 자꾸 그에게 들키는 거지. 누구에게도 들키지 않고 5년을 살았는데. 방금 전 수현의 앞에서도 멀쩡한 얼굴을 했는데. 왜. 왜 그의 앞에서는 자꾸 들키는 거지. 나약하고 추한 순간을. 왜. 매번.

"귀신이라도 봤어?"

도현이 걸음을 옮기며 말했다. 빠르지 않은 걸음이었지만 가까워지는 것은 순간이었다.

겁먹은 표정을 숨기지 못하고 몇 걸음 물러나 보았지만 비상계단에서와 마찬가지로 별 소용은 없었다.

"울었어?"

벽에 등이 닿을 즈음, 그와 저 사이의 거리는 숨소리도 들릴 만큼 가까워져 있었다. 허리를 숙여 시선을 맞춘 그는 모순적일 정도로 다정했다.

그런데 왜 자꾸 숨통이 조여 오는 걸까. 도현이 문제인지 제가 문제인지 이제는 가늠도 되지 않았다.

"하아……."

거칠어진 숨을 뱉어 내고 답답하다는 듯 목깃을 만지작거리자 그가 눈썹을 치켜올렸다.

"정유주."

"후으……."

"숨."

호흡의 불안정을 알아차린 그였다. 하얗고 긴 손가락이 턱끝에 닿고 그것이 뜨겁다 느끼기도 전에 고개가 들렸다.

"흐으……."

누가 들어도 좋지 않은 숨소리가 쏟아졌다. 고통스러워 죽겠다는 기색으로 미간을 찡그리는데도 그는 손을 물리지 않는다.

뜨겁다. 뜨겁고 고통스럽다.

숨이 조금 차는 정도였던 증상은 빠르게 악화되어 과호흡으로 이어졌다. 부족한 산소를 이기지 못하고 헐떡이는 몸. 그가 손바닥 전체로 턱을 감싸 쥐고 단단하게 고정했다.

"숨 쉬어."

받은 숨이 짧게 뱉어지고 눈앞이 흐릿해진다. 이대로 질식할 것 같다는 기분이 들면서 곧 죽을지도 모른다는 죽음의 공포가 발톱부터 머리카락 저 끝까지 차올랐다.

도현이 주저앉으려는 유주의 허리를 단단히 받쳤다. 누가 목을 조르기라도 하는 것처럼 하얗게 질린 얼굴은 마음을 조급하게 만들었다. 바르작거리는 작은 몸이 금방이라도 축 처져 죽기라도 할 것 같았다.

"뱉지만 말고 쉬어야지."

"흐으……."

유주는 새카만 상자 속에 갇힌 것 같다는 생각을 했다. 눈앞이 흐려 앞이 잘 보이지 않는다. 그가 저를 안고 있다는 것도 사실 느껴지지 않는다. 선명한 것은 오직 그의 목소리뿐이라.

그의 말을 따르고 싶었다. 그의 말대로 숨을 들이마시고 싶은데 도무지 쉽지가 않다. 호흡이 가빠지면서 상체가 들썩이고 두려움에 심장은 빠르게 뛰었다. 눈가에는 어느새 눈물이 찼는지 뺨이 젖는 게 느껴졌다.

"살려…… 살려 주세요."

두려움이 커지면 겁이 없어진다던데. 손에 잡히는 도현의 셔츠를 구겨져라 쥐고 살려 달라 빌었다. 약 하나 없이 제 발작을 잠재우던 것처럼, 말 한마디로 제 불안을 잠재우던 것처럼 오늘도 그가 저를 구하기를 바라면서.

"나 봐."

낮은 목소리.

"살려 줄 테니까 나 봐."

짙은 향.

이리저리 흔들리던 시선을 겨우 바로 했다. 서늘하게 뻗은 긴 눈꼬리 옆에 자리한 검은 눈동자가 흔들림 없이 저를 보고 있었다.

낮은 목소리와 짙은 향, 그리고 칠흑같이 검은 눈. 긴장으로 빳빳하던 몸이 일순간 늘어지며 나른하게 힘이 빠졌다. 도현이 그런 제 허리를 단단하게 감아 지탱했다.

"하……."

두 눈에 그가 들어차고 왜인지 살았다는 생각이 들었다.

"살려 주세요……."

"괜찮아."

도현이 끊임없이 속삭였다. 달뜬 호흡이 정상 궤도로 돌아올 때까지 속삭임은 멈추지 않았다.

이윽고 들썩이던 몸이 차츰 가라앉았을 때는 잘 견뎠다는 칭찬처럼 눈물범벅인 얼굴을 끌어안아 줬다.

"괜찮아."

호흡은 가라앉았어도 한번 놀란 몸은 여전히 끙끙 앓는 소리를 냈다. 셔츠를 쥔 손에 힘을 얼마나 준 것인지 핏기가 하나도 보이지 않았다.

"괜찮아."

"힘들어요……."

"알아. 괜찮아. 천천히—"

단단한 가슴에 얼굴을 기댄 유주가 힘 빠진 고개를 끄덕였다.

"……."

확실히 나아지고 있음을 느꼈다. 가슴께에서 들리는 강하고 규칙적인 심장

소리가 좋았다. 그의 향수 냄새가 폐부를 가득 채우는 기분. 진하고 무거운 향수 냄새가 약간 높은 체온과 섞여 공기보다도 포근하게 호흡을 도왔다. 불규칙한 심박과 그에 따른 현기증이 여전해 몸이 덜덜 떨리기는 했지만 조금씩, 조금씩 평온을 찾았다.

그가 저의 얼굴을 들어 올렸다. 걱정이 깃든 눈이 저를 살피고 있었다. 도리질을 하며 그의 손을 밀어 내고 품 안으로 파고들었다. 아직, 아직 부족했다.

"조금만, 조금만 더요."

멀어질까 무서워 어색하게 그를 안았다. 이제야 제대로 숨이 쉬어지고 있었다. 곧장 죽을 것 같은 기분을 또 느낄까 두려워 온몸을 그에게 밀착했다.

"죄송해요."

"……."

"조금만 더 이렇게 있을게요."

□ ◆ □

그대로 정신을 잃은 건지, 녹초가 되어 잠에 빠진 건지 눈을 떴을 때는 익숙한 제 방 천장이 보였고 창밖은 어두운 밤이었다.

숨쉬기가 어려워 헐떡이던 것까지는 기억이 나는데 언제 이렇게 잠든 것인지는 기억나지 않았다. 집에는 어떻게 들어온 거지. 마지막 기억이라고 해 봤자 저를 토닥이던 도현을 끌어안은 것이 전부인데. 불쑥 떠오른 장면에 눈이 질끈 감겼다. 무슨 짓을 한 거지.

"일어났어?"

어둠 속에서 도현의 목소리가 들렸다.

"더 자."

정신을 잃기 직전까지도 저를 달래느라 바쁘던 목소리였다. 그 목소리의 주인이 침대 옆 작은 의자에 앉아 있었다. 얼마나 잠들어 있었던 건지. 못 볼 꼴을 몇 번이나 보이는 건지.

제 걱정이 무색하도록 그는 아무 생각이 없어 보였다. 오히려 꽤 다정한 손길로 다가와 이불을 목 언저리까지 끌어당겨 덮어 주었다.

"일어날래요."

손끝 하나 움직이고 싶지 않은 기분이었지만 이대로 있다가는 정말이지 또 잠들 것 같아 어쩔 수 없었다.

그러고 보니 또, 또 꿈을 꾸지 않았다.

"어지러울 텐데."

"괜찮아요."

어쩔 수 없다는 듯 어깨를 으쓱인 그가 제 뒷목에 손을 넣어 일어나는 것을 도왔다. 과음한 다음 날처럼 머리가 핑핑 돌아 침대 헤드에 몸을 기대앉았다. 와중에도 헝클어진 머리카락을 정리해 주는 손길이 다정했다. 눈길은, 뜨거웠고.

"묻고 싶은 게 있어서 온 건데 네가 살려 달라고 우는 바람에 아무것도 못 했어."

아쉽다는 목소리였다.

"묻고 싶은 거요?"

"응."

"저한테요?"

"응, 너한테."

"……."

"안 궁금해?"

"네."

시무룩하게 대답하니 그가 웃었다. 그가 무얼 궁금해하든 저는 대답할 말이 별로 없었다.

"배 안 고파? 지금 시간 꽤 늦었는데."

고개를 저으니 그가 또 웃었다. 비상계단에서 만났을 때부터 느낀 것이지만 그가 위협적인 분위기를 갖는 데에는 딱히 표정이 이유인 것 같지는 않았다.

웃고 있으나, 무표정하게 있으나 사람을 위축시키는 기운은 여전했다.

"물이라도 마셔."

도현이 들고 있던 컵에 물을 채워 건넸다. 제가 자는 동안 집안 살림들과 친해지기라도 한 건지 제법 자연스러운 몸짓이었다.

"저 여기 어떻게 들어왔어요?"

"기억 안 나?"

네, 하고 고개를 끄덕이니 그가 글쎄, 하며 말을 늘였다.

"묻지 않아도 알려 주던데."

"제가요?"

"가지 말라고도 하던데."

"아……."

어렴풋이 생각이 날 것도 같은 민망한 광경에 고개를 숙였다. 물이나 마셔야지 하고 들이켠 물은 울다 잠든 탓인지 달았다. 꽤 큰 컵에 가득 담긴 물을 전부 마실 때까지 그는 시선을 떼지 않았다.

"이제 좀 괜찮아?"

"그런 것 같아요."

"탈진한 것 같았는데 호흡은 정상이라 그냥 재웠어. 앰뷸런스 부르면 싫어할 것 같아서."

잠겨서 잘 나오지 않는 목소리로 고맙다, 대답했다.

"자주 그래?"

그가 무심한 투로 물었다.

"뭐가요?"

"금요일에도, 엘리베이터에서도, 오늘도. 나 꽤 자주 본 것 같은데."

"……."

"나 물어볼 자격 있잖아."

예상하지 못한 것도 아닌데 손끝이 저렸다. 묻고 싶은 것이 있다는 그의 말이 싫은 이유는 이래서였다. 대답할 말이 없어서. 하지만 정말이지 자주 목격한 그가 묻지 않는 게 오히려 이상한 일이기는 했다.

"자주는…… 아니에요."

이미 다 들켰다는 걸 알지만 습관처럼 부정하고 싶었다.

"그래?"

그 한심한 부정에도 그는 무심한 얼굴을 유지하며 시선을 맞췄다. 적의는 보이지 않았다. 의자 팔걸이에 턱을 괸 채 침묵을 지킬 뿐이었다. 망설이는 저를 감상이라도 하는지 재촉하지 않고 기다리는 모습이 여유로웠다.

"이상해요."

그것이 못내 얄미워 속으로만 하던 생각을 입 밖으로 꺼냈다. 속절없이 들켜 버린 치부가 수치스러운 마음 반, 억울한 마음 반이 만들어 낸 용기였다.

"뭐가."

"저는, 그러니까 저는 원래 이러지 않아요."

깊은 한숨과 함께 내뱉듯이 말했다. 아랫입술을 아프게 물었다. 설명하고 싶었다. 무얼 설명하고 싶은지 스스로도 잘 몰랐지만 뭐든 설명하고 싶었다. 그런데 뭘 설명하기도 전에 그가 뺨을 쓸었다.

"또 우네."

뜨거운 손길에 몸을 움츠리게 되면서도 제가 또다시 울고 있다는 사실이 싫어 눈을 질끈 감았다.

"이것도, 이것도 이상해요."

"뭐가 자꾸 이상해."

"저 원래 이렇게 잘 안 울어요. 이렇게 자주 우는 사람 아니에요."

"그래?"

"정말이에요. 정말……."

"겁 많잖아."

도현이 다정한 미소를 지으며 고개를 기울였다. 겁이 많다고. 매번 그렇듯 다 알고 있다는 듯이.

"그런 거 전부 다……."

"……"

"제가 겁이 많은 걸 아는 대표님도 이상해요. 전부 다 이상해요. 대표님이 이상한 건지 제가 이상해진 건지 모르겠어요. 원래는 전부…… 전부 다 숨길 수 있단 말이에요. 제일 잘하는 건데 왜……. 우는 것도, 아픈 것도, 힘든 것도 전부 다 숨길 수 있는데 왜. 대표님 앞에서는 왜……."

말하면서도 억울한 마음이 치솟아 손이 파리하게 떨렸다.

수시로 먹는 약과 비상시에 먹는 약을 언제 어디서든 상비하면서 그 누구에게도 들키지 않으려 애쓴 시간이 허무했다. 울지 않으려 씹었던 입안의 여린 살과 두려움을 들키고 싶지 않아 매번 내리깔아야 했던 시선 같은 것들이 전부 허무했다.

엄마의 앞에서도, 수현의 앞에서도, 심지어는 언니의 장례식장에서도 죄책감에 울지 않은 저였다. 뺨 위로 흐르는 눈물까지 어쩌지는 못했지만 차마 소리 내어 울 수는 없어서 매번 그렇게 울음을 삼켰다.

그런데 왜. 도대체 왜. 이 남자 앞에서는 왜.

"숨길 필요 없어."

도현이 단호하게 말했다.

"난 너 우는 거 좋아."

부드러운 목소리로 전하는 다정하지 않은 말. 우는 게 좋다니. 무슨 말인지 이해가 되지 않아 얼굴을 찡그리니 그가 스읍, 소리를 내며 표정을 풀어 주었다.

도현은 혼란스러워 죽겠다는 심정을 온 얼굴에 드러내고 있는 유주를 조용히 응시했다. 억울하다는 듯 중얼중얼 토해 낼 때는 언제고 말 한마디에 굳은 몸이 보였다.

조금 급하다는 것쯤은 저도 알았다. 제 앞에서는 숨도 제대로 못 쉬는 유주를 이리 몰아붙일 생각이 제게도 애초에는 없었다.

"무슨 말인지 모르겠어요."

놀란 것 같기도 하고, 겁을 먹은 것 같기도 하고.

"그냥 네가 예쁘단 소리야."

"……."

"갖고 싶단 소리기도 하고."

미세하게 물러나 앉는 모양을 보며 참 솔직하다 생각했다. 우는 게 좋다고 했지, 울리겠단 소리는 안 했는데 도망치는 모양이 마음에 들지 않았다. 그래 봤자 침대 위고, 그래 봤자 손 닿는 거리에 있으면서 그게 다 무슨 소용이라고.

"저 잘 모르시잖아요."

"모르는 것 같아?"

유주의 말이 우스웠다.

"너 나 무서워하잖아."

역시나. 유주가 동요했다. 놀라지 않은 척 표정을 숨기기는 했지만 가늘게 떨리는 목과 숨결까지 숨길 수는 없다. 제 시선, 제 목소리, 제 걸음 하나하나에도 놀라고 떠는 걸 어떻게 모를까.

"아니야?"

지금도 얇은 어깨가 떨리는 게 보이는데.

"그런 주제에—"

매번 이런 식이다.

"더 가까이 가면 편안해하는 것도 알아."

제 품에 안겨 숨을 고르던 유주를 보며 한 생각을 떠올렸다. 우는 게 예쁘다는 생각과 이렇게 예쁘게 울 거라면 계속 울었으면 좋겠다는 생각. 직전까지만 해도 정말이지 숨이 넘어갈까 마음이 급했는데 숨을 고르며 우는 얼굴을 보니 또 예쁘다는 생각이 들어 스스로가 어이가 없었다.

그러다 보니 자연스레 이 모든 것을 저 혼자만 보았으면 좋겠다는 생각을 했다. 제 앞에서만 울고, 제 앞에서만 무너져서 저만이 구할 수 있으면 좋겠다는 생각. 몇십 번이고 몇백 번이고 구해 줄 테니 제게만 매달려 있으면 좋겠다는 생각.

"저는…… 모르겠어요."

유주가 속삭이듯 말했다.

"몰라도 돼."

답은 제가 알고 있으니.

"이해할 필요 없어."

그저 편안히, 제가 부리는 까탈을 모른 척하며 그저 얌전히 쉬기를.

"괜찮아."

그 말이 뭐라고 겁 많은 눈에 물기가 찬다.

"무서우면 어떡해요."

"도망쳐."

"……어디로요."

"나한테."

나한테 도망쳐.

그 말에, 도망치라는 말 한마디에 유주가 조용한 숨을 뱉어 냈다. 내내 지쳐 있던 한숨을 이어받듯 틈을 놓치지 않은 도현이 달싹이는 입술 위에 입을 맞췄다.

다른 모든 건 겁내더라도 이것만큼은 겁내지 않도록 천천히. 끓어오르는 탐욕을 어울리지 않게 조절해 가며 천천히.

허리를 끌어안고 당기니 가는 몸이 저항 없이 안겼다. 부드럽게 씹히는 입술을 열어 혀를 밀어 넣고 버거운 듯 뱉어 내는 더운 숨을 모조리 삼키겠다는 일념으로 헤집었다.

서투른 몸짓에 안달이 나는 건 저였다. 지금도 이렇게 머리가 녹을 듯 뜨거운데 널 있는 그대로 씹어 삼키면 그때는 어떨까.

8

포기

이마를 맞대고 더운 숨을 몰아쉬었다. 규칙적인 숨소리, 달아오른 체온. 몸이 나른해졌다. 눈을 감고 너른 어깨에 얼굴을 기댔다. 허리를 두른 단단한 팔에 힘이 실렸다.

"가지 말까?"

묻는 목소리가 조용했다. 입맞춤이 길어지면 길어질수록 정신은 혼미해지고 육체는 나약해져 그 어떤 격정이 밀려들어 와도 거부할 수 없을 것 같았는데—

"응?"

다행히 그는 입맞춤 이외의 무언가를 하려는 그 어떤 움직임도 보이지 않았다. 신중하고 단단한 눈길로 바라보다 늘어지는 몸을 안아 주었을 뿐이다. 겁내지 말라는 듯 등을 토닥이는 손바닥의 리듬이 좋았다. 이대로 잠들면 악몽을 꾸지 않을 텐데. 그가 제 곁에 머물러 준다면, 그가 저의 밤을 지켜 준다면 저는 악몽 없이 또 한 번의 단잠을 잘 수도 있을 텐데.

"……가야죠."

욕심이 들끓었지만 마지막 남은 이성은 잔인할 만큼 단호해서 기어이 거절의 말을 뱉게 했다. 도현이 낮게 웃는 게 들린다.

"가지 말란 목소린데."

"내일 저 출근해야 해요."

"내가 있으면 못 해?"

몸을 뒤로 빼고 눈을 맞춘 그가 물었다. 미소가 걸린 입술이 붉다.

"……네."

그의 옆에선 포기가 쉬웠다. 애써 감추고 싶다는 생각도, 힘들다는 생각도, 심지어는 죽고 싶다는 생각도 포기하게 만드는 그였다. 그러니 출근 생각이 들 리가 없다.

그가 짓궂은 표정을 지었다.

"더 가기 싫게 만드네."

뻔뻔하게 흐르는 목소리가 좋았다. 그는 달고, 해롭다.

"대표님."

"응."

"대표님 옆에 있는 거, 좋아요."

그의 말은 이해할 수 없는 말들이 대부분이었지만 대체로 부정할 수 없는 것들이었다. 저는 그를 두려워하지만 동시에 그의 곁을 편안해 하는 게 맞았으니까. 그의 품에 폭삭 안겨 있는 지금도 마찬가지였다. 제가 우는 게 좋다는 그의 말도, 예쁘다는 말도, 갖고 싶다는 말도 싫지 않았다.

"앞으로도 계속 좋아질 것 같아요."

조용조용 속삭이는 말에 서늘한 눈이 시선을 맞춰 왔다. 한번 엉키면 풀어낼 수 없는 눈길이라 숨을 머금고 쳐다보았다.

"그런데……."

찌푸려지는 눈살. 말이 목에 걸려 나오지 않았다. 어깨를 쥔 손에 힘을 주었다가 풀기를 여러 번. 다시 그 너른 어깨에 얼굴을 묻고 숨을 골랐다.

보지 않을 작정이었다. 시선을 맞추면, 그의 검은 눈을 보고 나면 무너지고 말 것이니까. 그의 앞에서 무너지지 않은 적이 없으니 이번에도 다르지 않을 것이다. 무너지고 나면 그는 일으킬 것이고 저는 그런 그에게 맹목적인 의존을 하겠지.

"더 좋아지지 않았으면 좋겠어요."

죄송해요. 비겁하기 짝이 없는 말이란 걸 알았다. 하지만 그가 다가올수록 덜컥 겁부터 나는 건 제 탓이 아니었다.

소중한 걸 만들고 싶지 않은 마음. 소중한 것을 잃어 본 자는 대개 두 가지 중 하나를 선택하기 마련이었다. 다신 잃지 않으려 가진 것들을 쥐고 발버둥 치거나 소중한 것을 애초에 만들지 않거나.

도현을 갖지 않겠다는 게 저의 선택이었다. 소중한 걸 만들기에 저는 이미 너무 많은 걸 잃었고 더는 잃고 싶지 않았다. 그러니 애초에 갖지도 말아야 한다. 여기서 더 좋아지기 전에, 더 갖고 싶기 전에 포기해야 한다.

"너는 그게 마음대로 돼?"

화를 내지 않을까 걱정한 마음이 무색하게 들려오는 말은 나긋나긋하고 다정했다.

"마음처럼 되는 거였으면 애초에 널 구하지도 않았어."

머리를 쓰다듬는 손길이 부드러웠지만 몸은 이미 버릇이 된 듯 굳었다.

"네가 할 건 아무것도 없어."

욕심은 내가 낼 거야. 단호한 그는 아무렇지 않아 보였다. 뚫어져라 보는 제가 재미있는지 소리 내어 웃은 그는 흘러내린 머리카락을 넘겨 주고 뺨을 어루만지더니 이내 죽 내려와 아랫입술을 부드럽게 매만졌다.

"천천히 할게. 겁 안 나게."

곧은 시선에 괜히 눈물이 날 것 같아 대답은 하지 않았다. 입술에 닿은 손끝을 밀어 내고 다시 얼굴을 묻자 등 뒤로 토닥이는 손길이 느껴졌다.

오늘까지만. 딱 오늘까지만 욕심내면 안 될까. 더도 말고, 덜도 말고 딱 오늘까지만.

이제는 익숙하게 느껴지는 짙은 향이 벌써부터 그리웠다.

오늘까지만. 정말 딱 오늘까지만. 스스로에게 되뇌는 말이 아프다.

□ ◆ □

늦장을 부리는 도현을 겨우 보낸 유주는 습관 같은 불면에 한참을 뒤척였다. 도현이 옆에 있을 땐 기면증 환자처럼 잠이 쏟아지더니 그가 곁을 비우자마자 정신은 예민의 극을 달렸다.

겨우 세 시간 정도 잤을까. 어김없이 찾아온 악몽에 새벽부터 눈을 떴다. 보통 이럴 때는 다시 잠드는 경우가 없어 괜히 부산을 떨었다. 출근 준비를 미리 하고 머리맡에 두었던 책을 조금 읽고 그러다 확인한 핸드폰에는 문자 하나가 도착해 있었다.

[나는 잘 도착했어.]

이미 한참 전에 수신된 문자. 도현이었다. 잘, 도착했다는 말이 다정해 손끝으로 핸드폰 화면을 그대로 매만졌다.

그러나 답장은 하지 않았다. 떠나는 순간까지도 아쉽다는 표정을 숨기지 않던 그는 저의 빈틈을 놓치지 않을 테니 무른 속을 보이면 안 됐다. 뭐든 직설적인 그는 숨기는 법이 없어 숨고 싶게 만드니.

적막에 가까운 새벽 시간. 집 안에 핸드폰 벨 소리가 울렸다. 수현의 이름이 화면을 채웠다. 새벽까지 작업하는 경우가 많은 그는 낮에 자고 밤에 일하는 야행성이었다. 그럼에도 이런 시간에 전화할 만큼 배려가 없지는 않은데. 익숙하지 않은 상황에 걱정부터 든 유주가 통화 버튼을 눌렀다.

"응, 수현아."

이름을 부르고도 약간의 정적이 흘렀다. 뒤늦게 유주야, 하고 부르는 소리에 거친 숨이 섞였다.

— 나 아파.

푹 잠겨 끊어지는 목소리가 그냥 듣기에도 좋지 않았다.

"어디가?"

어디가 아픈 건지, 많이 아픈 건지 놀란 물음이 연달아 튀어나왔다. 웅얼웅얼 뭉개진 발음으로 이런저런 증상을 말하는데 아무래도 몸살인 듯했다.

언니를 보고 온 탓일까. 멀쩡하던 사람도 그렇게 울면 어디 한 곳은 아플 텐데. 수현을 찾은 열병의 근원이 어디일지는 훤했다. 근원의 근원을 찾다 보면 결국은 또 저였다. 제가 아니라면 아프지 않았을 오늘이다.

"병원은. 병원 다녀왔어?"

— 아니.

"안 가고 뭐 했어."

— 갈 힘이 없었어.

어린애처럼 축축 늘어지는 말에 절로 한숨이 나왔다.

"낮에는 괜찮았잖아. 언제부터 그랬어?"

— 집 도착했을 때부터.

"근데 왜 이제 전화해."

버릇처럼 손톱을 깨물었다. 밀려오는 죄책감이 상당했다. 병적인 책임감 같은 거였다.

언니의 죽음 이후로 그에게 나는 작은 생채기 하나, 가볍게 지나가는 감기 하나, 일상적인 두통 하나에도 전전긍긍하게 됐다.

모든 게 제 탓 같아서. 저만 아니면 그가 아플 일 또한 없었을 것 같아서. 마음이 괴로웠다.

— 왜 화내. 나 아픈데.

원망 어린 목소리에 마음이 무너져 내렸다. 3년을 떨어져 있던 탓인가. 유주는 잊고 있던 죄의식의 다른 한 면을 찾은 느낌이었다. 수현의 고통은 저의 고통이나 다름없다는 진리이자 저주이며 숙명을.

"금방 갈게. 기다릴 수 있어?"

— 응.

그리고 수현은 그 사실을 아주 잘 알았다.

□ ◆ □

택시를 타고 새벽 거리를 달린 유주는 초인종을 눌러도 대답이 없는 문을 바라보며 자신이 제대로 찾아온 게 맞는지 몇 번이나 확인했다.

"그새 잠들었나……."

3년 만에 수현이 입국한 날, 짐 정리를 돕겠다고 잠깐 들렀을 때 빼고는 방문한 게 처음이라 낯선 공간이었다.

전화를 해야 하나 싶을 즈음, 수현에게 전화가 왔다. 푹 잠긴 목소리로 현관문까지 나오기 힘들단다. 뭐 얼마나 아픈 건지. 불어나는 걱정에 구겨진 미간이 펴질 줄을 몰랐다.

— 비밀번호 누르고 들어와.

익숙한 여섯 숫자의 조합이 손가락을 멈칫하게 했다. 한때는 언니의 생일을 뜻하던 숫자들. 지금은 의미를 잃은 숫자다. 이제 언니에겐 기일이 생겼고 저는…….

뭐, 상관없었다. 멈칫했던 손가락을 움직여 번호를 눌렀다.

불이 다 꺼진 거실에는 냉기가 흘렀다. 아직 난방을 할 날씨가 아닌데도 집 안 공기가 너무 차가웠다.

거실 온도를 조금 높이고 굳게 닫힌 침실 문을 열자 웅크린 인영이 보였다. 이불을 눈썹까지 끌어 올려 덮은 꼴이 꼭 어린애 같았다.

"유주야."

뻗어 오는 손이 애처로워 얼른 잡아 주자 열 오른 체온이 느껴졌다. 식은땀으로 젖은 이마하며 잔뜩 찡그린 미간하며 버틸 만큼 버티다 전화를 했을 게 뻔했다.

"너는 이 지경이 되도록……."

속상한 마음에서 나오는 말을 꾹 누르고 하, 숨을 뱉었다. 가벼운 잔병치레도 웬만하면 잘 하지 않는 수현이라 이렇게 아픈 모습을 보이면 어찌할 바를 몰랐다. 그저 안타까운 마음. 애처럼 손을 꼭 쥐고 있는 탓에 다른 손으로 이마 위에 달라붙은 젖은 머리카락을 조심조심 정리해 주었다.

"내일 병원 가려고 했어."

그림같이 긴 속눈썹을 드리운 채 변명하는 순한 얼굴이 미웠다.

"밥은 먹었어?"

"아니."

"죽 만들어 줄까?"

"싫어."

"뭐라도 먹어야 약을 먹지."

집에 있던 비상약을 전부 가져온 유주가 그중 몸살 약을 찾으며 말했다.

"집에서 가져온 거야?"

"응. 이 시간에 문 연 약국이 없어서."

"너 아플 땐 어떡하려고."

"네 걱정이나 하세요. 약이야 또 사면 그만인데 뭐."

아무렇지 않게 대답하는 유주를 보며 수현은 조금 쓴웃음을 지었다. 이럴 줄 모르고 전화한 건 아니었지만 이 무조건적인 희생을 보고 있자면 가끔, 속이 뒤틀릴 때가 있었다.

□ ◆ □

"수현아 안 돼. 제발, 응? 수현아 제발."

유주가 옥상 난간 앞에 선 제 손을 잡고 울었다.

유하가 죽고 2년이 흘러도 저는 제정신이 아니었다. 매일이 괴롭고 끔찍했다. 가끔은 환청 같은 걸 듣기도 했다. 유하가 '수현아.' 하고 부르는 것 같은. 이러다 정말 미치는 건 아닐까 걱정이 되었다.

아니, 사실 이미 미친 것 같다고도 느꼈다. 물론 그게 겉으로 드러나지는 않았다. 같잖은 걱정이나 위로 같은 걸 듣고 싶지 않아 멀쩡한 척했더니 그게 또 잘되어 그렇게 시간을 보냈다.

덕분에 겉으로는 밥도 잘 먹고 잠도 잘 잤다. 속은 폐허가 되어 무너져 내리고 있었지만.

그 멋들어진 폐허를 유일하게 발견하는 건 언제나 유주였다. 유주는 늘 저를 불안한 눈으로 쳐다보았다.

저는 그런 유주가 더 불안했다. 나날이 말라 갔고 얼굴에는 핏기가 없었다. 하루가 멀다 하고 몸에 멍 자국을 달고 나타나기도 했다. 요즘엔 하루걸러 한 번꼴이었다. 유하의 어머니는 더 이상 유주의 어머니가 아닌 모양이었다.

근데 문제는 저마저도 유주를 원망할 때가 있다는 거였다. 유주의 잘못이 없다는 걸 알면서도 유하를 닮은 유주를 보고 있으면 마음이 괴로웠다.

그러다가 문득 유주가 유하였으면 좋겠다는 생각이 들었다.

아마 그때부터였을 것이다. 제가 유주를 죽어라고 피한 게.

"살고 싶지 않아."

그러다 보니 자연스레 죽고 싶었다. 자연스레 옥상이었고.

제 손을 붙든 유주를 뿌리치고 난간 아래의 죽음을 쳐다보았다.

"유하가 살아 돌아오는 일은 없을 거잖아."

조용히 말했다. 떨어져 죽는 순간이 고통이라 해도 유하가 없는 삶을 살아내는 고통보다는 나을 것이다.

"죽고 싶어."

저를 보며 울고 있는 유주에게는 미안했지만 모진 소리만 나오는 입을 막을 수는 없었다. 우는 유주의 얼굴이 유하와 겹쳐 보였다. 이런 와중에도 그 얼굴이 잔인하도록 어여뻐서, 보고 있어도 그리운 마음이 들어서 눈을 질끈 감았다.

"씨발, 진짜……."

"네가……."

제가 욕을 하든 말든 유주는 계속 울었다.

"네가 이러면 나는 어떡해."

"유주야."

"나한테는 이제 너밖에 없는데…… 너까지 이러면 나는 어떡해. 어떡하라고 이래. 응?"

그즈음 유주의 부모님은 이혼을 하셨다. 나날이 광증의 정도가 심해지는 어머니를 견디지 못한 아버지가 이혼을 요구했다고 들었다. 그래, 유주는 많은 걸 잃고 있었다.

"제발…… 내가 이렇게 빌게. 제발, 수현아."

유주가 느린 걸음으로 천천히 다가왔다. 아까처럼 뿌리칠까, 혹은 저를 자극할까 두려운지 쉽사리 속도를 내지는 못했다. 그렇게 다가오는지도 모르게 다가온 유주는 덜덜 떠는 손으로 또다시 제 손을 부여잡았다.

"나를 위해 살아."

저를 위해 살라고.

"유주야."

"수현아, 제발……."

제발 나를 위해 살아.

"나도…… 나도 너를 위해 살게. 응?"

불쌍한 정유주. 죽고 싶어 발악하는 저만큼이나 피폐한 삶을 살면서 살고자 하는 욕망은 왜 저리 강한지. 가엾다. 어리석고 가엾어 참으로 안타깝다.

그 가엾음에 백기를 든 건 저였다. 고작해야 한 걸음 옮긴 것뿐이었지만 죽음이 아닌 삶을 선택했다는 이유로 유주는 고맙다며 울었다. 살려 주어 고맙다며. 저를 살린 건 유주인 게 분명한데 살려 주어 고맙다고 말하는 것 역시 유주였다. 그래서 그냥 그렇게 생각하기로 했다.

아, 내가 유주를 살렸구나.

"미안해."

금방이라도 쓰러질 것 같은 몸을 끌어안고 말했다.

미안해. 내가 미안해.

유학길에 오르기 하루 전이었다.

□ ◆ □

"우유 데워 줄까?"

아프면 입맛이 뚝 떨어지는 편이라 그나마 먹는 게 마실 것들이었다. 따뜻한 우유나 꿀물, 하다못해 차 같은 것들. 이런 제 까탈을 고등학생 때부터 보아 온 유주니 취향을 척척 골라내는 게 이상하지는 않았다.

"그냥 약만 줘도 돼."

"그래도……."

"나 진짜 먹기 힘들어."

그제야 약을 건네는 유주의 얼굴에 걱정이 한가득이다.

"나 죽을병 걸린 거 아니거든."

"속상해서 그러지."

"괜찮아."

약을 삼키고 다시 이불 속을 기어들어 갔다. 감은 눈꺼풀 위로 유주의 손이 지나가는 게 느껴졌다.

이마에 닿는 손. 제 몸보다 체온이 낮아 시원하게 느껴지는 손이 좋았다. 떨어지지 말라고 그 위에 손을 포갰다.

"유주야."

"응."

"아침까지 있을 거지?"

"응, 여기서 출근할 거야."

낮고 다정한 목소리. 그리운 누군가의 목소리와 닮은 그것.

□ ◆ □

유주는 택시에 몸을 싣고 환해진 창문 밖 풍경을 바라보았다.

새벽 내내 수현을 지켜보느라 진이 다 빠진 상태였다. 물수건을 이마 위에 올렸다 내리기를 반복하고 열이 내리는지 확인하는 일련의 과정들이 모두 정말 이지 극진한 간호였다.

아침 8시가 되어서야 겨우 정상 범위로 돌아온 체온에 안달하던 마음을 가라앉혔다. 아침까지 열이 내리지 않으면 고집을 아무리 부려도 병원에 끌고 갈 생각이었는데.

곤히 자는 얼굴을 바라보다 출근한다는 내용의 간략한 쪽지를 남겼다. 어제, 오늘. 하루가 유독 긴 느낌이다.

쏟아지는 피로에 눈을 감고 있던 유주는 손에 쥐고 있는 핸드폰이 진동하는 걸 느꼈다.

"여보세요."

화면을 확인하는 것조차 힘들어 그냥 전화를 받았다.

— 죽어 가는 목소리네요.

눈을 번쩍 뜬 유주가 핸드폰에 떠 있는 '대표님'이란 세 글자를 뚫어져라 쳐다보았다.

— 듣고 있어요?

"아, 네. 듣고 있어요."

— 놀랐어요?

아뇨, 그냥. 말을 늘이며 멍해지는 정신을 붙잡는 동안 낮은 웃음소리가 들린다.

— 잘 잤어요?

"……."

— 못 잤나 보네.

거짓말 한 자락이 나오지 않았다.

— 그러게 내가 안 간다고 했잖아.

그에게선 여유가 넘쳤다.

— 왜 표정이 보이는 것 같지.

"제 표정이요?"

— 응, 당신 표정.

"……."

그 말이 진짜일 리 없는데도 괜한 마음이 들어 유리창에 얼굴을 비춰 보았다. 붉어진 낯빛을 그가 알아챘을까.

— 오늘 바빠요?

"……왜요?"

— 저녁이나 같이 먹을까 해서.

"어……."

쉽사리 나오지 않는 긍정에 뜸을 들이자 그는 제법 단호한 목소리를 냈다.

— 내가 몇 번이나 구해 줬잖아. 저녁 정도는 괜찮을 만큼.

분명 천천히 한다고 했던 것 같은데.

— 메뉴는 내가 정할게.

겁먹지 않게.

— 퇴근하고 봐요.

멀미가 날 것 같은 기분에 유주는 애써 머리를 흔들며 창밖을 살폈다.

9

관찰

미술관의 모든 인력이 바빴다. 후원 파티가 얼마 남지 않은 탓이었다. 미술관의 예산이 부족한 건 아니었지만 후원 파티는 그 자체로 홍보 수단이라 생략이 불가한 이벤트였다. 기획자인 도현의 자본이 충분해도, 작가인 수현의 유명세가 상당해도 후원 파티는 필요하단 소리다.

그나마 다행인 건 이 시끄러운 파티의 주인공인 수현이 할 일은 없단 것이었다. 그냥 얼굴마담만 하면 되니까. 이래저래 귀찮은 일을 시켰다가는 안 한다고 난리를 쳤을 게 분명했다.

파티의 진짜 주인공은 따로 있었다. 돈과 입. 말도 많고 탈도 많은 인사를 대거 불러 휘황찬란한 파티를 여는 이유는 오직 그들의 돈과 입을 얻기 위해서였다.

대부분의 준비는 기획팀과 홍보팀에서 맡아 처리했고 유주는 조금 귀찮고 소소한 일들을 담당했다.

마침 수현에게 전화가 왔다.

"일어났어?"

안 그래도 괜찮은지 전화하려던 차였다.

— 나 되게 오래 잤네.

"열 내리는 거 확인하고 나온 건데. 괜찮아?"

— 응, 개운해.

"그래도 혹시 모르니까 병원 다녀와."

응, 하고 대답하는 게 평소보다 순하다.

"말 잘 들으니 예쁘네."

핸드폰 너머로 어린아이 같은 웃음이 들렸다.

"아, 나 안 그래도 물어볼 거 있었어."

맡은 일의 대부분은 수현과 관련된 것들이었다. 체크할 목록이 정리된 리스트를 펼쳤다. 그중 대부분은 직접 확인해야 할 것들이었다.

"너 옷 사이즈랑 신발 사이즈 좀 알려 줘."

— 갑자기 웬 사이즈? 나 옷 사 주게?

"나 말고 우리 회사. 우리 회사가 너 옷 사 준대."

— 에이, 뭐야.

심드렁하니 대꾸하는 게 실망한 기색이 역력했다.

"곧 후원 파티잖아. 옷 맞춰야 해."

— 그냥 있는 옷 입으면 안 돼?

"비서팀에서 무조건 맞추라던데."

— 왜?

"왜긴 왜야."

안 그래도 수현의 취향과 고집을 아는 유주는 옷까지 굳이 맞출 필요가 있냐고 물었다. 수현이 옷을 못 입는 것도 아니고 돈이 없는 것도 아니고 알아서 잘 입고 나올 텐데 싶어서. 그랬더니 돌아오는 말이 가관이었다.

"너 뉴욕에서 오픈 파티 할 때 반팔 차림으로 갔다며."

— 그게 왜.

"이번에도 너 그렇게 입을까 봐 사람들 걱정해."

— 할 일도 더럽게 없네. 별걱정을 다 하고.

"미안한데 그 걱정 나도 하고 있거든."

— 그래?

"그래는 무슨 그래야."

놀리고 장난치는 데에 일가견이 있는 그가 무슨 표정을 짓고 있을지 눈에 선했다.

— 아무 생각 없었는데 다들 걱정한다니까 괜히 입고 싶네. 예쁜 반팔이었는데.

유주는 절로 한숨이 나왔다.

하긴. 수현이 예쁘다 하면 정말 예쁜 티셔츠였을 거다. 비싼 옷이었을 거고. 근데 거긴 뉴욕이고 여긴 한국이니 똑같은 생각으로 접근할 수는 없었다. 순수예술에 대한 경계가 여전히 뚜렷한 이곳은 보수적이니까. 예술을 후원하겠다고 몰려든 돈 많은 이들 앞에서 소위 '예의 없는 차림' 을 할 수는 없다.

"드레스 코드 좀 지켜 줘. 엄격하단 말이야."

— 뭐 얼마나 엄격하길래 그래.

"일단 슈트 입어야 해. 구두도 신어야 하고. 넥타이는 안 해도 된대. 아, 쥬얼리도 너무 화려한 건 자제하래. 가벼워 보일 수도 있으니까."

핸드폰 너머로 비웃음이 들렸다. 그래, 예상 못 한 반응은 아니다.

— 지루해 죽겠네.

"슈트 입는 거 좋아하잖아."

— 좋아하지. 근데 또 하라고 하면 하기 싫어하는 타입이라.

"양심이 있으면 말 들어."

한숨 한 번 쉬었다가 기어이 잔소리를 뱉었다. 대충 기분을 맞춰 줄까 싶어도 놀리듯 말을 늘이며 애를 태우는 게 좀 얄미워야지.

"네가 말 안 들으면 깨지는 건 나야. 하기 싫다는 사람 억지로 담당 자리에 앉혔으면 이 정도 협조는 할 수 있잖아. 안 그래?"

수현이 엇나간다 싶으면 자동으로 나오는 잔소리였다. 나는 힘없는 직장인이고, 나는 이 일을 원하지 않았으나 너 때문에 하고 있다는, 뭐 그런.

수현의 입장에선 하도 들어 지겨운 말이겠지만 어쩔 수 없었다. 측은지심이 발동할 수 있도록 불쌍한 느낌을 최대로 끌어올려 말하다 보면 나름 말을 잘 듣기 때문에 포기할 수 없는 레퍼토리였다.

역시나 수현의 큭큭 웃는 소리가 쏟아졌다.

— 생각해 볼게.

"아, 진짜!"

— 알았어, 알았어.

"슈트 입을 거지?"

— 알았다니까. 슈트 입는 게 뭐 어려운 거라고.

그 어렵지 않은 걸로 애를 태워 놓고 쿨한 척하기는.

"사이즈는 문자로 남겨 줘. 아, 음식 관련해서 체크할 것도 몇 개 있거든? 그거랑 게스트 목록 메일로 보내 놨으니까 확인해. 테이블 자리는 아직 확정 아닌데 1차로 정리된 거 있길래 그것도 보내 놨어. 한번 확인해 보고 수정할 것들 알려 줘."

하나하나 설명하면 분명 귀찮다고 질색할 게 뻔해서 속사포로 읊었더니 정적이 흘렀다.

"듣고 있어?"

— 너랑 이런 얘기 하니까 이상하다.

"뭐가?"

— 그냥.

감상에 잠긴 듯 수현이 조용해졌다.

— 너랑 일 얘기 하는 거 어색해. 우리 아직 학생 같은데.

어렸던 시절을 떠올리는 모양이었다. 교복을 입고 학교를 다니던 고등학생 시절. 수현과 제가 행복하고 언니가 살아 있던 시절.

그 시절에 그려 본 미래에서 수현은 웃으며 그림을 그렸고 언니는 그런 수현의 곁에서 그림을, 저 역시도 그림을 그리고 있었다.

미래를 예측하는 건 얼마나 바보 같은 일인가. 여전히 그림을 그리는 건 수현 혼자였고 언니는 없으며 저는 그림을 그리지 않으니.

"우리 수현이 소년이네."

여전히 그림을 그리는 수현만이 여전히 소년일 뿐이다.

— 너는 아니야?

서운하다는 듯 묻는 그에게 할 말이 없었다. 저 역시도 여전히 어린 마음으로 살고 있다 말하고 싶은데 현실이 그렇지 않았다.

"이 누나는 직장인이라 어른으로 살아야 한단다."

— 재미없어, 정유주.

"어른은 원래 재미없어."

딱히 슬프지는 않았다. 재미는 없었지만.

"아, 아무튼 말 돌리지 말고 대답해. 귀찮다고 미루지 말고 메일 확인 꼭 해. 사이즈도 문자로 꼭 보내고. 알았어?"

— 꼭 내가 해야 해?

"그럼 네가 하지 누가 해."

— 그 정도는 어른 정유주가 알아서 할 수 있잖아.

무심한 듯 부드러운 목소리가 말을 이었다.

— 케이터링 서비스 때문에 체크하는 거 아니야?

"맞아. 못 먹는 음식이랑 좋아하는 음식 같은 거 미리 알려 달래. 최대한 너한테 맞춘다고."

— 네가 더 잘 알잖아. 뭘 물어.

어지간히도 귀찮은 모양이었다.

— 게스트 목록은 형이 정리했을 테니 그냥 내버려 둬. 내가 이 새끼, 저 새끼 빼 달라고 한다고 들을 인간이 아냐. 테이블 좌석도 마찬가지일 거고.

"오—"

— 뭐가.

"생각보다 고분고분해서. 싫은 건 싫다고 한바탕 난리 칠 줄 알았는데."

— 깨지는 건 너라며. 잘해야지. 정유주 안 깨지려면.

제법 책임감을 느끼는 소리에 약간 안심이 되었다. 비서팀의 우려가 조금은 씻기는 느낌.

수현과 제가 10년 친구라는 소식을 들은 비서팀 사람들의 첫 반응이 얼마나 격했는지 그는 알까. 세 시간은 거뜬히 떠들 만큼 많은 이야기가 오갔었는데.

처음엔 좋은 소리만 했다. 잘생겼다, 천재다 뭐 그런 거. 그러다 결국 마지막의 마지막에 언급된 단어는 냉정함과 고집이었다.

전시를 성사시키기 위해 꽤 오래전부터 접촉을 시도했던 사람들은 눌러놓은 이야기가 많은지 한참을 떠들었었다. 친구 사이에서는 어떠냐 묻는 말에 웃기만 했던 기억이 난다.

가끔은 이렇게 모든 걸 위임할 만큼 유연하기도 하고,

— 대신 슈트는 내가 알아서 고를게.

끝까지 고집을 놓지 않기도 해서.

수현은 어느 한 단어로 규정할 수 있는 인간이 아니다.

"야, 너 진짜……!"

— 최도현이 사 준 옷 입기 싫어서 그래. 드레스 코드만 지키면 되잖아. 예쁜 옷 입을게.

□ ◆ □

퇴근할 시간이 가까워지자 유주의 눈은 자꾸만 핸드폰으로 향했다. 더 좋아하지 않겠다던 다짐과 별개로 천천히 하겠다던 그의 말이 머릿속을 떠나지 않았다.

[주차장으로 내려와요.]

퇴근하기 10분 전, 도현에게 문자가 왔다. 정보가 많지 않은 문자는 외려 많은 생각을 하게 했다. 비상계단에서부터 집무실, 엘리베이터와 아파트 복도, 그리고 집 안 침실에 이르기까지 일상적인 순간은 없었던 터라 그와 함께하는 저녁 식사가 쉽사리 연상되지 않았다.

그리 생각하니 그에 대해 알고 있는 것이 거의 없다는 걸 깨닫는다. 어떤 음식을 즐기는지는 고사하고 그가 무얼 먹고 있는 모습조차 본 적이 없다.

그런 그에게 저는 얼마나 많은 모습을 들켰던가. 아무것도 모르면서 그 품을 편안해하고 아무것도 모르면서 그를 의지하게 되는 현상을 무어라 설명해야 할까. 낯선 감정과 상황이 반복되다 보니 나 자신을 이해하는 게 쉽지 않다.

오늘 저녁 약속도 마찬가지였다. 물 흐르듯 이끌려 그와의 식사 시간을 떠올리는 게 손톱만큼의 거부감도 유발하지 않는다는 게 당혹스러울 지경이다. 그가 뭘 할지도 모르면서 그가 천천히 하겠다고 한 그 무엇은 궁금한 속내까지도.

챙기지 않은 물건은 없는지 가방 속을 몇 번이나 확인하고 작업한 문서들은 잘 저장했는지도 몇 번이나 확인했다. 정각이 되어서야 이리저리 굴리던 눈을 멈추고 자리에서 일어났다.

다리를 다친 날에도 그의 차를 얻어 탔던 터라 주차장에 있는 많은 차 중 그의 차를 찾는 건 어렵지 않았다. 주변에 다른 직원들이 없는지 살펴본 후 가까이 다가서자 조수석 창문이 내려가며 그가 보였다.

"타요."

핸들에 상체를 기울인 모습이 기다림에 지친 모양새라 움직임을 빨리했다.

"많이 기다리셨어요?"

느리게 깜빡이는 검은 눈. 척 보기에도 잠이 올 만큼 지루했단 의미로 보였다.

"빠, 빨리 온 건데……. 퇴근 시간 되자마자 나왔어요. 막 뛰었는데. 정말인데."

대답 없는 그가 불안해 변명을 했더니 그가 긴 눈을 휘어지게 접으며 웃었다. 오늘따라 유난히 눈 밑에 난 점이 선명하다.

"막 뛰었어요?"

"네? 아, 네."

"퇴근 시간 되자마자?"

"네……."

"왜?"

장난 어린 목소리에 얼굴이 붉어졌다.

"나 보고 싶어서?"

놀리려는 속을 너무 늦게 알아챘다.

"뭐예요……. 화나신 줄 알고 놀랐는데."

"화를 왜 내요. 잘못한 게 뭐가 있다고."

"표정이 좀……."

미간을 찌푸리며 서늘한 눈매를 가리키며 말하니 그가 눈썹을 들어 올렸다.

"되게 잘생긴 표정 아니었어요?"

장난스러운 말을 하는 와중에도 찌푸린 눈썹과 새카만 눈동자는 어쩐지 고혹적인 분위기를 자아냈다. 기막힌 사연이라도 품은 연극의 주인공 같기도 하고 액자 안에 그려진 옛날 귀족 같기도 한 그 얼굴에 반박이나 부정 같은 건 할 생각이 들지 않았다.

경이로운 얼굴이었다. 단순히 잘생겼다는 객관적 사실을 떠나 그 얼굴이 품은 분위기가 너무 비현실적이라 꿈을 꾸는 것 같은 기분이 들었다.

아무것도 없는 맨얼굴이 분명한데 정말이지 베일 하나를 덮어 놓은 사람처럼 묘하고 서늘한 느낌.

"그만 쳐다봐요. 나 뚫어지겠어."

그제야 그를 너무 넋 놓고 바라본 걸 인지한 유주가 화들짝 고개를 돌렸다. 어렴풋이 낮은 웃음소리가 들린 것도 같은데 그는 그 이상의 농담은 하지 않았다.

"여기가 어디예요?"

운전을 하는 내내 고개 한번 돌리지 못하고 침묵을 지킨 유주가 뒤늦게 물었다.

도현의 음식 취향에 대해 아는 건 없었지만 그래도 이런저런 추측을 해 보던 유주였다. 약간의 결벽과 까다로운 취향의 소유자니 아무래도 조용하고 깔끔한 분위기의 전문 레스토랑이지 않을까 생각했다.

하지만 목적지에 도착한 직후 유주의 첫마디는 여기가 어디냐는 것이었다. 그 물음에는 이곳이 식당이냐는 뜻도 담겨 있었다.

도착한 곳이 식당으로는 전혀 보이지 않는 으리으리한 단독 주택 앞이라.

"우리 집이요."

"그러니까…… 대표님 집이요?"

"네."

놀라서 말도 제대로 못 하는 유주와 달리 도현은 뭐가 문제냐는 듯 웃으며 높다란 철문을 익숙하게 열었다.

"밥 먹자고 하셨잖아요."

"밥 먹을 거예요."

"여기서요?"

"문제 있어요?"

"아니……."

"우리가 장소를 정한 건 아니잖아요."

"아무리 그래도 대표님 집은 좀……."

"뭐 어때요. 나도 어제 정유주 씨 집에 있었는데. 그것도 되게 오래."

"아……."

맞는 말이라 딱히 할 말이 없었다.

"밥만 먹을 거니까 너무 걱정하지 말아요."

다 이해한다는 듯 미소를 지은 그가 말했다. 단단한 철문을 밀어 낸 뒤 한 걸음 물러나 들어오라는 듯 고갯짓을 하는 그는 제법 정중해 보였다. 괜한 긴장을 하는 건가 싶어 걸음을 옮기는 순간,

"무슨 걱정인지는 모르겠지만."

덧붙이는 말이 위험해 보이기도 하고.

도현의 집은 그의 사무실과 전체적으로 비슷한 느낌이 들었다. 커다란 벽에는 여러 크기의 그림들이 균형감 있게 걸려 있고 곳곳에 다양한 소재로 만든

조각품과 장식이 세워져 있었다. 가구들은 대부분 어두운 색의 원목으로 만들어진 것들이었고 조명은 그것들과 달리 환했다.

화려하다면 화려하고 복잡하다면 복잡한 인테리어가 지저분한 느낌 하나 없이 완벽했다. 온갖 감정과 감성이 해일처럼 넘실거리는 미술관을 자신만의 규칙으로 진두지휘하는 그의 성격이 반영된 결과일 것이다.

그중 거실에서 주방으로 가는 복도의 벽면을 차지한 그림 하나가 유주의 시선을 사로잡았다.

"마음에 들어요?"

채도가 낮은 붉은색의 벽을 장식하고 있는 하얀 그림.

"이거 수현이 그림 아니에요?"

최근 스타일은 아니지만 그래도 첫눈에 알아볼 수는 있었다. 애초에 수현이 영재로 이름을 날리던 시절의 작품도, 10대 후반에 그린 작품도, 20대 초반과 그 이후의 작품도 모두 보았으니 모르는 게 이상했다.

"10년 친구가 맞긴 맞네요. 바로 알아보는 걸 보면. 공개된 그림도 아닌데."

선선히 인정하는 도현을 보니 궁금해졌다. 그가 수현의 그림을 소장하고 있는 이유가. 그와 수현의 사이가 개와 고양이만큼이나 나쁜 걸 알아서 더욱. 딱히 수현의 그림을 좋아하는 것 같지도 않았는데.

세간에 공개되지 않았다는 말은 경매에 오르지 않았다는 뜻이고 그런 작품을 소유한다는 건 가까운 사이가 아니면 흔하지 않은 일이었다.

"수현이가 선물한 거예요?"

"설마요. 버린 거라면 몰라도."

"버려요?"

"본인이 제일 싫어하는 그림이거든요. 자기 작품 중에서."

왜 싫어하지. 싫어할 이유가 없는 그림인데. 최근 작에 비하면 조금 거친 느낌이 들기는 했지만 수현의 감각이 느껴지는 건 분명했다.

"대표님은 마음에 드세요?"

"그러니까 걸어 놨겠죠?"

"마음에 드는 이유가 뭔데요?"

안목이 대단하다는 그가 수현의 그림을 어떻게 평가할지 궁금했다. 도현이 어깨를 으쓱이며 웃었다.

"여기 걸어 두면 수현이가 올 때마다 씩씩거리거든요."

"아."

"그래서 마음에 들어요."

세상 진지한 얼굴로 유치한 말을 하는 게 천진했다. 싫어하는 사람이 있으면 싸우는 것보단 차라리 죽여 없앨 것 같은 도현도 형제 싸움에선 애가 되는 모양이었다.

요리하는 도현을 쳐다보는 건 꽤 흥미로운 일이었다. 빳빳하게 다려진 셔츠의 소매를 걷은 그는 화려한 식기가 가득한 주방에서 꽤 익숙하게 칼과 프라이팬을 사용했다.

그의 주방은 집만큼이나 크고 넓어서 중간에 아일랜드형 조리대가 있었는데 그는 저 때문인지 메인 조리대 대신 그곳에 서서 저를 마주 보고 식재료를 다듬었다. 새빨간 소고기에 잘 벼린 칼을 대자 묽은 핏물이 그의 흰 손에 묻었다.

서양 요리에 일가견이 없는 저는 재료만 보고는 메뉴를 유추할 수 없었다. 그저 버터와 소고기, 향신료처럼 보이는 허브와 오렌지 등을 보고 한식은 아닐 거라 생각할 뿐이었다.

처음엔 그의 집에 그와 단둘이 있다는 점이나 그가 요리하는 걸 마냥 편하게 앉아 보고 있다는 점 같은 것들이 어색하고 불편했지만 그가 이런저런 이야기를 걸어오는 바람에 금세 익숙해졌다.

물론 이야기의 주제는 대부분 일이었다. 코앞으로 다가온 후원 파티에 관한 이야기나 수현이에 관한 이야기 같은.

"파티 때 입을 옷은 정했어요? 후원 파티 처음이잖아요."

"아, 네. 안 그래도 비서팀 분들이 괜찮은 곳 소개해 주셨어요."

"그래요?"

"이런 파티 있을 때마다 다 같이 대여해서 입는다고 하시더라고요. 친절하고 가격도 저렴한 곳이래요."

"잘됐네요."

힐끗 시선을 마주하고 웃은 그가 대뜸 배가 얼마나 고프냐고 물었다. 파스타 면을 들어 보이며 양 조절을 위해서라고 했다. 방금 전까지만 해도 아무 생각이 없었는데 은은하게 흐르는 고소한 냄새에 조금 많이 먹을 수 있을 것 같다고 대답했다.

"수현이는 어때요?"

"수현이요?"

"속 썩이진 않아요? 아무리 친구여도 좀 힘들 텐데."

바질과 약간의 잣, 마늘과 치즈를 믹서에 넣은 그가 버튼을 누르자 위잉, 조금 큰 소리가 났다.

"괜찮아요. 아직까지는 딱히 신경 쓸 일이 없기도 해서 속 썩일 일도 없어요."

"다행이네요. 걱정했는데."

도현이 도마 위에 올린 버섯을 얇게 썰었다. 그와 요리는 영 어울리지 않는 조합이라 생각했는데 희고 긴 손가락을 능숙하게 움직이는 그는 프로였다.

"요리는 원래 잘하셨어요?"

"어쩔 수 없이 잘하게 된 케이스예요. 일하던 아주머니 솜씨가 썩 좋지 못했거든요."

"미식가시구나……."

그런 의미에서 그는 수현과 참 많이 다른 사람이었다. 수현은 음식을 즐기는 타입의 사람이 아니었다. 타고나기를 입이 짧기도 했고 원체 예민해서 컨디션이 좋지 않으면 하루 이틀 정도 굶는 것쯤 별일 아니라 생각하는 사람이었다. 그나마 좀 찾아 먹는 것을 고르라면 너무 달지 않은 초콜릿이 전부였다.

"수현이랑 되게 다르시네요."

"많은 게 다르죠."

어깨를 으쓱인 그가 달궈진 프라이팬에 큼지막한 버터를 올렸다.

"수현이랑은 왜 그렇게 사이가 안 좋으세요?"

"내가 이제 좀 편한가 봐요? 그런 것도 물어보고."

유주가 아차 싶은 얼굴로 입을 다물자 도현이 긴장하지 말라는 듯 괜찮다고 말하며 웃었다.

"수현이랑은 아주 어릴 때부터 따로 살았어요. 부모님이 일찍부터 이혼하셨거든요. 이런저런 문제로 법적인 정리까진 아직 못 했지만요."

그가 기억하는 그의 부모는 서로가 너무 다른 사람들이었다. 대대로 미술관을 운영한 집안의 남자와 대대로 그림을 그리던 집안의 여자는 서로의 다름을 열렬히 사랑해 결혼을 하고 또 아이를 낳았지만 끝내 그 차이를 극복하지 못했다.

무슨 이유에서인지 법적인 이혼은 하지 않기로 합의한 부부는 두 아이를 한 명씩 맡아 양육하기로 했는데 도현은 아버지와 함께, 수현은 어머니와 함께하게 되었다.

부모의 영향을 받은 것인지, 타고난 성향이 그랬던 것인지 도현은 철저한 경영인으로 자랐고 수현은 완전한 예술가로 성장했다.

"수현이랑 어머니를 한 달에 한 번 정도 봤던 것 같아요. 어릴 때는 매달 마지막 날을 기다렸거든요."

"아…… 죄송해요. 제가 괜히……."

유주는 그제야 제가 왜 수현에게 형이 있다는 사실을 몰랐는지 깨달았다. 그를 10년이나 알고 지내면서 그의 집을 가 보지 못한 게 아니었다. 몇 번이고 가 보았다. 그런데도 그에게 형제가 있을 거란 생각을 못 했다. 그럴 수밖에 없었던 것이다.

"괜찮아요. 난 어린애도 아니고 그 일이 딱히 상처도 아니거든요."

"……."

"수현이한테는 모른 척해 줘요. 나는 상처가 아니지만 수현이한테는 상처거든요. 우리 부모님의 이혼이."

순간 그의 얼굴에 스치는 감정이 말과 달리 외로워 보여 문득 슬픈 기분이 들었다.

□ ◆ □

도현은 아주 어린 날의 수현이 엉엉 울며 매달리던 기억을 떠올렸다. 하루에도 몇 번을 소리 지르고 싸우는 걸 반복하던 그들의 부모가 기어이 이혼을 결심하던 날이었다.

고성이 오가던 거실은 유난히 조용했고 매번 숨을 죽이고 눈치를 보던 어린 수현만이 그날만큼은 시끄럽게 울었다.

“형아, 엄마랑 아빠 이상해…….”

일곱 살 미취학 아동에게 부모란 존재는 절대자나 다름이 없었다. 흔들림 없이 견고해야 할 절대자가 둘로 쪼개져 영영 함께하지 않는다고 말하니 수현의 입장에선 두려울 수밖에 없었을 것이다.

물론 저라고 두렵지 않은 건 아니었다. 형이라고 해 봤자 수현보다 다섯 살 많은 게 고작이었으니까.

그럼에도 의연하게 굴었던 이유는 함께 있는 게 불행해서였다. 열두 살이란 나이에도 아버지와 어머니, 저와 동생 모두가 불행하다는 걸 알았다. 그건 알 수 있는 게 아니라 보이는 거였다. 모두가 불행했다. 그럴 바엔 따로 사는 게 나았다.

“조용히 해.”

그래서 제 동생을 보듬어 안아 주지 않았다. 다 괜찮을 거란 거짓말도 하기 싫었다.

□ ◆ □

그때는 최수현도 꽤 귀여웠던 것 같은데. 도현은 저보다 더 침울한 표정의 유주를 보며 생각했다.

“울 것 같은 표정이네요.”

"그냥…… 제가 아는 게 너무 없어서요. 수현이에 대해서 꽤 많이 안다고 생각했는데."

"수현이 얘기는 이제 그만해요."

동생한테 질투하는 거 기분 별로야, 라고 읊조린 도현이 잘 익은 스테이크와 바질 페스토 파스타를 식탁 위에 올렸다.

"대표님은 안 드세요?"

저의 앞으로만 접시를 내어 주는 그를 유주가 의아한 눈으로 쳐다보았다.

"나는 먹었어요."

"언제요?"

"두 시간 전에요. 미팅 있었거든요."

새하얀 냅킨으로 손을 닦은 그가 맞은편 의자에 앉았다.

"근데 왜 밥 먹자고 하셨어요?"

"글쎄요."

"그냥 말을 하시지……."

"그럼 안 왔을 거잖아."

다 안다는 듯 긴 눈을 가늘게 접어 말하는 그를 똑바로 볼 수가 없었다.

"식기 전에 먹어요."

미소를 띤 채 말하는 그에게 또 멍하니 정신을 뺏길 뻔하였다.

친히 쥐여 준 포크를 들고 뜨거운 열이 피어오르는 파스타 면을 돌돌 말았다. 뭐 대단한 행동을 하는 것도 아닌데 빤히 쳐다보는 눈길에 쓸데없는 긴장이 일었다.

그에게 향하는 몸의 신경이 음식을 먹으면 좀 분산되지 않을까 생각했지만 오산이었다. 입안에 넣고 씹은 면이 부드럽고 바질의 향도 훌륭한데 자꾸만 뻣뻣해지는 몸 때문에 그가 만든 파스타의 맛이 도무지 느껴지질 않았다.

절망적인 마음에 옆에 놓인 스테이크를 쳐다보았다. 고기는 언제나 옳으니까 저의 이 불필요한 긴장을 풀어 주지 않을까, 생각해 보았지만 그 생각 역시 오산이었다. 스테이크를 썰어 내자 소고기를 손질하던 그의 길고 하얀 손가락이 연상되어 손에 힘이 풀렸다.

"하……."

"별로예요?"

도현이 의아한 표정으로 물었다.

"아, 아뇨. 목이 좀 말라서……."

"아, 물을 안 줬구나. 미안해요."

할 말이 없어 댄 핑계에 그는 자리에서 일어나 직접 물을 가져와 주었다. 맞은편에 있던 그가 가까이 다가와 빈 유리잔을 채우고 있으니 괜스레 숨이 막혔다. 그러다 스치는 손끝. 물로 가득 찬 유리잔을 내려놓으며 닿은 살갗이 뜨거운 게 그의 행동이 어딘가 의도적으로 느껴졌다.

"이제 먹어요."

그러고는 다시 자리에 앉은 그가 말했다. 예의 그 검은 눈이 모든 걸 관찰하고 있다는 기분이 들었다. 포크를 돌리는 손짓, 면을 씹는 입술, 식탁 위에 올려 둔 손끝까지 전부. 살찌워 잡아먹기라도 할 작정인지 맹수 앞에 붙잡힌 토끼 꼴이 된 기분이었다. 눈빛만으로 발가벗겨진 기분.

결국 반도 넘게 남은 음식을 앞에 두고 포크를 내려놓았다.

"맛있다더니 못 먹네요."

투명한 유리잔을 빙글빙글 돌리던 그가 말했다.

"취향에 안 맞아요?"

"그게 아니라, 맛있는데……. 맛있어요. 정말 맛있어요. 근데……."

차마 못 먹겠다는 말이 나오지는 않았다. 만들어 준 사람의 성의도 성의였지만 어딘가 서운한 얼굴을 한 그에게 그런 말을 할 수는 없었다.

음식은 맛있었다. 아니, 정확히 말하면 있는 것 같았다. 입에 집어넣기 전까지는 세상에서 가장 맛있는 음식처럼 유혹적인 향내가 나는 걸 보면 맛도 좋을 것이 분명했다.

다만 제 앞에 앉아 뚫어져라 쳐다보는 그 때문에 제대로 즐기지 못할 뿐이었다.

"저, 대표님."

"네, 유주 씨."

결국 크게 숨을 들이마시고 결연한 표정을 지었다.

"그만 쳐다봐 주심 안 될까요."

"왜요?"

"체할 것 같아서요."

조금만 다른 곳을 보고 계세요. 금방 먹을게요. 거의 애원하듯 부탁하는 말에 도현은 웃긴지 고개를 꺾어 가며 웃었다.

"미안해요. 불편했어요?"

"네, 자꾸 빤히 쳐다보시니까……."

"미안해요."

관찰이 습관이라 그래. 그가 삐져나오는 웃음을 다 거두지 못하고 말했다.

눈썰미가 좋기로 유명한 도현이었다. 매번 보고 느껴야 하는 삶을 살아서 그런가. 그는 관찰이 습관이라 했다.

"내가 일어날게요. 거실에서 기다릴게. 기다린다고 또 빨리 먹지 말아요. 체하면 고생해."

놀리듯 웃는 그에게 굳이 일어날 필요까지는 없다고 말했지만 그는 단호했다.

"내가 자신 없어서 그래. 앞에 있는데 어떻게 안 봐."

10

후원 파티

파티의 시작은 저녁 8시. 아직 오전 9시밖에 되지 않은 시간이었지만 오늘은 조금의 지체도 허용되지 않는 날이라 유주는 수현의 집으로 향했다.

그를 깨우는 것부터가 일이었다. 새벽 늦게까지 작업하다 아침 해가 뜨고 나서야 눈을 붙인 걸 알아 안쓰럽기는 했지만 어쩔 수 없었다. 그러게 어제는 제발 일찍 자라고 했는데.

수현의 어깨를 붙들고 흔들었다가 약간의 힘을 실어 때리기도 했다가 시끄러운 음악을 틀기도 했다가 아주 난리를 쳤다. 이게 뭐라고 이렇게까지 해야 하나, 뒤늦은 허탈감이 몰려올 즈음 수현을 침대에서 끌어내는 데 성공했다.

졸음 가득한 눈으로 겨우 앉은 그에게 며칠 전부터 귀에 딱지가 앉도록 얘기한 주의 사항을 다시 한번 상기시켰다. 물론 그가 제대로 들을 리는 없었지만.

"게스트 목록 읽어 봤어?"

"응. 뭐, 대충."

잠꼬대와 다를 것 없는 대답에 한숨이 푹푹 나왔다.

"대충 보면 어떡해. 테이블 명단은 확인했어?"

"그것도 뭐, 대충."

리연에 취직하고 처음 참석하는 후원 파티라 긴장한 유주와 달리 수현은 시큰둥했다.

"네 자리 오른쪽에는 대표님이 앉을 거고 왼쪽엔 내가 앉을 거야. 불편한 사람들 마주치더라도 너무 티 내지 말고 문제 생기면 바로 얘기해. 알았지?"

"뭐가 그렇게 비장해. 그냥 파티라면서."

"참석하는 사람들이 다 어마어마하단 말이야. TV에서나 보던 사람들이라고."

유주가 울상을 지으며 말했다. 게스트 목록을 외우며 자연스레 알게 된 그들의 사회적 위치와 부의 크기가 여간 부담인 게 아니었다.

수현이 한쪽 눈썹을 들어 올렸다.

"나도 어마어마해."

퉁명스러운 어투에 목소리는 또 낮았다. 뭐가 또 마음에 들지 않아서 그럴까.

"응?"

"나도 어마어마하다고. 너무 어마어마해서 TV에는 여덟 살 때부터 나왔어."

"알지."

"그러니까 쓸데없이 긴장하지 마. 오늘 파티 주인공은 나고 넌 내 담당자야."

그제야 그의 심기가 불편해진 이유를 알았다.

"알지, 알지."

어린애를 달래듯 수현의 어깨를 토닥토닥 두드린 유주가 웃었다.

"어마어마한 사람들끼리 친해지면 좋잖아."

네가 제일 어마어마하지만. 장난스럽게 덧붙이니 그제야 수현도 웃음을 터트렸다. 직장인 되더니 능구렁이 다 됐어. 밉지 않은 힐난도 잊지 않았다.

싫더라도 가야 하는 자리라는 걸 누구보다 잘 알고 있는 그였다. 그저 투정일 뿐. 자리를 망치고자 하는 마음은 없었다.

"그나저나 너 잠 못 자서 어떡하지."

"하루쯤은 괜찮아."

"피곤할까 봐 그러지."

"뭐, 내 할 일만 다 끝내면 먼저 일어나도 된다며."

맞는 말이었다. 수현이 반드시 수행해야 하는 식전 샴페인 타임과 공식 인사, 전작 소개 순서를 견뎌 내고 나면 파티가 끝날 때까지 남을 필요는 없었다. 사실 끝까지 남아 얼굴마담 역할을 해 주면 베스트긴 했지만 그런 일은 미술관의 그 누구도 기대하지 않았다.

"네 할 일이라는 게 생각보다 적지 않단다, 친구야."

"그래?"

"응."

유주가 걱정스러운 얼굴을 했다. 빈속일 게 빤해 포장해 온 양송이수프를 먹지는 않고 뒤적이기만 하는 수현을 보고 있자면 더욱 그랬다. 지금부터 약 열두 시간 이상은 깨어 있어야 하는데 그의 예민한 성정이 버텨 줄지 알 수 없었다.

"파티도 파틴데 그 전에 해야 할 것도 엄청 많아. 저번에 보내 준 인터뷰 예상 질문 확인했지? 그거 토대로 홍보팀이랑 연습 한번 할 거야. 그 전에 숍 들러서 머리랑 메이크업도 간단히 받을 거고. 언론 인터뷰 때 사진 찍는다고 했거든."

"머리는 그렇다 쳐도 뭘 메이크업까지 해. 내가 무슨 연예인이야?"

줄줄 얘기하는 일정을 들으며 점점 표정을 굳히던 수현이 기어이 짜증을 냈다. 아무래도 메이크업까지는 과하다고 생각하는 모양이었다.

그렇지만 그건 자신의 외모가 어떤 수준인지 몰라서 하는 소리였다. 그는 메이크업 같은 걸 하지 않아도 연예인인가, 모델인가 따위의 오해를 받는 사람이었으니까. 세필 붓으로 한 올, 한 올, 세밀하게 그려 놓은 것 같은 그의 얼굴은 길을 걷다 마주치면 무조건 돌아볼 수밖에 없는 청량한 무언가가 있었다.

"이왕이면 잘생긴 얼굴로 나가는 게 좋잖아."

"좋긴 뭐가 좋아."

그래 놓고 자포자기라도 한 모양인지 고개를 절레절레한다.

"하여튼 최도현 마음에 안 들어."

어릴 적부터 주목받는 삶을 살아 그런가. 주목의 종류가 경탄이든 비난이든 그는 타인의 시선을 좋아하지 않았다.

그런 그가 튈 수밖에 없는 이목구비와 맵시 있는 몸매를 타고난 건 어쩌면 아이러니한 일이었다. 어릴 때야 천재성 하나로 주목받은 거였지만 나이가 차면서부터는 굳이 그림을 내보이지 않아도 자연스레 무수한 주목을 받을 수밖에 없었으니까. 자라면 자랄수록 더욱이 아름다워지는 외모를 숨길 수 없는 탓이었다.

그래 놓고 오늘 입을 옷이라며 드레스 룸 앞에 걸어 놓은 슈트를 보면 한숨이 나왔다. 이목을 끌 게 뻔했다. 파티 가기 싫은 사람이 맞긴 한 건지 수려한 자수가 수놓아진 재킷의 태가 척 보기에도 아름다웠다. 그는 주위의 시선을 즐기지는 않았으나 곱고 아름다운 것들은 누구보다 먼저 즐기는 이였다.

유주의 시선이 어디로 향하는지 알아챈 수현이 고개를 기울였다.

"너는 뭐 입어?"

"나?"

"응, 맞췄어?"

갑자기 흥밋거리라도 생긴 건지 수현은 눈을 반짝였다.

"참석하는 직원들끼리 대여했어. 우리는 딱히 비싼 거 입을 필요 없어서."

"그런 게 어딨어."

"일이니까 그렇지. 바쁜 와중에 옷까지 신경 쓸 여력이 어디 있어."

그 말에 아주 잠깐 가졌던 흥미도 날려 버린 수현이 뒤적이던 양송이수프를 멀리 밀어 냈다.

□ ◆ □

오전 내내 인터뷰 연습을 한 수현은 피곤한 기색이 가득한 얼굴로 눈을 깜빡였다. 홍보팀에서 뽑은 예상 질문만 50가지가 넘었고 그만큼 모범 답안의 수도 많았으니 머리가 아플 만도 했다.

그러게 미리미리 준비하면 좀 좋아. 속에서 끓는 잔소리를 꾹꾹 눌러 담은 유주가 작게 한숨을 쉬었다.

미리 예약한 숍은 수현을 위해 프라이빗 룸을 개방해 주었다. 미술관 자체의 부탁 때문이기도 했지만 수현이 문을 열고 들어서자마자 눈을 빛내던 다른 손님들을 생각하면 어쩔 수 없는 처사이기도 했다.

"그림 그리는 분이라고 했죠?"

뒤에서 기다리던 유주에게 한 헤어 디자이너가 속삭였다.

아무래도 미술 자체에 관심이 없으면 수현에 대해 모르는 게 당연했다. 어릴 때를 제외하고는 미디어에 노출되는 걸 극도로 꺼리는 탓에 미국에서조차 수현에 대한 정보는 그리 많지 않았다.

"연예인인 줄 알았어요."

약간 흥분했는지 얼굴을 붉힌 디자이너에게 '저희 작가님이 좀 잘생기셨죠.' 하며 넉살을 피운 유주가 얼핏 미소를 지었다. 수현과 함께 다니면 으레 겪는 일 중 하나였다.

주변 사람들의 관심을 아는지 모르는지 거울에 비친 수현은 눈을 감은 채 미동도 없었다.

그를 모르는 사람이 보면 얌전하다 느껴질 자태였지만 유주는 알았다. 지금의 그가 얼마나 신경을 곤두세우고 있는지. 잠든 것처럼 고요하다 다가가니 스르륵 눈을 뜨는 것만 보아도 알 수 있었다.

"마카롱 먹을래?"

숍에서 간식으로 내어 준 마카롱을 힐끗 쳐다본 그가 고개를 저었다.

"계속 아무것도 안 먹을 거야?"

"마카롱 별로 안 좋아하는 거 알잖아. 너나 많이 먹어."

수현이 웃었다. 줄곧 무표정한 얼굴로 가만히 속눈썹을 내리깐 모습만 보고 있던 숍 직원들이 일순간 술렁였다. 목소리를 낮춘다고 낮춘 거겠지만 약간의 소음이 동반되었다. 수현의 외모에 대한 일종의 찬사 같은 것이 대부분이었다.

차라리 연예인을 시킬 걸 그랬나. 당사자도 아닌데 뿌듯해지는 마음에 유주는 의미 없는 상상을 했다.

하지만 이내 또 작가로 사는 현실이 최선이란 걸 깨달았다. 연예인으로 데뷔했다가는 온갖 인성 논란으로 기자 회견을 할 게 뻔하니까.

"뭔 생각을 그렇게 해?"

"응? 아, 아니 그냥. 조금 웃긴 상상을 해서. 이제 거의 끝난 거지?"

유주의 물음에 수현이 거울 안을 들여다보았다. 직원들이 마무리 작업을 하는 게 보였다.

마지막까지 꼼꼼하게 체크하고 나서야 브러시를 내려놓은 숍 원장이 사진을 찍어도 되냐고 물었다. 냉큼 싫다고 대답할 것 같던 그가 저를 쳐다보았다. 허락이라도 구하려는 것처럼 느껴지는 눈짓이었다.

그 얼굴이 꽤나 선량해서 절로 웃음이 나왔다. 지루해서 죽겠다는 티는 혼자 다 내 놓고 고생한 직원들이 부탁한 일에는 망설이고 마는 최수현이 너무 최수현 같아서.

전시가 시작되기 전까지는 비공식 노출을 자제하라고 했지만 이 정도는 괜찮겠지 싶었다. 그래도 혹시 모르니 숍 홍보에 쓰게 된다면 전시 일정 이후여야 한다는 약속을 받는 걸 잊지 않았다.

단장에 참여한 모든 스태프가 수현의 옆을 감싸듯 섰다. 형식적인 단체 사진과 사심 가득한 개인 사진을 못해도 열 장 이상을 찍고 나서야 숍을 나설 수 있었다.

"벌써 힘들어."

숍의 문이 닫히자마자 수현이 말했다. 팔자에도 없는 연예인 체험을 했더니 기가 빨린 것 같다나 뭐라나.

"이젠 또 어디야."

차에 올라탄 수현이 물었다. 공들여 손질한 머리가 망가져도 상관없는지 카시트에 잔뜩 기댄 그는 푹 잠긴 목소리를 냈다.

"미술관으로 갈 거야."

"파티는 호텔에서 한다며."

"인터뷰 때문에. 언론 인터뷰 거기서 하기로 했거든."

어쩌면 파티보다도 더 부담스러운 시간이었다. 이번 전시에 대한 예리한 질문이 많을 거고 무례한 곳에선 사적인 질문도 꽤 있을 터였다. 홍보팀과 비서팀에서 가이드라인을 잡아 두기는 했지만 가이드라인은 가이드라인일 뿐. 현실은 언제나 예상을 빗나가기 마련이었다.

"유주야."

미용실에서처럼 얌전히 눈을 감은 수현이 나지막이 이름을 불렀다.

"나 손 좀."

하얗고 커다란 손을 뒤집어 손바닥을 보인 그는 여전히 눈을 감은 채였다. 긴장을 하거나 기분이 좋지 않을 때 나오는 수현의 버릇 중 하나였다.

내밀어진 손 위로 제 손을 올리자 손가락 사이사이를 파고드는 긴 손가락이 차가웠다. 평소에도 체온이 낮은 편이기는 하지만 가끔씩 이렇게 서늘한 살갗을 맞대고 있다 보면 어쩔 수 없이 몸을 움찔하게 되었다.

"피곤해?"

"응."

"금방 끝날 거야."

그에게 손을 내어 주는 건 어려운 일이 아니었다.

"끝날 때까지 옆에 있을 거지?"

그렇지만 오늘은 유독 손을 잡은 힘이 강했다. 예민함의 정도가 강할수록 손아귀의 힘도 강해져 아플 때가 있었는데 오늘이 그날인 듯했다.

"그럼. 계속 옆에 있을 거야."

부러 강하게 다짐하며 대답해도 손아귀의 힘은 느슨해질 기미가 보이지 않았다. 웬만하면 그냥 참아 볼까 했는데 약간 저릿할 지경이 되니 하는 수 없이 그의 손등을 두드렸다. 신호를 알아챈 그가 그제야 미안, 짤막한 사과와 함께 힘이 푼다.

미술관은 후원 파티에 맞춰 공식적으로 휴관을 했다. 덕분에 미술관 내부에는 직원들만 있을 뿐, 한 명의 관람객도 없이 조용했다.

기획팀은 그런 기회를 놓치지 않고 텅 빈 전시 공간을 스튜디오처럼 꾸몄다. 눈부신 조명과 세 대가 넘는 카메라, 그리고 조금은 들뜬 듯한 분위기가 그들의 정성과 기대를 표현하는 것처럼 보였다.

보통 이 정도 스케일이면 탄복할 법도 한데 수현은 그런 정성이 무척이나 불편하다는 듯 시종일관 무심하게 굴었다.

"작가님, 필요한 거 있으면 언제든 말씀하세요. 저희가 준비해 드릴게요."

붙임성 좋기로 소문난 직원 몇몇이 분위기를 띄우려 노력했지만,

"없습니다."

수현은 호응해 주지 않았다.

"그러지 말고 얘기해 주세요. 인터뷰 시작하면 목도 많이 탈 텐데 물이나 다른 음료수 같은 거 준비해 드릴까요?"

"아뇨, 괜찮습니다."

"아……. 그럼 인터뷰하시다 불편한 부분 있으면 언제든 저희 보고 신호 주세요. 아셨죠? 저희가 다 처리해 드릴게요."

"괜찮습니다."

"에이, 저희만 믿으……."

옆에서 보기 안쓰러울 정도로 애를 쓰던 직원이 입을 다물었다. 동시에 어수선하던 장내 또한 조용해졌다. 내내 무표정한 얼굴을 유지하던 수현이 미간을 찌푸리며 매서운 눈을 치켜뜬 탓이었다.

안 그래도 밝은 갈색의 눈동자를 가진 그였다. 독특하니 예쁜 그 눈은 빛을 받으면 하얗고 노란 빛을 띨 때가 있었는데 조명을 받고 날까지 세우니 짐승의 눈처럼 살기가 번득였다.

연신 웃는 낯으로 재잘거리던 사람들이 서로의 눈치를 살폈다. 수현의 비위를 맞추려고 노력했을 뿐인데 오히려 역효과만 난 꼴이었다.

그 이후로는 쭉 조용했다. 언론사의 요청에 따라 몇 가지 포즈로 사진을 찍

을 때도 마찬가지였다.

이러다 인터뷰 때 뭔 일 나는 거 아니냐는 우려의 목소리가 소곤소곤 스태프들 사이로 퍼져 나갔다. 하지만 그런 일은 일어나지 않았다. 수현은 그저 조용히 집중할 시간이 필요했을 뿐이었다.

인터뷰를 시작한 수현은 프로다웠고 예상치 못한 질문에도 유연하게 대처했다. 여덟 살 때부터 TV에 나온 게 저라며 허세 아닌 허세를 떨더니 경험에서 우러나온 안정감이 돋보였다.

“생각보다 잘하네요.”

등 뒤로 낮은 음성 하나가 쏟아졌다. 몸을 돌리자 바짝 붙어 선 도현이 보였다. 클래식한 스리피스 정장을 차려입고 깔끔하게 머리를 넘긴 그는 평소보다 훨씬 절제된 분위기를 풍겼다. 나름 파티다 보니 수현처럼 도현도 조금은 화려해지지 않을까 싶었는데 고전적인 느낌을 살리는 쪽으로 정한 모양이었다.

“멋있어요?”

상체를 기울인 그가 귓가에 대고 물었다. 몰래 한 감탄을 알아차린 그는 짓궂었다.

아, 왜 그의 앞에만 서면 넋을 놓고 바라보게 되는지.

민망함에 다시 몸을 바로 하자 수현의 시선이 날아와 꽂혔다. 도현이 신경 쓰여 그런지 잘하던 인터뷰도 흐트러지기 시작했다. 입 모양으로 집중하라, 말해도 한번 흐트러진 집중력은 돌아오지 않았다.

“잘한다 싶더니.”

쯧, 뒤에 선 도현이 혀를 찼다.

“표정 하나 못 숨겨서 뭘 한다고.”

등골이 오싹해질 정도로 낮고 서늘한 목소리였다.

괜히 눈치가 보여 고개를 돌리자 싱긋 미소를 지은 그가 ‘안 그래요?’ 하고 반문했다.

“가 볼게요. 이러다 인터뷰 안 한다고 난리 칠라.”

말을 마친 도현이 유주의 손목을 꾹, 무게 있게 쥐었다가 놓았다. 그러다 이

내 가볍게 스치는 손가락이 무언가를 남기고 떠난다.

제 손에 남은 것은 꽤 무게가 나가는 쇼핑백. 놀라 돌아본 곳에 그는 이미 없었다. 사람들의 인사를 받으며 사라지는 등을 허망하게 바라만 보다 짧게 진동하는 핸드폰을 확인했다.

[오늘 파티에서 입어요. 어울릴 것 같아서.]

타이밍 좋게 비서팀 사람 중 몇몇이 신호를 줬다. 이제 옷을 갈아입어야 한다고 했다. 인터뷰가 끝나면 수현과 함께 파티가 열릴 호텔로 움직이는 일정이었다.

지금까지는 출근할 때의 평소 복장과 다를 게 없었지만 이제는 파티에 걸맞은 의상을 갖춰 입을 때였다.

한창 인터뷰가 진행 중인 곳을 쳐다보았다. 말없이 움직이면 싫어할 게 뻔한데. 그렇다고 인터뷰를 도중에 끊을 만큼 중대한 사안도 아니었다.

결국 현장을 지키는 스태프들에게 인터뷰가 일찍 끝나면 수현에게 제가 옷을 갈아입으러 갔다고 전해 달라, 당부하고 자리를 옮겼다.

대기실 용도로 비워 둔 공간이 비서팀 사람들로 시끌벅적해졌다.

"이놈의 드레스는 입을 때마다 적응이 안 돼."

평소 입을 일 없는 드레스를 보며 민망한 웃음을 터트리기도 하고, 밤을 새워 준비하던 후원 파티가 코앞으로 다가왔다는 사실에 대한 흥분이기도 했다.

원래 유주도 그들처럼 적당한 드레스를 대여해 둔 차였는데 느닷없이 선물을 받아 얼떨떨한 상태였다. 부담스럽다 거절하는 것도 좀 유난스러운 것 같고—

검은색 공단 리본으로 묶인 커다란 상자를 조심스레 열자 미색에 가까운 하얀 드레스와 그 위에 얌전히 놓인 새빨간 리본이 고운 자태를 드러냈다. 드레스는 나풀나풀 가벼운 소재로 만들어져 가만히 있어도 바람이 이는 듯 살랑거렸다. 그것이 어여쁘다 생각하면서도 시선은 자꾸만 빨간색 리본으로 향했다.

바람결 같은 드레스 옆에서도 매혹을 잃지 않은 그것은 왜인지 수국 옆 작약을 떠올리게 했다. 도현이라면, 그렇게나 보는 눈이 감각적이라는 그라면 드레스보다 이 리본을 공들여 골랐을 것 같다는 생각이 들었다.

저와 어울릴 것 같아 골랐다는 말과 함께 부끄러운 마음이 들었다. 그 마음을 누구에게라도 들킬까 품 안에 드레스를 끌어안고 커튼 안으로 뛰어든 유주는 기분 좋게 뛰는 심장을 가라앉히느라 몇 번의 심호흡을 해야만 했다.

사이즈는 정확했다. 마치 몸에 대고 만든 것처럼 길이와 품이 딱 맞았다. 낯설지만 싫지 않은 거울 속 자신을 바라보며 유주는 저의 긴 머리칼을 쓸어 올렸다. 새빨간 리본을 손가락에 말아 머리를 묶는 끈으로 사용했다. 길이가 길어 그런지 몇 번 둘러 매듭을 지었는데도 길게 흘러내리는 모양이 예뻤다. 작은 상자 안에 들어 있던 구두까지 신으니 비서팀 사람들의 입에서도 칭찬이 쏟아졌다.

"유주 씨, 이 드레스 뭐야?"

드레스에 대한 이야기부터,

"작가님이 아니라 유주 씨가 주인공 같은데?"

우려를 가장한 너스레까지.

괜한 기분에 자꾸만 드레스 자락을 매만졌다. 이렇게 환한 옷을 입어 보는 게 얼마 만인가.

□ ◆ □

인터뷰는 예상보다 이르게 끝났다. 수현이 의자 등받이에 몸을 기대고 나른하게 누워 유주를 기다렸다. 유주가 자리를 비우는 건 이미 보아서 알고 있었다.

쏟아지는 질문들 사이로 대답을 하는 내내 제 신경은 온통 유주에게 향해 있었다. 사람들 사이에 섞여 있는 유주가, 사회인이 되어 제 몫을 해내는 유주가 낯설어 자꾸만 시선이 갔다.

인터뷰가 끝나자 한 직원이 다가와 유주의 말을 전했다. 옷을 갈아입고 올 테니 기다리라는. 어쩐지 어린애 취급을 받는 것 같아 웃음이 나왔다. 유주의 말대로 저만 소년인 모양이었다. 정유주는 대체 언제 어른이 된 걸까.

"수현아."

무의미한 생각들 사이로 유주의 목소리가 흐른다.

"오래 기다린 거 아니지?"

걱정스레 묻는 얼굴에 답을 해 주지 못했다.

"이상해?"

드레스 자락을 매만지며 어색한 미소를 짓는 유주가 두 눈 안에 들어찼다. 유주가 입을 옷이 궁금하기는 했었다. 어느 순간부터 무채색의 옷만 고집하는 유주의 환한 예전 모습을 볼까 싶어 기대도 좀 했었다.

그런데 분명 대여한 옷을 입는다고 했던 것 같은데. 제 눈은 못 속인다. 지금 유주가 입고 있는 저 옷은 절대 대여한 것일 리가 없다.

"누가 준 거야?"

"응?"

"형이 준 거야?"

묻는 말에 말간 얼굴이 굳는다. 매번 느끼는 거지만 정유주는 거짓말을 너무 못한다. 솔직하기는 해도 마음만 먹으면 그 어떤 것도 숨길 수 있던 유하와는 너무 다른, 너무 다른 사람이었다.

"예쁘네."

"아니, 뭐 특별한 건 아니고……. 아무래도 네 옆에 계속 있을 거니까, 괜찮은 차림이길 바라셨나 봐."

이리저리 방황하는 동공으로 변명하는 유주는 어설펐다. 정유주는 사실 늘 어설프다. 이걸 속아 줘야 하나, 말아야 하나.

무릎을 굽혀 고개를 숙인 유주와 눈을 맞췄다. 제 눈치를 보는 유주가 안심할 수 있도록 웃어 보이는 걸 잊지 않았다.

"잘 어울려."

“정말?”

“응. 이것만 빼고.”

높게 묶은 머리를 가리키며 말했다. 빨간 리본의 끝을 잡고 끌어 내리자 긴 머리카락이 새하얀 어깨 위로 쏟아졌다.

“야—”

“이건 내가 맡아 줄게.”

당황한 유주를 모른 척 무시하며 리본을 손목에 감았다. 푸른빛이 감도는 슈트 소매 아래로 빨간 리본이 제법 예쁘게 흘러내렸다. 새하얀 유주의 몸 위로 낙인을 찍듯 빨갛게 존재감을 드러내는 리본이 첫눈에도 거슬렸었다.

손가락 사이를 간지럽히는 이 리본을 어찌할까. 고민하다 결국 짓이기듯 쥐었다. 속아 주는 대신 이렇게라도 묶어 놔야지.

□ ◆ □

서울의 한 호텔에서 진행된 후원 파티는 호화롭고 사치스러웠다. 반짝이는 샹들리에 아래 잘 차려입은 사람들이 샴페인을 들고 한가하게 웃음이나 나누는 광경이란. 대한민국 하늘 아래 돈 잘 쓰고 입심 좋은 사람들은 다 모인 듯했다. 오늘 처음 만난 사이가 있기는 한 건지 너도 나도 반가움을 표하느라 바빴다.

그중 제일은—

“오랜만이죠?”

도현이었다. 평소의 찬 기운을 모조리 숨기고 해사하게 웃는 얼굴이 무서울 정도였다. 그럼에도 가식적인 느낌은 조금도 들지 않아서 그냥 그와 아주 닮은 다른 이가 아닐까 하는 착각이 들었다.

“하…….”

그에 비하면 수현은 아주 적나라하다 못해 투명하게 불편함을 내비치고 있었다. 도현의 곁을 따라다니며 스스로를 소개하고 소개받는 과정이 짜증스러운 듯했다.

무뚝뚝한 태도가 조금 심해진다 싶으면 옆구리를 찔러 눈치를 주기는 했지만 그때뿐이었다. 뭐, 중간에 뛰쳐나가는 상상도 해 봤으니 이 정도면 양호하다고 해야 하나.

"아, 최 대표!"

조금 멀리서 호탕한 목소리가 들렸다. 소리를 따라 눈길을 돌린 곳에 한 남자가 있었다. 커다란 덩치의 남자는 웃는 낯을 한 채 손을 흔들고 있었다. 그를 향해 가볍게 고개를 숙인 도현이 자연스레 설명을 덧붙였다. 리연 예술재단의 오랜 후원자라고.

"참석해 주셔서 감사합니다, 김 이사님. 요즘 해외에 계신 날이 많다고 들어 못 오실 줄 알았는데 영광이네요."

도현이 남자와 잔을 부딪치며 웃었다. 금빛의 샴페인이 일렁이는 게 도현의 미소와 닮아 더없이 부드러워졌다.

"다른 일도 아니고 최 대표가 여는 파틴데 불참할 수야 있나. 아무리 바쁜 일이 있어도 와야지."

껄껄 웃은 남자가 뚱한 얼굴로 선 수현을 재미있다는 눈으로 훑었다.

"아, 이분이 그 유명한 최수현 작가시고만."

"네, 맞습니다. 처음 보시죠?"

"어린 천재라고는 들었는데…… 이렇게 어릴 줄은 생각도 못 했네."

남자가 수현의 어깨를 툭툭 두드리며 말했다. 누가 보아도 아랫사람을 대하는 태도였다.

수현이 남자의 손이 닿았던 자신의 어깨에 조용히 시선을 던졌다. 경멸 어린 시선. 아주 못 볼 걸 보았다는 듯 찡그린 미간에 유주가 본능적으로 그의 곁에 바짝 붙었다. 등 뒤로 손을 올려 토닥토닥, 타이르는 걸 잊지 않았다.

"재능은 나이를 가리지 않는 법이니까요."

도현도 그런 수현의 앞을 자연스레 가로막으며 말했다. 남자의 무례한 말이 수현의 심기를 자극할 수 있다는 생각을 한 것 같았다. 워낙에 자연스러운 몸짓이라 딱히 의도적인 행동처럼 보이지는 않았다.

"어린 재능은 무르지 않은가. 믿을 수가 있어야지."

문제는 그런 도현과 유주의 노력에도 불구하고 김 이사라는 사람이 계속해서 무례한 말을 지껄인다는 데에 있었다.

"어릴 때 반짝이다 일찍이 빛을 잃는 별들이 어디 한둘인가."

당사자를 옆에 두고 할 말은 아니었다. 데뷔하는 신인도 아니고 이미 뉴욕과 파리에서 전시를 열고 칭송에 가까운 평을 받은 수현에게 할 말은 더더욱. 후원을 한답시고 서열을 가리려는 건가. 치졸한 기 싸움에 유주는 한숨이 나왔다.

"어설픈 재능만이 무른 법입니다."

여전히 웃는 낯을 한 도현이 말했다.

"다섯 살에 작곡을 시작한 모차르트나 열세 살에 개인전을 연 피카소가 무른 재능을 가졌던 이들이라 생각하는 건 아니시겠죠."

"허허, 자네도 참."

남자가 멋쩍은 웃음을 터트렸다.

"아, 그러고 보니 우리 최수현 작가 별명이 현대 미술계의 모차르트라지?"

그럼에도 그는 수현과 말을 섞고 싶은 욕심을 버릴 수가 없는지 괜한 물음을 계속했다.

"어디서는 고흐니 클림트니 하는 소리도 들리던데. 미국 놈들 호들갑 떠는 건 알아줘야 한다니까."

재미있는 농담이라도 하는 것처럼 웃는 꼴이 비열했다. 제 앞에서 수현이 붉으락푸르락하는 꼴이 보고 싶은 건지 기분 나쁠 말만 골라 하는 게 아주 재능이었다.

그나마 다행인 건 얼핏 본 수현의 얼굴이 생각보다 심각하지 않다는 것이었다. 호텔에 입장하던 순간부터 쭉 보였던 얼굴 그대로 무심하고 무료한 느낌. 거기에 약간의 경멸이 섞여 있을 뿐이었다.

"김 이사님."

오히려 표정이 험해진 건 도현이었다. 휘어지게 웃던 눈을 가라앉힌 그가 느릿하게 눈을 감았다 떴다.

"제 안목을 의심하시는 것처럼 들리네요."

긴 눈꼬리 끝이 칼날처럼 예리해진 건 순간이었다.

"제 선택이 틀린 적 있습니까."

"아, 아니 그럴 리가 있나. 내 말은……."

"모욕하지 마세요."

"……."

"어렵게 모신 귀한 분입니다."

말을 마친 도현이 수현을 향해 짧게 고개를 숙였다. 남자를 대신해 사과하는 것이나 다름없는 모습이었다. 보기 어려운 광경에 변명조차 보탤 엄두를 내지 못한 남자가 당황한 낯빛을 했다.

도현이 눈짓으로 수현을 데리고 자리를 옮기라는 신호를 줬다. 유주는 기다렸다는 듯 수현을 이끌고 자리를 피했다.

"괜찮아?"

구석으로 자리를 옮겨 수현의 안색을 살폈다. 화를 내고도 남아야 하는데 아무렇지 않아 보여 더 불안했다.

"괜찮고 말고 할 게 뭐가 있어. 저런 놈들이 모인 파티라는 거 모르고 온 것도 아닌데."

어른스러운 대답이었다. 파티 내내 그가 어른스럽기를 바란 건 그 누구보다 저였는데 막상 그 불같은 성질을 죽이고 참는 모습을 보니 기분이 이상해졌다.

"정유주?"

그때 제 이름을 부르는 목소리가 들렸다. 회사에서 들어 본 적 없는 목소리가 저를 부르니 의아한 표정이 지어졌다. 고위급 인사만 모인 이런 파티에서 제 이름을 부를 이는 없을 텐데.

고개를 돌려 바라본 곳에 선 남자는 저를 아는 것처럼 보였지만 저는 어디선가 스쳤던 기억조차 나지 않았다.

"누구……."

"나 기억 안 나?"

모르겠다는 얼굴을 하자 남자가 반질반질한 자신의 얼굴을 가리키며 가까이 다가왔다.

"졸업한 지 얼마나 됐다고 벌써 까먹어. 서운하게. 나 성윤호야. 정말 기억 안 나?"

"성윤호……? 아, 윤호 선배?"

그제야 알겠다는 듯 유주가 얼굴을 밝히자 남자가 기뻐하며 웃었다.

"이제 기억나나 보네."

사실 기억이라고 할 것도 없었다. 서양화를 전공하던 시절의 짧은 인연이었다. 간단하게 말하면 그냥 대학 선배. 특별히 가깝지도, 멀지도 않은 그런.

"누구야?"

수현이 물었다. 졸업을 하기도 전에 유학을 떠나기도 했고 재학 당시 특혜 아닌 특혜로 출석을 하는 둥 마는 둥 했던 수현이 그를 기억할 리는 없었다.

"아, 한 학번 선배였어. 넌 기억 잘 안 나지?"

수현이 어깨를 으쓱였다. 남자도 수현이 기억할 거라 생각은 안 했는지 털털하게 웃었다.

그는 아버지를 대신해서 참석했다고 했다. 제 아버지에 대한 자랑 아닌 자랑을 늘어놓는 그를 보니 대학 시절의 기억이 어렴풋이 떠올랐다.

내세울 거라곤 아버지 명함뿐이던 사람. 실력은 별 볼 일 없었다. 아버지 인맥으로 부정 입학 한 게 아니냐는 소문이 돌 정도였으니까. 그의 아버지는 다른 미술대학의 교수였는데 한국 미술계에서는 나름 영향력이 있는 사람이었다.

"근데 유주 너는 여전하다."

그가 친근한 척하며 유주의 어깨를 쓸었다.

"여전히 예뻐."

칭찬이랍시고 한 말일 테니 웃어야 하는데 맨살에 닿는 감촉이 소름 돋아 걸음을 물렸다. 멋쩍은 표정을 지은 남자가 웃으며 손을 거뒀다.

"미안. 옛날 생각이 나서."

들러붙는 시선에 묘한 기시감이 피어올랐다. 이전에도 이런 눈으로 저를 쳐다본 것 같은데. 과하다 싶을 정도로 상냥한 눈길이 이상하게 징그러워 표정 관리가 안 됐다.

"가자."

수현이 그런 유주와 남자의 사이를 가르며 말했다.

기분이 바닥으로 곤두박질쳤다. 고생한 정유주를 생각해서라도 오늘 하루는 제멋대로 굴지 않으려 했는데 이대로 있다가는 사고를 쳐도 제대로 칠 것 같았다.

제 기억에 없는 걸 보면 존재감 있는 사람도 아니었던 것 같은데 사근사근 웃는 꼴이 뱀 새끼 같았다. 유주가 하는 모양을 보면 딱히 가까운 관계도 아닌 듯한데 사연이라도 있는 사람처럼 깊은 눈을 하고 있었다.

애초에 제가 모르는 유주의 사람이 있을 리가 없었다. 3년의 공백이 있었다 한들 유주의 행동반경 정도야 꿰뚫고 있는 저였다. 철없던 시절에도 사람 욕심, 노는 욕심이 없던 유주다. 유하가 죽고 나서는 더더욱 집 안 깊숙이 숨어 지냈다는 걸 모르지 않는다.

"곧 최 대표 연설이야."

훤히 드러난 유주의 어깨를 팔로 감싸 몸을 돌렸다. 유주 모르게 고개를 돌려 남자의 얼굴을 확인했다. 오늘은 넘어가더라도 다음부턴 저 뱀 새끼의 눈부터 파 버릴 생각으로.

□ ◆ □

장내가 조용해졌다. 모든 게스트가 자리에 착석하면 도현의 간단한 인사와 함께 수현을 공식적으로 소개하고 인사시키는 시간이 있었다.

전시에 대한 설명은 극비라는 말로 덮을 테지만 수현의 이전 작품들이 오직 그들만을 위해 공개될 것이다. 시간과 돈을 쓰러 온 그들의 특권 의식과 허영

심을 어느 정도는 만족시켜야 했으니.

그런 의미에서 수현의 이전 작품들은 좋은 소스였다. 뉴욕에서만 한차례 공개되어 이후 비공개로 경매되었으니 얼마나 보고 싶을까.

아, 물론 수현은 진저리를 치며 싫어한 계획이었다.

“내 자리는 여긴가.”

성윤호가 맞은편에 앉았다. 커다란 원형 테이블이라 맞은편이라 해도 그리 가까운 건 아니었지만 어딘가 지독한 눈빛에 기분이 나빴다.

“괜히 대단한 사람 된 것 같아 머쓱하네.”

그는 너스레를 떨며 주변 인사들을 죽 훑었다. 파티의 주인공인 수현과 같은 테이블에 배정된 것이 만족스러운 듯 보였다.

자리는 모두 지정석이라 옮기는 것은 불가능했다. 꺼림칙한 기분이 들어도 어쩔 수 없다는 소리였다. 이미 이 자리를 위해 다양한 지표를 설정하고 또 우선 순위를 매기며 고생한 사람들이 있었다.

수현이 테이블 아래에서 손을 잡아 왔다.

“대기실에 들어가 있을래?”

걱정이 깃든 목소리였다. 제가 그를 과잉보호하듯 그 또한 저를 과잉보호했다. 괜찮다는 뜻을 담아 고개를 저었다. 안 그래도 싫은 자리에 불려 나와 얼굴마담을 하는 그에게 예민해질 이유를 추가하고 싶지 않았다.

“괜찮아.”

뒤늦게 테이블 쪽으로 다가온 도현이 수현의 오른쪽에 앉았다. 단상 아래 조명이 어두워지고 이제 막 앉은 도현을 사회자가 불러내는 것이 시작이었다.

환한 조명을 가로질러 걷는 그는 꼭 모델처럼 사람들의 시선을 끌었다. 약간의 웅성거림이 모두 멈출 때까지 부러 아무 말을 하지 않은 그는 모든 움직임을 의도적으로 연출했다. 고전적인 슈트 때문인가. 유독 비현실적으로 느껴지는 그의 외모에 게스트들의 숨죽인 탄성이 꽤 길게 이어졌다.

“이제 나갈 차례야.”

유주가 수현에게 속삭였다. 도현의 연설이 시작된 뒤로 약 4분이 지난 시점이었다. 즉흥적으로 추가되는 멘트가 없다면 5분이 다 채워지기 전에 연설은 끝날 것이고 그렇게 되면 다음 차례는 수현의 인사였다.

"최수현 작가님을 소개하겠습니다."

도현이 수현을 지목했다. 수현이 무표정하게, 그러나 차갑지는 않게 표정을 정리하며 자리에서 일어났다.

젊은 천재 예술가를 보는 사람들의 눈이 가지각색으로 반짝였다. 고깃덩이를 본 하이에나와 다를 게 없는 분위기였다. 고작해야 스물일곱밖에 되지 않은 그림쟁이는 매혹적이지만 순진할 것이라는 게 아마 저들의 생각일 것이다.

물론 수현은 그들의 조잡한 편견을 깨트리기에 충분한 인물이었다. 후원받는 자리라는 게 무색할 만큼 여유롭고 어쩌면 오만한 태도의 그는 차분하게 모든 이들의 기를 죽여 나갔다.

문제없이 흐르는 진행에 긴장을 놓은 유주가 화장실로 향했다. 수현이 단상 아래로 내려오면 또 밀착 케어를 해야 하니 숨을 돌릴 타이밍은 이때뿐이었다.

화장실에 아무도 없는 걸 확인한 유주가 신경 안정제를 꺼내 삼켰다. 테이블 위에 있던 생수병을 챙겨 온 것도 이 때문이었다. 딱히 별다른 증상이 있는 건 아니었지만 사람이 많은 곳에 이토록 오래 있는 건 오랜만이라 예방 차원이었다.

"무슨 약이야?"

갑자기 들리는 인기척과 목소리에 놀라 생수병도 떨어트린 유주의 눈에 성윤호가 보였다. 언제부터 그곳에 있었는지 화장실 문에 기대고 선 그는 호기심 어린 눈으로 손에 쥔 신경 안정제를 쳐다보았다.

"어디 아파?"

"아, 아뇨. 근데 여긴 왜……. 여기 여자 화장실인데……."

데굴데굴 구르는 생수병을 주워 든 남자가 과한 친절함으로 무장한 채 미소를 지었다.

"알아. 근데 너랑 얘기하려면 딱히 다른 방법이 없잖아."

"그게 무슨……."

"최수현 말이야."

진득한 눈을 찌푸린 그가 걸음을 옮겨 다가왔다.

"너랑 말 좀 섞었다고 죽일 듯이 쳐다보는 거 봤어?"

"……."

"변한 게 없어. 재수 없는 새끼."

웃음기를 거둔 그는 무언가를 회상하듯 눈동자를 굴렸다. 덩달아 유주의 눈동자도 움직였다. 이곳을 벗어나야 한다는 생각이 간절했다. 나가려면 문을 등진 그를 지나야 하는데 쉽게 비켜 줄 느낌이 아니었다.

"근데 말이야."

시끄럽게 사이렌을 울리는 머릿속으로 그의 목소리가 꽂혔다. 마주한 눈 안에 욕심이 번들거리는 게 적나라했다. 위험하고 탁한 기운. 아까 느낀 기시감이 또 들었다.

"최수현 취향이 좀 지독하다고 생각하지 않아?"

"무슨……."

"아무리 네가 예뻐도 죽은 애인 동생이잖아."

남자가 비열하게 웃으며 말했다.

"둘 중 하나는 양보해야지. 정유하 없다고 널 끼고 다니는 건 무슨 심보야."

대꾸할 가치도 없는 말이었다.

"넌 이상하다고 생각하지 않아?"

"무슨 말이 하고 싶은 거예요."

"무슨 말인 것 같은데?"

"알지도 못하면서 함부로 말하지 마세요. 선배가 생각하는 그런 거 아니니까."

밀려드는 불쾌감에 언성이 높아졌다. 그를 지나쳐 나가려는 순간 손목이 잡혔다.

"에이, 화내지 마. 그냥 좀 억울해서 그래."

내가 너 좋아했던 거 알잖아. 억지로 손목을 끌어당긴 그가 속삭였다. 그제야 기시감은 명확한 기억이 되어 되살아난다.

첫 대학 엠티에서 만난 그는 노골적으로 호감을 표했었다. 좋은 말로 거절하니 얼굴이 새빨개져 도망치던 뒷모습과 이후로 가끔 마주치면 원망을 내비치던 눈동자가 이제야 선명해진다.

"최수현이랑 그렇고 그런 사이 아니지?"

"제가 그걸 선배한테 설명할 이유가 있어요?"

"죽은 언니 애인보다는 내가 낫잖아."

"무슨 말도 안 되는……!"

붙잡힌 손목을 빼내려 안간힘을 쓰자 작정하고 들러붙는 남자의 몸이 뱀처럼 끔찍했다. 비명을 지르려는 순간 화장실 문이 열렸다.

수현이었다.

"수현아."

뛰어오기라도 한 건지 가쁜 숨을 뱉던 그는 성큼성큼 들어와 당황한 기색이 역력한 남자를 발로 차 버렸다. 한순간에 화장실 바닥을 뒹구는 신세가 된 남자가 거친 욕설을 뱉으며 일어나려 하자 수현이 남자의 몸 위로 올라 주먹을 내리꽂았다. 모든 건 순식간이었다.

"죽여 버릴 거야."

수현은 읊조리며 생각했다. 제가 조금 더 빨리 유주를 찾았어야 했다고. 아니, 유주를 이곳에 데리고 오지 말았어야 했다고. 아니, 애초에 이딴 파티 따위를 하지 말았어야 했다고.

단상 위에서 보낸 시간이 한참이었다. 영양가 없는 인간들에게 인사를 하고 또 질문을 받고 한참을 그렇게 시간을 보내다 내려오니 유주가 없었다. 내내 신경을 긁던 새끼도 보이지 않았다.

예리하게 서는 촉에 귀를 기울일 새도 없이 몸이 움직였다. 홀 안에는 보이지 않으니 갈 곳은 많지 않았다.

그러다 보인 게 복도 구석에 있던 화장실. 굳게 닫힌 문이 이상할 만큼 기분이 나빠서 여자 화장실이라는 팻말도 무시하고 그냥 문부터 열었다. 그렇게 눈앞에 펼쳐진 광경이—

"수현아."

뱀 새끼 같던 남자가 유주의 손목을 쥐고 온몸을 밀착하고 있는 것이었다. 이성이라는 게 있던가. 그대로 눈이 돌아 남자를 치고, 치고, 또 치고. 죽이겠다는 본능만 남아 있었다.

등 뒤로 저를 부르는 가는 소리가 들리는 것도 같았지만 몸이 멈추질 않았다. 정신없이 쳐 대느라 손목과 손등, 손가락이 알싸했다. 그런데도 생각은 오직 제 아래에 깔린 남자의 숨을 끊어 버리겠다는 다짐뿐이라.

"……."

유주는 제 귀를 막으며 수현의 등을 두려운 얼굴로 쳐다보았다. 눈앞에 펼쳐진 광경은 잔혹하기 그지없는데 귓가로 들리는 소리는 비명조차 없이 조용해 소름이 돋았다. 수현의 주먹이 남자의 얼굴에 꽂히는 둔탁한 소리가 들리는 것의 전부였다.

피를 뒤집어쓴 남자는 정신을 잃었는지 주먹질에 의한 반동만 있을 뿐 미세한 저항도 하지 않았다.

"수현아……."

연신 수현을 불렀다. 흔한 신음 하나 흘리지 못하고 있는 남자의 얼굴 위로 묵묵하게 주먹을 내리꽂는 수현의 뒷모습이 살벌했다.

누구의 것인지 알 수 없는 피가 화장실의 바닥과 수현의 주먹을 적셨다. 그러니 피비린내가 진동하는 건 당연한 일이었다.

언젠가 한번 맡아 본 기억이 있는 냄새. 인간의 기억 중 가장 강력한 건 후각이라던가. 유주는 매일 밤 꿈에서 보던 악몽을 현실에서 보는 것 같은 착각을 했다.

피. 붉은 피. 하얀 언니와 새빨간 피. 하얗던 언니를 빨갛게 얽매던 붉은, 피.

"최수현!"

수현의 광기를 막은 건 도현이었다. 정유주를 찾으러 간다는 말과 함께 사라져 한참을 오지 않는 수현을 찾아 나선 게 행운이라면 행운이었다.

눈앞에 펼쳐진 상황을 채 파악하기도 전에 화장실 문을 걸어 잠근 도현은 첫째로 수현을 끌어냈다. 도현이 뒤에서 안다시피 붙잡아 끌어낸 수현은 남자에게서 몸을 떨어트리고도 숨을 색색이며 핏발 선 눈을 번뜩였다.

"하……."

도현이 낮은 한숨과 함께 구석에 선 유주를 보았다. 헝클어진 머리카락과 파리해진 안색, 쉬지 않고 물어뜯는 손톱이 겁먹은 게 분명했다.

"괜찮아? 다쳤어?"

묻는 말에 대답할 정신이 있을 리 없었다. 재킷을 벗어 덜덜 떠는 어깨에 덮고 피가 고인 바닥으로 향하는 눈을 제 쪽으로 끌어왔다.

"피…… 피가……."

공포에 질린 눈을 하고선 도로 또르륵 구르는 눈을 아예 손으로 덮어 시야를 가렸다.

"보지 마."

"피……."

"아니야. 보지 마."

덮은 손 아래로 눈물이 흘렀다. 그까짓 눈물 하나에 늑골이 뻐근해진다. 제 앞에서는 눈물이 쉽다고 했던 게 분명 좋았는데. 정유주의 밑바닥을 가진 것 같아 좋았는데 오늘은 이상하게도 싫다.

눈을 가린 손을 뒤통수로 옮겨 그대로 끌어당겼다. 기다렸다는 듯 옷자락을 잡아 오는 작은 손이 떨린다.

윤 비서를 불러 현장을 처리해야 했다. 수현에게 반시체가 되도록 맞은 남자의 신원을 확인하고 협박을 해야 하는지, 빌어야 하는지, 혹은 협상을 해야 하는지도 결정해야 했다. 리연은 물론이고 수현에게는 아무런 피해가 가서는 안 됐다.

낮게 뱉어지는 한숨. 당장 처리해야 할 것들이 쌓여 있는 걸 알면서도 품에 안긴 몸을 다독이는 게 먼저였다. 어울리지 않는 측은지심에 스스로도 놀라 마음이 무겁다.

11

불가항력

수현과 남자는 병원으로 이송되었다. 윤 비서의 조용한 움직임으로 파티의 다른 게스트들은 둘의 부재를 눈치채지 못했다.

도현은 아무 일도 없었던 것처럼 파티의 주최자로서의 역할을 끝까지 수행했다. 수현의 행방을 묻는 사람이 나타나면 '전시가 코앞이라 다시 작업실로 돌아가셨어요.' 라고 대응하며.

VIP 병실을 차지한 두 남자는 도현의 지시로 병실 밖을 나가지 못했다. 사실 그런 지시가 없어도 남자는 정신을 차리지 못했으니 나갈 수 없었다.

결국 발이 묶인 건 수현 하나였다.

수현은 차게 식은 머리로 생각했다.

'괜찮아? 다쳤어?'

유주에게 묻던 제 형의 목소리가 선명했다. 유주는 그런 형의 품에서 울었다.

의지하라 다그쳐도 제 앞에선 울지 않던 정유주다. 어설픈 센 척이나 할 줄 알지 제 앞에선 죽어도 약한 모습을 보이지 않았다. 그것이 늘 불만이었다. 아무도 모르게 일어나는 학대와 폭력을 제아무리 발견하고 분노해도 정유주는 씁쓸하게 웃을 뿐 울지도, 도와 달라 애원하지도 않았다.

그런데 왜. 왜 제 형의 품에서는 그리 쉽게 울고 그리 쉽게 무너졌을까.

□ ◆ □

"병원 단속 제대로 했어?"

"네, 성윤호 씨랑 작가님 병실 분리했고 각 문 앞에 경호원 배치했습니다."

"성 교수한테는 아직 연락 안 한 거지."

"네, 아직은."

"내일 내가 직접 할 거니까 일단은 그냥 둬. 자료는?"

도현과 윤 비서의 대화는 은밀하고 차분했다. 파티 내내 부드러운 미소를 거두지 않던 도현의 얼굴이 어느 때보다 고요했다.

"지금까지 거래한 내역이랑 각 그림 소유주 변동 이력 준비되어 있습니다."

태블릿 pc를 건네받은 도현의 눈이 빠르게 움직였다.

도현의 아버지이자 수현의 아버지이기도 한 리연의 이전 수장은 미술관 운영을 사회 운동과 같은 것이라 했다. 딱히 돈이 되는 일은 아니나 사람들의 심신을 달래는 일이니 그 무엇보다 사랑이 우선이어야 한다고.

도현은 그런 아버지를 존경했지만 안타깝게도 그런 사상에 동의할 만큼 낭만적이지는 않았다. 사업은 그저 사업일 뿐. 다르게 접근할 건 없다.

"협박할 거야. 준비해."

냉철한 두뇌와 짐승 같은 감각만이 살길이다.

도현은 윤 비서의 운전을 마다하고 스스로 운전석에 올랐다. 내일은 조금 머리 아픈 날이 될 것이다.

그 전에, 정유주가 궁금했다. 계속해서 끌어안고 싶던 유주를 떼어 냈던 것이 신경 쓰였다. 상황을 수습해야 하니 우선은 병원에 가 있으라고 했는데, 그러지 말고 그냥 옆에 두었어야 했나. 뒤늦은 후회가 들었다.

가지 말라는 말 한마디 하지 않고 고개를 끄덕이던 얼굴이 아른거렸다. 포기가 빠른 정유주는 순종적이지만 그만큼 사람 마음을 들썩이게 해서 포기하지 말고 매달렸으면, 하는 욕심을 품게 한다.

"정유주는."

"본인 집으로 갔습니다."

"집? 병원으로 보내라고 했잖아."

"저도 그렇게 말했는데…… 워낙 단호해서요."

"혼자 간 건 아니지?"

"네, 한 시간 전에 김 기사한테 도착했다는 연락 받았습니다."

깊은 한숨이 나왔다. 말할 힘도 없어 손짓으로 대충 윤 비서를 보내고 눈을 감았다.

한참을 그렇게 운전석에만 앉아 있다 전화를 걸었다. 왜인지 전화를 받지 않을 수도 있을 거란 생각이 들었다. 신호음이 길어질수록 긴장감이 높아지는 기분에 입술이 말라 가는데,

— 네, 대표님.

들려오는 고저 없는 목소리. 어쩐지 힘이 풀려 핸들에 얼굴을 묻었다.

"집으로 갔다면서요."

— 네, 저는 다친 곳이 없어서……. 수현이는요?

아무렇지 않은 척 수현의 안위부터 챙기는 목소리가 미련했다. 꼭 피가 나고 살이 찢어져야 다친 걸까.

여러 인사가 다 모인 곳에서 세상 무서운 줄 모르고 반짝이던 모습이 떠올랐다. 반짝이라고 선물한 드레스였는데 정유주는 밤하늘의 별처럼 홀로 예뻤다. 매번 검은색 옷만 입으며 표정 없던 얼굴을 제가 반짝이게 한 것 같아 웃음이 나오는 걸 여러 번 참았었다.

그런데 그걸 입고 발발 떠는 몸이라니. 큰 눈에 눈물을 그렁하게 매달고 피가 고인 바닥을 응시하던 얼굴. 그 얼굴이 못내 불안해 일단 끌어안고 보던 자신이 떠올랐다.

"병원으로 갔어요. 어떤 상태인지는 아직 보고 못 받았고요."

— 아…….

"별일 없을 거에요. 맞기는커녕 때리기만 했으니까."

— 그래도…….

"걱정 그만해요. 당신 걱정 하기에도 바쁠 때야."

답답함을 못 이기고 뱉은 책망에 대답이 없다. 바르작거리는 숨소리를 놓칠까 귓가에 댄 핸드폰을 더욱 밀착했다.

"……같이 있을래요?"

그러다 본심이 튀어나왔다. 불안한 몸을 옆에 두고 지켜보겠다는 욕심이었다. 권유를 가장했지만 강압을 담은 애원이었다.

"같이 있게 해 줘. 아무 짓도 안 할게. 그냥 옆에만 있을게."

— …….

"응?"

애원에도 늦어지는 대답에 조바심이 났다. 내내 반말로 대하는 게 익숙해지면 일을 하다 실수할 것 같아 이리저리 섞어 쓰던 말도 죄다 놓아 버릴 만큼의 조바심이었다.

허락해 주었으면 하는데. 같이 있고 싶은데.

— 금방 오실 수 있어요?

어설프게 틈이 벌어진다.

"금방 갈 수 있어. 30분, 아니 20분이면 돼."

그 작은 틈을 저는 놓칠 생각이 없다.

— 그럼…….

오세요. 결국 유주의 허락이 떨어졌다. 핸들을 잡은 손이 급하다.

□ ◆ □

"금방 오셨네요."

문을 열어 준 유주는 방금 씻고 나온 사람처럼 말간 얼굴을 하고 있었다.

"금방 오겠다고 했잖아."

보고 싶던 얼굴이라 그런가. 몹시 지친 듯한 물기 어린 얼굴이 애틋했다.

"들어오세요."

유주가 작게 웃는다. 들어선 집 안은 주홍빛의 조명이 밝혀져 있었다. 이전에도 한번 들어온 적이 있긴 했지만 그때는 워낙 정신이 없던 터라 집 안을 살필 겨를이 없었다. 과호흡으로 헐떡이던 유주를 달래는 데에만 정신이 팔려서.

집 안은 전체적으로 휑하고 또 이상하게 예뻤다. 어딘가 비어 있는 느낌. 그럼에도 불구하고 예쁘다는 느낌을 주는 이유는 글쎄— 공들여 선택한 것 같은 가구들의 색깔과 집 안 전체에서 흐르고 있는 독특한 향. 모든 것이 정유주와 다른 듯 닮아 있었다.

"선향 좋아해?"

"네?"

"선향 냄새가 나는 것 같아서."

"아, 맞아요. 싫어하세요?"

다급한 걸음으로 거실을 가로지른 유주가 창문을 열었다. 쌀쌀한 가을바람이 옅은 회색의 커튼을 밀어 내며 들어왔다.

"안 싫어해."

도현이 유주의 곁으로 가 다시 창문을 닫았다.

"그냥 궁금해서 물어본 거야. 선향 귀찮잖아. 디퓨저 같은 것들보다는."

"아—"

안심한 듯 미소를 지은 유주가 테이블 서랍에서 손바닥 크기 정도 되는 종이 상자 하나를 꺼냈다.

"제가 쓰는 선향이에요."

짙은 보라색의 얇고 긴 선향이었다. 선향 특유의 나무 냄새가 느껴졌다. 천천히 기다리면 나무 냄새가 걷히고 무겁고 노골적인 본연의 향이 흐른다. 밀폐

된 공간 안에 겹겹이 쌓인 섬유 냄새 같은. 혹은 누군가의 살냄새 같은. 향수로 치면 머스크 계열의 어떤 것이었다. 으레 방향(芳香)을 위해 사용하는 산뜻하거나 가벼운 느낌의 향은 아니었다.

"이런 취향이야?"

의외였다. 대부분의 사람은 자신과 닮은 향을 좋아하기 마련이니까. 땅 위에 흐르는 바람처럼 어느 한 곳에 머물지도, 잡히지도 않는 유주가 이토록 무겁고 존재감이 강한 향을 좋아하는 게 의외였다.

"저랑 안 어울리는 거 알아요."

정유주도 그걸 아는지 조금 웃으며 말했다.

"근데, 그래도 이런 게 좋아요."

"왜?"

"무거워서요."

유주가 선향 상자를 정리해 다시 테이블 서랍에 넣었다. 피우지 않고 잠깐 꺼내 놓기만 한 것인데도 여운이 강했다.

"무겁고 짙어서 피워 놓으면 다른 생각을 할 수 없거든요. 향에 취한 것처럼."

"……."

"근데 있잖아요, 대표님."

유주가 고개를 들어 눈을 맞췄다.

"대표님한테도 비슷한 향이 나요."

문득 생각이 났다는 듯 말하는 얼굴이 어쩐지 순진해서 모순적이게도 유혹적으로 느껴졌다. 목이 타는 기분에 넥타이를 느슨하게 풀었다.

"일부러 그래?"

"네?"

"날 좋아하지 않을 거라고 해 놓고 그런 말을 하면 어떡해."

내깔린 목소리에 유주가 입술을 문다.

"화내는 거 아니야."

도현이 한숨처럼 조용히 말했다.

"투정 부리는 거지."

스스로가 우스웠다. 유주에 대한 걱정 하나로 달려온 이곳에서 정작 하고 싶은 말은 하나도 못 하고 선향이니 뭐니 그런 질문이나 하는 게 바보 같았다.

그럼에도 몇 시간 전보다 괜찮은 듯 보이는 얼굴에 안심이 되는 것도 우스웠다. 정유주가 좋아한다는 선향과 제게서 나는 향이 비슷하다는 말에 갈증을 느끼는 것 또한 우습기 그지없는 일이었다.

"걱정했어."

진짜 하고 싶던 말을 겨우 했다.

"무슨 일이 일었던 건지 궁금한데 안 물어볼 거야. 말하기 싫을 거잖아."

그대로 유주가 고개를 숙였다.

"그래도 변호사는 만나야 해. 빠르면 내일."

"수현이는……."

"최수현한테 피해 가게 안 해. 법정 싸움 같은 것도 안 할 거야."

분란은 그쪽도 원하지 않을 테니까. 명성이라는 게 원래 고약한 법이라 많으면 많을수록 몸을 사려야 하거든. 그러니 싸움은 물밑에서 은밀하고 지저분하게 일어나야 한다.

"만일에 대비하는 것뿐이야."

싸움판에 서는 이는 정유주도, 최수현도 아니다.

"내가 다 알아서 할게."

도현이 말했다. 막대한 현금이 오가는 동시에 익명 거래가 주를 이루는 미술판에서 나고 자란 게 그였다. 겉모습은 고상하고 우아하지만 속은 썩어 문드러진 이들을 상대하는 게 주 업무인 그에게 이 정도 일은 아무것도 아니었다. 아름다운 얼굴 위에 베일을 쓴 것 같다는 그는 그렇게 세속적인 잔인함을 가리고 사는 것에 익숙했다.

"죄송해요."

"네 잘못 아니야."

"알아요. 그래도 죄송해요. 오늘 중요한 날이었는데."

죄책감이 깃든 얼굴을 말없이 어루만졌다.

제 손 위로 겹쳐지는 작은 손. 그 아래로 난 손목에 눈이 갔다. 붉고 푸른 자국.

뺨을 만지던 손이 손목으로 향하자 유주가 화들짝 놀라며 몸을 물린다. 그래 놓고 스스로가 한 행동에 놀랐는지 당황한 얼굴이 붉었다.

"죄송해요. 그냥 놀라서……."

"다친 곳 없다며."

안 그래야지, 하는데 미간이 절로 구겨졌다.

"없어요."

말과 달리 다급하게 손목을 가리는 모양은 분명 무언가가 있는 것이었다.

"이미—"

화가 나는 속을 누르고 낼 수 있는 가장 부드러운 소리를 내뱉었다.

"이미 상처 다 봤어."

"괜찮아요."

"걱정돼서 그래."

"다친 거 아니에요. 그냥 자국이 좀 남아서……."

"알았어. 알았으니까 좀 보여 줘."

손을 뻗고 기다렸다. 다른 재능은 다 타고나도 인내심만큼은 바닥을 치던 제가 필사적으로 시간을 죽이며 기다렸다.

어디가 어떻게 다친 건지 확인하는 건 둘째고, 경계심 많은 고양이처럼 날을 세운 정유주를 달래는 게 첫째라.

"……."

결국 백기를 든 건 유주였다. 재촉하는 일 없이 손을 뻗고 기다리는 고집에 하는 수 없이 다친 손을 내밀었다. 조심스레 유주의 손을 쥐고 악력이 만든 자국을 살피는 눈초리가 매섭다.

"하……."

매서운 눈을 한 주제에 도현은 한참을 그렇게 안타까워했다.

□ ◆ □

씻고 나온 도현이 침대 한구석을 차지하고 누웠다.

"여기서 주무시려고요?"

잠들기 전 마시려고 차를 우리던 유주가 그 광경을 보고 물었다.

"나 침대 아니면 못 자."

그러면서 도현이 제 옆자리를 두드렸다. 그걸 애써 모른 척한 유주가 거실 소파를 가리켰다.

"저는 소파에서 자면 돼요."

"아무 짓도 안 한다니까?"

모로 누워 한 손으로 얼굴을 받친 그가 결백을 말했다.

"대표님이 불편하실까 봐 그래요."

"전혀 안 불편해."

"불편할 거예요. 제가 워낙 뒤척여서. 잠을 잘 못 자거든요. 중간에 잘 깨기도 하고."

그와 한자리에서 잠드는 불편함은 그런 종류의 것이었다. 키스까지 한 남녀 사이의 새빨간 불편함 말고 현실적인 불편함. 인간 정유주가 가진 불편함이었다.

"아닌 것 같은데."

도현이 긴 눈을 접어 가늘게 만들었다.

"내 옆에선 항상 잘 잤잖아. 사무실에서도, 며칠 전 이 침대에서도."

"그건……."

"한 번도 안 깨던데. 뒤척이지도 않고."

틀린 말은 아니었다. 그의 곁에선 악몽조차 꾸질 않으니.

"할 말 없지?"

그가 손을 뻗었다. 상처 난 손목을 보려 했던 그때처럼 다정하게 내밀어진 손을 맞잡지 않을 이유가 없었다.

"팔베개해 줄까?"

잡아끄는 손에 이끌려 몸을 누이자 그가 물었다.

"원래 이렇게 다정하세요?"

"아니?"

"정말요?"

"그런 소리 처음 들어. 괴팍하다는 소리는 좀 들어도."

"아닌데. 되게 다정한데."

긴장을 유발하는 위압감과 별개로 그는 퍽 다정했다. 비상계단에서도 아파트 복도에서도 지금 이 순간에도 그는 내내 다정했다.

"너한테만 그래."

미소 지은 그가 유주의 목 아래로 팔을 넣었다.

"네가 예뻐서."

여전히 예쁘다던 성윤호의 말이 떠올랐다. 징그러운 음성과 달리 낮고 고요한 도현의 말은 낯을 뜨겁게, 손가락을 말아 쥐게 한다. 똑같은 그의 말이 기분 나쁘지 않은 건 그 때문인가, 아님 저 때문인가. 알 수 없다.

팔베개를 핑계로 넣은 팔이 몸을 끌어안았다. 훅 끼치는 그의 향. 절로 눈이 감겼다. 씻고 나온 지 얼마 되지 않아 비누 냄새가 은은하게 겉돌고 있었지만 매번 그에게서 나던 짙은 향은 조금도 씻기지 않고 그대로였다.

"오늘 하루 고생했어."

"대표님도요."

"내일 많이 바쁠 거야."

"괜찮아요."

"힘들 수도 있어."

묻고 있던 얼굴을 들어 그를 쳐다보았다. 내일 변호사를 만나야 한다고 했으니 그것에 대한 걱정일 것이다. 아무것도 묻지 않겠다던 그의 배려가 내일까지 지속되지는 않을 것이었다.

"내일 변호사님 만날 때요."

"응."

"대표님도 같이 있어요?"

"어떻게 했으면 좋겠는데?"

"……."

"네가 원하는 대로 해. 네가 원하는 대로 할게."

도현이 망설임 하나 없이 대답했다.

말간 얼굴로 당장에 부서질 것처럼 구는 걸 보고 있자면 불가항력이었다.

유주가 다정하다 말했을 때 그는 스스로가 한 모든 행동을 돌아보았다. 제가 다정하다는 말을 듣는 날이 올 줄이야. 처음 들어 보았다는 말이 과장은 아니었다. 저는 다정하기보다는 차가운 편이었고 애정을 주는 것보다는 받는 편에 익숙한 사람이니까.

그렇다고 정유주가 저라는 사람을 완전히 뒤집은 건 아니었다. 저의 마음에는 언제나 정유주를 쥐고 흔들고 싶은 욕망이 존재했고 온전히 차지해 독점하고 싶다는 욕망이 들끓었다.

그런 까만 속내를 내비치지 않는 것은 오직 정유주가 마음을 내어 주지 않았다는 사실 때문이었다.

유주가 제게 이끌리고 있음을 모르는 건 아니었다. 이끌리고 있으니 잡아당기면 품 안으로 들어올 거라는 사실도 알고 있었다.

하지만 그러고 싶은 마음이 들지 않는다. 제가 원하는 건 유주의 선택이므로.

얼어붙은 얼굴로 수현의 곁을 지키는 것처럼 제 곁에 서는 걸 원하지 않는다. 제 발로 걸어 들어와 문을 잠그고 나가지 않겠다 말하는 순간을 기다릴 것이다. 저의 욕망은 그때부터가 시작이다.

"같이 있어 주세요."

정유주가 속삭인다.

"그러면 덜 힘들 것 같아요."

정유주가 저를 시험한다. 아무것도 모른다는 얼굴을 한 채 저를 전적으로 신뢰하고 있음을 드러내며 저를 필요로 한다. 이럴 때면 꼭 정유주에게 저만이 전부인 것 같은 착각이 든다.

이런 순간마다 끝까지 기다리겠다는 저의 다짐은 하릴없이 약해져 무너질 준비를 했다. 얻고자 하는 게 마음이 아니었다면 진작 무너졌을 다짐이었다.

두 눈을 질끈 감고 숨을 뱉었다. 다시 뜬 눈에 정유주가 들어찬다. 불가항력이다.

젠장. 결국 유주의 얼굴을 감싸 쥐고 물었다.

"키스해도 돼?"

"……."

"싫다고 하지 마."

"그럼 왜 묻는 거예요."

그러게. 왜 물었지.

살풋 웃는 얼굴을 끌어당겨 입술을 삼켜 물었다. 이미 벌어진 입술 사이로 오가는 숨이 괴로울 정도로 달다.

이대로 욕심껏 탐하다 보면 아무것도 안 하겠다는 약속을 못 지킬 것 같아 잔뜩 구겨진 얼굴을 한 채 억지로 입술을 떼어 냈다. 괜한 객기로 미움받고 싶지 않아서.

마음을 받지 못했다는 사실 하나가 저를 겁쟁이로 만든다.

12

그날

눈을 떴을 땐 도현이 침대에 걸터앉아 저를 내려다보고 있었다. 언제 일어나 씻고 준비했는지 모를 만큼 말끔한 슈트 차림을 하고 있는 그는 아예 이곳에서 잠든 적이 없는 사람 같았다.

"더 자도 돼."

주말이잖아, 라고 속삭인 그가 웃었다. 머리카락을 쓸어 주는 손길의 다정함이 새벽 내내 등을 토닥여 주던 것과 다르지 않았다.

"아직 아침인데……."

"아쉬워?"

힐끔 바라본 시계의 시간이 일렀다. 무심코 나온 서운함을 알아차린 그가 미소를 띤다.

"나도 가기 싫어."

"……."

"근데 일이 좀 많아서."

상체를 기울인 그가 눈꺼풀에 입을 맞췄다.

그가 저를 만지는 것에 점점 익숙해지는 기분이 들었다. 입을 맞추고 숨을 섞고 품에 안기는 것이 그를 좋아하는 것과는 별개로 익숙해진다.

손을 탄다는 게 이런 건가. 어떤 순간에는 원래 이래야만 했던 것처럼 당연하게 느껴지기도 했다.

그런 그의 품에서 악몽 없이 잠든 덕에 노곤해진 몸이 침대 깊숙이 가라앉는 기분이 들었다.

"저도 가야 하는 거 아니에요?"

"변호사는 오후에 만나도 돼."

"아……."

"아예 만날 필요 없을 수도 있고."

"그럴 수 있어요?"

"내가 오전에 일을 아주 잘하면."

도현이 유주의 뺨을 연신 어루만지며 말했다. 저에게도 어제 일을 말하기 어려워하는 유주였다. 그러니 웬만하면 변호사를 만날 일은 없게 할 생각이었다. 싫어하는 일은 시키고 싶지 않으니까.

"아, 병원 쪽에서 연락받았어."

"수현이요?"

"응, 궁금해?"

몽롱하던 얼굴이 또렷해지는 게 조금 아쉬웠다. 멍한 얼굴이 나름 귀여운데.

"손가락 두 개가 골절이래."

"골절이요?"

"그렇게 놀란 얼굴은 하지 말고. 심하진 않은가 봐. 수술도 필요 없고 그냥 고정하고 치료받으면 될 거래. 불편하긴 하겠지만."

나름 가벼운 목소리를 내는 도현의 노력에도 유주는 하얗게 질려 갔다.

"그럼 지금 수현이는 어디 있는 거예요? 퇴원했어요?"

"아직은 병원일 거야. 흥분 좀 가라앉히라고 잠시 가둬 놨어. 오늘 저녁쯤 퇴원시키려고."

유주가 느릿하게 고개를 끄덕였다. 수현의 상심을 생각하니 마음이 편치 않았다. 평범한 사람이라면 별일 아닐 수도 있지만 붓을 쥐고 물감을 섞고 힘을 주어 덧칠을 해야 하는 수현에게는 재앙과도 같은 일일 것이다.

"그렇게 걱정돼?"

"대표님은 걱정 안 돼요?"

"돼. 근데 네가 이렇게까지 울상을 하니 걱정하기 싫어지네."

도현은 불쑥 치솟는 질투를 농담 섞인 미소로 덮었다. 기이하고 각별한 둘 사이의 우정을 이해하기란 어려운 일이었다. 대놓고 물어보기라도 할 수 있으면 좋으련만. 아직은 유주에게 무엇도 물을 수 없는 자신의 위치가 조금 답답해졌다.

"그렇게 걱정되면 다녀와."

"그래도 돼요?"

"안 될 게 뭐야. 당신이 최수현 전담인데."

수현의 전담 비서로 유주를 밀어 넣은 건 자신이었다. 어디로 튈지 모르는 최수현의 성질머리를 아는 저로서는 정유주가 최선의 선택이었다. 그리고 실제로 효과는 좋았다. 최수현이 싫어하는 온갖 것들이 모인 후원 파티에서도 문제의 사건이 일어나기 전까진 아주 얌전했으니까.

"일 진행되는 상황 보고 전화할게. 나 일하는 동안 당신도 일해."

친구라는 이름으로 있는 한 둘을 떼어 낼 생각은 없다.

"앞으로 남은 작품 진행 상황이랑 이번 부상이 그림 그리는 데에 어느 정도 영향을 미치는지, 전시 일정에 차질이 생길 정도인지 파악해. 할 수 있지?"

유주가 고개를 끄덕였다. 수현을 향한 유주의 걱정이 일에 대한 책임감 속에 희석되기를 바라는 제 마음이 유치했다.

"일 잘하면 사탕 사 줄게."

씨익 웃는 도현과 달리 유주가 어리둥절한 표정을 지었다.

"사탕이요? 갑자기?"

"사탕 안 좋아해?"

도현이 고개를 기울였다.

"사탕을 양손에 쥐고 있길래 좋아하는 줄 알았지."

"제가요?"

"응. 거실 테이블 위에 있는 사진."

도현이 거실을 가리키며 말했다. 유주는 그제야 그가 무슨 말을 하는지 이해가 되었다.

언니와 함께 찍은 사진 속에서 저는 사탕을 양손에 쥐고 있었다. 사진을 찍었던 때는 입시 스트레스가 최고조에 이르렀을 때라 시도 때도 없이 단것을 입에 물던 때였다.

아, 그러고 보니.

유주가 벌떡 일어나 거실로 향했다. 액자를 쥐고 사진 속 제 모습을 응시했다.

뒤따라 나온 도현이 묻는다.

"왜?"

"어떻게 아셨어요?"

"뭐가?"

"사탕 먹고 있는 사람이 저인 거요. 저랑 언니랑 쌍둥인데……."

아무리 쌍둥이여도 너무 똑같다는 소리를 자주 듣던 유주와 유하였다. 가끔은 부모님조차도 이름을 잘못 부르는 실수를 했고 친구들 같은 경우에는 구분하는 걸 포기하기도 했었다.

성인이 되고 나서는 일부러 헤어스타일에 차이를 크게 두어 사람들이 구분할 수 있도록 했지만 이때는 머리 길이나 입고 다니던 옷의 스타일 같은 것도 모조리 비슷했다.

"아는 게 이상한 거야?"

"아뇨, 그게 아니라……. 보통은 잘 구분 못 해서요."

"그래?"

도현이 별일 아니라는 듯 웃었다.

"난 딱 알겠던데. 정유주가 누군지."

□ ◆ □

도현은 이미 제 사무실에 와 있는 성 교수를 보고 여유로운 미소를 지었다. 망나니라고는 해도 자식은 자식인지 일찍부터 걸음을 한 게 우습기도, 안쓰럽기도.

"일찍 오셨네요."

"최 대표."

"제가 보낸 영상은 보셨어요?"

맞은편에 앉아 묻는 도현에 성 교수는 언짢은 표정을 숨기지 못했다.

"하긴. 봤으니 이렇게 와 주신 거겠지만."

"최 대표, 지금 나랑 뭐 하자는 건가."

"뭘 하자고 부른 거 아닙니다."

웃음기를 지운 도현이 말했다.

"뭘 하라고 부른 거지."

윤 비서가 착실하게 세팅한 자료들을 펼쳐 밀어 주니 그는 또 불쾌한 얼굴을 했다. 상황 파악을 덜한 건가. 자존심을 버리지 못한 자태가 영 거슬린다.

"영상으로 보신 것처럼 교수님의 아드님께서 저희 직원을 희롱했습니다."

"희롱이라니."

성 교수의 목소리가 차분했다.

"화장실 안으로 들어가는 것까지만 나온 영상이네. 고작 이런 걸로 희롱이라 하는 건 너무 큰 비약 아닌가."

"들어간 화장실이 하필이면 여자 화장실이고 들어가고 나서는 15분을 넘게 나오지 않았습니다. 저희 직원이 먼저 들어갔으니 여자 화장실이라는 걸 바로 알아차렸을 텐데 왜 나오지 않았을까요."

"그야……. 원래 우리 아이가 술이 좀 약하다네. 파티 도중 술을 마셨으면 그 정도 실수야 할 수 있는 거 아닌가."

도현이 웃으며 다리를 꼬았다.

"제가 아드님을 병원에 보내 놓았다는 걸 잊으신 모양입니다."

"무슨……."

"혈중 알코올 농도 검사 정도는 했다는 소립니다. 요즘 뭐만 하면 술 때문이다, 술이 잘못이다 하는 사람들이 좀 많아야죠. 아드님께서 술이 약한 게 사실인지 한 잔도 안 마신 듯하던데……."

부러 말을 늘인 도현이 성 교수의 불안한 손끝을 안쓰럽게 쳐다보았다.

"뭐, 이런 것보다 더 중요한 건 피해자 진술이겠죠."

"피해자라니."

"저희 직원 말입니다."

성 교수의 낯빛이 눈에 띄게 어두워졌다.

"성 교수님."

"……."

"저는 제 직원을 보호할 의무가 있는 사람입니다. 성 교수님께서 저희 미술관과 수많은 거래를 하고 관심과 지원을 아끼지 않는다고 해서 그 의무가 사라지는 건 아니죠. 그건 성 교수님께서도 이해하시지 않습니까. 만인의 존경을 받는 분이니."

도현이 건넨 자료에는 그가 리연과 진행한 거래 목록도 있었다. 대한민국에서 미술관이란 돈세탁의 장을 뜻하는 또 다른 이름이기도 했다. 그래 봐야 교수인 그가 돈세탁을 해 봤자 뭐 얼마나 했겠냐 싶겠지만 그가 내로라하는 대기업들의 브로커 역할을 했다면 이야기는 달라진다.

"최 대표, 자네…… 나한테 이러는 거 후회하지 않을 자신 있나."

물론 도현에게도 모험은 모험이었다. 성 교수가 리연과 대기업 사이에서 다리 역할을 한다는 건 그 기업을 등 뒤에 두고 있다는 소리나 다름이 없으니까. 하지만,

"약간의 손해는 감수해야죠."

"허—"

"제가 이 자료들을 수면 위로 끌어 올리면 윗분들은 제가 많이 고까울 겁니다. 말 잘 듣던 개가 갑자기 짖는 꼴이니까요."

"그걸 알면서 그러나."

"그래도 어쩔 수 없을 겁니다."

도현이 웃었다.

"불명예스러운 스캔들에 휘말려 언론과 여론의 질타를 받는 성 교수님을 보호하는 것보단 잠시 사나워진 개를 달래는 편이 쉬울 테니까요."

성 교수는 미술계의 존경과 지지를 받는 인사이기에 이용 가치가 있었던 것이다. 고고하고 청렴한 이미지. 그것이 사라지면 이용 가치는 추락하고 쓸모는 당연히 없어진다.

"브로커는 얼마든지 새로 구할 수 있지만 미술관은…… 그럴 수 없다는 걸 교수님도 아시지 않습니까."

성 교수의 늙은 이마에 땀방울이 맺혔다. 제 앞에 앉은 어린 CEO를 흘겨보며 머릿속으로는 재빨리 계산을 시작한다. 그 역시도 사회적 가면을 쓰고 살아온 경력이 만만치 않은지라 빠져나갈 궁리를 포기하지는 않는다.

"쉽게 갈 방법을 제안하겠습니다."

"쉽게 갈 방법이라니."

"앞서 말한 대로 성 교수님께서는 저희 미술관의 소중한 고객이시지 않습니까. 저는 제 직원도 중요하지만 고객도 중요해서요."

도현이 살살 달래는 소리를 냈다.

"제가 원하는 건 아주 간단합니다. 어려운 일도 아니고 막대한 무언가를 지불할 일도 아닙니다."

"말해 보게."

연륜이란 이토록 역겨운 것인가. 이 와중에도 의연한 얼굴을 만들어 내는 성 교수가 나름 존경스러웠다. 뭐, 존경이든 역함이든 상관은 없었다. 이미 최악의 상황까지 상상했을 성 교수는 저의 제안을 거절하지 못할 테니.

"어제 있었던 모든 일에 대한 함구. 그거면 됩니다."

"다 덮어 달란 말인가."

"덮는 건 제가 합니다."

도현이 웃으며 정정했다. 긴 눈꼬리가 휘어진 것이 평소와 다르게 서늘한 기운을 증폭시켰다.

"교수님과 아드님께서는 그저 조용히 침묵만 하세요. 나머지는 제가 합니다."

"……."

"아, 제 직원에게 사과를 해야 할 수도 있습니다. 이건 제가 당사자에게 의사를 묻고 어떻게 하면 좋을지 의논한 뒤 전달해 드리죠. 제 직원이 사과를 받고 싶지 않을 수도 있으니까요."

성 교수의 얼굴이 붉게 달아올랐다. 이미 제 아들이 얼마나 다쳤는지 전해 들은 그는 이 상황이 못내 억울했다.

"최 대표."

"말씀하세요."

"내 아들을 때린 사람은 자네 직원이 아니라고 하던데."

그렇게 늙은 남자는 마지막 도발을 한다. 영업용 미소를 유지하던 도현의 눈이 새카맣게 가라앉는 걸 아는지 모르는지.

"피해자가 때렸다고 해도 지금 내 아들이 얻은 중상을 생각하면 정당방위라고 인정받기 어려울 걸세. 그런데 심지어 피해자가 때린 게 아니라면……."

도현이 피식, 바람 빠지는 소리를 내며 웃었다.

"그쪽은 건드리지 않는 게 좋을 텐데."

꾸역꾸역 쓰고 있던 존대도 내려놓는다.

"내 직원의 뒷배는 나 하나지만 최수현의 뒤에는 온갖 거물이 다 있거든."

"……."

"전 세계가 숨죽여서 기다리고 있다는 최수현의 손가락이 두 개나 골절됐어."

내깔린 목소리가 지독하게 낮았다.

"그걸 당신이 감당할 수 있어?"

단순히 겁을 주기 위한 연출이라기엔 눈동자에 서린 분노가 시퍼렇다.

□ ◆ □

유주는 점심시간에 맞춰 도현이 일러 준 병원을 찾았다. 미리 수현에게 전화를 할까 싶다가도 괜한 망설임에 손가락이 움직이지 않았다.

도움이 간절하던 순간 구세주처럼 등장한 수현의 얼굴이 뚜렷했다. 하얗게 번뜩이는 눈으로 그 어떤 말도 없이 그저 남자를 내리치던 수현도 뚜렷했다. 남자의 얼굴이 피로 물들고 자신의 주먹마저 피범벅이 되었을 때까지 멈추지 않던 수현 역시 뚜렷했다. 구세주였으나 공포스럽던.

VIP 병동은 아무래도 사람이 적었다. 의사나 간호사가 움직이고 있긴 했지만 복도에는 소름 끼치는 적막이 흐르고 있었다.

수현이 있다는 병실 앞에는 경호원으로 보이는 건장한 남자 둘이 문지기처럼 버티고 있었다.

"최도현 대표님 지시로 왔어요. 정유주라고 하면 알 거라고……."

문을 여는 방법은 도현이 알려 주었다. 역시나 문을 가리고 있던 남자 둘이 두어 걸음 물러나 섰다. 안으로 들어서자 보이는 수현은 침대 헤드에 기대앉아 창밖을 보고 있었다.

"수현아."

부르는 소리에 고개를 돌린 수현이 유독 소년 같아 유주는 어린 날처럼 손을 흔들었다. 웃으며 마주 흔드는 손. 그 손엔 보호대가 고정되어 있었다. 유주의 얼굴이 일그러졌다. 말로만 듣던 손가락 골절이 현실로 다가왔다.

"이게 뭐야……."

"괜찮아."

"뭐가 괜찮아."

"별거 아니래."

속상해 죽겠는 저와 달리 수현은 태연했다.

"손가락 골절이 별거 아니야? 아무리 화가 나도 그렇지. 자기 손이 부러지도록 때리는 사람이 어디 있어."

"화가 난 건 알아?"

웃으며 묻는 수현을 보고 있자니 문득 그런 생각이 들었다. 그는 태연한 것이 아니라 고요한 것이라고.

그에게서는 겨울의 물 냄새가 난다. 정말이지 깊고 차가운 물 내음이라 그 속을 휘두르는 조류의 세기 같은 건 누구도 추측할 수 없다. 그러니 그가 웃는다 하여 괜찮은 것은 아니다.

"내가 화가 났다는 건 알아?"

다시 묻는 물음이 꼭 힐난 같아 유주가 몸을 움츠렸다.

수현은 그런 유주를 빤히 쳐다보았다. 유주가 무얼 걱정하는지 알았다. 유주도 그림을 그려 봤으니 손의 부상이 끔찍할 것이다.

하지만 그날의 일은 저로서도 어찌할 수 없는 것이었다. 무얼 생각하고 말고의 겨를 같은 건 없었다. 정신을 차렸을 땐 이미 모든 게 끝난 뒤였다. 불같은 성미 때문에 일어난 일도 아니었고, 뒤를 생각하지 않는 정의감 때문에 일어난 일도 아니었다.

그건 제가 선택하거나 생각하는 그런 영역이 아니었다. 유주는 제가 감정 하나 다스리지 못하는 어린애인 줄 알지만 그건 유주의 앞에서 솔직해지는 탓에 생기는 부수적인 현상일 뿐이었다.

시끄러운 걸 질색하기에 분란도 싫어하고 사람과의 만남을 즐기지 않아 가면을 쓰는 것에도 익숙한 게 저다. 그런 제가 붓을 쥐던 손으로 폭력을 휘두를 일이 생길 거라곤 저도 생각지 못한 일이었다.

"내가 늦었으면 어쩔 뻔했어."

그 생각을 하면 아직까지도 화가 끓었다. 이미 끝난 일이고 지나간 일인 걸 알면서도 만약이라는 가정이 머릿속을 떠나지 않았다.

"내가 늦어서 너한테 무슨 일이 생겼으면 나는—"

"안 늦었잖아."

유주가 다급히 말허리를 잘랐다.

유하와 똑같이 생긴 유주를 곁에 두는 건 이만큼이나 괴로운 일이었다. 형벌이자 고문이고 지겨운 일이자 지치는 일이었다. 차라리 유주가 없다면 유하를 잊는 게 쉬울지도 모른다.

그럼에도 유주를 싸고도는 건 모순적이게도 유주가 유하와 너무 닮아서. 잊고 싶다는 생각이 들어올 틈도 없이 매일 그립기만 한 유하가 유주와 너무 닮아서. 꿈에도 나오지 않는 유하를 볼 수 있는 방법은 유주를 보는 것뿐이니까. 유주가, 유하를 기억하게 하니까.

유하를 잊을 수 없듯 저는 유주를 놓을 수 없다.

"넌 늦지 않았고 난 다친 곳 하나 없이 멀쩡해."

유주는 천천히 말했다. 날 선 눈을 마주하고 달래듯 천천히. 단단히 화가 난 수현을 나무라는 대신 시선을 떼지 않고 부드럽게 말했다.

시간이 조금 걸려도 보채면 안 된다. 한 번씩 화가 나면 잔인해지는 습성의 그를 제 언니인 유하는 이런 비슷한 모습으로 진정시키곤 했다. 이성을 잃으면 짐승과 다를 바가 없어지는 그를 능숙하게 다루는 유하를 보며 언니가 무슨 사육사냐며 웃었던 기억이 스친다.

"하……."

답답한지 한숨을 뱉은 그가 느리게 고개를 끄덕였다.

"무서웠지."

차갑던 시선이 다시금 유해지고 물어 오는 어투는 조심스러웠다.

"조금."

부정하지 않는 대답에 그가 입술을 물고 서글픈 얼굴을 했다. 상처받은 얼굴. 언니를 지키지 못한 그의 죄책감은 언니와 똑같이 생긴 저를 지켜야 한다는 사명감 혹은 책임감 따위로 둔갑한다.

"괜찮아."

수현의 결 좋은 머리카락을 쓰다듬었다. 기다렸다는 듯 무너져 안기는 그를 밀어 내지 않는 건 순전히 그를 위함이었다. 그가 저를 안으며 느낄 위안이 응당 그가 가졌어야 할 평안이라 저는 절대 뺏어서는 안 된다.

"유주야."

"응."

"네가 불안해."

"내가 왜 불안해."

"네가 자꾸 사라질 것 같아."

그가 끌어안은 팔에 힘을 주었다. 숨이 막히는 기분.

"그럴 리 없잖아."

"유주야."

"응."

"유주야—"

"응, 나 여기 있어."

"나……, 네가 형이랑 있는 거 싫어."

이름도 모르는 새끼가 네 손목을 잡고 있는 것도 싫고, 최도현이 널 달래겠다고 끌어안은 것도 싫어. 그 모든 게 다, 못 견디게 싫었어.

"……."

수현은 끌어안은 몸이 싸늘하게 식는 걸 알면서도 말하는 걸 멈추지 않았다. 투정인지, 고백인지 그것도 아니면 고해인지 알 수 없는 말을 도무지 멈출 수가 없었다. 이미 시작해 버린 감정을 숨기기에는 저조차도 감당하기 벅찬 크기라 달리 방도가 없었다.

유하와 닮은 유주를 보는 게 힘들어 죽고자 했다가 유주에 의해 다시 살고자 한 저다. 죽은 유하에 대한 그리움을 화폭에 옮겨 3년을 살다 살아 있는 유주가 그리워 돌아온 것도 저다.

유주가 아픈 게 싫은 것만큼이나 유주가 다른 이에게 닿는 것도 싫다. 상대가 도현이어서 그럴 거란 자기 위로는 이제 통하지 않는다.

유주를 위해 손을 망가트릴 각오를 했을 때, 도현에게 안긴 유주에게서 읽히는 감정이 불쾌함을 넘어 슬픔이 되었을 때 저는 모든 것을 받아들였다.

"최수현."

유주는 그런 수현을 밀어 내며 미간을 찌푸렸다. 수현이 도현을 싫어한다는 것쯤은 알지만, 그가 저를 애틋하게 생각한다는 것도 알지만, 귀에 닿은 말이 곱게 들리지 않았다. 나지막이 읊조리는 말에 섞이면 안 되는 감정이 들어 있었다. 그가 저를 안으며 느끼는 것에 위안 말고 다른 것도 있던가.

"유주야."

수현의 눈이 빨갛다. 아마 저의 눈도 빨갈 것이다. 눈가가 뜨거운 게 눈물이 찬 것 같은데 아래로 흐르지는 않았다. 수현이 미웠다.

수현이 저를 위로의 수단으로 쓰는 건 괜찮다. 그 정도로는 일말의 서운함조차 느끼지 않는다. 저 역시도 수현을 위로의 수단으로 쓸 때가 있으니 피장파장이었다.

그래도. 아무리 그래도 저를 허상으로 만들지는 말아야지.

"나를 뭐라고 생각하는 거야."

말에 가시를 달고 뱉었다. 그의 얼굴이 일그러졌다. 그의 고통은 곧 저의 고통이라 저의 말로 그가 상처받을수록 저 역시 상처받았다.

간혹 엄마가 저를 언니의 이름으로 부르면 죽는 기분이 들었다. 지금도 다를 바 없는 기분이었다. 그가 저를 친구 정유주가 아닌 연인 정유하의 그림자로 보고 있으니 저는 이곳에서도 죽고 있었다.

"네가 나한테 어떻게 이럴 수 있어."

몸이 바들바들 떨렸다. 배신감인가, 아니면 허탈함인가.

그와 저 사이에 오가는 애정이 우정의 차원을 넘는다 해도 그건 같은 사람을 그리워하는 이들의 연대, 같은 상처를 가진 사람들끼리의 동질감 같은 거라 생각했다.

언니가 죽은 이후로 그가 저를 과잉보호하는 행태는 언니를 잃은 데에서 오는 반작용이라 생각했고, 그가 제 곁에 있는 사람들을 경계하는 것 또한 그것에서 기인하는 거라 생각했다. 제가 그랬으니까. 언니를 잃은 고통으로 수현을 잃고 싶지 않았고 수현을 잃고 싶지 않아 수현에게 최선을 다했다. 제 마음과 수현의 마음이 다르지 않다 여겼는데.

"최수현."

말 없는 그를 노려보았다. 눈물이 그렁한 얼굴엔 슬픔이 가득하다. 차오르는 억울함에 고개를 숙이자 그가 뺨을 감싸 왔다.

"유주야."

다정한 목소리.

"유주야, 나 좀 봐."

"싫어. 너를 봐서 뭐 해."

"유주야."

고개를 들고 당황한 얼굴을 죽어라 노려보았다. 세상 무서울 것 없이 살던 그가 유하의 죽음 이후 처음으로 두려움을 느끼고 있었다. 그를 위해서라면 무엇이든 하던 정유주가 세상 모든 증오를 달고 그를 쳐다보고 있었다.

"네가 나를 나로 보지 않는데 내가 너를 봐서 뭐 해."

유주가 울음을 삼키며 말했다. 지난 5년의 시간이 비참했다. 수현이 소중해 저를 버려 가며 그를 아끼던 시간이 비참했다.

수현은 언니가 죽기 전의 저를 기억하는 사람이었다. 시들어 가는 저를 진심으로 슬퍼하는 사람이었다. 저를 낳은 아빠와 엄마마저도 저를 외면하는 와중에 그만큼은 저를 위로하고 안아 주었으니 절대적이었다.

심지어 그는 언니의 연인이었다. 언니의 죽음을 누구보다 괴로워하면서도 제 곁에 남은 사람이었다.

언니와 저를 동시에 알던 사람들 중 대부분은 저를 보는 걸 어려워했다. 죽은 사람이 생각나니까. 저 역시도 가끔은 거울을 보는 것조차 어려울 때가 있는데 남들은 어련할까.

그렇게 하나둘 잃고 남은 게 최수현 하나였다. 제 얼굴을 보며 가끔씩 고통스러워하는 걸 알면서도 그가 저를 견뎌 주길 원했다. 그리고 그는 견뎠다. 그래서 모든 걸 해 주고 싶었다. 정말 모든 걸. 제 모든 걸 포기해서라도 그의 행복을 이루어 주고 싶었다. 그래서 최선을 다했다. 그의 불안을 이해했고 그의 위안이 되길 자처했다.

그런데 그 모든 것이 허상이라니. 그는 저를 견딘 게 아니었다. 그는 제 뒤에 선 언니를 보고 있었다.

"가지 마."

거칠게 일어나 가방을 챙기자 수현이 울먹이며 말했다.

"싫어."

"유주야."

"죽었다고 생각해."

어차피 정유주라는 존재는 생각도 안 했잖아.

"그냥 나도 죽었다고 생각해."

언니가 죽은 이후로 처음, 정유주는 최수현에게 등을 보였다.

13

도망

병실을 뛰쳐나온 유주는 조용히 주저앉았다. 억울하고 비참하고 끔찍해서.

수현에게 저는 무엇이었을까. 물음이 무의미하다. 답은 이미 알고 있으니.

그에게 저는 허상이었다. 사라진 사랑에 대한 미련이자 돌이킬 수 없는 시간에 대한 후회이자 어쩌면 꿈이었을지도. 달콤한 꿈일 때도 악몽이었을 때도 있었을 테다.

"하……."

저에게 수현은 희망이었는데. 정유하의 그림자가 아닌 살아 있는 정유주로 살 수 있음을 알려 주는 희망.

그러나 그게 얼마나 헛된 희망이었는지. 스스로의 어리석음이 가엾다.

그러다 문득 떠오르는 오늘의 아침.

'난 딱 알겠던데. 정유주가 누군지.'

아아. 마음이 괴로워 잇새로 신음이 샜다.

5년간 매일 죽어 가던 저를 매일같이 살려 내는 그가 떠올랐다. 무서울 때마다 나타나 더 무섭게 굴고는 도망치라던 그가 떠올랐다. 어디로 도망치느냐는 물음에 제게로 도망치라던 그가, 그가 떠오른다.

핸드폰을 들어 그의 번호를 찾았다. 도움이 필요한 순간에 늦은 적 없던 그는 이번에도 기다리게 하는 법이 없다.

— 정유주?

낮은 목소리. 매번 저를 두렵게 하고 딱 그만큼 저를 편안케 하는 목소리.

"보고 싶어요."

억지로 누르지 않으니 솔직해지는 건 쉬웠다.

"보고 싶어요, 대표님."

걷잡을 수 없이 튀어나왔다. 눈물이고 진심이고 말할 것 없이 튀어나와 아무렇게나 섞였다.

제 밑바닥을 아는 사람이 보고 싶었다. 제 눈물과 불안을 목격하고도 아무 말이 없던 사람이 보고 싶었다. 무너질 때마다 나타나 저를 일으키던 사람이, 벽을 치고 밀어내면 그만큼 더 다가오던 사람이 지금 이 순간 너무도 간절히.

그는 저를 아는 사람이었다. 5년 전의 정유주가 아닌. 정유하가 아닌. 지금의 정유주를 아는 거의 유일한 사람이었다.

— 무슨 일이야.

단호한 음성 속에 묻은 걱정이 여느 때와 마찬가지로 뜨겁고 다정했다. 그 뜨거움이 무서워 매번 뒷걸음질을 쳤었다. 사실은 그 뜨거움이 가진 다정함이 가장 두려웠는데.

그가 내어 주는 것들이 전부 달아서 그것에 익숙해질까 무서웠다. 도망치고 싶은 저에게 도망치라 말하는 그가, 가고 싶지 않은 저에게 가지 말라고 말하는 그가 매 순간 달아서 두려웠다. 형벌 속에서 살고자 다짐한 저를 안락 속으로 이끄는 그가 괴로울 정도로 무서웠다.

— 어딘데. 거기로 갈게.

그를 무엇이라 부를까.

"제가 갈게요."

지옥으로 향하는 저를 막는 구원자일까. 아니면 지옥에서 저를 기다리는 그곳의 주인일까.

숱한 번뇌 속에서도 그가 누구인지 궁금했지만 이젠 그를 밀어낼 힘이 남아 있지 않았다. 그가 필요했다.

"대표님 집으로 갈게요."

갑작스러운 전화에 당황스러울 법도 한데 그는 침착하고 차분했다. 조금 멀리 있으니 기다려야 할지도 모른다는 말을 덧붙이고 현관 비밀번호를 알려 줄 테니 들어가 기다리라는 말을 했다. 기다리고 있으면 최대한 빨리 가겠다는 말과 함께.

길을 잃은 미아처럼 병원 앞을 떠나지 못하던 저는 그렇게 그에게로 걸음을 옮겼다. 그는 제가 느린 답을 할 때마다 명령을 해서라도 움직이게 했으니 이번에도 그와 다르지 않았다.

마음이 편했다. 생각하고 걱정하는 것에는 이제 진절머리가 났다.

그의 집에 도착한 유주는 수현의 그림이 걸린 복도를 지나 거실 소파에 몸을 묻었다. 그가 없어도 이미 그와 함께 있는 기분이었다. 도현의 향이 가득했다.

등받이에 몸을 깊게 기대고 눈을 감았다. 모든 게 고단하다.

도현과의 연락을 끝으로 무음 설정을 한 핸드폰에선 수현의 전화가 끝도 없이 이어졌다. 이대로 두면 범람하는 불안을 이기지 못할 그가 걱정되었다. 이 지경이 되어서도 수현을 걱정하는 꼴이 한심했지만 습관이란 건 무서운 거였다.

보고 싶지 않다는 말에 울음으로 무너지던 하얀 얼굴이 떠올랐다. 무표정을 할 때면 가시 돋친 내면이 다 드러나는 주제에 여리고 예민한 천성은 그렇게나 무르고 나약해 마음을 저릿하게 한다.

결국 핸드폰의 전원을 껐다.

"정유주."

마침 도어록이 풀리는 소리와 함께 그의 목소리가 들렸다. 유령의 걸음처럼 조용하던 평소와 달리 거친 걸음 소리. 눈을 감아도 선명한 그의 존재감에 눈꺼풀을 들어 올렸다.

소파에 앉은 저를 본 그가 그대로 바닥에 한쪽 무릎을 꿇었다. 올려다보는 그의 눈이 언제나처럼 새까맣다.

"무슨 일이야."

"빨리 오셨네요."

"무슨 일이냐고 묻잖아."

미간을 찌푸린 그를 보는데 이상하게 웃음이 나왔다. 매 순간이 두렵던 그가 이제는 무섭지 않다.

그대로 상체를 기울여 그의 이마에 머리를 맞댔다. 느껴지는 열띤 체온에 벌써부터 몸이 노곤해지는 느낌이 들었다.

"정유주."

긴장이라도 한 듯 멈칫한 그가 말했다.

"뭐 하는 거야, 지금."

"도망이요."

"……."

"도망치라고 했잖아요. 무서우면."

그의 얼굴을 감싸 짧게 입을 맞췄다.

"너……."

"좋아해요."

"……."

"대표님이랑 같이…… 같이 있고 싶어요."

안전하고 단단한 그곳에.

그의 곁에 있고 싶다는 욕심은 그가 저를 처음 구했던 그날부터 피어오른 간절하고 절실한 욕망이었다. 그가 좋은 건지, 그의 곁이 좋은 건지는 애써 구분하고 싶지 않다. 구분한다 한들 달라질 건 없을 테니. 그저 원하는 건 그의 곁이 전부다. 다른 모든 곳이 흔들려도 유일하게 안전한 그곳. 최도현의 곁.

"곁을…… 주세요."

"정유주."

"제발요."

흐느끼며 속삭이니 그가 붉은 눈가를 찌푸렸다. 느리게 움직이는 눈동자가 저를 훑는 듯하고 점점 거칠어지는 숨소리는 적나라한데 두렵다는 마음은 들지 않는다.

"지금 네가 무슨 말을 하는지 알아?"

"알아요."

"모르는 것 같은데."

도현은 혼을 내듯 매정한 투로 말했다. 어쩐지 서러워져 너른 어깨를 부여잡았다. 좋아한다 말하고 곁을 달라 말했는데 무얼 더 설명해야 할까. 애초에 설명이 필요한 게 아니라면—

고개를 기울여 조금 전과 마찬가지로 입을 맞췄다. 왜인지 벌어지지 않는 입술을 혀로 적셔 열어 달라는 애원을 전하니 맞붙은 입술이 조용히 멀어진다.

"그만—"

단호한 목소리로 애태우듯 떨어진 그가 낮고 뜨거운 숨을 뱉으며 허리에 팔을 두른다.

"곁을 주면, 넌 뭘 줄래."

"뭘 줄까요."

"전부 다."

짙게 가라앉은 눈에는 속을 알 수 없는 욕망이 파도처럼 넘실거리고 있었다.

"전부 다 줘."

저의 무엇을 원하기에 이리 들끓고 있을까. 저는 가진 것이 별로 없는데. 저의 고통도 그는 갖고 싶을까. 저의 죄나 악몽 따위도 그는 갖고 싶을까. 그에게 전부를 주면 저에게 무엇이 남을까.

"아무것도 생각하지 말고 다 줘. 내가 널 다 가질 수 있게."

빈틈없는 시선 사이로 형체 없는 갈증이 차올랐다. 허리에 둘러진 팔이 단단해지는 게 느껴졌다. 그가 원하던 대로 생각은 들지 않는다. 이성이 빠져나간 자리에 욕망이 들어차고 있었다. 닿으니 더 닿고 싶은 마음.

"그럴게요. 전부 다 줄게요……."

"후회하지 마."

어쩌면 그의 곁을 얻는 방법쯤이야 이미 알고 있었는지도 모른다.

"후회 안 해요."

그 말이 신호탄이 되었다. 그는 낮추고 있던 몸을 일으켜 얼굴을 붙들고 입술을 삼켰다. 순식간에 뒤바뀐 높이의 우위로 들린 고개가 아픈 것도 잠시 멀어지는 게 싫어 그의 목에 팔을 둘렀다.

도현이 목 뒤로 감겨 오는 유주의 팔을 느끼며 미간을 구겼다. 울음소리가 섞인 목소리로 다짜고짜 전화해 온갖 걱정을 다 하게 만들더니 기어이 좋아한단 말로, 곁을 달란 말로 모든 걸 잊게 만드는 정유주라는 존재가 다급했다.

입맞춤은 이로써 벌써 세 번째였다. 그런데도 뜨겁게 타올라 새카만 재가 될 것 같은 기분이 들었다.

혀끝에 닿는 여린 살이 자꾸만 도망 다니는 게 거슬려 뒷목을 당기니 으음, 하고 칭얼거리는 소리가 났다. 음절이라고 부를 수도 없이 작은 그 소리가 불씨가 되어 난폭한 불길이 된다.

다 씹어 삼켜야지. 전부 씹어 삼킬 거야. 겨우 쥔 너를 전부 다 씹어 삼킬 거야.

도현이 유주를 훌쩍 들어 올렸다. 폭삭 안긴 몸을 알면서도 도망갈까, 하는 염려에 침실로 향하는 걸음 내내 혀를 섞었다.

"하아……."

"다시 말해 봐."

이마를 맞댄 채 숨을 고르며 물었다. 대답을 하기도 전에 침대 위로 쏟아진 몸은 벌써부터 달아올라 있었다.

"다시 말해 보라니까."

아무렇게나 벗은 재킷을 바닥으로 던지고 거친 손길로 넥타이를 풀면서도 듣고 싶은 말이 간절해 재촉을 멈추지 않는다.

"전부 다 줄게요."

"……."

"좋아해요, 대표님."

아— 고개를 꺾어 목을 푼 도현이 하얀 목 위에 얼굴을 파묻고 숨을 쉬었다. 들이쉬는 족족 단내가 돈다. 고작해야 살냄새에 불과하다는 걸 알면서도 그것이 꼭 정유주의 영혼이라도 되는 듯 정신이 아찔해졌다.

신기루 같은 정유주. 제가 좋다면서 더는 좋아하고 싶지 않다던 정유주. 눈길이 떨어지지 않을 만큼 어여쁘면서 눈길을 주면 숨어 버리는 정유주.

그런 신기루가 저만 보면 붉은 낯을 숨기지 못하니 욕심이 끓는 건 당연했다.

정유주가 무슨 심경의 변화를 느낀 건지는 중요하지 않았다. 중요한 건 그저 정유주가 선택을 했다는 것. 그것뿐이었다. 저는 이제 더 이상 기다릴 필요가 없고 숨길 필요도, 인내할 필요도 없다는 것. 그것뿐이었다.

정유주가 저를 원하는 게 확실해진 순간부터 타오른 이 열기는 저도 감당할 수 없다.

피가 몰려 빨개진 입술 사이로 새는 얕은 호흡과 신음을 입술로 덮어 삼켰다. 그것도 모자라 턱을 쥐고 조금의 틈도 허용하지 않았다. 그 작은 숨소리 또한 제 것이어야 했다.

"예뻐."

이제부터는 전부, 전부 다 제 것이어야 한다.

블라우스의 감촉을 따라 허리를 어루만지다 옷자락을 끌어 올려 드러난 살갗을 감싸듯 쥐었다. 손이 닿는 것만으로도 들썩이는 몸에 일일이 입을 맞추고 둥근 가슴을 힘주어 잡았다. 손에 차는 감촉과 함께 흐으, 얇게 앓는 소리가 났다.

잠시 상체를 일으켜 긴 머리칼을 펼치고 누운 유주를 살폈다.

달뜬 숨, 붉어진 귓가, 눈물 단 눈꼬리가 하나같이 전부 제 취향이라 헛웃음이 나왔다.

"그림 보고 반한 적은 있어도 사람한테 반한 적은 없는데."

일부러 이렇게 만든다 해도 못 만들겠네.

"반하셨어요?"

다 풀린 눈을 한 주제에 당돌한 물음을 하는 게 사랑스러웠다.

생각해 보면 비상계단에서의 만남은 결심의 계기일 뿐이었다. 면접을 보기 위해 들어오던 그 순간부터 우는 얼굴이 궁금했다. 원래 인간의 본능이란 조금 습하고 잔인해서 예쁘고 귀한 것을 보면 가둬 두고 독점하고 싶은 거잖아.

머릿속을 떠도는 난잡한 생각을 정리하고 나자 웃음이 나왔다. 그래, 기꺼이 그렇다고 대답하며 귀를 물었다. 처음부터. 널 처음 보았을 때부터 반해 줘고 싶고 갖고 싶었다고 끊임없이 젖은 귓가에 속삭였다.

홍조를 띤 얼굴을 쓰다듬자 그 손길을 따라 고개를 움직이던 유주가 느릿한 몸짓으로 제 손을 맞잡았다.

"……."

유난히 조심스러운 움직임에 조급해지는 마음을 억지로 누르고 기다리니 제 손을 장난감처럼 조물거린다. 그러다 이내 닿는 입술. 신기루 같은 얼굴이 손바닥 위에 안착한다.

"하—"

제 손에 기대 눈을 감은 얼굴이 아찔할 정도로 평화롭다.

"너를 어떻게 할까."

그 평화를 온전히 지켜 주고 싶기도, 전부 빼앗아 부수고 싶기도 했다. 눌러 놓은 가학심과 소유욕에 불이 붙는다.

"으읏……!"

하얗게 드러난 목에 이를 세워 물었다. 자극에 면역이 없어 지레 겁을 먹은 유주의 손을 맞잡았다. 그리 세게 물지도 않았건만 붉게 오르는 여린 살이 마음에 들었다. 딴 놈 손에 잡혀 난 자국은 그렇게 마음이 아팠는데 사람 마음이란 게 이처럼 간사하다.

"아파요……."

더운 숨을 뱉어 내는 입술이 예쁘다. 부드럽게 물어 달래는데도 가빠지는 숨이 여려 부서질까 무서웠다. 그럼에도 저의 타액으로 번들거리는 살결은 좋아서 멈출 수가 없고. 지독한 딜레마였다.

너를 어떻게 해야 할까. 겁이 많은 너를. 어떻게 하면 완전히 손에 쥘 수 있을까. 겁이 많아서 나를 두려워하고, 겁이 많아서 내 곁의 안락을 즐기는 너를 어떻게 해야 할까. 힘을 주어야 하는 걸까, 풀어야 하는 걸까.

고민이 많았다. 이래서 사람이 아닌 것에만 욕심을 내는 건데. 이미 늦은 후회를 했다.

잔뜩 흐트러진 블라우스를 벗겨 내고 살짝 들린 허리 아래로 팔을 넣어 안았다.

"아플까요?"

유주가 제 셔츠를 붙들고 말했다.

"아픈 건 싫은데……."

풀이 죽은 목소리에 웃음이 나왔다. 파들거리는 손가락을 떼어 입안에 넣고 느릿하게 굴렸다. 노골적인 감촉이 부끄러운 건지, 내내 맞추고 있는 시선이 부끄러운 건지 질끈 감아 버리는 눈이 보였다.

"아프지 않을 거야."

아껴 줄게.

"많이, 아껴 줄게."

아껴 주는 방식이 마음에 들지는 모르겠지만. 내가 널 사랑하는 방식이 마음에 들지 모르겠지만.

"아프지 않게……."

고개를 끄덕인 유주가 입을 열었다.

"아껴 주세요."

속삭이는 목소리가 발칙하다.

고개를 숙여 하얀 어깨를 물었다. 깨물어 붉게 만든 자리 위로 가볍게 입을 맞춘 뒤 거추장스러운 속옷을 끌어 내렸다.

"넌 피부도 약한가 봐."

울긋불긋 제가 낸 자국들을 보았다.

"스치기만 해도 자국이 남는 걸 보면."

손끝으로 매만지면 지레 겁을 먹고 움찔하는 몸에 심술이 났다. 실로 힘 조절을 하느라 애먹는 중이라. 조금만 잡아 쥐어도 손자국이 남는 게 보였다. 아픈 게 싫다, 친히 당부한 걸 생각하면 힘을 풀어야 하는 게 맞는데.

"……싫어요?"

젖은 눈으로 물으면 어쩌라는 건지. 제가 새긴 붉은 자국들을 볼 때마다 눈이 돌 것 같다고 말하면 되는 건지. 마음 같아서는 몸 구석구석 낙인을 찍듯 물어뜯고 싶다고 하면 겁먹을 거면서 묻긴 왜 묻는지.

"아니, 좋아."

할 수 있는 말은 이 정도가 전부였다. 힘이 빠진 몸을 제 쪽으로 죽 끌어당겨 하체를 바짝 붙였다.

"날 때려도 돼. 할퀴어도 되고 욕을 해도 돼."

"……."

"하지 말라는 말만 하지 마. 네가 하지 말라고 하면 안 할 거니까."

그러니 제발 그 말만은 하지 마. 이마에 입을 맞추며 말했다. 미약하게나마 끄덕여지는 얼굴을 확인하고 나서야 천천히 몸을 움직였다.

"흐읏……."

말간 눈이 찡그려지는 걸 놓칠세라 끊임없이 시선을 좇으며 파고들었다. 젖혀지는 가는 목에도 입을 맞춘다.

"으읏, 흣……."

새빨갛게 벌어진 입에서 짧은 신음이 흘렀다. 눈물 맺힌 눈꼬리가 안쓰러워 가득 끌어안고 달랬다. 그런 와중에도 저를 감싸는 몸이 아뜩하다.

"흣, 흐읏, 하아……."

"하……."

움직임이 빨라질수록 앓는 소리가 높아졌다.

"대표님, 흐읍……. 아파……. 아파요."

"쉬이……."

도리질까지 치며 아프다는 말에 도현이 움직임을 멈췄다.

마음이야 아프다는 말 따위 무시하고 안고 싶었다. 그런데도 욕망을 누른 건 정유주의 우는 얼굴이 좀 과하게 예뻐서. 그걸 보고 있으면 들어찬 심술마저 사그라져 그저 유주가 원하는 걸 내어 주고 싶어졌다.

빨갛게 변한 귀 끝을 아프지 않게 물었다가 더운 숨을 불어 달래기를 여러 번. 흐느낌이 가라앉는 기색을 확인하고는 다시 허벅지를 붙들었다. 다시 움직이려는 걸 직감한 유주가 반사적으로 입술을 씹었다.

"스읍—"

깨물린 입술을 엄지로 문지르며 달래자 부은 살덩이가 힘없이 벌어졌다. 빨갛게 색이 오른 입술을 머금으니 비릿한 맛이 났다.

"피 나잖아."

혼을 내듯 엄한 소리를 내자 힘없는 고개가 풀썩 돌아갔다.

"피하지 마."

턱을 쥐고 눈을 맞췄다. 순간적으로 움찔한 유주가 눈을 감는다.

"눈 떠야지."

짐짓 다정한 어투에도 꼭 감은 눈은 떠질 줄을 몰랐다. 도현이 어쩔 수 없다는 듯 하얀 다리를 어깨 위에 올리고 동그랗게 솟은 복사뼈와 가는 발목에 차례로 입을 맞추며 몸을 움직였다.

"흐읏……!"

튀어나온 신음과 움찔하는 몸.

"나 보라니까."

그제야 감겨 있던 눈이 가늘게 떠졌다. 그 작은 틈으로 흐르는 눈물에 붉어진 뺨은 이미 푹 젖어 있었다. 도현이 그것들을 손등으로 무심히 쓸었다.

"많이 힘들어?"

"손……."

"응?"

"손잡아 주세요."

침대 시트를 쥐고 있던 손이 바들거리며 내밀어졌다.

아, 예쁘다. 절로 드는 감탄에 애 같은 미소가 지어졌다.

정유주의 부탁을 거절할 이유가 없었다. 손가락 사이사이에 제 손을 끼우고 힘을 주어 잡았다.

"하, 하아……."

맞잡은 손의 온기를 느끼며 움직였다. 제가 움직이는 대로 흔들리는 하얀 몸이 좋아 자꾸만 거칠어지려는 걸 참는 게 어려웠다.

"흐윽……. 하아……."

허리를 숙여 상체를 기울이자 기다렸다는 듯 목을 감아 오는 팔과 이제는 시선을 피하지 않는 젖은 눈이 기특했다.

그대로 입술을 삼켜 물었다. 움직일 때마다 맞닿은 입술 사이로 신음이 샜다. 한 자락의 신음도 놓치지 않겠다고 벌어진 입술 사이에 정신없이 혀를 집어넣었다. 이 모든 것이 이제는 제 것이다.

"하앗……. 하, 아, 아껴 준다고…… 했으면서……."

잠시 떼어 낸 입술 사이로 유주가 칭얼거렸다.

"지금은, 아니야."

아직 내가 널 전부 삼키지 않았잖아.

"지금, 하, 하읏……!"

남김없이 씹어 삼키고 나면, 그때 아껴 줄게.

"으으읏, 언제, 흐읏!"

끊어져 나오는 소리가 애달팠다. 원망하듯 젖은 소리를 내는 와중에도 제 어깨에 얼굴을 기대는 모양이 예뻤다.

"흐읏, 흡……."

쾌락과 고통 사이에서 신음하는 유주의 입술 위로 다시금 도현의 입술이 내려앉았다. 입을 물고 놓지 않는 도현 때문에 유주는 소리 하나 제대로 뱉지 못하는 꼴이 되었다.

그래도 이 편이 낫다고 생각하는 유주였다. 저의 쾌락도, 저의 고통도, 저의 기쁨이나 수치심도 그가 전부 씹어 삼키는 기분이 들었다.

"하아……."

"다른 생각 하지 마."

도현이 유주를 품 안에 가두고 몸을 더 깊게 붙였다.

살끼리 부딪치는 적나라한 소리, 서로의 입에서 나오는 더운 숨, 추락할 것 같은 아찔함이 몸을 덮을수록 유주는 더 필사적으로 너른 어깨를 끌어안았다.

"하앗……!"

주룩주룩 흐르는 눈물과 함께 유주가 바들바들 몸을 떨었다. 그 위로 포개진 도현이 여운을 즐기듯 몇 차례 더 움직이고 나서야 방 안엔 겹쳐진 숨소리만 남는다.

땀에 젖은 몸이 신경 쓰일 틈 없이 나른함의 무게가 유주를 덮쳤다. 느리게 깜빡이는 눈을 만족스럽다는 듯 바라본 도현이 이마와 뺨에 입을 맞추고 꽤 오랫동안 유주를 안은 팔을 풀지 않았다.

□ ◆ □

새벽이 되어서야 눈을 뜬 유주는 저를 안고 잠든 도현을 가만히 쳐다보았다. 오후부터 늦은 저녁까지 저를 붙들고 떨어지지 않던 사람이 맞는지 고요한 얼굴이 신기했다.

"아아……."

순간의 뒤척임에 허리 앓는 소리가 절로 났다. 이어 단단한 팔이 감겨 왔다. 깊은 잠에 빠진 사람처럼 감겨 있던 눈이 그림처럼 떠진다.

"아파?"

"아……."

대답 대신 나오는 거친 쉿소리에 유주가 입을 다물어 버렸다. 몇 시간에 걸쳐 달뜬 소리를 뱉어 그런가. 목이 아주 제대로 나간 듯했다.

그 모습에 도현이 몸을 일으켜 침실을 나갔다. 다시 돌아온 그의 손에는 물이 들려 있었다. 가까이 다가와 친히 입술 앞까지 대령해 주는 모양이 다정하다.

"천천히 마셔."

다 마실 때가지 뚫어져라 유주를 보던 그가 컵을 물리기 무섭게 입을 맞췄다. 뜨거운 혀가 찬물로 씻긴 입안을 정신없이 헤집는다. 으응, 버거운 소리를 내며 어깨를 밀어 내자 지난밤과 달리 순순히 밀린다.

"어디 가둬 두고 싶다."

진지한 얼굴로 뱉는 말에 유주가 헛기침을 했다.

"그런 말을 할 때는 좀 웃으면서 하세요."

"왜?"

"진심 같아서 무서워요."

"진심인데."

그가 어깨를 으쓱이더니 다시 허리를 감아 왔다. 체중을 실어 기울이는 탓에 일으켰던 몸은 속절없이 쓰러지고 만다.

"제가 무슨 물건이에요?"

설핏 웃음을 흘린 유주가 묻자 도현이 손등으로 붉게 물든 뺨을 쓸었다.

"아닌 거 아니까 이렇게 참지."

"와……."

"이제 와서 후회해도 늦었어."

뻔뻔하고도 단호한 도현을 보며 유주가 고개를 끄덕였다.

"후회는 안 해요. 그냥…… 떠도는 소문이 다 맞았구나 싶어요."

"소문?"

"대표님 소문 모르세요?"

의의라는 듯 유주가 묻자 도현이 재미있다는 얼굴로 눈썹을 들어 올렸다. 평소의 그는 필요한 정보 외에는 딱히 가십거리에 관심이 없었다. 애초에 가십의 반은 허무맹랑한 것들이 대부분이라.

"말해 봐. 뭔지 궁금하네."

하지만 유주가 들었다는 소문이 무엇인지는 괜히 궁금해졌다.

"음, 너무 많은데."

"그렇게 많아?"

"적지는 않죠. 제일 그럴듯했던 건 미술관 지하 창고 얘기였어요."

"지하 창고?"

"네, 대표님만 열 수 있는 창고가 있다고 했거든요. 미술관 지하에. 혹시 없어요?"

도현이 고개를 저었다. 창고 같은 거야 많지만 비밀 창고라 부를 만한 건 딱히 없어서. 더군다나 지하라면 주차장 말고는 없었다.

"정말 없어요?"

"내가 거짓말을 왜 해."

"에이, 아쉽다. 대표님한테 구경시켜 달라고 하려 했는데."

진심으로 아쉬워하는 얼굴에 도현은 그랬어? 다정히 물었다.

"수집벽이 심해서 구하기도 어려운 온갖 보물들이 가득 차 있다는 소리가 있었거든요."

"시시해."

"어마어마한 변태라는 소문도 있었어요."

"그래?"

"그래서 그 얼굴을 하고도 애인이 없는 거라고……."

"아—"

도현이 의도적으로 말끝을 늘였다.

"네 생각은 어떤데."

미소 띤 얼굴이 짓궂다.

"소문만큼 어마어마한 것 같아?"

"아니, 뭐……."

"소문보다 별로야? 실망했어?"

"네? 아뇨. 실망 안 했는데……요."

단호하게 튀어나오는 대답에 도현이 끅끅 소리까지 내며 웃었다. 유주가 창피함에 붉어지는 걸 보면서도 웃음소리는 멈추지 않았다.

"귀여워."

"갑자기요?"

"응, 사랑스러워."

돌려 말하는 법을 모르는 도현은 차오르는 애정을 굳이 숨기지 않았다. 일을 할 때조차 정공법을 즐기는 그였으니 애정의 방향 또한 우회하는 법 없이 그저 곧기만 하다.

"나한테 다 주겠다던 약속 지켜."

"……."

"나도 다 줄게. 원하는 무엇이든 줄게. 비밀 창고도 원하면 만들어 줄게."

긴 눈매가 서늘함을 뿜어내며 맹세 아닌 맹세를 했다.

"그러니 옆에 있어. 언제든 도망치게 해 줄게."

유주는 대답 없이 도현을 쳐다만 보았다. 저는 이미 그에게 도망쳤는데 그는 보이지 않는 걸까.

그가 손가락 끝 하나하나에 입을 맞췄다. 애가 닳는지 간절했다. 어딘가 울컥하는 마음에 유주가 그의 품 안으로 파고들었다. 등 뒤로 단단하게 감기는 팔의 감촉. 믿을 수 없이 견고해 온몸으로 안정감이 퍼졌다.

벌을 받더라도 이 품이면, 이 품 안에만 있으면 조금 덜 아프지 않을까.

유주가 그 상태로 고개를 끄덕였다. 열렬한 눈을 보고 대답하기에는 심장이 너무 뛰어서 하는 수 없었다.

14

침묵의 끝

수현이 이젤 앞에 앉아 붓을 들었다.

벌써 일주일째였다. 유주는 병실을 뛰쳐나간 이후로 저의 모든 연락을 거부했다. 제 잘못이었다.

"하……."

잡히지 않는 정신에 결국 붓을 내려놓았다. 그러고선 다시 쥔 핸드폰. 익숙하게 눌리는 열한 자리 번호로 받지 않을 전화를 걸었다.

길어지는 신호음. 길어지고 길어져도 그 끝은 거절이었다.

그는 불쑥 피어오르는 상상에 눈을 감았다.

유주에게 무슨 일이 생긴 건 아닐까. 혹시 아픈 건 아닐까. 어쩌면 다친 건 아닐까.

그러다 만약—

"안 돼."

쿵—

멀쩡하던 이젤이 부서져 바닥을 구른다.

"절대 안 돼."

□ ◆ □

고작해야 30분. 아니 20분이었나. 저보다 수업이 먼저 끝나는 유주가 있어야 할 곳에 없었다. 매번 저를 기다리던 장소는 이곳이 맞는데.

혹시나 남겨 놓은 문자라도 있을까 싶어 핸드폰을 확인했지만 그런 것은 없었다. 당장에 전화를 걸어도 응답은 없었다. 멀쩡하던 정신이 미칠 것 같은 불안으로 점철되는 건 순식간이었다.

캠퍼스 전체를 뒤졌다. 유주가 수업을 받는 건물부터 식당, 과방, 광장 그리고 주차장까지. 유주가 갈 만한 곳은 다 뒤졌는데도 찾을 수가 없었다.

"안 돼……."

미친 사람처럼 캠퍼스를 뛰어다니는 동안 짓궂은 상상은 생생해지고 선명해졌다. 유주가 다치고, 아프고, 결국엔 죽는. 얼마 전 제 곁을 떠난 저의 연인처럼 그렇게.

"안 돼. 절대 안 돼."

가진 종교가 없어 빌 대상도 없었다.

유하가 죽었는데. 정유하가 죽었는데 정유주까지 데려갈 순 없어. 이미 내 전부가 죽었는데 겨우 남은 정유주까지 앗아 갈 순 없어.

그래서 그렇게 악을 썼다. 절대자가 존재한다면 듣겠지, 생각하며.

유하가 죽었는데, 유주까지 죽으면 정말이지 다 죽여 버릴 생각으로 그렇게.

— 수현아!

"너, 진짜……!"

그때 딱 유주에게 전화가 왔다. 쌓인 부재중 전화에 놀란 듯 제 이름을 부르는 목소리가 순진했다. 복학한 동기를 만나 잠깐 이야기를 나눈다는 게 그만 길어졌다고 설명하는 목소리가 미웠다.

나는 이렇게 지옥 속을 헤맸는데 너는 왜 이렇게 태평해. 넌 왜.

"어디야."

— 응?

"어디냐고."

유주는 저와 멀지 않은 곳에 있었다. 그곳으로 가기 위한 걸음이 뜀박질로 바뀌는 동안에도 전화는 끊지 않았다. 괜히 전화를 끊었다가 그 짧은 찰나에 유주가 다칠까 봐. 그 짧은 시간조차 칼날이 되어 유주를 해칠까 봐. 쓸데없이 과도한 상상은 저로 하여금 가늘게 연결된 전화 따위에도 목숨을 걸게 했다.

"정유주."

멀쩡한 몸으로 서 있는 유주를 두 눈으로 확인하고 나서야 겨우 마음을 가라앉힐 수 있었다.

엉망이었을 제 상태를 보고 말간 얼굴을 굳힌 유주는 무슨 일이냐고 물었지만 구태여 대답하지 않았다. 그저 끌어안고 제 상상이 틀렸음을 확인하고 또 확인했다.

유주는 다치지 않았다는 걸. 유주는 아프지 않다는 걸. 유주는 죽지 않았다는 걸.

그렇게 숨으로, 시선으로, 손길로 모조리 확인하고 나서야 광기로 뒤집혔던 마음을 가라앉힐 수 있었다.

"괜찮아."

유주는 그런 저의 등을 쓸며 말했다. 으스러질 정도로 끌어안은 터라 불편할 법도 한데 한마디 불평도 하지 않고 그저 말했다. 괜찮아. 괜찮아.

유주는 저의 불안과 집착을 유별난 것으로 취급하지 않았다. 유주도 저를 볼 때면 언제나 불안이 가득한 눈을 하곤 했으니 저와 자신이 아마도 같은 마음일 거라고, 그렇게 생각하는 듯했다.

그래서 저도 그렇게 생각했다. 유주의 불안과 저의 불안은 같은 것이라고. 유주도 저를 불안해하니 저도 유주를 불안해하는 게 당연하다고.

"다신 이러지 마."

작은 어깨에 얼굴을 묻고 말했다.

"다신, 다신 이러지 마."

"그럴게."

막무가내인 제게 유주는 순하게 답했다. 유주가 이리 대답할 거라는 건 알고 있었다. 유하의 죽음 이후로 유주는 제게 줄곧 이랬으니까. 제가 원하는 건 무엇이든 해 줄 것처럼. 제가 원한다면 그게 무엇이든 감당할 것처럼.

□ ◆ □

수현은 유주에게 메일 하나를 보냈다. 받지 않는 전화와 응답 없는 문자에 지쳐 선택한 방법이라기엔 조금 강압적이었다. 그렇다고 협박을 한 건 아니었다.

「작업에 문제가 조금 생겼어요. 작업실로 방문 부탁드립니다.」

유주가 거절할 수 없는 말을 했을 뿐.

애초에 유주가 수현을 완전히 피하기란 불가능했다. 유주가 수현에게 실망을 했다고 해도 유주는 여전히 그의 전담 비서였고 수현은 유주의 아티스트였다.

역시나.

「방문 가능한 시간 말씀해 주세요.」

사무적인 답변이 도착했다.

□ ◆ □

건조하기 짝이 없는 메일을 주고받은 당일 저녁 8시. 수현과 유주는 실로 오랜만에 서로를 마주했다.

"문제가 뭔가요."

"유주야."

"문제를 확인해야 대응 방안도 마련할 수 있어요."

"정유주."

"보내 주신 메일 때문에 기획팀에서 걱정이 많아요."

"정유주!"

결국 수현이 목소리를 높였다. 날카로운 정적이 두 사람을 감쌌다.

수현은 내심 자신하고 있었다. 화가 많이 났어도 제 얼굴을 보면 유주의 마음이 약해질 거라는 어떤 확신이 있었다. 유주는 늘 그랬으니까.

하지만 그런 제 짐작이 틀릴 수도 있다는 생각은 유주가 작업실로 들어선 순간부터 시작됐다.

표정 없는 얼굴과 고저 없는 목소리. 유주는 저를 비즈니스 파트너 그 이상으로 보지 않는 것처럼 굴었다.

"유주야."

수현이 안절부절못하는 동안 유주는 제 앞의 수현을 외면하기 위해 갖은 애를 쓰고 있었다. 수현의 전화를 무시하면서 그의 걱정까지 무시하기란 거의 불가능에 가까웠다. 그가 어떤 상상을 하고 어떤 불안을 갖고 또 어떤 좌절을 할지 눈에 선해서 전화를 받으려고 망설인 순간도 수십 번이었다.

하지만 그럴 때마다 도현에게 의지했다. 그가 제 이름을 부르는 것에 집중하며 저는 언니 대신으로 살 수 없음을 끊임없이 상기했다.

그래서 지금은 조금 힘들었다. 도현 없이 수현을 마주한 채 수현을 외면하는 건 아직은 조금 힘든 일이라.

수현이 애처로운 목소리로 저를 불렀다. 차갑게 구는 제가 믿을 수 없는지 연신 눈을 깜빡이고 마주하는 게 버림받은 강아지 같아 바로 보기가 어려웠다.

"작가님."

유주가 마음을 가다듬고 작가님이라 칭하자 그게 또 듣기 괴로운지 수현이 고개를 푹 숙였다. 그러다 실낱같은 희망으로 잡아 오는 손. 긴장하거나 마음이 좋지 않을 때면 어김없이 손을 뻗는 그인지라 대수로운 일도 아니었지만 오늘만큼은 매정하게 뿌리치며 주먹을 쥐었다.

그러자 수현이 세상이 무너진 것 같은 표정을 짓는다. 순하게 휘어져 예쁜 눈이 눈물을 가득 담고 금방이라도 쏟아 낼 것처럼 흔들린다.

"왜……."

놀라 말도 잘 나오지 않는지.

"왜 그러는 거야……."

더듬거리며 묻는다. 그의 물음에 할 말은 없었다. 제가 왜 이러는지 누구보다 잘 알고 있을 수현이었다. 할 말은 병원에서 모조리 쏟아 내어 덧붙일 말도 없었다.

원망이 남은 것은 아니었다. 화가 남은 것도 아니었다. 수현을 이해하지 못하는 것도 아니었다. 그저 이렇게는 안 된다는 걸 알고 있을 뿐이다.

"유주야……."

"……."

"나한테…… 나한테 이러지 마."

그런데도 수현은 애원했다. 울먹이며 애원하고 결국 눈물을 흘리며 간청했다.

일주일간 고립되어 생각을 거듭했을 게 분명한데도 일주일 전의 수현과 다를 것이 없었다. 그는 여전히 어려운 걸 원하고 있었다.

"수현아."

예전처럼 이름을 불렀다. 수현을 작가님이라 부른 건 애초에 객기 같은 거였다. 수현에게 제 마음이 일시적인 분노 따위가 아님을 알리기 위한 일종의 쇼.

하지만 그게 필요 없음을 깨달았다. 수현은 제가 어떤 모습을 보여도 달라지지 않을 것이다.

"최수현."

그러니 제게 남은 카드는 하나. 그가 친구로서 저의 이야기를 듣는 것뿐이다.

수현이 저를 쳐다보았다. 이름 하나 부른 것으로 슬픈 눈이 더 슬프게 반짝인다.

"나 너한테 화난 거 아니야."

"유주야."

"아니, 화만 난 거 아니야."

언니가 죽은 이후로 수현에게 모든 걸 바쳤다. 시간과 노력은 물론이고 저의 애정이나 슬픔, 걱정 같은 모든 감정의 주인은 그였다. 그가 그걸 원했다.

"지친 거야."

무거운 한숨과 함께 말했다.

"나는 네가 행복하길 바랐어."

"유주야, 나는—"

"네가 불행하면 죽을까 봐."

유주가 괴로운 듯 눈을 질끈 감았다. 아직도 옥상 난간에 선 수현의 모습이 선명했다. 매 순간 예민하게 날을 세우고 짐승처럼 눈을 번뜩여 온갖 걱정을 다 하게 만들더니 결국엔 죽겠다던 그가 선명했다. 그때도 제게 수현은 희망이었다.

"나는 네가 죽지 않아서 고마웠어."

죽지 않아서.

"죽지 않고 살아 줘서 고마웠어."

살아 줘서.

"그때 나는 너밖에 없었거든."

"유주야."

"네가 죽으면 난 정말 혼자일 게 뻔해서…… 그게 너무 무서웠어."

그 당시 부모님은 이혼을 했다. 미쳐 버린 엄마야 어쩔 수 없는 탓에 아빠에게 매달려도 보았지만 소용없었다. 엄마를 조금만 이해해 보자고, 조금만 더 견뎌 보자고 매달렸지만 아무 의미 없었다.

왜냐하면 아빠는 엄마 때문에 이혼을 한 게 아니었거든.

'엄마가 저러는 거…… 이해 못 하는 거 아니잖아.'

이혼이 승인되기도 전에 짐부터 싸 집을 나가려는 아빠를 붙잡고 말했다. 그런데도 아빠는 저를 투명 인간 취급 하며 묵묵히 짐을 쌌다.

'아빠.'

'…….'

'아빠까지 이럴 거야?'

'…….'

'아빠!'

급기야 소리를 질렀더니 그제야 아빠는 저를 쳐다보았다.

'제발 좀 그만!'

저보다도 더 괴로운 얼굴로 소리를 지르며.

'널 보는 게 얼마나 힘든 줄 아니?'

'아빠…….'

'널 볼 때마다 유하 생각이 나서 죽을 것 같아.'

아빠는 그렇게 말해 놓고 끝에는 미안하다 사과했다. 그게 더 절 죽이는 걸 모르고.

그런 아빠를 잡을 방법은 없었다. 죽은 딸과 똑같이 생긴 살아남은 딸을 보는 게 힘들다는데 대체 무슨 방법으로, 무슨 염치로, 무슨 마음으로 잡을 수 있을까.

"유주야, 그만해."

수현이 말했다.

"너도 알잖아. 내가 얼마나……."

"그만……."

"얼마나 오래 혼자였는지."

말하면서도 입이 썼다. 수현은 알았다. 모를 리 없었다.

"그래서 널 잃고 싶지 않았어. 너만은 날……. 너만은 날 괴로워하지 않았으니까."

아니.

"괴로워도 견뎠으니까."

부모를 잃고 언니를 잃고 꿈을 잃고 종국엔 자신도 잃을 것처럼 내내 잃기만 하는 저를 견디던 수현을 잃고 싶지 않았다.

"근데—"

그렇지만 이제는 진실을 알아 버렸으니 더는 수현을 붙들고 있을 수 없다.

"근데 넌 날 견딘 게 아니었어."

"유주야, 아니야."

"넌 날 견딘 게 아니고 날 버린 거야."

"아니야."

"친구인 나를 버리고 인간 정유주를 버려서…… 언니를 본 거지."

수현이 다급하게 일어나 제 앞에 무릎을 꿇었다. 간절한 눈으로, 눈물이 가득한 눈으로 눈을 맞추고 고개를 저었다.

"미안해. 미안해, 유주야."

처음부터 그랬을 거라고는 생각하지 않는다. 그도 어쩔 수 없었겠지.

유주가 수현의 젖은 뺨을 어루만졌다. 뺨 위로 손을 대는 순간 흐느끼는 수현이 안쓰러웠다.

"수현아."

"흐읍, 흑……."

"네 탓 아니야."

"흑……."

"그냥 우리가 바라면 안 될 걸 바란 거야."

수현이 정신없이 고개를 저었다. 울음을 참는 것도 버거운지 서러운 소리가 마구잡이로 쏟아졌다. 탈수 증세라도 오면 어쩌나, 언니의 장례식장에서 마른 나무처럼 메말라 있던 수현이 떠올랐다.

"우리 그냥 인정하자."

유주가 조용히 말했다.

"우리 이제 친구 아니야."

"아니야……. 유주야, 아니야……."

"우리 이제 아무것도 아니야."

"아니야. 아니야, 유주야. 내가 잘못했어. 내가 다 잘못했어. 이러지 마. 나한테 이러지 마."

수현의 눈에 두려움이 가득 찼다. 그는 무얼 두려워하는 걸까.

"수현아."

그는 매번 저를 불안해했다. 언니가 죽은 이후로 늘 불안해했다. 곁에서 보이지 않으면 불안해했고 어디가 조금이라도 아프면 또 불안해했다. 제 주변의 모든 사람을 경계했고 제 주변의 모든 것을 위험하다 생각했다.

"유주야, 아니야……. 이거 아니야……."

"수현아, 나 좀 봐."

제 무릎에 얼굴을 묻고 우는 수현의 고개를 들어 올렸다. 마주치는 슬픈 눈.

"수현아, 무서워?"

"유주야……."

"언니를……. 언니를 더 이상 못 볼까 봐 무서워?"

"……."

마주 본 눈이 바람 앞의 등불처럼 흔들린다. 거짓으로라도 부정하기 어려운지 세차게 흔들던 고개도 그저 멍하니 굳어 있다.

유주는 그의 어깨를 쥐고 울었다. 서로가 서로에게 희망이고 위로이고 의지한다 믿던 거짓을 드러내자 초라한 진실이 나타나 울지 않을 수 없었다.

"흐윽, 흑…… 흡……."

말하느라 참아 내기 바쁘던 울음이 쉴 틈 없이 터졌다. 꽉 쥐고 있던 어깨를 힘 하나 주지 않은 주먹으로 내려쳤다. 한번 내려치니 다음은 쉬웠다. 때리고 때리고 또 때리고.

"미안해……. 미안해, 유주야……."

그는 그런 저를 막지 않았다. 묵묵히 맞으며 사과나 했다.

어쩌다 우리가 이렇게 되었을까. 서로를 위해 버틴 것뿐인데. 그게 왜 서로를 향한 상처가 되었을까.

"미안해……. 내가 미안해."

저를 달래는 수현을 밀어 내고 들썩이는 숨을 억지로 정리했다. 이대로 계속 우는 건 아무 도움이 되지 않았다.

"수현아."

수현이 불안한 눈을 했다.

"하지 마."

눈치 빠른 그는 제가 무슨 말을 할지 이미 알고 있는 모양이었다.

"최수현."

"하지 마. 안 돼. 아무 말도 하지 마."

수현이 다급하게 저를 끌어안았다. 거친 숨이 귓가에 닿았다. 맞닿은 가슴에서 절박한 심장의 고동 소리가 들린다.

"우린…… 서로한테 나쁜 기억일 뿐이야."

"아니야."

"그만하자."

더 이상의 시간은 필요하지 않다는 말을 최대한 잔인하게, 할 수 있는 한 가장 아프게 말했다.

다시금 차오르는 눈물을 매몰차게 닦아 낸 후 자리에서 일어났다. 저를 아픈 눈으로 올려다본 수현이 손목을 부여잡았다.

"안 돼. 가지 마. 가지 마, 정유주."

"……가야 돼."

그를 뿌리치고 뛰다시피 걸음을 옮겨 문 앞에 섰다.

"나를 위해 살겠다고 했잖아!"

단숨에 따라붙어 놓고는 차마 가까이 붙지는 못한 수현이 울부짖는다.

"……."

"약속했잖아. 날 위해 살겠다고…… 그렇게 약속했잖아."

유주가 고개를 돌려 그를 쳐다보았다.

그래, 그렇게 말했었다. 죽음을 코앞에 둔 그를 살려 낸 말을 어떻게 잊을 수 있을까. 다 기억하고 있었다. 다만.

"네가…… 네가 날 죽였잖아."

널 살리려 나의 전부를 바치던 나를.

"널 위해 살던 나를 네가 죽였잖아."

네가 죽였잖아.

유주는 그렇게 수현을 떠났다.

□ ◆ □

도현은 종일 날이 선 채로 일했다. 원래도 따뜻하거나 서글서글한 편이 아닌 그였지만 딱히 이유 없는 심술이나 예민함을 보이는 사람은 아니었는데 오늘은 달랐다.

평소라면 그냥 넘어갔을 실수 하나에도 불같이 화를 내고 애써 올린 보고서도 전부 반려시키는 등 찬바람이 온몸을 휘감은 듯했다. 도현의 지척에서 일하는 윤 비서마저도 바짝 긴장을 할 정도였으니 다른 직원들의 상태는 안 봐도 뻔했다.

그의 심기를 이렇게나 불편하게 만든 것은,

"하……."

다름 아닌 유주의 외근이었다.

도현이 머리를 짚고 한숨을 뱉었다.

요 며칠 유주는 수현에 대한 이야기를 일절 꺼내지 않았다. 처음에는 제 눈치를 보는가 싶었는데 어느 순간부터는 다른 이유가 있구나 싶었다.

서로가 서로를 끔찍하게 여긴다는 걸 알아 궁금하기는 했지만 구태여 묻지는 않았다. 저를 좋아한다는 말을 하기는 했어도 유주는 여전히 제 이야기는 잘 하지 않았으니까.

그런데 갑자기 수현의 작업실로 외근을 간다고 하니 없던 날도 설 수밖에 없었다. 생각 같아서는 당장에라도 수현의 전담 자리를 다른 이에게 넘기고 싶었다.

"거슬려 죽겠네."

하지만 적당한 이유가 없었다. 불편해하는 유주를 억지로 그 자리에 앉힌 것도 저라 불평할 자격도 없었다.

그런 제 걱정을 아는지 유주는 외근을 나가기 전 전화를 걸어 밝은 소리를 냈다. 별로 좋지도 않은 날씨가 좋다며 너스레를 떨고 이번 주말에는 무얼 하고 보낼지에 대한 생각을 종알거리기도 하고. 그런 와중에도 끝까지 수현의 이름은 꺼내지 않아서 찝찝한 기분이 들게 했다.

이후로 별다른 연락도 없었다. 작업실에 도착했다는 말이나 혹은 수현을 만났다는 말, 시간이 꽤 늦었는데도 작업실을 나선다는 말조차 없었다.

결국 늦은 시간까지 퇴근을 못 한 건 저였다. 일이고 뭐고 무엇 하나 눈에 들어오는 것이 없어 자리만 지키고 있다가 밤 9시가 넘어서야 도착한 유주의 문자에 한숨 한 번을 겨우 쉬었을 뿐이다. '저 이제 집 도착했어요.' 라는 문자가 뭐라고. 문자를 확인하자마자 전화를 걸었지만 기대와 다르게 목소리를 들을 수는 없었다. 애꿎은 신호음만 반복될 뿐이었다. 어쩐지 피곤해하는 얼굴이 눈에 보이는 것 같아 잠깐만 통화하고 싶었는데 그것조차 어려운 모양이었다.

"안달 나게 한다, 진짜."

결국 제대로 해결 보지 못한 일거리를 짊어지고 집으로 왔다. 그런데.

"허—"

제 침대에 유주가 잠들어 있었다. 그것도 아주 작정을 한 모양인지 제 옷을 꺼내 입고 익숙하게 누운 인영이 현실감이 없었다.

도착했다는 집이 여기였나.

"……."

다가가 말간 얼굴을 조심스레 쓸었다. 내내 저기압이던 기분이 순식간에 붕 떠오르는 걸 느끼며 입가에 미소를 걸었다. 그러다 둥글게 부은 눈가가 보였다. 심지어 붉은 기도 가득한 게 누가 보아도 울음을 터트린 흔적이었다. 말랑말랑 풀어지던 마음이 바닥 저 끝으로 추락한다.

"왔어요?"

딱딱해진 손길에 유주가 미간을 찡그리며 깨어났다.

언제 왔는지, 왜 왔는지, 왜 울었는지, 누가 울린 건지 당장에 떠오르는 질문들만 해도 감당이 안 되어 도현은 입을 다물었다.

"놀랐어요?"

상체를 일으킨 유주가 물었다. 눈꺼풀이 부어 가늘게 눈을 뜬 모양이 마음을 할퀸다. 제가 어딜 보는지 눈치챈 유주는 역시나 시선을 피했다. 이번에도 말하지 않을 작정인 듯했다. 그럴 줄 모르고 있던 건 아닌데 괜히 외면당한 것 같은 기분.

결국 하고 싶은 말 따위 모조리 삼키고 입술부터 물었다. 눈치 한번 주지 않고 맞닿은 입술에 당황하는 몸을 끌어안고 낮부터 시작된 갈증을 달랬다. 맞닿는 모든 곳의 체온이 따뜻해서 달고, 소중하다.

"흐…… 잠깐만……."

"나 급해."

"숨……. 숨만, 잠깐……."

유주가 고개를 젖혀 숨 쉴 틈을 만들려 애썼다. 그 잠깐의 시간조차 아까워 목을 물고 기어코 잇자국을 내고 허리를 끌어안고.

"하……."

화가 난다. 화가 나는데 무엇에 화가 나는지 모르겠다. 유주의 침묵에도 화가 나고 유주의 눈물에도 화가 나는데 그중 제일은 유주의 모든 것을 알지 못하는 제 자신에게 가장 화가 난다.

"왜, 왜 이렇게 급해요."

아픈지 신음을 흘린 유주가 얼굴을 감싸고 물었다. 물음에 답은 하지 않았다. 분노는 감정일 뿐이라 논리도, 당위도 없으니까.

이미 제게 좋아한다 마음을 전한 유주였다. 전부를 달란 말에도 고개를 끄덕인 유주였고 오늘도, 결국은 제게 온 유주였다. 그럼에도 제가 모르는 것이 있다는 사실 하나에 이렇게 화가 난다.

대답 없는 저 때문에 시무룩해진 얼굴을 억지로 끌어 올려 다시 입을 맞췄다. 반나절도 되지 않는 시간 동안 닿지 않았을 뿐인데 달아나려는 걸 다시 붙잡은 기분이었다. 가능하다면 꽁꽁 묶어 버려야지 싶으면서도 무엇을 어떻게 묶어야 하는지 모르겠다.

"화났어요?"

"아니."

"화난 것 같은데……. 흐으……."

도현이 유주의 티셔츠 속으로 손을 집어넣고 가슴을 쥐었다. 아니라는 대답이 무색하게 들끓는 눈과 몸에 닿는 손길은 뜨겁다 못해 절절했다.

순식간에 유주의 위로 올라타 슈트 재킷과 넥타이, 셔츠를 차례로 벗은 그가 가는 목에 다시 얼굴을 묻는다. 잘근잘근 씹듯이 물어 붉은 자국을 내고 올라와 다시 입술을 문다.

"흐읏……, 대표님……!"

숨을 헐떡이는 와중에도 유주는 도현의 목을 끌어안고 매달렸다. 어딘가 거친 듯 느껴지는 기세가 두려워 더더욱.

몰아치던 입술을 떼어 낸 그가 이마를 붙이고 낮게 숨을 골랐다. 살짝 감긴 눈두덩 위를 혀로 핥고 콧등과 귓불에 입을 맞추자 마음이 놓이는지 숨을 몰아쉬는 얼굴이 예쁘다. 마냥 예쁘기만 하면 좋으련만.

순식간에 밀려드는 좋지 않은 생각에 도현의 미간이 구겨졌다. 조금은 얌전해진다 싶던 도현이 유주의 몸을 가리던 티셔츠를 벗겨 내는 것을 시작으로 다시 난폭해진다.

"하아……."

맨몸에 닿는 한기에 유주가 몸을 떨었다. 절로 가슴을 가린 팔을 도현이 잡아 고정한다.

"아, 아파요……."

잡힌 손목을 움찔거리며 한 말에 도현은 손에 힘을 조금 풀었다. 말 그대로 힘만 풀었을 뿐이지 놓은 것은 아닌지라 가는 손목은 여전히 그의 손안이었다. 모든 걸 알고 싶은 욕심은 집요함이 되어 그렇게 유주를 괴롭혔다.

그대로 고개를 숙인 그가 흰 살결 위를 혀로 간질이고 끙끙 앓는 소리를 귀에 새기듯 들었다.

"흐으……."

들썩이는 허리를 이마로 밀어 진정시키고 팔로 허리를 둘러 훌쩍 들어 올렸다. 얇은 몸이란 건 알고 있었지만 너무 쉽게 들리는 몸에 도현의 표정이 조금 굳었다. 뭘 좀 먹여야겠다는 생각 따위를 하며.

들린 몸을 뒤집은 도현이 머리카락 사이사이로 드러난 목덜미에 입술을 내리고 손끝으로는 날개뼈가 돋아난 모양대로 훑었다.

"흐…… 흐읏……."

오소소 돋는 소름과 함께 자꾸만 흐르는 신음을 막고자 베개에 얼굴은 묻은 유주가 버티고자 했지만 딱히 소용은 없었다. 진득한 것보단 이런 식의 가벼운 접촉을 오히려 못 견뎌 한다는 걸 도현은 이미 알고 있었다.

도현이 겹쳐 누운 상태 그대로 유주의 허벅지 안쪽을 쥔다.

"자, 잠깐……!"

"쉬이—"

긴장한 것 같은 유주의 뒤통수에 쪽쪽 입을 맞췄다. 부드러운 양 구는 입술과 달리 허벅지를 움켜쥔 손에는 힘줄이 돋는다.

"아아……!"

침대 시트를 쥔 유주의 손이 바들거리며 필사적이었다.

"괜찮아."

도현은 그것조차 마음에 들지 않았다. 잘록한 허리를 쓸던 손으로 움찔거리는 손등을 덮었다. 그깟 침대 시트 말고 저를 붙잡으라고 속삭이며.

"천천히 하고 있잖아."

"하아……. 하……."

"힘 빼야지. 응?"

도현의 말대로 움직임은 느렸다. 처음 그와 밤을 지새우던 것과 다르게 그는 천천히 하고 있었다.

그런데 그게 오히려 더 뜨겁고 더 적나라해서 유주는 죽을 맛이었다. 그가 저의 어디를 짚고, 어디를 핥고, 어디를 헤집어 놓는지 하나하나 명확하게 느껴졌다.

"아아……."

도현은 그런 유주를 놓칠까 안달 난 눈으로 좇았다. 제가 움직이는 만큼 밀려 올라가는 여린 몸을 다시 끌어 내리며 좇고, 하얀 등에 남은 자리가 없을 만큼 붉은 자국을 만들어 좇았다.

애원하게 만들고 싶었다가 애원은커녕 그저 잡아 쥐고 싶었다가, 날뛰는 마음에 정신이 없었다. 제 아래서 달뜬 숨을 뱉는 유주는 분명 제 것이 맞는데 마음을 나누기 전과 마찬가지로 신기루 같은 유주에게 심술이 났다.

"흐으……. 그…… 그만……."

유주가 손을 뒤로 뻗으며 눈물을 쏟았다. 쾌락이 과했다. 정신이 빠질 만하면 움직임을 멈추는 도현 탓에 절정 근처에 오르는 것만 몇 번을 반복한 상태였다.

그가 멈춰 숨을 고르면 저도 지친 숨을 뱉으며 꺼져 가던 정신을 간신히 붙들었다. 그러면 다시 시작이었다. 그는 다시 파고들었고 멈추지 않았다. 엎드린 채라 얼굴을 보지 못하는 것도 서러운데 끝도 없이 애를 태우는 것이 너무 서글프다.

"왜."

"흡……."

"왜 울어."

도현이 귓바퀴를 깨물며 속삭였다.

"얼굴…… 흐으……. 얼굴 보여 주세요."

삐져나오려는 웃음에 도현이 제 입술을 씹어 물었다. 서러워 죽겠다는 듯 울음을 터트려 놓고 고작 한다는 소리가 얼굴 보여 달라니.

"너는 꼭 울 때가 되어서야, 하아, 원하는 걸 말하지."

매번 그랬다. 정유주는 매번 울면서 저를 원했다. 울면서 원하는 게 아니라 울 때가 되어서야 원하는 건가. 그렇다면 계속 울려야 하나. 비집고 나오는 나쁜 생각을 어쩌면 좋을까.

허리를 감아 돌려 바로 눕히자 푹 젖은 얼굴이 안쓰러웠다. 너는 어쩌자고 우는 얼굴이 이렇게 예쁠까.

젖은 뺨 위로 다정하게 손을 올리자 유주가 기다렸다는 듯 목을 감는다.

"얼굴 안 보여서 싫었어?"

다정하게 물으니 더 울음이 터지는 모양이었다. 흐응, 다 젖은 원망과 함께 고개를 끄덕인다.

"미안."

미안해. 미소 띤 얼굴로 사과를 반복하니 주룩주룩 흐르던 눈물이 멈췄다.

그렇게 다시, 빈틈없이 몸이 맞붙었다. 얼굴이 보고 싶다 했으니 시선은 떼지 않았다. 금방이라도 사그라질 것 같은 눈을 잡아먹을 듯 바라보며 가는 다리를 어깨 위로 올렸다.

땀이 밴 몸에 열이 오르는 건 금방이었다. 유주의 머리가 침대 헤드 쪽으로 바짝 밀리는 것도 금방이었고.

"하……! 흣, 흐읏……!"

"하아……."

결국 유주가 작게 도리질을 쳤다. 울음인지 신음인지 알 수 없는 소리를 뱉으며 도현을 끌어안았다.

"그만…… 흣! 그, 그만……!"

끝 모르고 달아오르는 몸이 문득 두려워졌다. 이대로 죽을 것 같은 쾌락. 도현의 어깨 위에 올려져 있던 다리는 허리께로 흘러내린 지 오래였다. 잔뜩 오므라진 발끝에서부터 종아리와 허벅지, 골반과 허리로 올라온 쾌감에 몸이 덜덜 떨린다.

"조금만, 조금만 더."

달래려는 도현의 속삭임조차 자극이 되었다. 그를 조금 밀어 내어 다시 눈을 맞춘 유주가 먼저 입을 맞췄다. 두려운 기분이 들면 이제는 도현을 찾는 게 습관이 된 유주였다.

잠시 멈칫했던 도현이 유주의 입술을 씹었다. 아랫입술을 아프지 않게 물었다가 벌어진 틈새로 혀를 넣어 여린 살을 빨았다. 목을 감은 가는 팔에 힘이 실린다.

"하아, 아아……!"

품에 안겨 떠는 몸을 결박하듯 끌어안은 도현이 거친 숨을 뱉었다.

□ ◆ □

암막 커튼 사이로 비치는 햇살이 유주를 깨웠다. 천근같은 눈꺼풀. 밤늦도록 시달린 탓인지 몸이 꼭 물에 젖은 솜처럼 무거웠다.

대체 언제 잠들었더라. 기억이 잘 나지 않았다. 폭풍우처럼 몰아치던 감각과 그에 휘말려 놓을 수밖에 없던 정신, 그 와중에 선연하던 검은 눈만이 선명할 뿐이었다.

"일어났어?"

손끝 하나 움직이는 것도 어려워 아무 소리도 안 났을 텐데 도현은 말끔한 차림으로 방 안에 들어와 물었다. 혹시나 싶은 마음에 늘어지는 몸을 더듬거렸다. 다행히 옷은 입고 있는 모양.

"밥 먹을래?"

딱히 미소를 지은 것도, 그렇다고 찡그린 것도 아닌 그의 얼굴은 괜한 두려움을 자아냈다. 어제도 어딘가 화가 난 것 같은 느낌이었는데.

"저, 대표님……."

"응?"

그 이유를 알 것만 같았다. 부어 잘 떠지지 않는 눈을 뚫어져라 보던 눈을 기억한다. 이유를 묻고 싶은 듯 달싹이던 입술도 기억한다.

"아니에요."

하지만 어젯밤과 마찬가지로 쉽게 입이 떨어지지 않았다. 도현이 더 묻지 않고 다가와 몸을 일으켜 준다.

"아아……."

허리를 세우자 이내 말 못 할 고통이 밀려왔다. 커다란 손이 허리를 가뿐하게 받쳐 온다.

어두운 침실을 나오니 세상은 이미 환했다. 몇 시쯤이나 되었을까. 불안하게 시계를 찾다 이내 주말이란 걸 깨닫고 안도했다.

그와 식탁을 사이에 두고 앉아 식사를 하는 게 처음은 아니었다. 그가 차려 준 음식을 먹는 것도 처음이 아니었다. 도현의 음식 솜씨는 파스타와 스테이크를 대접받았을 때부터 이미 훌륭했다. 생긴 것과 어울리게 양식 요리에 소질이 있는 건가 싶었는데 오늘 차려 낸 한식도 맛이 상당했다.

그런데도 냉랭한 분위기에 입안이 거칠어져 쉽게 음식을 삼킬 수가 없다.

사실 그는 평소에도 말이 없는 편이라 침묵을 지킨다고 해서 이상할 건 없었다. 평소랑 다르다고 할 만한 건— 그가 제 눈을 보지 않는다는 것. 원래는 제가 피해도 억지로 눈을 맞추는 그인데 오늘은 이상하게 눈을 보지 않는다. 일부러 내리깐 그의 눈으로 시선을 보내는데도 반응하지 않는 걸 보면 피하는 게 맞았다. 속이 상한다.

"입맛 없으면 억지로 안 먹어도 돼."

상한 속이 서러워 밥알을 세어 가며 먹었더니 그가 말했다. 그의 그릇은 이미 깨끗했고 그는 미련도 없이 자리에서 일어났다.

아니, 왜. 왜 이렇게까지 차갑지.

제 앞에서 보인 적 없는 도현의 한기에 유주는 세상에서 가장 외로운 사람이 된 것 같은 기분을 느꼈다.

아무리 서늘한 얼굴을 해도 제 앞에서만큼은 매번 뜨겁게 끓던 사람이라 적응이 되지 않았다. 너무 뜨거워 저까지 타 버리는 건 아닐까 두려운 적은 있어도 그의 곁에서 얼어붙으리라 걱정한 적은 없었는데.

"대표님."

식탁을 떠나려는 도현의 손목을 쥐었다. 그제야 싸늘하게 내려다보는 눈. 긴 눈꼬리가 칼날처럼 날카롭다.

"자, 잘못했어요."

"……."

"제가 잘못했어요."

무턱대고 빌었다. 도망쳐 도착한 안식처였다. 차가워진 안식처를 어떻게 하면 데울 수 있을까 궁리하던 마음이 일그러진 그의 얼굴에 자신감을 잃었다.

그가 손목을 쥔 제 손을 떼어 냈다.

"아……."

도현은 한숨으로 착잡해진 마음을 달랬다. 속 좁은 티 내지 말자고 다짐했건만 눈앞에서 잘못했다 말하는 유주를 보면 다 소용없는 짓이었음을 깨닫는다.

어제 내내 속을 끓이던 게 억울하긴 했어도 잘빠진 저의 이성은 고작 이런 걸로 유주를 짓누르려 하지 말라고 말했다. 이제 막 마음을 열기 시작한 유주에게 너무 많은 걸 요구하지 말라고. 다 알고 싶고, 다 소유하고 싶어도 다 죽이고 일단은 기다리라고.

"유주야."

다정한 목소리를 내고 풀 죽은 얼굴을 쓸었다. 그제야 스멀스멀 안겨 드는 유주가 편하도록 고쳐 안았다. 안심이 좀 되는지 불규칙하게 뛰던 호흡이 평정을 찾는다.

"미안해요."

"뭐가."

"그냥……."

울음 섞인 소리를 내는 유주의 등을 천천히 쓸었다. 어깨에 묻은 얼굴을 이리저리 움직이는 걸 보면 갈팡질팡하는 것 같은데.

"말 안 해도 돼. 그냥 심술 좀 부린 거야. 속상해서."

"……."

"미안해."

폭 안겨 있던 몸이 의아한 듯 조금 떨어졌다. 목을 두른 팔은 조금도 풀지 않고 얼굴만 떼어 눈을 맞춰 오는 게 귀여웠다. 다 젖은 눈을 해 놓고 깜빡깜빡.

"아니, 아닌데……."

"뭐가 아니야."

"대표님이 미안한 거 아니에요."

마음을 가져 놓고 반나절의 시간을 알지 못해 불안하던 마음은 그 올곧은 눈에 속절없이 녹는다.

"걱정한 거 알아요."

"알아?"

끄덕이는 고개와 올곧은 눈이 결연한 빛을 띠었다. 말하지 못한 이야기를 할 모양인지 한참을 망설이는 걸 진득하게 기다렸다.

"어제…… 수현이랑 싸웠어요."

"수현이랑?"

"아, 뭐…… 싸운 게 아닐 수도 있어요. 수현이랑 그래 본 적이 처음이라 잘 모르겠어요. 그냥…… 안 좋은 이야기를 좀 했어요."

"그래서 울었어? 최수현이랑 싸워서?"

여전히 부어 있는 눈꺼풀을 손가락으로 꾹꾹 누르며 물었다. 제 마음을 뒤집어 놓던 울음의 정체가 고작해야 말싸움 정도라니, 허무했다.

허탈함에 웃음이 나오려는데 할 말이 아직 남은 듯 보이는 유주를 보고 다시 표정을 정리했다. 남은 말이 무엇인지 입술을 무는 게 어쩐지 마음이 아팠다.

"다 듣고…… 너무 놀라지는 않았으면 좋겠어요."

"그럴게."

허리를 감은 팔에 힘을 실어 가까이 끌어안았다. 반동에 흔들린 유주가 어깨를 쥐어 온다.

"저희 집에서 봤던 사진 기억하세요?"

"사진?"

"제가 사탕 들고 있던 사진이요."

유주가 이미 새빨개진 입술을 또 한 번 잔뜩 씹으며 말했다. 손가락으로 입술을 두드리며 깨물린 붉은 살을 빼내고 그 자리에 제 손가락을 올렸다.

"네 입술 상하는 거 싫어."

어리둥절한 얼굴에 대답하니 유주가 조금 웃었다. 약간은 풀어진 분위기가 되어서야 다시 숨을 들이마신 유주가 이어 말할 준비를 했다.

"제 언니가…… 그러니까 제 쌍둥이 언니가 수현이랑 되게 가까운 사이였어요. 연인, 이었거든요. 아주 오랫동안."

후, 숨을 뱉으며 말을 멈춘 유주가 붉어져 뻑뻑해진 눈을 비볐다.

"그런 언니가…… 5년 전에 사고로 죽었어요."

언니의 죽음을 타인에게 설명하는 건 처음이었다. 학교를 내내 같이 다닌 터라 언니를 아는 사람은 저를 아는 사람이었고 저를 아는 사람은 언니를 아는 사람이었다. 굳이 나서서 설명할 필요가 없었다. 학교를 졸업한 이후로 새로이 알게 된 사람은 극히 적었고 직장은 이제 막 입사한 거나 다름이 없었으니 도현이 처음이었다. 영영 말할 생각이 없었는데.

"수현이가 행복했으면 좋겠는데……."

"유주야."

"그게 잘……. 잘 안돼요."

도현이 엉엉 우는 유주를 틈 없이 끌어안았다. 더듬더듬 느리게 전하는 과거가 윤 비서에게 전해들은 것과 다를 것이 없는데 배는 더 무겁고 복잡하게 느껴졌다.

"미안해."

죄책감이 밀려들었다. 호기심의 시작은 유치한 시기심이었다. 저 모르는 시간 속에서 울었을 정유주가 싫고 최수현의 곁에서 울었을 정유주가 싫어서.

둘의 과거를 알고 있다 한들 그것은 그저 한 장짜리 서류에 정리된 재미없는 문장일 뿐이었다. 저는 그냥 정유주의 쌍둥이 언니와 연인이었다는 이유로 이토록 정유주를 지배하고 있는 최수현이 싫었다.

그런데 고통으로 점철된 얼굴을 보니 이해되지 않던 것들이 이해가 된다. 둘 사이를 지탱하는 힘이 무엇일지도 어렴풋이 짐작이 된다.

물론 여전히 모르겠는 것들도 있지만 더 이상 알고 싶지 않았다. 둘이 어떤 싸움을 벌였는지, 무슨 싸움을 했기에 정유주가 울었는지 같은 건 이제 더 이상 알 필요가 없었다.

"궁금해해서 미안해."

그저 저는 죄인이 될 뿐이었다. 까짓것 궁금해하지 말걸. 기껏해야 조금 운 것이 뭐 대수라고. 결국은 저한테 온 것이 중요한데.

그 중요한 사실을 정유주가 울고 나서야 깨달아 속이 상한다.

□ ◆ □

유주가 조금 긴장한 기색으로 숨을 뱉었다. 엄마가 사는 본가를 들를 때면 늘 이렇게 긴장을 했다. 한때는 아빠와 엄마, 언니와 제가 살던 따뜻한 공간이었는데 언제부터인가 긴장 없이는 발을 들일 수 없는 공간이 되었다.

그런 탓에 중요한 날이 아니면 굳이 본가에 들르지 않는 유주가 오늘 걸음을 한 건 엄마의 뜻 모를 연락 때문이었다.

— 같이 저녁이나 먹자.

제법 상냥한 목소리로 전화를 걸어 온 엄마는 함께 밥을 먹고 싶다고 했다.

— 왜긴 왜야. 엄마가 딸이랑 밥 먹는 데 이유가 필요해?

무슨 일이냐고 묻는 제게 핀잔을 준 엄마는 이전의 엄마와 다를 게 없어 마음을 울컥하게 했다. 언니가 죽기 전, 엄마가 미치기 전, 저를 미워하기 전의 엄마였다. 그러다 보니 거절이 되지 않았다. 도현과의 선약이 있었지만 오랜만에 엄마와 함께하는 저녁이라 설명하니 군말 없이 운전기사를 자처해 주었다.

"오늘 여기서 잘 거야?"

"음, 잘 모르겠어요."

"늦더라도 연락해. 안 자는 거면 데리러 올게."

"그럴게요."

도현에게 받는 애정도 이제는 조금 익숙해지고 있었다. 들끓는 눈이나 시도 때도 없이 쏟아지는 다정, 맞붙어 오는 체온 같은 것들이 간혹 벅찰 때도 있기는 했지만 싫지 않았다.

도현을 보내고 집 앞에 도착해 초인종을 누르자 현관문 안쪽에서 부산스러운 소리가 들렸다.

"왔구나. 얼른 들어와. 피곤했지?"

열린 문 틈 사이로 환하게 웃는 엄마의 얼굴은 눈물이 나도록 좋았다. 기분 좋은 일이라도 있었던 건가. 쉽게 볼 수 없는 모습에 유주는 마음이 설레었다.

"밥 안 먹었지?"

"응. 엄마도 나 때문에 배고프겠다."

"나보단 수현이가 그렇지. 아까부터 한참 기다렸어."

엄마의 시선이 향한 곳에는 수현이 있었다.

"왔어?"

싱긋 웃는 얼굴에 불편함이나 당황, 어색함 따위 없었다. 며칠 전의 소란이 다 없었던 일처럼 느껴질 정도의 평온함만이 그를 둘러싸고 있었다.

"놀랐어?"

"어? 어……. 갑자기 여긴 웬일이야?"

"웬일은."

오랜만이잖아. 수현이 어깨를 으쓱이며 무심하게 대꾸했다.

이 집에서 어색한 건 저 하나였다. 엄마의 뒤를 졸졸 쫓아 음식을 나르고 수저와 빈 그릇을 옮기는 그의 모습은 저보다도 이곳과 더 잘 어울렸다.

실제로 식탁 위 음식들도 죄다 수현이 좋아하는 것들이었다. 소고기가 들어간 미역국과 팬에 볶은 불고기, 청양고추를 넣은 된장찌개 같은.

"수현이가 전화로 아줌마가 해 준 음식이 먹고 싶다길래 냉큼 오라고 했지."

엄마가 콧노래를 흥얼거리며 말했다. 언니의 죽음 이후로 줄곧 웃을 일이 없던 엄마는 수현의 존재가 달가운 듯 보였다.

"와, 꼭 생일상 같아요."

"미국에서 한국 음식 그리웠을 거 아니야. 아줌마가 솜씨 자랑 좀 했지."

그 말에 수현이 눈을 접어 가며 웃었다.

"어머니 음식 정말 그리웠는데."

"그래, 많이 했으니까 많이 먹어. 유하 너도 얼른 자리에 앉고."

"……."

"……."

죽은 이의 이름은 집 안 기운을 급속도로 얼어붙게 했다. 힐끗 곁눈질로 살펴본 수현의 얼굴도 어느 틈엔가 딱딱하게 굳어 있었다. 엄마만이 싱글벙글 즐거웠다.

유주는 애써 아무렇지 않은 척 숟가락을 들고 한 술을 떴다. 이런 일이 한두 번도 아니고 이제 와 새로이 상처 날 마음도 없었다.

다만 수현이 함께하는 와중에 일어난 일이라는 게 조금 민망하고 창피할 뿐이었다.

"된장찌개 진짜 맛있다. 내가 이래서 다른 건 다 사 먹어도 된장찌개는 안 사 먹는다니까."

유주가 부러 능청을 떨며 웃었다. 숟가락도 들지 않은 채 굳은 얼굴을 풀어내지 못하는 수현은 충격이 큰 모양이었다. 이 이상한 분위기를 엄마까지 알아챌까 싶어 신경이 쓰였다.

엄마의 폭력을 수현도 알고는 있었다. 물리적인 폭력은 흔적들이 남으니 모를 리 없었다. 하지만 이런 식의 광경은 처음일 것이다.

식탁 아래로 주먹을 쥐고 있는 그의 손등을 두드렸다. 그러자 기다렸다는 듯 차가운 손가락이 얽혀 온다. 그러고는 대놓고 시선을 맞춘다. 슬픔인가, 연민인가. 절절한 눈을 한 주제에 손등 위에는 푸른 정맥이 선연하다.

"얼른 밥 먹어."

조금 낮춘 목소리와 함께 잡힌 손을 풀어냈다. 그러고는 끊임없이 농담을 하고 시시각각 주제를 바꾸며 계속해서 웃었다. 엄마의 기분을 망치고 싶지 않았다. 저의 슬픔을 수현에게 보여 주고 싶지도 않았다. 조금 비참해도 그게 저의 최선이었다.

그 노력을 수현도 아는지 굳어 있던 얼굴을 조금 풀고 음식에 손을 댔다. 적당히 미소도 지었다. 이 정도면 나쁘지 않다 생각할 즈음.

"아 참, 우리 수현이 유하 다니는 미술관에서 전시 연다며?"

엄마가 말했다. 식탁 위 기운이 다시 한번 싸늘해졌다.

수현이 탁, 소리를 내며 숟가락을 내려놓았다. 다급하게 그의 팔을 붙잡았지만 소용없다는 듯 뿌리친다.

"어머니."

"응, 왜. 뭐 더 줄까?"

상냥하게 웃는 엄마는 뭐가 문제인지 모르고 있었다.

"유주예요."

"응?"

"유주를, 자꾸만 유하라고 부르시잖아요."

낮은 목소리가 차분했다. 엄마의 얼굴이 시체처럼 창백해졌다.

"어, 어머……. 내, 내가…… 그랬니?"

엄마는 정말 놀란 것처럼 보였다.

엄마의 실수는 대부분 악의가 없었다. 정말, 그냥 정말 언니가 살아 있다 믿는 탓에 일어나는 실수들이었다. 그래서 그 실수들을 짚어 주면 엄마는 더 큰 절망에 빠졌다. 이번에도 역시 엄마는 참혹한 절망이라도 느낀 것처럼 울음을 터트렸다.

"내가 정말 미쳤나 봐……. 수현이 너를 보니 유하가 더 생각나서……. 흐윽, 네가……. 네가 유주랑 같이 있는 모습을 보니 자꾸만……. 자꾸만 유하가 생각나서……."

엄마의 울음은 이내 통곡이 되어 커졌다.

"우리 유하도……. 우리 유하도 오늘 같이 있었으면 좋았을 텐데."

"어머니……."

"수현아. 우리……, 우리 예쁜 딸 기억하지? 흐윽……. 우리, 우리 유하 말이야."

엄마는 말이 없는 수현의 손을 부여잡고 말했다. 수현은 참기 힘들어 보였다.

유주가 자리에서 일어나 흐느끼는 엄마의 어깨를 감싸 안았다.

"엄마……."

상황을 어떻게든 정리하고 싶은 마음이었다.

"저리 비켜, 이 나쁜 년!"

그렇지만 엄마는 발작하듯 유주를 밀어 냈다. 수현이 놀라 반사적으로 자리에서 일어났지만 보이지도 않는지 그녀는 유주의 뺨을 내려쳤다. 커다란 마찰음과 함께 유주의 고개가 돌아갔다.

"나쁜 년! 이 나쁜 년!"

"이게 무슨……!"

수현이 차마 소리를 다 지르지도 못하고 유주를 제 뒤에 숨겼다. 뒤를 돌아보며 '괜찮아?' 하고 물었지만 유주는 대답할 수가 없었다. 그가 한숨을 내쉬며 다시 앞을 보았다.

"정신 좀 차리세요. 언제까지 이러실 거예요. 아무 잘못도 없는 유주한테 대체 왜 이러세요."

화를 꾹 누른 목소리였다.

"아니야……. 아니야, 우리 유하는……!"

"유하는 죽었어요."

죽음을 말하는 수현의 목소리는 낮고,

"유주는 아무 잘못 없어요."

차가웠다.

엄마는 망연자실한 얼굴로 주저앉았다. 수현은 그런 엄마와 시선을 맞추고 싶은지 한쪽 무릎을 꿇고 앉았다.

"유하는 죽었어요."

그러고는 주문을 외우듯, 다시 읊조렸다.

"흐윽…… 흡……. 흑……."

엄마의 울음도 그의 말을 막지는 못했다.

"유하는 죽었고, 유주는 아무 잘못 없어요."

"내 딸, 흐……. 내 딸……."

"유하는, 유하는 죽었어요."

수현이 천천히 엄마의 어깨를 감싸 안았다. 제가 안았을 때와는 달리 엄마는 조금 위로받는 듯 보였다.

반면에 수현은,

"알아요. 저도……."

아주 조용히 울었다.

"흐으……."

"저도 유하가…… 보고 싶어요."

유주는 몸에 바람이 든 듯 느껴지는 찬 기운에 문득 두려움을 느꼈다.

□ ◆ □

소동은 수현이 이끄는 대로 정리되었다. 그는 울음이 줄어든 엄마를 부축해 방으로 이끌었고 한동안 이야기를 나누며 마음을 다독여 주었다.

그가 그러는 동안 유주는 차갑게 식은 식탁을 정리하고 놀란 숨을 가라앉혔다. 그렇게 한참을 방 안에서 홀로 무겁게 흐르는 시간을 견디고 있을 즈음, 두 번의 노크와 함께 수현이 방문을 열었다.

"변한 게 없네."

그가 방 안을 살피며 말했다.

"엄마는?"

물으니 그가 어깨를 으쓱, 움직였다.

"주무셔. 피곤하신가 봐."

그렇게 소리를 지르고 화를 내며 울었으니 피곤할 법도 했다.

"비상약 있어?"

그가 물었다.

"왜? 체한 것 같아?"

"나 말고. 너 다쳤잖아."

그의 눈짓이 엄마에게 맞은 뺨으로 향했다.

"아아, 이거. 괜찮아."

"내가 안 괜찮아서 그래. 손목도 다쳤잖아. 연고랑 밴드 같은 거 없어? 없으면 나가서 사 오고."

"됐어."

수현이 무슨 생각으로 이곳에 왔는지 알 수 없었다.

"됐으니까 이제 집에 가."

울음으로 점철된 대화를 나눈 이후 별다른 연락이 있었던 것도 아니었다.

"싫어."

이제 수현은 울지 않았다. 숨이 넘어갈 것처럼 울면서 무릎을 꿇고 빌던 수현은 이제 보이지 않았다. 속을 알 수 없는 얼굴로, 감정 하나 보이지 않는 얼굴로 다가온 그가 다짜고짜 입을 맞췄다.

"뭐 하는……!"

입술과 입술이 스치는 즉시 그의 뺨을 쳤다. 차오르는 모멸감에 몸이 떨렸다.

"너 미쳤어?"

돌아간 고개를 바로 하지 않고 우뚝 선 그가 제가 아는 수현이 맞는지 의심스러웠다. 그의 마음이, 그의 열망이 제가 모르는 사이 어디까지 크기를 키웠는지 가늠이 되지 않았다.

"유주야."

그가 차디찬 눈으로 시선을 맞췄다.

"너를 사랑하는 건 참 쉬워."

수현이 사랑을 말했다.

수현은 수렁에 빠진 듯 절망적인 얼굴을 한 유주를 무심하게 쳐다보았다. 잠깐 스친 입술의 감촉이 내내 고민하던 문제를 해결해 준 기분이었다.

유주가 저와의 끝을 말하고 등을 돌린 순간부터 저는 이 모든 불행의 시작이 어디였는지를 찾기 위해 혈안이었다. 그러다 보니 자연스레 그날의 기억을 되짚었다. 유하가 아무리 그리워도 그 순간만큼은 떠올리지 않으려 노력했던 어느 날의 기억.

그 어느 날의 기억이 이 모든 비극의 시작이었다.

□ ◆ □

그날은 유하가 교수 추천에서 떨어졌다는 소식을 들은 날이었다. 속상해하고 있을 게 뻔해 전화를 걸었지만 전화도 하기 싫은 모양인지 받지 않았다. 일부러 받지 않는 거라는 것쯤 모르지 않았다. 원체 자존심이 강해 이런 날은 누구와도 말을 섞지 않는 유하니까.

"이번엔 또 어떻게 달래야 하나."

대답 없는 유하와의 대화 창을 바라보며 중얼거렸다.

특출난 재능이 있는 건 아니었지만 그림에 대한 열정이나 애정이 누구에게도 뒤지는 편이 아니었던 유하가 이번 프로그램에 뽑히기 위해 얼마나 노력을 했는지 누구보다 잘 알고 있었다.

결국 유주에게 유하의 행방을 물었다. 같이 집에 가고 있다는데 상태는 역시나 좋지 않다고 했다. 잠깐이나마 얼굴 보고 이야기를 나누면 좀 낫지 않을까 싶어 근처에 있던 것이 화근이었다.

유하의 집으로 향하던 와중 맞은편 인도에서 익숙한 우산 두 개를 발견했다. 소리쳐 부르기도 전에 벌어진 난투극. 하지만 난투극이라기에는 일방적이었다.

한쪽이 한쪽의 머리채를 휘어잡고 소리를 지르고 있었다. 거리가 있어서 누가 누구인지 제대로 알 수는 없었지만 둘 중 하나가 다른 하나의 머리채를 잡는다면 그건 유하일 게 분명했다.

대충 들어도 무슨 이야기를 하고 있는지 알 수 있었다. 거세게 내리는 빗줄기에 소리가 묻힐 법도 한데 딱 그만큼 악을 쓰는 두 여자의 목소리는 제법 선명했다.

곧이어 유하가 유주의 뺨을 내려쳤다. 더 두고 보다간 큰일이 날 것 같아 얼른 횡단보도를 찾았다. 초록불이 켜지면 달릴 생각으로 준비를 하는데—

쾅—!

하나의 몸이 달리는 차 앞으로 뛰어들었다.

느려지는 광경과 하얗게 멸렬하는 정신. 어두운 밤하늘 아래에서도 붉은 핏물은 선명했다.

"……."

여전히 누가 누구인지 제대로 알 수는 없었지만 둘 중 하나가 달리는 차 앞으로 몸을 던진다면 그 또한 유하일 게 분명했다.

들고 있던 우산이 바닥으로 떨어지는 동시에 몸이 식었다. 혈관을 돌던 피가 죄 빠져나가기라도 한 것처럼 온몸에 한기가 돌았다. 정신은 모호해지고 눈앞은 뿌옇게 변했고 귓가는 답답하게 멍해졌다. 어떤 생각이 나지도, 어떤 광경이 보이지도, 어떤 소리도 들리지 않는 순간의 연속이었다.

그러다 앰뷸런스 소리가 두뇌를 관통하듯 들려왔고 반사 작용처럼 눈에서는 눈물이, 입에서는 헛구역질이 쏟아졌다. 바로 앞에 놓인 횡단보도만 건너면 그곳에 유하가 있는데. 그곳에 쓰러진 유하가 있을 텐데.

고통스러워하고 있을 유하. 피를 흘리고 쓰러져 있을 유하. 죽어 가고 있을 유하. 유하, 유하, 나의 유하. 생각을 거듭할수록 하얗게 질려 있던 얼굴은 일그러졌다. 앰뷸런스가 들것에 유하를 옮기고 시야에서 사라지는 동안에도 할 수 있는 건 아무것도 없었다. 석고상처럼 굳은 다리가 땅에 박혀 온 마음을 붙들어 놓고 있었다.

꽤 오랜 시간 우두커니 서서 비를 맞다가 젖은 땅 위로 무릎을 꿇고 하늘에 빌 듯 엎어져 토악질을 했다. 하루 종일 먹은 것들을 전부 게워 내고도 한참을 그대로 있다가 겨우 입을 틀어막고 몸을 일으켰다. 눈과 얼굴을 젖게 하는 것이 눈물인지 비인지 알 수 없을 정도였지만 입술은 비정할 정도로 단호히 다물어져 있었다.

사고가 일어난 곳과 반대 방향으로 걸었다. 도망친 거나 다름없었다. 겁이 났다.

꿈이다. 이건 다 꿈이다. 아주 고약한 꿈을 꾸느라 아주 끔찍한 것을 보는 것뿐이다.

스스로 그렇게 되뇌며 빗속을 걸었다.

그딴 자기 최면에 빠져 하루라는 시간을 낭비하는 동안 유하가 죽었다는 연락을 받았다.

그때 저가 했던 생각이 어찌나 비겁하고 잔인했는지.

"아니야."

유하의 죽음을 부정하며 어찌나 간절히 빌었던지.

"아닐 거야."

유하의 죽음이 아니기를.

"착오가 있었을 거야."

나의 유하가 죽은 게 아니기를.

"쌍둥이니까……."

차라리 유주이기를.

"유주가 죽은 걸 거야."

저는 그렇게나 추악했다.

유주를 포함한 모든 사람에게 그날 밤 저의 행적을 말하지 않았다. 유하를 잃은 슬픔과 비겁했던 자신을 향한 끓어넘치는 분노를 감당하기에도 정신이 없었다.

게다가 유주가 침묵을 지키고 있었다. 유주의 두려움을 이해했다. 유주의 잘못이 아니었다. 그럼에도 죄책감을 느끼고 있을 유주 또한 이해했다. 그래서 함께 침묵을 지켰다. 어쩌면 공범이었다.

그런 유주가 제게 끝을 말했다. 영영 곁에 머물지 않겠다고 선포했다.

□ ◆ □

"최수현."

"……."

"네가 무슨 말을 하고 있는지 알고는 있는 거야?"

"그럼."

붉게 물든 눈으로 저를 노려보는 유주를 보며 웃었다.

"네가 사랑하는 건 내가 아니고 언니야."

"나도 알아."

"난 언니가 아니야."

"무슨 상관이야."

어머니도 널 유하라 부르는데.

"유주야."

다정한 목소리.

"넌 모르는 게 참 많아."

다정한 미소.

"나 그날 그곳에 있었어."

서늘한 시선.

"유하가 죽던 그날, 유하가 찻길로 뛰어든 그날, 네가 유하와 싸운 그날. 그곳에 내가 있었어."

무덤으로 들어가는 그날까지 절대 발설하지 않겠다 다짐했던 빗속의 진실.

수현은 침묵을 깼다.

15

친구의 종말

유주는 감히 아무 말도 할 수 없었다. 5년의 침묵은 끝났고 10년의 우정도 끝이 난 듯 보였다. 수현이 차분한 얼굴로 다가와 뺨을 어루만졌다. 언제나 뜨겁던 도현과 달리 싸늘하게 식은 그의 체온은 살갗 위의 가는 솜털마저 일으켰다.

"네가 최도현이랑 있는 게 싫다고 했잖아."

손가락으로 가는 목 언저리를 훑은 그가 말했다. 그곳엔 도현이 남긴 자국들이 있었다.

옷깃으로 가리고 있던 걸 굳이 드러내 매만진 그가 사나운 눈을 한다. 조심스럽던 손길마저 치미는 화를 견딜 수 없다는 듯 거칠어진다. 마치 문질러 지우기라도 할 작정처럼 거세게.

"아앗……!"

구석에 몰린 사냥감처럼 온몸이 굳어 움직이질 못하다 이내 짧은 비명을 내질렀다. 고운 손이 스친 목이 졸린 것처럼 아프다.

"너……."

벌어진 옷깃을 여민 채 수현을 노려보았다. 제가 알던 수현이 맞을까. 순하게 내려간 눈매는 분명 그가 맞는데 밝은 갈색의 눈동자는 전에 본 적 없이 새하얗고 잔인하다.

"네가 했던 말을 생각해 봤어."

수현은 차분하게 말했다.

"우리가 왜 멀어져야 하는지. 왜 끝나야만 하는지. 네가 했던 말에는 답이 있을까 싶어서 생각했어."

"……."

"답을 찾으면 없앨 작정이었거든. 나는 너랑 멀어질 생각도, 끝날 생각도 없으니까."

멀어지긴 뭘 멀어져. 끝을 내긴 무슨 끝을 내. 시작한 것도 없는데 끝을 낼 게 뭐가 있어.

수현은 차디찬 속으로 화를 가라앉히며 유주를 쳐다보았다. 제게서 멀찍이 떨어진 걸 보고 있자니 속이 뒤틀렸다.

왜 날 무서워해. 내가 뭘 했다고.

"답은 뭐, 쉽더라."

비식, 새어 나오는 웃음.

"널 유하로 보지 않을게."

다시 거두어지는 미소. 잔뜩 여유로운 걸음으로 사이를 좁힌 수현은 옷깃을 쥐고 있는 손을 거칠게 뜯어내고 제 형의 흔적들을 노려보았다.

"그러니 너도 이제 그만해."

"최수현……, 나. 나, 대표님이랑……."

"알아."

더 듣고 싶지 않았다.

"아니까 그만해."

유주의 곁에 낯선 누군가가 생겼다는 건 직감적으로 알 수 있었다.

도현이 유주를 끌어안고 달래는 모습을 보기 전에도 본능은 모든 걸 예견한 것처럼 경고음을 울렸다. 유하의 곁을 지키듯 아니, 그보다 더한 기세로 정유주의 모든 행동반경을 싸고돌던 제가 그 정도의 낌새도 모를 리가.

유주는 제가 저를 통해 유하를 보았다고 하지만 온전히 유하로 보았다면 이 지경이 되도록 내버려 두지 않았을 거다. 정말 유주를 유하로 보았다면 유주 곁에 다른 이가 자리하고 그 다른 이의 존재가 점점 커져 제 신경을 할퀼 지경이 될 때까지 참지 않았을 거다. 애초에 정말 그렇게 보았다면 최도현은 정유주의 근처에도 닿지 못했을 테니.

정유주는 애초부터 정유주였다.

"나 대표님 좋아해."

그런 제게 정유주는 비수를 꽂는다. 저의 인내심이 그리 많지 않음을 알면서.

유주에게 그것은 최후의 발언이나 마찬가지였다. 곧 잃을 것 같은 소중한 것에 대한 고백이자 애원이었다. 5년 전의 비밀을 모두 알고 있다 말하는 수현에게 5년 만에 얻은 평화를 잃을 것 같은 불길한 예감.

"대표님도 나……!"

말을 다 마치기도 전에 투명한 유리 꽃병이 바닥으로 추락했다. 쨍그랑. 그보다 더 날카로운 소리가 방 안을 매웠다.

꽃병에 담겨 있던 하얀 수국이 볼품없이 흩어졌다. 언니를 그리워하는 엄마가 꽂아 둔 꽃이 분명했다. 이 와중에 엄마가 잠든 것이 다행이란 의미 없는 안심을 했다.

끓는 화를 주체하지 못하고 꽃병을 집어 던진 수현은 손에 묻은 물방울과 꽃잎 몇 개를 무심하게 털었다. 도현의 앞에서 날뛰던 모습과는 달랐다.

그래. 최수현은 화가 나면 날수록, 속이 뒤집히면 뒤집힐수록 겉모습은 차분해진다. 무엇이든 휩쓸고 부술 만큼 커다란 물보라를 품었으면서 표면은 잔잔하기 그지없는 바다와 다를 바 없다.

"유주야."

허스키한 목소리는 제법 다정했다.

"내가 여길 왜 왔다고 생각해."

수현이 닫힌 방문을 힐끗 쳐다보며 물었다. 방문 너머 안방에서 홀로 잠든 엄마를 가리키는 게 분명했다.

“나보고 네가 살인자란 소리를 하라는 건 아니지?”

결국 유주는 끝내 주저앉고 만다.

“형은 네가 살인자여도 괜찮대?”

5년을 부정하던 살인자라는 굴레를 10년의 친구에게 선고받아 끝내 형을 확정받는 순간이었다.

“내가…….”

내가 어떻게 하면 돼. 유주는 바닥에 엎드려 울었다. 감당할 수 없는 공포와 두려움이 온몸을 짓눌러 결코 허리를 세울 수 없었다.

엄마가 이 사실을 알게 되면 어떻게 될까. 엄마를 미치게 하고 엄마의 딸을 죽게 한 그 사고의 가해자가 사실은 당신의 또 다른 딸이었다는 걸 알면 엄마는 대체—

엄마는 죽고 말 거야. 반드시 죽고 말 거야. 안 돼. 안 돼. 그럴 순 없어.

시선 끝에 비치는 수현의 다리를 보며 아랫입술을 짓이겼다. 울음이 새어 나가서는 안 됐다.

제가 울면 어김없이 나타나 달래 주던 도현을 오늘 이후로는 절대 곁에 둘 수 없을 것이다. 그러니 다시 울지 않는 법을 익혀야 한다. 예전처럼.

하지만 도현과 함께한 시간이 그리 긴 것도 아닌데 예전이 잘 떠오르지 않는다.

어떻게 버텼더라. 어떻게 울지 않았더라.

“내가…… 뭘 하면 돼.”

나오지 않는 목소리에 발악을 더해 겨우 말을 이었다. 방 안을 채운 그날의 진실이 문을 넘어가서는 안 됐다. 울음도 진실도 전부.

무감한 얼굴을 한 수현이 다 젖은 얼굴을 한 유주를 내려다본다. 이내 한쪽 무릎을 꿇고 시선을 맞춘 그는 퍽 안쓰럽다는 듯 눈썹을 찡그렸다.

“내 옆에 있어.”

예전처럼. 그거면 돼.

간결한 주문이었다. 너무 쉬어서 단번에 외울 수도 있는 말. 머리에 새기고 몸에 새기고 종국에는 마음에도 새겨야 하는 말.

그 말에 유주는 고개를 끄덕였다.

□ ◆ □

"일이 많이 바빠?"

몇 번의 전화를 그냥 넘겼더니 도현은 사내 콜을 이용해 불렀다.

처음 하루 이틀은 피곤하다는 핑계를 대고, 그다음 하루 이틀은 엄마 핑계를 대며 피했는데 더 이상은 그에게도, 저에게도 무리였다.

"왜 그렇게 서 있어."

못마땅한 얼굴을 한 그가 말했다. 가까이 다가가 마주하면 어렵게 한 다짐들이 전부 무너질 것 같은 기분에 멀찍이 서 있었더니 그 꼴이 마음에 들지 않는 모양이었다.

"이리 와."

도현이 책상 위 서류를 한쪽으로 밀어 내고 자리에서 일어났다. 기어코 한 걸음도 움직이지 않았더니 결국 그가 코앞까지 다가와 고개를 숙였다.

걱정스러운 눈으로 응시하는 얼굴. 어김없이 강하고 포근한 향이 밀려와 순간 호흡을 멈췄다.

"유주야."

이쯤 되면 이상한 걸 눈치채고도 남을 그였다.

커다란 손이 이마 위를 덮는다.

"아파?"

파도처럼 밀려드는 다정에 유주는 어렵사리 고개를 저었다.

유주는 도현과의 관계를 정리하라고 말하는 수현에게 시간이 필요하다고 했다. 그와의 시간을 연장하고 싶은 욕심도 욕심이었지만 무엇보다 도현의 집요함을 아는 탓이었다.

아무런 계기 없이 무작정 이별을 고하면 그는 수긍하지 않을 거고 이유를 원할 것이었다. 거기에 제대로 답할 준비가 되어 있지 않았다. 그것만큼은 수현도 이해하는 듯했다.

아량이라도 베푸는 것처럼 마음대로 하라, 말한 그는 한 가지를 더 덧붙이며 선을 확실히 했다. 시간을 갖는 건 마음대로 하더라도 도현과 사적으로 만나는 일 같은 건 없어야 할 거라고. 얼굴과 얼굴을 마주하는 만남을 넘어 그게 전화든 문자든 어떤 것도 허락하지 않는다고.

잔인한 현실이 원망스러웠다.

"그럼 왜 그래."

"……."

"나 걱정돼."

제 얼굴을 감싸 들어 올린 그를 쳐다보았다. 대리석처럼 하얀 얼굴과 매번 조금은 붉게 물들어 있는 눈매를 잊지 않으려 강박적으로 눈에 담았다.

지금이야 저를 다정하게 보고 있지만 멀지 않은 날이 오면 그 눈으로 저를 미워하고 혐오하는 날이 올 테니. 최악으로 이어진 어느 날엔 그 어떤 감정도 내비치지 않고 그저 무심하고 무감하게 저를 쳐다보겠지. 그리고 완전히 무시하는 날이 오면 그때는, 그때는 어떻게 해야 하지.

눈물이 날 것만 같아 제 얼굴을 감싼 손을 떼어 내고 무작정 품에 안겼다. 제 등과 허리를 감싸는 팔이 느껴졌다. 그 어떤 순간에도 이 품이면 다 괜찮을 것 같았는데.

"대표님."

"응."

"보고 싶었어요."

그 말에 도현이 낮게 웃었다. 아직은 그날이 아니니 조금은 솔직해도 되지 않을까. 그를 피하는 나흘이 지옥 같았음을 말하지는 못하더라도 내내 보고 싶었다는 말 정도는 할 수 있지 않을까.

"일이 너무 많아요."

같잖은 핑계를 대어 보았다.

"줄여 줄까."

그걸 또 같잖지 않게 듣는 사람이 있어서.

머리카락을 쓸어 내는 손이 말도 안 되게 다정하다.

"일을 줄이면 어떡해요."

"왜 못 해."

"그럼 그거 누가 해요."

"내가 할게."

"대표님이 제 비서 하려고요?"

"못 할 건 또 뭐야."

나흘의 지옥이 10분도 되지 않는 대화에 꽃밭이 되었다.

"나는 네가 자꾸 연락이 안 돼서 또 도망치나 했어."

턱을 쥐고 부드럽게 눈을 맞춘 그가 말했다.

"미안해요."

"괜찮아. 도망친 거였어도 잡으러 갔을 거니까."

농담에 깃든 소유욕이 싫지 않았다. 할 수 있다면 그가 든 족쇄를 스스로 건네받아 손이고 발이고 다 채우고 싶을 지경이었다.

하지만 저는 그럴 수 없다는 걸 안다. 그는 정말이지 그럴 수 있는 사람이지만 저는 아니니까. 그러니 그에게 저를 미워할 이유를 주어야 했다. 그 적당한 이유를 만들기 위해 약간의 유예 기간을 갖게 된 것이고.

"저건 뭐예요?"

유주가 책상 옆에 놓인 두 개의 캐리어를 가리켰다. 가리킨 손을 따라 고개를 돌린 도현이 한숨을 푹 내쉬었다.

"나 출장 가."

"출장이요?"

"원래 잡혀 있던 일정인데 갑자기 당겨졌어. 그쪽에서 마음이 급한가 봐."

샌프란시스코에서 뉴욕, 뉴욕에서 다시 한국으로 오는 일정이라고 했다.

후원 파티 이후로 극비라 칭해지던 수현의 전시는 암암리에, 그러나 계획적으로 입소문을 탔다. 그리고 그 입소문은 국경을 뛰어넘었고 적절한 사람들에게 흘러 들어갔다. 물론 수현의 전시는 도현이 직접 기획할 때부터 해외에서의 전시 투어를 염두하고 진행한 것이었다.

그림 자체만 비행기에 태워 이리 보내고 저리 보내면 좋으련만. 공간 자체가 중요한 영향을 미치는 전시인 만큼 세부적인 것들은 현지에서 조율해야 했다.

덕분에 도현은 몸이 두 개라도 모자를 만큼 바쁜 일정을 소화하고 있었다.

"가기 전에 같이 있고 싶었는데 얼굴만 겨우 보네."

그가 아쉬운 얼굴을 했다. 같은 하늘 아래에 있어도 피하기만 했을 얼굴인데 또 멀리 간다고 하니 속이 상했다. 훤히 드러내는 감정에 도현이 괜찮다는 듯 웃었다.

"보고 싶으면 울지 말고 전화해."

"제가 뭐 시도 때도 없이 우는 줄 아세요."

그가 아직 울지 않은 눈가를 매만졌다.

"시도 때도 없이 울어도 돼. 너 우는 거 좋다고 했잖아."

"……."

"근데 나 없는 동안은 울지 마. 나 속상해."

웃고 있는 그를 똑바로 쳐다보기가 힘들었다. 그의 곁에서는 울어도 된다는 말이, 그가 없는 동안은 울지 말라는 말이 꼭 앞으로 닥칠 이별을 예고하는 것 같았다.

"그럴게요."

그의 품에 안겨 규칙적인 심장 소리를 들었다. 어쩌면 마지막일지도. 아니, 마지막인 게 분명한 체온과 체향과 촉감과 목소리를 온몸의 감각을 세워 기억했다.

완전한 이별을 하기 전, 이렇게 한번은 안아 볼 기회가 있다는 것에 감사해야 할까. 이렇게 영영 잊을 수 없는 순간이 주어진 것에 잔인하다 원망해야 할까.

□ ◆ □

유주는 벌써 2주째, 수현의 작업실에 매일같이 출근 도장을 찍었다. 수현의 요구였다. 적어도 하루에 한 번은 얼굴을 보여 달라는.

마찬가지로 도현이 미국으로 떠난 지 2주째였다. 빠르면 일주일 정도 걸릴 거라는 말과 달리 일이 많은지 그는 여태 돌아오지 못하고 있었다.

그동안 그는 몇 번의 국제 전화를 걸어 오고 안부를 묻는 문자를 여러 번 보냈지만 처음 며칠만 짧게 답을 했을 뿐 내내 무시하며 버티고 있었다.

그가 간절해지면 간절해질수록 유주는 하루를 바쁘게 보냈다. 점심시간까지 아껴 일을 하다 퇴근을 하면 바로 수현의 작업실로 향해 그를 도왔다.

나날이 야위는 꼴을 보다 못한 수현이 외근 신청을 하고 작업실에 오라 했지만 유주는 그것만큼은 양보하지 않았다. 오히려 퇴근 시간까지 주어진 업무보다 더 많은 걸 하고 나서야 작업실에 들렀다.

잘 시간이 부족하긴 했지만 괜찮았다. 잠에 드는 시간이 나날이 줄어 가고 있었으니까. 끔찍한 악몽은 둘째 치고 갈수록 예민해지는 신경에 피곤해 죽을 것 같은 몸을 침대에 누이고도 잠이 오지 않는 탓이었다.

Rrrrr

어김없이 전화가 온다. 아침에 한 번, 늦은 저녁 시간이 되어 한 번. 바쁘다더니 잠도 안 자는지 한국 시간에 맞춘 전화 타이밍에 걱정이 앞섰다. 차라리 무음으로 바꾸면 인지라도 못 할 텐데 그가 저를 생각한다는 걸 알고 싶은 이기심은 미련하게도 내내 진동 소리에 신경을 곤두세웠다.

"형이야?"

등 뒤로 물어 오는 소리에 번쩍, 정신이 들었다.

"뭘 그렇게 놀라."

아무렇지 않은 얼굴의 수현이 물끄러미 핸드폰 화면을 쳐다본다. 그러고는 그대로 앗아 가는 손. 거절 버튼을 누르고 장식장 위에 핸드폰을 올려 두는 뒷모습을 유주는 똑바로 쳐다볼 수가 없다.

"잠은 좀 잤어?"

"응?"

"눈 밑이 어두워. 그림 그리다 보면 또 한참일 텐데 괜찮겠어?"

"괜찮아."

애써 웃어 보이자 그가 이젤 앞에 놓인 의자를 가리켰다. 그가 저를 작업실로 부르는 데에는 이런 식의 이유가 있었다.

수현은 추상적인 표현을 주로 사용하는 화가였고 어떤 세밀한 관찰이 필요한 작업을 하지는 않았다. 흰색 혹은 흰색에 가까운 유채 물감과 잘게 부서진 유리 조각으로 완성되는 그의 그림은 대부분 하얗고 특별한 대상이 없었으니까.

어떻게 보면 그리 특별할 것 없는 재료들의 조합이었지만 그것들이 수현의 손을 거치면 눈물이 날 정도로 환하게 빛을 발했다. 햇빛 아래에선 찬란하게 빛나고 달빛 아래에선 슬프게 반짝인다는 세간의 평가도 유주의 입장에선 그리 만족스러운 묘사가 아니었다.

"졸리면 그냥 자도 돼."

그럼에도 수현은 꾸준히 유주를 그리듯 이젤 앞에 유주를 앉혔다. 책을 읽어도, 무언가를 먹어도, 심지어는 잠들어도 된다고 하는 걸 보면 분명 모델 역할은 아닌데.

"그냥 거기에만 있어."

영감의 대상이 되었다.

붓이 움직이기 시작하면 그때부터 시간은 단숨에 흘렀다. 수현은 무섭게 집중했고 눈은 대부분 캔버스를 떠나지 않았다. 몇 시간에 한 번, 아주 가끔씩만 유주를 쳐다볼 뿐이었다.

"……."

오늘도 여느 때와 마찬가지였다. 이제는 지정석 같은 의자에 앉아 유주는 책을 읽었고 수현은 그림을 그렸다. 유주의 미술관 업무가 끝나야만 시작되는 탓에 시간은 늘 아주 늦은 밤을 향해 달려갔다. 그렇게 한참 시간이 흐르고 수현이 유주를 쳐다보았을 때, 유주는 잠들어 있었다.

"……."

수현이 조심조심 붓을 내려놓았다. 그래 봤자 붓의 무게가 얼마나 된다고 그것이 내는 소음에 유주가 깰까 유난을 떨었다.

시계를 보니 자정을 막 넘기고 있었다. 불편한 제 앞에서 저리 자는 걸 보면 유주의 몸도 한계를 느끼는 게 분명했다. 퇴근을 하는 직후 이곳으로 온 지만 벌써 2주째니까.

"후……."

착잡한 한숨과 함께 숨을 죽이고 아슬아슬한 얼굴을 들여다보았다. 가까이 다가가니 바르작거리는 숨소리가 들린다.

이러다 곧 부서지는 건 아닐까. 유주를 부서지게 하는 건 저면서 그런 모순적인 걱정을 했다.

살인자라는 말을 꺼낸 이후로 유주는 제 눈을 잘 보지 않았다. 예전과 다를 것 없는 행동을 하려 노력하는 게 보이긴 했지만 눈만큼은 잘 안되는지 아예 피해 버리고는 마주하려고 하지 않았다. 그게 서운하면서도 어쩔 수 없다는 걸 알아 똑같이 모른 척했다. 민망해하는 유주를 이젤 앞에 앉혀 두는 것도 그 때문이었다. 그렇게라도 하지 않으면 하루에 한 번도 그 말간 눈을 보지 못할 것 같아서.

"흐……."

미동 없는 얼굴이라도 마음 놓고 볼 수 있음에 감사하며 쳐다보는데 유주가 괴로운 신음을 뱉었다. 악몽이라도 꾸는 건가. 구겨진 미간을 손가락 끝으로 꾹 누르니 울 것 같은 눈이 번쩍 떠진다.

"……."

조용히 얽히는 시선.

문득 근래의 작업 속도가 빨라진 것에 대한 생각이 들었다. 한국에 들어온 이후 줄곧 작업에 진척이 없었다. 슬럼프인가, 생각이 들 정도로. 처음 그림을 그리기 시작했던 어릴 적부터 지금까지 단 한 번도 붓을 들고 망설인 적이 없던 터라 혼자 속앓이를 할 정도였다.

그런데 최근 들어 붓을 쥔 손에 다시 힘이 실렸다.

오랜만에 얽히는 시선을 보니 그 이유를 알 것도 같다. 그립던 얼굴과 시선. 조금 찌푸리는 모양까지 마음을 사로잡는다.

"하지 마."

유주가 고개를 돌리며 말했다. 그저 조금 쳐다본 것뿐이었는데. 익숙한 눈과 익숙한 콧날, 익숙한 입술이 저를 거부한다.

"날 사랑하면 쉽잖아."

돌아간 고개를 다시 저에게 돌리며 말했다.

"노력이라도 해."

저를 사랑하라고, 그걸 또 노력하라고 말도 안 되는 말을 하는 저에게 유주는 원망이 어린 얼굴을 했다. 익숙한 얼굴에 익숙하지 않은 원망. 씁쓸하긴 해도 그것조차 유주의 것이니 익숙해질 생각이었다.

"넌 날 사랑해?"

그런 제게 유주가 괴롭다는 듯이 물었다.

"사랑할 수밖에 없어."

"너 착각하는 거야."

유주는 단호했다. 아마도 저를 유하로 보고 있다 생각하는 모양이었다. 틀린 말은 아니었지만 그렇다고 맞는 말도 아니었다.

"왜 그렇게 생각해?"

"너는……."

"내가 너를 사랑하는 게 그렇게 말이 안 되는 일이야?"

수현은 진심으로 궁금했다. 내가 너를 이렇게 원하는데. 내가 너의 시선 하나 받겠다고 이렇게 안달하는데, 왜 사랑이 아니야.

꾹 누른 속말들이 납을 매단 것처럼 무거워 낮에 먹은 음식들이 전부 뒤집힐 것만 같았다.

수현이 후, 무거운 숨을 뱉으며 자리에서 일어났다.

"늦었으니까 집에 가."

종종 이렇게 유주와 언쟁을 벌이다 보면 범람하는 마음을 다 쏟고 싶었다. 매번 저렇게 부정하는 모습을 보면 이게 내 마음이라고 생살을 가르고 보여 주고 싶었다.

하지만 참을 수밖에 없었다. 사랑과 증오가 세운 절벽으로 떨어지는 핏물을 다 쏟아 내 붓고 나면 속은 후련해지겠지 싶으면서도 거기서 익사할 정유주가 불쌍해 참을 수밖에 없다.

"오늘은 못 데려다줄 것 같으니까 택시 불러. 도착하면 연락하고."

"수현아."

"달래려고 하지 마."

"……."

온 마음을 다해서 사랑했던 유하는 하늘이 뒤집혀도 만날 수 없는 무의 세계로 사라졌다. 그리고 그런 유하와 온갖 것이 다 똑같은 유주가 제 곁에 있다.

유주의 모든 것이 저가 사랑했던 무엇과 다름이 없다. 밤하늘을 뚝 떼어다 펼쳐 놓은 것 같은 머리카락과 속이 비칠 듯이 하얀 피부도, 저를 담아내는 말간 눈과 수현아, 하고 부르는 조금 낮은 목소리. 유하에게 있었고 유주에게도 있는. 그 모든 것은 제가 사랑할 수밖에 없는 사랑하는 것들이다.

그런 의미에서 이번 전시의 주제는 모호했고 그래서 정체를 겪었다. 미리 정해 둔 주제는 '사랑' 이었는데 사랑이라는 단어만 떠올려도 선명하게 되살아나는 한 사람의 얼굴과 몸짓이 유하인지, 유주인지 알 수가 없었다.

번뇌와도 같은 고민과 시간 속에서 내린 결론은 생각보다 간단했다. 구분할 수 없다고. 저는 영원히 그것들을 구분할 수 없을 거라고. 그렇게 결론을 내렸다.

16

천둥이 오는 소리

천둥이 치는 날이면 유주는 외출을 하지 않았다. 지금이야 직장을 다니는 입장이라 날씨를 핑계로 외출의 여부를 정할 수 없는 처지기는 하지만 이전에는 그랬다.

유하의 사고가 일어난 그날의 날씨와 연관이 있었다. 비바람이 몰아치고 천둥이 내려치는 까만 하늘. 유주는 그것을 극심히 두려워했다.

보통 그런 날이 오면 유주는 커튼을 치고 이어폰을 꽂은 채 시간을 죽였다. 번쩍이는 섬광이나 땅이 울리는 소리를 피하기 위해서였다.

이어폰에서는 쇼팽 발라드 제1번이 반복적으로 나오고 있었다. 일종의 루틴이었다. 어차피 음악이란 하늘의 천둥보다 선이 얇아 아무리 볼륨을 높여도 완전한 보호막이 되지 못했다. 그럼에도 음악을 듣는 건 신경을 다른 곳으로 돌리기 위함이었다.

'다른 건 하나도 기억 못 하면서.'

피아노를 치는 언니에게 말했다. 언니는 피아노를 칠 줄 알았다. 그림보다 먼저 배운 게 피아노기도 했고 미술 학원만큼이나 피아노 학원도 꽤 오래 다녔던 것 같은데 딱히 흥미를 느끼는 것 같지는 않았다. 손끝에 닿는 피아노의 감촉이 싫다고 했던가. 단순히 재미가 없다거나 하는 그런 이유는 아니었다.

그런 언니가 유일하게 애정을 갖고 연주하던 곡이 쇼팽의 발라드 제1번이었다.

'이건 이상하게 손에 익어서.'

왜 그것만 연주하느냐고 물으면 언니는 늘 그렇게 답했다. 형식적으로 악보를 펼쳐 놓기는 해도 간혹 눈을 감기도 하는 걸 보면 손에 익었다는 말이 맞는 듯했다.

유주는 피아노를 배운 적이 없었지만 그 곡이 연주하기에 어렵다는 것쯤은 알고 있었다. 뭐 꼭 해 봐야만 아는 건 아니니까. 듣기만 해도 보통 곡이 아닌걸.

'사실 언니는 피아노에 더 재능이 있었던 거 아닐까.'

우스갯소리로 그런 말을 할 정도였다.

'그럴지도 모르지.'

하지만 언니는 확실히 음악을 좋아하지 않았다. 활발하고 밝은 성격이기는 했지만 시끄러운 걸 지극히도 싫어하던 터라 가끔은 훌륭한 음악조차 소음이라 생각하는 사람이었다.

지금 생각해 보면 쇼팽을 연주할 수준이 되는 동안 피아노 레슨을 그만두지 않았던 것만으로도 대단한 인내심이었다.

언니가 피아노를 연주하는 날은 딱 정해져 있었다. 비가 오는 날. 비가 오면 언니는 먼지가 쌓인 피아노 뚜껑을 닦고 그 앞에 앉아 손가락 관절을 풀었다.

매번 연주하는 곡이 같았던 터라 어떤 선율이 나올지 예상할 수 있었다. 그렇다고 지겹지는 않았다. 오히려 기다릴 때도 있었다. 피아노 위에 손을 올린 언니의 뒷모습을 보는 게 좋았던 것 같다.

"……."

그래서 비가 오고 천둥이 치는 날이면 언니가 연주하던 쇼팽을 들었다. 언니에 대한 똑같은 기억이라도 비극 대신 희극에 의지하고 싶은 마음일까.

음과 음 사이를 침범하는 빗소리를 듣다 보면 언니가 죽지 않고 살아 있는 기분이 들었다. 그렇게라도 언니의 비극을, 그리고 저의 비극을 잊으려 했다. 그러지 않으면 빗줄기가 꼭 쇠창살이 되어 머리 위로 꽂힐 것 같은 허무맹랑한 생각이 들어 견딜 수가 없었다.

오늘도 그러고 싶었다. 매일 저를 보러 오라던 수현의 약속을 저버리고 가만히 언니를 그리고 싶었다.

하지만 그럴 권리가 저에게 있던가. 평일엔 일 핑계를 대며 시간을 조금 미루기도 하고 그랬는데 오늘 같은 주말은 그러지도 못했다.

"하……."

유주가 마른세수를 했다. 신경 안정제를 삼키고 시계를 바라보며 수현과 약속한 시간이 오지 않기를 빌고 또 빌고. 그런다고 가지 않을 시간이 아니고 그런다고 물러날 수현이 아닌 걸 알면서도 미련한 짓을 했다.

아프다고 해 볼까, 아니면 갑자기 일이 생겼다고 해 볼까.

핸드폰을 쥐고 조금 생각하다 결국 통화 버튼을 눌렀다.

— 응, 유주야.

핸드폰 너머로 수현의 목소리가 빗소리와 함께 스쳤다.

— 안 그래도 전화하려고 했는데.

"그랬어?"

— 집 앞이야.

"집 앞이라고?"

— 데리러 왔어. 비가 많이 와서.

친구도 아니고 연인도 아닌 그는 참 배려가 넘쳤다.

사랑한다는 말을 뱉은 이후로 수현은 조금 더 노골적으로 변했다. 보다 다정해지고 보다 섬세해졌다. 원래도 스킨십이 많은 편인 데다 말투나 행동들이 부드러운 편에 속하는 그였지만 이전과는 확연하게 달랐다. 연인을 대하는 태도라고 해야 하나.

수현이 제 언니에게 어떻게 했는지 안 봤다면 모를까, 너무 잘 알고 있는 입장에서 그런 행동을 받아 내기란 아주 어렵고 불편한 일이었다.

"아……."

물론 그렇다고 해서 거부할 수 있는 건 아니었다. 수현은 다정했지만 막무가내였고 섬세했지만 고집스러웠으니까.

— 너는 왜 전화했어?

"아, 그냥."

유주는 단단하게 쳐 둔 커튼을 슬쩍 거둬 내며 창밖을 보았다. 빗줄기가 거세다.

"올라오지 말고 기다려. 금방 나갈게."

늦장을 부리던 마음을 서둘러 정리했다. 그가 기다리고 있다고 생각하니 평온하던 마음에 파장이 인다. 마른침을 삼키는 소리가 그에게 들리지 않기를 조금 바랐다.

소파에서 일어나 카디건을 꺼내 입었다. 더 챙겨야 할 게 있을까, 생각만 하다 늘 들고 다니는 가방 하나만 대충 챙겼다.

1층으로 내려가자마자 보이는 그의 차. 천둥이 내려치기 전 조수석에 올라탔다.

"왜 이렇게 얇게 입고 다녀. 추운데."

수현이 보자마자 타박을 했다. 얇은 티셔츠 한 장에 카디건 하나 걸친 꼴이 마음에 들지 않는지 뒷좌석에 있던 담요를 끌어다 덮어 주는 손길이 꼼꼼하다.

"어차피 실내에만 있는데 뭐. 괜찮아."

그의 차, 그의 작업실, 다시 그의 차, 그리고 집. 주말에 수현과 보내는 시간은 단조로운 편이었다. 전시가 코앞이라 시간을 허투루 쓰면 안 된다는 점이 이럴 때는 도움을 주었다.

"밥 아직 안 먹었지?"

"응. 넌 먹었어?"

"아니, 나도 아직 안 먹었어. 작업실 가기 전에 어디 들러서 먹고 갈까?"

수현이 제 눈치를 살피며 물었다. 웬만하면 그러자고 하고 싶은데 창밖의 하늘이 심상치 않았다. 당장이라도 번쩍이는 천둥이 하늘을 가르고 땅에 꽂힐 것 같은 느낌. 유주는 하는 수 없이 고개를 저었다.

"아니, 작업실로 바로 가자."

"왜, 아직 안 먹었다며. 속 안 좋아?"

속상하다는 듯 눈썹을 일그러트린 그가 손등으로 뺨을 쓸었다. 맞닿은 체온이 차가워 움찔하고 얼굴을 물리니 그가 스치듯 굳은 얼굴을 했다. 마음이 내려앉았다. 금세 웃는 얼굴로 돌아온 걸 확인하고도 찰나의 굳은 얼굴이 신경 쓰였다.

"비 오는 날 걷기 싫어서 그래."

부러 눈을 맞추고 웃었다. 약간 남아 있던 의구심마저 덜어내고 풀어지는 얼굴을 보고 나서야 안심이 되었다. 수현을 걱정하는 습관은 어떻게 해야 고칠 수 있는 걸까.

"저번에 식빵 사 둔 거 남았지? 작업실에서 토스트 만들어 먹자."

"토스트 먹고 싶어?"

"응. 비 오니까 탄수화물 먹고 싶어."

수현이 하는 수 없이 고개를 끄덕였다.

눈에 띄게 살이 내린 유주가 걱정이었다. 비 오는 날을 좋아하지 않는다는 건 알고 있었다. 예전부터 비가 오면 집 밖으로 잘 나오지 않던 유주니까. 그런데 이렇게까지 싫어했던가. 묘하게 굳은 얼굴과 불안하게 창밖을 보는 눈이 어쩐지 낯설게 느껴졌다.

창밖은 낮인데도 불구하고 짙게 드리운 먹구름 때문에 밤처럼 어두웠다. 회색빛의 구름이 하얗게 번쩍이더니 이내 쿠궁, 큼지막한 소리를 냈다. 유주가 귀를 막고 몸을 떤다. 처음 보는 모습에 놀란 건 오히려 저였다.

"유주야, 왜 그래."

"……."

"무서워?"

움츠러든 어깨 위로 손을 덮고 묻자,

"아니, 아니야. 괜찮아. 괜찮으니까 그냥 좀……."

유주가 제 손을 강박적으로 털어 냈다. 허공을 맴도는 손.

이 짧은 시간 동안 벌써 두 번이나 내쳐졌다. 겁에 질린 얼굴을 하고도 강하게 부정하는 몸짓이 매정하게 느껴졌다. 그리도 싫은가 싶은 마음에 한없이 외로운 기분이 든다.

"정유주."

괜한 심술에 이름을 부르는데도 유주는 답하지 않았다. 일부러 무시하는 것 같지는 않고 가방을 뒤지는 것에 집중하는 걸 보면 무언가를 찾는 것 같았다. 손끝이 떨리는 게 뻔히 보이는데도 아무렇지 않은 척을 하는 유주를 물끄러미 쳐다보았다.

가느다란 손가락이 가방 안에서 이어폰을 꺼냈다. 하얗고 작은 이어폰을 귀에 꽂고 눈을 감은 유주가 핸드폰을 만지며 어떤 음악 하나를 재생했다.

그 일련의 과정을 지켜본 수현의 눈이 무심하게 가라앉았다. 유주에게 저는 저 조그마한 이어폰만큼의 위로도 될 수 없다는 걸 분명하게 깨달은 순간이었다.

□ ◆ □

인천 공항에 도착한 도현의 얼굴이 싸늘했다. 윤 비서와 동행한 2주간의 출장은 문제가 없었지만 내내 연락이 되지 않는 정유주에게는 문제가 있었다.

출장을 떠나기 전부터 어딘가 이상한 기류는 눈치채고 있었다. 저를 좋아하지 않겠다 말하던 때에도 연락을 무시하는 경우는 없었는데 최근에는 눈에 띄게 연락을 피하고 있었다. 그렇지 않아도 부서질까 무서워 욕심만큼 쥐지 못하는 상황이 답답한데 정유주까지 이렇게 나오니 꾹 눌러놓은 인내심이 바닥을 치는 소리가 들렸다.

좋지도 않은 인내심으로 지금까지 용케 참은 이유는 정유주가 겁이 많은 걸 알아서였다. 찝찝하고 답답해도 상대가 정유주라서. 정유주는 원래 겁이 많으니까. 틈만 나면 숨어 버리고 잡을 만하면 도망쳐 멀리 달아나는 게 정유주니까.

애써 제 곁으로 온 용기가 가상해 압박하고 싶지 않았다.

그런데 이런 식이면 저도 마음대로 굴 수밖에.

"정유주 위치 어디야."

도현이 윤 비서에게 물었다. 미국에 있는 동안 내내 유주의 위치를 보고했던 윤 비서는 도현의 눈치를 살폈다.

"또 작업실이야?"

도현이 살벌한 눈으로 묻는다.

윤 비서는 도현을 옆에서 보필한 것만 벌써 5년이었지만 지난 2주는 새로움의 연속이었다. 정유주의 위치와 상태에 따라 시시각각 동요하는 도현의 모습은 지나치게 감정적이었다. 물론 도현은 무던히 노력하는 듯했다. 이리저리 날뛰는 감정을 부여잡고 어떻게든 절제하기 위해 애쓰는 모습은 조금 안쓰러울 지경이었다.

그러다 도저히 안 되겠는지 잡혀 있는 모든 일정을 재조정하고 잠자는 시간까지 줄여 모든 스케줄을 완료하는 걸 보았을 땐 차라리 다행이란 생각이 들 정도였다.

윤 비서는 자꾸만 걸음이 빨라지는 도현을 종종걸음으로 쫓아 차 키를 건네주었다. 그가 어디로 향할지는 이미 답이 나왔고 그곳까지 가는 데에 저와 함께하지는 않을 것이었다.

역시나 차 키를 쥔 도현이 운전석에 올라탔다. 왠지 무시무시한 하루가 될 것 같은 기분에 비바람이 몰아치는 밤하늘을 올려다보았다.

— 고객님이 전화를 받지 않아…….

"하……."

도현은 별 쓸모도 없는 핸드폰을 조수석에 던지고 운전에나 집중했다. 마지막이라고 생각하고 걸었던 전화조차 받지를 않으니 걱정이고 뭐고 일단 화부터 난다.

유주에게 사람을 붙인 건 저 자신이었다. 안 좋은 일이 있어도 말하지 않을 유주라는 걸 알아서 혹시나 하는 마음에. 이미 공황으로 고통스러워하는 광경을 몇 번이나 목격한 적이 있던 터라 제가 없는 동안 유주에게 아무 일이 없을 거란 보장이 없었다.

그러니까 정말이지 걱정 차원에서 붙인 사람이었는데. 갑자기 일어날 어떤 사고나 위험을 방지하기 위해. 모든 걸 혼자 감내하려는 정유주가 걱정돼서. 그런데 이걸 이렇게 쓸 줄이야.

이미 2주 내내 유주가 수현의 작업실로 향했다는 걸 안다. 정유주와 최수현의 사이를 의심하는 건 아니었다. 둘 사이가 어떤 사이인지 유주의 입을 통해 들었고 수긍했고 이해했으니까. 그 얘기를 하던 유주의 괴로운 얼굴과 목소리를 여전히 기억하고 있었다.

그런데 왜 이렇게 불안한 기분이 드는지. 유주를 수현의 전담으로 붙일 때 들었던 아주 작은 찝찝함이 자꾸만 크기를 키우고 있었다.

이유가 뭘까. 저에게는 연락 한번을 하지 않으면서 수현의 작업실에는 꼬박꼬박 가는 이유가.

□ ◆ □

수현이 그림을 그릴 때 필요한 건 딱 두 가지다. 단단한 질감의 유채 물감과 깨진 유리 조각. 그러다 보니 그의 작업실은 언제나 기름 냄새가 가득하고 곧 깨질 날을 기다리고 있는 커다란 유리가 창문처럼 늘어져 있었다.

"진짜 괜찮겠어?"

"부탁해 놓고 자꾸 물어볼 거야?"

정망치를 들고 판유리 위에 선 유주가 유난스럽다는 듯 대꾸했다. 매번 의자에 앉아 모델 일을 하게 하던 수현이 오늘은 꽤 위험한 일을 부탁했다. 유리를 부수는 일이었다.

"걱정되니까 그러지."

"나 예전에 교양으로 유리 공예 수업도 들었었어. 나름 학점도 잘 나왔다고."

그만 걱정하라고 한 소리였는데 외려 더 돋우는 쪽이 되었는지 수현은 짜증스러운 표정을 지었다.

"그게 지금 이거랑 같아? 그건 유리를 만드는 거고 이건 부수는 건데?"

"알았어, 알았어. 조심하면 되잖아."

"장갑이나 좀 제대로 끼고 말해. 조금만 잘못해도 베인단 말이야."

어느 틈엔가 우비를 챙겨 나온 수현이 가는 팔에 우비를 끼워 주며 말했다.

"우비까지 입어야 해?"

"정을 내려치는 거라 파편 많이 튈 거야. 맨살에 유리 조각 박히고 싶은 거 아니면 조용히 입어."

"너도 이거 입고 해?"

"난 안 입지."

"왜?"

"난 프로니까."

수현이 어깨를 으쓱였다. 말은 그렇게 해도 수현 역시 이 작업을 할 때면 꽤나 긴장을 했다. 유리를 꽤 오랜 기간 다뤘다 해도 부수는 건 불안한 작업이라. 애초에 유리를 깨고 조각내고 그걸 또 잘게 부수는 과정에서 다치지 않기란 너무 어려운 법이지 않을까.

"조심해."

"알았어. 알았으니까 이제 좀 앉아."

안절부절못하고 주변을 빙빙 돌았더니 결국 유주가 한 소리를 했다.

"너 때문에 정신 사나워 죽겠어."

그렇게 걱정일까. 유주는 멀리 있던 나무 의자를 굳이 가까운 곳까지 끌고 와 앉은 수현을 보며 생각했다.

다친 손을 한 주제에 붓을 쥐는 것까지는 어떻게 하더니 유리를 다루는 건 도저히 안 되겠는지 속상한 얼굴로 부탁을 해 온 수현이었다.

걱정하는 그의 입장이 이해가 안 되는 건 아니었지만 저에게는 오히려 좋았다. 모델 노릇도 돕는 거라지만 가만히 앉아 몇 시간이고 견뎌야 하는 건 사실 정신적으로 힘든 일이었다. 차라리 몸을 쓰는 게 낫지.

"여기를 이렇게 내리치라고?"

앞서 수현이 시범을 보여 준 곳을 가리키며 다시 한번 확인했다.

"응. 일단 한번 테스트 삼아 해 봐. 힘점 찾기 어려울 거야."

그의 말대로 힘 조절이 쉽지 않았다. 정을 내려치는 손에 힘이 너무 들어가면 유리는 부서지지 않고 정이 닿은 그 자리에만 작은 구멍이 났다. 그렇다고 너무 약하게 힘을 주면 약간의 균열만 생길 뿐 깨지지는 않았다. 흠집 없이 잘린 유리 조각만을 재료로 쓰는 수현에게 그런 유리는 쓸모가 없었다.

"생각보다 어렵네."

"어려울 거라고 했잖아. 그냥 막 부수면 되는 줄 알았지?"

옆에 찰싹 붙은 수현이 얄미운 소리를 했다. 저만 믿으라고 큰소리친 게 있어 꿋꿋하게 작업을 계속했지만 아무리 해도 적당한 힘의 세기라는 걸 찾을 수가 없었다.

결국 약이 오를 대로 오른 유주가 후, 하고 악에 받친 한숨을 뱉었다.

"넌 대체 유리를 왜 쓰는 거야?"

수현의 작품에서 유리가 가진 파괴력을 몰라 묻는 건 아니었다. 자연광 아래에서 빛나는 그의 작품들은 햇살이나 빛 그 자체로 보일 때가 많았는데 그런 효과는 대부분 유리 조각에서 나온다고 해도 과언이 아니었다.

수현이 허, 어이없는 웃음을 지었다.

"그게 내 담당으로서 할 소리야?"

나무라는 내용이었지만 말투에는 장난기가 묻어 있었다. 날 세우지 않는 대화를 나눈 게 며칠 만인지.

요 며칠 매일 작업실에서 만나 시간을 보내는 동안 수현이나 유주나 대화라고 할 만한 대화는 거의 나누지 않았다. 그냥 뚝뚝 끊어지는 질문과 대답의 연속일 뿐. 편한 대화를 하기에는 서로가 서로에게 어떤 상처를 주고 있는지 너무 잘 아는 탓이었다.

그런 의미에서 오늘은 두 사람 모두에게 조금은 편안한 시간이었다. 해결할 수 없는 것들이 쌓여 있는 건 여전해도 몸과 정신의 집중이 유리에 쏠려 서로에게 향한 신경의 촉을 조금은 거둘 수 있었다.

"예전부터 궁금하긴 했어."

"뭐가?"

"하필 왜 유리일까 해서. 반짝이는 효과만 생각하면 다른 재료도 많은데."

유주가 말했다. 의자 등받이를 앞으로 하고 앉은 수현이 무심한 얼굴로 턱을 괴었다.

"글쎄. 그냥 예뻐서 쓰는 건데."

"그냥 예뻐서?"

시시하다는 표정으로 되묻자 수현이 웃었다.

"가끔 말이야."

수현이 말했다.

"전시를 하다 보면 그림에 손을 대는 사람이 있어."

"요즘에도 그런 사람들이 있나?"

"어디에나 무례한 사람은 있기 마련이니까. 미국이나 프랑스에서도 그런 사람은 꼭 있더라고."

그때의 기억을 되살리는 듯 허공을 본 수현이 미간을 약간 찌푸렸다.

"근데 내 전시에는 유독 그런 사람이 많거든."

"그래?"

"내 그림은 하얀데 그걸 또 흰색 벽에 전시하잖아. 천장은 자연광이 들어오도록 설계해 놓고."

"그렇지."

"가끔 그 햇살이 너무 과하면 그림이 허공에서 빛나는 것 같을 때가 있어."

수현의 전시는 한국에서 이루어진 적이 없어 흰색 벽 앞에 놓인 그의 그림을 보진 못 했지만, 상상하기 어려운 건 아니었다. 흰색의 벽과 바닥 그리고 하얀 그림, 쏟아지는 햇살과 그것을 무참히 반사하는 유리. 그의 말이 무엇인지 알 것 같았다. 꼭 넓고 환한 공간이 아니더라도 수현의 그림은 작업실 안에서조차 유난히 반짝이니까.

"그러면 꼭 손을 대더라고. 빛나는 게 진짜인지, 거짓인지 확인이라도 하려는 것처럼."

"아—"

일종의 환상성이었다. 비현실적이라는 표현보다는 초현실적이라는 표현이 더 적합할 그 현상은 관객에게 몽환과 환희를 주기도, 때때로 그것을 깨부수고 싶다는 욕구를 일으키기도 했다.

원래 인간이란 초현실적인 순간을 체험하고 싶어 하지만 막상 경험을 하게 되면 두려워 현실로 복귀하기를 원하기 마련이니까.

때문에 꼭 예술이 아니더라도 어떤 상황에서 환상성이 과도하게 작용되면 인간은 폭력적인 방식을 택해서라도 그것을 파괴하고자 하는 것이 보통이었다. 수현의 전시에선 그 폭력성이 그림에 손을 대는 것으로 발현되는 거고.

"근데 그걸 만진 사람들 손이 어떤 줄 알아?"

"손?"

"유리잖아. 잘게 부순 것도 있고 둔탁하게 부순 것도 있긴 하지만 결국은 깨진 유리거든."

유주가 짧은 탄성을 뱉었다. 결과는 뻔했다. 이제 막 판유리를 부수려는 지금도 장갑을 쓰고 우비까지 입는 판에 부서진 유리가 촘촘히 오른 캔버스에 손을 대면 베이는 게 당연했다. 베이고 피가 나겠지.

"그게 네가 유리를 쓰는 이유야? 만지면 다치라고?"

"너 지금 나 사이코패스 보듯 보고 있는 거 알아?"

장난스럽게 찌푸린 수현을 보고도 유주는 딱히 부정할 수가 없었다. 낮에는 햇살 같고 밤에는 달빛 같다던 그림 위 유리 조각의 진실이 이토록 잔혹할 줄이야. 괜스레 유리를 부수고 있던 저 자신조차 위험하게 느껴졌다.

그런 속내를 읽었는지 수현의 얼굴이 일순간 슬퍼졌다.

"넌 내가 어떤 사람이라고 생각하는 거야."

"아니……."

"만지면 다치라고 쓴 거 아니야. 그랬으면 만져 보라고 광고를 했지. 난 다른 사람들이 내 그림 만지는 거 싫어."

조용조용 얘기하는 말에 서운함이 배어 있었다.

"그럼 왜……."

"닿고 싶어도 닿을 수 없고 갖고 싶어도 가질 수 없는 걸 만들고 싶었어."

"……."

"만들어 낸 나조차도 닿을 수 없는 그런."

수현이 유리를 재료로 쓰기 시작한 건 언니가 죽은 이후부터였다. 만지고 싶어도 만질 수 없고 만나고 싶어도 만날 수 없는 대상에 대한 그리움과 분노는 그렇게 표현되고 있었다.

유리 파편에 베이는 고통과 비슷한 걸까. 수많은 유리 조각에 이리저리 난도질당한 고통과 비슷한 걸까. 아름다워 손을 뻗은 것뿐인데 그 손이 잘려 나가는 고통과 비슷한 걸까.

그가 자기 그림에 담은 고통은 그만큼이나 끔찍하고 슬픈 걸까.

"아앗……!"

아찔해지는 정신과 함께 정을 놓친 유주가 짧은 비명을 질렀다. 수많은 실패로 이래저래 부서져 있던 유리 파편 중 하나가 튀어 올라 뺨을 스쳤다. 작업을 할 땐 마스크를 쓰고 있었는데 수현과 대화를 나누느라 잠시 내려놓은 것이 실수였다.

"괜찮아?"

수현이 다가와 얼굴을 감쌌다. 다급하게 다가온 그의 신발 아래 무수한 유리가 또 한 번 잘게 부서졌다.

"아프지. 미안해."

수현이 착잡한 얼굴로 말했다.

"네가 뭐가 미안해. 내가 실수한 건데."

"너한테 부탁하는 게 아니었어."

"그냥 좀 스친 거야. 별로 피도 안 나는데 뭐."

장갑을 벗고 맨손으로 유리가 스친 부위를 쓸어 낸 유주는 얼마 묻어나지 않는 피를 슥슥 닦아 냈다. 제가 호들갑을 떨면 수현을 배로 흥분할 걸 알았다.

"약 가져올 테니까 의자에 앉아 있어."

수현이 약을 찾으러 간 동안 유주는 무거운 한숨을 뱉었다. 무슨 얼음 하나를 심장에 박아 놓은 것처럼 빗장뼈가 시큰거렸다. 얼굴에 난 작은 상처 같은 건 아무것도 아니었다.

"나 봐 봐."

어느새 연고와 면봉을 챙긴 그가 의자 앞에 한쪽 무릎을 꿇고 앉았다.

"내가 할게. 거울이나 줘."

"됐어. 이 정도는 그냥 내가 하게 둬."

아까보다 낮아진 목소리에 유주가 손을 거뒀다.

상처 부위를 문지르는 면봉의 움직임이 조심스러웠다. 그가 저를 얼마나 소중하게 대하고 있는지 모르려야 모를 수 없는 손길이었다. 언뜻 스치는 손가락의 체온이 차가워 움찔거리는 걸 아파서 그런 줄 아는지 자꾸만 입술을 씹는 것도 그랬다.

잔인할 거면 처음부터 끝까지 내내 잔인하든지. 내내 살인자라 부르고 내내 협박을 하든지. 왜 이렇게 연약한 구석을 내보여 마음을 아프게 하는 걸까.

유주는 말하지 못한 원망을 속으로 삼켰다.

"수현아."

"응."

"미안해."

내가 너를 어떻게 미워할까.

"미안해, 정말."

매번 언니에게 하던 사과와 다를 것 없는 속죄였다. 너에게 그런 고통을 주어서 미안해. 너를 날카롭고 따가운 파편들 속에 살게 해서 미안해. 너의 빛을 앗아 가서 미안해. 차마 말로는 하지 못한 말들이 무거워 고개가 바닥으로 처박혔다.

푹 숙인 고개를 감싸는 큰 손. 손의 체온은 늘 그랬듯 서늘하고 마주한 눈은 푹 젖어 바다와 같았다.

"유주야."

바다 속 깊은 곳에 가라앉은 열망. 애정과 비슷하나 애정이라고 명명할 수는 없는 그것.

"……하지 마."

그것이 마주 본 눈 안에 가득, 넘치도록 실려 있었다. 어떻게 하면 수현을 구원할 수 있을까. 슬픔이 커 사랑을 착각하고, 그리움이 커 환상을 좇는 수현의 추락을 어떻게 하면 막을 수 있을까.

"사랑해."

수현이 울음처럼 사랑을 말했다.

"아니야."

"왜 아니야."

그가 아프게 웃는다.

"나도 아니었으면 좋겠어."

"수현아."

"왜 난 널 사랑할 수밖에 없는 거야."

묻는 그는 절망에 빠진 소년의 얼굴을 하고 있었다.

그렇지만 그렇다고 해도 그것은 사랑이 아니었다. 아무리 아픈 얼굴을 하고 있다 해도 그는 저를 사랑하는 게 아니다. 그는 절망을 견디지 못해 환상을 보는 것뿐이었다. 그의 그림이 그러하듯 그는 닿지 않을 환상에 손을 뻗고 기어코 피를 내고자 했다.

"……싫어."

가까이 다가온 수현을 밀어 냈다. 유순하게 밀리던 몸이 어느새 결연한 표정과 함께 다시 다가왔다.

입술이 닿는다. 힘껏 밀어 내도 이번엔 밀리지 않는다. 그의 추락을 막을 길이 없다.

깊어지는 절망에 유주는 숨을 참았다. 물에 가라앉는 기분이 든다.

어렸을 때 가족과 어느 계곡에 놀러 간 적이 있었다. 멋모르고 놀다가 수심이 깊은 곳에 빠져 허우적거린 적이 있었는데 외려 더 가라앉았던 경험은 유주에게 많은 것을 가르쳤다.

물에 빠졌을 때 첫째로 할 일은 몸에 힘을 빼는 것이라는 사실. 벗어나려 할수록 온몸을 휘감은 물은 입과 코 사이로 밀려들기 마련이다.

"숨 쉬어."

아니나 다를까. 딱딱하게 굳은 몸에서 입술을 떼어 낸 수현이 낮게 말했다. 감고 있던 눈을 떠 바라본 눈동자에 눈물이 차올라 있었다.

"너……."

그를 보는 제 눈도 젖었다.

"언니를 어떻게 보려고 그래."

떠는 걸 들키지 않으려 낸 목소리에선 약간의 쇳소리가 났다.

수현의 앞에서 언니 이야기를 꺼내는 건 사실 좋은 방법이 아니었다. 그가 먼저 말을 꺼내지 않는 한 가급적 말하지 않는 게 불문율이었다.

그 이름만 들어도 나락으로 떨어진 사람의 눈동자를 하는 수현은 5년이 지나도 슬픔의 크기가 그대로인 듯했다. 그래서 언니에 대한 언급은 아주 극단적인 상황에서만 기능적으로 가능했다.

수현이 아주 화가 났거나, 아주 슬퍼하고 있거나 혹은 아주 기뻐할 때. 감정이 격해서 웬만한 것에는 자극을 받지 못할 때나 할 수 있었다.

그런 극단적인 상황에서도 언니의 존재는 수현의 영혼을 송두리째 지배하고 있어 그를 진정시키는 데 그만큼 효과적인 건 없었다.

"어차피 못 보잖아."

그러나 이번만큼은 아무런 충격도 받지 않은 것 같은 평화로운 얼굴이 유주를 당황하게 했다.

"어차피 못 보는데 그런 생각을 왜 해."

씁쓸한 말을 머금은 그는 다시 고개를 기울였다. 피하기 위해 몸을 뒤로 물려도 얼굴을 감싼 손은 벗어날 틈을 주지 않았다.

차디찬 입술이 닿자 또다시 물에 빠진 것 같은 기분이 든다. 저항의 의지를 잃은 입술 사이를 가르고 들어온 혀가 차가워 온몸이 얼어 버릴 것만 같다.

뻣뻣하게 굳은 등을 긴 팔이 감싸 이윽고 허리께를 두르는 게 느껴졌다. 몸에 힘을 빼도 한번 가라앉은 몸은 떠오르지 않았다. 떠오르기엔 이미 너무 많은 물을 먹은 탓일까.

"내가 지금 뭘 본 거야."

그런 저를 끌어 올리는 건 언제나, 언제나 그의 목소리.

최수현의 공간이 분명한 이곳에서 왜 그의 목소리가 들리는지. 간절한 제 바람이 환청을 일으킨 건가 생각했다.

"최수현."

그 낮은 목소리가 수현을 부를 때도 믿지 못하던 현실은,

"정유주."

그가 저를 부르고 나서야 인정할 수밖에 없는 사실이 되어 나타났다.

화들짝 놀라 돌아본 곳에 열기가 가득한 최도현이 서 있었다. 커튼 하나 없는 창문 너머 하늘이 번쩍하고 빛을 냈다.

"설명해."

대지를 울리는 천둥소리와 함께 도현이 말했다. 그는 끓어오르는 무언가를

참으려 애쓰고 있었다. 평소처럼 매끄러운 얼굴이기는 하지만 울컥거리는 무언가가 붉은 눈가 전체에 스며 있었다.

"설명할 것 없어."

수현이 무어라 말하려는 저를 등 뒤로 가리고 섰다. 가려진 시야가 야속했다. 탁하게 뱉어지는 도현의 더운 숨이 선명하게 느껴졌다.

"정유주."

도현은 걸음을 옆으로 물려 가려져 있던 저와 눈을 맞췄다. 펄펄 끓는 눈과 다르게 퍽 다정하게 들리는 목소리에 눈물이 날 것 같았다.

"네가 설명해."

화를 참으려는 듯 꾹 누른 목소리가 간절했다.

"내가 묻잖아."

또다시 하늘이 번쩍였다. 또 천둥이 치겠지. 천둥을 두려워하다 보면 알게 된다. 언제쯤 그 무서운 소리가 들리는지.

지금이 그래. 최도현의 눈이 뒤집히는 소리가 들려.

"설명해!"

결국 터져 버린 분노가 도현의 목소리를 높였다. 천둥이 친다.

이렇게 될 일이었다. 그가 이해할 이별의 사유를 만들기 위해 번 시간은 고작해야 이런 결말을 만들어 냈다.

답을 하지 않아도 날아들던 그의 연락이 떠올랐다. 밥은 먹었는지, 일이 힘들지는 않은지, 아픈 곳은 없는지. 연락 없는 저를 원망하는 말은 서두에 잠깐 비칠 뿐 끝은 언제나 걱정이었다.

그 모든 다정을 모른 척 무시하며 이별을 미룬 건 온전히 저의 욕심 때문이었다. 그에게 상처를 내면서까지 그의 다정을 누리고 싶었다. 어차피 잃을 다정이란 걸 알았지만 아니, 어차피 잃을 다정이란 걸 알아서 다만 며칠이라도 더 누리고 싶은 마음이 이 사달을 냈다.

죄를 빌어야 할 대상이 또 한 명 늘었다.

"유주한테 화내지 마."

수현이 미간을 찌푸리며 다시 제 앞을 가렸다. 도현을 코앞에 두고도 얼굴을 볼 수가 없다는 게 이렇게까지 답답할 일인가. 그를 가린 수현의 등이 가시덩굴 같았다. 밀어 내려 손을 뻗으면 분명 피가 날 테지. 그의 그림을 만진 사람들처럼.

"정유주."

가려진 시야로 그의 목소리가 들렸다. 수현을 넘어 뻗어 오는 손. 수현이 금세 밀쳐 내긴 했지만 채 거두지 않고 허공에 머무르는 게 미련이 가득했다.

안락을 주던 그 손을 붙들고 싶었다. 그의 이름을 부르고 그의 품에 안겨 무섭다고 울고 싶었다. 그럼 그는 매 순간 그랬듯 평화를 데려올 텐데. 어떤 비바람이 불어도 머리카락 한 올 젖지 않게 막아 줄 텐데.

그걸 알면서도 움직이지 못하는 건—

"유주야."

저를 막고 선 수현 역시 제가 빌어야 할 대상이라서.

저를 부르는 수현의 눈이 예리해져 서늘한 기운을 풍겼다.

"안으로 들어가 있어."

그가 고갯짓으로 작업실 안쪽 방을 가리켰다. 완성된 그림을 보관하는 곳이었다.

수현의 그림은 유화가 대부분이라 방 안은 차디찬 온도와 건조한 습도가 한시도 쉬지 않고 유지되었다.

단호한 수현의 눈을 보다 다시 어깨 너머의 도현을 쳐다보았다.

"정유주."

들어가라니까. 제 시선을 알아챈 수현의 목소리가 한없이 낮아졌다. 경고임이 분명했다.

그를 거스를 생각은 없었다. 어차피 수현과의 싸움에서 제가 이길 확률은 없으니까. 그저 조금. 아주 조금 도현의 얼굴을 보고 싶었을 뿐이다.

바닥에 붙은 발을 간신히 떼어 한 걸음을 물렸다. 믿어지지 않는다는 듯 일그러진 도현의 얼굴이 보였다.

"미안……해요."

걸음을 한 번 더 물리면서 한 사과에 눈물을 보태지는 않았다. 놀란 것 같은 검은 눈을 바라봄에 있어 눈물이 방해해서는 안 됐다. 조금 더 눈에 담고 마음에 담고 머리에 담아야 하니 저의 시야는 그 어느 때보다 또렷해야 했다.

등을 돌려 뛰듯 도망친 방 안에 몸을 구기고 문을 닫았다. 차가운 방 안의 온도가 살갗을 날카롭게 찔렀다. 그럼에도 방금 전 있었던 심장의 자상에 비하면 아무것도 아니라는 생각이 들었다.

심장이 잘린 게 분명하다. 심장이 잘려 피가 철철 흐르고 그곳에서 난 핏물이 가슴에 고여 숨을 쉬는 것조차 고문이었다. 차라리 죽는 게 편할 것 같다는 생각이 들 정도였다. 그런데도 죽지 못하는 건 그를 무너뜨린 대가였다.

도현의 앞에선 울지 못했던 눈이 언니의 영혼이 가득한 그림들에 둘러싸여 울었다.

역시 시작하지 말았어야 했다. 그의 앞에서 울지 말았어야 했다. 그에게 좋아한다는 마음을 전하지 말았어야 했다. 아무리 두려워도 안기지 말았어야 했는데. 아무리 무서워도 그 손을 잡으면 안 되는 거였는데.

애초에 그를 만나지 말았어야 했다. 뒤늦은 후회가 해일처럼 등을 짓눌렀다.

수현은 방문이 닫히는 걸 보고 다시 등을 돌렸다. 미동 없이 굳은 도현을 보며 조금 의아해하다 이내 조소했다. 가진 것이 넘치는 삶을 살아온 형제는 잃는 것에 익숙하지 않았다.

"형."

버릴지언정 빼앗겨 본 적은 없었지. 형도, 나도.

"최수현."

닫힌 방문을 응시하던 도현이 고개를 돌렸다. 제아무리 발악을 해도 눈썹 하나 흐트러진 적 없던 제 형이 이토록 동요하는 걸 보니 마음이 이상했다.

형도 화를 낼 줄 아는구나. 화내는 척이나 할 줄 알지 감정이라곤 없는 인간인 줄 알았는데.

"뭐가 더 필요해. 유주가 대답했는데."

수현이 이죽거리며 일갈했다. 오늘만큼은 도현에게 한 대 맞아도 기분이 나쁠 것 같지 않았다.

"나가. 여기 내 작업실이야."

"최수현."

"왜, 최도현."

수현이 웃었다.

"이 싸움에서 빠지는 쪽은 너야."

아직도 모르겠어? 한쪽 입꼬리를 비틀어 올린만큼 마음도 비틀어졌다.

□ ◆ □

도현은 수현의 작업실이 익숙했다. 수현의 공간이기 전에 어머니의 공간이었다.

자신의 어머니이자 동시에 수현의 어머니이기도 한 그녀는 수현과 마찬가지로 그림을 그리는 사람이었다. 그녀는 누군가의 아내 혹은 누군가의 어머니 따위로 불리는 걸 좋아하지 않았다. '손주희'라는 자신의 이름으로 불리는 삶을 원했다. 그런 그녀에게 결혼은 좋은 선택이 아니었다.

타고나기를 자유로운 영혼이자 예민하고 섬세한 예술가였던 그녀는 큰아들인 도현을 친구처럼 대하며 꽤 사적인 대화도 곧잘 나누었다. 일찍이 철들어 의젓하던 도현은 그녀의 친밀하고 믿음직한 말동무였다.

고요한 성향의 모자는 대화를 할 때도 조용하고 차분했다. 조용하고 차분하게 불행을 말했다. 사랑으로 시작했으나 증오로 점철된 하루하루가 피폐하고 음울하다, 그녀는 그렇게 아들에게 말했다.

정해진 수순처럼 이혼을 선택했을 때도 어린 아들은 그녀의 선택을 믿고 지지하며 응원했다. 도현은 진심으로 그녀가 행복하길 원했다.

그러나 행복은 멀리 있었다. 법적인 이혼은 아니었지만 가정이라는 울타리를 벗어난 그녀는 행복해질 줄 알았던 미래에 대한 희망이 얼마나 헛된 것이었는지 빠르게 깨달았다. 그것이 꽤나 허탈한 듯 그녀는 한 달에 한 번 도현을 볼 때마다 씁쓸하게 웃었다.

'도현아.'

그녀의 음성은 30대에 접어든 도현의 귀를 여전히 간질였다.

'질투는 참 추한 거란다.'

어린 아들의 머리를 쓰다듬던 어머니 생각에 도현은 잠시 눈살을 찌푸렸다. 당시에는 그 말이 무얼 의미하는지 몰랐지만 조금 나이가 들어서는 자연스레 알게 되었다.

'예전에는 그림 그리는 게 세상에서 가장 즐거운 일이었는데 요즘엔 그렇지가 않아.'

그리 말하는 어머니의 시선은 늘 수현에게 향했다. 그녀는 자신의 막내아들을 질투하고 있었다. 한 명의 예술가가 또 한 명의 예술가를 시기하는 건 흔한 일이었다. 수현은 뛰어나도 너무 뛰어난 예술가였으니까.

아버지는 그런 수현이 어머니의 재능을 물려받은 거라 말했고 가까운 지인들도 그리 말했지만 사실 모두가 알고 있었다. 그건 물려받은 것도, 배운 것도 아니라는 걸. 어머니가 아마 가장 먼저 알았을 것이다.

어머니는 그때부터 삶의 의지를 잃어버렸다. 그림을 그리지 않았고 스스로의 삶을 살고자 했던 생각도 말끔하게 버렸다.

그녀는 오직 수현을 위해 살았다. 수현을 위해 모든 사람과의 연을 끊고 칩거하며 은둔했다. 일찍이 주목받은 수현이 사람들의 관심에 지쳐 그림에 흥미를 잃을까 두려워한 탓이었다. 아버지 앞에서도 수현의 그림만큼은 꺼내지 않았던 걸 생각하면 필사적이라고 표현할 수밖에 없는 헌신이었다.

수현은 그런 어머니를 답답해하는 것 같았지만 그 덕분에 나름 편안한 청소년기를 보냈다는 건 부정하지 않았다.

'형, 이거 내가 그린 거야!'

보수적이고 어쩌면 폐쇄적인 수현의 청소년기는 도현을 꽤 특별한 존재로 만들어 주었다. 수현의 그림을 볼 수 있는 몇 안 되는 사람 중 한 명으로 살았으니까.

그때까지만 해도 동생인 수현과의 사이가 그리 나빴던 것은 아니었다. 둘 다 어렸으니 좋고 나쁘고 할 것도 없었다.

다만 저는 그의 그림에 인색했다. 한 달에 한 번 겨우 만나다 보니 그날이 오면 수현은 늘 그동안 그린 그림을 줄줄 끌고 와 보여 주었는데 매번,

'별로야.'

그렇게 말했다. 어머니 눈치를 본 것이었다.

부모님 사이가 좋지 않으면 아이는 눈치가 빨라진다고 하던데. 제가 딱 그랬다. 어머니가 더 이상 그림을 그리지 않는 게 전부 동생 때문이라고 생각했었다.

뭐, 어느 정도는 사실이었으니 어림짐작은 아니었다. 지금 생각하면 아무것도 모르던 나이였는데 분위기를 읽은 것인지.

아무튼 심술을 부린 건 확실했다. 이건 이렇게 별로고, 저건 저렇게 별로고. 주절주절 악평을 쏟아 내다 보면 마음 약한 수현은 엉엉 울기 일쑤였고 대충 달래 주는 시늉만 하던 저는 어머니의 곁을 차지했다.

'저는 어머니 그림이 더 좋아요.'

그때 어머니가 지어 주시던 미소를 좋아했다.

물론 어머니는 수현을 사랑했다. 당신을 닮아 그림을 그리는 아들을 대견하게 보았고, 당신보다 뛰어난 재능의 아들을 대단하다 인정할 줄 아는 사람이었다.

다만 가끔 슬퍼할 뿐이었다. 그런 재능이 당신에게 없는 것을.

그런 어머니의 작업실로 향하는 발걸음은 무거웠다. 어릴 적에는 놀이터였고 조금 자랐을 때는 공부방, 어른이 되었을 때는 추억의 공간으로 작용하던 어머니의 작업실이 이토록이나 낯설게 느껴진 것은 처음이었다.

도현은 굳게 닫힌 작업실 문 앞에서 긴 손가락을 뻗고 망설였다. 어머니가 내내 쓰던 비밀번호를 수현이 바꿨을 것 같지는 않았다.

"……."

여덟 자리 숫자를 차례로 눌렀다. 건물 안인데도 불구하고 세찬 빗줄기 소리에 귀가 멍했다. 역시나 초록색 불빛과 함께 잠금이 풀렸다는 표시가 떠올랐다.

문을 열고 들어서자 짙은 유화 냄새가 풍겼다. 안에서 들리는 소리는 없었다. 빗소리와 천둥소리가 섞인 탓에 들리지 않는 것인지 아니면 정말이지 아무도 없는 것인지 의구심이 들었다.

"……."

그렇게 작업실 깊숙한 곳까지 들어갔다. 무거운 걸음으로 들어간 그곳에 가깝게 붙은 두 사람을 보았다. 수현이 유주의 허리를 끌어안고 입을 맞추고 있었다.

"내가 지금 뭘 본 거야."

분노보다는 허탈감이 먼저였다. 이곳에 도착하기 전까지만 해도 화가 났었던 것 같은데. 너무 화가 나서 손에 잡히는 건 다 부술 수 있을 거라 생각했는데. 만약 최수현이 정유주를 괴롭히고 있는 거라면 전시고 뭐고 일단 떨어뜨려 놓아야지 생각도 했었는데.

그런 수많은 생각과 달리 눈앞에 펼쳐진 현실은 새빨간 분노보다 새하얀 허탈감을 자아냈다. 연락이 안 되는 정유주를 떠올리며 했던 무수한 최악 중에 가장 최악이라 생각하던 상상이 결국은 사실이라는 게 허탈했다.

"최수현."

저를 보고도 동요하지 않는 수현을 부르고,

"정유주."

제 목소리를 들었을 게 분명한데도 뒤돌아보지 않는 유주를 불렀다. 그제야 돌아보는 몸. 그 순간에도 저는 부디 그 작은 몸이 정유주가 아니길 간절히 빌었다.

그러나 마주한 얼굴은 2주간 걱정하고 그리워하던 이의 얼굴이 분명했다.

"설명해."

그 순간에도 이유를 찾았다. 멍청하게도 그랬다. 납득할 만한 이유를 말하면 납득하겠다는 각오도 했다.

정유주는 원래 이상하니까. 좋아한다는 고백을 들어도, 품에 안아 입을 맞춰도, 밤새 몸을 붙여도 곧장 없어질 것처럼 웃는 정유주는 원래 이상하니까.

그러니까 이번에도 이상한 이유 같은 게 있지 않을까. 어쩔 수 없는 이유 같은 무엇이 있지 않을까.

"설명할 것 없어."

수현이 유주를 가린 채 말했다. 마치 보호하려는 것 같은 몸짓에 정유주를 구하고자 먹은 마음은 순식간에 하찮아졌다. 자신이 악역이 된 것 같은 기분이 들었다.

"정유주."

유주를 불렀다.

"네가 설명해."

수현과 말하고 싶은 게 아니었다.

"내가 묻잖아."

내가 이렇게 애원하잖아. 내가 이렇게 멍청하게 굴고 있잖아. 그러니까 대답해. 화도 내지 않고 있잖아. 무서워할 것 없으니까 제발 뭐라고 말 좀 해.

"설명해!"

구질구질한 바람을 겨우 참고 있는 동안에도 말이 없는 유주가 미워 결국 큰 소리가 나갔다.

왜 아무 말도 안 하는 거야. 왜.

"유주한테 화내지 마."

"정유주."

또다시 유주 앞을 막아 버리는 수현을 밀어 내고 다급하게 손을 뻗었지만 잡히는 건 없었다.

"안으로 들어가 있어."

수현의 말에 유주가 걸음을 물렸다.

안 돼. 안 돼. 절대 안 돼. 네가 안 오면 내가—

"미안……해요."

손에 힘이 풀렸다. 그토록 기다리던 정유주의 음성은 그렇게나 저를 파괴시켰다. 등을 돌려 사라지는 몸이 여전히 신기루처럼 믿어지지 않았다.

내가 뭘 잘못한 거지. 내가 뭘 잘못해서 널 놓친 거지.

□ ◆ □

집으로 돌아가는 대신 미술관으로 온 도현은 텅 빈 사무실에 앉아 낮은 신음을 흘렸다.

무력했다. 이렇게 무력해도 되는 걸까 싶을 정도로 무력했다. 화가 나는 상황인 건 분명한데 이해가 되지 않아서 더 답답했다.

"하……."

대부분의 상황에서 유력한 위치를 차지하는 그에게는 정말이지 낯선 감정이었다. 그러다 보니 머리는 절로 차가워졌다. 차분하다는 소리가 아니었다. 외려 감정이 너무 거대해 손가락 하나를 까딱이는 것조차 조심스러웠다.

머릿속에선 같은 장면이 반복되었다. 작업실의 문을 열고 들어선 순간부터 그곳에서 나오기까지의 모든 장면이 끊임없이 반복, 반복, 반복. 떠올리기 싫은 광경을 되새김질하는 건 괴로운 일이었지만 어쩔 수 없이 필요한 일이기도 했다.

장면의 대부분은 낯설고 이상했다. 단순히 수현과 유주의 조합이 싫어 그렇게 느끼는 것은 아니었다.

도현은 이전에 윤 비서를 통해 받아 놓은 파일을 펼쳤다. 유주와 수현의 이름이 나란히 적힌 파일.

대략적으로만 조사했던 게 실수였을까. 기다란 손가락이 '정유하' 라는 이름 위를 두드렸다. 실제로 마주한 적은 없어도 사진으로 본 적은 있었다. 쌍둥이니만큼 유주와 닮은 외모를 갖고 있었지만 확연하게 다른 분위기를 풍기는 사람이었다.

그런 사람을 사랑하던 최수현이 정유주를 사랑하는 게 가능할까. 최수현은 그렇다 쳐도 정유주는 그게 가능할까. 그렇게나 겁이 많아서 무얼 하나 하더라도 일단은 망설이고 보는 정유주가 제 언니의 연인이던 사람을 사랑할 수 있을까.

제 앞에서 언니 이야기를 띄엄띄엄 늘어놓던 얼굴이 떠올랐다. 말하는 것조차 괴로워서 내내 얼굴을 찌푸리고 있던 유주가 과연 수현을 사랑할 수 있을까. 좋아한다 고백한 지 얼마 되지도 않은 저를 두고 다른 이를 마음에 품는 게 가능할까. 아주 불가능한 건 아니더라도 자연스럽지 않은 건 확실했다. 자연스럽지 않은 건 추하다.

"……."

도현이 고개를 삐딱하게 꺾었다. 새카만 눈동자가 끓는 열기를 숨기고 고요해졌다.

가장 뜨거운 온도의 불은 붉은빛이 아니라 푸른빛을 띤다고 했던가. 좀처럼 흥분하지 않는 그는 이성적인 사람으로 보이기 쉬우나 사실 아주 동물적인 사람이었다.

"거짓말."

그리고 그런 그의 직관은 틀린 적이 없다.

어딘가 거짓이 있었다. 혹은 통째로 거짓일 것이다. 문제는 왜 거짓인 상황을 만들 수밖에 없었냐는 것이었다. 뼛속 깊이 사업가인 도현의 머리가 재빠르게 돌았다.

거짓인 상황이 그 둘에게 주는 이점이 무엇일까. 자신만만하던 최수현과 금방이라도 주저앉을 것 같던 정유주를 떠올리면 누가 상황을 주도하고 있는지는 뻔했다. 그렇다 하더라도 정유주 역시 상황에 합류하고 있으니 그래야만 하는 이유는 있을 것이다.

그게 무엇일까. 그걸 알아내는 게 시급했다.

□ ◆ □

그런 의미에서 가족 모임은 나쁘지 않은 기회였다. 찢어졌으나 찢어지지 않은 이 가족의 모임은 꽤 오래도록 이루어지지 않고 있다가 아주 오랜만에 재개되었다.

가족 모임이 멈춰져 있던 이유는 수현이 유학을 가 있기 때문이기도 했지만, 사실 이래저래 핑곗거리가 많았다. 아버지는 오랜 병으로 몸이 약했고 어머니는 무기력했다. 또 저는 바빴고 수현은 원하지 않았다. 그러다 보니 오늘의 가족 모임은 정말이지 오랜만이었다.

"이렇게 마주 앉아 식사를 하는 게 얼마 만인지. 다들 건강한 얼굴을 보니 기쁘구나."

병색이 짙다고는 하나 아버지는 여전히 중후한 멋을 지니고 있었다. 옆에 앉아 조용히 미소를 짓고 있는 어머니 역시 나이와 상관없이 아름다웠다. 선남선녀로 만난 부모와 그들의 장성한 두 아들. 겉으로만 보면 이토록 완벽한 가정도 없었다.

"그래, 미국 생활은 즐거웠니."

하지만 그마저도 엄청난 노력이 있어야만 가능한 그림이었다.

엄청난 노력은 대부분 나이 든 남자의 몫이었다. 가족 모임의 장소도 언제나 그의 집이었다. 그를 제외하고는 모두가 자신들의 공간에 '가족'이 침투하는 걸 원하지 않았다.

어쨌든 남자는 침묵이 가득한 식탁 위로 계속해서 화두를 던졌다. 대부분 수현을 향한 것들이었다. 그도 그럴 것이 그에게 수현은 어쩌다 한번 겨우 보는 막내아들이라 이런 날이 아니면 마주 보고 대화하기가 어려웠다.

"괜찮았어요."

수현이 의례적으로 웃으며 대답했다. 딱히 애정을 담지도 그렇다고 적대적이지도 않은 그의 태도는 완전한 타인을 대할 때와 다름이 없었다. 어릴 때야 가족을 지키지 못한 아버지에 대한 미움이 있었지만 다 큰 스물일곱 살의 청년인 그에게는 그런 마음조차 남아 있지 않았다.

"저번 뉴욕 전시가 특히 평이 좋더구나. 미카엘이 그렇게 후한 평을 주는 사람이 아닌데 말이야. 아비로서 어찌나 뿌듯하던지."

"미국 평론도 찾아보시는 줄 몰랐네요. 매번 그렇게 찾아보세요?"

수현이 묻자 남자는 당연하다는 듯 고개를 끄덕였다.

"다 네 형 덕분이지."

"형이요?"

"평론이 나오면 죄 모아서 보여 주거든."

남자가 도현을 대견하다는 듯 쳐다보며 말했다. 자신들은 헤어졌어도 도현과 수현만큼은 형제로 묶인 삶을 누리며 서로 의지하기를 바라는 마음 때문이었다. 모순적이라고 할 수도 있지만 부모 된 마음이 언제나 논리적인 것은 아니니 도현은 제법 비위를 맞춰 주는 편이었다.

"그래요?"

수현이 말끝을 길게 늘이며 도현을 쳐다보았다. 말끔한 얼굴을 한 도현을 보니 속이 뒤틀렸다. 바로 어제만 해도 얼굴을 붉히고 날 선 대화를 나눴었는데 지금의 그를 보고 있자니 어제 무슨 일이 있었는지 가늠도 되지 않았다. 알고는 있었지만 참— 지독한 인간이었다.

"형이 저한테 관심이 많은 줄 몰랐네요."

"얘는."

어제의 일을 알 리가 없는 여자가 주의를 줬다.

"무슨 말을 그렇게 하니. 곧 형 미술관에서 전시도 하면서."

"형이 좋아서 하는 전시도 아닌데요, 뭐. 그냥 사람들이 좋다니까 하는 거지."

수현은 도현이 제 그림을 좋아하지 않는다는 걸 모르지 않았다. 그림이고 뭐고 예술이라는 허무맹랑한 것들에 관심 없다는 듯 구는 최도현은 재수 없게도 꽤 괜찮은 심미안을 갖고 있었다. 그래서 늘 인정받고 싶었는지 모른다. 형이 좋다 말하는 것들은 전부 정말이지 좋은 것들이라서.

어릴 적에는 오직 도현의 인정만이 목표일 때도 있었다. 언젠가 저 무료해 보이는 눈을 경외로 가득 차게 하겠다 하는 포부나 의지 그런 것.

물론 지금은 그런 목표 따위 없었다. 어차피 뭘 그려 내도 저 인간은 싫다고 할 게 뻔하니까. 모든 예술은 결국 마음으로 느끼는 거라 그가 저를 싫어하는 한 그는 제 그림을 사랑할 수 없다.

"최수현."

여자가 고운 눈을 날카롭게 접었다. 저와 형의 사이가 좋지 않을 때면 엄마는 늘 이렇게 엄한 표정을 지었다. 가족끼리 아끼고 사랑해야 한다면서.

앞뒤가 맞지 않는 소리였다. 가족을 해체한 장본인이 누구인지 잊기라도 한 건가.

"왜요. 틀린 말도 아닌데."

수현은 구겨진 미간을 숨기지 않고 어깨를 으쓱였다. 이래서 가족 모임이 싫은 거였다. 이렇게 모여 얼굴을 맞대고 있다 보면 숨기려 해도 마음속 어린 자신이 튀어나왔다. 부모님의 이혼을 막고 싶었던, 형의 애정을 갖고 싶었던 어린 날의 최수현.

"내버려 두세요."

날 선 모자의 대화에 도현이 부드럽게 끼어들었다. 불쾌함을 숨기지 않는 수현과 달리 아무런 타격도 받지 않은 것 같은 얼굴의 그는 여자의 손등을 가볍게 감쌌다. 붉은 입가에 적당한 미소를 걸친 것이 누가 보아도 자랑스럽고 든

든한 첫째아들의 모습이었다.

“오랜만에 모였잖아요.”

도현은 불안정한 식탁 위를 단 몇 마디로 안정시켰다. 나이 든 남자와 나이 든 여자의 입가에도 뿌듯한 미소가 걸렸다.

수현은 꼭 저가 연극 무대에 선 삼류 배우가 된 것 같다고 생각했다. 모두가 맡은 바 역할을 훌륭히 소화하고 있는데 저만 그러지 못하고 있었다.

사실 저는 맡은 배역이 무엇인지도 몰랐다. 자랑스러운 막내아들인지 사춘기가 온 막내아들인지. 그것도 아니면 그냥 천덕꾸러기인지.

뭘 먹고 살면 저렇게 가증스러울 수 있는 걸까. 수현은 저만 빼고 모두가 웃는 이곳이 꼭 지옥 같았다.

간단한 식사를 마치고 나면 부부의 시간이 도래했다. 더 이상 부부라는 틀에 맞춰져 있지 않은 둘이었지만 그래도 연민이나 우정 비슷한 것들이 남았는지 식사 후에는 항상 둘만의 티타임을 가졌다.

그럴 때마다 도현과 수현은 어릴 적 자신들의 방에 틀어박혀 시간을 죽이는 게 보통이었다.

“그렇게 사는 건 어떤 기분이야?”

그러니까 이렇게 수현이 도현의 방으로 건너오는 일 같은 건 아주 드문 일이라는 말이었다.

도현은 난데없이 들어와 시비가 분명한 질문을 던지는 동생을 무심하게 쳐다보았다. 조용히 책이나 보며 시간을 때우려 했는데 수현의 표정을 보니 ‘조용히’는 그른 것 같았다.

“무슨 소리야.”

“항상 가면 쓰고 사는 기분 말이야. 안 피곤해?”

피식, 바람 빠지는 웃음이 나왔다.

“넌 안 피곤해?”

“내가?”

"그렇게 다 드러내고 사는 기분도 퍽 개운할 것 같지는 않아서."

도현은 선 채로 저를 내려다보는 수현을 무시하며 모른 척 책장을 펼쳤다. 굳이 그 얼굴을 확인하지 않아도 잔뜩 일그러졌을 게 뻔했다.

"생각보다 태평하네."

"태평하지 않을 일이 없어서."

허— 어이없어하는 소리가 들렸다. 기세 좋게 싸움을 걸어와도 수현은 늘 저를 이기지 못했다. 이쯤이면 깨달을 때도 되었는데 머리가 나쁜 건지, 승부욕이 좋은 건지.

"뭐, 알고는 있었어."

"뭐를."

"형한테 유주가 딱히 중요하지 않다는 거."

"그렇게 생각해?"

무심하게 묻는 말에 수현이 '아니야?' 하고 되받아쳤다.

"형은 유주를 사랑한 게 아니야."

"……."

"그냥 좀 갖고 싶었던 거지. 뺏겨서 화가 좀 났을 뿐이고."

수현은 비웃듯이 말했다.

어릴 때부터 제 것이라면 지나치게 집착해 주변 사람을 놀라게 하던 도현이었다. 소유욕이라면 저 역시 못지않았지만 그런 자신과 도현의 소유욕은 어느 한 부분에서 완전히 달랐다.

한번 제 것이라 인식하면 망가지거나 낡아도 손에 쥐고 있는 저와 달리 도현은 한번 타인의 손을 탄 것은 그것이 아끼던 것이라 할지라도 버리는 것에 가차 없었다.

어릴 적 그의 방에는 그가 무척이나 아끼던 유리 장식이 하나 있었는데 참새 모양을 한 작고 투명한 것이었다. 그게 어린 저의 눈에도 예뻐서 도현의 눈을 피해 갖고 놀 때가 종종 있었다. 하루는 그걸 어쩌다 들킨 날이었다.

형에게 얼마나 혼이 날까 잔뜩 겁을 먹는 와중에 유리 깨지는 소리가 들렸다. 그렇게나 애지중지하더니 유리 장식을 바닥으로 내던진 그의 얼굴은 별로 아쉬워 보이지도 않았다.

오히려 엉엉 운 것은 저였다. 작고 예쁜 것이었는데 제가 손을 대는 바람에 망가진 것 같아서.

그때의 충격이 생생해서 그런지 다 자란 이후에도 도현이 제 것이라 말한 것에는 일절 손을 대지 않았다.

그런 도현이 유주를 곁에 두니 제가 불안한 것은 당연했다.

"틀린 말은 아니네."

역시나.

여유롭게 웃는 도현은 냉혈한이었다.

"그렇다고 맞는 말이라고는 못 하지."

웃고 있던 입꼬리가 언제 그랬냐는 듯 굳어진다.

"최수현."

도현은 잘도 지껄이던 제 동생을 지그시 쳐다보았다

"넌 하나만 알고 둘은 몰라."

자리에서 일어난 도현이 수현의 등 뒤로 열린 문을 조용히 닫았다.

"어릴 때부터 그랬지. 멍청하게."

달칵.

문의 경첩 소리가 적막과 긴장으로 뒤덮인 방을 채웠다.

도현의 행동이 내포하는 의미는 명확했다. 제 말이 끝나기 전까지 이 방을 나가지 말라는 경고이자 괜한 소음으로 방 밖에 있는 사람들을 불러들이지 말라는 위협.

"벌써부터 놀란 얼굴을 하면 어떡해."

방금 전까지만 해도 어린애처럼 온갖 감정을 다 드러내고 있던 수현의 얼굴이 딱딱해진 걸 본 도현이 말했다.

"난 시작도 안 했는데."

부모님은 가끔 저와 수현이 너무 닮았다고 했다. 그렇지만 그 말에 동의하는 사람은 거의 없었다. 생긴 거나 드러나는 성격이나 수현과 저는 닮았다기보다는 다른 게 더 많았으니까.

그렇지만 알고는 있었다. 틀린 말이 아니라는 걸.

그 누구보다 수현과 저는 알았다. 표출하는 방식이 다를 뿐 둘을 이루는 성향의 구성은 비슷하다는 걸. 인간에 대한 불신이나 자기 것에 대한 본능 같은 소유욕, 끝을 모르는 집요함 같은 것들.

다른 점이 있다면 수현은 그것들을 굳이 숨기지 않아도 되는 삶을 살고 있고, 저는 숨기는 것이 익숙한 삶을 산다는 것이었다.

저와 싸우고 있는 지금도 수현은 너무 많은 감정을 내보이고 있었다.

"넌 네가 정유주를 사랑한다고 생각해?"

도현이 가깝게 선 수현을 보며 다시 물었다.

내깔린 목소리. 자애로운 형인 척 연기하는 건 문이 닫힘과 동시에 끝났다. 순식간에 미소를 지워 낸 얼굴을 보며 수현은 그럴 줄 알았다는 듯 웃었다.

"아니라고 생각해? 그렇게 믿고 싶은 건 아니고?"

"사랑은 무슨."

도현이 느릿하게 읊조렸다.

"네 주제에 사랑이 가당키나 해?"

비아냥 같은 도현의 힐난은 유주의 애원과 다른 듯 닮아 있었다. 너는 나를 사랑하는 게 아니라던 유주와 네가 정유주를 사랑한다고 생각하느냐며 묻는 도현이 겹쳐졌다.

분명 사랑인데. 사랑이 분명한데.

사랑하는 이와 연적, 두 사람 모두에게 마음을 부정당한 수현의 얼굴이 처참하게 일그러졌다.

"형이 뭘 알아."

수현이 이를 짓이기듯 씹었다. 그리고 그런 수현을 아무렇지 않은 표정으로 응시하던 도현이 칼날 같은 이름을 꺼냈다.

"정유하."

처참한 얼굴이 또 한 번 사색이 된다.

"……."

"너는 내가 아무것도 모른다고 생각하지."

순식간에 수현의 멱살을 움켜쥔 도현이 한껏 낮아진 목소리로 말했다. 당황해 저항도 하지 않는 동생의 얼굴을 놓치지 않고 살피는 눈이 매섭다.

"난 그냥 모른 척하고 있을 뿐이야. 그러니까—"

정유주 그만 괴롭혀.

도현은 어젯밤 내내 자신을 괴롭히던 잔상을 떠올리며 말했다.

연인의 배신에 대한 충격과 실연에 의한 고통은 많은 걸 무디게 했다. 작업실 깊숙한 방 안으로 들어가는 정유주를 붙잡지도, 끌어내지도 못할 만큼.

무너지던 등과 미안하다 말하는 입술, 그 모든 것이 금방이라도 깨질 것처럼 아슬아슬했다는 걸 깨달은 건 이미 늦어 버린 다음이었다.

도현의 후회는 그렇게 시작되었다. 방으로 들어가는 유주를 잡지 못했다는 가장 최근의 후회부터 유주를 수현의 전담으로 고용한 가장 과거의 후회까지 천천히.

놓치는 부분이 없는지 되짚는 도현의 집념은 질겼다.

그렇게 되짚고 또 되짚던 상념 중 가장 강한 기억은 유주가 마음을 고백하던 순간이었다.

듣기에는 좋았지만 이유는 모르겠던 그 고백을 의심조차 하지 않았던 건 말간 눈에 깃든 두려움을 보아서였다.

재단 일을 하다 보면 간절한 사람을 자주 만나기 마련이었다.

이게 아니면 죽기라도 할 것처럼 달려드는 무모한 사람들. 그런 사람들은 대체로 겁이 많았다. 더 이상 잃을 것도 없이 다 걸어 놓고 정작 그것을 잃을까 봐 두려워하는 꼴.

좋아한다 말하는 정유주의 눈은 딱 그런 모양이었다. 모든 걸 걸고 마음을 내놓은 것 같은.

"이 싸움에서 빠는 쪽은 너야."

도현은 어젯밤 수현의 말을 그대로 따라 했다.

뺏는 쪽이 누구든 뺏길 생각은 없었다. 그 겁 많은 여자가 모든 걸 걸고 내놓은 마음은 그 언제라도 제 것이어야 했다. 어떤 상황과 어떤 압박이 지금의 상황을 만들었는지는 이제부터 파악하면 되었다.

"이미 뺏겨 놓고 센 척하지 마."

간신히 정신을 차린 수현이 도현을 거칠게 밀어 냈다. 불안을 감추려 잔뜩 찌푸린 미간이 날카롭다.

"넌 뺏은 적 없어."

"……."

"정유주가 널 사랑하지 않잖아."

나지막한 도현의 말에 수현이 입을 다물었다. 그러다 번지는 광기 어린 웃음.

"그래서 정유주가 형한테 간대?"

못 갈 걸 알고 하는 소리였다. 도현을 사랑할수록 유주는 제 옆에 발이 묶일 걸 알았다.

도현이 어디까지 알고 있는지는 몰라도 저와 유주가 공유한 비밀을 알 리는 없었다. 그리고 그 비밀은 영원히 유주를 옥죌 것이다. 사랑하는 이에게 밑바닥을 드러내고 싶은 사람은 없으니까.

이 싸움에서 이길 사람은 오직 저 하나였다.

"올 거야."

도현이 말했다.

"오게 만들 거고."

그의 말에는 확신이 있었다.

정유주가 나를 보던 눈을 너는 모르지.

도현은 이 싸움에서 이길 사람이 저라는 걸 온몸으로 확신했다.

17

오만과 편견

유주는 출근이 두렵다는 생각을 했다.

비가 내리는 것도, 정신이 아득한 것도, 곁이 시린 것도 전부 토요일 그날과 같은데 언제나 그렇듯 시간은 홀로 움직인 모양이었다.

그러거나 말거나 마음은 여전히 과거의 그 시간, 그 자리에 머물러 있었다.

그림으로 가득 찬 차가운 방 안에 웅크리고 있던 그 시간, 그 자리.

수현은 한참의 시간이 지나서야 방 안으로 들어왔다. 엉엉 우는 저를 그는 손도 대지 못한 채 곁에서 바라보았다.

'유주야.'

겁먹은 목소리였다. 그의 앞에선 우는 일이 별로 없었으니 놀랄 법도 했다.

언니의 장례식에서도, 엄마에게 맞아 온몸에 멍이 들었을 때도 저는 소리 내어 울지 않았다.

그런데 토요일엔 참아 낼 여력이 없었다. 도현을 잃었다는 사실이 견딜 수 없이 괴롭고 두려워 온몸이 떨렸다.

유일한 안락이었는데. 장장 5년의 형벌을 견디고 견디다 단비처럼 맞은 평화였는데. 그것을 잃었다는 게 못 견디게 끔찍했다.

울어도 안아 줄 이 없고, 떨어도 달래 줄 이 없으니 세상은 다시 지옥이었다.

'수현아.'

수현에게 매달려 쉬고 싶다 말했다. 단번에 굳어 버리는 얼굴을 보고 하루만, 하루만 쉬고 싶다고 울었다.

그는 말이 없었지만 그것이 허락을 의미하는 걸 모르지 않았다.

그렇게 일요일은 내내 집에만 있었다. 아파트 복도와 집 안 구석구석이 도현의 그림자로 가득했다. 그가 제 아파트 복도에 선 것은 단 한 번이었는데 언제나 있었던 것처럼 걸음 하나에도 그의 시선이 따라붙는 느낌이 들었다.

그가 제집에 들어온 것도 단 한 번이었다. 그런데도 그가 꼭 내내 살았던 것처럼 스치는 모든 순간이 그를 떠오르게 했다.

최대한 그를 떠올리지 않으려 하다 보니 옴짝달싹 못 하는 상황이 되었다. 침대 위와 욕실 안만 겨우 들락거리는 정도.

"하……."

창가에 앉아 뜬눈으로 새벽을 보내는 동안 몇 번의 천둥이 쳤다.

커튼을 치고 쇼팽의 음악을 듣는 일 따위는 하지 않았다. 언니 생각보다는 다른 것이 떠올랐다.

밤하늘과 닮은 검은 눈, 빗줄기만큼이나 거세던 손길의 온기, 번뜩이는 섬광과 다를 것 없는 목소리 같은.

앞으로 남은 생을 살며 마주할 천둥이 몇 번일까, 의미 없는 셈을 했다. 지금까지는 언니의 죽음만이 전부이던 천둥이 도현과의 이별이란 새로운 형벌을 품었으니 이제는 어떻게 버텨야 할지 생각을 해야 했다.

그런데 생각이라는 것도 원래 의지가 있어야 가능한 법이라 쉽지가 않았다. 어쩐지 살고 싶지가 않아서.

또다시 천둥이 친다.

□◆□

겨우 출근해 바쁜 척 유난을 떨던 유주는 도현의 호출로 하릴없이 7층에 올랐다.

자주 오간 곳은 아니었어도 낯설지 않을 만큼 익숙하던 복도가 이별의 운명을 알기라도 하는 것처럼 어색했다.

토요일에는 미안하다 말하고 일요일 하루를 침묵으로 버텼으니 오늘은 이별을 말해야 했다. 운이 좋다면 제가 입을 열기 전에 그가 말할 것이다.

그런데 그게 운이 좋은 것이라 말할 수 있을까. 확신이 서지 않았다.

이별을 말하는 것과 듣는 것, 말하는 이와 듣는 이. 무엇 하나 좋은 건 없었다.

한참을 망설이다 떨리는 손으로 노크를 하니 들어오라는 대답이 들렸다. 문 너머로 들려오는 소리가 언제나와 같이 단정하고 낮아서 언제나와 같이 무너져 쉬고 싶은 기분이 들었다.

"하……."

벌써 고비인가 싶게 묵직한 한숨이 뱉어졌다. 그럼에도 피할 수 없음을 알아 눈을 질끈 감고 문을 밀어 낸다. 문틈 사이로 짙게 흐르는 향을 다 느끼기도 전에 익숙한 인영이 보였다. 잠도 자지 않고 그리던 모습이었지만 차마 바로 볼 자신은 없었다. 반사적으로 숙인 고개에 그림 같은 잔상이 눈앞을 맴돈다.

후— 갑갑해진 폐에 숨을 밀어 넣고 뱉어 냈다. 마주하면 숨이 막힐 줄 알았는데 외려 숨이 쉬어진다. 덕분에 마비되었다 생각한 정신이 살아나 죽은 듯 잠잠하던 온몸의 신경을 깨웠다.

죄의식과 죄책감, 그리움과 후회 같은 모든 것이 무뎌지는 부분 하나 없이 선명하게 느껴질 수 있도록.

느려지는 다리에 힘을 주어 걸었다. 활활 타올라 녹아내리는 정신일지라도 그의 앞에서 내보이고 싶지는 않으니까. 주고받은 마음에 배신을 당하고 상처를 받은 건 그였다. 상처를 낸 저는 아픈 척 가증을 떨 수 없다.

"대표님."

도현이 보고하라 지시한 서류들을 건네며 말했다. 그가 2주간의 출장으로 자리를 비운 탓에 밀린 것이 많았다.

유주는 평소 그에게 보고를 할 때면 책상 앞에 앉은 그를 내려다보는 걸 좋아했다. 서 있을 때는 키 차이로 인해 보지 못하는 그의 결 좋은 머리카락과 길게 드리운 속눈썹 같은 걸 볼 수 있는 탓이었다.

그중 제일 좋아하던 건 아무래도 책상 위를 유영하는 하얀 손가락.

오늘도 역시나 만년필을 쥔 고운 손가락에 눈길이 가는 순간, 위를 향하는 얼굴에 빛을 본 것처럼 눈이 감겼다.

의식한다는 걸 들키지 않게 천천히 눈꺼풀을 들어 올린 유주는 바짝바짝 마르는 입술을 가볍게 물었다.

"잠깐 기다릴 수 있어요?"

도현이 스치듯 눈을 맞추고 건네받은 파일을 대충 펼쳤다.

"나 기다리는 전화가 있어서."

대답 없는 유주에게 그는 핸드폰을 가리키며 덧붙였다.

적당히 사무적이고 적당히 부드러운 목소리에 이틀 전 보았던 열띤 분노나 슬픔 같은 건 없었다.

"아, 네. 괜찮아요."

유주가 고개를 끄덕이자 마치 신호처럼 그의 핸드폰이 진동했다. 재단 일 때문에 걸려 온 전화인지 장학금 관련한 말소리가 5분 정도 지속되었다.

상냥한 목소리와 간간이 섞이는 웃음. 평소의 도현과 다를 바 없는 깔끔한 업무 전화였다.

"기다리게 해서 미안해요."

통화를 끝낸 그가 핸드폰을 내려놓으며 말했다. 짓고 있던 미소를 지워 무표정하기는 했지만 그렇다고 화가 난 얼굴은 아니었다.

결재 서류를 들여다보는 눈에 사심이란 없었다. 망설임 없이 서명란에 이름을 적은 그가 파일을 건네며 덧붙였다.

"결재한 서류는 재무팀 김 팀장한테 보내면 알아서 처리할 거고, 예산안은 비서팀의 윤 비서 찾아서 한 번 더 정리해요. 저번에 인터뷰했던 언론사들 기사 오픈하기 전에 확인하는 거 잊지 말고요. 홍보팀에 얘기하면 도와줄 거예요."

컴퓨터 화면에 시선을 꽂은 그가 말했다. 이리저리 움직이는 눈이 척 보기에도 바빠 보였다.

"메일로 보낸 보고서도 확인했어요. 그림 작업에는 문제없다는 말 같던데, 맞아요?"

지극히 사무적인 태도에 머리를 한 대 맞은 것처럼 정신이 조금 얼얼했다.

바람 앞에 선 등불처럼 외로운 기분.

눈을 맞추고 물어 오는 그의 얼굴에서 읽을 수 있는 감정이 없었다. 비상계단에서 만나기 전, 기획 회의 때나 가끔 보던 귀한 얼굴 그대로 그저 아름다운 석고상 같았다.

"……."

상처받은 모습을 보고 싶었던 건 아닌데. 그렇다고 화가 난 모습을 보고 싶었던 것도 아니었는데.

아무것도 바라지 않았는데, 그랬는데 왜 이렇게 기분이 허망할까.

"정유주 씨?"

"네? 아, 네. 맞아요."

이름을 부르는 소리에 겨우 정신을 차린 유주가 고개를 끄덕였다. 그가 선택한 것이 분노든 무시든 유주는 따르기로 마음먹었다.

"장시간 작업하는 것만 아니면 괜찮은 것 같아요."

"그래요?"

"애초에 검지랑 엄지는 다치지 않아서…… 붓을 쥐는 데에는 큰 문제가 없다고 하셔서요."

그때의 기억이 스쳤다.

화장실 바닥에 고인 핏물을 보는 저의 눈을 덮어 오던 큰 손. 어깨를 감싼 슈트와 뒷목을 당겨 안아 주던 품.

그 모든 것이 지금 제 앞에 앉은 차가운 남자의 것이었다.

"담당 의사분이 회복 속도도 빠른 편이라고 하셨어요."

목이 잠기려는 걸 간신히 헛기침으로 다듬어 대답했다.

빤히 쳐다보던 도현이 '잘됐네요.' 대답하며 무심하게 시선을 거뒀다.

분명 그의 믿음을 저버린 건 저인데 버려지는 기분이 드는 건 왜일까.

그는 그날로 마음을 정리한 듯했다.

처참해지는 기분에 유주는 고개를 꾸벅 숙였다. 얼른 이곳에서 벗어나고 싶다는 생각에 마음이 급해졌다. 그때—

"그게 다야?"

그가 물었다.

"이대로 나갈 거야?"

쥐고 있던 만년필을 아무렇게나 던져 놓은 그가 책상 위를 긴 손가락으로 두드리며 새카만 눈을 빛냈다.

"할 말이 그게 다는 아닐 거 아니야."

별다른 행동도 아니었는데 순식간에 팽팽해진 공기가 손끝마저 저릿하게 만들었다.

"나 아직 미안하다는 말밖에 못 들었어."

자리에서 일어난 그가 소리 없는 걸음으로 천천히 다가왔다.

"다른 말을 해 봐."

목소리가 낮았다. 방금 전까지만 해도 매끄럽게 나오던 단정한 말투는 온데간데없고 베일 듯 날카로운 분위기는 오싹할 정도로 스산한 기운을 뿜어냈다. 아래로 내린 시선에 다가오는 구두 끝이 들어찼다.

"최수현도 없잖아."

가깝게 다가온 그에게서 익숙한 향이 넘실거린다. 손가락 끝으로 턱을 쥐고 가볍게 들어 올려 시선을 맞추는 그는 제법 위압적이었다. 그러나 위협적으로 보이고 싶지는 않은지 일렁이는 두 눈에 힘을 빼려 애쓴다. 그러다 뱉어 내는 한숨.

토요일, 그날에도 온 힘을 다해 화를 참던 그였다.

절로 감기는 눈꺼풀 위로 뜨거운 손끝이 스쳤다. 띄엄띄엄 가볍게 어루만지던 손길은 이내 손바닥 전체로 뺨을 감싸며 열기를 품은 다정함을 내비친다.

"최수현을 사랑해?"

"……."

"아니잖아."

걸음 하나와 단어 하나에도 매번 확신을 담는 도현은 최수현을 사랑하느냐고 물을 때도 마찬가지였다. 아님을 확신하는 모습. 그런 그를 어떻게 설득해야 할까.

유주는 고집스레 제 뺨을 감싸고 있는 도현의 손을 끌어 내리고 천천히 고개를 저었다.

"대표님을…… 사랑하지 않아요."

침묵으로 채근하던 그의 얼굴이 일그러졌다. 그걸 애써 모른 척하며 한 번 더 말했다. 그를 사랑하지 않는다고.

"거짓말."

일그러진 표정을 순식간에 갈무리한 그가 싸늘하게 말했다. 여전히 확신하는 말투였다.

습관 같은 두려움이 돋아난다. 다 들킨 것 같은 기분.

이는 그가 가진 재능 중 하나였다. 언제나 모든 걸 알고 있는 것 같은 눈. 그 눈 때문에 거짓말을 하기가 어려웠다. 어렵사리 거짓말을 해 봤자 언젠가 들통이 날 것 같은 느낌. 다른 직원들도 대표님께는 식사 메뉴조차 거짓말을 못 하겠다고 할 정도니 저만 유달리 반응하는 것도 아니었다. 그 묘한 절대성이 편할 때도 있었지만 오늘만큼은 확실히 두려웠다.

"뭐가 문제야."

"문제없어요."

들킬까 봐.

"아무 문제 없어요."

들킬까 봐 두렵다. 하지만 그를 잃어야 하는 저는 거짓을 말할 수밖에 없다. 그는 저의 두려움을 알고 또 나약함을 알고 심지어는 저의 욕망까지도 아는 이였지만 저의 비극마저 알게 하고 싶지는 않았다. 듣기만 해도 구역질이 나고 인상을 찌푸릴 만한 저의 비극에 강하고 아름다운 도현은 어울리지 않으니.

여기서 멈춰야 했다. 그 비극을 입에 올린 이후로 끝 모르게 추락하는 수현을 떠올리면 도현은 정말이지 밀어낼 수밖에 없었다.

제 비극에 잠깐이라도 등장했던 인물 중 비참해지지 않은 사람이 있었던가. 언니는 물론이고 아빠와 엄마, 수현까지도 모두 철저하게 망가진 와중에 또 다른 희생자를 만들 필요는 없다.

"정유주."

도현이 상처받은 얼굴을 했다. 제 말을 믿지 않는 듯했지만 그럼에도 괴로운 듯 긴 눈매를 찌푸리고 있었다.

그가 무섭다가, 안쓰럽다가, 시시각각 변하는 제 마음의 동요가 멀미가 날 만큼 고통스러웠다. 시작하지 말았어야 했다는 후회가 또 한 번 밀려들었다.

그리고 그것이 공포로 뒤바뀌는 건 순식간이었다.

"네가 말하지 않아도 나는 알게 될 거야."

낮게 내깔린 목소리와 새카맣게 가라앉은 그의 눈에 허세나 과장 같은 건 없었다.

"네 옆에 내가 없는 동안 무슨 일이 있었던 건지, 무슨 문제가 있어서 네가 이러는 건지. 나는 알게 될 거야."

그는 반드시 그렇게 할 작정으로 보였다. 목소리와 눈동자에 스민 결연함이 말할 수 없이 견고했다.

그 기세에 유주는 하얗게 질려 갔다. 정신없이 도리질을 치며 도현의 팔을 움켜쥐었다. 도현은 몰라야 했다.

무엇 때문에 내가 이런 선택을 했는데. 무엇 때문에 이런 결말을 자초했는데. 그가 모르기만을 희망하며 이 모든 상황을 견디고 있는데, 그가 알게 된다니. 그럴 수는 없다. 그가 알아서는 안 됐다.

"그, 그러지 마세요. 제발요. 그냥 제가 다……."

"그럼 말해."

목소리를 평이하게 낮춘 그가 말했다.

"언제든 도망치게 해 주겠다고 했잖아."

원망 어린 눈빛에 물기가 스치는 듯 보였다.

"왜 나를 못 믿어."

"대표님을 못 믿는 게 아니에요."

"그럼 왜 거짓말해."

그는 고집스러운 아이처럼 말했다.

"도와 달라고 해."

"대표님."

"어려운 말도 아니잖아. 그냥 한마디만 해."

달래듯 부드러운 말투였지만 조급함이 전부 숨겨지지는 않았다.

그의 말처럼 이 모든 상황이 쉽기만 하면 얼마나 좋을까. 공황이 올 때마다 저를 구해 줬던 것처럼 그가 저를 구할 수 있으면 얼마나 좋을까.

그러나 그것은 희망에 불과했다. 희망이 헛되다는 건 서글프다.

흔들리는 시선에 그가 제대로 보이지 않았다.

"대표님은 절 도울 수 없어요."

제가 저지른 과오는 그리 호락호락하지 않았다.

"저를 그냥 내버려 두세요. 아무것도 궁금해하지 말고 그냥…… 그냥 내버려 두세요. 그게 절 돕는 거예요."

"너, 끝까지……."

울분이 가득한 얼굴이 말을 다 마치기도 전에 유주는 도망치듯 자리를 벗어났다.

고요한 7층 복도를 쫓기듯 걸으며 신기루 같던 안락이 한낮의 꿈처럼 사라짐을 온몸으로 느꼈다.

눈꺼풀이 따가웠다. 타는 괴로움이 쉬지 않고 지속되는 지옥 속에 다시 돌아왔음을 느꼈다.

□ ◆ □

"최도현이랑 무슨 일 있었어?"

수현이 창가에 앉은 유주를 보며 은근하게 물었다.

근래 유주가 힘든 이유의 대부분은 수현의 손끝에서 나왔지만 유주가 평온한 것 또한 수현이 원하는 것이었다.

매번 퇴근 시간까지 일을 하다 작업실로 오는 게 보통이던 유주는 오늘따라 외근을 신청했다며 일찍부터 모습을 드러냈다.

그래 놓고 늘 앉던 의자에서 넋이 나간 사람처럼 허공을 쳐다보는 게 누가 보아도 무슨 일이 있는 사람의 외양이라 마음을 불안하게 했다.

웬만하면 내버려 둘까 싶었지만 어제 만난 도현의 자신감을 생각하면 어른스럽게 굴어야지, 마음먹었던 것이 도로 토해져 버린다.

"수현아."

깨진 침묵 사이로 텅 빈 눈동자가 젖은 목소리를 냈다.

"너는 내가 옆에 있는 게 좋아?"

의중을 알 수 없는 물음에 미간이 구겨졌다.

"무슨 뜻이야."

답을 하지 않는 유주의 뒤로 그림자가 길게 늘어졌다. 벌써 해가 지는 건가. 작업실의 창을 통해 들어오는 노을이 유주의 흰 얼굴을 붉게 물들이고 있었다.

긴 속눈썹을 내리깔고 웃지도 울지도 않는 유주는 당장이라도 사라질 것처럼 아슬아슬한 분위기를 자아냈다.

어딘가 조급해지는 기분에 조금은 급하게 유주의 턱을 감싸 들어 올렸다. 때

맞춰 올라간 눈꺼풀 아래엔 여전히 텅 빈 눈동자가 있었다.

"수현아."

낮은 목소리. 낮지만 상냥한 기운이 가득한 목소리가 좋아 결국 참지 못하고 작은 몸을 끌어안았다. 밀어 내지 않는다고 하기엔 숨소리조차 작아진 그저 나약한 몸이었지만 그래도 놓을 수는 없다.

"나 좀 숨겨 줘."

유주는 그에게 안긴 채 속삭였다. 저를 안은 수현의 몸이 멈칫하는 게 느껴졌지만 개의치 않았다. 차가운 가슴에 얼굴을 기댄 채 창밖의 세상을 바라보았다. 붉게 물든 창밖은 태양이 뿜어내는 열기로 다 함께 죽어 가고 있었다.

스러지는 순간에도 붉게 타올라 주변의 모든 생명을 빨갛게 만드는 태양은 잔혹해 보였다.

유주는 자신도 그런 태양과 다를 바 없다고 느꼈다.

그러니까 부디—

"나 좀 가려 줘."

그의 품에서 얼굴을 떼고 말했다. 수현이 혼란스러운 듯 미간을 찌푸렸다.

"알아듣게 얘기해."

"그 사람이 알아내겠대."

몇 시간 전 마주했던 도현을 떠올렸다.

조각처럼 매끄러운 얼굴이란 표현은 단순히 잘생겼다는 차원의 묘사가 아니었다. 그는 웬만한 일에는 동요하지 않는 얼굴을 가진 이라 저를 좋아한다 말할 때도 묘하게 웃어 보일 뿐이었다.

어딘가 마음에 들지 않아 눈가를 찌푸릴 때조차 그는 한순간에 표정을 갈무리하고 예의 그 매끄러운 얼굴로 돌아가기 마련이었다.

그런 그가 그 고운 얼굴을 일그러트리며 다그치자 무언가 단단히 잘못되었다는 기분이 들었다.

"그 사람한테 들키고 싶지 않아."

그런 그에게 저의 최악을 들키면 어떻게 될까. 순간에 스치는 질문에도 눈이 질끈 감겼다. 상상만 해도 괴로운 일이었다.

그가 다정한 얼굴을 하고 참을성 있게 저를 기다리려 하는 건 모두 제가 약하고 겁 많은 사람이라 생각하기 때문이었다.

화를 내도 이상하지 않을 상황에서도 그는 제가 겁먹지 않도록 최선을 다하고 있었다.

하지만 그는 모르는 모양이었다. 제가 두려워하는 건 그의 목소리나 그의 손길이 아니라, 모든 걸 알고 있는 것 같은 그의 눈이라는 걸.

물론 그 눈이 저를 편안케 하던 순간도 있었다. 제가 무얼 무서워하고 어려워하는지 아는 그는 구태여 설명하게 하는 불편을 주지 않는 사람이었다.

하지만 이제는 그 눈을 피해야 했다.

'네가 말하지 않아도 나는 알게 될 거야.'

그 말이 저에게는 얼마나 큰 공포였는지 그는 알까. 다른 이라면 몰라도 그가 한 말이라 더욱 두려웠다는 걸 그는 알까.

"그러니까 숨겨 줘."

유주가 몸을 일으킨 수현을 쳐다보며 말했다.

"너는 할 수 있잖아."

도현의 눈을 피해 저를 숨겨 줄 수 있는 사람은 수현이 유일하다는 걸 알았다.

도현에게 숨긴 비밀을 공유한 유일한 사람. 저의 숨통을 쥐고 있으면서 제가 살기를 바라는 사람. 제가 곁에 있기를 바라는 사람.

수현은 모든 면에서 적임자였다.

"네가 하고 싶은 대로 해."

날 죽이고 언니를 살리고 싶은 너의 마음대로 해.

소리 내어 말할 수 없는 속내를 대신해 수현의 뺨을 쓸었다.

죽은 사람처럼 살 것이라 다짐했다. 죽지는 않을 테지만 죽은 사람처럼 살

것이다. 그림자 하나 없이.

"유주야."

수현이 물기 어린 눈을 하고 이름을 불렀다. 툭 치면 울 것처럼 그렁한 눈이 애달프다. 슬픈 걸까. 그가 원하는 대로 해 주겠다는데 왜 슬픈 눈을 하는 걸까. 슬픈 게 아니라면 미안한 걸까.

"네 잘못 아니야."

위로하고자 던진 말에 수현이 허리를 감고 몸을 끌어안았다. 여린 마음을 가진 주제에 품에서 느껴지는 온도는 영하의 것처럼 차갑기 그지없었다. 불쌍한 최수현.

그에게 동정심이 이는 건 저의 의지가 아니었다. 어차피 함께해야 한다면. 어차피 이 지옥을 함께 걸어야 한다면 미워하고 싶지 않았다. 그를 지옥으로 끌어들인 것 역시 저였으니.

"추워."

몸을 두르는 한기에 중얼거리자 그가 옆에 있던 담요를 펼쳐 등을 덮어 주었다. 그럼에도 줄어들지 않는 한기. 한기는 바람이나 공기 따위로부터 오는 것이 아니었는데 그는 그걸 몰랐다.

언젠가 많은 시간이 지나면 이 품에서 쉴 수 있는 날이 올까.

의미 없는 질문에 냉큼 부정적인 답이 떠올랐다.

그럴 리 없다.

□ ◆ □

다음 날, 유주는 출근하는 즉시 홍 팀장을 찾아 면담을 요청했다. 수현의 전담을 맡은 이후로 몰아치는 일을 처리하기에도 급급하던 유주의 요청이라 홍 팀장은 사뭇 긴장을 했다.

"무슨 일 있어?"

언젠가 한 번은 이런 날이 올 거라 생각한 홍 팀장이었다.

프로젝트 성격의 일을 반복적으로 시행하다 보면 통일성 없는 일에 탈진하는 직원이 생겨나기 마련이었다. 대리급의 사원들도 힘에 부치는 일을 신입 사원이 어떻게든 버둥거리며 붙잡고 있었으니 한 번쯤은 불만이 터져 나오리라 예상했었다.

"저, 팀장님."

한 공간에 있어도 제대로 얼굴을 마주한 건 오랜만이라는 생각이 들었다.

뜨거운 찻물이 담긴 찻잔을 이리저리 매만지는 유주의 얼굴이 한눈에 보기에도 많이 상해 있었다.

아무리 그래도—

"사직서예요."

"사직서?"

"퇴사하고 싶어요."

이런 말이 나올 줄은 몰랐지.

"이렇게 갑자기?"

홍 팀장이 아연실색하며 반문했다.

"죄송해요."

기껏해야 힘들다는 투정을 늘어놓을 거라 생각한 홍 팀장은 예상보다 과격한 상황에 표정이 굳었다.

"유주 씨."

"갑작스러운 거 알아요."

"아니, 갑작스러운 건 둘째 치고. 이유가…… 이유가 뭔데?"

"몸이 너무 안 좋아져서요. 웬만하면 맡은 일은 다 하고 그만두고 싶었는데……. 죄송해요."

유주가 고개를 푹 숙였다. 홍 팀장이 무어라 말을 덧붙이려다 이내 입을 다물었다. 충동적인 결정이 아닌 것 같다는 생각 때문이었다. 마주한 얼굴에 핏기가 하나도 없는 것이 정말이지 아픈 사람 같아서. 원래도 생기발랄한 타입은 아니었지만 이렇게까지 말라비틀어진 사람은 아니었는데.

"몸이 많이 안 좋은 거야?"

"네."

"일이 너무 많아서 그런 거면 파트너 붙여 줄게. 비서팀에 얘기하면 바로 해결해 줄 거야. 원래 이 정도 사이즈는 전담 비서가 여러 명인 게 보통인데 작가님이 유주 씨만 고집해서……. 아, 진즉에 신경을 좀 썼어야 했는데 미안해, 유주 씨. 내가 바쁘단 핑계로 팀원 신경을 너무 못 썼다."

"아니에요, 팀장님. 일이 많아서 그런 게 아니라 제가 아파서 그래요."

유주는 죄책감이 역력한 표정의 홍 팀장을 보며 웃었다.

"전담 일이 부담스러운 거면 다시 기획팀으로 복귀해. 내가 대표님이랑 얘기해 볼게."

"그런 거 아니라니까요."

유주는 자신을 쉽게 포기하지 않는 홍 팀장에게 문득 고맙다는 생각이 들었다. 팀원 하나하나가 재산이니 당연한 것일 수도 있지만 그래 봤자 신입인데 이토록 애써 주니 짧은 시간이었지만 좋은 상사와 함께했다는 기분이 들었다.

하지만 그것과 별개로 다짐은 흔들리지 않았다. 무책임하다는 책망 대신 더 헤아리지 못해 미안하다는 이에게 계속해서 거절을 거듭하는 게 쉬운 일은 아니었지만 어쩔 수 없었다.

"언제까지 처리해 줄까."

결국 유주를 놓아주기로 결정한 홍 팀장이 물었다.

"가능하면 빨리요. 최대한 빨리."

□ ◆ □

노크를 하자마자 기다리고 있었다는 듯 문이 열렸다.

"뭐 하자는 거야."

벌컥 열린 문 너머로 도현의 얼굴에 화가 넘실거렸다.

"대표님—"

변명처럼 준비한 뒷말은 거칠게 붙잡힌 손목이 아파 나오지 못했다.

"이렇게까지 해야 돼?"

목소리를 높이는 그에게선 분명한 열기가 뿜어져 나왔다.

"뭐가 이렇게 급해. 나한테 시간 좀 주는 게 그렇게 어려워?"

"대표님, 잠깐만……."

"최수현 때문에 그래? 최수현이 그만두래?"

그는 여전히 모든 일의 근원을 수현에게서 찾고 있었다. 제가 원흉이라고는 절대 생각하지 않는 저 믿음이 벅차도록 좋으면서 동시에 죽도록 두려웠다. 믿음이 클수록 부서지는 과정을 견디기 어려운 법이다.

"제발 좀……!"

제 손목을 쥔 그를 밀쳐 내자 그가 거친 호흡과 별개로 잔뜩 불안한 눈을 했다.

그는 지금이 무너지는 과정이라 생각하겠지만 진짜 믿음의 붕괴는 시작되지도 않았다. 그가 여리다고 믿었던 정유주는 무엇 하나 진실한 것이 없는 사람이다.

"수현이 때문이 아니에요."

마음을 독하게 먹었다. 마주하기 두렵던 눈을 똑바로 보고 준비한 말을 꺼냈다.

"대표님 때문이에요."

"뭐?"

"대표님 때문이라고요. 대표님을 사랑하지 않아요. 근데 자꾸 이렇게……."

유주가 미간을 찌푸리며 뒷걸음질을 쳤다.

"부담스러워요. 그냥 잠깐 실수한 건데 이렇게 죄책감 갖게 되는 것도 싫고 불편해요."

"실수?"

도현이 확 낮아진 목소리로 물었다.

"네, 실수요."

"뭐가 실순데."

그를 만난 것, 그에게 안긴 것, 그를 의지한 것, 그러다 결국 사랑한 것. 모든 것이 실수였다.

"전부 다요."

"……."

"대표님을 만나지 않았던 때로 돌아가고 싶어요."

유주는 망설이지 않고 대답했다.

"그러니까 제발……. 제발 저 좀 내버려 두세요."

□ ◆ □

도현은 아주 오랜만에 늦잠을 잤다. 일을 하지 않는 날이라도 일찍 일어나는 게 버릇인 그는 어딘가 이상하다는 생각을 했다.

몸이 펄펄 끓었다. 끓다 못해 지글지글 그을린 자국을 만들 것처럼 몸이 타는 것 같았다.

바위를 내려놓은 것처럼 무거워진 눈꺼풀을 겨우 들어 올려 핸드폰을 찾은 그는 윤 비서에게 연락해 당일 일정을 정리하게 했다. 그 짧은 한마디를 하는 데에도 쏟아지는 더운 숨이 마른 입술을 더욱 건조하게 만들었다.

"하……."

잠들기 직전까지 떠오르던 장면이 또 시작이었다. 생각할 정신이 조금이라도 생기면 저 때문이라고 소리치며 뛰쳐나가는 뒷모습이 떠올랐다. 제 몸의 열감과 달리 마음은 서늘하기 그지없는 이유였다.

뚜렷하지 않은 존재를 좋아하지 않는 도현은 이 감정에 정의를 내리고 싶었다. 배신감에 화가 난 건지, 뜻대로 되지 않음에 심술이 난 건지. 그것도 아니면 아끼는 것을 빼앗겼다는 사실에 대한 허무함인지.

하지만 아무리 떠올려 봐도 어울리는 설명의 감정이 없는 듯했다.

생각해 보면 유주는 여러모로 저를 낯선 감각 속에 방치하는 존재였다. 아무것도 할 수 없다는 사실에 사무치던 무력감도, 제가 틀린 것 같다는 두려움도 저에겐 낯설고 어울리지 않는 것이었다.

그래서 자꾸만 익숙한 상태를 유지하려 애썼는지도 모른다. 예측 가능하고, 통제 가능한 어떤 상태로.

하지만 확신했던 것들이 생각보다 무모한 도박이었음을 깨달았다. 어쩌면 아닐지도 모른다는 생각이 드는 걸 보면 말이다.

수현에게도 말했듯 유주가 사랑하는 이는 누구보다 제가 잘 알고 있다고 생각했다. 말하지 않아도 보이는 것들이 있고 꼭 보지 않아도 믿을 수 있는 것들이 있다고 생각했는데 이제 와 돌이켜 보면 그건 참 낭만적인 발상이었다.

'대표님 때문이에요.'

말하던 목소리가 환청처럼 울렸다.

'대표님을 사랑하지 않아요.'

온 마음으로 저를 밀어내는 유주를 보는 게 많이 괴로웠다. 어쩌면 유주와 수현의 입맞춤을 보았을 때보다 더 기분이 좋지 않았다.

아니, 기분이 좋지 않다는 것 정도로는 충분하지 않았다. 그냥 두려웠던 것 같다. 그제야 조금씩, 우리의 끝이 실감 나서.

제가 여유로운 척 평정을 유지할 수 있었던 이유는 유주에 대한 저의 오만한 믿음 때문이었다.

유주에게 제가 특별한 존재라고 생각했다. 잔뜩 겁을 먹은 상태에서도 저를 의지하고 죽을 듯이 숨을 헐떡일 때조차 저에게 기댔으니 제법 확신할 수밖에 없었다.

게다가 쉽게 얻은 것도 아니라서 쉽게 잃을 일도 없을 거라 자신했다.

더는 좋아하고 싶지 않다는 말로 애를 태우다 끝내 제 발로 저에게 온 유주가 혹여라도 다시 떠나갈 날이 올 거라 생각하지는 않았던 것 같다.

스스로에게 비웃음이 났다. 무엇을 근거로 그렇게 확신했을까. 사람 마음이라는 게 눈에 보이는 것도 아닌데. 심지어 유주는 제게 사랑한다 말한 적도 없는데.

"보고 싶다."

작고 가는 몸이 그리워졌다. 제게로 도망친다 말하던 유주를 끌어안고 싶었다.

편안하게 호흡하는 법을 모르는 아기 새처럼 바르작거리는 숨이 제 품에서 고르게 정리되는 걸 느끼다 보면 왜인지 정말 괜찮은 사람이 된 것 같아서 기분이 좋았는데.

□ ◆ □

"어? 팀장님, 아직 안 올라가셨어요?"

송 대리가 임원회의 시간이 지나도록 자리에서 일어나지 않는 홍 팀장을 보며 말했다.

"아, 오늘 취소야. 대표님 아프신가 봐. 병가 내셨대."

홍 팀장의 말에 묵묵히 모니터를 쳐다보던 유주가 불쑥 고개를 들었다.

"병가요?"

"응. 많이 아프신가 봐. 웬만하면 병가 같은 거 안 내실 텐데. 하긴, 요즘 좀 무리하긴 하셨잖아. 출장 다녀온 지도 얼마 안 되셨고."

어깨를 으쓱이며 이내 다른 말로 화제를 돌리는 홍 팀장과 달리 유주의 얼굴은 걱정으로 가득해졌다.

버릇처럼 이 사이로 손톱을 가져가 잘근잘근 씹다가 또 다리를 떨다가 종국에는 두통까지 몰려와 아아, 하는 신음이 흐를 정도였다.

"저, 잠시만—"

결국 자리에서 일어난 유주가 밖으로 나왔다.

주머니 속에 있는 핸드폰을 쥐었다가 놓는 걸 반복하다 빈손을 펼친 유주는 울긋불긋 엉망이 된 손끝을 바라보았다.

"하……."

겨우 이 정도도 못 버틸 정신이라는 게 한심했다.

화장실로 들어간 유주가 찬물을 틀어 핏물이 맺힌 손을 씻고 입안을 헹궜다.

무심코 올려다본 거울에 비친 저를 보았다. 살이 내리니 볼품이 없었다. 피부는 하얗다 못해 푸른빛이 도는 게 꼭 시체 같았다.

"우욱—"

유주는 헛구역질이 올라오는 느낌에 재빨리 빈칸을 찾았다.

□ ◆ □

그 시각, 도현은 핸드폰 진동 소리에 잠에서 깼다. 혹시나 유주일까 싶어 푹 젖은 몸으로 화면을 살폈더니 의외의 이름이 떠 있었다.

"어머니?"

— 바쁘니?

"아뇨, 안 바빠요. 무슨 일이세요?"

좀처럼 전화하는 일이 없는 그녀의 목소리에 도현은 목소리를 가다듬었다.

— 오랜만에 저녁이나 같이 먹을까 해서.

"오늘이요?"

— 선약 있니?

"아, 그건 아닌데—"

— 미술관 근처까지 왔는데 안 보고 가기 아쉬워서 그래.

아쉬움이 뚝뚝 묻어나는 목소리에 도현은 스스로 제 이마를 짚었다. 손에 묻어나는 식은땀이 꽤 축축했다.

웬만하면 일어나서 어머니의 얼굴을 마주하고 싶은데 외출은 아무래도 무리일 것 같았다.

미리 말을 해 주면 좀 좋아. 도현은 아버지를 닮아 계획적인 삶을 좋아했고 예측 가능한 패턴을 편안해했다. 이렇게 즉흥적이고 감정적인 건 별로 좋아하지 않았다.

하지만 그에게도 예외라는 건 있어서 어머니에 한해서는 꽤 많은 것을 허용했다. 최근에는 다른 누구도 한 명 더 있었고.

"죄송해요."

아무튼 거절하는 마음이 좋지 않았다. 안 그래도 수현의 전시를 앞둔 어머니의 마음이 괜찮은지 염려가 되었던 차라.

"오늘 제가 출근을 못 했어요. 몸이 안 좋아서요."

일이 있다고 할까, 싶다가 괜히 한번 어리광을 부려 보았다. 이렇게 아플 때가 아니면 늘 믿음직한 장남 노릇을 해야 하니 기회가 많지 않았다.

— 많이 안 좋은 거야?

"조금요. 걱정하실 정도는 아니에요."

— 내가 거기로 갈까?

"어머니가요?"

도현이 바람 빠지는 웃음을 지으며 되물었다.

그가 기억하는 자신의 어머니는 사랑스러운 분이었지만 그렇다고 세심하거나 배려가 넘치는 타입은 아니었다. 특히나 애정을 나누고 표현하는 데에 이상하리만치 서투른 구석이 있어서 누군가 약해진 모습을 보이면 그것을 못 견뎌 했다.

그런 사람이 아프다는 말에 오겠다고 하고 있으니. 혹시나 재미없는 농담 같은 게 아닐까 하는 생각이 들었다.

— 내가 가면 불편할까?

그녀도 스스로가 한 말이 낯설어 그런지 뒷말을 덧붙였다.

"아뇨, 괜찮아요. 와 주시면 좋을 것 같아요."

어쩐지 그러고 싶었다. 아파서 그런가, 한없이 외로워져서 이곳으로 오겠다는 어머니의 말이 나름 반가웠다.

게다가 어머니가 온다면 조금은 다른 생각을 할 수 있지 않을까.

□ ◆ □

역시나 어머니의 간호는 어설펐다. 사 가지고 온 죽을 데우기 위해 냄비를 찾는 것도, 끓고 있는 이마를 식히려 물수건을 찾는 것도 영 어색해서 도현은 오히려 일이 늘은 것 같은 기분이 들었다.

"도움이 하나도 안 되는 것 같네."

부드러운 소재의 갈색 원피스를 입은 그녀가 멋쩍은 미소를 지었다.

홀로 사는 아들 집에 찾아온 것이 거의 몇 년 만이라 어디에 뭐가 있는지 하나도 몰랐다. 아프다니까 죽을 사 오긴 했는데 어떤 죽을 좋아하는지도 사실 잘 몰랐다.

원래도 누굴 보살피는 일에는 영 재능이 없던 그녀였다. 넉넉한 집안에서 별다른 걱정 없이 그림만 그리고 살다가 비슷하게 넉넉한 집안에서 별다른 걱정 없이 미술관을 운영하던 남자와 결혼을 한 그녀는 선인장 하나도 제대로 키우지 못했다.

결국 도현과 여자 모두 허탈하게 웃어 버리고 말았다. 제법 사이좋은 모자지간이긴 하지만 엄마와 아들보단 적당히 말 잘 통하는 친구 사이 정도로 서로를 대한 세월이 훨씬 길었다.

"그냥 옆에서 재밌는 이야기나 좀 해 주세요."

도현이 어색하게 서 있는 제 어머니의 손을 끌어 침대 옆 의자에 앉혔다. 애초에 그녀에게 간호를 받는다는 게 영 상상이 안 가더니만, 역시나 이럴 줄 알았다. 그녀도 처음에만 조금 민망해했지 어쩔 수 없다는 듯 어깨를 으쓱였다.

"차라도 드릴까요?"

"내가 할게."

"어디 있는지 모르시잖아요."

"그게 아니라 다른 게 먹고 싶어서 그래."

"다른 거요?"

"위스키 같은 건 없니?"

여자가 흠, 헛기침을 하며 말했다. 도현이 그럴 줄 알았다는 듯 허탈하게 웃으며 주방으로 향했다. 투명한 유리 찬장 속에 그가 좋아하는 양주들이 열을 맞춰 서 있었다.

"저렇게 정리하는 거 안 힘드니?"

분명 기다리라고 했던 것 같은데 어느새 따라 나온 어머니가 질린다는 듯 말했다.

그의 까다로운 정리벽도 아버지에게서 물려받은 기질이었다. 어머니도 나름 규칙을 갖고 있기는 했지만 적당히 어지러운 상태를 좋아했다. 그건 좋아하는 게 아니라 그냥 치우는 걸 싫어하는 거라고 반박해 봤지만 통하지 않았던 걸로 기억한다.

"정리하지 않는 게 더 힘들어요."

"어쩜, 너는 말도 꼭 네 아빠처럼 하더라."

"제가 아버지 아들인 걸 어떡해요."

"내 아들이기도 하잖아."

도현이 소리 내어 웃었다. 유치한 심술을 부리는 여자를 쳐다보는 그의 손에 그녀가 좋아할 만한 위스키 한 병이 들려 있었다.

"얼굴은 어머니 판박이잖아요."

"그건 그래."

도현이 내미는 위스키의 뚜껑을 열어 잔의 반만 채운 여자가 고개를 끄덕였다.

도현의 말이 맞았다. 그녀와 도현이 나란히 서서 거리를 걸으면 구태여 알려주지 않아도 모두가 모자지간인 걸 알아보았다.

"좀 누워. 힘들어 보인다."

찰랑이는 위스키를 한 모금 삼킨 그녀가 만족스러운 듯 웃으며 말했다.

"빨리도 말씀하시네요."

"간호에는 소질이 없는데 어떡하니."

도현의 질타에 그녀가 여유롭게 받아쳤다.

도현이 제 어머니와의 대화를 좋아하는 건 이런 이유 때문이었다. 애정은 있으나 가시은 없어서 딱 들리는 대로만 해석하면 되었다. 어디서부터 어디까지가 진심이고, 가짜인지 귀를 기울일 필요가 없다는 말이었다.

물론 어릴 때는 그녀도 자식 앞에서 말을 가리려 노력했지만 도현이 10대 중반을 넘어서기 시작하면서는 그럴 필요를 느끼지 못하는 듯했다. 어떤 말을 해도 어차피 속에 있는 진심을 알아주는 자식이니 애써 가리는 게 무의미했다.

"어머니 때문에 더 아픈 기분이에요."

"기분 탓이야."

"수현이 아플 때도 이러세요?"

"수현이는 아프단 소리를 안 하지."

"……."

"괜찮단 소리도 안 하고."

그녀는 어느 순간부터 어떤 말도 잘 하지 않으려는 제 막내아들을 떠올렸다.

도현은 위스키를 삼키는 여자를 물끄러미 쳐다보았다. 연신 말간 얼굴을 구기는 것이 마음이 씁쓸해 그런 것인지 아니면 위스키가 써서 그런 것인지는 부러 헤아리지 않은 채로.

"서운하세요?"

"서운하긴 해도 별수 있니. 내 잘못인데."

순식간에 어두워지는 그녀의 얼굴에 도현이 아니에요, 하고 재빨리 덧붙였다.

도현은 다 성장한 어른이 되어서도 그녀의 불행이 끔찍하게 싫었다. 어머니가 행복했으면 하는 마음. 그것만큼은 성장하며 조금도 변하지 않고 유지된 바람이었다.

그 마음을 모르지 않는 여자가 제 아들의 뺨을 손등으로 가볍게 쓸었다.

"어머니."

"응, 아들."

"어머니는 아버지랑 헤어진 거 후회 안 해요?"

글쎄— 말꼬리를 늘인 여자의 얼굴이 고민하는 듯 조용해졌다.

"아버지랑 헤어지고 불행하셨잖아요."

도현이 낮게 덧붙였다. 어머니의 얼굴이 언뜻 굳는 게 보였지만 아주 오랜 시간 궁금해한 질문이었다.

따로 떨어져 살게 된 이후에도 종종 아버지와의 연애 시절을 늘어놓던 어머니의 얼굴은 제법 환했었다.

헤어지기 직전 둘의 사이가 끔찍하긴 했지만 그건 아버지의 탓이 아니라고도 했다. 그렇다고 어머니의 탓도 아니면서 둘은 왜 헤어진 걸까.

"헤어지지 않았을 때도 불행했어."

"뭘 선택하든 불행했다는 거네요."

"뭐, 그런 셈이지."

"그럼 헤어지지 않는 편이 낫지 않았을까요. 어차피 불행한 거라면 말이에요."

도현이 느릿느릿 말을 이었다.

그녀는 제 아들이 이런 말도 할 줄 아는 사람이었나 하는 의문이 들었다. 약간 반갑기도, 조금은 걱정이 되기도 하는 마음.

고혹적인 외모를 갖고도 제대로 된 사랑이나 그 흔한 연애놀음 같은 것도 잘하지 않는 아들이 이제야 조금 마음 쓰는 상대가 생긴 건가 싶었다.

여자가 제 아들의 깊은 눈매를 매만졌다.

"도현아."

식은땀으로 푹 젖은 얼굴이 꼭 운 것 같은 느낌에 마음이 저릿했다.

"네 아버지는 항상 멀찍이 서 있었어."

"……."

"크게 보는 걸 좋아했거든."

도현이 무슨 말인지 알아듣고 웃었다.

"저한테도 항상 그렇게 말씀하세요. 멀리 위치하고 크게 보라고."

그래야 제대로 볼 수 있다면서. 감정이 아닌 이성으로.

그런 아버지의 조언은 도현에게 절대적인 영향을 미쳤다. 많이 절제하고 살기는 하지만 수현과 마찬가지로 욱하는 성질이 있는 도현에게 그 가르침마저 없었다면 수현과 별반 다르지 않은 모습으로 살았을 것이다.

"네 아버지는 그걸 사랑하는 사람한테도 대입했어. 내가 괴로워서 소리를 질러도 객관적인 거리를 유지하려고 애썼고, 내가 이혼을 요구할 때도 감정적이지 않으려고 노력하는 게 보였지."

그랬다. 도현의 기억에도 그의 아버지는 매번 감정이 들끓던 어머니와 다르게 평정을 유지했다. 그때는 아버지가 어머니와의 다툼이 싫어 피하는 것이라 생각했는데—

"사랑하는 사람한테는 멀리 위치해선 안 돼. 가까이서 위치하고 작은 것을 보려고 노력해야 해. 그래야 그 사람이 뭘 원하는지 알 수 있어."

아, 그래서 내가 모르는 건가. 평정을 찾고, 일의 진위를 파악하고, 사건의 순서를 알아내려 움직이는 건 사실 다 멀리보기 위함인데. 그게 틀린 걸까. 그냥 유주를 붙들고 빌었어야 했나. 떠나지 말라고. 그냥 일단 말했어야 했나. 사랑한다고. 그러니 떠나지 말라고.

"그래도 사랑했는데…… 슬프진 않으셨어요?"

"슬펐지. 네 아버지에게 가까이 가려고 애쓴 나도, 나를 멀리 보려 물러나던 네 아버지도, 아무것도 모르면서 그냥 울던 수현이도 전부 슬펐지."

여자가 잠시 입을 다물고 숨을 골랐다.

"수현이는 아직도 가끔씩 원망해."

"……대단하네요."

"걔가 참, 여전히 어리다니까."

흉을 보는 듯 목소리를 얄밉게 꾸며도 어머니는 죄책감이 깃든 표정을 숨기지 못했다.

도현은 수현이 조금 부러워졌다. 어릴 때는 지치지도 않고 가능성 없는 소망을 품는 수현이 참 멍청해 보였는데, 이제 와서 생각해 보면 그게 옳았던 것일지도 모른다.

수현의 바람이 이루어지진 않았지만 그가 가족의 해체를 원하지 않았다는 사실만큼은 모두가 정확히 기억하고 있으니까.

"저도 그래요."

뒤늦은 후회가 들었다.

"저도 슬펐어요."

진작 말해 볼걸.

"죄송해요."

도현이 팔을 들어 눈을 가렸다.

18

동선

전시를 기획할 때 가장 중요한 건 물론 그림이다. 그런 그림이 어느 정도 완성이 되고 나면 두 번째로 중요해지는 건 공간, 즉 그림을 전시할 벽과 바닥, 그리고 천장이었다.

그것들은 함께 존재하는 것 같지만 사실 각각 존재하는 것과 마찬가지라서 일일이 지정하여 설계하지 않으면 온통 따로 노는 느낌이 들 때가 있다.

특히나 전시 공간이 특수하고 명확한 수현의 작품은 1㎝의 간격조차 계산해 가며 심혈을 기울여야 한다.

"유주 씨, 최수현 작가님 몇 시에 도착한다고 했지?"

"30분 정도면 도착할 거예요. 방금 전화해서 확인했어요."

그런 의미에서 이번 동선 설계 미팅은 아주 중요했다.

전시 공간의 기본 세팅은 뉴욕과 파리에서 했던 것과 크게 다르지 않아 도면 작업과 셋 업이 어느 정도 완료된 상태였지만 사이사이에 가벽을 세우는 건 동선 설계가 끝나야만 진행할 수 있었다.

"대표님은?"

홍 팀장이 물었다. 전시의 책임 기획자이자 미술관의 관장인 도현이 이런 미팅에 빠질 수야 없었다. 예정대로라면 당연히 참석하겠지만 요 며칠 상황을 보면 아닐 수도 있다는 생각이 들었다.

이틀 내리 병가를 낸 도현은 3일 전부터 정상 출근을 하고 있었다. 밀려 있던 임원급 회의가 열리고 비서팀 사람들 얼굴에 긴장이 서린 걸 보면 그가 출근한 게 맞기는 한 것 같았다.

하지만 유주는 도현의 얼굴을 확인할 길이 없었다. 일부러 자리를 피하는 건지 일주일에 한 번 있던 기획 회의까지 물린 그는 유령처럼 어디에서도 나타나지 않고 있었다.

"윤 비서님이 대신 참석하신대요."

방금 전 6층 비서실을 다녀온 송 대리가 대신 대답했다. 피하는 게 분명했다. 제발 좀 내버려 두라고 그리 소리를 쳤더니 원하는 대로 해 주는 건가. 유주는 그가 저를 배려하고 있음을 어렴풋이 느꼈다.

배려든 아니든 잘된 일이기는 했다. 그를 영영 피할 요량으로 사직서까지 낸 마당에 더 마주 보아 좋을 것이 없었다.

하지만 절로 울적해지는 기분을 어찌할 바는 딱히 없었다.

□ ◆ □

"작가님, 지각 안 하셨네요?"

수현이 회의실 안으로 들어서자 홍 팀장이 웃으며 반겼다.

"유주가 늦으면 가만 안 두겠다고 해서요."

"제가 언제요, 작가님."

"30분 전에요, 비서님. 공들여 세팅한 루이보스 차가 식으면 죽을 줄 알라면서요."

기분이 좋은 듯 적당히 너스레를 떠는 수현을 유주가 가볍게 흘겨보았다. 그 모습이 나름 보기 괜찮았는지 홍 팀장은 즐거운 얼굴로 박수를 쳤다.

"우리 유주 씨가 일을 너무 잘하죠?"

조금 전까지만 해도 긴장감이 맴돌던 회의실 안의 분위기가 부드럽게 풀어졌다.

지난 후원 파티 때의 분위기 탓인지 비서팀 사람들을 제외한 다른 이들도 수현을 모두 어려워해 걱정이었는데 다행이었다.

"유주는 다 잘하죠."

수현의 얼굴에 해사한 미소가 걸린다. 전시 오픈을 앞두고 있는 상황이라는 걸 생각하면 기이할 정도로 기분이 좋은 그였다.

내심 숨겨 달라며 유주가 애원 아닌 애원을 할 때까지만 해도 순간적인 감정에 휩싸인 것이라 치부했는데 근래 돌아가는 상황을 보니 제법 독하게 마음을 먹은 것 같았다.

사직서를 제출했다는 말도 그렇고, 오늘처럼 대놓고 자리를 피하는 제 형을 보면.

"오늘은 미리 말씀드린 대로 간단하게 공간 체크 할 거고, 러프하게 동선 계획 세울 거예요. 유주 씨한테 미리 도면은 받으셨죠?"

홍 팀장이 미술팀에서 받아 온 설계 도면을 펼치며 말했다.

"네, 보긴 했는데…… 이런 걸로는 상상이 잘 안 가요."

수현이 순하게 웃으며 펼쳐진 도면을 한쪽으로 치웠다.

"직접 보고 싶어요."

"음…… 중간 벽이 하나도 세워지지 않은 상태긴 하지만 보실 순 있어요. 페인팅이랑 유리창 작업은 끝난 상태니까 채광이랑 빛 반사 정도는 확인하실 수 있을 거예요."

수현이 고개를 끄덕였다.

그때, 누군가 회의실 문을 두드렸다.

"늦어서 미안해요."

도현이었다. 분명 오지 않는다고 했는데, 어째서.

수현은 재빨리 곁에 앉은 유주를 살폈다. 일부러 내리깐 시선이 도현을 보지 않으려고 애쓰는 것 같았지만 파리해진 안색을 보면 분명 동요하고 있었다. 좋았던 기분이 순식간에 바닥을 친다.

"전시장 비었던데— 같이 갈까요?"

제 형의 속내가 무엇일까.

□ ◆ □

3층의 전시장으로 가기 위한 엘리베이터에 네 명이 몸을 실었다.

도현과 수현, 유주와 홍 팀장.

도현이 낀 이상 윤 비서는 자리를 지킬 필요가 없어졌고 기획팀의 다른 팀원들도 마찬가지였다. 최종 결정권자인 도현과 수현이 한자리에 있으니 말이다.

"유주야, 손."

수현이 조용한 엘리베이터 안에서 말했다. 가장 앞에 선 도현은 뒤를 돌아보지 않았지만 옆에 선 홍 팀장은 약간 의아한 표정을 지은 채 손을 뻗은 수현을 쳐다보았다.

"손 달라니까."

하지만 그런 것 따위 신경 쓸 위인이 아닌 수현의 표정은 차가웠다. 일터에서 무슨 장난이냐 힐책할 수 있는 상태가 아니란 소리였다. 어딘가 단단히 화가 난 것 같은 얼굴. 도현이 무얼 한 것도 아닌데 그저 등장했다는 사실 하나만으로도 그의 심기가 어긋나는 모양이었다.

"……."

하는 수 없이 미약한 한숨을 내쉰 유주가 수현의 손 위로 제 손을 겹쳐 놓았다. 언제나 그렇듯 차가운 체온의 손가락이 단단하게 얽혀 왔다. 아무래도 잠깐 쥐었다 놓을 작정은 아닌 듯했다.

예상대로 수현은 내내 잡은 손을 풀지 않았다. 엘리베이터에서부터 하얗게 페인팅 작업을 마친 전시장 안을 둘러보는 동안에도 마찬가지였다.

처음엔 이게 뭔 상황인가 싶어 쳐다보던 홍 팀장도 음흉한 미소를 지으며 고개를 끄덕였다. 아무래도 두 사람이 연애를 한다 생각하는 모양이었다.

"평소 전시에선 상부 쪽 창을 벽으로 마감해서 가려 두는데 작가님 전시는 자연광이 들어와야 하니까 개방하는 쪽으로 설계했어요. 그림이 설치되는 벽면이랑 높이 차이가 꽤 많이 나서 온도나 자외선 영향은 거의 없다고 보시면 되고요."

홍 팀장이 가리키는 쪽으로 얼굴을 든 수현이 아래로 쏟아지는 햇살에 눈을 찡그렸다.

"좋네요."

수현이 딱딱하게 말했다. 제법 명랑했던 회의 초반 분위기와 달리 급격하게 냉랭해진 태도에 당황한 홍 팀장이 이리저리 눈알을 굴렸다. 유주와 시선을 맞춘 채 빠끔거리며 자신이 혹시 무엇을 잘못했는지 묻기까지 했지만 유주는 민망한 듯 웃으며 고개를 저을 뿐이었다. 그러니 그녀로서는 갑자기 왜 이렇게 살얼음판을 걷는 것 같은 기분이 드는 건지 이해할 길이 없었다.

"그럼, 작가님."

이왕 이렇게 된 거 빠르게 일을 끝내기로 마음먹은 홍 팀장이었다.

"동선 기준부터 결정할까요?"

"벽은 제 마음대로 세울 수 있는 거예요?"

"마지막 쇼룸은 원기둥 모양으로 만들어 달라고 하셨으니 그곳만 제외하고 나머지 모든 구역에선 가능해요."

"그래요."

수현이 고개를 느리게 끄덕였다.

"유주야."

수현이 쥐고 있던 손을 끌어 유주를 텅 빈 벽면에 세웠다.

세게 잡혀 있던 손이 풀리자 하얗게 질린 손에 혈기가 돌았다.

얇은 피부 탓에 적나라하게 보이는 자국에 도현이 고개를 빠듯하게 꺾었다. 뭘 얼마나 세게 쥐었으면.

"이게 뭐 하는……."

그 시선을 모른 척 수현에게 고개를 돌린 유주가 몸을 움직이려 하자 수현이 스읍— 하고 혀를 끌었다.

"가만히 있어."

무언가를 살피는 사람처럼 눈매를 가늘게 만든 수현이 순식간에 집중했다.

대놓고 가늠하는 시선이었다. 재고 따지고 헤아리는 것 같은 시선. 그 시선에 유주가 몸 둘 바를 모르고 낯빛을 붉혔다.

"……."

어색한 침묵이 전시장 안을 채웠다. 짧게 끝날 줄 알았던 시간이 생각보다 길어지고 있었다. 그럴수록 민망한 것은 유주만이 아니었다.

말이 없는 도현과 이해할 수 없는 행동을 하는 수현, 거기다 죄를 지은 사람처럼 고개를 푹 숙이고 있는 유주까지. 홍 팀장은 가시방석 위에 앉은 사람처럼 불편하기 그지없었다. 때마침 울리는 전화가 반가웠던 것은 아마도 그런 분위기를 더 견디기가 쉽지 않아서였을 거다.

"저 잠시만 자리 비우겠습니다."

홍 팀장이 종종걸음으로 나가는 동안에도 아니, 나가고 나서 한참이 지나도 유주를 벽에 세워 놓고 살피는 수현의 행위는 끝나지 않았다.

무언가 뜻이 있겠지 생각하며 기다리던 도현도 결국 인내심의 한계를 느꼈다.

"그만해."

도현이 수현을 향해 말했다.

"뭘?"

매섭게 집중하던 수현의 눈이 한순간에 흐트러졌다.

"사람 앞에 세워 두고 뭐 하는 짓이야."

"불편하면 나가. 나도 형이 유주 보는 거 싫어."

수현이 무심하게 일갈했다.

"수현아, 그러지……."

어쩐지 불이 붙을 것 같은 두 남자의 대화에 유주가 끼어 보려 했지만,

"움직이지 마."

수현은 싸늘하게 말했다.

"가만히 있으라고 했잖아."

유주가 몸을 굳혔다. 차갑게 식은 시선이 한 걸음의 움직임도 허락하지 않겠다는 듯 벽 앞에 붙은 몸을 강하게 붙들었다.

잔뜩 긴장한 듯 보이는 유주를 보며 낮게 숨을 뱉은 수현은 조금 누그러진 어조로,

"동선 때문에 이러는 거야."

설명했다.

"힘들어도 조금만 참아."

유주는 어쩐지 이 괴상하고도 차가운 시선이 꽤 익숙하다는 느낌이 들었다.

곧게 뻗어서 일정한 객관과 열렬한 주관으로 살피는 눈길. 그가 저를 이젤 앞에 앉혀 두고 그림을 그릴 때 보이던 눈이었다.

그제야 그가 동선 때문이라 말하는 게 무슨 의미인지 깨달았다.

"아—"

그림 취급. 수현은 저를 그림 취급 하고 있다.

무얼 이해한 건지 작은 탄식과 함께 무너지는 눈을 한 유주를 도현이 위태롭게 쳐다보았다. 수현의 말 같지도 않은 요구에도 별다른 거부를 하지 않는 태도가 도현의 속에 불을 붙였다. 동선 때문이라고는 하는데 제가 보기엔 심술에 불과했다. 동선이면 모작 그림이라도 가져와 조화를 보는 게 맞는데……. 설마.

갑자기 스치는 생각에 도현이 낯빛을 서늘하게 바꾸었다.

"최수현, 너 지금……!"

수현의 어깨를 거칠게 잡은 도현의 뒤로 홍 팀장이 달려왔다.

"작가님!"

제 어깨를 쥔 도현과 어딘가 다급하게 느껴지는 홍 팀장의 목소리에 미간을 구긴 수현이 무슨 일이냐는 듯 눈썹을 치켜올렸다.

"입구 쪽 한번 확인해 주셔야 할 것 같아요."

"입구요?"

"저번에 사람 한 명 들어갈 정도로 가능한 한 좁게 만들어 달라고 하셨잖아

요. 근데 그게 조금 문제가 있나 봐요. 차선으로 마감 처리 했다고는 하는데 직접 보시는 게…….”

급하게 전화를 받으며 나가더니 입구 쪽 설계에 문제가 생긴 모양이었다.

수현이 도현과 유주를 번갈아 쳐다보았다.

“유주야—”

“홍 팀장과 다녀오세요. 정유주 사원은 저와 동선에 대한 얘기를 좀 나눠야 할 것 같으니까.”

수현의 말이 다 끝나기도 전에 끊어 낸 도현의 목소리는 단호했다. 홍 팀장은 그런 그의 목소리를 문제가 생긴 것에 대한 힐책이라 생각하고는 재빨리 수현을 재촉했다.

“작가님, 어서요.”

“……금방 다녀올게.”

언짢은 기색이던 수현이 결국 몸을 돌렸다. 불안하기는 했지만 유주가 제 형과 있는 짧은 순간 하나까지 전부 견제해서 좋을 게 없었다. 어쨌거나 도현의 앞에서는 나름 연인 사이인 것을 표방하고 있으니 일일이 열을 올리는 건 조급한 제 마음을 들키는 결과만 초래할 것이다. 안 그래도 눈치 빠른 제 형에게 괜한 약점을 보이고 싶지 않았다.

수현이 짧은 숨을 한숨처럼 뱉었다. 도현의 앞에서도 착실하게 손을 내어 주던 유주를 떠올리며 차오르는 시기를 억지로 다스리는 게 고역이었다.

순간을 못 이기고 돌아보니 제가 지정한 벽 앞을 벗어나지 않고 선 유주가 보였다. 헌신과도 같은 순종을 바라보며 아무 일도 없어야 할 거란 시선을 던졌다.

□ ◆ □

“하…….”

도현이 한숨을 쉬며 유주에게 다가섰다.

"괜찮아?"

어깨를 떨며 금방이라도 울 것 같은 얼굴을 조심스레 감싸고 들어 올리자 유주가 고개를 저었다.

"방금 저 새끼가 뭐 한 거야."

"아니, 그게 아니……."

버릇처럼 수현을 변호하려다 도현의 까만 눈과 마주쳤다.

"……."

너무 뜨거워 두렵기까지 하던 다정한 눈이 온기 하나 잃지 않은 채 저를 보고 있었다. 겨울 바다와 다르지 않은 한기를 지닌 수현의 곁을 지키면서 손발이 어는 것도 모르고 있었는데 불꽃 같은 열기를 느끼자 얼었던 물이 녹듯 울음이 터졌다.

"흐읍……."

"너 대체……."

아예 울어 버리는 유주를 보며 도현은 치미는 화를 참을 수가 없었다.

제 앞에서 유주의 손을 쥐고 하얗게 질릴 때까지 힘을 풀지 않던 걸 떠올리면 수현이 유주를 어떻게 취급하고 있는지 보지 않아도 알 수 있었다.

게다가, 방금 전 일어났던 상황은 정말이지—

"유주야, 나 봐."

답답해지는 마음을 뒤로하고 울음이 거세지는 유주를 살폈다. 눈물로 흠뻑 젖은 뺨을 손끝으로 닦아 내니 그게 또 무언가를 자극한 건지 유주가 가슴께를 움켜쥐었다.

유주는 저를 달래는 도현의 손길이 깃털로 간지럽히듯 조심스러워 참을 수가 없었다.

그의 앞에서 대놓고 수현에게 대체품 취급을 받은 것이 서글프고 서러워 애써 견디던 마음이 다 무너졌다. 그렇게 다 무너져도 여전히 짐이 많은지 마음은 무거웠다.

저를 애지중지 아끼면서도 대체재 그 이상으로는 보지 못하는 수현도 무겁고, 자존심 하나 없이 소유물처럼 취급되는 저를 보고도 소중해 어쩔 줄 모르는 도현도 무거웠다.

무거운 마음이 언젠가 제 몸을 짓누르고 끝끝내 숨통까지 누를 거라 생각하니 답답해졌다.

가슴께로 가져간 주먹을 쿵, 쿵, 쳤다.

"그만해. 그만해, 정유주."

그게 꼭 자학처럼 보였는지 도현은 기겁을 했다. 죽으려는 몸짓이 아니었는데. 살려는 의지인데.

그러다 일순간 움직임을 멈춘 도현이 어깨를 붙들었다.

"너……."

처음엔 그가 무얼 말하는지 몰라 젖은 눈을 깜빡이기만 했다.

"이거 뭐야."

도현은 가슴을 치는 주먹질에 벌어진 블라우스 안, 붉고 푸른 자국들을 노려보았다. 유주가 서둘러 옷을 여몄지만 이미 다 보고 난 뒤였다.

"대표님, 이건……."

어떤 말을 하면 그가 믿을까, 머리를 굴리던 유주를 무시하며 도현이 여민 블라우스를 조금 더 벌렸다. 폭력의 흔적이 분명했다. 언제부터, 얼마나, 어떻게.

도현은 곧 터질 것 같은 머릿속을 간신히 진정시키며 길게 내려온 블라우스 소매를 걷어 냈다. 역시나 팔에도 비슷한 상처가 이리저리 난도질을 해 놓은 것처럼 자리하고 있었다.

"최수현이 너 때려?"

소름이 끼치도록 내깔린 목소리에 유주가 다급하게 고개를 저었다.

"아니에요, 그런 거 아니에요."

때마침 돌아오는 수현과 홍 팀장이 보였다.

말릴 새가 없었다.

수현을 보자마자 걸음을 옮긴 도현이 그대로 주먹질을 했다.

□ ◆ □

악을 지르는 수현을 강제로 병원에 보낸 도현은 당장에 유주의 사표부터 수리해야겠다고 마음먹었다. 일에서부터 손을 떼어 놓아야 수현에게서 떼어 내는 것도 쉬울 테니.

집무실로 향하는 와중에도 마음이 급해 도현은 윤 비서에게 전화를 걸었다.

— 네, 대표님.

아수라장이 된 3층을 정리하고 있었을 윤 비서의 음성은 언제나와 같이 믿음직했다.

"정유주 병원 기록 좀 알아봐."

도현이 울컥 치미는 화를 누르며 말했다.

— 네?

"병원 기록 알아보라고. 최근 5년간 기록, 전부."

유주가 원한다면, 유주가 저를 밀어내길 원한다면 기꺼이 밀려나 주겠다 생각한 마음을 접었다. 하얀 몸 위로 아무렇게나 펼쳐져 있던 멍 자국을 떠올리면 피가 거꾸로 솟았다.

수현에게 맞아 찢어진 입술 언저리를 스윽, 하고 문지르자 핏물이 손등에 번졌다. 아픈 건 둘째 치고 이런 폭력이 유주에게도 향했다는 게 어이가 없었다. 유주는 아니라고 했지만 믿지 않았다. 그 몸에 손댈 이가 수현이 아니면 누구일까.

도현은 이제 저의 하나뿐인 동생도, 마음에 담은 여자도 믿지 않기로 했다.

□ ◆ □

집무실 문을 열자 앉지도 못한 채 기다리고 있던 유주가 할 말이 있는 것처럼 입술을 달싹였다. 무얼 말할지는 알았지만 들을 생각은 없었기에 그저 깊숙이 끌어안았다. 수현의 작업실에서도, 자신을 좀 내버려 두라던 어느 날에도, 불과 몇 분 전에도 끌어안고 싶던 몸이었다. 무엇이 그렇게 두려운지 매번 바들바들 떨고만 있는 정유주를 끌어안고 토닥이고 달래고 싶었다. 제 품에서는 어김없이 안정을 찾는다는 걸 아니까.

팔 안으로 감기는 작은 등의 감촉이 믿을 수 없이 황홀했다. 언제고 저의 것이었던 것처럼 품 안에 딱 맞춘 듯 들어오는 작은 몸. 그것이 못 견디게 그리워 허공에 손을 뻗어 보기도 했던 나날이 떠오른다. 그런 유주가 다시 제 곁이다. 잔뜩 상처받아 무너질 것 같은 몸이 아니었다면 더 좋았겠지만 그런 건 아무래도 상관없다.

그런 저를 어쩌지도 못하고 가만히 기다리는 정유주는 언제나처럼 순했다. 그 순하고 느린 동작이 미련하고 애달파 손에 힘이 들어갔다.

"병원부터 가자."

"안 가도 돼요."

조용조용 속삭이며 고개를 젓는 정유주는 여전히 불필요한 고집이 많았다.

"그럼 뭐라도 먹을까."

이전보다 더 다정하게 물어도 유주는 또다시 고개를 저었다.

유주는 병원이나 식사보다 해결하고 싶은 게 있었다. 말릴 새도 없이 일어난 도현과 수현의 몸싸움은 모두 오해에서 시작된 것이니까.

하지만 말투만 다정하지 얼굴엔 화가 가득한 도현에게 어쩐지 말을 걸기가 어려웠다.

"대표님."

"최수현 얘기 할 거면 하지 마."

"그게 아니라……."

"너한테 화내기 싫어서 그래."

도현이 낮게 읊조렸다.

그러니까, 제발.

"최수현 얘기 좀 그만해."

정말이지 더는 듣고 싶지 않다는 듯 도현은 괴로운 얼굴을 했다.

"그럼 제 얘기는요."

유주가 낮게 한숨을 뱉었다.

"제 얘기는 해도 돼요?"

그에게서 대답은 없었다. 그러나 침묵은 길어지고 있었고 그것은 그 나름대로의 허락을 의미하는 듯했다. 유주는 조금 뜸을 들이며 유구한 이야기의 시작을 어디로 잡아야 하는지 가늠했다.

망설이는 사이, 인내심 없는 그가 사나운 눈썹을 치켜올렸다. 유주가 무언가를 다짐한 듯 입술을 물고 블라우스 단추를 느릿하게 풀었다. 목 끝에 달린 단추를 시작으로 하나씩, 하나씩.

놀란 듯 당황한 얼굴을 하던 도현이 이내 매서운 눈을 빛내며 유주의 손등을 낚아챘다.

"뭐 하는 거야."

"잠깐이면 돼요."

떨리는 손으로 도현의 손을 밀어 낸 유주가 남은 단추를 모두 풀고 가는 몸을 드러냈다. 검푸른 빛깔의 멍울들과 노란색을 띤 오래된 상처들이 가득한 몸. 얼핏 보았던 것보다 훨씬 심각해 보이는 상태에 도현이 참을 수 없다는 듯 고개를 돌려 버렸다.

그 얼굴을 조심스레 부여잡고 도로 자신에게 시선을 가져온 유주가 천천히 입을 열었다.

"이건…… 수현이가 낸 상처가 아니에요."

도현이 병가로 자리를 비운 사이, 유주는 엄마가 있는 본가에 잠시 들렀다. 전시까지 이어질 일정을 생각하면 앞으로 꽤 오랜 시간 얼굴을 비치지 못할 것 같아 들른 것이었다.

하지만 운이 좋지 않았다. 장을 보러 나간 엄마와 엇갈려 빈집을 둘러보는 와중에 문제가 발생했다.

안방 화장대 위에 있던 언니의 일기장을 들춘 것이었다. 언니의 유품이었다.

얼마나 들여다보았으면 겉표지가 너덜거렸다.

그러다 장을 보고 돌아온 엄마가 그 광경을 목격했고, 결과는 끔찍했다. 원래도 제가 언니 물건을 만지는 걸 극도로 싫어하던 엄마였다.

그러니까 제 몸에 난 상처의 주인은 수현이 아니라, 언제나 그렇듯—

"이건 엄마가……."

물기 섞인 말을 다 끝내기도 전에 도현이 유주를 끌어안았다. 밀려들 듯 저를 삼키는 향에 그의 곁이라는 걸 깨달은 유주가 하염없이 울음을 터트렸다.

□ ◆ □

정신을 차리니 이미 방 안은 달아오른 열기로 가득했다.

자신의 어머니로부터 그런 무지막지한 폭력을 당했다 고백하는 유주를 끌어안고 터진 울음을 달래려던 게 시작이었던 것 같은데. 보기만 해도 아파 보이는 상처들 위로 쪽쪽, 입술을 맞추던 게 시작이었던 것 같은데. 어쩌다 또 이렇게 열띤 숨을 섞고 있는지.

도현은 검푸른 멍 자국 위로 연신 입을 맞췄다. 이곳이 미술관이라는 걸 생각하면 미친 짓이 분명한데—

"흉하지 않아요?"

물으며 자꾸만 저를 끌어안는 유주를 놓을 수가 없었다.

"네 몸에서 흉한 건 없어."

얇은 어깨 위로 입술을 내리며 이를 세우지 않기 위해 정신을 붙들었다. 매번 붉은 자국을 내고 싶던 더운 마음도 저편으로 미뤄 두었다.

오늘은 그 어떤 자국도, 그 어떤 아픔도 없게 할 것이다.

학대받은 나신을 보이기 위해 풀어낸 블라우스를 완전히 벗겨 소파 아래로 떨어트리자 유주가 짐짓 불안하다는 듯 팔을 붙들어 왔다.

"누가 들어오면……."

"허락 없인 못 들어와."

제가 아닌 문 쪽으로만 시선을 두는 게 싫어 유주의 뺨을 감싸 입을 맞췄다. 쉬이 벌려지는 입술 사이로 혀를 밀어 넣자 따뜻하게 체온이 오른 여린 살이 감겨 왔다.

"하아……, 그래도 불안해요."

달뜬 숨과 함께 어깨를 밀어 내는 유주를 가만히 쳐다보았다. 밀어 내 봤자 힘이라곤 조금도 느껴지지 않는 움직임이었지만 오늘만큼은 유주가 원하는 대로 해 주겠다 마음먹은 터라 결국 고개를 끄덕였다.

"어떻게 할까. 나가고 싶어?"

귓가에 대고 조용히 속삭이자 유주는 간지러운 듯 몸을 움찔거렸다.

"응?"

대답 없는 얼굴을 바라보며 이마를 맞대니 유주가 음— 하고 고민하는 소리를 냈다.

"나가고 싶진 않아요……."

"알았어."

대답과 함께 유주를 안아 든 도현이 문 앞으로 향했다. 놀란 마음에 탄성을 뱉은 유주가 당황한 얼굴로 손을 들어 입을 막았다.

문까지 가는 데 시간이 그리 오래 걸리는 것도 아닌데 유주를 놓아 주지 못한 건 어쩐지 그사이에 또 신기루처럼 사라지는 건 아닐까 하는 마음 때문이었다.

안고 있던 몸을 조심스레 내려놓고 문을 잠근 도현은 어딘가 민망한 표정을 짓고 있는 유주를 진득하게 쳐다보았다.

"이제 됐어?"

"음……. 네."

끄덕이는 고개를 붙잡아 입을 맞추고 몸을 밀어 내며 벽에 밀착했다. 물러날 곳 없이 등과 벽이 붙은 유주가 밀려드는 도현의 기세에 몸을 파들거렸다.

어찌할 줄 모르는 유주의 팔을 들어 제 목을 두르게 하고 허리를 끌어안은 도현이 입안을 헤집으며 소파로 향했다.

소파에 앉은 도현이 유주를 자신의 무릎 위에 앉혔다. 자신보다 시선이 높아진 유주와 눈을 맞추며 벌어진 허벅지를 쥐자 제 목을 두른 손이 바르작거리는 게 느껴진다. 브래지어 아래로 손을 넣어 긴장으로 딱딱해진 살덩이를 어루만졌다. 손끝에 닿는 촉감으로는 부족해 후크를 풀고 입을 맞추자 흐응— 어쩔 줄 모르는 신음이 귓가를 스쳤다.

유주가 도현에게 바짝 기대 어깨 위로 얼굴을 묻었다. 장소 탓인지, 멀어져 있던 연인을 다시 만난 탓인지 숨결만 닿아도 아찔해지는 기분을 도무지 감당할 수가 없었다.

몸을 잔뜩 말고 기댄 저의 귓바퀴를 혀로 간질이다 이내 그 뜨거운 입속으로 귓불을 삼킨 그는 가슴을 주무르던 손을 내려 엉덩이를 움켜쥐었다. 잡아 쥐고 있기는 하지만 확실히 이전보다 힘을 빼고 있다는 게 느껴졌다. 허리를 끌어안았다가 등을 토닥였다가 또 어깨 위로 쪽쪽 입을 맞추는 모든 행위가 조심하기 위해 안달 난 모양새였다.

그게 눈물이 날 정도로 좋아 겹쳐져 있던 몸을 떼고 도현의 얼굴을 감쌌다. 눈을 마주하는 동시에 도현은 모든 행동을 멈추고 촘촘하게 저를 살폈다. 애정과 걱정이 섞인 눈. 괜히 벅차는 기분이 들었다.

"얼른…… 얼른 해요."

간지럽고 벅차는 기분이 싫은 건 아니지만 민망하고 부끄러워 그를 보챘다. 놀란 눈으로 저를 바라보기만 하는 그의 바지 버클을 만지작거리면서.

"아프게 하기 싫어서 천천히 하는 거야."

오싹한 눈을 번뜩인 그가 목에 입을 맞추며 가라앉은 목소리를 내자 귀가 뜨거워졌다.

"괜찮아요."

"안 괜찮아."

"아프면 얘기할게요."

"……."

"응?"

작정하고 보채는 유주의 입술을 씹어 먹을 것처럼 노려보던 도현이 가는 허리를 바짝 끌어안으며 바지 버클을 풀었다.

"나 봐."

시선을 올려 눈을 맞춘 채 치마 아래 속옷을 벗겨 내는 손길이 급하다. 그러고는 다시 천천히. 그리 길지 않은 이별이었음에도 아주 오랜만에 맞물리는 것 같은 몸이 짜릿하다.

"흐으……."

"아파?"

앓는 소리를 내자 허리 한번 움직이지 않고 묻는 말에 유주가 고개를 저었다.

"아니……. 아니요."

아프다고 하면 멈출 거라 생각하는지 아니라며 고집을 부렸다.

"근데 왜 이렇게 힘을 줘."

손가락에 힘을 빼고 나신이 된 등을 주욱 훑으며 말하자 유주가 몸을 떤다.

"하아……."

슬쩍 풀어진 틈을 놓치지 않고 제 것을 빼자,

"아, 안 돼……."

유주가 신음하듯 칭얼거렸다. 참지 못하고 삐져나오는 웃음을 흘리며 강하게 밀어 넣자 안 된다던 유주가 그의 힘을 이기지 못하고 흔들린다.

"하, 아, 아—!"

그렁하던 눈마저 감아 버린 유주를 끌어안고 속도를 높였다.

"후으, 안 그래도 참기 힘든데, 자꾸, 자극하면 어떡해."

"하, 아……, 참지, 말아요."

끓어오르는 정욕을 절제하느라 죽을 맛인데 고문하듯 보채는 유주까지 더해지니 도현의 얼굴이 일그러질 대로 일그러졌다.

"마음대로 하면, 아프다고 울 거면서."

걱정인지 원망인지 알 수 없는 말을 뱉으면서도 몸짓은 점점 거칠어졌다.

"흡, 흐읏, 대표님……."

울먹이면서도 착실히 저를 찾는 유주가 예쁘다 못해 아까울 지경이었다.

"최도현."

"으응……."

"이름 불러 줘."

올려 앉힌 얼굴을 집요하게 쫓아 코끝에 입을 맞춘 도현이 말했다.

"너한테, 이름 한번, 안 불러 봤다는 게, 얼마나, 슬펐는 줄 알아?"

"미안……."

습관 같은 사과가 이어지기 전에 입을 맞춘 도현이 달뜬 혀를 옭아맸다. 미안하단 소리를 듣자고 한 말은 아니니까. 숨 쉬기가 불편해서인지 멀어지려는 뒤통수를 당겨 길게 숨을 섞었다. 어깨를 쳐 대며 밀어 내는 몸짓이 아니었으면 날이 밝도록 이어졌을 입맞춤이었다. 입술이 떨어지는 동시에 유주의 입에서 신음이 흘렀다.

"으읏, 흐, 흣!"

꺾이는 고개와 등허리를 보다 못한 도현이 유주를 소파 위로 눕혔다. 색색 가는 숨을 쉬는 유주가 앉은 자세보다는 편해 보였다. 그 위로 몸을 겹쳐 안은 도현이 다시 움직이며 속삭였다.

"안 불러 줄 거야?"

"흣, 도, 도현 씨……?"

어색하게 이름을 부르는 얼굴을 쓰다듬으며 도현이 설핏 웃었다.

"그냥, 하아, 최도현이라고, 부를까요?"

"말 놓게?"

소파 위로 늘어진 작은 손을 맞잡은 도현이 이마를 맞댔다.

"대표님도, 말, 흣, 놓잖아요."

"그러네."

대충 고개를 끄덕인 도현이 허리 짓에 힘을 실었다.

"마음대로 해."

쉴 새 없이 움직이는 허리에 맞춰 신음이 높아졌다. 하얗기만 하던 얼굴은 어느새 붉게 열이 올라 있었다. 그 모습을 보며 목을 꺾은 도현이 숨을 골랐다.

이 순간을 영원히 박제할 수만 있다면 무슨 짓이든 할 텐데. 도현은 한심한 생각이라는 걸 알면서도 내내 같은 생각을 했다.

혼자만 안달이 난 것 같은 기분에 가는 몸을 느릿하게 움켜쥐고 주무르며 어루만졌다. 땀이 배어 축축한 몸. 생각이 간절해질수록 몸은 뜨거워졌다. 도현이 몸의 무게를 실어 더욱 깊게 파고들었다. 살아 숨 쉬는 것을 사랑하는 건 이토록 잔인하고 애처로운 일이었다.

"흐읏, 너무, 흣, 아아……!"

짓눌리듯 안긴 유주의 얼굴 위로 퍼붓듯 입을 맞췄다.

"그리웠어."

"흣, 으읏—"

"그리워 죽는 줄 알았어."

"아아아, 아앗, 저도, 하……, 그리웠어요."

도현이 쾌락에 잠식된 더운 숨을 쏟아 내는 동시에 유주가 울음을 터트렸다. 틈 없이 저를 끌어안은 몸이 달고 절정의 순간에도 저를 살피는 예리한 눈초리가 달아서 어쩔 수 없었다. 울음을 터트린 지금 이 순간에도 그는 괜찮아, 속삭이며 저를 달래고 있었다. 스스로도 아껴 주지 못한 저를 그가 누구보다 아끼고 있었다.

□ ◆ □

하얀 목에 얼굴을 묻고 깊게 숨을 들이쉬자 맡아지는 체향이 꿈 같다는 생각이 들었다. 달고 산뜻한 것이 손을 저으면 날아갈 듯 가벼워서 묻은 얼굴을 들어 올리기가 어렵다.

어렵게 가졌다 생각했을 때 쉽게 잃고, 이미 잃었다 생각했을 때 다시 제게로 온 유주는 여전히 신기루 같았다.

사실 지금도 제가 제대로 유주를 쥐고 있는지 알 수 없었다. 원래 살아 있는 걸 사랑하면 이토록 불안한 건가. 사랑하는 동안은 이토록 내내 불안할 수밖에 없는 건가.

"유주야."

"네에……."

쇄골을 간질이며 부르자 끝이 늘어지는 어미가 좋았다.

"수현이한테 가지 마."

붉게 물들어 있던 뺨이 단숨에 얼어붙는다.

도현은 제 동생이 유주에게 물리적인 폭력을 저지르지 않았다고 해도 유주를 보내 줄 생각이 없었다. 텅 빈 아트 월 앞에 그림처럼 세워 두고 바라보던 차가운 시선이 얼마나 잔인했는지. 우습게만 보던 제 동생이 처음으로 섬뜩하게 느껴졌다.

도대체 제 동생이 유주에게 원하는 건 뭘까.

"너도 힘들잖아."

"……."

"응?"

무엇보다 유주가 불행해 보였다. 수현이 손을 달라고 하거나, 벽 앞에 서 보라는 요구를 할 때도 당황한 낯빛만 보일 뿐 결국 순응하고 마는 모습이 꼭 죽음 앞에 선 사람처럼 무기력해 보였다.

그래 놓고 온전히 태연할 수는 없는지 피폐해진 눈을 한 유주는 서글펐다.

"나한테 오지 않아도 돼."

괴로웠지만 진심이었다. 수현의 곁을 지킬 수밖에 없는 이유가 저 때문이라면, 그걸 제가 해결할 수 없는 거라면 차라리 저를 놓고 유주가 행복하길 바랐다.

"정말 그래도 돼요?"

저도 모르게 인상을 찌푸리고 있었는지 유주가 작은 손가락으로 미간을 꾹꾹 눌러 주었다.

"응, 그래도 돼."

도현이 제 얼굴에 닿은 손가락을 빼앗아 입을 맞추며 말했다. 욕심껏 하려면 앞뒤 재지 않고 들이댈 수도 있었다. 마음에 드는 그림이나 물건을 대할 때처럼 쥐고 가두고 저만 바라보며 살게 할 수도 있었다. 유주를 괴롭게 만드는 사람들이 하나같이 유주에게 소중한 사람이란 걸 생각하면 그게 맞는 방법일지도 몰랐다.

하지만 도현은 부모님과 같은 실수를 하고 싶지 않았다. 서로를 사랑하면서 각자의 방식만 고수하다 결국 멀리 떨어져 살 수밖에 없는 그런 상황 따위 만들고 싶지 않았다.

유주에게 확신을 주고 싶었다. 네가 무얼 선택하든 따르겠다는. 무얼 원하든 내어 주겠다는. 선택은 유주의 몫이었다. 처음부터 끝까지 모두 유주의 선택이어야만 했다. 유주가 저에게 좋아한다 말하기 전까지 강요하는 일 없이 곁에 있었던 것처럼 지금 이 순간에도 마찬가지였다.

상대방의 마음 같은 거야 헤아릴 줄 모르던 제가 왜 이런 마음을 먹었는지는 스스로도 알 수 없었다.

"제가…… 제가 만약 대표님이 필요하다면요."

끝내 유주가 저를 택할 거라는 걸 알고 있기 때문일까.

"내가 무슨 말 할지 알잖아."

"듣고 싶어서 그래요."

유주가 품으로 안겨 들며 말했다. 긴 머리카락으로 가리고 있는 매끈한 등을 도현이 토닥였다.

"필요한 만큼 나를 써."

필요한 게 나의 전부면, 전부 써도 괜찮아.

도현이 조용히 속삭였다.

"정말 다 써 버리면 어쩌려고 그래요. 전 대표님이 생각하는 것처럼 착하지 않아요."

시무룩해진 얼굴로 웅얼거리는 입술을 도현이 조금 세게 짓눌렀다.

"너 착하다고 생각한 적 없어. 말도 안 듣고 맨날 어디 가서 다치기만 하는 네가 뭐가 착해."

"……."

"예쁘긴 하지만."

장난으로 받아들이지 말라는 뜻인지, 도현은 내내 웃고 있던 얼굴을 정리했다.

"오늘 회의엔 원래 참석할 생각 없었어."

"알아요."

"근데 너무 보고 싶더라고. 사표까지 낸 마당에 언제 사라질지도 모르는 거고."

느릿느릿 이어지는 낮은 목소리에 유주의 등이 떨렸다.

그가 저를 보고 싶어 했듯 저도 그가 보고 싶었다. 도현이 아프다는 말을 들었을 때, 도현이 회의에 참석하지 않는다고 했을 때 어떤 핑계로도 그를 볼 수 없다는 게 아파 대상 없는 원망도 피어났었다.

"포기할 생각도 했었어."

"……."

"네가 제발 내버려 달라고 했으니까."

그때의 기억이 떠오르는지 도현은 조금 답답한 한숨을 뱉었다.

"수현이 옆에서 편안해 보이면 그땐 그냥 정말 포기할 생각이었어. 사랑이 아니어도 곁에 머물고 싶을 수 있는 거니까. 꼭 사랑이어도 떠나고 싶을 수 있는 거고."

"……."

"근데 네가 그렇게……."

울컥, 하고 올라오는 감정이 있는지 유주가 입술을 짓이겨 물었다. 도현이 괜찮다는 듯 등을 끌어안고 가슴팍에 닿은 입술을 조심스레 어루만졌다.

유주는 아트 월 앞에 선 저를 쳐다보던 도현이 무슨 심정이었을지 감히 생각해 보았다. 이기적인 저로서는 헤아릴 수 없는 애정으로 저를 포기할까 생각했다는 그가 저의 비참한 꼴을 보고 무슨 생각을 했을까.

왜인지 그에게 상처를 준 것만 같은 기분이 들었다.

"죄송해요."

"네가 왜."

"그냥—"

미안함에 목소리가 잔뜩 줄어든 유주가 도현은 한없이 가여웠다. 언제나 가장 큰 상처를 달고 가장 크게 피 흘리는 건 자신이면서 누굴 탓하지도 않고 스스로에게만 가혹한 모습이 안쓰러웠다.

이래 놓고 저는 착한 사람이 아니라지.

"나는 네가 행복했으면 좋겠어."

"……."

"네가 우는 것도 좋은데 웃는 것도 너무 궁금해."

너 잘 안 웃잖아, 하고 도현이 덧붙였다.

도현은 긴 손가락을 들어 유주의 하얀 뺨을 천천히 쓰다듬었다. 마음고생 탓인지 거칠어진 살결이 마음을 또 아프게 했다.

"그러니까 이제는—"

도현이 아이를 대하듯 유주의 뒷머리를 부드럽게 쓸었다.

"너만 생각하자."

"흐…… 흐윽……."

어쩐지 처음 듣는 것 같은 말에 유주는 울음을 터트렸다.

자신이 행복했으면 좋겠다고. 웃는 얼굴이 궁금하다고. 그러니 나만 생각하라고.

그 모든 말이 생전 처음 듣는 것처럼 낯설고 또 버거웠다.

제가 감당할 수 있는 말일까.

"흡…… 흐윽……."

그의 곁에만 있으면 안식을 느끼는 이유가 무엇일까 매번 생각했었다. 우연이라고 치부하기엔 너무 강력했던 평화는 지독했고 또 유혹적이었다. 모든 걸 내려놓고 쉬고 싶을 만큼.

오늘도 마찬가지였다. 멀어지는 수현을 보면서도 고개를 돌려 도현을 따른 것은 대책 없는 결정이었으나 결코 우연이 아니었다. 저는 저를 쉬게 하는 사람의 곁으로 달려온 것이다. 저의 행복을 비는 사람의 곁으로. 그저 본능처럼.

"사랑해 주세요."

울며 도현의 셔츠를 움켜쥔 유주가 말했다.

□ ◆ □

유주는 눈을 다 뜨지 않은 상태로도 자신이 도현의 품에서 잠들었다는 걸 알 수 있었다.

악몽 없이 편안했던 밤. 여전히 이유는 알 수 없지만 도현의 곁에서 보내는 밤이 안전하다는 건 절대적인 규칙이 되어 버렸다.

"잘 잤어?"

느릿하게 눈을 뜨자 이미 일어나 있던 도현이 물었다.

"벌써 일어났어요?"

"몇 신 줄 알고 벌써래."

"몇 신데요?"

자연스레 핸드폰을 찾는 손짓에 도현이 시계를 찬 제 손목을 눈앞으로 가져다주었다.

지난밤, 집무실에서 나와 도현의 집까지 오는 동안 유주는 내내 잠만 잤다.

그와 끌어안고 입을 맞추다 사랑을 속삭이고 또 몸을 섞는 것까지 하나의 흐름으로 이어진 시간은 언제나 그랬듯 저의 불면을 앗아 갔다.

집 앞에 도착해서도 잠에 취해 몽롱한 얼굴을 한 유주를 업어서 침실까지 옮긴 도현은 수현의 전화로 쉴 틈이 없는 유주의 핸드폰 전원을 무심히 껐다.

며칠간 유주가 완전하게 쉴 수 있도록 최선을 다할 것이었다. 무엇도 유주를 방해하면 안 됐다.

□ ◆ □

도현의 집에서 머무는 동안 유주는 네 가지 규칙을 준수해야 했다.

첫째, 핸드폰 전원을 켜지 않을 것.

둘째, 세끼를 꼬박 챙겨 먹을 것.

셋째, 매일 함께 잠들 것.

마지막은 유주 자신 외에는 아무것도 생각하지 말 것.

처음엔 자신이 어린애냐며 질색을 하던 유주도 3일이 지나자 제법 적응을 했다. 핸드폰이야 원래 엄마와 수현의 연락이 아니면 그다지 중요한 물건도 아니었고, 사표까지 수리되었다고 하니 일 때문에 붙들고 있을 이유도 없었다.

세끼를 챙겨 먹는 것도 어렵지 않았다. 원래는 아침 식사를 즐기지 않는 타입이었지만 출근하기 전 완벽한 요리 솜씨로 저를 유혹하는 도현을 거부할 수가 없었다.

매일 그와 함께 잠드는 것도 그저 달기만 했다.

미술관에 다녀온 그가 샤워를 하고 나와 저녁을 준비하고 그것을 함께 먹다가 시간이 남으면 영화를 보거나 그냥 끌어안고 이야기를 나눴다. 그러다 눈꺼풀이 무거워질 때쯤, 눈치 빠른 도현이 저를 침실로 이끌었고 그의 품에 안겨 잠드는 일은 안락하고 행복했다.

하지만 마지막 조건이 조금 어려웠다. 일 생각은 좀 걸러 낼 수 있었지만 수현과 엄마, 언니의 생각을 하지 않기란 쉽지 않았다.

그래서인지 도현은 퇴근을 하고 나면 일과 관련된 어떤 이야기도 일절 하지 않았다. 업무 전화가 오면 서재로 들어가 굳게 문을 닫았고 이야기가 끝나 나올 때면 사무적인 얼굴을 재빨리 지워 버렸다.

수현과 관련된 이야기는 물론이고 그렇게나 궁금해하던 저의 다른 이야기도 묻거나 꺼내지 않았다. 질문을 던질 때조차 '오늘은 어떤 음식이 좋아?' 라든가, '오늘은 무슨 영화가 좋아?' 같은 형태를 띠었다.

그는 오로지 '오늘'에 국한된 저를 원했다.

그렇게 거의 일주일을 지내자 유주는 집에 한번 다녀와야겠다는 생각을 했다.

물론 도현의 반대가 극심했다.

"안 돼."

"옷만 좀 가져온다니까요."

"옷 사 줄게."

"저도 옷 많아요."

"그럼 같이 가."

"출근 안 해요?"

자신의 옆이 아니어도 된다며 어른스럽게 굴 때는 언제고, 일주일 만에 어리광을 부리는 도현을 보며 유주가 고개를 절레절레 흔들었다.

"걱정할 것 없어요. 택시 타고 집에 갔다가 옷만 들고 다시 올 거예요. 내가 뭐 도망이라도 갈까 봐 이래요?"

농담처럼 한 말이었는데 짐짓 심각해지는 얼굴을 보자 미안하면서도 사랑스럽게 느껴졌다.

유주가 작은 손으로 도현의 고운 얼굴을 감쌌다.

"자기 퇴근하고 나면 나 여기 있어요."

약간의 필살기라고 해야 하나.

유주는 도현과 함께 지내며 그를 어떻게 부를 것인지에 대해 심도 깊은 고민을 했다. 퇴사까지 한 마당에 대표님이라고 부르는 건 좀 우습고, 그렇다고 도현 씨, 라고 부르거나 도현아, 하고 부르는 건 영 적응이 되지 않았다.

그러다 보니 애칭이라는 걸 쓰게 되었는데 그게 '자기'였다.

부르기 시작한 지 얼마 되지 않은 애칭이라 도현은 '자기' 소리가 나오면 어울리지 않게 얼굴을 붉혔다.

"알았어."

그래 놓고는 부끄러운지 늘 고개를 돌려 버리곤 했는데 유주는 그럴 때마다 일부러 그와 시선을 맞추며 소년 같은 얼굴의 도현을 놀렸다.

□ ◆ □

유달리 비가 많이 내리는 가을이라더니. 택시를 타고 아파트 단지에 도착한 유주는 조금씩 떨어지기 시작하는 빗줄기에 서둘러야겠다는 생각을 했다.

일주일 만에 방문한, 조금은 낯설게 느껴지는 아파트 외관을 어색하게 바라보며 안으로 들어서려는데 누군가에게 손목이 휙 낚아채였다.

"어디 갔다 와."

수현이었다.

도현이 그랬듯 수현도 도현에게 맞은 상처를 여전히 달고 있었다. 고운 얼굴에 난 생채기를 보니 절로 미간이 찌푸려졌다.

"너 왜 여기……."

"전화는 왜 안 받아."

"수현아."

"어디 있었냐니까!"

기어코 소리를 지른 수현은 살벌한 기운을 잔뜩 뿜어내고 있었다. 틀어쥔 손목에 힘이 가득 들어갔다.

"형이랑 있었어?"

높인 목소리를 도로 낮춘 수현이 다시 물었다.

이미 답을 알고 있는 질문을 하는 스스로가 수현은 하찮게 느껴졌다.

수현은 유주가 저를 사랑할 수 없다는 걸 알았다. 저야 원체 욕심 많고 이기적인 인간이라 유하를 사랑하면서도 유하와 닮은 유주를 사랑한다 말할 수 있지만, 유주는 그런 사람이 애초에 못 됐다.

그걸 알기 때문에 제 곁에 있으라 말한 것이었다. 저를 사랑하는 것까진 어려울 테니 그거라도 하라고.

"내 옆에 있겠다고 했잖아."

절망적인 마음을 애써 가리며 수현이 차분하게 말했다.

저를 위해 살겠다던 말도, 제 옆에 있겠다던 말도, 숨겨 달라 애원하던 말도 전부 거짓이었을까.

"넌 내가 우습지."

"수현아, 아니야."

아니면 그 모든 마음을 한순간에 뒤집을 만큼 제 형을 사랑하는 걸까.

"아니긴 뭐가 아니야."

우습냐는 말에 내내 굳은 몸을 풀고 반응하던 유주가 또다시 울상을 했다. 재빨리 고개를 저으며 아니라고 말하는 얼굴을 믿고 싶었지만 이제는 그럴 인내심이 남아 있지 않았다. 겁도 없이 다가와 제 팔을 부여잡은 유주를 뿌리치며 말했다.

"우스운 게 아니면 이럴 수가 없잖아."

"수현아, 나는……."

"네가 나랑 한 약속 중 지킨 게 뭐야."

"……."

유주의 얼굴이 죄책감으로 빠르게 물들어 갔다. 습관적으로 안쓰러워지는 마음에 땅으로 향한 손가락이 움찔거렸지만 끝내 달래지는 않았다.

"미안해."

"……."

"미안해, 수현아."

수현은 그런 유주를 무심히 쳐다보았다. 유주의 사과는 귀에 딱지가 앉도록 들어 온 그였다. 매번 진심이고 매번 제 마음을 아프게 하던 그 사과가 이제는 지겨웠다.

미안하면 뭐 해. 결국 자기 마음대로 할 거면서.

"네가 죽었으면 좋겠어."

수현이 겁먹은 얼굴의 유주를 그대로 쏘아보며 싸늘하게 말했다.

"그럼 내가 이렇게 비참하진 않을 텐데."

"수현아……."

"네 마음대로 해. 이젠 나도 지겨워."

수현이 그대로 등을 돌려 걸었다. 충격을 받은 듯 한참을 멍하게 서 있던 유주가 뒤늦게 수현을 쫓았다.

조금씩 떨어지는 빗줄기가 거세지고 있었다. 어느새 사이를 꽤 벌린 수현의 손에 우산은 없었다.

넓은 어깨가 무참히 젖는 게 보였다. 왜인지 그 익숙한 등을 다시는 볼 수 없을 것 같은 기분이 들었다.

저를 원망하고 증오하던 눈. 그 눈이 오늘따라 마지막인 것 같아서.

유주가 달렸다.

"수현아, 잠깐만……!"

멀리서부터 계속 외치는데도 단 한 번도 돌아보지 않는 등이 원망스러웠다.

원래도 보폭이 넓다 생각했는데 뛰어도 좀처럼 좁혀지지 않는 거리에 조바심이 들었다.

"최수현!"

숨이 턱턱 차오를 때까지 달려 겨우 거리가 좁혀진다 싶을 때 유주는 손을 뻗었다. 잡힐 듯 말 듯 그와의 거리가 아슬아슬했다.

조금만 더, 조금만.

손끝을 겨우 스치던 셔츠 자락이 손아귀에 어렴풋이 잡혔지만,

"손대지 마!"

뿌리치는 힘이 강했다. 밀어 내는 힘을 이겨 낼 재간이 없던 유주는 빗물에 젖은 바닥 위를 맥없이 굴렀다. 인도 아래로 떨어진 발목이 아프다는 생각이 들기도 전, 커다란 무엇이 제 몸을 강타했다.

"……."

수현이 저를 부르는 소리가 들리는 것도 같은데 붕 떠오른 몸에 시야가 뒤집혀 그가 보이지 않았다.

아, 언니의 운명이 결국 제게로.

유주는 두 눈을 질끈 감았다.

□ ◆ □

도현은 윤 비서가 알아 온 유주의 병원 기록과 그에 따른 부가적 자료를 읽고 있었다.

5년 전부터 꾸준히 방문한 정신과 진료 기록과 피부과, 정형외과를 잊을 만하면 다녀간 흔적이 있었다.

"어머니의 폭력이 꽤 심했던 모양입니다."

윤 비서가 말하기도 민망하다는 듯 헛기침을 했다.

"정유주 사원…… 아니, 정유주 씨 언니인 정유하 씨의 장례식장에서도 목격한 사람이 많았다더라고요."

"거기서도 자기 딸을 팼단 말이야?"

"네……. 혹시 몰라 어머니 기록도 살펴봤는데 마찬가지로 정신과 진료 기록이 있었습니다. 우울증이랑 조울증, 분노조절장애 같은 게 조금 있고 해리장애가 심했던 것 같은데……. 아무래도 그것 때문에 정유주 씨한테 폭력을 휘두른 듯 보입니다. 유주 씨를 가끔 죽은 정유하 씨로 착각하는 일이 많았다고 하더라고요."

"허—"

한 가족에게 일어난 비극이었으나 도현의 눈에는 그저 유주가 입었을 상처와 두려움 같은 것들만 그려졌다.

그 과정에서 유주 역시 슬프고 아팠을 텐데 다른 이들의 슬픔과 고통을 끌어안느라 홀로 침묵했을 게 뻔했다. 좀처럼 자기 얘기를 하지 않으려던 모습이 떠올랐다.

언제까지 이렇게 살 작정이었을까. 도대체 언제까지.

제가 겪은 고통도 아닌데 속이 답답해지는 기분에 도현이 인상을 찡그렸다.

마침 책상 위에 올려 둔 핸드폰이 울렸다. 액정 위에 뜨는 수현의 이름에 도현이 굳은 눈을 했다.

유주를 찾을 요량인지 자꾸만 연락해 오는 걸 내내 무시하고 있는데 지치지도 않는 모양이었다. 액정 화면 속 이름이 꼭 수현의 얼굴이라도 되는 듯 노려보다 진동이 멈추는 걸 보고 고개를 돌렸다.

다시 윤 비서의 이야기를 들으려는데 또다시 핸드폰이 울렸다. 이번에도 수현이었다.

"왜."

한번 전화가 끊기면 시간을 좀 두고 다음 전화가 왔었는데 이번에는 냉큼 다시 전화한 게 마음이 급해진 것이라 해석한 도현이었다.

"용건만 말하고 끊어. 바빠."

차갑게 뱉는 말에 당연히 들려올 거라 생각한 고성이나 짜증이 없었다. 끊어진 건가 싶어 다시 핸드폰 화면을 보는데 통화 시간은 계속 흐르고 있었다.

"최수현."

도현이 짜증스럽게 말하자 핸드폰 너머 떨리는 목소리가 들렸다.

— 형…….

겁을 먹은 목소리였다.

"……뭐야."

— 형, 지금…….

"무슨 일이야."

— 유주가……. 유주가, 형…….

이윽고 울음이 터지는 목소리에 도현 역시 덜컥 겁을 먹었다. 아직 아무것도 듣지 않았는데 등줄기로부터 전해지는 차가운 소름이 앞으로 다가올 끔찍한 미래를 예견하는 듯했다.

19

언니의 일기장

밀쳐 낸 유주가 인도 아래로 미끄러지는 걸 보자마자 수현은 손을 뻗었다. 절실하게 뻗은 손이었지만 불행히도 닿지 않았다. 유주가 달려오던 차에 그대로 부딪쳐 몸이 뜨는 걸 가만히 바라볼 수밖에 없었다. 비 오는 낮의 하늘을 배경으로 붕 떠오른 유주는 바닥에 떨어지며 가녀린 태와 다르게 큰 소리를 냈다.

거리에는 오가는 사람이 많았다. 그 많은 사람들이 삽시간에 유주를 둘러싸고 소란을 피웠다.

"여기 사람이 차에 치였어요!"

119에 전화를 하는 모양인지 핸드폰을 부여잡고 소리치는 한 여자가 보였다.

"유주야……."

여전히 팔을 뻗은 채, 유주야— 소리 내어 불러도 사람들에게 가려진 유주는 대답이 없었다.

유주가 죽는 걸까. 유주도, 유하가 그랬듯이.

수현이 아파 오는 머리를 감싸며 괴로워했다. 유하의 사고가 일어났던 날이 선명하게 떠오르기 시작한다. 그때의 저는 어리석고 약해 빠져서 피로 물든 유하를 보고도 그 자리에서 도망쳤었다. 전부 외면하고 싶고 몽땅 부정하고 싶어서 아예 없는 일로 만들 작정이었다. 그게 끔찍한 악몽이 되고 후회가 되어 돌아올 줄도 모르고.

사념에 사로잡히면 그날의 그 시간으로 돌아가는 건 이제 버릇 같은 것이었다. 그때 다가섰더라면. 그때 용기를 내 다가섰더라면.

유하를 살릴 수 있었을 거라 자만하는 건 아니었다. 그런 대단한 능력이 저에게는 예전에도, 지금도 없으니까. 다만 제가 후회하는 건 유하의 정신이 조금이라도 남아 있었을 때, 유하가 아직 삶의 기로를 다 벗어나지 않았을 때, 그때 사랑한다고 한 번이라도 더 말해 줄걸, 하는 것이다.

"정유주!"

뒤늦게 정신을 차린 수현이 사람들 사이를 헤쳤다. 빨갛게 흘러넘치는 핏물이 움푹 팬 바닥을 따라 흥건하게 고이고 있었다. 눈을 꼭 감은 채 쓰러진 유주가 영 현실 같지 않았다.

아니야, 안 돼.

"이러지 마. 이러지 마, 유주야."

가까이 다가갔지만 감히 만질 수는 없었다. 뿌리치는 손길 하나에 유주를 이리 만들었는데 잘못 만졌다가 돌이킬 수 없는 강을 건너면 어떡해. 제가 만지는 걸 유주가 느끼고 영영 깨어나고 싶지 않으면 어떡해.

결국 울부짖었다. 미동 없는 몸에 손끝 하나 대지 못하고.

그렇게 무력한 몇 분이 지났을 즈음, 요란한 앰뷸런스 소리가 들렸다. 물러나는 사람들 사이로 들것을 가져온 구급대원들이 유주를 조심스레 옮겼다. 수현이 그들을 따라 앰뷸런스에 몸을 실었다.

응급실에 도착하자 대기하고 있던 의사와 간호사들이 비장한 얼굴로 유주를 살폈다.

"보호자세요?"

묻는 말에 겨우 고개를 끄덕인 수현이 친구라고 대답했다.

"직계 가족분은 안 계신 거죠?"

"네, 왜……."

"수술 동의서에 사인하셔야 해서요. 없으시면 그냥 진행할 겁니다."

환자 상태가 많이 위급해서요. 덧붙인 의사의 말에 수현이 멍하니 고개를 끄덕였다. 뒤이어 무어라 또 설명을 하는 것 같은데 다른 말은 아무것도 머릿속에 들어오지 않고 '사망할 수 있다'는 연극 대사 같은 말만 귓가에 내리꽂혔다.

□ ◆ □

헐레벌떡 뛰어 들어온 도현이 수술실 옆 보호자 대기실을 찾았다. 의자에 앉아 등을 구부린 수현의 인영이 한눈에 보였다.

"최수현."

지척으로 가 굽힌 등 위로 손을 얹으니 푹 젖은 얼굴이 들린다.

"형……."

"어떻게 된 거야."

묻는 말에 수현이 절망 어린 얼굴을 했다. 후두둑, 굵은 눈물 줄기가 떨어지더니 둑이 터진 것처럼 쉴 틈 없이 물줄기가 흘러넘쳤다.

"내가……. 내가, 흑……."

수현이 도현의 팔을 붙들고 말했다.

"흐, 형……."

"제대로 말해. 제대로 말을 해야 내가 알지."

"내가……. 내가, 유주를 밀쳤어."

수현이 입술을 질끈 씹으며 말했다. 불과 몇 시간 전에 일어났던 일들이 눈앞에 펼쳐지자 스스로가 혐오스러웠다.

"유주가 나를 쫓아왔어."

무시하고 걷는데도 계속해서 제 이름을 부르던 목소리가 떠오른다.

"유주가 계속 불렀는데……. 내가 너무 화가 나서…… 흑……."

손끝이 저렸다. 눈앞에 선 제 형의 눈동자는 새카맣게 가라앉아 있었다.

"나를……. 나를, 유주가 붙잡았는데…… 흡, 내가 그걸 밀쳐서……."

"……."

터져 나오는 울음에 숨 쉬는 것조차 어려운지 수현은 연신 숨을 헐떡였다. 하얀 얼굴에 달뜬 숨이 섞여 붉은 홍조가 올라왔다.

이어지는 증언은 꽤 비극적이었다. 두서없이 뱉어진 제 동생의 말들은 어지러웠지만 나름 사건의 순서를 조립할 수 있을 만큼의 여력은 되었다.

짐을 챙기러 집에 들른 유주는 수현을 만났고 수현은 화를 냈을 것이다. 제 앞에서도 유주에게 찬 시선을 던지던 것에 거리낌이 없었으니 둘만 남았을 땐 얼마나 더 잔혹했을까. 상처받은 마음을 삐뚤게 표현하는 재주가 있는 수현이 또 한 번 날 선 소리를 던져 놓았을 테지.

그런 수현을 유주가 가만히 두었을 리도 만무했다. 수현을 친구로서 아낀 세월이 긴 데다가 측은지심까지 갖고 있었으니 어떻게든 달래 보려 애를 썼을 것이다. 애초에 가능하지 않다는 걸 알면서도.

필사적인 정유주와 잔혹한 최수현이 만나 비극이 된 모양이었다. 왜 하필 그렇게 만났을까.

아리스토텔레스는 비극 안에 일정한 패턴이 있다고 했다. 선량하거나 혹은 보통의 사람이 무지에서 오는 실수로 인해 가혹한 불행에 빠지게 된다는 그런—

여기서 선량하거나 보통의 사람이라는 주인공은 누구일까. 최수현일까, 정유주일까.

"형."

"……."

"유주가……. 유주가 이대로…… 죽으면 나는—"

"그만해."

도현이 말했다. 비극에 빠져 어쩔 줄 모르는 수현과 달리 그의 얼굴은 놀랍도록 차분했다.

"그만하고 들어가."

"형—"

"내가 너한테 실수하기 전에, 들어가."

들끓는 속을 드러내지 않은 도현은 소름 끼치도록 차가운 목소리를 냈다. 제 동생에 대한 분노와 스스로에 대한 한심함, 제 연인에 대한 연민 모두를 죽을 힘을 다해 참고 있었다.

집에 가 짐을 챙겨 온다던 그 말이 유난히도 싫었는데. 보내지 말걸. 뒤늦은 후회가 입안을 쓰게 했다. 제 감을 믿었어야 하는 건데.

수현에게 처음 전화를 받았을 때는 지금보다 더 횡설수설하는 탓에 무어라 말하는지 하나도 알아들을 수가 없었다. 그저 유주의 이름과 사고가 났다는 말 정도만 드문드문 이어질 뿐이었다.

그럼에도 전해지는 분위기가 심상치 않다는 걸 느낀 도현은 멍해지는 정신을 간신히 붙잡고 윤 비서에게 운전을 맡겼다. 자신이 운전대를 잡았다가는 사고를 쳐도 단단히 칠 것 같아서.

그렇게 도착한 대학 병원 응급실의 복도를 달려 수술실 앞에 섰을 땐 긴장이 풀려 훅, 하고 빠지는 힘에 주저앉을 뻔했다. 안내판에 적힌 유주의 이름과 나이가 어쩐지 낯설게만 느껴졌다.

원망할 대상이 있다면 하고 싶었다. 유주와 저의 시간이 너무 짧다는 것에 대한 어떤 투정이란 걸 조금쯤 하고 싶었다. 제가 유주를 사랑하고, 유주가 저를 사랑하게 했으면 그 시간만이라도 조금 충분하게 만들어 주면 안 되었던 걸까. 문득 치미는 화에 도현이 입술을 짓이겨 물었다.

유주와 저는 왜 매번 이렇게 짧을까. 마음을 나누고 상처를 나누고 또 안식을 나누는 모든 과정이 누릴 새도 없이 짧아 애가 끓는다.

그러니 이건 끝이 아닐 거다. 절대 끝일 리 없다. 끝이어서는 안 됐다.

□ ◆ □

수술이 꽤 길어졌다. 길어지면 길어질수록 초조해하는 수현과 도현은 꽤나 멀찍이 떨어져 있었다. 싸늘하게 식은 목소리로 들어가라 일렀지만 파들거리는 손을 말아 쥔 채 한 걸음도 움직이지 못하는 수현을 도현은 구태여 쫓아내지 않았다. 썩어 가는 제 속을 무시하듯 똑같이 무시할 뿐.

□ ◆ □

유주의 엄마가 수현의 연락을 받고 병원에 도착했을 때에도 수술은 끝날 기미가 보이지 않았다. 어딘가에 영혼을 빼놓기라도 한 것처럼 정신없는 얼굴로 나타난 그녀는 울고 있는 수현을 끌어안으며 조용히 흐느꼈다.

"내 딸……."

"어머니."

"우리 딸……."

수현과 그녀의 황망한 음색이 대기실에 있던 모든 이들의 마음을 서글프게 했다. 꾸며 낸 슬픔이 아닌, 오히려 조용해서 처절해 보이는 그녀의 슬픔은 도현으로 하여금 이상한 기분을 느끼게 했다.

유주가 스스로 펼쳐 보여 주었던 학대의 흔적. 그것들은 그저 순간의 실수 같은 걸로 치부될 수 있는 수준이 아니었다. 딸을 잃은 후 정신적인 충격이 과다해 일어난 일이라고 해도 그 모든 걸 유주가 오롯이 감수할 의무는 어디에도 없었다.

그런데도 그녀는 도현의 생각보다 훨씬 고통스러워 보여 왠지 모르게 기분이 나빴다. 유주에게 결코 쉬이 용서받지 못할 학대를 저지른 사람이라고 하기에는 너무, 너무 괴로워하는 사람의 얼굴이라. 그래서인지 도현은 수현처럼 그녀의 곁으로 가지 않고 멀찍이 떨어져 있었다. 안 그래도 복잡한 머릿속을 더욱 어지럽게 하고 싶지 않았다.

삐—

수술이 끝났음을 알리는 전광판이 깜빡이고 수술을 집도한 의사가 피곤한 기색으로 걸어 나왔다. 벌떡 일어나 의사 앞에 선 도현과 수현의 얼굴엔 극도의 긴장이 서려 있었다.

"피를 너무 많이 흘렸습니다."

의사의 첫마디였다.

"수혈이 모자라지는 않았지만…… 몸에 무리가 많이 갔을 겁니다."

그 말에 수현이 그대로 주저앉았다. 도현이 그런 수현을 스치듯 바라보다 이내 의사에게로 시선을 돌렸다.

"그 말씀은……."

"자세한 경과는 지켜봐야 알 수 있을 것 같습니다."

"하……."

"아무것도 장담할 수 있는 게 없어요."

그제야 의연하게 굴던 도현도 가슴을 부여잡으며 휘청거렸다.

"우선 중환자실로 옮기겠습니다. 의식을 찾는 게 우선이에요. 만약……."

뒷말은 유주의 엄마가 지르는 비명으로 묻히고 말았다.

□ ◆ □

면회 시간은 셋이서 정확히 나누어 가졌다. 낮에 일을 하는 도현은 저녁 면회 시간을, 밤에 작업을 하는 수현은 아침 면회 시간을 담당했다. 남은 점심 면회 시간은 유주의 엄마 몫이었다.

하루 세 번 있는 면회 시간이라고 해 봐야 10분에서 15분 남짓이라 길지도 않았지만 혹여나 자리를 비운 사이에 유주에게 무슨 일이 일어날까 염려한 세 사람은 꽤 오랜 시간 병원에 머물렀다.

그럼에도 병원에서 가장 오랜 시간을 머무는 건 유주의 엄마였다. 도현이 밤을 지키고, 수현이 낮을 지킨다면 그녀는 거의 매시간을 병원 구석구석에 머물며 지옥 같은 시간을 버텼다.

그러다 보니 도현은 종종 그녀와 마주칠 때가 있었다. 수현은 그래도 이런저런 이야기를 나누는 것 같은데 저는 영 그럴 마음이 생기지 않았다. 마주치면 그저 고개만 숙여 인사할 뿐 딱히 예의를 차리지도 않았다.

"오늘은 같이 들어가도 될까요."

유주가 깨어나지 않는 시간이 길어지자 유주의 엄마는 모든 면회 시간에 들어가기를 원했다. 애초에 한 명씩만 들어가란 법은 아니어서 도현도 고개를 끄덕였다. 달가운 제안은 아니었지만 그렇다고 제가 거절할 권리가 있는 건 아니었으니까.

중환자실 문이 열리고 손을 소독한 두 사람은 차가운 기온에 몸을 조금 떨었다. 이제는 익숙하게 걸음을 옮기게 되는 한쪽 구석의 베드가 마음을 무너뜨렸다.

여러 호스가 이리저리 연결된 베드에서 유주는 늘 평화로운 얼굴로 잠들어 있었다. 그게 꼭 쉬고 있는 모습 같아 도현은 어서 빨리 일어나라, 보채지도 못했다.

"유주야……."

"……."

"우리 딸……."

수현과도 함께 면회를 해 본 적이 없어 도현은 제 곁에 주저앉은 여자를 어떻게 바라봐야 하는지 고민했다. 일으켜 토닥이는 건 마음이 내키지 않았고 그렇다고 내버려 두기엔 딸을 잃을까 두려워하는 어미의 고통이 절절하게 느껴졌다. 왜 함께일 때 아껴 주지 않았을까. 도대체 왜.

면회 시간이 끝나 가자 도현은 늘 그랬듯 유주의 손을 꼭 한 번 쥐고 차오르는 눈물을 마음 깊숙한 곳으로 내려보냈다.

"잠깐 차 한잔, 할 수 있을까요."

중환자실을 나온 유주의 엄마가 도현의 등에 대고 말했다.

"여기서 말씀하세요."

돌아본 도현의 얼굴이 불쾌함과 의구심으로 일그러졌다.

"차까지 마시고 싶지는 않네요."

그렇게 말한 도현이 대기실 의자에 그대로 앉았다. 오랜 시간 동안 대화하고 싶지 않다는 뜻을 분명히 하고 있었다. 가리지 않고 닿아 오는 적대감이 당황스러울 법도 한데 유주의 엄마는 하는 수 없다는 듯 맞은편에 앉았다.

"수현이한테 듣기로는…… 우리 유주랑 만나는 사이라면서요."

"……."

"수현이의 형이기도 하고요."

조용조용 말하는 목소리가 유독 가늘어서 절로 집중하게 되는 모양새였다. 도현이 굳은 얼굴로 고개를 조금 끄덕였다.

"네, 그런데요."

"우리 유주, 어떻게……. 어떻게 살았나요?"

도현이 눈을 번뜩였다.

"그걸 왜 저한테 물으세요. 어머님이시면서."

유주의 엄마는 그 말이 마음을 긁는지 또르륵 떨어지는 눈물을 얼른 훔쳤다.

"내가 잘 몰라서 그래요. 우리 유주가 어떻게 살았는지……."

"허—"

"이대로 가 버리면…… 내가 우리 유주에 대해 아는 거 하나 없이 보내야 하는 것 같아서. 그래서 그래요. 그러니까……."

"참, 뻔뻔하시네요."

무심하게 흩어지는 도현의 말에 여자는 잔뜩 당황한 얼굴을 했다. 수술실에 막 도착했을 때 상황을 설명하던 목소리도 유난히 차갑다 싶었는데 지금의 음성은 그때보다도 더 시리고 싸늘했다. 제 딸이 사랑하는 남자라는데 그의 무엇이 유주를 흔들어 놓았는지 여자는 괜히 궁금해졌다.

"나는 그냥 우리 유주가 행복했는지가 궁금할 뿐이에요."

"행복했을 것 같아요?"

날카롭게 되묻는 말에 여자는 입을 다물었다.

"불행했습니다."

"……."

"하루살이처럼 살았어요. 하루를 사는 게 아니라 하루를 견디는 것처럼 보였어요. 진짜 모르셨어요? 유주가 그렇게 사는 거?"

"최도현 씨."

“유주가 행복했냐고 물으셨죠. 저도 모릅니다. 물을 틈이 없었어요. 매번 너무 아슬아슬하고 치열하게 살고 있었거든요. 그냥 괜찮은지 묻는 게, 다였어요.”

그렇게 견디는 게 너무 괴롭지는 않느냐는 뜻으로.

도현이 답답하다는 듯 넥타이 매듭을 푸는 동안 유주의 엄마는 손수건을 꺼내 흐르는 눈물을 닦았다.

“하나뿐인 어머니께 그리 맞고 사는데, 행복할 리가 있겠습니까.”

더욱 낮아진 목소리의 도현이 그녀를 노려보았다. 모욕적이라 느끼는 건지, 부끄럽다 느끼는 건지. 울고 있는 그녀의 낯빛은 붉다 못해 터질 것처럼 달아올라 있었다. 어느 쪽이든 도현의 눈에는 가증스러울 뿐이었다.

□ ◆ □

커다란 미술관에 발 없는 말이 달렸다. 지저분한 추문이었다. 잘나가는 천재 작가와 젊은 CEO 사이를 저울질하는 어느 못된 여자의 이야기.

도현과 수현이 전시장 안에서 주먹다짐을 할 때 퍼진 이야기였다. 홍 팀장의 잘못은 아니었다. 도현과 수현이 마구 뒤엉켜 싸우는 소리에 근처에 있던 직원들이 몰린 탓이었다. 유주의 퇴사도 비슷한 맥락에서 확대되고 이런저런 살이 붙었다.

그런 의미에서 도현은 수현과 유주가 미술관 안에 있지 않음을 다행이라 여겼다. 다행이라 하기엔 그 이유가 불운했지만 둘의 부재를 어떻게든 긍정적으로 해석하려 했다. 유주가 맡고 있던 수현의 전담 일은 비서팀의 지원으로 금방 수습이 되었다. 애초에 문제는 수현에게 있었다.

“오늘도 연락이 안 닿습니까.”

비서팀 사람들 중 누구도 도현의 질문에 대답을 하지 못했다. 수현은 누구의 연락도 받지 않고 있었다. 도현이 나지막한 한숨을 뱉으며 사람들을 물렸다.

텅 빈 집무실은 전에 없이 크고 공허하게 느껴졌다. 책상 위를 토독, 토독 두드리는 손끝이 유난히 창백하다.

유주가 깊은 잠에 빠지고 처음 며칠은 수현과 꽤 자주 연락을 했다. 각자의 면회 시간이 다르니 그사이에 일어난 일을 공유하기 위해서였다.

수현에 대한 분노가 순간순간 치밀어 오르기도 했지만 누군가의 잘못을 가리는 것보다 시급한 건 유주의 상태였다. 물론 유주의 엄마와 연락을 하는 건 수현의 몫이었다. 세 사람의 균형이 아슬아슬한 형태로 유지되는 꼴이었다.

하지만 그런 균형이 흔들리는 건 금방이었다. 유주의 잠이 길어지는 탓이었다. 모두가 불안감을 숨기지 못하고 초조해했다. 유주의 엄마도, 수현도, 저도.

유주의 침묵이 열흘을 넘기기 시작하자 수현은 더 이상 아무런 전화를 하지 않았다. 그로부터 또 일주일이 지나는 동안에도 마찬가지였다. 개의치는 않았다. 수현까지 신경 쓰기엔 제 마음이 바빴으니까.

하지만 어제저녁 불안한 이야기를 들었다. 며칠 전부터 수현이 면회 시간에서조차 모습을 보이지 않는다는 소리였다. 하루의 대부분을 병원에서 보내는 것 같은 유주의 엄마에게서 들은 이야기였으니 몇 번의 우연으로 하는 말은 아니었을 거다.

어젯밤 전화를 걸어 보았지만 수현은 받지 않았다. 그런 와중에 비서팀 사람들까지 수현의 부재를 불안해하고 있으니 머리가 아파 왔다.

"나약한 새끼."

도현이 조용히 읊조렸다. 손에 쥔 핸드폰을 밝힌 그가 통화 버튼을 눌렀다.

"최도현입니다."

말하는 목소리는 사무적이었다.

□ ◆ □

수현은 습관처럼 유하의 위패 앞에 앉아 있었다. 곧 깨어날 거란 희망으로 유주의 곁을 지키기엔 감은 두 눈이 너무 평화로워 죄책감이 들었다.

"유하야."

한참을 조용히 자리를 지키다 불러도 대답 없는 이를 불렀다.

"정유하……."

눈물은 나지 않았다. 저는 울 자격이 없으니까.

문득 소리 내어 우는 법이 없던 유주가 떠오른다. 유하의 장례식장에서도, 어머니에게 무자비한 폭력을 당할 때도, 제가 온갖 방법으로 괴롭힐 때도 유주는 소리 내어 울지 않았다. 핏물이 고인 입술을 씹으며 조용히 눈물만 흘릴 뿐이었다. 고요한, 슬픔.

그것이 죄책감 때문이라는 걸 모르지 않았다. 하지만 이제 와 생각해 보면 이런저런 의문이 들었다. 그뿐이었을까— 하는. 정유주가 고요했던 이유가 정말 그뿐이었을까.

유주는 독립적이었다. 드러나는 성격으로만 보았을 땐 유하가 훨씬 그래 보였지만 사실상 반대였다. 유주는 무엇이든 혼자 하는 것을 좋아했다. 아니, 편해했다. 조금만 어렵거나 불편한 상황에 처해도 미주알고주알 털어놓던 유하와는 아주 다른 성격의 소유자였다. 그러다 보니 누구도 유주의 속내를 알지 못했다. 무엇을 좋아하고 싫어하는지부터 무엇을 생각하고 무엇을 계획하는지까지. 유주는 투정 부리는 법이 없었으니까.

그런 성격은 유하가 죽고 난 뒤에 병적으로 극대화되었다. 자신의 속마음을 잘 말하지 않을 뿐 제법 활발한 편이었던 유주는 어느 순간부터 고요해졌다. 그러고는 그저 듣기만 했다. 스스로 고행을 자처하는 부처처럼 다른 이들의 슬픔과 분노, 짜증과 우울 따위를 거부하는 법 없이 전부 받아들였다. 그중 가장 많은 부분을 차지하는 것은 저의 것이었을 테다. 그때는 그것이 서로 의지하는 법이라 생각했는데 그냥 저 혼자 유주에게 의지한 것이었다.

"바보 같은 정유주."

미안할 일도, 죄책감을 가질 일도 아니었는데.

울컥 올라오는 고통에 수현이 깊게 숨을 들이쉬었다. 이 모든 고통을 혼자 견뎠을 유주를 생각하면 죄스러워 죽을 것 같았다. 이걸 정유주는 어떻게 버틴 거지. 저는 고작해야 며칠도 못 버티고 이렇게 죽을 것 같다 엄살을 피우는데 정유주는 어떻게 5년을, 그 5년을 버틴 거지.

"바보 주제에 독해 가지고……."

아프다 말 한마디 못 하고, 소리 내어 울지도 못한 정유주. 바보 같은 정유주. 독한 정유주.

그런 유주가 기대고 싶고 의지하고 싶어 하던 제 형이 떠오른다. 사랑이었을까. 사랑이었을 거다. 매번 저에게만큼은 지는 것을 자진하던 유주가 형을 만나고 달라졌으니까. 유하의 그림자이길 거부하고 저와의 끝을 말하기도 했으니까. 형과의 이별 앞에선 펑펑 우는 소리를 내며 무너졌으니까. 아주 작은 틈만 보여도 형의 곁으로 달려갈 준비를 했던 유주니까.

그렇다면 유주에게 저는 무엇이었을까. 미안한 사람이었을까. 소중한 친구였을까. 아무리 생각을 거듭해도 둘 다 아니었으면 좋았겠다는 결론이 내려진다. 제가 유주에게 아무것도 아니었다면 이런 비극 같은 건 생겨나지 않았을 테니. 미안한 사람도, 소중한 친구도 아니었으면 좋았을걸. 유주가 깨어나면 말해 주어야지. 미안해하지도, 소중해하지도 말라고. 그러니,

"유하야."

제발.

"유주 좀 일어나게 해 줘."

부디.

"정유주 좀…… 살려 줘, 유하야."

붉어진 눈으로 빌며 위패 옆에 놓인 사진을 바라보았다. 유주와 똑같은 얼굴을 한 저의 연인. 어쩐지 원망하는 것 같은 눈초리에 절로 고개가 떨어졌다.

유하라면 유주를 괴롭히는 사람에게 관대할 리 없다. 둘 사이가 대학 입시를 기점으로 많이 멀어지기는 했지만 여느 가족 관계가 그렇듯 증오 속에 애정이 있었다. 자기주장이 강하지 않던 유주를 걱정하던 것도 늘 유하였다. 저런 건 착한 게 아니라 미련한 거라며. 한심해하는 듯 꾸며 내기는 했지만 그 말속에 담긴 각별함은 결코 가볍지 않았다.

유하가 저에게 벌을 주는 건가.

"……."

"여기서 빌면 정유주가 일어나?"

갑자기 들려온 소리에 화들짝 놀라 고개를 돌리니 저의 형이 보였다. 곧은 시선으로 저를 쏘아보는 그의 고개는 삐딱하게 꺾여 있었다. 유주가 이런 마음이었을까. 차마 제 형의 두 눈을 마주할 수가 없었다.

도현은 유하의 위패가 있는 곳까지 거칠 것 없는 걸음으로 발을 내디뎠다. 바닥에 엎어져 고통스러운 신음을 흘리던 제 동생의 모습은 모른 척하며 유주와 똑같이 생긴 사진 속 인물을 가만히 쳐다보았다.

□ ◆ □

유주는 언제나처럼 꿈속을 거닐었다. 언니가 보이는 걸 보면 꿈이 분명한데 모든 것이 이전과 달랐다. 하늘은 맑았고 살랑이는 바람에는 향긋한 내음이 섞여 있었다. 바닥에는 핏물 대신 알록달록한 꽃들로 가득했다. 언니가 좋아하는 새하얀 수국과 제가 좋아하는 새빨간 작약들로. 지난 5년 동안 매번 피투성이 꼴로 나타나 온 마음을 괴롭히더니 이번 꿈은 어쩐 일인지 동화 속처럼 어여쁘기만 하다.

"언니!"

제 부름에 멀리서 놀고 있던 언니가 샐쭉한 표정으로 뒤를 돌아보았다. 꿈인 걸 알면서도 언니를 만난 게 반가워 미친 듯이 달렸다. 머리카락 사이로 느껴지는 바람이 다정했다.

"언니!"

"그만 좀 불러. 귀청 떨어지겠다."

일부러 짜증스러운 표정을 지은 언니는 믿어지지 않는다는 얼굴로 눈을 깜빡이는 저의 이마를 너무 세지 않게 밀었다.

"정신 좀 차려."

"안 돼, 안 돼. 정신 차리면 꿈에서 깬단 말이야."

"꿈꾸는 거 싫어하더니."

"이런 건 좋아."

"……."

못 말린다는 듯 어깨를 으쓱인 유하가 해사하게 웃었다.

"그럼 조금만 놀다가 가."

"왜?"

"왜는 무슨 왜야. 여기에 평생 있고 싶어?"

"그러면 안 돼?"

유주는 시무룩한 얼굴을 하고 물었다. 포근하고 따뜻한 이곳에서, 언니가 있는 이곳에서, 그 외에는 아무것도 없는 이곳에서 그냥 같이 있으면 안 될까. 꿈속이라 그런지 현실의 기억은 가물가물했으나 고통스러웠다는 건 의심할 여지없는 사실이었다. 생각하니 또 괴로워 눈을 질끈 감았다. 이쯤이면 그만 아파도 되지 않을까. 이대로 그냥 쉬어도 괜찮지 않을까.

"안 돼."

그런 유주를 보며 유하는 제법 단호하게, 그러나 부드러운 얼굴로 고개를 저었다. 그것이 못내 얄미워 유주는 억울한 마음이 들었다.

"언니는 여기 있으면서 왜 나는 안 된대."

어울리지 않는 어리광이었다. 애처럼 구는 모습이 우스운지 유하는 깔깔 웃음을 터트렸고 유주는 왜 웃느냐며 또 투정을 부렸다.

평화롭지만 불편하거나 불안하지 않았다. 오히려 아주 익숙한 느낌이었다.

한참을 티격태격하던 둘은 잠잠해지는 순간에 서로를 가만히 쳐다보았다. 자신과 똑같은 얼굴을 한 상대가 그리도 애틋할 수가 없다.

"넌 언제나 나보다 괜찮은 선택을 하잖아."

유하가 미소를 건 입술로 말했다. 손을 뻗어 동생의 뺨을 조심스레 어루만지고 제법 섬세한 눈길로 얼굴 구석구석을 살피던 유하는 장난스레 무서운 얼굴을 했다.

"이제 나 좀 그만 생각해, 멍청아."

"응?"

그 멍청한 물음이 꿈에서 언니에게 건넨 마지막 말이었다.

□ ◆ □

"내일부터 다시 병원 가. 그림도 그리고."

도현이 납골당 복도에 있던 자판기에서 뽑은 캔 커피 하나를 수현의 손에 쥐여 주며 말했다. 수현은 여전히 고개를 푹 숙인 채 눈을 마주하지 못하고 있었다. 겁먹은 표정을 하고 있는 꼴이 꼭 체벌을 미루는 어린아이 같았다.

"유주 깨어나면 빌어."

목소리에 분노나 다정, 그 무엇도 더하지 않고 말했다.

"깨어나면 그때 빌어. 여기서 말고."

"……."

수현이 고개를 들어 도현을 쳐다보았다.

"형."

거칠어진 입술을 들썩이다 나지막이 부르는 소리. 도현이 눈썹을 치켜올리며 왜 부르느냐, 눈짓하니 곧장 시선을 피한 수현이 불안한 듯 손끝을 씹었다.

"왜."

굳이 되물어도 다물린 입술은 열리지 않았다.

"말하기 싫으면 하지 마."

도현이 가볍게 덧붙였다.

"……왜 화 안 내."

그제야 조그맣게 수현이 물었다. 무슨 말을 하려기에 저리 망설이나 했더니 역시나 최수현다운 소리였다. 멍청하고 한심한 소리.

"화를 왜 내."

"나 때문인 거 알잖아."

"……."

"근데 왜 화 안 내."

고집스럽게 다물린 입술로 묻는 수현은 어서 빨리 화를 내라고 독촉하는 듯 보였다. 멍청하고 한심한 최수현. 물러나야 할 때는 버티더니 버텨야 할 때는 또 무너져 버린다.

도현이 무심하게 턱을 괴고 시선을 맞췄다. 홀로 복잡했을 머리통 위로 손을 뻗자 때리기라도 하는 줄 알았는지 움츠린 어깨를 보며 피식, 웃었다. 그 웃음을 이상하다는 듯 쳐다보는 제 동생의 머리를 그대로 쓰다듬었다.

"화가 안 나는 건 아냐."

마음 같아선 미술관에서보다 더한 주먹질을 할 수도 있었다.

"네가 개새끼였다는 건 맞으니까."

읊조리듯 말했다.

"근데 너도 이렇게 될 줄 몰랐잖아."

"형."

"벌이 받고 싶은 거면 유주한테 받아. 그 성격에 원망 한마디나 할는지 모르겠지만."

수현이 바들거리다 이내 얼굴을 감싼 채 괴로워했다. 도현의 말이 날 선 비수처럼 온몸을 찌르는 기분이었다. 찌른 모든 곳에서 피가 흐르는 기분. 피가 흐르고 흘러 마침내 체온이 저 끝까지 내려가고 있는 것 같은 기분.

자신도 저의 형과 마찬가지였다. 저도 형처럼 할 수 있었을 거다. 유하의 사고에 유주의 잘못이 없음을 알고 있었으니까. 하지만 유주가 일부러 폭언을 한 게 아니란 걸 알면서, 그걸 다 알면서도 저는 형과 달랐다. 화를 내고 협박을 하는 것도 모자라 종국에는 살인자라 불렀다.

냉혈한이라 치부하던 제 형도 아는 걸 저는 몰랐던 걸 보면 사실 세상에서 가장 차갑고 이기적인 사람은 저인 게 아닐까.

유주야—

입 밖으로는 감히 낼 수 없는 이름을 속으로 불렀다. 다시 소리 내어 부를 수 있는 날이 오기를. 제가 그 앞에 무릎을 꿇고 빌 수 있는 날이 오기를. 잘못했다 말하고 미안하다 말하고 부디 행복하라고 말할 수 있는 날이 오기를. 제발.

□ ◆ □

결국 수현의 전담은 도현이 맡았다. 수현이 딱히 다른 직원을 원하지 않는 탓도 있었고 제가 직접 수현의 전담을 맡으면 둘이서 치정 싸움을 벌였다는 소문도 가라앉을 테니 나쁘지 않은 선택이었다.

요즘엔 확 그냥 형제라고 말해 버릴까 싶은 도현이었다.

"형."

호랑이도 제 말 하면 온다더니. 수현이 집무실 문을 열고 들어왔다. 납골당에서의 대화 이후 그는 눈에 띄게 고분고분해졌다. 틈만 나면 최도현, 최도현, 하며 야자를 트더니 근래엔 형 소리를 빼먹지 않는다.

"앉아."

도현이 소파를 가리키며 말했다.

"브로슈어 때문에 불렀어. 샘플 몇 개 나왔는데 보고 마음에 드는 거 고르라고."

"내가 골라?"

"네가 골라야지 누가 골라."

"뭐, 전부 하얗기만 해서 모르겠는데."

"명색이 화가라는 놈이 할 소리야? 밤새 작업한 디자이너 속상하게."

도현이 핀잔을 주자 수현이 어깨를 으쓱였다.

"봐도 모르겠으니까 그렇지."

"하여간—"

세 개의 샘플 중 빨간색 테두리 장식이 있는 하나를 툭, 고른 도현이 수현에게 건넸다.

"이걸로 해."

"거봐. 자기가 마음에 드는 거 있었으면서."

절레절레 고개를 흔든 수현이 가방 안에 샘플을 집어넣었다. 그러다 불현듯—

"아, 마지막 쇼룸은 어떻게 됐어?"

도현에게 물었다.

수현의 이번 전시는 앞선 뉴욕과 파리 전시에 이어서 자유 동선이 아닌 강제 동선으로 설계되었다. 관객이 수현의 의도대로 그림을 보고 움직이게 된다는 소리였다. 때문에 관객은 전시를 다 보고 나면 마지막 쇼룸에서 마지막 그림을 보게 되는데 이는 애초부터 원기둥 형태로 제작해 달라는 수현의 특별 요청이 있었다.

원기둥의 겉과 속은 당연히 흰색. 지금까지 보여 왔던 수현의 전시와 다를 바 없는 설계였다. 하지만 며칠 전, 수현이 급하게 부탁할 것이 있다고 연락을 해 왔다.

— 형, 나 어려운 부탁 하나 해도 돼?

느닷없이 전화를 걸어 와서 어려운 부탁 타령을 하기에,

'아니.'

단칼에 거절했더니 이전 성격이 나와 난리, 난리 그런 난리도 없었다. 하는 수 없이 일단 들어나 보겠다고 했더니 마지막 쇼룸의 페인팅을 다시 해 달라는 말을 했다.

아니, 그게 얼마짜리 페인팅인지는 알고 하는 소린지.

지금 생각해도 어이가 없는 요구였다.

'갑자기 왜.'

— 아, 그냥 쿨하게 대답해 주면 안 돼? 되는 거야, 안 되는 거야.

어차피 막무가내로 밀어붙일 거, 부탁이라는 말은 왜 했는지 참 알 수가 없었다.

'단색이면 허용할게. 디자인 입히는 건 시간상 불가해.'

— 그럼 되겠네. 단색이니까.

'무슨 색인데.'

— 검은색.

그런 이유로 기껏 하얗게 칠해 놓은 마지막 쇼룸은 검은색으로 다시 탈바꿈하고 있었다.

"아직 작업 중이야. 이틀 내로 끝날 것 같으니까 자꾸 보채지 마."

귀찮다는 표정의 도현을 보며 수현이 네, 네, 대답했다.

어쩐지 화기애애한 분위기가 느껴지는 순간이라고 생각한 도현이 제 어머니를 떠올렸다. 어머니가 보면 좋아하셨을 광경인데.

그때 도현의 핸드폰이 울렸다. 순식간에 굳어지는 얼굴에 수현도 덩달아 얼굴을 굳혔다.

"누구 전화길래 표정이 그래."

"유주 어머니."

그 말에 수현이 반사적으로 자리에서 일어났다.

□ ◆ □

도현과 수현이 뛰쳐나오듯 미술관 로비를 벗어났다. 주차장으로 향한 두 사람이 각각의 차로 향했다. 그러다 스친 시선.

"같이 가자."

도현이 수현에게 말했다. 덜덜 떠는 도현의 손을 본 수현이 고개를 끄덕이고 자신의 차 운전석에 올랐다. 도현은 내일도 이 미술관으로 출근할 테니 제 차로 움직이는 게 더 나았다.

운전을 하며 조급해지려는 속을 진정시키려 애쓰는데 문득 훔쳐본 도현의 옆모습이 심각했다.

"형, 울어?"

수현이 못 볼 걸 봤다는 듯 미간을 찡그렸다.

"운전이나 해."

도현이 뺨 위로 떨어진 눈물을 슬쩍 닦아 내며 말했다. 전화를 받기 전, 얼마나 심장이 뛰었는지 모른다. 혹시나 문제가 생긴 걸까 봐. 유주의 단잠이 길어질수록 조급해지는 건 모두가 똑같았다. 서로 말만 안 했을 뿐, 이러다 영영 깨어나지 못하는 건 아닐까 좌절 짙은 걱정에 하마터면 잠식될 뻔했다.

"와, 진짜 안 어울려."

충격이라도 받은 듯 헛웃음을 뱉은 수현이 말했다. 저도 제 형만큼이나 떨고 있는 건 마찬가지였지만 형이 우는 걸 보니 믿어지지 않던 소식이 그제야 와닿기 시작했다.

"형, 근데 유주 앞에서도 운 적 있어?"

아주 건수 하나 제대로 잡았다는 듯 물어 오는 수현을 향해 도현이 살벌한 얼굴을 했다.

"말하기만 해."

수현이 전혀 겁먹지 않은 얼굴로 오— 하며 감탄사를 뱉었다.

□ ◆ □

신이 나 종알종알 말이 많아지던 수현은 병실 앞에 다다를수록 걸음이 급격히 느려졌다. 죽어라 달려올 땐 언제고 점점 느려지더니 이제는 아예 뒷걸음질을 쳤다.

"뭐 해?"

도현이 그 꼴을 이상하다는 듯 쳐다보자 수현이 어색하게 웃었다.

"형 혼자 가."

"둘이서 들어갈 수 있는데 왜."

"난 그냥 나중에 갈게."

수현의 얼굴엔 미안함과 두려움이 함께 서려 있었다.

"최수현."

"나 무서워서 그래."

"……."

"나 지금 들어가면 정말…… 안 될 것 같아서 그래."

도현이 한숨을 푹 내쉬었다. 벌써 멀찍이 선 수현에게 강요하고 싶은 마음은 없었다. 본인이 저렇게 무섭다는데 억지로 끌고 갈 일은 아니었다.

"그럼 여기서 기다려. 보고 괜찮은지 얘기해 줄게. 너도 궁금하잖아."

알겠다는 뜻으로 수현이 대기실 의자에 얌전히 앉았다.

"다녀와. 유주 기다리겠다."

□ ◆ □

병실에 들어가자 눈을 깜빡이며 이리저리 동공을 움직이고 있는 유주가 보였다. 멀쩡히 앉아 반겨 줄 거란 기대를 한 건 아니었지만 깨어났어도 여전히 누워 있는 모습이 마음을 무겁게 했다.

"정유주."

목소리를 한껏 낮춘 도현이 유주를 불렀다. 종이처럼 가늘어진 유주가 움찔거렸다. 그 모습이 소중해 죽을 것 같다. 너무 소중하면 두려운 마음이 드는 건가. 제 목소리에도 다치지 않을까 걱정하는 게 정말이지 정상인가. 그사이 또르륵 눈을 굴려 얼굴을 마주한 유주가 예쁘게 웃는다.

"아—"

기적이 이루어진다면 이런 기분일까. 벅찬 감동에 도현이 그대로 주저앉았다.

"고마워."

수현에게 제가 울었다는 걸 말하지 말라 엄포를 놓았지만 소용없는 짓이었다. 이렇게 앞에서 울고 있으니. 하지만 부끄럽거나 창피하지는 않았다. 기뻐서 우는 거니까. 오랜 기간 애태워 밉기도 했지만 결국 저에게 돌아온 유주니까.

"정말…… 정말 고마워."

"……울어요?"

유주가 놀란 듯 느리게 물었다.

"정말 우는 거예요? 얼굴 좀…… 보여 줘요. 나 안 보여요."

오래 말을 하지 않아서 그런가. 원래도 조금 낮았던 유주의 목소리는 조금 거친 기운이 섞여 있었다. 그래도 그 안에 담긴 걱정이 좋아서 도현이 울며 웃었다.

"얼마나 걱정했는지 알아?"

겨우 몸을 일으켜 작은 손을 부여잡고 눈을 마주친 도현이 원망 어린 소리를 했다.

"미안해요."

"일어났으니까 됐어. 더 말하지 마. 안 해도 돼. 그냥 이렇게만 있어도 돼."

도현이 시야를 가리는 물기를 문질러 닦은 후 말간 눈을 깜빡이고 있는 유주를 내려다보았다.

"사랑해."

그러고는 어여쁜 눈꺼풀 위로 느리게 입을 맞췄다.

"뭐야……."

민망한 듯 얼굴을 붉힌 유주가 배시시 웃었다. 감동적인 재회였다. 도현을 더 잘 보겠다고 고개를 돌리다 아야, 터져 나오는 신음에 도현의 심장을 철렁이게 한 것을 제외하면 제법.

"조심해."

"아니……."

"너 3주도 넘게 누워 있었어."

도현이 엄한 표정을 지었다.

"천천히 해. 우리 시간 많아."

□ ◆ □

의식을 찾은 유주는 빠르게 회복했다. 호흡과 맥박도 안정을 찾았고 교통사고로 인한 다른 후유증도 보이지 않았다.

"잠깐은 괜찮다니까요?"

중환자실에서 일반 병실로 옮긴 지 일주일이 지나자 좀이 쑤시는지 유주는 도현을 조르기 시작했다.

"그걸 왜 네가 판단해. 아직은 조심해야 한다는 의사 선생님 말씀 못 들었어?"

"그러는 자기는 운동 열심히 해야 회복도 빠르게 된다는 의사 선생님 말씀 못 들었어요?"

가뜩이나 날도 추워서 건강한 사람조차 감기 걸리기 딱 좋은데 유주는 자꾸만 나가고 싶어 했다.

아무리 그래도 철옹성 같은 도현의 고집을 꺾을 수는 없었다. 한참을 조르다 한풀 꺾인 유주가 시무룩하게 말을 이었다.

"심심해서 그래요. 심심해서."

"내가 여기 있는데 뭐가 심심해."

"밤이나 되어야 오잖아요. 하루 종일 자기만 기다리는 거 완전 너무 지루해."

아랫입술을 부루, 내밀고 칭얼거리는 유주는 퍽 귀여웠다. 마음 같아서는 원하는 게 무엇이든 다 들어주고 싶은데 안 되는 걸 어떡하나. 도현도 아쉬운 얼굴을 했다.

"나도 데이트하고 싶은 거 참는 건데 너무한 거 아니야?"

"하고 싶으면 하면 되죠."

"너 다 나으면."

"맨날 다 나으면이래."

죽다 살아나서 그런가. 유주는 어딘가 모르게 조금 달라졌다. 도현은 작은 변화 정도로 생각했지만 유주는 스스로가 원래의 모습으로 돌아갔음을 느꼈다. 비극이 일어나기 전, 그때 그 모습으로.

유주는 차에 치여 몸이 공중으로 떴을 때 생각보다 꽤 긴 시간을 느꼈다. 죽음 가까이에 서면 지나간 인생이 주마등처럼 스친다던데 틀린 말은 아닌 모양이었다. 하지만 그렇다고 어떤 소설 속 이야기처럼 대단한 무엇을 깨닫게 된 것은 아니었다.

오히려 유주는 지나온 시간 보다 미래에 대한 생각을 했다. 이 지독한 형벌이 끝나고 나면 스스로 채운 족쇄를 걷어 내야지, 하는 의지와 함께.

그리고 지금 유주는 그 지독한 형벌을 끝낸 다음의 삶을 살고 있었다.

"아무래도 저 인생 헛산 것 같아요."

"그건 또 무슨 소리야."

직접 깎은 사과를 유주 입안에 쏙 넣어 준 도현이 물었다.

"어떻게 병문안을 한 명도 안 오냐."

"네가 병원에 입원해 있다는 걸 모르는 사람이 대부분이니까 그렇지."

"아는 사람도 안 오잖아요."

"수현이?"

도현이 스스럼없이 수현의 이름을 먼저 꺼내자 유주가 흠칫 놀란 얼굴을 했다.

"수현이랑 연락해 봤어요?"

조심스레 묻는 말에 도현이 선선히 고개를 끄덕였다.

"방금 전에도 전화했어."

"그래요?"

"어제도 전화했고."

"진짜요?"

"너 다치고 나서 하루도 안 빼놓고 전화해."

도현은 여태 유주에게 얼굴 한번 안 비치는 겁쟁이 동생을 떠올리며 말했다. 매번 전화해 오늘은 유주가 뭘 먹었는지, 기분은 좋아 보였는지, 무슨 말을 하는지 묻는 수현은 여전히 멍청하고 한심했지만 어딘가 안쓰럽기도 했다.

저 때문에 다쳤다는 사실뿐만 아니라 이전에 괴롭힌 역사가 만만치 않으니 쉽게 얼굴을 드러내지 못하는 마음이야 이해는 했지만, 그래도. 그렇게나 초조한 목소리로 매일 물어볼 거면 한 번쯤은 직접 오는 것도 나쁘지 않을 텐데.

이름 한번 말했을 뿐인데 이토록 걱정스러운 표정을 짓는 정유주를 모르는 것도 아니면서.

"왜 안 오는 거래요?"

"시간을 좀 줘. 아직 애라서 그래. 겁이 많아."

어차피 둘이 해결할 일이었다. 수현을 앉혀 두고 물어볼까 싶기도 했는데 둘 사이에 쌓인 건 둘이 푸는 게 맞는 듯했다. 더 이상 유주의 과거가 궁금하지 않기도 했고. 어차피 유주는 이러나저러나 제 곁에 있기로 했으니까.

사과 한 쪽을 다시 입안에 넣어 주자 오물거리는 모양이 예뻤다. 못 참고 쪽, 입술을 맞대자 유주가 애처럼 해맑게 웃었다.

"그래도 낮엔 어머니 계시잖아. 불편해서 그래?"

"엄마 안 오는데."

"응?"

"엄마 안 와요. 한 번도 못 봤는데?"

한 번도 못 봤다니. 유주가 깨어났단 소식을 전해 준 게 유주 어머니였는데, 어째서.

"난 자기가 엄마한테 연락 안 한 줄 알았는데……."

"아닌데……."

도현이 눈을 가늘게 접자 유주가 시무룩해졌던 표정을 지우고 어깨를 으쓱였다.

"에이, 괜찮아요. 우리 엄마가 나한테 관심 없는 게 하루 이틀인가."

제가 걱정할까 일부러 밝은 목소리를 낸다는 걸 모르지 않았다. 도현이 유주의 머리카락을 부드럽게 쓸어 넘겼다.

"어머니 매일 여기 오셨어."

"엄마가요?"

"너 못 깨어나고 있을 때 매일매일."

"진짜요? 나 위로하려고 하는 말 아니고?"

"내가 너한테 거짓말을 왜 해."

도현이 의아하다는 듯 고개를 기울였다. 저와 마주치는 것이 불편해 제가 있는 시간을 일부러 피하는 줄로만 알았다. 그런데 아예 한 번도 걸음하지 않았다니. 이해할 수가 없었다. 죽은 듯 누워 있을 땐 그렇게 가슴 아픈 얼굴을 하더니 깨어나 멀쩡해지니 이전으로 돌아간 건가.

마음이 곱게 쓰이지 않았다.

□ ◆ □

다음 날 유주는 조용한 제 핸드폰을 어루만졌다. 원래 쓰던 핸드폰은 사고 당시 박살이 나서 도현이 새로 선물해 준 것이었다. 전화번호도 그대로고 웬만한 건 그대로 백업해서 이전과 다를 것이 없었다. 그런데도 엄마의 연락은 한 통도 받아 보지 못했다.

처음엔 도현에게 말했던 것처럼 제 사고 소식을 모르는 줄 알았다. 그런데 알고 있으면서도 연락 한번 없고, 얼굴 한번 보여 주질 않다니. 이전보다 밝아진 마음이라도 서운한 마음이 드는 건 어쩔 수 없었다.

유주가 '엄마' 라는 글자 옆에 떠 있는 통화 버튼을 눌렀다. 짧은 신호음과 함께 그리운 목소리가 들렸다. 또 한 번 서운해지는 마음.

"엄마, 왜 안 와?"

그래서 그렇게 대뜸 물었다. 정말 대뜸. 전화를 걸어도 한 번에 받을 만큼 아무 일도 없으면서 왜 절 보러 오지 않느냐는 투정이었다.

— …….

하지만 엄마는 말이 없었다.

"왜 안 오냐니까?"

— ……엄마가 갔으면 좋겠어?

어쩐지 허락을 구하는 것처럼 묻는 말에 유주가 당연하지, 하고 대답했다.

"보고 싶어."

— …….

"한번 죽다 살아났더니 더 보고 싶어. 엄마가 만든 잡채도 먹고 싶고."

— …….

"그러니까 나 보러 와. 응?"

어릴 적에나 해 봤던 떼를 쓰며 유주는 대답 없는 엄마를 졸랐다. 아무 소리도 들리지 않는 저 너머에서 엄마가 울고 있는 것만 같아서.

□ ◆ □

유주의 전화를 받은 다음 날, 유주의 엄마는 병원을 찾았다. 딸이 먹고 싶다 말하던 잡채가 담긴 도시락 통은 물론이고 평소 좋아하던 군것질거리를 같이 사 온 그녀는 잠든 딸을 물끄러미 바라만 보았다. 흘러내린 머리카락이 간지러운지 콧등을 찡긋거리는 걸 보고 치워 주려 손을 뻗은 그녀는 한참을 망설이다 이내 다시 거두었다.

"……."

그러고는 조심스레 내려놓는 또 하나의 물건. 그녀의 화장대 위에 언제나 자리하고 있던 유하의 일기장이었다. 그 사이에 끼워 놓은 저의 편지가 잘못 흘러내리지 않도록 이리저리 모양을 맞춘 그녀는 의미 없는 행동이란 걸 깨닫고 미련이 가득한 손을 놓았다.

유주가 깨기 전에 일어나야 했다. 그립던 딸의 얼굴이 생각보다 편안해 보여 다행이었다.

부디, 이걸 읽고 나서도 슬퍼하지 않았으면. 부디, 이걸 다 읽고 나서도 저를 용서해 주었으면. 그녀는 이기적이라고밖에 표현할 수 없는 진심을 응어리진 마음에 담고 떠났다.

□ ◆ □

유주는 일어나 주의를 두리번거렸다. 누군가 왔다 간 것 같은 느낌이 들었다. 아주 어릴 적부터 맡아 온 익숙한 향기는 잊으려야 잊을 수 없는 것이었다.

"엄마?"

혹시나 싶어 부르는 소리에 들려오는 대답은 없었다. 시무룩해지려는 찰나,

옆에 놓인 익숙한 일기장이 보였다. 엄마가 애지중지하던 언니의 유품이었다. 엄마 화장대 위에 있는 걸 함부로 만졌다가 벼락같이 두들겨 맞은 적도 있으니 못 알아볼 리 없었다.

"이게 왜 여기 있지?"

슬쩍 들추니 곱게 접힌 편지 하나가 들어 있었다.

유주에게, 라고 적힌 글씨체가 한눈에 보아도 엄마의 것이었다. 편지지를 펼치니 첫 문장에 언니의 일기는 다 읽었냐는 물음이 있었다. 일기를 다 읽어야만 편지를 읽을 수 있는 건가 싶어 유주는 언니의 일기를 읽기 시작했다.

일기의 처음은 새 학기가 시작되는 3월이었다. 남들은 설레서 입이 찢어지고도 남았을 그 시기에 언니는 뭐가 문제인지 줄곧 어두운 내용만 가득했다.

한 장, 한 장 넘길 때마다 언니의 고통은 심해졌다. 저의 이름과 수현의 이름이 심심치 않게 등장했다.

언니는 지독한 열등감에 시달리고 있었다. 학기 첫 수업부터 자존심이 무너진 모양이었다. 데생을 할 때는 연필을 쥐는 방법에서도 남과 비교하기 일쑤였고, 유화를 그릴 때는 색을 섞는 감각에서부터 부족함을 느끼고 있었다.

아무도 몰래 화실을 다니기도 한 모양이었다. 그럼에도 자꾸만 동기들과, 선배들과, 그리고 저와 수현에게 미치지 못하는 것 같은 실력에 언니는 극도로 깊은 슬픔을 느꼈다.

「그냥 손목 하나가 부러졌으면 좋겠다.」

정갈한 필체와 달리 비뚤어진 내용의 문장을 읽는 게 어려웠다. 엄마는 이런 걸 왜 보라고 한 거지. 의문이 들 즈음, 일기장에 엄마가 등장했다.

「우리 딸은 알아서 잘하잖아— 같은 말은 왜 하는 걸까.」

언니의 생뚱맞은 의문이 적혀 있었다. 그 말은 엄마가 저와 언니에게, 특히나 언니에게 자주 하던 말이었다.

어릴 때부터 지는 걸 싫어하던 언니는 이상한 고집 같은 게 있어서 노력하거나 애쓰는 모습을 남한테 보이는 걸 좋아하지 않았다. 그러다 보니 자연스레 잘 모르는 사람의 눈에는 딱히 노력하지 않아도 웬만큼 잘하는 사람으로 보였다.

「수현이에게 지고 싶지 않다.」

한 장 더 넘기니 수현에게도 품었던 승부욕이 보였다. 한 세대에 한 명 나올까 말까 한다는 천재와도 비등하게 견줄 수 있길 원하는 언니가 무모하면서도 언니다웠다. 그러다,

「수현이에게 어울리는 사람이 되고 싶다.」

어딘가 한풀 꺾인 문장이 마음을 아프게 했다.

「내가 싫다.」

단순하고 무력한 문장도 마찬가지였다.

「이미 1년 늦었으니 남들보다 빠르게 달려야 한다던데, 이보다 더 어떻게 달려?」

날 선 물음엔 원망이 가득 담겨 있었다. 재수를 한 언니에게 남들보다 1년 늦었다 말하는 건 주로 엄마였다. 나름 응원을 한다는 마음으로 했던 말 같은데 언니에게는 그렇게 들리지 않았겠지.

「유주 정도만 되어도 소원이 없겠다.」

여름을 넘어서자 언니의 우울과 슬픔은 더욱 심화되었다. 그냥 읽기만 해도 기운이 쭉 빠지는데 당사자였던 언니의 고통은 어땠을까. 감히 헤아릴 수도 없다.

그러다 거의 마지막 장에 다다를 무렵—

「지친다.」

고작해야 세 글자뿐인데 고통이 느껴지는 문장이었다.

「이제 더는 못 버틸 것 같다.」

칼에 찔린 것처럼 온 마음이 아팠다. 더는 못 버티고 일기장을 끌어안았다.

긴 시간을 고통 속에서 헤맨 언니를 알아차리지 못한 자신이 원망스러웠다. 아무렇지 않게 웃는다고 그 속까지 괜찮은 게 아니었을 텐데. 대학에 입학한 이후로 내내 날이 서 있던 언니를 그저 심술부리고 질투하는 것이라 치부했던 게 미안했다.

오랜 잠에 빠져 있던 지난 시간, 언니는 밝은 모습으로 제 꿈에 나왔었다. 그러고는 말했다.

'넌 언제나 나보다 괜찮은 선택을 하잖아.'

본인은 포기를 선택해 놓고 저는 더 나은 선택을 하라 등을 떠밀었던 것이다.

'이제 나 좀 그만 생각해, 멍청아.'

언니만의 방식으로.

먹먹해진 가슴을 달래느라 한참을 그렇게 훌쩍인 유주는 한쪽으로 치워 두었던 엄마의 편지를 다시 펼쳤다.

'유주야, 언니의 일기는 다 읽었니?'로 시작되는 편지는 엄마의 회한을 기록한 것이었다. 유하의 죽음에 일조했다는 죄책감을 이겨 낼 수가 없었다는 인정과 언니에게 미안해 저에게 일부러 냉혹하게 대했다는 후회. 유하가 어디가 아픈지도 모른 채 내내 밝은 딸이 예쁘다고 속없는 소리나 하던 스스로가 너무 부끄러워 미치지 않고는 견딜 수가 없었다고 했다.

그리고 이제는 저에게 부끄러워 마주할 수가 없다고 했다. 본인의 죄책감 하나 다스리지 못해 남은 딸도 잡아먹으려 했던 스스로가 지독히도 미련하여 마주할 수가 없다고.

유주는 그런 엄마에게 전화를 걸었다. 어제처럼 바로 받아 준 엄마에게 유주가 말했다.

"얼른 와, 엄마."

— 유주야.

"언니 일기도 읽고 엄마 편지도 읽었으니까 얼른 와."

엄마의 모든 걸 포용하는 건 아니었다. 머리로는 그럴 수 있지, 라고 생각해도 제가 겪은 폭력이 이해되는 건 아니니까. 그래도 엄마의 목소리로 듣고 싶었다.

미안하다는 말과 사랑한다는 말.

그리고 언니와 닮은 목소리로 해 주고 싶은 말이 있었다.

괜찮다는 말과 사랑한다는 말.

엄마의 족쇄도 이제는 풀어질 때가 되었다.

□ ◆ □

"눈이 왜 이래. 울었어?"

퇴근하고 들른 도현이 유주의 부운 눈가를 못마땅하다는 듯 쓸었다.

"오늘 엄마가 왔었거든요."

"그랬어?"

"그래서 좀 슬펐어요."

"왜. 어머니가 또 화내셨어?"

"아뇨, 제가 화냈어요."

의외의 말에 도현이 고개를 기울였다.

"네가 화를 냈다고?"

"네, 완전 많이."

고개를 끄덕인 유주가 침대에 걸터앉은 도현의 품으로 안겼다. 도현이 익숙하게 자세를 고쳐 잡고 유주의 머리를 쓰다듬었다.

"그래서 기분은?"

"뭐, 나쁘지 않아요."

"그럼 됐어."

도현이 유주의 말랑한 볼을 만지작거렸다. 뭐, 유주의 기분이 나쁘지 않았다면 화를 내었든 울음을 터트렸든 괜찮았다. 짊어진 짐이 많아 입에 재갈을 물어 스스로 말문을 틀어막은 게 지금까지의 유주였으니 이렇게라도 제 감정에 솔직해지는 게 좋았다.

"아, 오늘도 수현이 만났어요?"

유주가 안겨 있던 몸은 그대로 둔 채 고개만 빼꼼 올려 물었다. 만나지는 않으면서 유주나 수현이나 매일같이 서로의 안부를 묻는 게 유난이었다.

도현이 그렇다고 대답하자 유주가 분홍색 다이어리 하나를 건넸다.

"내일도 만나면 전해 주세요."

"이게 뭔데?"

"언니 일기장이요."

갑자기 받아 든 물건을 이리저리 살피던 도현이 표정을 굳혔다. 수현에게 들은 적은 없었지만 유주에게 들은 것이 있었다. 할 수 있는 데이트가 이 작은 병실에서 이야기를 나누는 것뿐이라 매일같이 서로에 대한 이야기를 하는 두 사람이었다.

어쨌든 유주에게 들은 바로 정유하란 사람은 수현의 유일한 약점이었다. 그린 사람의 물건을 이렇게 무방비하게 건네주어도 되는 건가. 도현이 영문을 모르겠다는 표정을 했다.

"저도 이걸 수현이한테 줘도 되는지 잘 모르겠어요."

"근데?"

"언니가 그러고 싶대요."

"뭐?"

"일기장 맨 뒤에 언니가 수현이한테 쓴 편지가 있어요. 이미 오래전에 수현이한테 갔어야 하는 물건인데 엄마가 갖고 있는 바람에 늦어진 거예요."

"……."

"전해 주세요."

□ ◆ □

"아, 난 이 냄새가 그렇게 싫더라."

수현의 작업실에 들른 도현이 인상을 찡그리며 말했다.

"젯소 냄새?"

"어, 너무 싫어."

도현은 싫다지만 유화를 그리는 수현에게 젯소는 필수적인 것이었다.

"하필 와도 왜 오늘 왔어. 방금 발라서 말리는 중인데."

"너 내가 싫어하는 줄 알고 일부러 그랬지."

"내가 무슨 애야?"

수현이 코웃음을 치며 어깨를 으쓱였다. 도현이 작업실 한편을 가득 채운 그림들을 보았다. 아직 벽에 걸지도 않았는데 반짝이는 것이 아름다운 자태를 뽐내고 있었다.

"이제 정말 곧 전시네."

약간 감동이라도 받은 것 같은 도현과 달리 수현은 무심한 얼굴을 했다.

"근데 아직 실감은 안 나."

"실감이랄 게 있나. 너 첫 전시도 아닌데."

하긴 그럴 법도 했다. 이미 뉴욕과 파리에서 대형 전시를 여러 차례 열고 그것들이 대박을 쳤으니 좁디좁은 대한민국 땅에서 여는 전시에 뭐 얼마나 감흥이 일까.

"그래도 설레는 느낌은 좀 있어."

"그래?"

"이 그림들로는 처음이잖아."

수현은 빛을 받아 반짝이는 캔버스들을 보며 말했다.

"또 한 번 유명해지겠네."

"그러게나 말이야."

수현이 너스레를 떨며 웃었다. 근래 작품 마무리를 한다고 무리를 좀 했더니 잠도 잘 못 자고 밥도 잘 못 먹었지만 컨디션이 최악은 아니었다. 제가 신경 쓰이는지 도현은 꽤 자주 전화를 하고 이렇게 틈이 생기면 직접 보러 오기도 했다. 처음에는 좀 성가셨는데 제법 힘이 된다는 걸 인정하고 있는 중이었다.

"이거나 먹어."

특히나 이렇게 제가 좋아하는 샌드위치나 핫도그 같은 간식들을 잔뜩 챙겨서 올 때면 더욱이.

"근데 너 왜 유주 보러 안 가냐."

도현이 샌드위치를 크게 한입 씹으며 물었다.

"아직도 무서워?"

부러 장난스레 물어도 침묵이 길어지자 도현은 어쩔 수 없다는 듯 한숨을 뱉었다.

"이거나 받아."

유주가 꼭 전해 주라던 정유하의 일기장이었다.

"그게 뭔데?"

묻던 수현의 표정이 일기장을 쥐자마자 흔들렸다. 일기장 오른편 아래에 또박또박 적힌 이름이—

"정유하."

수현이 한숨처럼 유하의 이름을 읊조렸다. 순식간에 굵은 눈물을 떨어트릴 것처럼 젖어 드는 눈동자를 보며 그의 유일한 약점이라 표현하던 유주의 말이 맞는다는 생각을 했다.

"그 사람이 너한테 남긴 거래."

"유하가?"

"너한테 쓴 편지가 있다더라고. 진작 줬어야 되는 건데 그동안은 어머니가 갖고 계셨나 봐."

"……."

"나 갈 테니까 편하게 봐."

안절부절못하며 몸을 가누지 못하는 제 동생이 조금 안쓰러울 지경이었다.

"필요하면 전화하고."

"……징그럽게 무슨."

일부러 퉁명스럽게 대꾸한 수현이 얼른 가라고 재촉하자 도현이 걱정스러운 마음을 뒤로하고 등을 돌렸다.

일기장을 들고 그림을 보관하는 방으로 들어간 수현이 좁은 공간에 몸을 구기고 앉았다.

한 장, 한 장 넘길 때마다 수현이 흐느꼈다. 저는 모르던 유하의 고통이 그곳에 모두 모여 있었다. 참는 게 익숙한 유주와 달리 즉흥적이고 제 감정에 솔직하던 유하는 숨기는 일 같은 거 없을 줄 알았는데 쌍둥이는 쌍둥이였는지 유주만큼이나 많은 걸 숨기고 산 모양이었다.

왜 저에게 말하지 못했을까. 왜 저에게 의지하지 못했을까. 제가 유하에게 그런 존재가 아니었던 걸까, 아니면 제가 그런 믿음을 주지 못했던 걸까.

「수현아.」

"흐……."

그러다 맨 마지막 장을 들추자 유하의 편지가 있었다. 수현아— 하고 적힌 글자에 유하 목소리가 깃든 기분이 들었다. 터지는 울음을 주체할 수가 없었다.

「네가 이걸 읽는 날이 오지 않았으면 좋겠어.」

"흐…… 흡……."

「네가 이걸 읽는다는 건 내가 네 곁에 없다는 뜻이니까.」

수현이 붉어진 눈가를 거칠게 닦아 냈다. 차오른 눈물에 유하가 쓴 글씨가 잘 보이지 않았다.

「네가 속상해할 게 뻔한데……. 네 잘못 아닌 거 알지?」

"흐읍…… 흑……."

「너한테 드러낼 용기가 없었던 내 탓이야.」

"아아—"

수현이 천장을 향해 고개를 젖혔다. 고운 뺨을 타고 흐르는 눈물이 차가운 방 안의 온도와 다르게 뜨거웠다.

「내가 널 사랑해서 행복했다는 걸 기억해 줘.」

"유하야……. 정유하……."

「내가 너의 사랑을 받아서 행복했다는 것도 기억해 줘.」

수현이 유주가 그랬듯 일기장을 끌어안고 오열했다. 저에게 말도 없이 떠났다 원망했던 시간이 미안하고, 죽을 만큼 괴로워하던 걸 알아주지 못한 것이 또 미안했다.

「그 사실만으로도 나는 너를 미워할 수 없으니 미안해하지 말고 그저 기억해 줘.」

이렇게 무너질 저를 알고 미안해하지 말라, 당부한 유하를 모른 채 저는 얼마나 많은 방황을 했던가. 그저 그립고 그저 슬퍼서 문득문득 치솟는 감정을 갈무리하지 못하고 5년을 고통 속에 살았다. 그 고통 속에 유주를 끼워 넣고 유주를 사랑한 제 형을 끼워 넣고 그렇게 다 같이 지옥을 걸었다.

「내가 없는 네가 부디 행복하기를. 또 부디 평안하기를.」

유하가 이토록 간절히 빌고 있었음을 모르고.

「널 닮은 강한 사람 만나 삶이 피로할 때 쉴 수 있기를. 세상에서 가장 강한 마음으로 빌게.」

20

구원의 미학

— 자기.

"왜—"

도현이 말꼬리를 길게 늘이며 대답했다. 꼭 자기야, 라고 하지 않고 자기, 하고 끊어 부르는 유주가 귀여웠다.

의식을 차린 이후로 2주가 넘게 입원 생활을 하니 더 이상 버틸 여력이 없는 모양이었다.

"심심해?"

— 네에.

그래도 나름 저와 일을 해 봤다고 웬만한 일이 아니고서야 전화를 잘 하지 않는 유주였다. 전화로 업무를 보는 일이 많은 저에게 방해되는 건 싫다나.

퇴사한 지 좀 되었어도 점심시간은 잊지 않고 전화해 오는 유주에 도현은 식사 미팅은 일절 잡지 않았다. 집무실에 홀로 앉아 윤 비서가 준비해 준 도시락을 먹으며 유주와 전화를 하는 게 좋았다.

— 그래도 오늘은 좀 기쁜 소식이 있었어요.

"뭔데?"

— 곧 퇴원할 수 있을 거라는 소식?

"확실한 거야?"

— 에이, 왜 이렇게 믿음이 없어요?

"저번에도 그렇게 말했는데 어깨 근육 때문에 취소됐잖아."

도현이 젓가락으로 연어구이를 발라내며 말했다. 핸드폰 너머 퉁퉁거리는 소리가 들렸다.

— 이번에는 진짜 확실해요. 물리 치료 선생님도 똑같이 얘기했단 말이야.

"기대하고 있어야겠네."

— 응, 엄청 기대하고 있어야 돼요.

즐거운 웃음소리가 났다. 기분이 좋을 때면 꺄르르, 하고 웃는 유주는 꼭 만화에서나 나올 법한 소리를 냈다.

— 하고 싶은 거 리스트로 정리해 놨어요.

"말해 봐. 듣고 싶어."

— 그래요?

"미리 알아야 나도 준비를 하지."

— 아, 그러네요.

유주의 목소리가 사뭇 진지하게 바뀌었다.

— 일단.

"응, 일단."

— 어부바가 하고 싶어요.

"어부바?"

— 응. 아까 복도에서 어떤 커플이 그러고 다니더라고요.

"부러웠어?"

— 아뇨, 완전 꼴불견이었어요.

"근데 그걸 우리가 하자고?"

도무지 사고의 흐름이 이해가 되지 않는 도현이었다.

— 원래 커플이란 꼴불견 같은 짓 한 번씩은 해 줘야 하는 거래요.

"누가 그래?"

— 그게 누구냐면……. 어, 잠시만요!

우당탕, 뭔가 급하게 움직이는 소리가 들리더니 익숙한 목소리가 함께 들려왔다.

— 수현이 왔어요!

잔뜩 흥분한 목소리로 외친 후 수현과 얘기를 하는 건지 저에게는 신경도 쓰지 않는 유주였다.

"정유주?"

불러도 몇 초 지나서야 '네, 네?' 어설프게 대답하는 걸 듣고 그냥 웃어 버렸다. 싫은 짓을 해도 싫지가 않아서 요즘 들어 자꾸 웃음이 헤프다.

"잘 놀다가 수현이 가면 전화해."

— 아, 그래도 돼요?

"이미 그러고 있었으면서."

— 설마 서운해하는 거 아니죠?

"안 서운해. 오랜만에 만났으니 싸우지 말고."

제 말이 다 끝나기도 전에 뚝 끊겨 버리는 전화에도 딱히 서운하지 않았다. 오히려 기분이 좋았다.

□ ◆ □

"형이랑 통화하고 있었어?"

회색 터틀넥 스웨터를 입은 수현이 자몽타르트가 담긴 상자를 건네며 말했다. 제법 아무렇지 않은 척했지만 유주를 똑바로 쳐다보기 어려웠다. 눈을 가늘게 뜨고 노려보는 눈초리가 매섭다.

"자몽타르트 맞지 않나……? 유하는 레몬타르트, 너는 자몽타르트."

아무것도 모른다는 얼굴로 묻는 수현에 유주가 도끼눈을 풀고 못 이기는 척 상자를 받았다.

"내가 너 엄청 찾은 거 알지?"

"알지."

"근데 이렇게 늦게 와?"

"미안."

수현이 처진 눈을 휘며 웃었다. 웃는 와중에도 눈을 맞추기는 어려운지 눈동자가 이리저리 배회했다. 유주가 그런 수현의 뺨을 감싸 시선을 맞췄다.

"늦어 놓고 눈까지 피할 거야?"

"그게 아니라—"

"또 피한다, 또."

"미안해서 그런 거 알잖아."

수현이 후, 길게 호흡을 뱉었다. 그러자 유주의 표정이 어두워졌다.

"너 설마 내가 너 때문에 사고 났다고 생각하는 거 아니지?"

"왜 아니야. 맞는데."

"어휴, 소설 쓴다. 진짜."

유주가 고개를 절레절레 흔들었다. 처음 며칠이야 놀란 마음에 오지 않을 수 있다고 생각했지만 이렇게 오랜 시일이 지나도록 오지 않는 수현을 생각하며 유주는 온갖 걱정을 다 했었다. 혹시나 마음 여린 그가 죄책감 같은 걸 갖고 있는 걸까 봐. 아니나 다를까, 제 탓이라 생각하는 수현을 보며 유주가 느리게 눈을 감았다 떴다.

"우리 이 정도면 액땜 굿이라도 해야 하는 거 아냐?"

한바탕 잔소리가 쏟아질 거라 생각한 수현은 난데없는 액땜 굿 소리가 나오자 호기심에 눈을 깜빡였다.

"굿?"

"아니, 그렇잖아. 너도 나도 전부 병원 신세. 넌 손가락 부러지고, 난 뭐, 이렇고."

어디를 다쳤는지 일일이 열거하면 수현이 또 땅굴을 팔까 싶어 유주가 적당히 말을 멈췄다.

"한 번씩 다쳤으니까 이미 액땜 다 됐겠네."

수현이 웃었다.

"그런가."

중얼거린 유주를 수현이 응시했다. 저 작은 몸으로 그 많은 일을 겪어 왔음에도 망가지지 않고 버틴 것이 기특했다.

뒤늦게 깨달은 사실이지만 유주는 제가 아는 사람 중 가장 강했다. 유하가 스러지고 그에 맞춰 어머니가 정신을 놓고 또 아버지가 떠나는 와중에도 유주는 홀로 자리를 지켰다. 스스로가 강인하다 여겼던 저조차도 목숨을 끊고자 했던 적이 있을 만큼 무너지고 망가졌을 때 유주는 제 손을 잡고 있는 힘껏 끌어 올렸다. 그런 제가 다시 몰아치는 감정을 못 이겨 광기에 스스로를 내어놓았을 때도 유주는 저를 붙들고 정신 좀 차리라 외치고 있었다. 그 무엇도 포기하지 않고.

풀꽃처럼 여린 듯 보이는 유주는 비바람 속에서 무너지는 수많은 것들 중 꺾이지 않는 유일한 생명이었다.

"유주야."

수현이 유주의 머리꼭지 위로 손을 올렸다. 부드럽게 쓰다듬어 머리카락을 정리해 주니 유주가 간지럽다며 불평을 했다.

"고마워."

"뭐가."

"미안해."

"야—"

유주가 발끈하며 미간을 찌푸렸다.

"이번 일로 미안하다 말하는 거 아니니까 인상 좀 펴. 그리고 사과 하나 받는 게 뭐 어려운 일이라고 자꾸 하지 말래."

"네가 청승 떠는 꼴 보기 싫어서 그러지."

"내가 널 좀 괴롭혔어야지."

"……."

"이 정도 청승은 떨게 해 줘."

수현이 천진하게 웃었다.

"유하 일기장 잘 받았어."

"다 읽었어?"

유주가 수현의 안색을 살피며 물었다. 수현의 유일한 약점인 언니의 일기가 그에게 타격을 줄지, 힘을 줄지는 유주도 확신이 없었다.

유주의 조심스러운 질문에 수현이 고개를 끄덕였다. 입가에는 미소가 걸려 있었다.

"오랜만에 유하랑 얘기하는 기분이라 좋았어."

"다행이다."

"……."

"진짜 다행이야."

서로를 마주 보며 마음이 편안하기는 실로 오랜만이었다.

"아, 곧 전시 시작인 거 알지?"

수현이 준비해 온 브로슈어를 건넸다.

"와, 난 이거 내가 만들 줄 알았는데."

"아쉬우면 다시 하면 되는 거지 뭐가 문제야. 명색이 대표가 애인인데 재입사 정도는 거뜬히 시켜 주지 않겠어?"

"누구 놀리냐?"

유주가 억울하다는 듯 목소리를 높이자 수현이 눈을 접어 가며 웃었다.

"아무튼 전시 보러 올 거지?"

"당연히 가야지."

"그럼 그 브로슈어는 전시장 도착해서 펼쳐 봐. 마지막 쇼룸 기억하지?"

"왜? 이거 그림이랑 같이 봐야 더 좋은 거야?"

수현이 말해 줄 생각 없다는 듯 어깨를 으쓱였다.

딱히 절절한 고해와 숭고한 용서의 과정이 없어도 절로 풀어져 버리는 유주와 저의 현실이 문득 감사했다.

비극이 무지의 실책으로부터 생겨난다고 했던가. 비극 속에서 이루어지는 구원은 언제나 무지를 인지하는 것에서부터 시작하는 법이었다.

그러니까 스스로가 죄인인 줄로만 알고 살던 유주의 무지와 모두에게 버림받았다 생각하던 저의 무지는 그것이 사실이 아니라는 걸 깨달은 순간, 구원을 데려왔다.

□ ◆ □

유주가 오랜만에 미술관을 찾았다. 퇴원을 하고 나흘이 지난 지금은 수현의 전시가 오픈되는 날이었다.

미술관이 사람들로 바글거렸다. 도착했다는 제 문자에 냉큼 내려온 도현이 옆에 바짝 붙어 섰다. 부축 같은 건 필요 없다고 그렇게 말했는데 역시나 허리를 붙든 팔에 비장한 책임감이 느껴졌다.

"이러다 직원분들 만나면 어떡해요?"

"왜, 그럼 안 돼?"

"뭐…… 안 될 건 없죠."

이미 미술관을 그만둔 와중에 직원들의 평판을 걱정하는 건 괜한 짓이었다.

전시 공간 특성상 입장객의 수를 제한하느라 유주와 도현은 한참을 기다리고 나서야 들어갈 수 있었다.

새하얀 벽 위로 새하얀 그림이 걸려 있었다. 천장과 상부 벽면에 설치된 높은 유리창이 태양빛을 전달해 그것들을 빛나게 했다. 해가 높이 뜬 낮 시간이라 그런지 유독 찬란했다.

마음으로 내려앉는 찬란한 슬픔을 아로새기며 걷던 유주가 드디어 마지막 쇼룸 앞에 도착했다. 수현이 전시 처음부터 특별히 지정하고 기획했던 마지막 그림이 있는 곳이었다. 지금까지 본 것들도 전부 마음에 들었지만 어쩐지 이 안에 있는 것이 너무 궁금해 심장이 뛰었다.

마지막 작업 현황은 병원에 있느라 밑그림조차 보지 못했다. 자신도 주변 관객들과 마찬가지로 처음 보는 그림이었다.

"혼자 들어가."

제 곁을 보디가드처럼 지키던 도현이 불쑥 말했다.

"저 혼자 들어가라고요?"

어쩐지 미심쩍은 미소를 지은 도현을 보며 되묻자 그가 고개를 끄덕였다.

"최수현이 특별히 부탁한 거야."

"수현이가 저 혼자 보래요?"

"난 여기서 기다릴게."

확실한 답을 하지 않은 도현이 브로슈어를 가리켰다.

"그거 열어 보는 거 잊지 말고."

□ ◆ □

새하얀 벽과 바닥, 눈부신 빛으로 가득했던 다른 쇼룸들과 달리 원기둥 형태의 마지막 쇼룸은 까맣고 어두웠다. 원래는 이곳도 하얗게 페인팅 작업을 부탁했던 것 같은데. 유주가 고개를 갸우뚱, 기울이며 기억을 되짚었다.

앞이 잘 보이지 않았다. 안 그래도 어두운 곳에 검은색 막이 불규칙적으로 걸려 있어 시야를 방해했다. 그리 크지 않은 공간이었는데도 불구하고 아무것도 보이지 않는 눈앞이 답답해 빨리 나가고 싶은 기분이 들었다. 숨이 막히는 기분. 나가는 방향을 찾으려 고개를 이리저리 돌리는 와중에 새빨간 무엇이 어렴풋이 존재감을 드러냈다.

그것은 길라잡이처럼 시선을 끌었다. 작은 빛이라도 보고 싶던 본능이 절로 다리를 움직이게 했다. 잘 보이지 않아 생기는 두려움에 자꾸만 망설여지는 걸음을 유일하게 이끄는 느낌.

이유 모를 긴장감이 들었다.

이윽고 그것에 가까워졌을 때, 유주는 새빨간 무엇이 수현의 마지막 그림이라는 걸 깨달았다.

"……."

이글이글 타오를 것 같은 강렬함이 전신을 휘감았다. 피 같기도 하고 태양

같기도 한 그 정열의 한 폭.

빨간색은 수현이 잘 사용하지 않는 색 중 하나였다. 어렸을 때야 이런저런 시도를 많이 하던 때라 짙은 원색이나 어두운색도 종종 시도했지만 10대 후반으로 접어들면서 수현은 거의 미색에서 벗어나지 않는 팔레트를 사용했다.

그러다 보니 하얀 벽도 아니고, 그렇다고 하얀 그림도 아닌 검은 공간 속 새빨간 그림은 충격적이었다. 찬란한 슬픔이라 일컬어지는 수현의 그림과는 맥락을 달리하고 있었다. 지극히 환상적이고 꿈결 같던 찬란한 슬픔이 비현실적이라면 이 그림, 이 새빨간 그림은 그 어떤 것보다 현실에 있었다.

수현과 도현이 마지막 쇼룸에서 펼치라 말했던 브로슈어를 꺼냈다. 공간 속 조명이 그리 밝지 않아 그림을 밝히고 있는 핀 아래로 바짝 붙었다.

나의 피,
나의 태양,
나의 지옥이자 나의 구원.

□ ◆ □

쇼룸에서 나오자 기다리고 있겠다던 도현과 모자를 눌러쓴 수현이 있었다. 반가움에 크게 부르려다 주변에 관객이 있음을 깨닫고 그냥 손만 흔들었다. 자랑스러운 저의 예술가가 제 앞에 있었다.

수현은 늦은 저녁 시간에 미술관에서 마련한 '작가와의 대화' 순서를 기다리고 있다고 했다. 관객들의 질문과 감상을 들으며 작가가 직접 소통하는 프로그램이었다.

"아, 그래서 왔구나."

"뭐 네 감상도 들을 겸, 겸사겸사."

도현은 눈치껏 사무실에서 기다리고 있겠다고 했다.

"전시는 마음에 들어?"

"안 들을 리가 있어?"

유주가 눈을 반짝반짝 빛냈다. 유주는 자신이 이번 전시를 보고 얼마나 깊은 감동을 받았는지 온갖 어휘를 사용해 표현하려 애썼다. 사람 마음이라는 게 아무리 열심히 표현해도 와닿기 힘든 것이지만 오늘 제 기분만큼은 수현이 알아주길 바랐다.

"마지막 쇼룸에선 거의 기절할 뻔했어."

캄캄한 어둠 속에서 유일한 빛이나 마찬가지였던 새빨간 불꽃을 유주는 여전히 눈앞에 둔 듯 황홀한 표정을 지었다. 그림과 함께 마주하고 있는 순간에는 발끝에서 머리끝까지 짜릿한 전율이 일 정도였는데 이걸 어떻게 설명한담. 유주가 답답해했다.

"네가 좋아해서 다행이다."

수현은 그런 유주를 내려다보며 희미하게 웃었다.

"널 위해 그린 그림이었거든."

"나?"

"응."

그 말에 유주가 보로슈어를 다시 한번 꺼내 펼쳤다.

나의 피,

나의 태양,

나의 지옥이자 나의 구원.

다시 읽어도 소름이 끼치는 말은 언뜻 블라디미르 나보코프의 '롤리타'를 떠오르게 하기도 하는 구절이었다. 주인공 험버트가 나이 어린 롤리타에게 보내는 헌정과 같은 찬사이자 비난.

유주는 그런 그림이 어째서 자신을 위한 것인지 이해할 수가 없었다.

"난 잘 모르겠는데."

"왜?"

"내가 너의 지옥이자 구원이야?"

이왕이면 구원만 하고 싶은데, 하고 유주가 덧붙였다. 수현은 그런 유주를 바라보다 덥석 품에 안았다. 놀란 듯 몸을 굳힌 유주가 야— 하고 핀잔을 주는데도 수현은 팔을 풀지 않았다.

"넌 내 지옥이지."

사랑하는 사람과 같은 얼굴을 하고 있지만 사랑하는 이는 절대로 아니니까.

수현이 손에 닿는 마른 등을 조금 토닥여 보았다.

"그래도 넌 내 구원이야."

"내가?"

"넌 이미 날 구원했어."

수현은 조용히 속삭였다. 물기가 묻은 목소리에 유주가 수현의 얼굴을 확인하려 밀어 냈지만 수현은 아랑곳하지 않고 말을 이었다.

"나를 포기하기 않아 줘서 고마워."

따뜻하게, 그리고 진심으로 전하는 그 말에 짐짓 심각한 표정을 짓고 있던 유주가 미소를 지었다. 그러고는 수현이 그러하듯 저도 그의 등에 손을 올리고 토닥토닥, 그동안 고생 많았다는 뜻을 담아 위로했다.

"나를, 친구라는 이름으로 버텨 줘서 고마워."

"응."

"앞으로도 그래 줄 거지?"

"당연하지."

망설임 없이 나오는 대답에 수현은 그만 행복해졌다.

역시. 저의 피, 저의 태양, 저의 지옥이자 저의 구원. 정유주는 최수현에게 친구라는 이름 아래 그런 존재가 되었다.

□ ◆ □

"계속 그런 표정 짓고 있을 거예요?"

유주가 미술관 뒤 작은 정원에서 도현과 실랑이를 벌였다. 마음을 나누고 확인하고 또 그걸 표현하기에도 바쁜 두 사람이었던 터라 이런 식의 대화는 처음이었다.

"너는 내가 왜 기분이 나쁜지도 이해 못 하잖아."

도현이 하— 깊은숨을 뱉으며 말했다. 유주가 그 모습에 덩달아 한숨을 쏟았다. 교통사고 이후 정말이지 겁이 없어진 유주는 이제는 도현이 눈매를 굳히든 목소리를 낮추든 별 타격을 받지 않았다.

"미안하다고 했잖아요."

그러니까 상황은 이랬다. 유주를 위해 쇼룸의 디자인까지 바꾼 수현을 생각해 적당히 자리를 비켜 주었던 도현이 수현과 유주의 포옹에 눈이 반쯤 뒤집힌 것이다. 수현이 아무 짓도 하지 않았다는 모션으로 양손을 들고 '그냥 안아 본 거야, 마지막으로.' 하며 둘러댔지만 도현은 '웃기시네.' 하고 응수했다.

조금 과민한 반응이라 생각하기는 했지만 당연히 기분이 좋았을 리 없기에 유주는 내내 도현의 눈치를 보았다. 덩달아 가시방석에 앉은 꼴을 한 수현은 '작가와의 대화'를 준비해야 한다며 꽁무니를 뺐다.

결국 혼자서 도현의 화를 받아 내느라 바쁘던 유주가 결국 지쳐 버린 타이밍이 지금이었다.

"미안하면 다야?"

어디서 많이 들어 본 것 같은 패턴의 말싸움을 자신과 도현이 하고 있다는 게 믿어지지 않는 유주였다.

유주가 다시 한번 숨을 고르고 차분하게 설명했다.

"나랑 수현이가 아무 관계 아닌 거 알잖아요. 아무 사이 아니니까 그렇게 대놓고 껴안지. 설마 나랑 수현이가 뒤에서 그렇고 그런 사이일 거라 의심해서 이렇게 화내는 거 아니잖아요. 안 그래요?"

도현이 그런 유주를 빤히 쳐다보았다.

"아는 거랑 느끼는 건 다른데 어떡해."

"그게 무슨 말이에요."

"네가 수현이를 친구로서 아끼는 건 괜찮아. 최수현이 널 위해 하나뿐인 그림을 그리는 것도 괜찮아. 그런데 끌어안는 건 안 돼."

"그러니까 그게—"

"생각난단 말이야."

도현이 조용히 말했다. 언제나 붉게 물든 눈가가 이번에는 정말이지 울어서 붉어진 것처럼 촉촉해졌다.

"너랑, 최수현이, 그날, 하……."

화가 나는 건가, 괴로운 건가. 말 사이사이를 끊어 가며 인상을 찌푸리던 도현은 말을 다 마치지 못하고 더운 숨을 쏟았다.

유주는 그제야 도현이 무엇 때문에 이렇게 반응하고 있는지 깨달았다.

"미안해요."

다급히 표정을 풀어낸 유주가 말 없는 도현의 뺨을 어루만지며 그와 눈을 맞췄다.

"내가 잘못했어요. 자기가 그런 생각 하는 줄 몰랐어요."

"너무해."

"미안해요. 진짜로, 진짜 미안해요."

도현이 그런 유주의 허리를 당겨 안았다. 작은 어깨에 얼굴을 묻고 유주가 저의 곁에 있음을 느꼈다.

도현도 제가 그 순간에 또다시 과거의 장면을 떠올릴 줄은 꿈에도 몰랐다. 여러 사건을 겪으면서 수현과 유주는 더 이상 기묘한 분위기 같은 걸 자아내는 사이가 아니게 되었지만 그럼에도 밀착한 두 사람의 모습은 그때의 기억을 되살리기에 충분했다.

"너는 너무 빨리 잊어."

도현이 책망하듯 말했다. 제 연인의 순진함은 가끔, 오늘같이 이렇게 무심히 상처를 줄 때가 있었다. 늘 악의는 없었고 지금처럼 사과도 빨랐다.

어떻게 그걸 잊지. 어떻게 그런 모습을 보고도 제가 아무렇지 않을 거라 생각하지.

화가 나면서도 동시에 어이가 없을 정도로 신기한 상황에 도현은 굳은 표정을 풀지 못했다.

“나쁜 건 다 잊으라고 했잖아요.”

자기가 그랬으면서, 하고 덧붙이는 유주가 더없이 사랑스러워 오래 유지하지도 못했지만.

실제로 과거의 많은 미련을 버리기 시작하면서 하염없이 밝아진 유주가 보기 좋은 건 인정할 수밖에 없는 사실이었다. 원래 성격은 달랐는지 예전엔 오래 마주하지도 못하던 눈을 곧잘 맞추는 게 예뻤다. 그때마다 이렇게―

“사랑해요.”

여우 같은 짓을 하는 게 좋아서.

“아, 진짜…….”

도현이 한 손으로 제 두 눈을 가리며 중얼거렸다. 드러난 입술이 매끄럽게 올라간 게 보였다.

“네가 너무 좋아서 어떡하지.”

저를 만나 꽃이 핀 것처럼 화사해지는 유주가 아까워 밖에 내놓기가 싫을 만큼 도현은 좋았다.

“어쩌자고 이렇게 좋지.”

“뭐, 꽉 잡혀 살아야죠. 별수 있나.”

유주가 애교 있는 목소리로 속삭였다. 언제 화가 났었는지, 마음이 물에 빠진 설탕처럼 하염없이 녹아내렸다.

“어, 유주 씨……?”

유주가 저를 부르는 소리에 도현에게서 화들짝, 몸을 떨어트렸다. 홍 팀장이었다. 옆에는 양손에 아메리카노를 든 송 대리도 있었다.

“아……. 오, 오랜만이에요. 팀장님, 대리님.”

유주가 어색하게 웃으며 인사를 건네도 놀란 얼굴의 두 사람은 우스꽝스러운 몸짓과 표정을 했다. 도현과 수현이 전시장 안에서 싸운 이후로 미술관 안에 조금 막장 드라마 같은 소문이 돈 탓이었다. 유주의 성정을 가까이서 지켜본 홍 팀장은 그런 거 아니라며 두둔했지만 가십거리 좋아하는 사람들보다 입심이 좋진 않았다.

"네, 뭐, 저희 사귑니다."

그 상황에 도현이 폭탄 발언을 했다. 아무도 묻지 않았는데 저 혼자 대답하고는 귀 끝을 빨갛게 물들이고 헛기침을 했다.

대체 무슨 짓이냐는 속내를 동공에 가득 담아 쳐다보았더니 보란 듯이 어깨를 감싸기까지 했다.

"잘 어울리죠?"

대표가 묻는데 별수 있나. 홍 팀장과 송 대리는 예의 그 사회적인 미소를 만면에 가득 띠우고,

"아아, 그렇구나."

말을 늘였다.

하하하, 어색하게 따라붙는 웃음소리가 못 견디게 어색했다.

"아까 전시장에 작가님도 와 계시던데. 유주 씨, 인사라도……. 아, 이런 말 하면 안 되나……?"

송 대리가 어색해진 분위기를 바꾸려 말을 던졌지만, 상황만 더 꼬아 놓았다. 사실 아무렇지 않은 질문이기는 했는데 당사자를 제외한 홍 팀장과 송 대리만 사색이 되어 유주와 도현의 눈치를 살폈다.

유주는 두 사람이 대체 왜 저러는 건가, 싶었는데 그들과 저의 마지막을 떠올리니 제법 이해가 되었다.

한 여자를 사랑하는 두 남자의 이야기. 뭐 그런 장르를 생각하시는 것 같은데…….

"갠 제 동생입니다."

또 도현이 끼어들었다.

"미쳤어요?"

이번엔 유주도 소리를 죽이지 못하고 물었다.

불필요한 주목을 받는 게 싫어 어릴 때도 화가인 엄마의 이름을 절대 말하지 않았다던 최수현과 방금 전까지만 해도 그런 동생에게 질투를 하던 최도현. 그런 둘이 형제라고 도현은 기꺼이 말해 주었다.

"아……. 대표님, 뭐라고 하셨어요? 제가 잘못 들은 것 같아서……."

눈을 가늘게 뜨고 황당한 표정을 지은 홍 팀장이 물었다. 이제라도 말이 헛나갔다, 변명을 하면 참 좋으련만.

"최수현이 제 동생이라고요. 친동생. 최도현, 최수현. 이름만 들어도 느껴지지 않아요?"

느껴지긴 뭘 느껴진다는 건지. 유주는 감당 안 되는 상황에 두 눈을 가렸다.

도현은 아무래도 좋았다. 미술관에서 돌고 있는 지저분한 추문을 생각하면 차라리 추문보다 더 자극적인 진실을 말하는 게 나으니까. 게다가 저와 수현 사이에 끼어 하고 싶은 일을 못 하게 된 유주도 언젠가는 복직을 할 텐데 그 전에 상황을 좀 정리하는 게 좋았다.

하지만 그건 어디까지나 도현의 생각일 뿐.

"그러니까 친형제가 한 여자를 두고 싸운단 소리인 거지?"

자극적인 진실은 더 자극적인 가십이 되기도 했다.

아— 유주가 아파 오는 관자놀이를 짚었다.

□ ◆ □

"아니, 그걸 거기서 그렇게 얘기하면 어떡해요?"

"그럼 뭐 끌어안고 있는 거 다 봤는데 거기서 우리 아무 사이도 아니다 하는 게 더 이상하지 않아?"

"아, 뭐 그건 그렇지만 수현이 얘기는 또 뭐예요."

도현이 별일 아니라는 듯 어깨를 으쓱였다.

"내 동생을 내 동생이라 하고 내 여자를 내 여자라고 하겠다는데 누가 뭐라 그래."

현관문 닫히는 걸 확인한 도현이 무어라 말하려 달싹이는 유주의 입술을 삼켜 물었다. 갑작스러운 입맞춤에 버둥거리는 몸을 단단히 붙잡고 도현이 걸음을 옮겼다.

밀어 내던 손이 어느덧 목을 끌어안을 즈음에는 이미 침실이었고 침대 위였다.

"오늘 투정이 많네."

가는 발목을 쥐고 쭉 끌어 내린 도현이 치마 아래로 손을 넣어 스타킹과 속옷을 벗겨 내렸다.

"아니, 잠깐만— 잠깐만요. 왜 이렇게 급해요."

"원래는 안 급했나."

능청스럽게 얼굴을 기울인 도현이 유주의 블라우스 단추를 빠르게 풀었다. 가려져 있던 속살이 훌렁, 하고 펼쳐지는 순간은 도현이 유주와 몸을 맞댈 때 가장 좋아하는 순간이었다.

"보여 줘, 유주야."

도현이 나른하게 깔린 목소리로 말했다. 다 벗다시피 한 몸으로 누워 못 견디게 흥분된다는 듯 구는 도현의 눈빛을 받아 내는 건 쉽지 않은 일이었다.

"예쁘다."

도현이 끓는 눈을 가라앉히지 못하고 제 아래에 누운 몸을 오래도록 응시했다.

시선만으로도 잡아먹을 것처럼 구는 도현을 감당할 재간이 없어 유주는 늘 팔로 제 눈을 가리곤 했지만 소용없는 짓이었다.

"눈 가리지 말라고 했잖아."

다정한 말투로 냉정히 팔을 치우는 도현은 침대 위에서 숨기는 걸 용납하지 않았다. 그게 몸이든 마음이든.

도현이 유주의 몸을 이토록 끈질기게 살피는 데에는 단순히 어떤 욕구를 채우기 위해서가 아닌 유주가 다치지 않았는지를 확인하고자 하는 이유도 있었다. 스치기만 해도 멍울이 잡히고 브래지어 모양에 따라 붉은 선이 생기기도 하는 예민한 피부는 금방이라도 깨질 것 같은 유리 같아서 거친 마음을 안달나게 했다.

처음에는 유주 몸에 난 학대의 흔적이 나아지는 걸 눈으로 보고 싶어 시작한 일이었다. 검푸른 그것들을 보기만 해도 피가 끓어서. 시간이 얼추 지나고 자국도 흐릿해져 본연의 새하얀 살결이 드러날 무렵, 도현은 그저 바라보는 것만으로도 흥분할 수 있다는 걸 깨달았다.

하얗고 작은 몸. 약간 마른 듯 가녀린 허리선을 따라 손가락을 움직인 도현이 브래지어를 풀어낸다.

"넌 다른 사람들에게 우리 사이를 말하는 게 싫어?"

"아니, 그게 아니라……."

"난 좋던데."

턱선을 따라 목을 간질였다가 도드라지게 뻗은 쇄골을 스치듯 훑었다. 튕겨지듯 올라온 상체를 누르며 가슴을 살짝 움켜쥐었다.

"흐으……."

하얀 몸이 열감으로 천천히 붉은빛을 띠었다.

"빨리이……."

도현이 그럴 줄 알았다는 듯 짓궂은 미소를 지었다. 강하게 몰아칠 때의 죽겠다는 얼굴도 보기 좋긴 했지만 느리고 가볍게 스칠 때 보여 주는 조급한 몸짓도 좋아 죽을 것 같았다. 오늘처럼 말로 보챌 때도 있고 가끔은 손을 잡아끌거나 다리로 허리를 감아 당기기도 하는 걸 보고 있자면 세상을 가진 기분이 들었다.

"보채지 마."

예뻐 죽겠다는 마음과 달리 조금 엄하게 목소리를 냈다. 어차피 오늘은 저도 마음이 급해 오래 시간을 끌 생각도 없었다. 병원에서 나와 오랜만에 햇빛 아래에 선 유주가 너무 예뻤거든.

도현이 상체를 맞대고 벌어진 입술 사이로 혀를 집어넣었다. 젖은 살덩이가 뒤섞여 질척이는 소리를 낸다. 잠깐 떨어진 사이로 유주가 색색 숨을 뱉었다.

"자기……."

"응, 유주야."

"이제 그만……."

더 버티기 힘들다는 듯 칭얼거린 유주가 도현의 목을 끌어안은 동시에 그가 바둥거리는 허벅지 안쪽을 꽉 쥐었다. 아직 무언가를 하지도 않았는데 땀에 젖은 살갗은 도현의 기분을 좋게 했다.

반쯤 감겨서 속눈썹에 가려진 젖은 눈동자도 그렇고 벌써부터 떨고 있는 팔다리도 그렇고. 매번 조용히 삭이느라 애를 먹는 소유욕과 정복욕이 고개를 드는 순간이었다. 평소에는 어디 하나 다칠까 무서워 손가락 사이를 얽는 것도 조심스러운데 왜 침대 위만 올라오면 이렇게 마음대로 하고 싶은지. 저조차도 이해할 수 없는 심술이었다.

도현이 쥐고 있던 허벅지를 제 쪽으로 바짝 당겨 골반을 휘어잡았다.

"흐읏……!"

안으로 파고드는 만큼 속절없이 꺾여 버리는 고개가 아쉽다. 얼굴 보고 싶은데.

"유주야, 나 봐야지."

다정한 목소리와 다르게 조금은 강압적인 손길이 유주의 턱을 쥐었다. 감겨 있던 눈이 어설프게 떠지는 걸 보며 순해지기는커녕 점점 더 거칠어지는 허리짓. 시작부터 빠른 움직임에 헐떡이는 숨을 다 정리하지 못한 유주가 끙끙댔다.

"으응, 읏!"

"사귄다는 말로, 끝나서, 다행이지."

"읏, 흐읏, 아……!"

"마음 같아선, 그 그림부터, 불태우고 싶은데—"

"하, 그게, 무슨……!"

유주가 숨넘어가는 소리를 뱉으며 나무랐다.

"그림을, 흐으, 질투하면, 어떡해요."

"내 말이."

도현이 한탄처럼 답하며 허리에 둘러진 다리를 세우고 모아 한쪽 어깨 위로 올렸다. 잔뜩 예민해져서 작은 자극에도 앓는 소리를 내는 유주가 고개를 도리도리 저었다.

"이거 싫……, 하앗!"

허벅지를 끌어안고 쳐올리는 도현에 유주가 비명 같은 신음을 내지른다.

"진짜 싫어?"

묻는 와중에도 멈추지 않고 계속해서 밀어붙이는 탓에 유주가 침대 헤드 쪽으로 밀려 올라갔다. 베개를 꼭 쥐고 밭은 숨을 뱉는 유주를 어렵지 않게 끌어당긴 도현이 떨리는 허벅지를 달래듯 쓰다듬었다.

"묻잖아. 정말 싫어?"

"흣, 아, 아니, 아아……!"

"응?"

"아니, 좋은데, 흐읏!"

"응, 좋은데?"

"너무, 하아, 너무……!"

겨우겨우 말을 이을 만하면 더 강하게 쳐올리는 도현에 유주는 결국 으으, 앓는 소리를 내며 입술을 깨물었다. 도현이 귀엽다는 듯 다정한 손길로 발개진 얼굴을 쓰다듬었다.

"너무 좋다는 뜻이지?"

"너무, 흣, 사랑한다는 뜻이에요."

"응?"

난데없는 고백이 좋아 부러 짓궂게 되묻자 유주가 별 위협도 되지 않는 주먹으로 도현의 어깨를 때렸다.

"다, 하아, 들었으면서. 하……."

"또, 듣고 싶어서, 그러지."

쾌락에 젖어 눈꼬리에 눈물까지 달고 사랑한다 고백하는 유주가 사랑스러워 귓바퀴를 물었다. 높아지는 신음을 들으며 제 어깨를 쥐고 있던 손마저 끌어내렸다. 가는 손목을 한 손에 잡아 머리 위로 올리자 조금 겁먹은 얼굴의 유주가 보인다. 오랜만에 보는 얼굴. 요즘엔 제가 무얼 해도 무서워하질 않아서.

그 변화가 좋았다. 유주는 저를 무서워할 필요가 전혀 없으니까. 그냥 아주 가끔 침대 위에서만 욕심을 부리고 싶어지는 것뿐이다.

"가만히—"

도현이 포개고 있던 몸을 일으켜 유주를 내려다보았다. 손목이 잡혀 가려지는 곳 하나 없이 드러난 몸이 전부 제 것이라는 게 좋았다.

몸의 움직임이 점점 더 거칠어졌다.

□ ◆ □

도현의 집에서 한 달 이상을 꼼짝하지 않고 쉰 유주는 바로 복직 준비를 했다. 도현은 조금 더 쉬었다가 해도 되지 않느냐며 만류했지만 유주의 고집이 상당했다.

"일이라도 해야지 안 되겠어요."

"그게 무슨 말이야?"

"하루 종일 자기랑 놀고먹는 것밖에 안 하잖아요. 이러다 이런 생활에 익숙해지면 인생 망해요. 안 돼, 안 돼."

유주가 고개를 절레절레 흔들었다.

"익숙해지면 왜 안 돼. 좋으면 그렇게 해도 돼."

도현은 이해가 되지 않았다.

"별로 안 좋아요."

"나랑 노는 게 별로 안 좋아?"

도현이 장난스레 대꾸해도 유주는 진지한 얼굴이었다.

"일하고 싶어요. 좋아하는 일이었단 말이야."

"그게 꼭 우리 미술관일 필요는 없잖아."

도현은 유주의 복직이 싫은 것보다 리연으로의 복직이라는 게 조금 마음에 걸렸다. 저야 뭐 대표니까 이런저런 소리 들을 위치가 아니지만 유주는 오지랖 넓은 사람들의 주요 타깃이 될 터였다.

"다른 미술관에 추천서 써 준다니까?"

"제가 뭘 얼마나 일했다고 추천서예요. 그런 거 완전 권력 남용이라고요."

유주가 심각한 척 미간을 찡그리는 게 웃겼다.

"네가 리연에 복직하는 것도 권력 남용이야."

“그 정도 권력 남용은 좀 쓸 수도 있죠. 제가 애초에 사표 쓴 게 누구 때문인데.”

“누구 때문인데?”

“자기랑―”

딩동―

유주가 벨이 울리는 인터폰 화면을 확인했다.

“저 밖에 있는 최수현이요.”

□ ◆ □

수현이 도현의 집을 찾은 건 그가 미국으로 돌아가기 전 식사라도 한 끼 같이하자는 유주의 제안 때문이었다.

당연히 밖에서 외식을 할 줄 알았던 수현은 당연하게 집으로 오라는 도현의 말에 호기심이 일었다. 도현의 집을 처음 방문하는 건 아니지만 어릴 적 이후로 내내 사이가 안 좋았던 탓에 자주 들르지 못했다. 그러고 보니 저와 제 형이 왜 그렇게 앙숙같이 굴었는지 기억이 잘 나지 않았다.

“아악―! 미친 최도현!”

물론 그 생각은 도현의 집에 발을 들이는 순간 깨져 버렸지만.

거실로 향하는 벽에 걸린 제 그림을 보고 수현은 아연실색을 했다. 제가 제일 싫어하는 그림이었다. 어떤 경로로 구입했는지는 몰라도 언젠가부터 제 형의 집을 장식하고 있었다. 처음 집에 왔을 때도 저것 좀 떼라고 했던 것 같은데 역시나 그대로였다.

“내가 저거 버리라고 했지!”

수현이 씩씩거리며 요리하고 있는 도현에게 소리를 질렀다. 가만히 커트러리를 세팅하고 있던 유주가 조용히 귀를 막았다.

“저걸 왜 버려. 얼마 주고 산 건지 알기나 해?”

“그러니까 저걸 왜 갖고 있냐고. 애초에 왜 산 거야? 나 놀리려고 샀지?”

피식, 웃는 도현이 딱히 아니라고는 말하지 않았다.

"거봐, 내가 이럴 줄 알았어."

그러더니 제풀에 지친 수현이 잔뜩 골이 난 얼굴로 도현을 노려보았다.

"이번에 내가 준 그림 내놔."

"싫어, 이제 내 거잖아."

유치한 말장난이 더 이어질까 무서운 유주가 끼어들었다.

"너 우리 자기……. 아니, 대표님한테 그림도 선물했어?"

얼른 말을 바꾸긴 했는데 이미 뱉은 말이라 주워 담을 수가 없었다. 도현이 큭큭 웃고 수현이 허— 하고 헛웃음을 뱉었다.

"우리 자기?"

"뭐, 연인끼리 그럴 수도 있지. 안 그래?"

민망해진 유주가 오히려 뻔뻔하게 나오자 수현이 도현과 유주를 번갈아 쳐다보았다.

"놀고들 있다."

수현이 한심하다는 듯 고개를 흔드는 걸 보다가 문득 억울해진 유주가 목소리를 높였다.

"너도 뭐 언니랑 우리 애기, 우리 여보 해 놓고 왜 나보고는 놀고 있대? 웃긴다, 진짜."

"그게 우리 자기랑 같아?"

"뭐가 달라. 너도 네 형의 연애를 보는 게 역겹겠지만 나도 내 언니의 연애를 보는 게 영 기분 좋은 일은 아니었다고— 아시겠어요?"

유주의 말에 수현이 결국 웃음을 터트렸다.

언니의 일기장을 받은 이후로 수현은 유하의 이야기가 나와도 얼굴을 굳히거나 슬퍼하지 않았다. 오히려 그때의 추억을 꺼내며 농담을 하기도 하고 부끄러워하기도 하며 순한 얼굴을 보였다.

"아무튼 '우리 자기' 한테 선물한 그림이 뭔데?"

"진짜 작작 해라."

진짜 토할 것 같다는 시늉을 하는 수현에게 유주가 결국 백기를 들었다.

"알았어, 알았어."

실없이 놀리는 것보다 도현이 수현에게 선물받은 그림에 더 흥미가 가서.

"형이 너한테 얘기 안 해 줬어?"

"응, 그런 얘기 꺼낸 적도 없는데?"

유주가 요리에 열중한 도현을 힐끗 바라보며 말했다.

"마지막 그림 줬어."

"마지막 그림이 뭔데. 아, 설마 이번 전시에 올린 그림을 줬다는 소리야? 그 빨간 그림?"

수현이 고개를 끄덕이자 유주가 찰싹, 소리 나게 너른 어깨를 때렸다.

"미친 거 아니야? 아직 감평도 안 난 걸 선물로 주면 어떡해? 그게 네 그림 중 가장 비싼 그림이 될 텐데!"

답답하다는 듯 가슴을 치는 유주를 보며 수현이 도현을 쳐다보았다.

"얘 되게 형 같아졌다."

"칭찬이지?"

"당연히 아니지."

도현의 물음을 묵살시킨 수현이 다시 유주에게로 시선을 돌렸다.

"가격 같은 게 무슨 소용이야. 주고 싶은 사람한테 준 건데."

"그래도……."

아쉬운 듯 말끝을 흐리는 유주를 보며 수현은 며칠 전 도현과 나눈 대화를 떠올렸다.

□ ◆ □

"너 이거 나 줘라."

전시 시간이 끝나 텅 빈 전시장에서 나눈 대화였다. 둘은 마지막 쇼룸 안에 있었다. 많은 관객들이 그러했듯 도현과 수현도 그 앞에 발목이 잡혀 한동안 움직이지를 못했다. 그러다 문득 도현이 입을 열었는데 대뜸 그림을 달라는 소리였다.

"마음에 들어?"

"응."

"웬일이야. 내 그림 좋다는 소리를 다 하고."

악의 없는 비아냥을 가볍게 무시한 도현이 그림에 빠져들 것처럼 가까이 섰다.

"이 그림에는 왜 깨진 유리 안 썼어?"

"반짝일 필요 없어서."

"……."

"유주는 환상이 아니고 현실이니까."

만져도 다칠 일 없는 현실. 수현이 조용히 덧붙였다.

수현이 그림에 유리를 쓰는 건 환상처럼 아름답고 위험한 분위기를 연출하기 위해서였다. 하지만 유주를 주제로 한 그림을 그릴 땐 도무지 그런 날카롭고 위험한 게 어울릴 거란 생각이 들지 않아 저의 상징과도 같은 재료임에도 불구하고 과감하게 생략했다.

제가 아무리 날을 세우고 겁을 주어도 함께 칼을 드는 법이 없던 유주를 떠올리면 괜히 웃음이 나왔다. 유주가 아니었다면 하얗고 반짝이는 환상의 세계 속에서 저는 언제나 정처 없이 떠도는 꼴이었을 것이다. 유주가 제 자신을 태워 가며 불꽃을 피우고 스스로 열을 내어 주변을 끌어안지 않았다면 어떤 비극이 저희를 집어삼켰을지 모르는 일이었다.

"그래서 줄 거야, 말 거야."

도현의 재촉에 수현이 특별한 시비 없이 고개를 끄덕였다.

"어차피 형 주려고 했어."

"……."

"유주다, 생각하고 아껴 줘. 어디 팔지 말고."

"정유주를 내가 어디다 팔아."

도현의 말에 수현이 씨익, 웃었다.

"아—"

그러다 도현이 다시 입을 열었다.

"만지면 다쳐."

"뭐?"

"만져도 다치지 않는 현실이라며. 이제는 다쳐. 한 번만 더 정유주 끌어안아 봐. 죽어, 진짜."

수현은 괜스레 한쪽 뺨이 아파 오는 느낌이 들었다. 유주를 때리는 쓰레기 취급을 받으며 도현에게 맞았던 뺨이었다.

□ ◆ □

언제나 훌륭한 도현의 요리를 먹고 와인을 곁들인 수다 삼매경에 빠진 세 사람은 생각보다 빨리 자리를 파했다. 술기운이 돌아 애교가 오른 유주가 도현에게 붙어 칭얼거리는 걸 본 수현이 학을 떼며 도망간 탓이었다.

유주가 먼저 침대에 누워 도현을 기다렸다. 뒷정리는 자기가 할 테니 씻고 기다리라고 했는데 자꾸만 감겨 오는 눈꺼풀이 무거웠다.

"졸려?"

때마침 방 안으로 들어온 도현이 그 모습을 보고 사랑스럽다는 듯 웃었다.

"자, 유주야."

"으응."

대답인지 투정인지 알 수 없는 말을 웅얼거린 유주가 베개에 얼굴을 비비적거렸다.

"자기."

"응, 유주야."

"얼른 씻고 와."

"응, 그럴게."

"얼른 씻고 와서 나 안아 줘."

씻으라면서 팔을 뻗어 오는 유주에게 도현이 못 이기는 척 안겼다. 정유주는 술이 약해 조금만 마셔도 이렇게 볼이 붉어지고 말이 짧아졌다. 평소에는 부끄러워 잘 하지 않는 감정 표현도 술기운에는 곧잘 했다.

"자기."

"응."

"나 자기랑 자는 거 좋아."

"유혹하는 거야?"

물으니 그런 게 아니라며 바보 같은 소리 좀 하지 말라고 혼이 났다.

"이렇게, 이렇게—"

유주가 품 안으로 파고들었다.

"이렇게 안겨서 자는 거 좋다는 소리야."

도현이 제게 안긴 유주의 뺨을 부드럽게 어루만졌다.

"이거 진짜 너무 좋아."

술기운에 뱉고 있는 순진한 고백이 제 마음을 송두리째 쥐고 흔든단 사실을 모르는 제 연인을 보며 도현이 웃었다.

"나도 좋아."

마주 고백하며.

"나도 너 진짜 좋아."

"……."

그사이 잠들어 말이 없는 유주의 귓가에 도현이 입술을 가져다 대었다.

"사랑해."

끝 모르고 커지는 애정을 어쩔 줄 몰라 하며.

Epilogue

복직하자마자 이럴 줄은 알았지만 정말이지—

"유주 씨, 이리 와 봐."

사람들이 벌떼같이 모여 유주를 둘러쌌다.

"우리가 원래 이런 사람들이 아닌데 이건 정말 너무 궁금해서."

"뭐가요?"

"진짜 유주 씨랑 대표님이랑 그……."

차마 말을 꺼내기 어려운지 인상을 찌푸린 직원들의 등을 때리며 송 대리가 나섰다.

"아니, 왜 사람 말을 못 믿어? 유주 씨랑 대표님이랑 끌어안고 있는 거 홍 팀장님이랑 내가 봤다니까?"

뭘 또 그렇게까지 적나라하게.

유주는 저와 도현의 이야기가 제가 복직하기 전부터 이미 나오고 있었다는 것에 억지로 하하, 웃었다. 불편해하는 저를 위해 넘어가 주는 척하다가도 모두들 정말 저의 입만 쳐다보고 있었다. 다른 미술관에 추천서 써 준다고 할 때 그냥 냉큼 받을 걸 그랬나. 뒤늦은 후회가 밀려왔다.

"어…… 네."

유주가 무어라 더 설명하지 않고 대답하자 놀라 넋 나간 사람들이 탄식을 뱉었다.

"아니, 어쩌다가?"

"원래 만나던 사이였어?"

"그럼 그 최수현 작가님, 그분이랑은 무슨 관계야? 전 남친?"

무차별적인 물음표 폭격에 갇힌 기분이 들었다. 뭘 물어보려면 대답할 시간은 줘야지. 유주가 여전히 하하, 웃으며 뭐부터 대답을 해야 하나 망설였다.

그때 도현이 기획팀 사무실 안으로 들어왔다.

"간식 먹고 해요."

들고 온 쇼핑백을 테이블 위에 가득 올린 그가 씨익 웃어 보였다. 직장인들에게 단것은 전투 식량이나 마찬가지라 사람들은 금방 또 시선을 유주에게서 간식으로 옮겼다. 고급 디저트 카페에서 사 온 게 분명한 마카롱과 타르트 종류가 팀원들의 숫자에 비해 넘칠 만큼 넉넉했다.

"근데 들어오면서 좀 시끄럽던데."

왁자지껄 떠들던 사람들의 입이 가로로 얇게 다물리는 건 순식간이었다.

"재밌는 일이라도 있었나 보죠?"

아무것도 모른다는 얼굴로 묻는 도현은 속을 알 수 없어 더 무서웠다. 포인트가 '시끄럽다'에 있는 건지, '재밌는 일'에 있는 건지 사람들이 동공을 이리저리 굴리며 눈치 싸움을 시작했다.

그런 직원들을 재미있다는 얼굴로 바라본 도현이 선수를 쳤다.

"내 여자 친구 때문에 그런가?"

그 뻔뻔한 말에 기획팀 안에는 소란스러운 정적이 깔렸다. 아무도 말은 하지 않는데 주고받는 눈빛이 얼마나 시끄러운지. 유주는 하마터면 마시고 있던 커피를 뿜을 뻔했다.

도현은 그런 유주를 다정하게 한 번, 다른 직원들은 그보다 냉하게 한 번 둘러보았다.

"안 그래도 복직 준비 하면서 유주가 걱정이 많았어요. 저 때문에 불편한 일 생기면 어떡하느냐고."

사실 걱정은 도현이 더 했다. 이미 미술관 안에 돌고 있는 소문을 알아서 그 말에 유주가 상처를 받을까 걱정이었다. 꼭 소문이 아니더라도 마찬가지였다. 저와 만나다는 사실 자체가 사람들을 불편하게 할 테니까.

"저…… 대표님?"

유주가 도현을 부러 쳐다보며 더 말하지 말라는 눈치를 주었다. 도현의 말에 기획팀 사람들 얼굴이 하얗게 질려 가는 게 보였다.

"참— 걱정도 많죠?"

하지만 도현은 거침이 없었다.

"저희가 뭐 불법을 저지르는 것도 아니고 불편할 게 뭐가 있겠어요. 안 그래요?"

도현이 직원들을 다시 주욱 둘러보며 웃었다. 도현의 메시지는 명확했다. 좋게 말하면 평소와 다를 바 없이 대해 달라는 것이고, 나쁘게 말하면 걱정할 일 만들지 말라는 경고가 분명했다.

"그냥 평소랑 똑같이 대해 주세요. 저한테도, 유주한테도."

부러 말을 다정하게 고른 도현이었다.

직원들은 평소 저희들의 보스가 저만큼이나 부드럽고 다정해질 수 있는지에 대해 생각해 본 적이 없었다. 회의 시간에도 거의 대부분은 눈을 날카롭게 다듬은 채 '별로네요.' 혹은 '밋밋합니다.' 등의 혹평을 늘어놓기 마련이니.

그런데 나름 연애를 한다고, 그것도 제 여자 친구가 저 때문에 불편한 취급을 받을까 염려하는 모습은 정말 색달랐다. 내내 웃는 얼굴이 낯설어 위화감이 느껴지긴 했지만 나름 편안해 보여 마음을 흐뭇하게 했다.

돈 많고 잘생긴 남자와 연애하는 유주가 원래도 부러웠는데 거기에 살갑고 다정하다는 것까지 포함되자 마음에 악의 없는 질투가 쌓였다.

"이제 말 그만하고 올라가야겠네요. 더 있다가는 유주한테 잔소리 듣겠어요."

도현이 적당한 타이밍을 잡아 인사를 했다. 나가며 맹한 얼굴을 하고 있는 유주의 어깨를 살풋 쥐었다 놓는 것도 잊지 않았다.

"아—"

그런데 나가려다 말고 다시 돌아온 도현이 무언가를 깜빡 잊었다는 듯 말했다.

그는 말을 하기에 앞서 아주 많은 수를 생각하고 또 아주 많은 결과를 예측하는 게 버릇이었다. 그러니까 지금처럼 그리 가깝지 않은 사람들에게 말을 할 때에는 더더욱 지정된 대사와 포인트들이 있다는 뜻이었다.

정말이지 맞는 말이었다. 그가 잠깐 나갔다가 다시 들어왔다는 사실 하나만으로 사람들은 조금 전보다 더 확실하게 집중하며 그를 쳐다보고 있었다.

"자꾸 오해하시는 것 같아서요."

"네? 무슨 오해를……."

서운하다는 듯 속상한 얼굴을 만들어 낸 도현에게 홍 팀장이 재빨리 물었다.

"저랑 제 동생이요."

사람들이 가장 궁금해하는 이야기였다.

"저번에 전시장에서는……."

무심한 척 연기를 하던 사람들조차 눈을 반짝이며 도현의 곁으로 모여들었다.

"좀 과하긴 했죠? 전시가 뭐라고. 둘 다 잔뜩 흥분해서는."

그러니까, 도현은 지금 그날의 싸움을 전시 때문에 일어난 일이라고 말하는 중이었다.

"부끄럽긴 한데 저희 원래 그러고 살아요. 어렸을 때부터 하도 치고받고 싸워서……."

도현이 민망하다는 듯 뒷머리를 긁었다. 찔러도 피 한 방울 안 나올 것 같던 사람이 한순간에 소탈해져서는 미워할 수 없는 친화력을 발휘하고 있었다.

"그때 유주가 너무 고생했죠. 저랑 제 동생 사이에서 말 전하느라. 아마 스트레스 엄청 받았을 거예요."

도현이 자연스레 유주를 화제로 끌며 다시 멋쩍은 미소를 지었다.

그런 도현이 사라지자 사람들이 본격적으로 호들갑을 떨었다.

"아까 대표님이 유주한테―라고 하신 거 맞지?"

이름 하나 불렀다고 손뼉을 치기도 하고.

"유주 씨한테 잔소리도 들으신다던데?"

어설픈 애처가 흉내에 속아 넘어가 주기도 하면서.

유주는 어딘가 중학교 교실 같은 분위기가 되어 버린 기획팀 사람들을 쳐다보며 제가 어떤 태도를 취해야 하나 고민했다.

올 거면 미리 언질이라도 좀 주든가. 그럼 자신도 제법 쿵짝을 맞출 수 있었을 텐데.

유주가 아쉬움에 쩝, 입맛을 다셨다.

□ ◆ □

복직 이후 유주는 거의 대부분 도현과 함께 점심을 먹었다. 처음에는 예전처럼 기획팀 사람들과 함께하려고 했지만 어쩐지 사람들이 너무 배려해 줬다.

'에이, 대표님이랑 먹어야지. 우리 신경 안 써도 돼.'

처음에는 그럴 필요 없다고 손사래를 쳤지만 제가 그들과 점심을 함께 먹으면 그들이 불편함을 느낀다는 걸 알고 난 다음부터는 그냥 도현과 함께 점심을 먹었다.

오늘도 도현이 좋아하는 한정식집에서 마주 앉아 도란도란 이야기를 나누는 중이었다.

"어떻게 하면 사람들이 절 편하게 생각할까요?"

"글쎄."

"성의 있게 생각 좀 해 봐요."

유주의 책망에 도현이 다정하게 웃었다.

"생각하고 말고 할 게 뭐가 있어. 뭘 해도 불편해할 텐데."

"아니, 노력이라도 좀 해야죠. 계속 이렇게 다닐 순 없잖아요. 오늘은 무슨 일이 있었는 줄 알아요?"

정말 신경 쓰이는지 유주는 기껏 데려온 식당에서도 밥을 잘 먹지 않았다. 빈 그릇 위로 전어구이를 올려 주어도 먹는 둥 마는 둥. 도현이 종알거리는 입속에 친히 음식을 넣어 주자 그제야 겨우 오물오물 씹었다.

"와— 이거 진짜 맛있네요?"

"맛있어?"

"네, 완전 맛있어요."

엄지손가락을 치켜들고 어깨춤을 추는 걸 보니 잘 데려온 것 같아 도현은 뿌듯해졌다.

"아, 지금 음식 얘기 할 때가 아닌데? 제가 아까 무슨 얘기 하고 있었죠?"

"오늘은 무슨 일이 있었는 줄 알아요? 까지 했어."

"아—"

유주가 알겠다는 듯 고개를 끄덕였다.

"다음 달부터 신진 작가 기획전 하잖아요."

"응."

"그거 프로그램 북 제작업체를 교체하기로 했거든요."

"응, 들었어."

"비딩 들어온 곳 샘플 받으러 신입들이 외근을 나가기로 했는데 저만 쏙 빼놓은 거 있죠?"

"그랬어?"

"저도 가겠다고 했는데 괜찮다면서 얼마나 만류를 하는지. 저는 그냥 가만히 앉아만 있으래요. 제가 무슨 망부석도 아니고."

도현이 속상했겠네, 위로하며 조용히 웃었다. 아무래도 기획팀 사람들이 제 눈치를 보느라 유주에게 일을 주지 않는 모양이었다. 제가 무슨 막무가내 팔불

출도 아니고. 유주에게 힘든 일을 시킨다고 해서 뭐라 할 생각은 없는데 지레 겁이라도 먹었는지. 제가 생각해도 과한 배려였다.

"그럼 어떻게 할까?"

일단 유주부터 달래 주어야 했다. 일하고 싶어서 복직한 건데 아무도 일을 안 시키니 얼마나 가시방석일까.

유주가 커다란 눈을 빛내며 저를 쳐다보았다.

"몇 가지 생각해 둔 게 있긴 해요."

"벌써?"

네, 하고 세차게 고개를 흔드는 폼이 예사롭지 않았다.

"일단—"

"응, 일단."

"출퇴근을 자기랑 같이 안 할 거예요."

"뭐?"

웬만하면 유주 뜻대로 움직일 생각이던 도현이 미간을 찌푸렸다.

"자기랑 같이 퇴근하는 거 아니까 야근 안 시키는 것 같단 말이에요."

"그럼 출근은 왜."

"그땐 사람들이 다 같이 몰릴 때잖아요. 자기 차 조수석에서 내리는데 옆에 과장님 있고 그러면 민망해요."

도현이 허— 하고 탄식을 뱉었다.

"그리고 원래 자기 차 운전해 주는 기사님 계시잖아요. 저랑 같이 다니느라 자꾸 직접 운전하고 그러는데, 그러지 마요."

"내가 좋아서 하는 거야."

"제 말이 그 말이에요."

고개를 끄덕이는 유주에게 도현이 무슨 말인지 모르겠다는 표정을 짓자 유주가 한숨을 푹 쉬었다.

"자기가 나를 너무 좋아하는 게 티 난다는 말이에요."

"아니, 무슨……."

"아무튼 하나 더 있어요."

도현은 이제 유주에게서 나올 다음 말이 무서워졌다.

"기획 회의 때 우리 연기 한번 해 봐요."

"연기?"

유주의 계획은 단순했다. 일주일에 한 번 있는 기획 회의 때 도현이 유주를 대놓고 한번 지적하라는 것이었다.

"내가 널 지적할 게 뭐가 있어. 네가 나한테 직접 보고할 것도 없는데."

"그냥 아무거나 꼬투리 좀 잡으면 되죠. 회의록 내가 쓰니까 그거 트집 잡으면 되겠네요."

"그렇게까지 해야 해?"

"네. 이렇게는 회사 못 다녀요."

조금 유치하기는 해도 어쩔 수 없었다. 제가 누군가의 귀한 연인이자 건드려서는 안 되는 성역이 아니라 그냥 똑같은 직장 동료라는 걸 어필해야 했다. 제아무리 도현이 저를 아끼고 좋아한다 해도 공과 사는 구분되어 있고 일은 일일 뿐이라는 걸 사람들에게 보여 주고 싶었다.

"내일 당장 해 봐요. 금요일이잖아요."

□ ◆ □

유주는 아침부터 도현과 긴 실랑이를 벌였다. 기획 회의 때 연기하는 거야 어떻게 해 본다고 해도 출퇴근을 따로 하는 건 싫다는 도현 때문이었다.

"그냥 같이 가자니까."

"싫다니까요."

그 고집에 도현도 심기가 불편해졌다. 같이 사는 건 아니었지만 잠은 늘 함께 자는 둘이었다. 평소 잠을 잘 자지 못하는 유주가 도현의 옆에서는 늘 잘 자다 보니 생겨난 무언의 규칙이었다. 도현이 유주의 집에서 밤을 보내거나 유주가 도현의 집에서 밤을 보내는 식이었다. 그러다 보니 아침을 함께 맞는 건 이

제 익숙한 일이었다.

그렇기 때문에 도현은 출발지와 목적지가 같은 두 사람이 굳이 따로 출근해야 하는 이유를 이해하지 못했다.

"이렇게까지 해야 해?"

그 말이 시작이었다.

"저한텐 중요하다니까요."

유주는 그가 왜 이 정도도 포기하지 않으려 하는지 이해할 수 없었다.

"그냥 출근 좀 같이 못 하는 게 뭐 어때서요."

"우리가 하루에 같이 있는 시간이 길면 말을 안 해."

유주는 일이 없다지만 도현은 매일 바빴다. 유주를 만나기 전에는 점심 식사 역시 일의 연장이었다. 사람들을 만나고 이야기를 나누는 것 또한 그에게는 일이었으니까. 그런데 그것들을 내려놓으면서까지 작은 시간들을 모아 유주와의 시간을 늘리는 건 앞으로 있을 수현의 전시 투어 때문이었다.

한국에서의 오픈을 시작으로 미국의 서부 주요 도시를 돌게 될 프로젝트가 코앞으로 다가와 있었다. 단순히 장소를 대여해 주는 개념으로 수현의 전시를 열어 준 것이 아닌 기획자로서 프로젝트에 참여했던 터라 신경 써야 할 것이 많았다.

지금도 잠에서 깨면 다른 시차의 사람들이 보내온 일거리를 처리하기에도 바빴다. 시간을 쪼개고 쪼개서 만나지 않으면 일에 치여 유주를 보지 못할 것 같은데. 유주는 그런 것들은 아무래도 상관이 없는 모양이었다.

"우리가 같이 있는 건 안 중요해?"

"그런 말이 아니잖아요."

"사람들 시선보다 날 좀 신경 써 주면 안 되는 거야?"

"그게 아니라—"

유주가 아랫입술을 꾹 물었다.

"마음대로 해."

더 이상 싸우고 싶지 않은 도현이 말했다.

"타고 내릴 때 문자 남기고."

집 밖을 나서는 목소리가 차가웠다.

원하는 대로 그와 함께하지 않는 출근을 하게 되었지만 유주는 마음 한구석이 불편해졌다.

"유주 씨, 오늘 무슨 일 있어?"

"네?"

"아니, 얼굴이 너무 심각해 보여서."

"아, 괜찮아요. 아무 일도 없어요."

유주가 애써 밝은 미소를 지으며 말했다. 말은 그렇게 해도 서운한 얼굴을 하고 저를 보던 도현이 자꾸만 떠올랐다. 그에게 너무했나 싶었다. 퇴근까지는 몰라도 출근 정도는 양보할 수도 있는 건데.

유주가 죄 없는 핸드폰만 괜히 만지작거렸다. 제 얼굴이 심각해 보이는 것만큼 도현의 얼굴도 심각할 것 같았다. 전화를 해 볼까 싶다가도 곧 있을 기획 회의를 생각해 참았다.

"미팅 10분 전입니다."

회의실은 도현이 앉을 상석을 제외하고 빠르게 채워졌다. 유주는 회의실 문과 가까운 곳에 자리를 잡고 눈으로는 투명한 회의실 벽 너머를 살폈다.

멀리서 그의 구두가 매끄러운 바닥과 부딪치는 소리가 들렸다.

이윽고.

"시작할까요."

그가 같은 공간 안으로 들어왔다. 저와 달리 나빠 보이지 않는 안색에 미안하던 마음과 별개로 서운함이 솟았다.

깎아 놓은 조각처럼 하얗고 매끄러운 얼굴 위로 속을 알 수 없는 미소를 지은 그는 저와 달리 여유와 권위가 느껴졌다. 인사하는 직원들과 일일이 눈을 맞추며 끄덕이는 고개와 그들이 건네는 보고서를 받아 드는 긴 손가락 같은 것들이 모두의 시선을 지배하고 있었다. 유주도 다른 이들과 다를 것이 없었다.

"오늘 회의록은 누가 작성합니까."

도현의 질문에 모두의 시선이 유주에게로 쏠렸다.

"아, 정유주 사원이 작성합니다."

"그래요?"

홍 팀장이 도현의 눈치를 살폈다.

"혹시 무슨 문제라도……."

기획 회의가 아니더라도 도현은 하루에도 몇 번씩 업무 미팅이 있었다. 그런 도현이 회의록 작성자가 누구인지 묻는 건 흔치 않은 일이었다. 아니, 이번이 처음일 것이다. 그가 신경 쓸 일이라고 하기에는 너무 작은 일이었다.

"문제는요."

도현이 어깨를 으쓱이며 가볍게 웃었다.

"그냥 궁금해서 물어봤습니다."

홍 팀장은 다행이라는 듯 미소를 지었지만 유주는 파리한 얼굴을 했다. 저를 보는 긴 눈매가 화가 난 듯 차갑게만 느껴졌고 무심하게 떨어지는 목소리는 엄격하게 들렸다. 이 정도의 무심함에도 면역이 없는 걸 보면 제가 그의 다정 속에서 사는 것이 이제는 정말 익숙해진 모양이었다.

긴장한 유주의 손이 노트북 위에서 주먹을 쥐었다 피는 것을 반복했다. 그것들을 모조리 살핀 도현이 조용히 말했다.

"너무 멀리 앉은 거 아닙니까?"

이내 시선이 얽혔다. 친히 자신의 옆자리 의자를 끌어낸 그에게선 아무런 감정도 느껴지지 않았다.

"가까이서 해요."

"……."

"놓치는 게 있으면 안 되니까."

순간 드러난 약간의 다정함이 반가울 정도였다.

그는 긴 속눈썹을 아래로 깔아 잔뜩 망가진 유주의 손끝을 응시했다. 긴장하거나 불안할 때면 손을 물어뜯는 버릇을 도현은 정말이지 싫어했다. 유주도 그걸 알아 고쳤다 생각했는데 저도 모르는 사이 물어뜯었는지 새로 생긴 생채기가 보였다. 반듯하던 미간이 찌푸려졌다.

그 시선을 알아차린 유주가 아무도 모르게 조금 긴장을 했다. 제 손끝을 스치는 그의 눈이 뿜어내는 서늘하고 날카로운 빛이 유난히 뾰족하게 느껴지는 탓이었다.

본격적인 회의가 시작된 뒤에도 마찬가지였다.

"하……."

유주는 죄를 지은 사람처럼 초조해지는 가슴에 아무도 듣지 못할 만큼 작은 소리로 더운 숨을 뱉었다.

그 순간 테이블 아래로 뜨거운 체온의 손이 스쳤다.

"……."

놀라 쳐다본 그의 얼굴은 여전히 무심했고 눈에는 서늘한 날이 서 있었다. 그런데도 테이블 아래의 뜨거운 손은 제 손등 위로 내려앉아 빨라진 심장 박동을 달랬다. 울 것 같은 기분이 들었다.

한 시간 남짓의 짧은 회의가 끝나자 도현이 자리에서 일어나다 말고 홍 팀장을 불렀다.

"홍 팀장님?"

"네, 대표님."

"유주 씨, 회의록 작성하는 거 다시 배워야 할 것 같은데."

"네?"

"사수가 누굽니까."

홍 팀장이 당황한 낯빛으로 되묻고 있을 때 유주는 도현의 손이 사라진 손끝을 말아 쥐었다. 제가 부탁한 상황이었다. 회의록을 쓰고 있으니 그걸 지적하라고 한 것도 자신이었다.

"입사한 지 얼마 안 됐을 때 전담 일 배우느라 기획팀 일은 잘 모르는 것 같아 걱정입니다. 신경 좀 써 주세요. 이래서야 회의록 맡기겠습니까?"

"아…… 네. 알겠습니다, 대표님."

홍 팀장이 어색한 미소를 지은 채 고개를 끄덕이자 도현이 회의실을 빠져나갔다. 혼을 내 달라고 했더니 딱히 혼이라고 할 것도 없었다.

실제로 도현과 다툰 일에만 정신이 팔려 회의록 작성에 집중을 잘 하지 못한 것도 사실이었다. 그래도 어쩐지 서운해져서 마음의 공허가 이루 말할 수 없었다.

아무리 그래도 그런 표정은 하지 말지. 유치한 투정이 꼬물꼬물 추하게 고개를 내밀었다.

□ ◆ □

점심시간이 되자 유주는 자연스레 또 혼자가 되었다. 오늘만큼은 정말이지 팀원들이랑 밥을 먹고 싶은데 그럴 수도 없었다.

지적 한번 들었다고 매일 같이하던 점심을 거르면 사람들이 뭐라 생각할까. 당연히 싸웠구나 생각하지 않을까. 그럼 정말이지 돌이킬 수 없는 강을 건너는 것이었다. 태연해야 했다.

[안 올라오고 뭐 해.]

마침 도현의 재촉 문자도 도착한 차였다.

7층 사무실 문을 열자 도현이 매끄러운 얼굴을 들어 올렸다. 소파 앞 테이블에는 언제나처럼 정갈한 고급 도시락이 준비되어 있었다.

일어나 다가오는 그를 빤히 쳐다만 보는 게 이상했는지 도현이 유주야, 하고 불렀다. 음성이 다정했다. 회의실에서 저를 질책할 때 내던 소리와는 확연히 달랐다. 어쩐지 그것이 벅차도록 안심이 되어서 유주는 도현에게 폭 안겼다.

날아들 듯 안긴 유주가 어여뻐 도현이 웃었다.

"뭐야. 나 상 주는 거야?"

일부러 장난기를 담아 묻는 말에도 제 품에 안긴 유주는 고개를 들지 않았다.

"정유주?"

저를 꼭 끌어안고 떨어지지 않으려는 몸이 뭔가 이상해 이름을 부르는데도 유주는 고개를 들지 않았다.

"너 왜 그래."

도현이 심각하게 물었다. 그러다 문득 유주가 이유 없는 공황이라도 느끼는 건가 싶어 끌어안은 몸을 여러 번 고쳐 안았다.

"유주야, 얼굴 좀 보여 줘."

애타는 마음을 아는지 모르는지. 유주는 여전히 제 가슴에 얼굴을 묻고 말 한마디 없었다. 어쩐지 시간이 필요한 것 같아 더는 재촉하지 않고 기다렸다.

비비적거리는 동그란 머리를 쓰다듬었다가, 작은 등을 토닥였다가, 긴 머리카락을 쓸어 주었다가.

그렇게 한참을 달래고 나니 유주가 천천히 고개를 들었다.

"울었어?"

눈가가 빨갛게 물들어 있었다. 손가락으로 더듬더듬, 도현이 부은 눈가를 어루만져 주자 서러움이 밀려오는지 또 울상이 되는 유주였다.

"왜……."

"그렇게 말하지 말아요."

"응?"

"막 그렇게 말하지 말라고요."

앞뒤 설명 없이 무작정 내뱉는 말에 도현은 재빨리 기억을 더듬었다. 제가 실수한 게 있던가.

"아침에 내가 화내서 그래? 화내고 혼자 나가서?"

마음대로 하라며 화를 내고 나온 것이 내내 마음에 걸리긴 했는데 이토록 속상해할 줄은 몰랐다.

"미안해. 미안해, 유주야."

도현이 품에 안긴 얼굴 위로 나지막이 속삭였다.

오늘 유주에게 화를 낸 거라고 해 봐야 아침에 있었던 일뿐이라 도현은 당연히 그게 문제일 거라 생각했다. 그런데 유주가 고개를 저었다.

"그거 말고……."

"응?"

"그거 아니에요."

"그거 아니야?"

도현이 영 감을 잡지 못했다.

"나 잘 모르겠어, 유주야. 나 뭐 잘못했어? 알려 줘. 알려 주면 안 그럴게. 응?"

도현이 부드럽게 말했다.

"아까……."

"응, 아까."

"아까 회의실에서……."

"회의실? 설마 기획 회의 때 내가 뭐라고 해서 이러는 거야?"

도현이 웃음이 나오려는 걸 필사적으로 막으며 물었다.

아, 어쩜 이렇게 사랑스럽지.

유주가 느릿느릿 고개를 끄덕였다.

"그건 네가 시킨 거잖아."

"그래도……. 그래도 너무……."

옹알옹알. 본인이 시켜 놓고 서럽다 화를 내는 자신이 스스로도 민망한지 유주는 점점 목소리를 작게 했다. 도현이 그런 유주를 더 품 안 가득 끌어안고 동그란 정수리에 쪽, 쪽, 입술을 찍었다.

도현은 사실 오늘 아침 다툰 일도 있고 연기랍시고 유주한테 화를 내는 게 썩 내키지 않아서 하고 싶지 않았다. 그런데 왜인지 기분이 안 좋아 보이는 얼굴에 덜컥 겁이 났다. 저와 그리 말다툼을 하고 한 통의 연락도 없던 유주가 저에게 화가 난 것 같아서.

그래서 괜히 유주가 부탁한 일을 착실히 해낸 것이었다. 그렇게라도 점수 좀 따려고. 그런데 웬걸. 점수보다 더한 사랑스러움이 제 발로 안겨 왔다.

"미안해. 안 그럴게."

어지간히도 서러웠는지 유주는 반복하는 사과에도 힝, 힝, 투정을 부렸다.

"밥 먹자, 응?"

작은 몸을 꼭 끌어안고 뒤뚱뒤뚱 엉성하게 걸음을 옮긴 도현은 소파에 이르러 풀썩 자리에 앉았다. 그의 무릎 위로 올라앉은 유주가 그제야 제대로 얼굴을 보여 주었다. 눈가랑 뺨은 울어서 그런지 붉게 물들어 있고 입술은 내내 씹은 흔적으로 빨간 핏물이 맺혀 있었다. 그래 놓고 뾰로통한 표정이 얼마나 귀여운지.

도현이 고개를 숙이고 웃음을 삼켰다.

"놀리지 마요."

"놀리는 거 아니야."

"놀리는 거 맞잖아요. 여기 이렇게 웃고 있는 게 보이는데 어디서 거짓말이에요."

유주가 도현의 입꼬리를 지분거리며 말했다.

"근데 나 별말 안 하긴 했는데."

"뭐를요?"

"너 혼낼 때 말이야. 그냥 연기하는 거라고 생각해도 잘 안돼서 별말 안 했는데, 그렇게 서러웠어?"

유주가 지난 시간을 회상하듯 음— 하고 말꼬리를 길게 늘였다.

"서럽다기보다는 좀 무서웠어요."

"무서웠다고?"

"자기는 나한테 화 안 내는데…… 갑자기 다른 사람들 대하듯이 하니까……."

도현이 웃으며 유주의 허리를 끌어안았다.

"그러라고 시킨 거잖아, 네가."

"……."

"다른 사람들이랑 똑같이 대하는 거 보여 주라고."

"몰라요."

풀썩 안긴 몸이 싫은 걸 어떡해요, 하고 애 같은 답을 했다. 유치해 죽겠는데 또 좋아 죽겠다는 생각을 하는 도현이었다.

□ ◆ □

점심시간이 끝나자마자 도현은 외부 미팅을 나가야 했다. 품에 안겨 제가 먹여 주는 밥을 잘도 받아먹는 유주를 보며 도현은 대놓고 아쉬움을 표했다.

"아, 가기 싫다."

"주차장까지 데려다줄까요?"

"다른 직원들이 보면 어쩌려고. 사람들이 불편해할 텐데 괜찮겠어?"

도현이 놀리듯 말하자 유주가 눈을 가늘게 떴다.

"됐어요, 그럼."

"농담이야, 농담."

결국 1층까지 배웅을 해 주기로 한 유주는 도현과 같이 엘리베이터에 몸을 실었다. 그 와중에도 손깍지를 풀지 않은 도현이 유주의 입술 위에 짧게 입을 맞췄다.

"퇴근 같이할 거지?"

"음, 네."

망설이는 척 말을 늘이다 결국 그러겠다고 대답하는 유주가 예뻤다. 마지막으로 한 번만 더 키스를 하려는데—

"……."

엘리베이터 문이 열렸다.

"하, 하하……."

마침 점심시간을 다 즐기고 사무실로 올라가려는 기획팀 사람들과 마주쳐 버렸다. 모두들 어색한 웃음을 짓느라 정신이 없었다.

바짝 당겨져 있던 몸과 곧 닿을 것같이 가까웠던 입술을 모두가 함께 목격한 셈이었다. 힐끗 쳐다본 유주의 얼굴이 당황으로 빨개진 게 보였다.

"저 그냥 다시 퇴사할까요?"

소곤소곤 속삭이는 목소리가 어쩐지 너무 비장해서 웃음이 나왔다.

도현이 무슨 결심이라도 한 듯 엘리베이터의 닫힘 버튼을 눌렀다. 눈앞에서 닫힌 엘리베이터를 허망하게 바라보던 기획팀 사람들 중 열림 버튼을 누르는 사람은 단 한 명도 없었다.

□ ◆ □

따뜻한 봄날, 벚꽃이 떨어지는 계절에 도현은 태어났다. 둘이 함께 맞는 첫 생일인 데다 날도 좋다 보니 유주는 하고 싶은 게 많았다.

"자기 생일에 뭐 할까요?"

"내 생일이 언젠데?"

자신과는 아무 관련 없는 질문을 받은 사람처럼 도현은 정말이지 그렇게 물었다.

"다음 주 금요일이잖아요. 본인 생일도 몰라요?"

"생일은 알지. 근데 챙겨 본 적이 별로 없어서."

도현이 멋쩍은 웃음을 지으며 말했다.

"하고 싶은 거 없어요?"

"별로 없는데."

"와—"

"당신이 하고 싶은 게 있으면 그거 해. 난 그게 더 좋아."

무심한 듯 다정하게 말해 오는 도현을 보며 유주가 그렇게 넘어갈 순 없다고 선언했다. 의자 아래로 내려온 다리가 흔들거린다.

"나랑 처음 맞는 생일인데 하고 싶은 게 그렇게 없어요?"

"생일이 뭐 별건가."

"막 주목받고 그런 거 싫어서 그래요? 수현이는 그거 싫어서 사람들한테 생일 얘기 잘 안 했거든요."

"음, 그건 아니고. 그냥 귀찮아서."

도현이 어깨를 으쓱였다.

"정확히 말하면 바빠서."

"에이, 재미없어."

"나 재미없어?"

도현이 슬픈 표정을 지으며 물었다. 그런 표정을 하면 유주가 웬만한 상황에선 전부 져 준다는 걸 알게 된 이후로 생긴 못된 버릇이었다.

"어차피 너랑 하면 다 좋을 텐데 날을 따져서 뭐 해."

그러다 무심하게 표현되는 무한한 애정. 유주는 결국 자기가 다 알아서 하겠다고 으름장을 놓았다.

"자기는 신경 쓰지 말아요."

유주의 오기였다. 한평생 절대 잊지 못할 생일을 맞이하게 해 주겠다는 꽤 진지한 다짐과 함께.

□ ◆ □

도현의 생일 아침은 유주의 집에서 시작되었다. 생일상을 꼭 만들어 주고 싶다는 유주의 강력한 주장 때문이었다. 제 주방에서 요리해도 괜찮다고 도현이 몇 번이나 얘기했지만 본인의 하찮은 요리 실력과 전문 셰프들이 쓸 법한 그곳은 너무도 어울리지 않았다.

아무튼 어젯밤 도현은 유주의 집에서 밤을 보냈고 유주는 그의 생일 아침부터, 아니 새벽부터 난관에 봉착했다.

일단 미역국을 끓이는 게 이토록 어려운 일인지 처음 알았다. 소고기의 핏물을 빼고 다시마와 멸치를 이용해 육수를 내는 것까지는 얼추 했는데 미역의 양을 조절하는 게 잘 가늠이 안 됐다.

어젯밤 엄마에게 전화를 걸어 미리 레시피도 알아 놓았는데 여기서부터 막

히다니. 유주는 간단한 볶음밥 정도나 만들 줄 아는 스스로의 요리 실력에 한숨이 나왔다. 안 그래도 도현은 미식가인 데다 요리 실력도 좋아서 엉망으로 만들면 삼키기도 어려워할 텐데.

"아니, 뭐……. 이 정도면 되는 건가?"

말린 미역을 물에 담가 불리는 동안 유주는 엄마에게 받아 온 잡채를 냉장고에서 꺼냈다. 생일날에는 면을 먹어야 오래 산다던데. 잡채까지 할 자신은 없어서 하는 수 없었다.

뜨겁게 달궈진 프라이팬에 버터를 조금 두르고 차갑게 식은 잡채를 볶았다. 고소한 버터 냄새가 잡채와 어우러져 먹음직스러운 향을 풍겼다.

"아, 맞다. 미역."

미역이 얼추 불면 팬에 한번 볶으라고 했던 엄마의 말이 떠올랐다. 미리 불려 놓은 미역을 확인하려는데 뭔가 이건 아닌 것 같다는 느낌이 들었다.

"어……. 왜 이렇게 많지?"

미역이 정말 너무 많았다. 말린 미역일 땐 이 정도는 아니었던 것 같은데. 뭐지. 자가 번식이라도 한 건가.

"도와줄까?"

하필이면 그때 도현이 깨어났다.

"버, 벌써 일어났어요?"

유주가 화들짝 놀란 마음을 어색하게 숨기며 손을 내저었다.

"얼른 들어가요. 얼른."

도현의 집과 달리 유주의 집은 작아서 침실에서 나오면 주방의 풍경이 한눈에 보였다. 가뜩이나 눈치도 빠르고 눈썰미도 좋은 도현이 알아차릴까 싶어 불어난 미역이 담긴 볼을 등 뒤로 숨겼다.

"이제 곧 출근인데 들어가면 어떡해. 얼른 밥 먹고 씻어야지."

도현이 어딘가 짓궂은 얼굴로 웃었다.

웬만하면 모른 척 넘어가고 싶은데 우당탕탕 들려오는 소리 하며, 허둥지둥 하는 뒷모습이 무언가 문제가 생긴 것 같아 나와 본 도현이었다.

"어……. 그럼 먼저 씻어요. 씻고 나와서 밥 먹어요."

도현이 의심쩍은 눈을 했다.

마음 같아서는 그냥 성큼성큼 다가가 도와주고 싶었다. 그런데 유주가 며칠 전부터 준비했다는 걸 알아서 그 마음에 담긴 정성을 깨고 싶지는 않았다. 생일에 무심한 저를 꼭 감동받게 해 주겠다나 뭐라나. 결국 나아가고 싶은 걸음을 멈추고 고개를 끄덕였다.

"그럼 나 금방 씻고 나올게."

"응, 그래요. 얼른 들어가요."

도현이 욕실로 완전히 모습을 감추자 그때부터 유주는 발등에 불이 떨어진 사람처럼 동동거렸다. 일단 만들어진 육수랑 소고기가 있으니 적당한 양의 미역만 꺼내서 볶으면 도현도 무엇이 문제인지 모를 것이라고 믿으며.

사실 진짜 문제는 요리 자체보다 뒷정리였다. 과장 조금 보태어 아파트 한 동을 다 먹일 수 있을 것 같은 미역을 어디에 숨길지부터 생각해야 했다.

"와, 이걸 진짜 어디에 숨기지?"

유주가 울상을 했다.

"나 진짜 바본가."

스스로의 무지함은 일단 차치하고 유주는 '정상적인' 미역국을 만드는 데 열을 올렸다. 우러나온 육수에 간장과 마늘을 조금 넣고 볶은 미역과 소고기를 넣어 센 불에 끓였다. 그러고는 달걀말이를 하고 데운 잡채를 접시에 올려 이리저리 멋을 냈다. 어제 미리 사 둔 케이크를 꺼내는 것도 잊지 않고.

씻고 나온 도현이 보아도 제법 구색을 갖춘 생일상이었다.

"와—"

젖은 머리 위로 수건을 감싼 도현이 감탄을 했다.

"준비하느라 고생했겠다. 우리 유주."

"얼른 앉아요."

유주는 아직 숨기지 못한 미역을 또 한 번 등으로 가린 채 식탁을 가리켰다. 식탁에 앉으면 보이지 않을 테니 그것이 최선이었다.

"세팅하는 거 도와줄게. 아직 수저도 안 놨잖아."

유주가 제법 잘해 냈다고 생각한 도현은 마무리만 조금 도와줄 요량이었다. 그런데 유주가 자꾸만 제발 앉으라고 사정을 했다.

"대체 뭔데 그래."

모른 척하려고 해도 저렇게 티를 내니 괜히 더 궁금해졌다.

"아, 안 돼!"

도현이 다가오자 소리를 빽 지른 유주가 손을 뻗어 도현의 눈을 가렸다. 하지만 키 차이라는 게 그리 적게 나는 게 아니라서.

"이게 다 뭐야?"

도현이 웃음기 가득한 물음을 던졌다.

"오늘 미역국 파티야?"

"아, 진짜!"

우는소리를 하는 유주를 품에 가둔 도현이 작정하고 불어난 미역을 쳐다보았다.

"오늘 사내 식당 이모님들 출근하지 말라고 해야겠다."

한눈에 보아도 장정 스무 명은 족히 먹일 양이었다.

"미역국 처음 끓여 보는 거야?"

"속상해, 진짜……."

"뭐가 속상해. 우리가 먹을 건 잘만 끓였으면서."

도현이 끓고 있는 미역국을 턱끝으로 가리키며 말했다.

"미역국 처음 끓이면 원래 양 조절 어려워."

"그래도 저만큼 만들지는 않을 거 아니에요."

"그건 그래."

도현이 소년처럼 웃었다.

"고마워."

"망했어요."

"하나도 안 망했어. 나 지금 엄청 행복해."

유주가 생글생글 웃는 도현을 보며 따라 웃었다. 안 망한 건 모르겠고 도현이 행복한 건 맞는 것 같아서.

□ ◆ □

도현이 늦은 퇴근을 하고 홀로 집에 들어왔다.

"유주야, 나 왔어."

어제는 제가 유주의 집에서 밤을 보냈으니 오늘은 유주가 저의 집에 있을 차례였다. 저야 유주가 야근을 해도 기다리는 편이었지만 유주는 체력이 저질이라 일이 끝나면 바로바로 집에 가는 편이었다. 생일이라고 다를 건 없는지 야근이라 했더니 '그럼 저 먼저 퇴근할게요.' 다소 알미운 어투의 문자가 도착했었다.

이럴 바에야 차라리 살림을 합치자고 하고 싶은데 일전에 한번 말을 꺼냈을 때 반응이 썩 좋지는 않았던 터라 요즘엔 그냥 이런 식의 패턴에 익숙해지는 중이었다.

"유주야."

불러도 대답이 없는 걸 보니 먼저 잠에 든 모양이었다. 아니나 다를까, 침실 문을 여니 유주가 침대 옆 의자에 기대앉아 잠들어 있었다.

"유주야, 침대에서 자자."

안아서 옮기려는데 철칵, 손목에 무언가가 감겼다. 뭔가 싶어 살피니,

"수갑?"

수갑이었다. 말 그대로 수갑. 황당한 얼굴로 유주를 쳐다보니 유주는 진즉에 눈을 뜨고 장난기 어린 표정을 짓고 있었다.

"이게 뭐야?"

"음……. 생일 선물?"

천연덕스럽게 대답한 유주가 팔 아래 공간으로 쏙 빠져나갔다. 저만 의자 팔걸이에 한쪽 손이 묶여 움직일 수 없는 상태였다.

"앉아요."

유주가 여전히 뭐가 뭔지 모르겠다는 얼굴을 한 제 가슴 위로 손을 올렸다. 아직 자유로운 한 손으로 유주의 작은 손을 잡아 진득하게 입을 맞췄다. 간지러운지 배시시 웃는 얼굴이 분위기와 어울리지 않게 순진했다.

그러고 보니 유주의 차림도 평소와 다르다.

"지금 내 셔츠 입은 거야?"

제 몸보다 훨씬 큰 흰색 셔츠를 입은 유주는 마른 몸이 드러나 연약해 보이기도, 예쁜 다리가 드러나 색정적이기도 했다.

"남자들 로망이라길래 입어 봤는데……. 어때요?"

저를 의자에 밀어 앉힌 유주가 무릎 위로 올라앉으며 물었다. 물어 놓고 제 대답엔 관심도 없어 보였다. 넥타이를 쥐고 주욱 풀어 내리는 손가락이 서툴러 더 마음을 동하게 한다.

양손이 모두 자유롭지 못한 게 아쉬울 따름이었다. 자유로운 오른손이 유주의 왼쪽 허벅지를 주물렀다. 흐음— 낮은 소리와 함께 눈을 감은 유주를 보니 절로 숨을 삼키게 된다.

이럴 줄 알았으면 침실에 들어서자마자 불부터 켤걸. 열린 창문 사이로 들어오는 달빛이 조명의 전부란 게 마음을 답답하게 했다.

"나 언제까지 묶어 둘 거야?"

"글쎄요."

하는 거 봐서요. 유주가 제법 단호하게 말했다. 그러고는 오른쪽 팔걸이에 걸려 있는 수갑을 흔들었다. 저 뜻은 분명 아직 자유로운 오른손마저 수갑에 채워 둘 거란 뜻이었다.

"이 손까지 채우면 난 널 만질 수가 없잖아."

"그랬으면 좋겠어요."

"내가 널 만지는 게 싫어?"

저에게 이마를 맞댄 유주에게 묻자 따라 웃는다.

"안달 난 얼굴을 보고 싶어요."

"뭐?"

"매번 나만 그러잖아."

유주는 정말 저만 안달 난 얼굴을 한다고 생각하는 걸까. 저는 매 순간 유주를 보면 안달이 나는데 정말 몰라서 저리 말하는 걸까.

그러다 작은 손이 제 목을 감싸는 부드러운 촉감에 생각이 흩어졌다. 맞닿은 이마와 목에 감긴 팔만으로도 몸을 섞은 것처럼 타오르는 기분이 들었다. 본능처럼 유주를 안으려다 실패한 왼팔이 움찔했다.

"이거 풀어 주면 안 돼?"

"나 하고 싶은 거 다 하라고 했잖아요."

유주가 고개를 저으며 웃었다. 생일에 무얼 하고 싶으냐고 물었을 때 그렇게 대답했던 걸 이렇게 써먹을 줄은 몰랐다.

"얌전히 말 잘 들으면 금방 풀어 줄게요."

"말 잘 들으면?"

"응, 말 잘 들으면."

하는 말이 발칙한데 어딘가 순진한 목소리에 도현은 결국 남은 손마저 내밀었다. 양손이 결박된 채 사랑하는 사람에게 벗겨지는 기분이란. 황홀과 수치 그 사이 어디쯤이었다.

유주가 도현의 셔츠 단추를 모두 풀고 탄탄한 가슴 근육을 주물렀다. 도현의 낮은 신음과 쾌락으로 탁해진 눈을 보는 게 즐거웠다. 이런 재미 때문에 그가 저를 자꾸 괴롭히는 건가. 왜인지 제대로 괴롭히고 싶다는 생각이 물씬 밀려들었다.

키스도 평소와 달랐다. 입술을 쪽쪽 빨다가 그가 흥분하는 듯싶으면 밀어 내고 애를 태웠다. 그의 리드로 하는 키스도 매번 좋았지만 온전히 저의 속도에 맞춰 이끄니 알 수 없는 정복감이 들었다.

어쩐지 안절부절못하는 얼굴의 도현이 좋아 다시금 뺨을 감싸고 혀를 넣어 미끄러운 감촉을 즐겼다. 또 떨어질까 무서운지 애써 속도를 맞추는 모양도 좋아 죽을 것 같은 기분. 몸이 절로 들썩일 만큼의 아찔함을 다 견디지 못하고 단단한 어깨 위에 얼굴을 묻었다.

그대로 손만 내려 도현의 허벅지를 쓸었다. 흥분감에 긴장한 허벅지가 평소보다 단단하게 느껴졌다.

"오늘 자기 되게 야하네요."

소곤소곤 속삭이니 도현이 허탈하게 웃었다. 그러다 순식간에 날카로워진 눈이 유주를 잡아먹을 듯 쳐다보았다.

"이거 풀면 더 야해질 거야."

"그래요?"

도현이 고개를 끄덕였다.

"아직 하고 싶은 거 많은데……."

유주가 고민하는 척 말을 늘이자 도현이 유주의 귀를 물었다.

"얼른."

"흐응……."

"나도 하고 싶은 거 많아서 그래."

도현이 유주의 귀를 여전히 잘근잘근 씹으며 말했다.

"내 생일이잖아."

속삭인 도현이 혀로 귓바퀴를 아프지 않게 적셨다. 그러자 유주의 달뜬 숨이 뱉어졌다.

"응?"

계속되는 재촉에 결국 유주가 알았다며 왼쪽 손에 채워진 수갑을 풀었다. 오른손에 채워진 수갑은 그새를 못 참고 열쇠를 낚아챈 도현이 직접 풀었다.

아, 정말 하고 싶은 거 더 많은데. 아쉬워하며 읊조리는 유주를 안아 올린 도현이 다짜고짜 입을 맞췄다. 조금 전의 장난 같던 키스가 성에 안 찼는지 턱을 감싸 쏟아붓듯 탐하는 기운이 열렬했다.

발칙한 선물에 대한 보답을 어떻게 해야 할까. 겁도 없이 자극해 놓고 키스 하나에도 휘청이는 몸을 어떻게 괴롭혀야 할까.

도현이 미는 대로 밀려 벽에 등을 맞댄 유주가 가빠지는 호흡에 버거워했다.

고개를 돌리는 것조차 허용하지 않겠다는 의지가 분명한 그는 조금도 놓아 줄 생각이 없어 보였다.

제 턱을 쥔 손 위로 손을 겹쳐 잡고 매달리다 그것만으론 부족해 손목을 잡고 또 팔을 잡고 힘들다는 티를 내자 겨우 떨어지는 도현이었다. 부족했던 공기를 채우듯 헐떡이던 순간도 잠시 다시금 붙어 오는 도현에 유주의 고개가 들렸다. 목덜미의 여린 살 위로 이를 세운 그가 집요하게 자국을 남겼다.

"아, 안 돼……. 안 돼요."

"안 되긴 뭐가 안 돼."

평소라면 안 된다는 말에 적당히 하고 물러났을 도현이 고집을 부렸다. 셔츠 안으로 손을 집어넣더니 곧장 가슴을 움켜쥔다.

"으앗……!"

"속옷 안 입었네."

웃으며 말하는 도현에 부끄러워진 유주가 빨개진 낯을 돌렸다. 도현이 벽과 저 사이에서 옴짝달싹도 못 하는 몸을 잠시 내려다보다 그대로 허벅지 하나를 들어 올렸다. 놀란 눈으로 저를 보는 유주를 모른 척 느릿한 손길로 살덩이를 주무르자 어깨 위를 짚은 손이 어쩔 줄을 몰라 했다.

"하아……."

한 손으론 허리를 붙잡아 지탱하고 다른 한 손으론 엉덩이를 어루만졌다. 이제는 제 손길에 익숙해질 때도 됐는데 매번 화들짝 놀라 팔자 눈썹이 되는 유주는 귀엽다 못해 조금 안쓰러웠다. 가엽다거나 불쌍하다는 건 아니고 그냥 예쁘다는 소리였다. 몸을 가까이 할 때마다 예민한 신경을 곧이곧대로 보여 주는 모습이 예쁘다고.

기분 좋은 향이 나는 목에 얼굴을 묻고 수갑에 묶이기 전부터 흥분해 있던 제 것을 밀어 넣었다.

"아아……!"

선 채로 받는 것이 버거운지 땅에 닿은 한쪽 발이 애처롭게 까치발을 했다. 도현은 모른 척 밀어 올리는 걸 멈추지 않고 찡그리는 표정을 쳐다보았다.

"아아, 앗, 하아!"

"기특해 죽겠네."

도현이 꺾어지는 목에 쪽쪽 입을 맞추며 말했다.

"가만히 있어도, 씹어, 삼키고 싶은데 말이야."

"흐읏, 으응, 아!"

목을 두른 팔에도 힘이 빠지고 까치발을 든 발에도 힘이 빠지고 있었다. 그럼에도 아직은 계속 이러고 싶은 마음에 도현이 양손으로 엉덩이를 받쳐 안았다. 순식간에 몸이 뜬 유주가 도현을 바짝 끌어안았다.

"이, 이게 뭐……, 아아!"

말을 다 마치기도 전에 도현이 또 한 번 쳐올렸다.

"이거 좋네."

안으라 말하지 않아도 떨어질까 무서워 저를 안은 손에 힘을 주는 모양이 마음에 들었다.

"자주, 해야겠어."

"흐읏, 흐, 너무해……."

"뭐가, 너무해, 너는, 나, 묶었잖아."

쳐올리는 만큼 끊어지는 말소리가 살끼리 부딪쳐 나는 소리만큼이나 적나라했다.

"으응, 나, 하아……. 침대, 침대 갈래요."

"조금만, 있다가 가. 한 번, 하고 가."

"아, 아아아! 아……."

"하아……."

힘들어하는 유주를 배려한답시고 속도를 올린 도현이 거친 숨소리를 뱉었다. 평소보다 뜨거웠던 자극에 밀려드는 절정이 발끝부터 머리카락 한 올까지 놓치지 않고 퍼진다.

유주는 강렬한 오르가슴에 모든 움직임을 멈춘 뒤에도 이따금 흐느끼며 몸을 떨었다. 도현이 다정하게 끌어안아 침대 위로 옮겨 주었을 때까지 떨림은 멈추지 않았다. 그러다 조금 가라앉았다 싶을 즘, 도현의 손이 허리 언저리를 느릿하게 쓰다듬었다.

"또…… 또 하려고요?"

언뜻 불안하게 들리는 물음에 도현이 씨익 웃는다.

"생일이잖아."

둘의 밤은 이제 시작이었다.

□ ◆ □

유주가 어느 날 도현에게 말했다.

"우리 놀이공원 갈래요?"

"놀이공원?"

"네."

유주는 지난 5년간 마음껏 즐기지 못한 것들을 도현과 모조리 해 버릴 심산인지 매번 저렇게 하고 싶은 걸 찾아 도현에게 말했다.

그럴 때면 도현은 항상—

"그래, 그러자."

유주의 뜻대로 했다.

추위를 많이 타는 유주를 생각해 도심에 있는 실내 놀이공원을 찾은 둘은 입장하자마자 동물 모양 머리띠를 찾아 썼다.

"이거 써야 해요."

"나도?"

"이거 안 쓰면 놀이공원 온 거 아니래요."

"누가 그래?"

"인터넷의 누구요. 아, 얼른요."

유주가 토끼 귀가 매달린 머리띠를 도현에게 씌우며 깔깔 웃었다.

"와, 진짜 잘 어울려요."

"놀리는 거 아니야?"

"아니에요. 완전 잘생긴 토끼 같아요."

유주가 엄지를 치켜들고 연신 최고를 외쳤다.

"우리 저거 타요!"

가는 손가락 끝이 가리킨 것은 바이킹이었다. 다른 것들은 이것저것 겁내는 것도 많으면서 놀이기구 같은 것은 오히려 즐기는 타입인지 표정에 설렘이 가득했다.

"저걸 타자고?"

겁먹은 표정을 하는 건 오히려 도현이었다. 사람 많고 시끄러운 곳을 질색하는 도현은 애초에 놀이공원 같은 장소를 좋아하지 않았다. 오직 유주가 원하니까 왔을 뿐이다. 기껏해야 사진 몇 번 찍고 끝날 거라 생각한 게 잘못이었다. 어딘가 불길한 예감이 도현을 휘감았다.

"꺄아아!"

유주는 신이 나 소리를 질렀다. 소름이 돋을 정도로 높은 곳까지 올라 한 번에 추락하는 기분이 아찔했다. 그런 유주의 곁에서 도현은 죽을 맛이었다. 유주 손에 억지로 끌려와 바이킹의 맨 끝자리에 앉은 도현은 차마 비명도 지르지 못하고 눈을 질끈 감고 있었다.

도대체 이런 걸 왜 타지? 왜 돈을 주고 생명의 위협을 느끼지?

도현의 입장으로서는 조금도 이해할 수 없는 행동이었다.

"아, 여기도 들어가야 해요!"

'유령의 집'이라 적힌 간판 위로 조악한 해골 소품들이 가득 걸려 있었다.

"여길 꼭 들어가야 할까?"

도현이 미간을 찌푸리며 물었다.

"당연하죠. 놀이공원 와서 유령의 집을 안 가는 건 말도 안 돼요."

이번에도 또 어디 인터넷에 있는 누군가의 이야기를 듣고 하는 말 같았다.

"자기가 앞장서서 걸어요."

"내가?"

얼떨결에 앞에 선 도현은 걸음 하나를 뗄 때마다 자신을 놀래 죽일 작정으로 덤벼 오는 귀신들은 둘째 치고 제 뒤에 붙어서 귀가 떨어질 만큼 비명을 지르는 유주 때문에 수명이 깎이는 기분이었다.

그 뒤로도 패턴은 비슷했다. 유주는 가리켰고 도현은 사색을 한 채 끌려다녔다. 그러다 360도 회전하는 레일의 롤러코스터까지 타고 나니 도현은 더 이상 걸을 힘조차 나지 않았다.

"유주야, 잠깐만."

도현이 벤치에 앉아 고개를 꺾고 눈을 감았다. 한눈에 보아도 피로한 기색이었다.

"왜 그래요? 어디 아파요?"

"어지러워."

유주가 깜짝 놀라 도현의 이마를 짚었다. 열이 있는 건 아닌데 얼굴이 하얗게 질린 게 농담처럼 하는 소리가 아니었다.

"집에 갈까요?"

"아니, 잠깐만 쉬면 괜찮을 것 같아."

말은 그렇게 하는데 핏기 없는 얼굴이 영 걱정스러워 유주는 도현을 그대로 앉혀 두고 생수 하나를 사 왔다.

"일단 이거 마셔요."

뚜껑을 열고 친히 입술 앞까지 가져다주자 도현이 꿀떡꿀떡, 잘 받아 마셨다.

"아무래도 안색이 안 좋은데……. 놀이기구 타는 거 힘들었어요?"

"힘든 건 아니고 무섭던데."

"무서웠어요?"

"넌 안 무서웠어?"

"안전벨트 있는데 뭐가 무서워요."

유주가 눈을 동그랗게 뜨고 말했다.

"다른 땐 겁도 많으면서 이런 거에 겁이 없는 줄 처음 알았네."

도현은 유주의 대범함이 고작해야 안전벨트 따위에서 나온다는 게 조금 이해가 되지 않았지만 어쩐지 신나 보이는 유주를 보니 덩달아 기분이 좋아졌다.

□ ◆ □

생각보다 쉽게 가라앉지 않는 도현의 어지럼증 때문에 일찍 집에 돌아온 둘은 씻고 나와 소파에 나른하게 앉았다.

"오랜만에 영화나 볼까."

저 때문에 놀고 싶은 걸 포기하게 하고 데려온 것 같아 마음이 쓰인 도현이 새로 올라온 영화 목록을 살피며 유주가 좋아할 것들을 찾았다.

"공포 영화 같은 것도 있어요?"

유주가 불쑥 말했다.

"공포 영화?"

"네. 아니면 좀비 영화 같은 것도 좋아요. 요즘 새로 나온 것 중에 그런 것도 있어요?"

"취향이 그쪽이야?"

도현이 질색을 하며 물었다. 놀이기구까지는 스릴을 즐긴다 쳐도 내내 사람을 놀래기 위한 장치로 가득한 영상물을 보고 있는 건 절대 이해가 되지 않았다.

"우리 자기, 생각보다 겁이 많네요."

"겁이 많은 게 아니고 현실적인 거야. 대체 그런 걸 왜 보는 거야?"

도현이 있는 대로 얼굴을 구긴 채 물었다.

"대리 만족 같은 거죠, 뭐."

"좀비 죽이는 주인공 보면서 대리 만족 느끼는 거야?"

"단순히 그런 의미라기보단 현실에선 그럴 수 없잖아요. 높은 곳에서 떨어지면 죽을 거고, 귀신 만나도 죽을 거고, 좀비 만나도 죽을 텐데 놀이기구나 영화는 현실이 아니잖아요. 몇 번을 타고 몇 번을 봐도 이렇게 멀쩡한 것처럼."

실제로 유주는 익스트림 스포츠일수록 안전에 각별히 유의한다는 걸 알아 그런 것이 딱히 두렵지 않았다. 언젠가 기회가 된다면 스카이다이빙 같은 것도 해 볼 생각이었다. 지금 도현의 표정을 보면 영영 어려울 수도 있지만, 어쨌든.

"내가 자기랑 있을 때라고 생각하면 쉽지 않아요?"

유주가 도현의 품에 스물스물 들어가 안기며 말했다. 도현이 익숙하다는 듯 자세를 고쳐 편한 상태를 만들어 주자 말할 수 없는 안락함이 밀려든다.

"나 원래 천둥 무서워하는 거 알아요?"

"천둥?"

"네, 천둥 치는 날이면 밖에도 잘 못 나갔어요. 근데 자기랑 이렇게 되고 나서부터는 크게 신경 쓰이지 않더라고요. 아주 무섭지 않다고 하면 거짓말인데 그래도 막 죽을 것 같고 그러진 않아요."

"그거랑 놀이기구 타는 거랑 무슨 상관이야."

"아니, 생각을 해 봐요. 나는 아무리 무서운 게 있어도 자기랑 있으면 괜찮아요. 내가 괜찮을 걸 아니까."

유주는 도현의 곁에서 느꼈던 모든 안락을 떠올렸다.

"자기랑 같이 자면 악몽을 안 꾼다는 걸 아니까 잠드는 게 무섭지 않고, 자기랑 같이 있으면 공황 증세가 와도 많이 무섭지 않아요. 금방 가라앉을 거라고 믿으니까."

"……."

"놀이기구 안전벨트랑 영화 스크린이 약간 그런 역할을 하는 거예요. 아무리 스릴이 넘치고 무서워도 이게 있는 한 나는 안전하다. 뭐, 이런 거?"

유주가 방싯 웃으며 도현의 목에 팔을 둘렀다.

"약간 감동한 표정인데?"

놀리듯 말하긴 했지만 진심이었다.

수현이 저를 구원이라 칭했던 것처럼 저의 구원은 도현이었다. 죽은 듯이 살겠다 다짐하고 아무리 괴롭고 고통스러워도 비명 한 자락 내지르지 못하던 삶에 도현이 나타나지 않았다면 저는 어떻게 살았을까. 유주는 요즘의 행복을 떠올리면 더더욱 그때의 고통이 끔찍했다.

'도망쳐.'

그렇게 말하던 그가 없었다면 저는 지금쯤 어디를 헤매고 있었을까.

'도와 달라고 해.'
'대표님.'
'어려운 말도 아니잖아. 그냥 한마디만 해.'

제가 미련하게 굴어도 결국 인내심을 발휘하여 곁을 지키던 그를 만나지 못했다면 정말.
유주는 괜스레 그의 존재가 감사해졌다.
"고마워요."
"안전벨트 해 줘서?"
도현이 유주의 머리카락을 귓가에 꽂아 주었다.
"계속 내 안전벨트 해 줄 거죠?"
"당연하지."
"무서워도 나랑 놀이기구도 같이 타 주고?"
"그건 좀 생각해 볼게."
나 진짜 무서웠단 말이야, 중얼거리며 어울리지 않는 투정을 부리는 도현을 유주가 꼭 끌어안았다.
"나도 얼른 클게요."
"커서 뭐 하게."
"우리 자기 안전벨트 해 주게."
도현이 유주를 더 가까이 끌어안았다.

"그런 거 안 해도 돼."

못나 보일 수도 있지만 도현은 유주가 제 곁에서 스스로만 생각하며 살았으면 좋겠다고 생각했다. 저는 그걸 위해 유주 곁에 있는 것이니까. 그러니 유주는 저에게 안전벨트 같은 존재가 되어서는 안 됐다. 저를 지키는 것보단 스스로를 지키길 바랐다.

저는 유주를 만나 손에 쥐는 게 아닌 곁에 두고 아끼는 것을 배웠고, 소유하는 것이 아닌 사랑하는 마음을 배웠다. 겁을 주는 것보단 용기를 주는 게 좋았고, 두려움보단 편안함을 주는 것이 좋았다.

"내가 다 할게."

이렇게 작고 소중한 유주를 그저 작고 소중하게 두고 싶었다.

"내가 다 할 테니까 넌 클 필요 없어."

성장하거나 극복하는 것도 좋지만 그냥 유주는 이기적으로 살았으면 했다. 이미 너무 오랜 시간을 견디기만 하면서 어른으로 살았으니 이제부터는 마음대로 어리고 못되게 살았으면.

"내가 무슨 온실 속 화초 같은 건가."

"그랬으면 좋겠어."

도현이 속삭였다.

"내가 더 튼튼한 온실이 될게."

"……."

"넌 하고 싶은 것만 해. 응?"

얼른 대답하라는 듯 재촉하는 도현을 보며 유주가 고개를 끄덕였다.

"오래오래 있을게요."

그제야 도현이 웃어 보였다.

"응, 오래 있어야 해."

저의 온실을 자처하는 도현의 마음을 헤아리며 유주는 그에게 몸을 기댔다.

"사랑해요."

아무것도 무섭지가 않았다.

"나도 사랑해."

그의 곁에 있으면.

□ ◆ □

도현과 수현이 오랜만에 나란히 앉았다. 한국에서 시작해 미국 서부와 뉴욕, 파리로 넘어간 수현의 전시가 성공적으로 마무리되었음을 축하하는 자리였다.

"와, 정말 축하드려요. 최수현 작가님, 그리고 최도현 관장님."

나이가 지긋한 남자 기자가 시끄러운 목소리로 축하를 전했다. 둘을 인터뷰하기 위해 찾아온 한 유명 미술 비평지의 기자였다.

"감사합니다."

이 정도 인터뷰야 밥 먹듯이 하는 도현은 자연스러운 미소를 걸고 화답했다. 그와 달리 수현은 예전과 다를 바 없이 긴장한 얼굴이었다. 남들이 보기엔 그냥 화난 얼굴이었지만.

"과거의 그림들도 대단한 호평을 받았지만 이번 전시는 유독 폭발적인 반응이 있었는데요. 창작자인 최수현 작가님은 이 부분에 대해서 어떻게 생각하시나요?"

수현이 허스키한 목소리를 끌며 고민에 잠겼다.

"글쎄요. 그저 감사하다는 말밖에 떠오르는 게 없어서……. 할 수 있는 말이 많지 않네요."

"아이, 너무 겸손하신 거 아니에요? 조금 더 얘기해 주세요."

입이 무거운 수현의 태도에 기자가 조금 당황한 것이 보였다. 좋은 인터뷰 자료를 뽑기에 쉽지 않은 대상이라는 걸 본능적으로 알아차렸을 것이다.

"저도 서울에서 오픈했을 때 보러 갔었거든요."

까다로운 스피커에게 최대한 많은 이야기를 듣기 위해서는 첫째로, 공감을 유도해야 했다.

"모든 그림이 환상적이었지만 마지막 그림은 정말이지…… 충격적이었어요. 평소 화풍과 다른 그림이라 미술계의 많은 사람들이 놀라움을 금치 못했었죠. 그 그림을 그리던 때의 생각이나 느낌? 그런 게 기억나시나요?"

방금 전보다 훨씬 구체적으로 바뀐 질문에 수현이 고개를 끄덕였다.

"이번에도 어려운 질문이네요. 그림을 그릴 때 하는 생각은 거의 항상 비슷하거든요. 특별하다면 특별하지만 저에게는 일상적인 생각일 뿐이에요."

"그 일상적인 생각이란 게 뭘까요?"

수현이 숨을 크게 한 번 들이쉬었다.

"사랑이요."

꿈을 꾸듯 나긋하게 말하는 수현을 보며 기자는 잠시 입을 다물었다.

처음 수현을 인터뷰하게 되었다는 소식을 들었을 때 부끄러운 줄도 모르고 회사 안을 뛰어다닌 그였다. 미술을 사랑하는 한 사람으로서 그는 수현의 작품을 사랑했다. 아니, 추종한다고 말하는 게 맞을지도 모른다.

수현의 뉴욕 전시가 어마어마한 호평을 받으며 마무리되었을 때 그는 그의 작품을 두 눈으로 꼭 보겠다는 다짐을 마음에 새겼다. 늘 어딘가에서 열릴지 모른다는 생각으로 촉을 세우고 지내다 보니 파리에서 열리는 전시 소식도 빠르게 얻을 수 있었다.

비행기 티켓과 호텔 예약만 마치고 아무 준비도 없이 파리로 날아간 그는 수현의 그림을 두 눈에 담으며 제가 옳은 선택을 했다는 걸 온몸으로 느끼고 전율했다.

새하얀 빛과 날카롭게 꽂혀 있는 투명한 유리 파편의 반짝임, 그 위로 거칠게 지나간 붓의 흔적까지 무엇 하나 마음을 사로잡지 않는 게 없어서 그는 공포스러울 지경이었다.

수현의 전시는 언제나 낮과 밤, 24시간 내내 관람할 수 있는 형태로 이루어졌는데 그는 당연하게도 낮에 보는 그림을 더 좋아했다. 태양광 아래서 빛나는 그림들을 감상하다 보면 꿈속을 거니는 것 같은 착각을 느끼게 되는데 그것이 유달리 황홀한 탓이었다. 어두운 밤에는 그림들이 어쩐지 너무 슬퍼 보여서 차마 마주 보기가 어려웠다.

그렇게 사랑하는 작가이자 그림이다 보니 한국에서 새로운 전시가 열린다 했을 때 얼마나 기대를 했을까.

그는 달력에 가위표를 쳐 가며 전시가 열리는 그날만을 기다렸다. 그리고 마주한 새빨간 그림. 수현의 다른 팬들과 마찬가지로 그는 약간의 충격과 현기증을 느꼈다.

새하얀 환상 속을 걷다가 어딘지 모르는 어둠에 갇혔을 때 만나게 되는 그 새빨간 무엇. 딱히 비평 같은 일을 하지 않는 사람이더라도 브로슈어에 적혀 있던 글귀가 오직 이 한 그림만을 위해 존재하는 것이란 걸 모를 수는 없었다.

많은 이들이 수현에게 커다란 변화가 생긴 것이라고 말했다. 보통의 예술가들은 제 삶을 작품에 녹이기 마련이니 그들의 작품은 곧 그들의 삶이기 때문이었다.

그런 의미에서 그는 수현을 만나 꼭 물어보고 싶은 것들이 있었는데 생각한 것보다 조용하고 서늘한 분위기를 풍기는 그에게 할 수 있는 말은 많지 않았다.

그런데, 사랑이라니.

사랑이라는 말랑한 단어를 꺼내 말하는 최수현의 얼굴이 물을 뿌린 꽃처럼 싱그럽다는 걸 사진이나 영상으로 기록할 수 없다는 게 아쉬울 따름이었다.

"일상적으로 사랑에 대해 생각하시는군요."

뜻 모를 뜨거운 감정을 애써 숨긴 기자가 흥미롭다는 듯 고개를 끄덕였다.

"정확히 말하면 사랑하는 사람이죠."

수현이 덧붙였다.

"사랑하는 사람이라면…… 연인을 말씀하시는 건가요?"

"네, 맞아요."

뭉뚱그려 대답할 줄 알았던 질문에 수현은 생각보다 명확한 답을 내려 주었다.

"그럼 실례가 안 된다면…… 연인에 대한 이야기를 조금 더 물어도 될까요?"

기자의 물음에 수현이 별 불쾌감 없이 고개를 끄덕였다.

옆에 앉은 도현이 조용히 미소를 지었다. 마냥 철이 없는 상태로 살지도 모른다 생각했던 동생의 성장을 목도하는 기분이란 생각보다 이상한 것이었다.

예전에는 연인이 있었는지도 모르게 꽁꽁 숨기더니 이제는 다른 이들 앞에서도 연인에 대한 이야기를 할 수 있게 된 걸 보면 그의 정서가 어디까지 안정되어 있는지 어렴풋이 느낄 수 있었다.

"우선…… 언제 어떻게 만나게 되신 분인가요?"

"열일곱 살 때 만났어요. 여름이었던 것 같네요."

"아주 어릴 때네요. 그때는 그냥 친구였나요?"

"아니요. 친구였던 적은 없어요. 첫눈에 반한 거나 다름이 없어서."

"아, 그렇군요."

기자가 대단한 특종거리라도 잡은 것처럼 다이어리에 알 수 없는 말을 열심히 휘갈겼다.

"그분이 그럼, 작가님의 뮤즈라고 봐야 하나요?"

뭐, 그렇죠. 수현이 고개를 끄덕이며 수줍게 웃었다. 이제 막 사랑에 빠진 소년의 얼굴이었다.

"그럼 이번 전시에서 가장 화제성이 높았던 마지막 그림, 통칭 'My Blood'라고 불리는 그 그림도 작가님의 연인을 모티브로 한 작품인가요?"

"아, 그건 아니에요."

수현이 단호히 말했다.

"그 그림은 제 친구를 생각하면서 그린 거예요. 친구한테 좋은 선물을 하고 싶었거든요."

"아, 그래요? 그럼 전시가 끝난 지금, 선물하셨나요?"

"안타깝게도 당사자한테 주진 못했어요. 대신 그 친구를 아주 아끼는 사람한테 줬죠."

수현이 도현을 보며 웃었다.

"아주 흥미롭네요."

연신 고개를 끄덕이던 기자가 눈을 번뜩였다.

"그럼 옆에 앉은 최도현 관장님께 여쭤보겠습니다. 이번 전시를 기획하셨으니 작가님만큼이나 그림에 대한 이해가 높으실 텐데요."

"이해라고 할 게 있나요."

도현은 고개를 저으며 웃었다.

"그냥 보고 즐길 뿐입니다."

"보고 즐긴 입장에서 한 말씀 해 주시죠. 이번 전시에서 가장 마음에 들었던 작품은 무엇인가요?"

기자가 꽤 필사적인 눈으로 도현을 쳐다보았다.

"아무래도 마지막 그림이겠죠. 많은 관객분과 마찬가지로요."

"평소 최수현 작가님의 그림을 좋아하셨나요?"

"물론이죠. 제 집에도 하나 걸려 있는 게 있어요."

도현이 그 그림만 보면 소리를 지르는 수현을 생각하며 웃었다. 옆을 쳐다보니 수현도 같은 생각을 했는지 곱던 미간이 약간 구겨진 게 보였다.

그러고도 전시에 대한 질문이 한참이나 이어졌다. 가십보다는 비평이 많이 올라오는 매거진이다 보니 가벼운 질문보다는 심도 깊은 내용이 많아 대답을 하는 게 쉽지 않았다.

그렇게 한참 동안 답을 하느라 애를 먹는 와중 기자가 크흠, 헛기침을 하며 호흡을 골랐다. 무겁던 분위기가 달라지는 것이 느껴졌다. 무슨 질문이 나올지 도현과 수현, 모두 예측할 수 있었다. 약간의 긴장감과 함께 두 사람이 허리를 곧추세웠다.

"이제 조금은 사적인 질문을 하게 될 텐데요. 최근에 두 분이 친형제 사이라는 게 밝혀졌어요. 자연스레 최수현 작가님이 손주희 작가님의 아드님이란 얘기도 되는 터라 모두들 적지 않게 놀랐었는데요."

"맞아요. 근데 사실 저희 입장에선 별일 아니었어요. 밝혀졌다고 하니 되게 대단한 비밀 같지만 말이에요."

도현이 자연스러운 미소를 지은 채 대답했다.

“그냥 조금 조심했던 거였어요.”

“조심했다면 무엇을요?”

“지나친 관심이나 시선 같은 거요.”

“이를테면…….”

“이런 인터뷰 같은?”

농담 속에 뼈를 숨긴 도현이 아무렇지 않은 척 웃었다.

“일단 수현이가 너무 어렸어요.”

“아—”

“또 재능이 너무 특출났고요.”

수현이 민망한 듯 시선을 다른 데로 돌렸다.

“어린 나이에 많은 주목을 받으면 금방 지칠 수 있다는 걸 부모님은 늘 알고 계셨어요. 주변의 권유나 강압이 아닌 수현이가 직접 선택하고 결정할 수 있을 때까지 기다리자는 생각이셨죠.”

“하지만 최근까지도 밝히지 않은 건 사실이지 않나요?”

“음, 근데 제 동생 아직도 어리지 않나요? 아직 30대에 들어서지도 않았는데—”

도현이 뻔뻔하게 웃었다.

“필요성을 딱히 못 느낀 건 사실이에요. 저는 저대로, 수현이는 수현이대로 잘하고 있는데 괜히 형제로 묶여 불편한 편견이나 시선 속에 갇히고 싶지 않았거든요.”

“그럼 이렇게 갑자기 공개하게 된 계기는 뭔가요?”

“전 할 생각 없었어요.”

느닷없이 수현이 말했다.

“저는 사실 제 이름도, 얼굴도 알려지지 않기를 바란 사람이거든요. 관객분들이 오직 그림만 보아 주시기를 바라는 편이라……. 그래서 최근까지도 형제나 부모에 대한 이야기를 안 한 건데 형이 상의도 없이 해 버렸어요. 정말 무책임하지 않나요?”

수현이 도현의 팔을 툭, 툭 치며 눈썹을 어그러트렸다. 어릴 적부터 장난을 칠 때면 나오는 표정이었다.

“아, 그런 비하인드가 있는 줄은 몰랐네요. 관장님이 한번 말씀해 보시죠. 왜 갑자기 공개하게 되신 거예요? 동생분과 상의도 안 하시고.”

도현이 어깨를 으쓱였다.

“계기랄 게 없어요. 그냥 일상적인 대화를 하다가 말하게 된 거라서. 아무래도 저희 직원들의 입이 좀 가벼운 편인가 봐요.”

“아, 미술관 직원분들 앞에서 얘기하셨군요!”

“네, 맞아요. 근데 정말 아무 이유 없었어요.”

새빨간 거짓말이었다. 그땐 그냥 유주가 오해받는 게 싫었던 마음만 앞섰을 뿐이라, 수현의 표현대로 무책임한 게 맞았다.

“아까부터 계속 얘기하지만 그렇게 대단한 비밀이라고 생각하지도 않았고요.”

기자가 고개를 끄덕였다.

“두 분은 형제인데도 불구하고 굉장히 다른 것 같네요. 오늘 이렇게 긴 대화를 하면서 느끼는 거지만 가치관이나 성향, 취향 같은 것들이 어떻게 보면 전부 반대인 것 같아요. 외모도 그렇고요. 오늘 입고 오신 옷만 봐도 최도현 관장님은 슈트, 최수현 작가님은 캐주얼하잖아요.”

“많은 게 다른 편이죠.”

“맞아요.”

도현과 수현이 처음으로 서로에게 맞장구를 쳤다.

“서로 달라서 그런지 영향을 주고받기에도 좋은 것 같아요. 수현이가 좋아하는 걸 저는 싫어하고 저는 좋아하는 걸 수현이는 싫어할 때가 많거든요.”

“그럼 두 분이 다 좋다고 말하는 건 정말 좋은 거겠네요.”

그 말에 도현과 수현 모두 해맑게 웃었다.

“맞아요. 그건 정말 좋은 거예요.”

“오, 그렇게 말씀하시니 갑자기 궁금하네요. 두 분 모두를 만족시키는 무엇